W0280728

BASTEI
LÜBBE

WILBUR SMITH

Wild wie das Meer

Berechtigte Übersetzung
von Heinz von Sauter

BASTEI
LÜBBE

BASTEI-LÜBBE-TASCHENBUCH
Band 10 005

1. Auflage 1981
2. Auflage 1982
3. + 4. Auflage 1984
5. Auflage 1986
6. Auflage 1988

Originaltitel: HUNGRY AS THE SEA

Lizenzausgabe: Gustav Lübbe Verlag GmbH,
Bergisch Gladbach
Printed in Western Germany 1988
Einbandgestaltung: Roland Winkler
Titelfoto: Tony Stone
Gesamtherstellung: Ebner Ulm
ISBN 3-404-10005-0

Der Preis dieses Bandes versteht sich einschließlich
der gesetzlichen Mehrwertsteuer

Dieses Buch gehört Danielle,
meiner Frau

Auf dem taghell erleuchteten Kai des Kapstädter Hafens stieg Nick Berg aus dem Taxi, blieb stehen und schaute zu seinem Bergungsschlepper *Warlock* hinaus.

Trotz der Erschöpfung, die seine Aufnahmefähigkeit schwächte und seine Muskeln verkrampfte, bis sie ihn schmerzten, regte sich in Nick Berg bei diesem Anblick der alte Stolz. Die *Warlock* tat ihrem Namen – »Magier« – Ehre. Sie wirkte wendig und drohend, fast wie ein Kriegsschiff, ihr hochaufragender Bug und die zurückgesetzten Nocks der Hauptkommandobrücke machten sie schlimmsten Unwettern und mörderischstem Seegang gewachsen.

Die aus Stahl und Panzerglas modellierten Aufbauten waren strahlend hell erleuchtet. Über dem Achterdeck erhob sich eine Kommandobrücke, von der aus die großen Winden und Seiltrommeln bedient, die Schleppkabel in hydraulisch betätigten Rollen geführt und ein schlingernder Bohrturm oder schwer havarierter Dampfer sowohl bei stürmischem Wellengang wie bei ruhiger See betreut werden konnten.

Hohe Zwillingstürme ragten in den nächtlichen Himmel und ersetzten den gedrungenen einzigen Schornstein altmodischer Schlepper – und die Illusion eines Kriegsschiffes wurde noch durch die Löschrohre auf dem Oberdeck verstärkt, aus denen die *Warlock* fünfzehnhundert Tonnen Seewasser in der Stunde auf ein brennendes Schiff schleudern konnte. Von den Türmen aus war es möglich, über Enterleitern an Bord von in Seenot befindlichen Schiffen zu gelangen, und zwischen ihnen kennzeichnete der runde aufgemalte Fleck den kleinen Landeplatz für Hubschrauber. Rumpf wie Aufbauten waren feuersicher, so daß die *Warlock* als wahrer »Magier« ein Flammeninferno brennenden Rohöls, das aus einem lecken Öltanker ausfloß, oder entzündeter Chemikalien eines Schüttgutfrachters zu überstehen vermochte.

Nick fühlte ein wenig von seiner Mutlosigkeit und seinem geistigen Abgespanntsein schwinden, als er auf das Fallreep zuging. »Sollen mich doch alle . . .«, dachte er. »Ich habe den Kahn gebaut, und er ist stark und zuverlässig.«

Obwohl es schon eine Stunde vor Mitternacht war, drängte sich die ganze Besatzung der *Warlock* an sämtlichen günstigen Stellen des Decks.

David Allen, der Erste Offizier, stand mit dem Chefingenieur im verglasten Teil der Hauptkommandobrücke, und gemeinsam sahen sie die einsame Gestalt mit einem Koffer in der Hand langsam auf der spärlich beleuchteten Mole näherkommen.

»Das ist er.« Allens Stimme klang heiser vor Ehrfurcht. Er sah mit seinem struppigen, sonnengebleichten Haarschopf wie ein Schuljunge aus.

»Ein verdammter Filmstar«, schnaubte Vinny Baker, der australische Chefingenieur, wobei ihm die Brille über die lange dünne Nase herabglitt, und zog seine rutschende Hose mit beiden Ellbogen hoch.

»Er war erster Offizier bei Jules Levoisin«, betonte Allen mit dem gleichen Anflug von Ehrfurcht, als er diesen Namen aussprach. »Und er ist ein Schleppermann seit eh und je.«

»Das ist fünfzehn Jahre her.« Baker ließ die Hose los und schob die Brille über den Nasenrücken hinauf. Sofort begann die Hose wieder ihren langsamen, aber unerbittlichen Weg nach unten. »Seitdem ist er ein verdammter Playboy – und ein Reeder geworden.«

»Ja«, gab Allen zu, und sein Kindergesicht verzog sich ein wenig bei dem Gedanken, daß diese beiden legendären Gestalten, Kapitän und Reeder, nun in einer überragenden Person vereinigt waren.

»Lauf doch hinunter und kriech ihm in den Hintern«, schnaubte Baker ungerührt und verzog sich.

Atemlos und rot vor Aufregung erreichte Allen die Fallreepspforte. Der neue Kapitän war bereits auf der Gangway. Als er an Bord trat, hob er den Kopf und musterte den Offizier.

Obwohl Nick Berg wenig mehr als durchschnittlich groß war,

wirkte er mit seinen breiten, kräftigen Schultern unter dem blauen Kaschmirjackett wie ein Hüne. Er trug keinen Hut. Sein tiefdunkles Haar war sehr dicht und über der mächtigen, faltenlosen Stirn zurückgekämmt. In dem hageren Gesicht mit der prägnanten Nase und dem massigen, jetzt von Bartstoppeln dunklen Kinn lagen die Augen tief in ihren Höhlen.

Allen erschrak über dieses Gesicht. Es zeigte die Blässe schwerer Krankheit oder tödlicher Erschöpfung. Verstärkt wurde dieser durch die pflaumenblauen Schatten unter den Augen. So hatte sich Allen den legendären Goldenen Prinzen von Christy Marine nicht vorgestellt. Dies war nicht das Gesicht, das er so oft in Zeitungen und Illustrierten der ganzen Welt gesehen hatte.

»Allen?« fragte Nick ruhig. Seine Stimme war tief und akzentfrei, aber mit einem überraschenden volltönenden Klang.

»Ja, Käpten. Willkommen an Bord, Käpten.«

Nick lächelte, und die Müdigkeitsfalten um seine Augen und Mundwinkel glätteten sich. Seine dargebotene Hand fühlte sich kalt an, aber ihr Griff war kräftig.

»Darf ich Ihnen Ihre Kajüte zeigen, Käpten?«

»Ich kenne den Weg«, erwiderte Nick, »ich habe das Schiff entworfen.«

Wenige Minuten später stand er mitten in der Kapitänskajüte und fühlte das Deck unter seinen Füßen schwanken, obwohl die *Warlock* am steinernen Kai vertäut war.

»Ist Macs Begräbnis ordnungsgemäß erledigt worden?« fragte er.

»Er wurde eingeäschert«, erwiderte Allen, »wie er es gewollt hatte. Ich habe dann veranlaßt, daß die Asche an Mary gesandt wurde. Mary ist seine Witwe, Käpten«, erklärte er rasch.

»Ich weiß«, sagte Nick, »ich habe sie vor meinem Abflug in London aufgesucht. Mac und ich waren einmal Bordkameraden.«

»Das hat er mir erzählt und gern damit geprahlt.«

»Haben Sie alle seine Sachen weggeschickt?« fragte Nick und sah sich um.

»Ja, Käpten, ich habe alles zusammengepackt. Hier ist nichts mehr, was ihm gehörte.«

»Er war ein guter Mann.« Nick ging zum Fenster und schaute auf den Kai hinaus. »Wie ist es passiert?«

»Mein Bericht –«

»Ich will es von Ihnen hören«, unterbrach ihn Nick mit schneidend scharfer Stimme.

»Das Hauptschleppkabel ist gerissen, Käpten. Er war auf dem Achterdeck, und als das Kabel wie eine Peitsche zurückschnellte, hat es ihm den Kopf vom Rumpf getrennt.«

Nick dachte daran, daß er schon einmal ein Schleppkabel hatte reißen sehen. Damals hatte es drei Männer getötet.

»Na schön«, sagte er zögernd. Die Erschöpfung hatte ihn weich gestimmt, und er war nahe daran zu erklären, warum er selbst das Kommando auf der *Warlock* übernommen hatte, statt für Mac einen andern anzuheuern.

Es wäre schön, mit jemandem sprechen zu können, dachte er, jetzt, da er völlig am Ende und zu Tode erschöpft war. Aber er besann sich noch rechtzeitig und unterdrückte den Impuls. Er hatte noch nie in seinem Leben um Anteilnahme gebettelt.

»Na schön«, wiederholte er. »Bitte, entschuldigen Sie mich bei den Offizieren. Ich bin in den letzten zwei Wochen kaum zum Schlafen gekommen, und der Flug von Heathrow hierher war mörderisch wie immer. Ich werde die Herren morgen begrüßen. Sagen Sie dem Koch, er soll mir ein Abendessen bringen.«

Der Koch war ein riesiger Mann mit einer schneeweißen Schürze und einer theatralischen Küchenchefmütze. Er bewegte sich graziös wie ein Tänzer. Verblüfft starrte Nick ihn an, als er das Tablett auf den Tisch stellte. Das Haar hing ihm in einer glänzenden, kunstvoll gelegten Welle über die rechte Schulter herab, aber von der linken Wange war es zurückgekämmt und ließ den kleinen Brillantohrring im durchbohrten linken Ohrläppchen sehen.

Die Hand, mit der er das Tuch vom Tablett nahm, war behaart wie die Hand eines Gorillas, doch seine Stimme klang mädchenhaft lyrisch, und seine langen dunklen Wimpern krümmten sich fast bis zu den Wangen herab.

»Hier ist eine herrliche Suppe, ein Potaufeu, eine meiner kleinen Spezialitäten. Das wird Ihnen köstlich munden«, sagte er, trat zurück, stützte seine riesigen Hände in die Hüften und musterte Nick. »Aber als Sie an Bord kamen, habe ich auf den ersten Blick gesehen, was Sie wirklich brauchen.« Mit der Geschicklichkeit eines Zauberers brachte er aus der tiefen Tasche seiner Schürze eine halbe Flasche Pinch Haig zum Vorschein. »Nehmen Sie einen Schluck davon zum Essen, und dann ab ins Bett, mein Lieber.«

Niemand hatte Nick je zuvor »mein Lieber« genannt, aber die Zunge war ihm zu schwer und zu langsam für eine Zurechtweisung. Er sah dem Koch nach, wie er mit einem Rascheln seiner Schürze und einem Aufblitzen des Diamanten verschwand. Kopfschüttelnd wog er die Flasche in seiner Hand.

»Verdammt, das brauche ich wirklich«, murmelte er und holte ein Glas. Er goß es halb voll und nahm einen Schluck. Dann kehrte er zur Couch zurück und hob den Deckel der Terrine hoch. Der verlockende Geruch ließ ihm das Wasser im Mund zusammenlaufen.

Das warme Essen und der Whisky verbrauchten seine letzten Kraftreserven. Er schleuderte die Schuhe von sich und wankte in seine Schlafkajüte.

Als er erwachte, war sofort der alte Groll wieder da. Beim Rasieren blickte ihm aus dem Spiegel ein fremdes Gesicht entgegen. Es war zu bleich, zu eingefallen und zu starr. Und als die Strahlen der Morgensonne auf seine Schläfen fielen, schienen sie ihm schneeig angehaucht. Er beugte sich vor. Zum ersten Mal entdeckt er silbrige Fäden in seinem Haar.

Vierzig, dachte er, ich werde im Juni vierzig.

Er war immer überzeugt gewesen, daß ein Mann, der nicht vor seinem vierzigsten Jahr die große Welle des Erfolgs reiten gelernt hatte, es nie mehr lernen könne. Aber welche Regeln galten für einen Mann, der sie schon mit dreißig erreicht und schnell, kühn und hoch geritten, dann aber wieder den Stand verloren hatte, bevor er vierzig wurde, und in den brodelnden Gischt des Wellentals abstürzte? Kam auch er nie wieder nach oben?

Nick trat unter die Dusche und ließ die heißen Wasserstrahlen auf seine Brust prasseln. Trotz der Übermüdung merkte er zum ersten Mal seit Monaten, daß ihn seine alte Zähigkeit, an der er schon gezweifelt hatte, nicht im Stich ließ. Er fühlte, wie sie wieder die Oberhand gewann – er hatte nur ein Deck unter sich und den Geruch der See gebraucht.

Er trat aus der Dusche und trocknete sich rasch ab. Hier war er am richtigen Platz, um das Verlorene wiederzugewinnen – und es war zweifellos eine gute Entscheidung gewesen, Mac nicht durch einen angeheuerten Kapitän zu ersetzen. Er mußte selbst da sein. Rasch zog er sich an und stieg seine private Kajütstreppe zum Oberdeck hinauf.

Sogleich fiel ihn der Wind an und trieb ihm die noch feuchten Haare ins Gesicht. Mit Stärke fünf kam der Wind aus Südosten über den Tafelberg gebraust, der mit eindrucksvoller Mächtigkeit über Stadt und Hafen kauerte. Nick schaute zu ihm hinauf. Eine dicke weiße Wolkendecke, das sogenannte Tischtuch, flatterte an den Kanten herab und wirbelte an den grauen Felsabbrüchen entlang.

Hier stieß die Spitze Afrikas in eines der gefährlichsten Meere des ganzen Erdballs vor. Hier mischten sich stürmisch die Fluten zweier Ozeane vor den Felsenklippen des Kaps. Hier lag der Wind in ewigem Kampf mit der Strömung. Dennoch führte hier eine der meistbefahrenen Seestraßen der Welt vorbei, auf der eine Prozession riesiger Öltanker in endlosem Pendelverkehr die Wellen durchfurchte. Trotz ihrer Größe waren diese Supertanker vielleicht die verwundbarsten Schiffe, die je von Menschenhand gebaut worden waren.

Deshalb hatte er die *Warlock* hier in Kapstadt stationiert. Nick fühlte Kraft und Schwung in sich wachsen.

Ja, er war von seiner Erfolgswelle abgerutscht und befand sich nun tief unten im Gischt des Wellentals. Aber er wußte, eine neue große Welle würde auf ihn zukommen. Sie begann sich gerade erst zu erheben, doch fühlte er immer noch Kraft genug, sich auf sie zu schwingen und sie hoch und rasch zu reiten.

»Ich habe es schon einmal geschafft und werde es wieder schaffen!« sagte er laut und ging frühstücken. Als er in den Speiseraum kam, blieb sein Erscheinen eine Weile unbemerkt.

Der Chefingenieur hielt eine alte Nummer der Zeitschrift *Lloyd's List* über seinen Rühreiern und las von der ersten Seite laut vor – die Brille auf der Nasenspitze, und mit australischem Akzent näselnd wie eine nachschwingende Gitarrensaite.

». . . in einer gemeinsamen Erklärung würdigten der neue Präsident und die Mitglieder des Verwaltungsausschusses die fünfzehnjährige verdienstvolle Tätigkeit Mr. Nicholas Bergs bei Christy Marine . . .«

Die fünf Offiziere hörten gespannt zu und vergaßen darüber sogar ihr Frühstück – bis David Allen aufblickte und die Gestalt an der Türe bemerkte.

»Der Kapitän!« rief er, fuhr hoch, riß gleichzeitig Vinny Baker die Zeitung aus der Hand und ließ sie unter dem Tisch verschwinden. »Käpten, darf ich Ihnen die Offiziere der *Warlock* vorstellen.«

Verlegen aufspringend, schüttelten sie der Reihe nach die ihnen gereichte Hand und widmeten sich dann schweigend ihrem Frühstück. Nick nahm auf dem Kapitänsstuhl am Ende des langen Tisches Platz, und Allen setzte sich auf die zerknitterte Zeitung.

Der Steward reichte dem neuen Kapitän die Speisekarte und brachte ihm gleich darauf ein Schälchen mit Kompott.

»Ich möchte ein weiches Ei«, sagte Nick ruhig. Da erschien der Koch mit schneeweißer Schürze und der Küchenchefmütze schief auf dem Kopf in der Kombüsentüre.

»Verstopfung ist des Seemanns Fluch, mein Lieber! Ich schaue auf meine Offiziere. Das Kompott ist köstlich und gut für Sie. Ich koche Ihnen gleich Ihr Ei, aber essen Sie erst das Kompott.«

Der Diamant blitzte, als er verschwand.

In dem allgemeinen verlegenen Schweigen starrte Nick ihm nach.

»Ein phantastischer Koch, Angel heißt er«, versicherte Allen eilig, wobei sich seine helle Haut rötete und *Lloyd's List* unter ihm raschelte. »Könnte auf jedem Überseedampfer eine Stellung kriegen, der Mann.«

»Wenn er je die *Warlock* verläßt, geht die halbe Mannschaft mit ihm«, brummte der Chefingenieur. »Ich auch!«

Nick blickte höflich von einem zum andern.

»Auch ist er fast ein Arzt«, fuhr Allen an den Chefingenieur gewandt fort.

»Er hat fünf Jahre in Edinburgh Medizin studiert«, ergänzte dieser feierlich. »Weißt du noch, wie er damals das gebrochene Bein geschient hat? Höchst zweckmäßig, einen Arzt an Bord zu haben.«

Nick griff nach dem Löffel und führte ihn mit etwas Kompott zum Mund. Alle Offiziere beobachteten ihn gespannt, wie er kaute. Er nahm noch einen Löffel davon.

»Sie müßten seine Marmeladen kosten, Käpten«, sagte Allen.

»Danke, meine Herren, für Ihre Ratschläge«, erwiderte Nick, ohne den Mund zu verziehen, mit vergnügtem Augenzwinkern. »Aber würde bitte jemand Angel ausrichten, daß ich ihm seine lächerliche Mütze platt schlage, wenn er mich noch einmal *mein Lieber* nennt.«

In dem befreiten Gelächter, das darauf folgte, wandte er sich an Allen und brachte dessen Wangen abermals mit der Frage zum Erröten: »Da Sie anscheinend diese alte Nummer von *Lloyd's List* ausgelesen haben, macht es Ihnen wohl nichts aus, wenn ich einen Blick hineinwerfe?«

Abermals wurde es sehr still, Als Nick die zerknitterten Blätter glättete und den ein Jahr alten Zeitungsartikel scheinbar ohne irgendwelche Erregung las.

DER GOLDENE PRINZ VON CHRISTY MARINE ENTTHRONT!

Nick haßte diesen Spitznamen. Es war eine Schrulle des alten Arthur Christy gewesen, den Namen aller seiner Schiffe das Wort »Golden« voranzusetzen, und vor zwölf Jahren, als Nick unwahrscheinlich rasch zum Betriebsdirektor von Christy Marine aufstieg, hatte ihm irgendein Spaßvogel diese Bezeichnung angehängt.

DUNCAN ALEXANDER WIRD PRÄSIDENT VON CHRISTY MARINE

Nick war überrascht, zu spüren, wie sehr er diesen Mann immer noch haßte. Sie hatten wie zwei Bullen um die Führung gekämpft, und Duncan war mit seiner Taktik Sieger geblieben. Arthur Christy hatte einmal gesagt: »Niemand schert sich heute den Teufel darum, ob etwas moralisch oder fair ist, entscheidend ist nur, ob es klappt und ob man damit durchkommt.« Für Duncan hatte es geklappt, und er war damit höchst elegant durchgekommen.

Als Betriebsdirektor hatte Mr. Nicholas Berg mitgeholfen, die kleine Küstenschiffahrts- und Rettungsfirma Christy zu einer der fünf größten Reedereien der Welt auszubauen.

Nach dem Tode von Mr. Arthur Christy im Jahre 1968 wurde Mr. Nicholas Berg sein Nachfolger als Präsident der Gesellschaft und führte von ihrem Sitz in London aus die sensationelle Expansion fort.

Zur Zeit baut Christy Marine elf Frachter mit je 250.000 BRT sowie den riesigen Ultratanker Golden Dawn, *das größte Schiff, das je auf Helling gelegt wurde.*

Das war in kurzen Worten sein Lebenswerk: Schiffe im Wert von über einer halben Milliarde Pfund, entworfen, finanziert und gebaut fast ausschließlich dank seiner Energie, seinem Schwung und seinem Pflichtbewußtsein.

Nicholas Berg heiratete Chantelle Christy, die einzige Tochter von Arthur Christy. Die Ehe wurde jedoch im September des vergangenen Jahres geschieden, und die frühere Mrs. Berg heiratete bald darauf Mr. Duncan Alexander, den neuen Präsidenten von Christy Marine.

Nick hatte wieder ein hohles Gefühl im Magen, und das Bild dieser Frau drängte sich ihm auf. Er wollte nicht daran denken, konnte es aber nicht loswerden. Sie war strahlend schön wie eine Flamme – und wie eine Flamme konnte man sie nicht halten. Als sie ging, nahm sie alles mit, die Gesellschaft, sein Lebenswerk und Peter. Wenn er an seinen Sohn dachte, konnte er auch diese Frau fast hassen.

Er wurde sich wieder bewußt, daß ihn fünf Männer beobachteten und stellte ohne Überraschung fest, daß er mit nichts in seinem Gesicht seine Erregung verraten hatte. Wenn man in einem der höchsten Glücksspiele der Welt mittun wollte, war Unergründlichkeit eine der elementarsten Voraussetzungen.

. . . würdigte der neue Präsident . . .

Duncan Alexander hatte diese Würdigung aus bestimmten Gründen ausgesprochen, dachte Nick grimmig. Er wollte die 100.000 Anteile an Christy Marine, die Nick gehörten. Diese Anteile konnten zwar in keiner Weise Einfluß auf die Geschäfte nehmen. Chantelle besaß eine Million, und eine weitere war im Besitz des Christy Trusts, aber so unbedeutend seine Anteile auch waren, sie gaben ihm Sitz und Stimme im Aufsichtsrat. Nick hatte für jeden einzelnen dieser Anteile bezahlt. Niemals in seinem ganzen Leben hatte ihm jemand etwas geschenkt. Er hatte jede in seinem Vertrag vorgesehene Option zum Kauf von Anteilen ausgenützt und hatte sich Bonifikationen ebenfalls in Anteilen auszahlen lassen. Und nun waren diese 100.000 Anteile eineinhalb Millionen Pfund wert, ein bescheidenes Entgelt für die Arbeit, mit der er ein Vermögen von dreißig Millionen Pfund für Vater und Tochter Christy aufgebaut hatte.

Sie hatten einander vom ersten Tag an gehaßt, an dem Duncan das Gebäude von Christy Marine in der Leadenhall Street betreten hatte. Er war des alten Arthur Christy neuestes Wunderkind, das Finanzgenie, das erst kürzlich bei International Electronics Triumphe gefeiert hatte. Ihr gegenseitiger Haß war spontan und abgrundtief.

Am Ende hatte Duncan Alexander gewonnen, alles bis auf die Anteile, und hatte noch um diese mit zäher Kraft gekämpft. Seiner mit Ruhe und Geschick angewandten Zermürbungstaktik war schließlich der Sieg beschieden. Unter Ausnützung aller Möglichkeiten von Christy Marine hatte er Nicks Pläne behindert und durchkreuzt, bis dieser sich schließlich in das Unvermeidliche fügte und für seine Anteile einen gefährlichen Preis akzeptierte, die Tochterfirma von Christy Marine, den Schlepp- und Rettungsdienst, mit allen seinen Aktiven und Passiven. Nick hatte sich wie ein Boxer gefühlt, der nach fünfzehn Runden erbitterten Kampfes zu Tode erschöpft in den Seilen hängt und von Schweiß geblendet mit seinen verschwollenen Augen nicht mehr sehen kann, aus welcher Richtung der nächste Schlag kommt. Aber er hatte gerade lang genug durchgehalten, um den Christy Schlepp- und Rettungsdienst zu bekommen – der ihm nun voll und ganz gehörte.

Nick ließ die Zeitung sinken. »Ich vermisse einen Offizier«, sagte er.

»Das ist nur der Krebs, Käpten«, erwiderte Allen, »der Funkoffizier Speirs. Wir nennen ihn so, weil er wie ein Einsiedlerkrebs lebt.«

»Er kommt nämlich nie aus seinem Gehäuse heraus«, ergänzte Vinny Baker.

»Na schön.« Nick ließ es dabei bewenden. »Ich werde später mit ihm sprechen.«

Alle sahen ihn erwartungsvoll an, fünf auf Neuigkeiten erpichte Männer, und selbst Baker konnte sein Interesse nicht vollkommen hinter seinen verschmutzten Brillengläsern und der forschen Tünche des gebürtigen Australiers verbergen.

»Ich möchte Ihnen die neue Situation erklären. Der Chefingenieur hat Ihnen freundlicherweise diesen Artikel vorgelesen, vermutlich zum Nutzen jener, die ihn vor einem Jahr nicht selbst haben lesen können.«

Niemand sagte etwas, aber Baker beschäftigte sich angelegentlich mit seinem Haferbreilöffel.

»So wissen Sie also, daß ich keinerlei Verbindung mehr mit Christy Marine habe. Der Christy Schlepp- und Rettungsdienst gehört jetzt mir und ist ein vollkommen unabhängiges Unternehmen geworden. Sein Name ist geändert in Ozean Schlepp- und Rettungsdienst.«

Er hatte teuer dafür bezahlt, vielleicht zu teuer, eineinhalb Millionen Pfund für etwas, dessen Wert höchst fraglich war. Aber er war zu Tode erschöpft gewesen.

»Wir besitzen zwei Schiffe, die *Golden Warlock* und ihr Schwesterschiff mit dem vorgesehenen Namen *Golden Witch*, die demnächst zur Probefahrt bereit sein wird.«

Er wußte genau, wieviel das Unternehmen für diese beiden Schiffe noch schuldig war. Er hatte lange schlaflose Nächte hindurch über den Zahlen gebrütet. Auf dem Papier waren seine Aktiven an die zwei Millionen Pfund wert. Er hatte also bei seinem Handel mit Duncan einen Papiergewinn von einer halben Million erzielt. Aber dieser stand eben nur auf dem Papier. Die Schulden der Gesellschaft beliefen sich auf ebenfalls zwei Millionen. Wenn er auch nur einen Monat lang mit den Zinszahlungen für seine Kredite in Rückstand kam – er unterdrückte diesen Gedanken rasch.

»Die Namen dieser beiden Schiffe wurden ebenfalls geändert. Sie heißen jetzt einfach *Warlock* und *Witch*. *Golden* ist für den Ozean Schlepp- und Rettungsdienst ein Dreckswort . . .«

Da lachten sie, und die Spannung ließ nach.

»Ich werde dieses Schiff führen, bis die *Witch* kommissioniert ist. Das wird nicht lange dauern, und dann wird es Beförderungen geben.«

Nick klopfte abergläubisch auf den Mahagonitisch. Schon seit einer ganzen Weile drohte ein Werftarbeiterstreik. Die *Witch* war immer noch nicht fertig, kostete aber Zinsen, und jede weitere Verzögerung konnte sich als verhängnisvoll erweisen.

»Ich habe einen Auftrag für einen langen Ölturmschlepp, von Bight in Australien nach Südamerika. Das läßt uns reichlich Zeit, uns auf dem Schiff einzuleben. Sie sind alle Schlepperleute, und ich brauche Ihnen nicht zu sagen, daß wir keinen Vorbescheid erhalten, wenn unsere große Chance kommt. Chef?« Nick sah ihn an, und der Ingenieur schnaubte, als wäre die Frage eine Beleidigung.

»In jeder Hinsicht startbereit«, sagte er und versuchte, Brille und Hose gleichzeitig hochzuhieven.

»Erster?« Nick sah Allen an. Er hatte sich noch nicht an dessen jungenhaftes Aussehen gewöhnt, wußte aber, daß der Offizier über dreißig und seit zehn Jahren im Besitz eines Kapitänspatents war, auch daß der frühere Kapitän ihn ausgesucht hatte – also mußte er wohl gut sein.

»Ich erwarte noch einige Lieferungen, Käpten«, sagte Allen rasch, »sie waren für heute versprochen, aber nichts davon ist lebenswichtig. Wenn nötig, könnte ich innerhalb einer Stunde in See stechen.«

»Na schön.« Nick stand auf. »Um 09.00 Uhr werde ich das Schiff inspizieren.«

Damit verließ er den Speiseraum, aber Bakers Stimme war laut genug, um ihn noch zu erreichen. Es war eine wirklich abscheuliche Imitation dessen, was der Ingenieur für den Jargon der Royal Navy hielt: »Null-neun-null-null, meine Herren, großartig, was?«

Nick ging gleichmäßig weiter und grinste innerlich. Er kannte die alte australische Sitte, zu sticheln und nochmals zu sticheln, bis etwas passierte. Das geschah nicht aus Bosheit. Es war nur die Methode, einen Menschen kennenzulernen. Wenn man einander dann einmal tüchtig geprügelt hatte, konnte man gut Freund oder ewig feind sein. Es war lange her, daß er in direktem Kontakt mit solchen aufrechten harten Männern gestanden war, die Ausflüchte und faulen Zauber verabscheuten. Vielleicht brauchte er im Augenblick gerade das, die See und die Gesellschaft wirklicher Männer.

Drei Stufen auf einmal nehmend, stieg er die Kajütstreppe zum Navigationsdeck hinauf. Da öffnete sich die Türe gegenüber seiner Kajüte. Aus ihr kam dicker grauer Qualm von billigen holländischen Zigarren und ein Kopf, der einem vorsintflutlichen Reptil zu gehören schien.

Es war die Funkraumtüre, die direkt zur Hauptkommandobrücke führte, und der Kopf war trotz seines Aussehens ein menschlicher. Nick erinnerte sich, wie der frühere Kapitän einst den Funkoffizier beschrieben hatte: »Er ist der ungeselligste Kumpan, mit dem ich je gefahren bin, ein ungefälliger, verbitterter, hartleibiger Giftzwerg – aber wahrscheinlich der beste Funker zur See, er kann sogar im Schlaf acht Frequenzen zugleich abhören, in Sprache und in Morse.«

»Kapitän«, sagte der Krebs mit einer rauhen, verdrossenen Stimme, »ich habe eine Meldeanforderung an alle Schiffe.«

Nick fühlte, wie es ihm heiß über den Rücken lief und im Nacken zu kribbeln begann. Es genügte ja nicht, startbereit zu sein, wenn die große Welle kam, man mußte sie auch unter den hundert anderen erkennen, die vorbeirauschten.

»Koordinaten?« fauchte er, während er auf den Funkraum zuging.

»72°16′ S. 32°12′ W.«

Sein Herz begann heftiger zu klopfen und die Hitze stieg Nick in den Kopf. Allein schon die Zahlen hatten etwas Seltsames, Bedrohliches an sich. Was für ein Schiff konnte in diesen hohen Breiten sein, diesen verlassenen Einöden weit südöstlich vom Kap der Guten Hoffnung – tief drunten, südlich der Insel Gough im Weddell-Meer?

Er folgte dem Krebs in den Funkraum, der auch an diesem sonnigen Morgen stockdüster war wie eine Höhle. Dicke grüne Vorhänge verdunkelten die Fenster. Das einzige Licht kam von den beleuchteten Skalen der aufgereihten Fernmeldeapparaturen, der raffiniertesten, die überhaupt mit den reichlichen Mitteln von Christy Marine zu beschaffen gewesen waren, elektronisches Zauberwerk im Wert von fünfzigtausend Pfund. Aber der Gestank nach billigen Zigarren war überwältigend.

Der Krebs hockte sich auf seinen Drehstuhl wie ein verrunzelter Gnom und drehte an den Knöpfen. Von den wirren statischen und elektronischen Störgeräuschen hob sich das scharfe Stakkato einer Morsenachricht ab.

»Die Kopie«, verlangte Nick, und der Krebs schob ihm einen Zettel hin.

CTMZ. 0603 GMT. 72°16′ 32°12′ W. Alle Schiffe mit der Möglichkeit Hilfe zu leisten bitte melden. CTMZ.

Er brauchte das Funkhandbuch nicht zu Rate zu ziehen, um den Kode zu entschlüsseln. Hinter sich hörte er die Stimmen seiner Offiziere auf der Kommandobrücke, ruhige Stimmen – aber spannungsgeladen. Sie waren vom Speiseraum bereits heraufgekommen. Verdammt! dachte er wütend, wieso wissen sie das schon?

Die Verbindungstüre zur Brücke glitt beiseite, und Allen erschien in der Öffnung mit einem Exemplar von Lloyd's Register in der Hand. »CTMZ ist der Kode für die *Golden Adventurer,* Käpten. Zweiundzwanzigtausend Tonnen, registriert in Bermuda 1975, Eigentümer Christy Marine.«

»Besten Dank, Erster.« Nick kannte sie gut. Er hatte ihren Bau persönlich veranlaßt, bevor die großen Überseedampfer endgültig unrentabel wurden. Sie hätte zwischen Europa und Australien verkehren sollen, hatte einunddreißig Millionen Pfund gekostet und war mit allem Luxus ausgestattet, erwies sich aber als eine der wenigen Fehlspekulationen Nicks.

Er hatte dann für sie die Idee der Abenteurerkreuzfahrten geboren – und ihren Namen in *Golden Adventurer* geändert. Nun fuhr sie mit reichen Passagieren auf der Suche nach dem Ungewöhnlichen in die ausgefallensten Ecken des Globus, nach den Galapagosinseln, der Südsee und der Antarktis. Zur Betreuung der Teilnehmer hatte sie Fachleute für die Ökologie der besuchten Gegenden an Bord, auch waren Landausflüge vorgesehen, etwa auf die Falklandinseln zur Paarungszeit der Albatrosse.

Nick wandte sich wieder an den Krebs.

»Hat sie bereits vor der Meldeaufforderung Nachrichten durchgegeben?«

»Zweimal seit Mitternacht – im Kode der Gesellschaft. Sie hat so viel gefunkt, daß ich sie überwacht habe.«

»Haben Sie die Nachrichten aufgenommen?« fragte Nick.

Der Krebs schaltete sein Bandgerät auf automatische Wiedergabe. Mit Geklapper wurden sofort zwei chiffrierte Botschaften auf den Streifen ausgedruckt.

Hatte Duncan Alexander den Kode von Christy Marine geändert? Das wäre die normale, für jeden Betriebsführer logische Vorgangsweise. Man verliert einen Mann, der den Kode kennt, und ändert diesen dann sofort. So einfach war das. Aber Duncan war kein Betriebsführer, sondern ein Finanzmann, der in Zahlen dachte, nicht in Stahl und Salzwasser.

Wenn Duncan den Kode geändert hatte, würden sie ihn nie entschlüsseln können. Nick verließ mit dem Streifen in der Hand eilig die stinkende Düsternis des Funkraums.

Die Kommandobrücke der *Warlock* blitzte in Chrom und Glas. Das Hauptbefehlspult erstreckte sich unterhalb der riesigen Fenster aus Panzerglas über ihre volle Breite. Ein einfacher Stahlhebel ersetzte das altmodische Steuerrad. Mit Hilfe eines langen Griffseils konnte der Rudergänger das Schiff von jeder Stelle der Brücke, sogar von den Nocks aus steuern.

Beleuchtete Digitalanzeiger unterrichteten den Kapitän laufend über alle sein Schiff betreffenden Daten: Geschwindigkeit über Grund und im Wasser, Windrichtung und Stärke, und über alle technischen Funktionen und Störungen. Nick hatte das Schiff mit Christy-Geld gebaut und hatte nicht geknausert.

Auf der Rückseite der Brücke war der Navigationsraum mit dem Kartentisch. Das Regal darüber enthielt die 106 Bände des *Global Pilot* und viele andere maritime Nachschlagewerke. Unterhalb lagen in zahlreichen Schubfächern die Admiralitätskarten für jeden Punkt schiffbaren Wassers auf dem Globus.

Nick schaltete das große Decca-Satellitenpeilungs-Hilfsgerät auf Entkodierung, und die Kontrollampen leuchteten auf, verblaßten und wurden dann rot. Er gab das Sechs-Zahlen-Schema ein, das von den Mondphasen und dem Sendedatum bestimmt wurde, und anschließend die verschlüsselte Botschaft – und erwartete im Output ein Kauderwelsch. Duncan *mußte* doch den Kode geändert haben! Es kam aber:

Christy Marine von Kapitän Adventurer 2216 GMT 72° 15′ S. 32° 05′W. Unterwasserschaden durch Eis mittschiffs Steuerbordseite erlitten. Vorbeugend Hauptschotte geschlossen. Bleiben auf Empfang.

Duncan hatte also den Kode nicht geändert. Nick griff nach seiner krokodilledernen Zigarrentasche, und seine Hand war ruhig und fest, als er die Flamme an die Spitze des dünnen schwarzen Stumpens hielt.

»Ich habe die Position auf der Karte eingetragen«, sagte Allen hinter ihm.

Nick sah die punktierte Eisgrenze weit außerhalb der Position der *Golden Adventurer*, sah die bedrohlich nahe Küstenlinie des antarktischen Festlands, die mit grausamen Krallen aus Eis und Fels nach dem Dampfer zu greifen schien.

Der Computer druckte die Antwort aus:

Kapitän der Adventurer von Christy Marine 2222 GMT. Bleiben auf Empfang.

Die zweite Nachricht war fast zwei Stunden später aufgenommen, wurde aber unmittelbar darauf ausgedruckt.

Christy Marine von Kapitän der Adventurer 0005 GMT. 72° 18′ S. 32° 05′ W. Wassereinbruch beherrscht. Hauptmaschinen wieder in Betrieb. Neuer Kurs direkt Kapstadt. Geschwindigkeit acht Knoten. Bleiben auf Empfang.

»Solange sie ohne Antrieb war, ist sie 34 Seemeilen nach Südsüdost getriftet – dort herrschen offenbar ein höllischer

Wind und eine gefährliche Strömung«, sagte Allen, und die anderen Offiziere lauschten schweigend und gespannt. Obwohl keiner von ihnen es gewagt hätte, den Kapitän am Peilungshilfsgerät zu stören, hatten sie doch auf der Brücke nach ihrer Rangordnung Beobachtungsposten bezogen, um das Drama eines großen Schiffes in Schwierigkeiten zu verfolgen.

Die nächsten Nachrichten kamen gleich anschließend aus dem Computer, obwohl sie erst etliche Stunden später aufgegeben worden waren.

Christy Marine von Kapitän der Adventurer 0546 GMT. 72° 16′ S. 32° 12′ W. Explosion im überfluteten Bereich. Alle Notmaßnahmen getroffen. Wasser steigt. Erbitte Genehmigung zur Meldeaufforderung an alle Schiffe. Bleiben auf Empfang.

Kapitän der Adventurer von Christy Marine 0547 GMT. Meldeaufforderung genehmigt. Achtung, Achtung. Es wird Ihnen ausdrücklich untersagt, mit Schleppern oder Bergungsschiffen ohne Rückfrage bei Christy Marine abzuschließen. Erbitten Bestätigung.

Duncan hatte nicht einmal die alte Floskel »außer im Fall der Gefährdung von Menschleben« hinzugefügt. Der Grund hierfür war unschwer zu erraten. Christy Marine versicherte die meisten ihrer Schiffe bei einer ihrer Tochtergesellschaften, der London and European Insurance and Finance Company. Das Selbstversicherungssystem war Duncans Hirn entsprungen, als er zu Christy Marine kam. Nick hatte es erbittert bekämpft, und nun würde er vielleicht seine Einwände bestätigt sehen.

»Melden wir uns?« fragte Allen ruhig.

»Funkstille«, erwiderte Nick kurz angebunden und begann auf der Brücke hin und her zu gehen. Das Klappern seiner Absätze wurde durch den Korkbelag des Decks abgeschwächt.

Ist das meine Chance? fragte sich Nick und wandte die alte Regel an, die er sich selbst vor langer Zeit vorgeschrieben hatte: erst denken und dann handeln.

Die *Golden Adventurer* trieb in einem Eisfeld mehr als zweitausend Meilen südwestlich von Kapstadt, und die *Warlock* würde fünf Tage und Nächte scharfer Fahrt brauchen, um sie zu erreichen. Wenn er sich dazu entschloß, konnte die *Golden Adventurer* bis dahin Reparaturen durchgeführt haben und wieder manövrierfähig sein. Oder aber, wenn sie noch hilflos war, konnte vielleicht ein anderes Bergungsschiff vor ihm dort sein. Ob das möglich war, mußte Nick in erster Linie wissen.

Nick unterbrach seine Wanderung vor der Funkraumtüre und sagte sehr beherrscht zum Krebs: »Stellen Sie Fernschreibverbindung her und geben Sie an Bernard Wackie in Bermuda durch: *Benötige Standortliste aller Bergungsschiffe.*«

Nicks Idee, die *Warlock* über Satellit an das Fernschreibnetz anzuschließen, erwies sich nun als günstig. So konnte er mit seinem Agenten in Bermuda oder jedem beliebigen andern Fernschreibteilnehmer korrespondieren, ohne daß die Nachricht über offene Frequenzen gesendet und von Konkurrenten oder anderen interessierten Leuten abgehört wurde.

Während des Wartens überlegte Nick voll Sorge. Der Entschluß abzufahren bedeutete, den Ölturmschlepp für die Esso aufgeben. Die Heuer hierfür spielte eine wesentliche Rolle in seiner Finanzplanung – zweihundertzwanzigtausend Pfund, ohne die er die vierteljährlichen, in sechzig Tagen fälligen Zinsen nicht würde zahlen können, außer wenn . . .

»Bernard Wackie antwortet«, rief der Krebs durch das Klappern des Fernschreibers, Nick drehte sich mit einem Ruck um.

Er hatte Wackie als Agenten für seine Firma gewählt, weil er von ihm stets rasch und klug bedient worden war. Mit einem Blick auf seine Rolex Oyster rechnete er sich aus, daß es in Bermuda jetzt zwei Uhr morgens war. Dennoch wurde sein Wunsch nach Information über die Verfügbarkeit aller Konkurrenten von seinem Agenten binnen weniger Minuten erfüllt.

An Kapitän der Warlock von Bernard Wackie. Letztbekannte Positionen John Ross Trockendock Durban. Woltema Wolteraad Esso Schlepp Torres Straße nach Alaska Schelf . . .

Das bezog sich auf die zwei riesigen Schlepper der Safmarine. Auch zwei Holländer waren aus dem Rennen. Die Namen und Positionen weiterer großer Bergungsschiffe – jedes von ihnen eine direkte und starke Bedrohung für das Vorhaben der *Warlock* – liefen eilig aus dem Fernschreiber. Während Nick zusah und an seinem zerfransten Stumpen kaute, fühlte er Erleichterung in sich aufsteigen, als mit jeder Meldung ein weiterer Mitbewerber durch zu große Entfernung vom havarierten Schiff ausschied.

La Mouette – Nicks Hand ballte sich zur Faust, als dieser Name auf dem weißen Papier erschien – beendete Brazgas Schlepp Golfo de San Jorge am 14. gemeldet auf Fahrt nach Buenos Aires.

Nick stöhnte. *La Mouette*, die Möwe, war der schrullige Name für einen schwarzen gedrungenen Schlepper mit altmodischen hohen Aufbauten und dem traditionellen einzelnen Schlot. Ohne Zweifel war Jules Levoisin mit ihr bereits auf Südkurs, eifrig wie ein Jagdhund mit einer frischen Fährte vor der Nase. Wenn er vor drei Tagen im südlichen Atlantik freigeworden war, hatte er sicher in Commodore Kohle geladen, denn Levoisin war, wie Nick wußte, niemals glücklich, wenn er nicht seine Bunker voll hatte.

Auch war *La Mouette* vor achtzehn Monaten gründlich überholt und mit neuen Maschinen ausgestattet worden. Aber ihre neuntausend Pferdestärken konnten den plumpen Rumpf bestenfalls auf achtzehn Knoten bringen, so viel war sicher. Trotz der größeren Geschwindigkeit der *Warlock* war sein Konkurrent aber in einer um tausend Meilen günstigeren Position.

Jeden lieber als Jules Levoisin, warum muß es ausgerechnet er sein? fragte sich Nick. *Warum gerade jetzt, da ich so ziemlich am Ende bin – seelisch, körperlich und finanziell.*

Ich bin noch nicht bereit, dachte er. Und dann wurde er sich bewußt, daß er wahrscheinlich zum ersten Mal in seinem Leben so empfand. Er war immer zu allem bereit gewesen. Aber nicht gerade jetzt, nicht dieses Mal. Plötzlich hatte Nick Angst wie nie zuvor. In ihm war eine große Leere, er besaß keine Kraft mehr, kein Vertrauen zu sich, keine Entschlossenheit. Die durch Duncan Alexander erlittene Niederlagen und der Verlust der Frau, die er liebte, hatten ihn zerbrochen.

Tief im Innern sagte ihm der Instinkt, daß es seine letzte Chance war, eine weitere würde nicht kommen. Er hatte die Wahl zwischen jetzt oder nie. Und er wußte, er konnte das Rennen gegen Jules Levoisin, seinen alten Kapitän, nicht gewinnen. Er konnte den sicheren Auftrag der Esso nicht schwimmen lassen, konnte nicht alles, was ihm geblieben war, auf eine einzige Karte setzen. Das Risiko war zu groß, er hatte nicht die Kraft dazu.

Er wollte in seine Kabine gehen, sich auf sein Bett werfen und schlafen – nur schlafen. Er fühlte seine Knie unter der großen Last seiner Verzweiflung weich werden und sehnte sich nach traumlosem Vergessen.

Auf der Brücke beobachteten ihn die Offiziere in gespanntem Schweigen.

Seine rechte Hand griff nach dem Maschinentelegrafen und schob ihn von »Aus« auf »Bereit«.

»Maschinenraum«, hörte er eine Stimme, die nicht seine eigene sein konnte, in ruhigem Ton sagen, »Hauptdiesel anlassen.«

Wie aus großer Ferne sah er die Gesichter der Offiziere wie die Gesichter Beute witternder Piraten in diebischer Freude aufleuchten.

Die fremde Stimme fuhr fort: »Erster, holen Sie beim Hafenkommandanten Erlaubnis zum sofortigen Auslaufen ein. Navigationsoffizier, ermitteln Sie bitte den Steuerkurs zur letztgemeldeten Position der *Golden Adventurer*.« Nick verspürte ein Würgen im Hals. Daher blieb er ganz ruhig und aufrecht am Kommandopult stehen, während seine Offiziere zu ihren Hochseestationen eilten.

»Brücke, hier Chefingenieur«, kam eine körperlose Stimme aus dem Lautsprecher über Nicks Kopf. »Hauptdiesel laufen.«

Der breitgeschwungene Bug der *Warlock* furchte die Wellen jenseits des vierzigsten Breitengrades. Wie ein großer Fischotter, glatt, naß und eilig, strebte sie Richtung Süden.

Von keiner Landmasse behindert, fegten die Randwinde großer atmosphärischer Tiefs unaufhörlich über diese kalten offenen Meere, und die Wellen türmten sich auf wie wandernde Bergketten.

Die *Warlock* nahm sie mit ihrer Steuerbordschulter, durchstieß jeden Wogenkamm in einem Schwall weißen Gischts, der von ihrem Bug aufspritzte wie bei einem Torpedotreffer. Das Wasser schoß grün und klar über ihr hohes Vorderdeck und brauste über sie hin nach achtern, wenn sie sich gierend aus der Welle herauswand und jäh in das Tal hinabglitt, das sich vor ihr auftat. Ihre zwei Stahlbronze-Schrauben hoben sich über die Wasseroberfläche, liefen leer, und der Drehzahlanstieg ließ sie dröhnend vibrieren, bis er vom automatischen Begrenzer gedrosselt wurde. Dann griffen die Schrauben wieder, und die Kraft der beiden Mirless-Diesel trieb das Schiff durch das Wellental auf die nächste, sich auftürmende Wasserwand zu.

Angeschnallt auf dem Segeltuchsitz des Kapitäns in einer Ecke der Brücke, folgte Nick wie ein Kamelreiter den Schwankungen und rauchte ruhig seinen Stumpen. Von Zeit zu Zeit wandte er den Kopf nach Westen, als erwarte er jeden Augenblick, den plumpen schwarzen Rumpf der *Mouette* auf dem Kamm der nächsten Woge erscheinen zu sehen. Aber er wußte, daß sie wohl noch an die tausend Meilen entfernt war und über den weitabliegenden anderen Schenkel des Dreiecks jagte, dessen Spitze der schiffbrüchige Passagierdampfer bildete.

»Wenn überhaupt . . .«, dachte Nick, doch daran war wohl nicht zu zweifeln. *La Mouette* eilte so begierig wie die *Warlock* auf das Ziel zu und ebenso schweigend. Jules Levoisin hatte Nick den Trick der Funkstille gelehrt. Er würde sein Gerät nicht einschalten, bevor er den Dampfer auf seinem Radarschirm hatte. Dann würde er sich im Klartext melden: »Ich bin in Ihrer Nähe und kann Sie binnen zwei Stunden in Schlepp nehmen. Sind Sie mit *Lloyd's Open Form* einverstanden?«

Der Kapitän des havarierten Schiffes, der sich ohne Möglichkeit einer Hilfe geglaubt hatte, würde vorschnell auf die Aussicht auf Rettung reagieren – und wenn *La Mouette* geschäftig und so theatralisch, wie Levoisin sie aufputzen konnte, voll beflaggt und hell erleuchtet über dem Horizont auftauchte, nahm er bereitwillig das Angebot von *Lloyd's Open Form* an, eine Entscheidung, die der Schiffseigner in der nüchternen Atmosphäre eines Londoner Verhandlungssaales dann oft bereute, wenn ein Schiedsgericht die Vergütung für die Rettung in Prozenten vom Wert des geretteten Objekts festsetzte.

Als Nick darangegangen war, die Entwürfe zur *Warlock* zu überwachen, hatte er darauf gedrungen, daß das Schiff nicht nur leistungsfähig sei, sondern auch eindrucksvoll aussehe. Der Kapitän eines Schiffes in Seenot neigte in der Regel zu affektbetonten Entschlüssen. Allein die äußere Erscheinung konnte ihn bei der Wahl zwischen zwei Bergungsschleppern beeinflussen. Die *Warlock* sah sogar in diesen kalten und unfreundlichen Meeren prächtig wie ein Kriegsschiff aus. Es kam darauf an, daß der Kapitän der *Golden Adventurer* sie sehen konnte, bevor er mit *La Mouette* abschloß.

Nick hielt es nicht länger untätig in seinem Segeltuchstuhl. Er schätzte den nächsten sich auftürmenden Wellenberg ab, überquerte mit einem Dutzend rascher Schritte die Brücke und faßte den verchromten Haltegriff über dem Decca-Computer.

Er gab die Schiffsposition ein, und der Computer verglich sie mit der vor vier Stunden bestimmten. Im Output erschien sogleich die zurückgelegte Entfernung und die vom Schiff erreichte Geschwindigkeit. Ärgerlich runzelte Nick die Stirn und sah nach dem Steuermann, der bei diesem hohen Seegang die *Warlock* besser auf Kurs halten konnte als eine automatische Steuerung.

Nach zehn Minuten war Nick überzeugt, daß die *Warlock* so schnell fuhr, wie es unter diesen Bedingungen nur möglich war. Dennoch erreichte die *Warlock* nicht die Extraknoten, mit der er gerechnet hatte, als er den gewagten Enschluß faßte, die Konkurrenz mit *La Mouette* aufzunehmen.

Nick hatte achtundzwanzig Knoten gegen die achtzehn des Franzosen veranschlagt, erreichte sie aber nicht. Hastig ging er zur Sprechanlage: »Maschinenraun, bestätigen Sie, daß wir am roten Strich fahren.«

»Am roten Strich, jawohl, Käpten«, kam die gleichgültige Antwort des Chefingenieurs zurück, gerade als die nächste See mit Getöse über das Schiff hereinbrach.

Der »rote Strich« bezeichnete die maximale Drehzahl, die vom Hersteller der gigantischen Dieselmotoren als zulässige Dauerleistung empfohlen war. Nick fuhr sie so hoch, wie er konnte, ohne in die Gefahrenzone oberhalb von achtzig Prozent der Höchstleistung zu kommen, die bei längerer Inanspruchnahme zu Dauerschäden an den Maschinen führen konnte.

Er kehrte zu seinem Stuhl zurück und griff nach seiner Zigarrentasche, stockte aber, als er das Feuerzeug bereits in der Hand hielt. Er hatte seit Kapstadt unablässig geraucht und weiß Gott zu wenig geschlafen. Voll Abscheu fuhr er sich mit der Zunge über die Lippen, schob den Stumpen zurück in die Tasche und versuchte zu ergründen, warum die *Warlock* langsamer lief.

Plötzlich schoß ihm ein Gedanke durch den Kopf, der einen harten, ärgerlichen Glanz in Nicks Augen brachte.

Er stand auf, nickte dem Dritten Offizier zu, der Deckwache hatte, und verschwand durch den Ausgang an der Rückseite der Brücke in seinen Tagesraum. Das war Absicht. Er wollte nicht, daß unter Deck sein Kommen angekündigt werde. Vom Tagesraum hastete er die Kajütstreppe hinunter.

Die Maschinenzentrale war ebenso modern und hell erleuchtet wie die Kommandobrücke der *Warlock*. Isolierglas umschloß sie, dämpfte das Dröhnen der riesigen Diesel und bot einen eindrucksvollen Blick in den Hauptmaschinenraum, sogar für Nick, der jede Einzelheit selbst geplant und überwacht hatte.

Die beiden Mirless-Diesel füllten, mit nur einem schmalen Durchgang zwischen ihnen, die weißgestrichene Höhlung –

jeder von ihnen so lang wie vier große Mercedes, Stoßstange an Stoßstange geparkt, und so hoch wie vier übereinandergetürmte Autos. Jeder hatte sechsunddreißig Zylinder und eine Normalleistung von elftausend Pferdestärken.

Es war nur ein Gewohnheitsrecht, das jeden Besucher einschließlich des Kapitäns nötigte, sein Kommen in der Zentrale vorher dem Chefingenieur anzukündigen. Dieses Recht mißachtend, schlüpfte Nick leise durch die Glasschiebetüre aus der Hitze und dem Ölgestank in die kühlere und angenehmere Luft des Kontrollraums.

Vinny Baker war in ein Gespräch mit dem Elektriker vertieft. Nick erreichte das Steuerpult, bevor der Chefingenieur seinen schlaksigen Körper umgewandt hatte.

»Sie setzten sich über meinen Befehl hinweg«, warf Nick dem Chefingenieur in gedämpftem leidenschaftslosem Ton vor, der keinerlei Wut verriet. »Sie fahren die Maschinen nur mit siebzig Prozent.«

»Das ist nach meiner Betriebsanweisung am roten Strich«, widersprach ihm Baker. »Ich fahre meine Maschinen bei diesem Seegang nicht mit achtzig Prozent, da hätten wir bald einen Kolbensalat . . .« Er machte eine Pause, als der nächste Wellenkamm das Heck der *Warlock* auf seinen Rücken hob. Die Maschinenzentrale erzitterte und klirrte, als die Schrauben außerhalb des Wassers leer liefen, bevor sie wieder griffen.

»Hören Sie sich das an, Mann!«

»Dafür sind sie gebaut. Ich will die Höchstleistung«, verlangte Nick entschieden und wies auf den verchromten Hebel, mittels dessen der Ingenieur die von der Brücke verlangte Leistung einstellen konnte. »Es ist mir gleich, wann Sie es tun, solange es innerhalb der nächsten fünf Sekunden geschieht.«

»Verschwinden Sie aus meinem Maschinenraum – und kümmern Sie sich um Ihren eigenen Kram.«

»Na schön«, erwiderte Nick, »dann mache ich es selbst.« Und er griff nach dem Hebel.

»Lassen Sie die Finger von meinen Maschinen«, brüllte Baker und hob einen schweren Schraubenschlüssel vom Boden auf.

»Fassen Sie nichts an, sonst haue ich Ihnen die Zähne ein – Sie eiskalter hergelaufener Fatzke.«

Trotz seiner Wut hätte Nick beinahe laut gelacht. Eiskalt, dachte er, so sieht er mich also.

»Sie dämlicher Bundaberg-saufender Galah«, erwiderte er ruhig, während er nach dem Hebel griff. »Es kommt mir wirklich nicht darauf an, ob ich Sie vorher umlegen muß, aber wir fahren mit achtzig Prozent.«

Vinny Baker blieb die Sprache weg, er hatte nicht erwartet, in australischem Slang beschimpft zu werden. Er ließ den Schlüssel krachend zu Boden fallen.

»Das Ding brauche ich nicht«, verkündete er, steckte seine Brille in die Hüfttasche und zog mit beiden Ellbogen die Hose hoch. »Es macht mehr Spaß, Sie mit bloßer Hand in Einzelteile zu zerlegen.«

Erst jetzt kam Nick zu Bewußtsein, wie groß der Ingenieur war. In Boxerstellung geduckt glich er die Schwankungen des Decks mit leichten Bewegungen seiner langen kräftigen Beine aus.

Nick hatte den verchromten Hebel kaum angefaßt, da kam der erste rechte Haken von unten, und zwar so schnell, daß Nick gerade noch Zeit hatte, auszuweichen. Der Hieb pfiff an seinem Kinnbacken vorbei und schürfte ihm die Haut von der Außenkante der Augenhöhle – instinktiv schlug er zurück und schmetterte seine Faust Baker in die Achselhöhle. Das trieb diesem die Luft zischend aus den Lungen, aber mit einem linken Schwinger landete seine knochige Faust auf Nicks Schulter, glitt ab und traf ihn hoch an der Schläfe. Nick sank nach vorne in einen Clinch und umklammerte den harten mageren Körper, während er versuchte, der dröhnenden Finsternis in seinem Kopf Herr zu werden.

Jetzt beugte sich Baker zurück wie eine Kobra, die zum Stoß ausholt, und dann schwang er seinen Kopf vorwärts. Es war der klassische Kopfstoß nach Nicks Gesicht, und hätte er voll getroffen, hätte er ihm das Nasenbein zerschmettert und die Zähne aus den Kiefern gebrochen – aber Nick war darauf gefaßt und drückte sein eigenes Kinn, soweit er konnte, hinunter, daß sich ihre Stirnen mit einem Krachen trafen, das wie das Brechen eines Eichenasts klang.

Bei dem Anprall löste sich Nicks Umklammerung, und alle beide taumelten über das schwankende Deck auseinander. Baker heulte wie ein mondsüchtiger Hund: »Kämpfen Sie ehrlich, Sie hergelaufener Fatzke!« Erst kurz vor der stählernen Wand der Zentrale fand er sein Gleichgewicht und brachte seine hagere Gestalt wieder in Kampfstellung.

Als sich dann die *Warlock* heftig gierend nach der anderen Seite überneigte, stürzte er sich, den Schwung ausnützend, über das abschüssige Deck hinab, den Kopf wie einen Rammbock vorgestemmt, um Nicks Rippen zu zerschmettern.

Nick wich zur Seite wie ein Viehzüchter, der einen wilden Stier bändigt. Er schlang einen Arm um Bakers Nacken, hielt dessen Kopf tief und rannte so mit ihm immer schneller durch die ganze Länge der Maschinenzentrale. Sie erreichten die Wand aus Panzerglas am Ende des Raumes, und Bakers Schädeldecke war der Punkt, der die Wucht ihrer beiden Körper aufzufangen hatte.

Der Chefingenieur kam zu sich, als Angel ihm die Nadel durch die Ränder der klaffenden Wunde am Kopf stach. Er wollte gleich wieder um sich schlagen, aber der Koch hielt ihn mit seinen großen behaarten Händen nieder.

»Schön ruhig, mein Schatz.« Angel zog den Faden durch die blutende Kopfschwarte und machte einen Knoten.

»Wo ist er, der Fatzke?« nuschelte Baker.

»Das ist alles vorbei, Kleiner«, erwiderte Angel ruhig. »Und du hast noch Glück gehabt, daß er dir nur eins auf den Kopf gehauen hat – sonst hätte er dir vielleicht noch weh getan.« Er setzte die Nadel wieder an.

Baker zuckte zusammen, als Angel abermals einen Faden durchzog und verknotete. »Er hat an meinen Maschinen herumgewerkt. Ich hab's ihm gegeben.«

»Du hast ihn eingeschüchtert«, pflichtete ihm Angel zuckersüß bei. »Und jetzt nimm einen kräftigen Schluck von dem da und bleib hübsch liegen. Ich will dich zwölf Stunden in dieser Koje sehen – sonst komme ich und stopf dich hinein.«

»Ich gehe zu meinen Maschinen zurück«, verkündete der Chefingenieur und leerte das Glas mit der bräunlichen Medizin, deren scharfer Geruch ihm fast den Atem nahm.

Angel verließ ihn und ging zum Telefon. Als Baker aus der Koje kroch, betrat Nick die Kajüte. »Danke, Angel«, sagte er.

Angel stahl sich hinaus und ließ die beiden allein. Der Chefingenieur öffnete den Mund und wollte Nick bissig anfahren.

Nick kam ihm zuvor: »Levoisin ist uns mit *La Mouette* vermutlich um fünfhundert Meilen vorausgekommen, während Sie Primadonna gespielt haben.« Baker blieb der Mund offen stehen, aber er brachte keinen Ton heraus. »Ich habe das Schiff gebaut«, fuhr Nick fort, »damit es rasch und erfolgreich in einem Wettstreit dieser Art sein kann, und nun versuchen Sie, uns alle um die Bergungsprämie zu bringen.«

Damit drehte er sich um, stieg zur Kommandobrücke hinauf und setzte sich in seinen Segeltuchstuhl. Vorsichtig betastete er die dicke Schwellung an der Stirn. Sein Kopf war wie mit einem eisernen Reifen zusammengepreßt. Nick wäre gerne in seine Kajüte gegangen, um ein schmerzstillendes Mittel zu nehmen, wollte aber die Meldung nicht versäumen, wenn sie endlich kam.

Er zündete sich einen Stumpen an, aber der schmeckte nach geteertem Seilende. Als er ihn in den Sandkasten warf, klingelte das Telefon.

»Brücke, hier Maschinenraum.«

»Was gib's, Chef?«

»Wir fahren jetzt mit achtzig Prozent.«

Nick antwortete nicht, aber er spürte den Unterschied in der Vibration der Maschinen und die raschere Fahrt des Schiffes.

»Niemand hat mir gesagt, daß wir es mit *La Mouette* zu tun haben. Keinesfalls darf dieser fröschefressende Mistkerl vor uns dort sein«, verkündete Baker erbittert.

Allens Stimme klang entschuldigend. »Tut mir leid, daß ich Sie wecken muß, Käpten, aber die *Golden Adventurer* meldet sich.«

»Ich komme sofort«, murmelte Nick und schwang die Beine aus der Koje. Er hatte den abgrundtiefen Schlaf der Erschöpfung geschlafen, aber er brauchte nur Sekunden, um die dunklen Schleier vor seinem Bewußtsein zu zerteilen. Das verdankte er einem jahrelangen Training als Wachoffizier.

Als er auf die Brücke kam, merkte er sofort, daß der Wind stärker geworden war. Er schätzte ihn auf Stärke sechs, und die *Warlock* schwankte noch heftiger. Außerhalb der warmen, matt erleuchteten Geborgenheit der Brücke machten die entfesselten Elemente, das eiskalte Wasser und der rasende Sturm die pechschwarze Nacht zu einem tobenden Inferno.

Der Krebs saß grau, zusammengesunken und übernächtig über seine Apparate gebeugt und wandte kaum den Kopf, als er Nick die Nachricht gab.

Kapitän der Adventurer an Christy Marine . . .

Der Computer dechiffrierte rasch, und Nick knurrte, als er die neueste Positionsangabe sah – etwas an der Situation des Dampfers hatte sich drastisch geändert.

> *. . . Hauptmaschinen immer noch unverwendbar. Strömung treibt uns ostwärts und erreicht acht Knoten. Windstärke sechs von Nordwest. Bedrohliche Eisgefahr für das Schiff. Von wo kann ich Hilfe erwarten?*

»Strömung und Wind gemeinsam treiben sie auf das Land zu«, murmelte Allen, während er rasch auf der Karte die Daten eintrug. Er wies mit dem Finger auf die gefährlich zerklüftete Küstenlinie von Coatsland. »Sie ist jetzt achtzig Meilen davon entfernt. Wenn sie weiter so rasch treibt, wird sie in weniger als zehn Stunden stranden.«

»Wenn sie nicht vorher auf einen Eisberg stößt«, erwiderte

Nick. »Wie lange brauchen wir noch, um sie zu erreichen?«

»Noch vierzig Stunden, Käpten.« Allen zögerte und strich sich die dichte hellblonde Locke aus der Stirn. »Wenn wir bei dieser Geschwindigkeit bleiben können – aber wir werden sie wohl vermindern müssen, sobald wir das Eis erreichen.«

Nick dachte an die fürchterliche Lage des Dampferkapitäns, dessen Schiff in höchster Gefahr war, und mit ihm das Leben von Besatzung und Passagieren.

Wie viele Menschenleben? Nick rief sich das Schiff in Erinnerung. Die Besatzung der *Golden Adventurer*, Offiziere und Mannschaften, betrug 235 Mann, dazu konnte sie 375 Passagiere aufnehmen, hatte also insgesamt wahrscheinlich über 600 Menschen an Bord. Wenn das Schiff nicht zu retten war, würde es für die *Warlock* schwer werden, so viele Menschen zu übernehmen.

»Aber die Leute waren auf Abenteuer aus, und nun bekommen sie etwas für ihr Geld«, unterbrach Allen seine Gedanken, als hätte er sie gehört.

Nick schaute ihn an und widersprach nicht: »Ein Platz auf diesem Schiff kostet ein Vermögen, und normalerweise haben nur alte Herren so viel Geld. Wenn es strandet, wird es Verluste geben.«

»Verzeihung, Käpten«, sagte Allen und errötete zum ersten Mal, seit sie von Kapstadt abgefahren waren, »wenn der Kapitän weiß, daß Hilfe unterwegs ist, könnte ihn das von einer Verzweiflungstat abhalten.«

Nick blieb stumm. Allen hatte natürlich recht. Es war grausam, alle diese Menschen in dem Glauben zu lassen, sie wären allein in der furchtbaren Eiswüste.

»Die Außentemperatur beträgt fünf Grad unter Null, und bei einer Windstärke von dreißig Meilen pro Stunde kommt es zu lebensgefährdenden Unterkühlungen. Wenn die Leute bei dieser Kälte in die Rettungsboote gehen . . .« Hier wurde Allen vom Krebs unterbrochen, der aus dem Funkraum rief: »Christy Marine antwortet.«

Es war eine lange Botschaft voll derselben leeren Versicherungen, die ein Arzt einem Krebspatienten gibt, aber ein Absatz hatte für Nick Bedeutung:

Wir versuchen alles, um mit sämtlichen Bergungsschleppern im südlichen Atlantik Verbindung aufzunehmen.

Allen schaute Nick erwartungsvoll an. Die Menschlichkeit gebot, der *Golden Adventurer* mitzuteilen, daß die *Warlock* nur 800 Meilen entfernt war und rasch näher kam.

Nervös sprang Nick von seinem Stuhl auf, öffnete die Türe und trat ins Freie. Der Schock des eiskalten Windes nahm ihm den Atem, er schnappte gleich einem Ertrinkenden nach Luft. Behutsam füllte er seine Lungen, und seine Nasenlöcher weiteten sich, als er das Eis roch. Es war der unverkennbare naßkalte Geruch, den er so gut von den nördlichen Eismeeren kannte. Er hielt es nur wenige Augenblicke im Freien aus, aber als er in die angenehme, grünlich erleuchtete Wärme der Brücke zurückkehrte, war sein Entschluß gefaßt.

»Mr. Allen, vor uns ist Eis.«

»Ich habe eine Wache an das Radar gestellt, Käpten.«

»Sehr gut«, erwiderte Nick. »Aber wir wollen jetzt auf halbe Fahrt gehen«, er zögerte und fuhr dann fort, »und Funkstille bewahren.«

Das war eine harte Entscheidung, und Nick sah die Anklage in Allens Augen, bevor dieser sich umwandte, um das Kommando für die Verringerung der Geschwindigkeit zu geben.

Der Entschluß zur Funkstille war zweifellos richtig. Nick hatte es mit zwei harten Männern zu tun und wußte, daß er es sich nicht leisten konnte, Jules Levoisin auch nur einen Fingerbreit Vorsprung zu lassen. Er mußte ihn zwingen, als erster die Funkstille zu brechen. Er brauchte diesen Vorteil. Und sein anderer Gegner war Duncan Alexander, ein gefährlicher Mann voller Haß und Rachsucht.

Der Kapitän der *Golden Adventurer* würde noch ein wenig länger die Ängste der Ungewißheit ertragen müssen, aber Nick tröstete sich mit dem Gedanken, daß jede weitere dramatische

Entwicklung in der Situation des Dampfers, wie etwa der Entschluß, das Schiff zu verlassen und in die Rettungsboote zu gehen, unkodiert durch Funk angekündigt werden und ihm so die Möglichkeit geben würde, einzugreifen.

Soweit das Auge reichte, war das Meer vor der *Warlock* mit Eisschollen übersät. Manche hatten die Größe eines Billardtisches und scharrten an den Schiffsflanken, dann schaukelten und tanzten sie im Kielwasser. Andere hatten die Größe von Häuserblocks und waren unheimliche, seltsam geformte Gebilde wie löchrige weiße Waben, so hoch wie die Aufbauten der *Warlock*.

Sie fuhren zu rasch, Nick wußte das, aber er verließ sich auf die Wachsamkeit seiner Offiziere, das Schiff sicher durch das Eis hindurchzusteuern. Doch war ihm sogar diese Geschwindigkeit zu langsam für seine quälende Ungeduld.

Über dem Horizont türmte sich eine große ununterbrochene Linie hochragender Klippen auf, die im Licht der tiefstehenden Sonne in Smaragd- und Amethystfarben erglühte, ein treibendes Tafelland von solidem hartem Eis, siebzig Kilometer breit und zwanzig Meter hoch.

»Mein Gott, ist das schön«, sagte Allen mit der Ehrfurcht eines Gläubigen in einer Kathedrale.

Die Spitzen des Tafellandes leuchteten in hellem Rubinrot. Windseitig lief schwere See an und brandete unter wildem Aufschäumen weißen Gischts dagegen. Dennoch rührte sich die Eismasse nicht, schwankte nicht einmal.

Auf der Leeseite war das Wasser durch die enorme Masse blanken Eises vor dem Wind geschützt. Leise plätscherte das grünliche Wasser gegen die bläulich schimmernden Wände. Innerhalb einer Schiffslänge gelangte die *Warlock*, die sich eben noch wie ein stampfender, sich aufbäumender wilder Hengst gebärdet hatte, in die windfreie und unnatürliche Ruhe eines Bergsees.

Die Stille nützend, brachte Angel Tabletts, gehäuft voll mit knusprig braun gebackenen walisischen Pastetchen, und dampfende Becher mit dickem, schaumigem Kakao – und während sie um drei Uhr morgens im Licht der blassen Sonne frühstückten, bestaunten sie die traumhafte Schönheit der Eistürme. Die jüngeren Offiziere riefen und lachten, als eine Schule von fünf schwarzen Mörderwalen so dicht vorbeikam, daß sie die weißen Wangenflecken und die großen grinsenden Mäuler durch das klare eisige Wasser erkennen konnten.

Nick stimmte in die spontane Heiterkeit nicht ein. Er kaute an einem der köstlichen, mit saftigem Fleisch gefüllten Pastetchen, konnte es aber nicht aufessen. Sein Magen war zu verkrampft. Er fand die Heiterkeit seiner Offiziere fehl am Platz, das sorglose Lachen verletzte sein Empfinden, da doch seine ganze Zukunft in Frage gestellt war.

Er hörte ihrem sorglosen Geschwätz zu und fühlte sich, trotz der wenigen Jahre Unterschied, alt genug, um ihr Vater zu sein. Es ärgerte und irritierte ihn, daß sie lachen konnten, wenn so viel auf dem Spiel stand – sechshundert Menschenleben, ein großes Schiff, weit über zehn Millionen Pfund, seine eigene Zukunft. Sie würden wahrscheinlich nie am eigenen Leib erfahren, was es hieß, sein Lebenswerk auf einen einzigen Wurf zu setzen – und dann, ganz plötzlich, beneidete er sie.

Er konnte sich nicht erklären, warum er jetzt am liebsten mitgelacht, das Zusammengehörigkeitsgefühl des Augenblicks mit ihnen geteilt und wenigstens für kurze Zeit seine Last abgeschüttelt hätte. Fünfzehn Jahre lang hatte er sich das nie gewünscht.

Unvermittelt stand er auf, und sofort wurde es still auf der Brücke. Jeder Offizier konzentrierte sich auf seine Aufgabe, nicht ein einziger schaute ihm nach, als Nick langsam die Brücke überquerte.

Plötzlich empfand er Schuldgefühle. Er nahm sich zusammen, bekämpfte die Schwächeanwandlung und gewann sein Selbstvertrauen und seine Entschlossenheit zurück. Nichts sollte ihn von der schwierigen Aufgabe, die ihn erwartete, ablenken. Er blieb vor der Funkraumtüre stehen. Der Krebs schaute von seinen Apparaten auf, und sie tauschten einen Blick des schweigenden Einverständnisses, zwei vollkommen in ihren Pflichten aufgehende Männer ohne Zeit für Leichtfertigkeiten.

Nick setzte seine Wanderung fort, und sein Gesichtsausdruck wurde hart und unnachgiebig. Wieviel hatte er auf dem steilen Weg zum Erfolg geopfert, wieviel Freude und Lachen von sich gewiesen, an wieviel Schönheit war er achtlos vorbeigegangen!

Mit brennendem Schmerz dachte er an seine Frau, die ihn nun mit dem Kind, seinem Sohn, verlassen hatte.

Hinter ihm knackte und summte es im Apparat, als das Funksignal Kanal 16 einschaltete, dann kam eine menschliche Stimme im Klartext durch.

Mayday, Mayday, Mayday. Hier spricht die Golden Adventurer . . .

Nick stürzte zum Funkraum, während eine ruhige Männerstimme die Koordinaten der Schiffsposition durchgab.

. . . Wir sind in äußerster Gefahr aufzulaufen und treffen Vorkehrungen, das Schiff zu verlassen. Kann irgendein Schiff uns Hilfe bringen? Ich wiederhole, kann irgendein Schiff uns Hilfe bringen?

»Großer Gott –«, Allens Stimme war rauh vor Schrecken. »Sie ist nur fünfzig Meilen vom Kap Alarm entfernt, und wir noch zweihundertzwanzig.«

»Wo zum Teufel ist *La Mouette?«* knurrte Nick.

»Wir müssen jetzt sofort Kontakt aufnehmen, Käpten.« Allen sah von der Karte auf. »Sie können die Leute nicht in die Boote gehen lassen – nicht bei diesem Wetter, Käpten. Das wäre Mord.«

»Danke, Erster«, sagte Nick ruhig. »Ihr Rat ist immer willkommen.« Allen errötete, aber vor Ärger, nicht vor Verlegenheit. Trotz seiner Angespanntheit bemerkte es Nick und bekam eine bessere Meinung von seinem Ersten Offizier.

Ein Blick zur Oberkante des Eisbergs hinauf zeigte ihm, daß die über ihn hinwegziehenden Wolken brodelten und vom Wind zerfetzt wurden. Sie quollen über die Kanten herab wie kochende Milch über den Rand eines Topfes. Ihm blieb jetzt nichts übrig, als Nachricht zu geben. *La Mouette* hatte den Wettstreit um die längere Funkstille gewonnen. Er mußte den Kapitän beruhigen und darauf drängen, daß er seine Enscheidung, das Schiff zu verlassen, noch etwas hinausschob und der *Warlock* Zeit gab, den Abstand zu verringern.

Alle beobachteten Nick und warteten auf seine Entscheidung. In dieser Stille kam wieder das Funksignal für Kanal 16. Und dann schallte plötzlich durch das Schweigen auf der Brücke jene tiefe klangvolle Stimme mit französischem Akzent, an die sich Nick so deutlich erinnerte.

Kapitän der Adventurer, hier spricht der Kapitän des Bergungsschleppers La Mouette. Ich bin mit Höchstgeschwindigkeit zu Ihrer Hilfe unterwegs. Nehmen Sie Lloyd's Open Form an?

Nick ließ sich seine Erregung nicht ansehen, aber sein Herz schlug wild gegen die Rippen. Jules Levoisin hatte das Schweigen gebrochen. »Tragen Sie seine Position ein«, sagte Nick ruhig.

»Mein Gott, sie ist vor uns!« Allens Gesicht verriet Erschrekken, als er sie mit der eigenen verglich.

»Sie ist gut hundert Meilen vor uns.«

»Nein.« Nick schüttelte den Kopf. »Er lügt, das tut er immer.« Er fragte den Funkoffizier: »Haben Sie eine Peilung von ihm?«

Der Krebs sah von seinem Gerät auf, mit dem er die Sendungen der *Mouette* anpeilte. »Ich habe nur die Richtung, aber keine Entfernung –«

Nick unterbrach ihn. »Wir wollen ihren besten Kurs vom Golfo de San Jorge als Schnittlinie nehmen.« Er wandte sich wieder an Allen. »Arbeiten Sie mir das aus.«

»Das ergibt eine Differenz von mehr als dreihundert Seemeilen.«

»Ja«, bestätigte Nick. »Der alte Pirat würde nie seine genaue Position aller Welt bekanntgeben. Wir sind vor ihm und werden die *Golden Adventurer* abschleppen, bevor er sie mit dem Radar erfaßt.«

»Nehmen Sie jetzt mit Christy Marine Kontakt auf, Käpten?«

»Nein, Mr. Allen.«

»Aber sie werden mit *La Mouette* abschließen, wenn wir kein Angebot machen.«

»Das glaube ich nicht«, murmelte Nick und hätte beinahe hinzugefügt: Duncan Alexander wird nicht auf Lloyd's Open Form eingehen, da er selbst der Versicherer ist und das Schiff noch frei schwimmt. Er wird um Tagesmiete und Bonus kämpfen, und Jules Levoisin wird ihm diese Koppelung nicht abnehmen. Er wird auf den dicken Rosinen beharren. Sie werden nicht abschließen, bevor die beiden Schiffe in Sichtweite sind – und dann werde ich die *Golden Adventurer* schon im Schlepptau haben.

Aber er sagte es nicht, sondern nur: »Halten Sie weiter den Kurs, Mr. Allen«, und verließ die Brücke.

Er schloß die Türe seiner Kajüte hinter sich und lehnte sich von innen dagegen. Die Augen fest geschlossen, versuchte er seine Gedanken zu ordnen. Es war nur eine Frage von Sekunden gewesen, beinahe hätte er als erster die Funkstille gebrochen und *La Mouette* den Vorteil überlassen.

Durch die Türe hinter sich hörte er Allens Stimme. »Haben Sie das schon gesehen? Er hat kein Gefühl – nicht die Bohne davon. Er hätte die armen Teufel glatt in die Boote gehen lassen.«

Kapitän Basil Reilly von der *Golden Adventurer* war ein großer, drahtiger Mann mit Ausdauer und Zähigkeit. Der dicke Schnurrbart in dem dunkelbraun verbrannten Gesicht glänzte silbrig wie das Fell eines Polarfuchses, und die hellen, intelligenten Augen waren von einem Netz feiner Fältchen umgeben.

Auf der windseitigen Nock der Kommandobrücke stehend, sah er die schweren, dunklen Wellen gegen sein hilfloses Schiff branden. Sie trafen es jetzt breitseits, brachten bei jedem Anprall den Rumpf zum Erzittern, stiegen bis zur Reling und ergossen sich über das Deck. Sie überschwemmten das Schiff in seiner ganzen Breite und strömten in einer Kaskade von schäumendem Gischt, den der Wind verblies, wieder herab.

Die *Golden Adventurer* war während der Vormitternachtswache, in der traditionsgemäß der jüngste Navigationsoffizier zum Dienst eingeteilt war, in Eis gekommen. Der Anprall war kaum spürbar gewesen, doch hatte er den Kapitän aus tiefstem Schlaf geweckt.

Die großen Eisberge ragen hoch genug heraus, um vom Radar erfaßt zu werden oder selbst der unaufmerksamsten Deckwache aufzufallen, und können leicht umfahren werden. Eisplatten jedoch mit ihrem gewaltigen Umfang und Gewicht sind bei bewegter See fast völlig überflutet und nahezu unsichtbar.

Mit dem Dritten Offizier auf Wache und einer vorsichtigen Fahrt von nur zwölf Knoten hatte die *Golden Adventurer* eines dieser Riesendinger gestreift – und eine horizontale Eiskante hatte das Schiff unterhalb der Wasserlinie aufgeschlitzt wie ein Messer den zum Räuchern bestimmten Hering.

Es war das klassische Leck, ein fünf Meter langes Loch in der Bordwand, vier Meter unterhalb der Höchstlademarke, und zwei wasserdichte Abteilungen waren davon betroffen – darunter die des Hauptmaschinenraums.

Sie waren des Wassers leicht Herr geworden, bis es einen gewaltigen elektrischen Kurzschluß gegeben hatte, und von da an kämpfte der Kapitän darum, das Schiff schwimmend zu erhalten. Langsam, Zentimeter um Zentimeter, war es tiefer gesunken. Die Lenzpumpen liefen noch, trotzdem stieg allmählich das Wasser im Schiffsbauch.

Vor drei Tagen hatte er alle Passagiere von unten auf das Hauptdeck heraufbeordert und alle wasserdichten Schotten geschlossen. Die Besatzung und die Passagiere waren nun in den Gesellschaftsräumen und Rauchsalons untergebracht. Der Komfort des Luxusdampfers hatte sich in die überfüllte, unhygienische und erniedrigende Situation einer belagerten Stadt verwandelt.

Die sanitären Einrichtungen waren unzureichend, nur vierzehn Toiletten für über sechshundert Menschen, von denen viele seekrank waren oder an Durchfall litten. Es gab keine Bäder oder Duschen und nicht genug Strom, um das Waschwasser zu erwärmen. Die Notstromgeneratoren lieferten gerade genug Energie, um die Schiffseinrichtungen zu versorgen – die Pumpen, die Notbeleuchtung, die Funk- und Navigationseinrichtungen. Die Außentemperatur fiel allmählich bis auf minus zwanzig Grad.

Die Kälte in den großen Aufenthaltsräumen war beißend. Die Passagiere verkrochen sich in ihren Pelzmänteln und steifen Schwimmwesten unter Haufen von Decken. Es gab beschränkte Kochmöglichkeiten auf Gasbrennern, die sonst für Erkundungsfahrten an Land verwendet wurden.

Von den 368 zahlenden Passagieren waren nur achtundvierzig unter fünfzig Jahre alt, trotzdem herrschte eine überraschend gute Stimmung. Männer und Frauen, die vor dieser Notsituation über ein nicht tadellos gebügeltes Hemd oder über einen um ein klein wenig zu kalt servierten Wein sich bitter zu beschweren gewohnt waren, nahmen nun eine Tasse Fleischbrühe entgegen, als sei es ein Château Margaux, lachten und schwatzten angeregt in der Kälte und beschämten mit ihrer Seelenstärke die wenigen, die sich vielleicht beklagt hätten.

Doch der Kapitän gab sich keinen Illusionen über den Ernst der Lage hin. Durch das triefnasse Fenster beobachtete er eine Arbeitspartie, die sich, von einem Offizier geführt, im Bug heroisch plagte. Vier Männer in glänzenden gelben Plastikoveralls mit Kapuzen warfen, von eisigen Wellen durchnäßt, einen Schleppanker über Bord, um das Schiff mit der Nase gegen den Wellengang zu bringen. Dann würde es ruhiger liegen und vielleicht weniger rasch auf die felsige Küste zutreiben. Zweimal in den vergangenen Tagen waren die ausgeworfenen Schleppanker schon von Wind und Wellen fortgerissen worden.

Vor drei Stunden hatte er seine Ingenieure aus dem Maschinenraum heraufbeordert, wo die Gefahr für ihr Leben, gegenüber der entfernten Möglichkeit, doch noch die Hauptdiesel zum Laufen zu bringen, zu groß geworden war. Es hatte den Kampf gegen die See aufgegeben und traf nun Vorsorge für die letzten Maßnahmen, wenn er das Schiff verlassen und versuchen mußte, sechshundert Menschen von diesem hilflosen Wrack zu den kaum geringeren Gefahren und Beschwernissen der öden, sturmgepeitschten Küste von Kap Alarm zu schaffen.

Kap Alarm war einer der wenigen kahlen, schwarzen Felszacken, die unter der dicken weißen Kappe der Antarktis hervorragten, eisfrei gepocht durch den ewigen Angriff von Sturm und Brandung. Es stieß fast achtzig Kilometer in das Weddell-Meer vor und endete in zwei Ausläufern, die wie Stierhörner eine schmale, geschützte, nach dem Polarforscher Sir Ernest Shackleton benannte Bucht umschlossen.

Bei jeder Fahrt pflegte das Schiff im tiefen und ruhigen Wasser dieser Bucht zu ankern, während die Passagiere an Land gingen, um die brütenden Vögel und die seltsamen und unheimlichen, von Wind und Wetter ausgemeißelten Felsformationen zu bewundern und zu fotografieren.

Erst vor zehn Tagen hatte die *Golden Adventurer* in der Bucht die Anker gelichtet und Richtung auf das Weddell-Meer genommen. Das Wetter war mild und windstill gewesen, bei leichter Dünung und hellem Sonnenschein.

Kapitän Reilly zweifelte nicht daran, daß sie bei Kap Alarm auf Grund laufen würden, wenn der französische Rettungsschlepper sie nicht vorher erreichte.

Sie hätten mit *La Mouette* bereits in Radarkontakt stehen müssen, wenn die Positionsdurchgabe des Schleppers korrekt gewesen wäre. Sorgenfalten furchten Reillys tiefbraune Stirn, und in seinen Augen standen Schatten.

»Wir haben wieder eine Nachricht von der Direktion erhalten, Käpten«, sagte neben ihm sein Zweiter Offizier, ein junger Mann, der in dem dicken wollenen Pullover und dem marineblauen Übermantel wie ein Teddybär aussah.

»Sehr gut.« Reilly warf einen flüchtigen Blick darauf. »Geben Sie das an den Kapitän des Schleppers durch.« Die Verachtung, der Abscheu vor diesem Schacher zwischen Eigentümer und Retter, wenn ein großes Schiff und sechshundert Menschenleben in dem eiskalten Meer gefährdet waren, schwang deutlich in seiner Stimme mit. Er wußte, was er tun würde, wenn der Schlepper die *Golden Adventurer* erreichte, bevor sie in die wartenden Fänge der Felsen geriet. Er würde auf Grund seiner Rechte als Kapitän unverzüglich das Angebot der Hilfe unter Lloyd's Open Form annehmen.

»Wenn der Schlepper nur schon käme«, murmelte er vor sich hin, »lieber Gott, laß ihn bloß kommen!« Mit seinem Feldstecher glaubte er schon etwas am Horizont zu erkennen, sah aber bald, daß es nur ein von einem zufälligen Sonnenstrahl getroffener Eisberg war.

Er ließ den Feldstecher sinken und ging von der luvseitigen Nock nach Lee. Dort ragte das Kap Alarm schwarz und drohend zum grauen Himmel auf, und gegen die steilen Abbrüche brandeten schäumend die Wogen und schossen hoch empor in blendend weißem Gischt.

»Nur noch sechzehn Meilen entfernt, Käpten«, sagte der erste Offizier, der neben ihn getreten war, »und die Strömung scheint sich jetzt ein wenig nach Norden zu verlagern.« Sie schwiegen beide eine ganze Weile, dann setzte der Offizier mit einem Anflug von Bitterkeit in der Stimme hinzu: »Wo bleibt denn nur dieser verdammte Kerl?«

Sie war sehr jung, vermutlich noch keine fünfundzwanzig Jahre alt, und sogar die dicken Schichten schwerer Kleidung, über denen sie noch einen um drei Nummern zu großen Männeranorak trug, konnten die Schlankheit ihres Körpers und die jugendlich überschüssige Kraft in ihren langen durchtrainierten Gliedmaßen nicht verbergen.

Ihr Kopf saß graziös auf dem langen schlanken Hals, und ihr üppiger sonnengebleichter Haarschopf schimmerte in Silber und Gold. Sie hatte ihn zu einem Strang von der Stärke eines

Männerhandgelenks zusammengedreht und zu einem Knoten aufgesteckt.

Auf beiden Händen balancierte sie ein schweres Tablett und hielt es auf dem schwankenden Deck im Gleichgewicht.

»Trinken Sie, Mrs. Goldberg«, sagte sie, »das wird Sie von innen her aufwärmen.«

»Ich glaube kaum, meine Liebe«, erwiderte die weißhaarige Dame zögernd.

»Tun Sie es für mich«, schmeichelte die junge Frau.

»Ihnen zuliebe.« Mrs. Goldberg nahm einen Becher und trank ihn schluckweise aus. »Das war gut«, sagte sie, und dann rasch und verstohlen: »Samantha, ist der Schlepper schon gekommen?«

»Er muß jetzt jeden Augenblick eintreffen, und der Kapitän ist ein bezaubernder Franzose. Genau das richtige Alter für Sie, mit einem angenehm kitzelnden Schnurrbart. Ich werde Sie mit ihm bekannt machen – gleich vor allen anderen.«

Die alte Dame war Witwe, hoch in den Fünfzigern, ein wenig übergewichtig und mehr verängstigt, aber sie lächelte und setzte sich gerader.

»Sie sind unverbesserlich«, sagte sie mit einem Lächeln.

Männer wie Frauen fanden Samantha bezaubernd und versuchten ihre Aufmerksamkeit auf sich zu lenken, denn sie war einer jener seltenen Menschen, die gleich einem schönen Kind ganz naiv Herzlichkeit ausstrahlen. Sie lachte mit ihnen, schalt und neckte sie, und wenn sie weiterging, sahen sie ihr lachend und aufgemuntert, aber ein wenig eifersüchtig nach.

»Eine Weile ist uns ein Albatros gefolgt, Sam.«

»Ja, ich habe ihn durch das Kombüsenfenster gesehen –«

»Das bedeutet Unglück, nicht wahr?«

»Ach woher, das sollten Sie besser wissen. Jeder Albatros bedeutet Glück.«

Samantha Silver zählte zu den Reisebegleitern des Schiffes und hatte das Doktorat in Biologie. Sie hatte Studienurlaub von der Universität in Miami genommen, wo sie einen Forschungsauftrag über Meeresökologie hatte.

Während der Steward die Becher auf ihrem Tablett wieder füllte, blieb Samantha am Eingang zur provisorischen Küche stehen, die man in der Bar eingerichtet hatte, und wandte sich nach dem überfüllten Gesellschaftsraum um. Die Luft, in der sich der Geruch von ungewaschenen Menschen und Tabakrauch mischten, war zum Schneiden dick, aber eine starke Zuneigung zu den Passagieren wallte plötzlich in Samantha auf. *Die Leute hielten sich so tapfer,* dachte sie. Sie war stolz auf sie.

Samantha dachte an die in überfüllten Städten eingesperrten Menschenmassen. Auch Zoos und Tierkäfige waren ihr verhaßt, und sie erinnerte sich, wie sie als kleines Mädchen geweint hatte, weil ein Bär, durch die Gitter zur Verzweiflung getrieben, sich in seinem Käfig unablässig um sich selbst gedreht hatte. Die Betonblöcke in den Städten trieben die darin Gefangenen zu ähnlich seltsamem und wunderlichem Verhalten. Alle Kreaturen sollten Samanthas Meinung nach sich frei bewegen, leben und atmen dürfen, und doch war der Mensch, das größte Raubtier, das dieses Recht so vielen anderen Kreaturen verwehrte, nun dabei , sich selbst zu zerstören, zu vergiften und einzusperren, mit einer Zielstrebigkeit, die den Todeszug der Lemminge im Vergleich dazu logisch erscheinen ließ.

Sie verspürte tief in ihrem Innern Angst, denn sie liebte die See und verstand sie. Sie wußte, was sie draußen im Sturm erwartete, und sie fürchtete sich davor. Mit einiger Willensanstrengung schüttelte sie die bedrückenden Gedanken ab und brachte es fertig, strahlend zu lächeln, als sie das schwere Tablett wieder aufnahm.

In diesem Augenblick kam aus den Bordlautsprechern ein Pfeifsignal, und dann ertönte in der plötzlich einsetzenden Stille die gemessene, ruhige Stimme des Kapitäns.

»Meine Damen und Herren, hier spricht der Kapitän. Ich bedaure, Ihnen mitzuteilen zu müssen, daß wir noch keinen Radarkontakt mit dem Bergungsschlepper *La Mouette* herstellen konnten, und daß es nach meinem Dafürhalten jetzt notwendig wird, Passagiere und Besatzung in die Rettungsboote zu bringen . . .«

In den überfüllten Gesellschaftsräumen entstand Unruhe, Klagen wurden laut, die sogar das Heulen des Sturmes übertönten. Samantha sah einen ihrer liebsten Passagiere den Arm um seine Frau schlingen und ihren silberweißen Kopf an seine Schulter drücken.

»Sie haben alle die Rettungsübungen mehrfach mitgemacht. Ich brauche Sie wohl nicht mehr eigens darauf hinzuweisen, daß Sie in Ordnung und Ruhe zu Ihren Stationen gehen und allen Anweisungen der Schiffsoffiziere gehorchen müssen.«

Samantha setzte ihr Tablett ab und ging rasch zu Mrs. Goldberg hinüber.

»Nicht doch«, flüsterte sie. »Lassen Sie die anderen nicht sehen, daß Sie weinen.«

»Werden Sie bei mir bleiben, Samantha?«

»Natürlich werde ich das.« Sie half der Dame auf die Füße. »Denken Sie nur daran, was für Geschichten Sie Ihren Enkeln werden erzählen können, wenn Sie nach Hause kommen.«

Kapitän Reilly überprüfte in Gedanken die Vorbereitung für das Verlassen des Schiffes und ging sie Punkt für Punkt nochmals durch.

Das Hauptaugenmerk war darauf zu legen, daß während des Einbootens niemand ins Wasser fiel oder von Seewasser durchnäßt wurde. Die Überlebenserwartung betrug in diesem Gewässer nur vier Minuten. Auch wenn das Opfer sofort aus dem Wasser gezogen wurde, blieben ihm nur vier Minuten, wenn nicht die nasse Kleidung entfernt und für Erwärmung gesorgt werden konnte. Überleben hing also weitgehend von Planung und Vorsichtsmaßnahmen ab.

Das Zweitwichtigste war die seelische Verfassung seiner Passagiere beim Verlassen der relativen Wärme und Geborgenheit, die das Schiff gegenüber der beißenden Kälte und der schwankenden Unsicherheit eines Rettungsbootes in einem antarktischen Sturm bot.

Sie hatten Anweisungen erhalten und waren psychologisch vorbereitet worden, so gut es ging. Ein Offizier hatte die

Kleidung und Rettungsausrüstung jedes einzelnen Passagiers überprüft und als Schutz gegen die Kälte Traubenzuckertabletten verabreicht.

Die Verteilung auf die einzelnen Boote war sorgfältig ausgearbeitet worden, und für jedes von ihnen trug ein Besatzungsmitglied die Verantwortung. Mehr zu tun war nicht möglich gewesen. Die motorisierten Rettungsboote sollten zuerst ins Wasser gelassen werden – es waren sechs, drei an jeder Seite des Schiffes vertäut, jedes mit einem Offizier und fünf Matrosen besetzt. Während die große Scheibe des Schleppankers den Bug des Schiffes gegen den Wind hielt, sollten sie mit den hydraulischen Davits nach außenbord geschwungen und von den Winden rasch zur Wasseroberfläche abgesenkt werden, die man kurzfristig durch Aufsprühen von Öl aus den Pumpen im Bug glätten würde.

Trotz ihres Verdecks und trotz der Ausrüstung mit Motoren und Funkgeräten waren die Boote keine idealen Fahrzeuge für das Überleben unter diesen Bedingungen. Innerhalb weniger Stunden würde ihre Besatzung halb tot vor Kälte sein. Nicht in ihnen sollten die Passagiere untergebracht werden, sondern in den dreißig großen aufblasbaren Gummirettungsflößen, die selbst bei schwerster See nicht kentern konnten und zur Isolation eine doppelte Haut hatten. Ausgerüstet mit eisernen Rationen und batteriegespeisten Funkortungsbaken, bot jedes von ihnen zwanzig Menschen Schutz. Menschen, deren Körperwärme die Innentemperatur erträglich machte.

Die Motorboote sollten nur die Flöße betreuen, zusammenhalten und in langer Reihe in die schützende Shackleton-Bai schleppen. Selbst unter diesen widrigen Bedingungen sollte die ganze Aktion nicht länger als zwölf Stunden dauern.

Die Rettungsboote führten genügend Ausrüstung, Brennstoff und Nahrungsmittel mit, um die Schiffbrüchigen einen Monat, oder bei halben Rationen sogar zwei Monate lang zu versorgen. Sobald sie einmal die ruhigen Ufer der Bucht erreicht hätten, würde man die Flöße an Land ziehen, ihre Verdecke mit ausgestochenen Schneeziegeln verkleiden und so aus ihnen Iglus machen, in denen die Überlebenden Schutz fanden. Sie mußten vielleicht längere Zeit in der Bucht bleiben, denn sechshundert Personen konnte der französische Bergungsschlepper, auch wenn er sie bald erreichte, nicht an Bord nehmen. Einige würden zurückbleiben und auf ein anderes Schiff warten müssen.

Kapitän Reilly warf noch einen Blick auf die Küste. Sie war jetzt sehr nahe, und im schwachen Licht der ersten Nachtstunden glitzerten die von Schnee und Eis bedeckten Klippen wie die Fänge eines gierigen Ungeheuers.

»Also gut«, sagte er zum Ersten Offizier. »Fangen wir an.«

Dieser hob sein Sprechfunkgerät an den Mund. »Vorderdeck, hier Brücke. Beginnen Sie jetzt mit dem Ölaufsprühen.«

Sogleich glätteten sich durch das Gewicht des Öls die windgepeitschten Wogen und verwandelten sich zu einer sanften, majestätischen Dünung längs der Schiffsflanken.

»Schwenken Sie die Boote aus«, sagte der Kapitän, und der Offizier gab den Befehl durch Funk weiter.

Die hydraulischen Ausleger der Davits hoben die sechs Boote aus ihren Klampen und schwenkten sie nach außen, hoch über der Wasseroberfläche. Wenn das Schiff in das Wellental sank, schwang der ölbedeckte Wellenkamm kaum einen Meter unter ihren Kielen vorbei. Der Offizier jedes Bootes mußte nun den Seegang abschätzen und die Winde so betätigen, daß es sauber auf die hintere Schräge einer darunter durchziehenden Welle aufsetzte – und dann sofort die automatische Halterung lösen und von der gefährlichen stählernen Schiffswand fortsteuern.

In diesem Augenblick riß das schwere Nylonseil, an dem die kegelförmige Scheibe des Schleppankers hing, mit einem Knall, der einem Kanonenschuß gleichkam. Das Seil schnellte wie eine Peitschenschnur pfeifend zurück und hätte auf seiner Bahn einen Mann ohne weiteres in zwei Teile geschlagen.

Der Bug der *Golden Adventurer* stieg, wie in heller Freude über seine Befreiung von der Fessel, hoch und wurde von einem Wellenkamm herumgetrieben. Kurz darauf lag das Schiff hilflos, quer zum Wind – die Steuerbordseite, an der noch die drei gelben Rettungsboote hingen, ihm voll ausgesetzt.

Eine riesige Woge bäumte sich wie aus dem Nichts auf. Eines der Boote löste sich von der Aufhängung, fiel schwer auf die Wasseroberfläche, wurde von der Welle erfaßt und gegen die Schiffsflanke geschmettert.

Das Boot barst wie eine reife Melone und verstreute seinen Inhalt. Von der Brücke aus sah man, wie die Besatzung hilflos in die Dunkelheit fortgewirbelt wurde. Die kleinen Erkennungsbirnchen an ihren Rettungswesten leuchteten schwach wie Glühwürmchen und verloschen dann im Sturm.

Das vorderste Boot pochte gegen das Schiff wie ein Türklopfer. Sie konnten die Männer darin schreien hören, schwache jammervolle Laute im Sturm, mehrere Minuten lang, während die Wellen das Boot allmählich zu einem Trümmerhaufen zerschlugen.

Das dritte Boot wurde ebenfalls heftig gegen den Rumpf geschwungen. Die Ausklinkvorrichtung öffnete sich, und es fiel sieben Meter tief in die schäumende See. Das Wasser schlug über ihm zusammen, dann sprang es wieder hoch wie ein Kork. Aber es leckte und sank rasch, während es in die tobende Nacht davontrieb.

»O mein Gott«, flüsterte Kapitän Reilly. Sein Gesicht war plötzlich alt und grau. Noch trauerte er nicht um die Menschen, die die See verschlungen hatte, das würde später kommen – im Augenblick war es der Verlust der Boote, der ihm Sorge machte, denn dies brachte das Leben von fast sechshundert Menschen in Gefahr.

Im Windschatten des riesigen Rumpfes hatten die anderen drei Boote, geschützt gegen Wind und Wellen, sanft auf die Wasseroberfläche aufgesetzt. Jetzt kreuzten sie in der dunklen Nacht herum, ihre Scheinwerfer tasteten das Meer ab wie lange weiße Finger. Eines von ihnen kämpfte sich durch die wild wogende See, um die Besatzung des havarierten Rettungsbootes aufzunehmen, das mit zerschmettertem Bug immer tiefer sank.

»Drei Boote«, murmelte der Kapitän, »für dreißig Flöße.« Er wußte, daß er zu wenige Hirten für seine Herde hatte – und doch blieb ihm keine andere Wahl.

»Lassen Sie die Flöße ins Wasser«, sagte er leise, und dachte dann still für sich: *Und Gott sei uns allen gnädig.*

»Nummer sechzehn ist an der Reihe«, rief Samantha. »Hier sind wir, Nummer sechzehn.« Sie versammelte die achtzehn Passagiere, die ihrem Floß zugeteilt waren, um sich. »Gleich ist es soweit – alle beisammenbleiben!«

Die Flöße wurden auf dem offenen Deck aufgeblasen. Die Passagiere hasteten in der Pause zwischen zwei überschlagenden Wellen zu ihnen hin und schlüpften in das gedeckte Innere. Dann hoben rasselnde Seilwinden die besetzten Flöße über die Bordwand hinaus und ließen sie in das ruhigere Wasser im Windschatten des Schiffsrumpfes hinab. Dort wurden sie sogleich von einem der Rettungsboote in Empfang genommen und zu einem kleinen Konvoi zusammengekoppelt.

»Jetzt!« Der dritte Offizier stürzte durch die Mahagonitüre herein und hielt sie weit offen. »Rasch! Alle!«

»Vorwärts«, rief Samantha, und es gab ein unbeholfenes Drängen auf dem nassen, schlüpfrigen Deck. Es waren nur dreißig Schritte bis zum Boot, aber der Sturm traf sie wie mit Knüppeln, so daß manche vor Angst aufschrien.

»Schneller!« Samantha schob die Zögernden weiter und stützte dabei Mrs. Goldbergs füllige Gestalt.

»Laß mich ihr helfen«, rief der dritte Offizier und faßte Mrs. Goldbergs anderen Arm. Gemeinsam schoben sie Mrs. Goldberg durch die Einstiegsöffnung in das Floß.

»Gut gemacht, meine Liebe«, lächelte der Offizier Samantha an. Ein anziehendes und warmes, sehr männliches Lächeln. Er hieß Ken und war fünf Jahre älter als sie. Samantha hatte vorausgesehen, daß er wahrscheinlich bald ihr Geliebter werden würde, denn er hatte sie ungestüm umworben, seit sie in New York das Schiff betreten hatte. Schmerzlich wurde ihr jetzt in aller Deutlichkeit bewußt, daß dieses »bald« vielleicht nie Wirklichkeit werden würde.

»Ich helfe dir noch bei den anderen.« Ihre Stimme übertönte das hysterische Heulen des Windes.

»Steig lieber ein«, schrie er zurück und hob sie energisch in das Floß. Sie kroch in das überfüllte Innere und sah zurück auf das hell erleuchtete, im Lampenlicht glitzernde Deck.

Ken ging zu einer der Frauen zurück, die ausgerutscht und gestürzt war. Ihr Gatte hatte verzweifelt, aber vergeblich versucht, ihr aufzuhelfen.

Samantha sah die nächste Welle heranrauschen und stieß einen schrillen Warnschrei aus.

»Zurück, Ken! Um Himmels willen, zurück!« Aber er schien sie nicht zu hören. Die Welle kam in rasender Geschwindigkeit heran und schlug über die windseitige Reling, schweigend und eilig wie ein riesiges schwarzes Seeungeheuer.

»Ken!« schrie Samantha nochmals, und er sah sie über die Schulter an, kurz bevor die Welle ihn erreichte.

Samantha stürzte zum Einschlupf und spähte hinunter. Die See brauste über die drei in einem dunklen Schwall hinweg, riß sie um und schwemmte sie mit sich. Einen Augenblick lang sah sie noch, wie Ken sich an die Reling klammerte, während das Wasser über ihm zusammenschlug und seinen Kopf in aufschäumendem weißem Gischt begrub. Dann verschwand er. Als das Wasser vom Schiff wieder abfloß, war das Deck leergefegt und niemand mehr zu sehen.

Beim nächsten Überlegen des Schiffes schwang der Kranführer hoch oben in seiner verglasten Kabine das Floß nach außen und ließ es rasch und geschickt zur Wasseroberfläche hinab, wo eines der Rettungsboote es besorgt umkreiste und in Schlepp nahm.

Samantha verschloß und sicherte die Plastikklappe am Eingang, dann tastete sie sich durch die eng zusammengepferchten, geängstigten Menschen, bis sie Mrs. Goldberg fand.

»Weinen Sie, meine Liebe?« fragte die alte Dame zitternd und klammerte sich verzweifelt an sie.

»Nein«, erwiderte Samantha und legte ihr den Arm um die Schultern. »Nein, ich weine nicht.« Mit der freien Hand wischte sie die eisigen Tränen fort, die ihr über die Wangen strömten.

Der Krebs nahm den Kopfhörer ab und sah Nick durch den aufsteigenden Zigarrenrauch hindurch an.

»Der Funker auf der *Adventurer* hat die Taste seines Geräts festgeklemmt. Er sendet einen ununterbrochenen Peilton.«

Nick wußte, was das bedeutete – sie hatten das Schiff verlassen. Er nickte, schwieg aber. Allmählich machte er sich darauf gefaßt, daß die Sache auch für ihn schlecht ausgehen konnte. Die Würfel waren gegen ihn gefallen, und der Einsatz war seine ganze Zukunft gewesen. Es stand jetzt nahezu mit Sicherheit zu erwarten, daß die *Golden Adventurer* an die Küste getrieben und bei diesem Sturm dort zu einem totalen Wrack geschlagen würde. Er konnte von Christy Marine höchstens noch eine Charter dafür erwarten, daß er der *Mouette* beim Zurückbringen der Überlebenden nach Kapstadt half. Die Vergütung dafür würde nur einen kleinen Teil dessen ausmachen, was die Esso für das Schleppen gezahlt hätte, auf das er für diese wilde und verzweifelte Jagd nach dem Süden verzichtet hatte.

»Vielleicht erreichen wir sie doch noch, bevor sie strandet«, sagte Allen störrisch, aber niemand anderer auf der Brücke pflichtete ihm bei. »Ich meine, die Unterströmung in der geschlossenen Bucht könnte das Schiff lange genug vom Ufer fernhalten, um uns eine Chance zu geben . . .« Er verstummte, als Nick ihn stirnrunzelnd ansah.

»Wir sind noch zehn Stunden entfernt – und bei Reillys Entschluß, das Schiff zu verlassen, muß es schon bedenklich nahe am Stranden gewesen sein. Reilly ist ein guter Mann.«

Nick ging zum Radarschirm und stellte ihn auf größte Entfernung und Helligkeit ein, bevor er in das Okular sah. Der Empfang war sehr schlecht, aber ganz am Rande des runden Schirms konnte er das helle Leuchten der Abbrüche und Felszacken von Kap Alarm erkennen. Bei guten Wetter hätten sie es in fünf Stunden erreicht, aber nun waren sie nicht mehr im Schutz des riesigen Eisberges und die tödliche Gefahr des Packeises erlaubte Nick nur eine sehr mäßige Geschwindigkeit. Das bedeutete noch zehn weitere Stunden, bevor sie die *Gol-*

den Adventurer zu Gesicht bekamen – wenn diese bis dahin noch nicht untergegangen war.

Hinter ihm krächzte die Stimme des Krebses heiser vor Erregung. »Ich bekomme eine Stimme herein – sie ist nur schwach und setzt teilweise aus. Eines der Rettungsboote sendet mit einem batteriegespeisten Funkgerät. Sie schleppen eine Menge Flöße mit den Überlebenden an Bord in die Shackleton-Bai. Aber eines davon haben sie verloren. Es hat sich von der Schleppleine gelöst, und sie haben nicht genug Boote, um es zu suchen. Sie bitten *La Mouette*, nach ihm Ausschau zu halten.«

»Meldet sich *La Mouette*?«

Der Krebs schüttelte den Kopf. »Sie ist vermutlich noch außer Reichweite des Senders.«

Nick hatte immer noch Funkstille bewahrt und fühlte die unausgesprochene, aber heftige Mißbilligung seiner Offiziere. Er hatte nicht die Kraft, mit dem Fehlschlag allein fertigzuwerden.

Er blieb neben David Allen stehen und sagte:

»Ich habe die Segelanweisungen der Admiralität für das Kap Alarm studiert. Die Küste ist sehr steil, und den Westwinden ausgesetzt, aber der Strand besteht aus Schotter und das Barometer steigt wieder kräftig.«

»Ja, Käpten«, nickte dieser begeistert. »Das habe ich auch schon bemerkt.«

»Statt vergeblich zu hoffen, daß eine Unterströmung die *Adventurer* vom Ufer abhält, schlage ich vor, Sie schicken ein Stoßgebet zum Himmel, daß sie an einem dieser Kiesstrände aufläuft und daß sich das Wetter bessert, bevor sie zu sehr Schaden nimmt. Dann haben wir noch eine Chance, sie zu verankern, bevor sie auseinanderbricht.«

»Ich werde zehn Ave Maria beten, Käpten«, grinste Allen.

»Und beten Sie weitere zehn, daß wir unseren Vorsprung vor der *Mouette* behalten«, sagte Nick und lächelte, was er sehr selten tat, und Allen staunte über die Veränderung, die dieses Lächeln in seinem harten Gesicht bewirkte.

»Halten Sie weiterhin den Kurs und rufen Sie mich, wenn

sich etwas ändert.« Damit verschwand Nick in seiner Kajüte.

Allen wiederholte den Befehl mit neuer Wärme in der Stimme.

Eigenartig und wunderbar flackerte das Südlicht in wogenden Strömen roten und grünen Feuers am Horizont und bildete einen unwirklichen Hintergrund für den Todeskampf des großen Schiffes.

Kapitän Reilly schaute der *Golden Adventurer* durch die kleinen Bullaugen des ersten Rettungsbootes nach, wie sie ihrem Schicksal entgegentrieb. Kein anderes Schiff hatte er mehr geliebt als die *Golden Adventurer*, und etwas in seinem tiefsten Inneren starb mit ihr.

Sie verhielt sich nun anders. Der Wellengang wurde von der Landnähe beeinflußt, und sie schien verzweifelt gegen den Ansturm von Wind und Wellen zu kämpfen, als wüßte sie, was für ein Schicksal sie erwartete. An der Landzunge fielen die hohen schwarzen Felswände steil in die tobende Brandung ab, und die *Golden Adventurer* trieb geradewegs auf sie zu. Aber im letzten Augenblick glitt sie doch, durch die Unterströmung abgehalten, an den Felsen vorbei. Ihr Bug schwenkte herum in die seichte Bucht, wo sie vor Kapitän Reillys Blicken verborgen war.

Mit einem tiefen Seufzer wandte er sich ab und widmete seine ganze Aufmerksamkeit der Aufgabe, seinen kleinen Konvoi, der nur langsam vorankam, in der Shackleton-Bai in Sicherheit zu bringen.

Nicht lange darauf wurde deutlich, daß das Schicksal sich ihrer aller erbarmt hatte, denn eine günstige Strömung trieb sie der Küste zu. Der Konvoi war über eine Distanz von fünf Kilometern auseinandergezogen. Kapitän Reilly hatte mit den anderen beiden Rettungsbooten Funkkontakt, und trotz der beißenden Kälte waren alle in guter Verfassung und kamen unerwartet dem Lande näher. In drei oder vier Stunden würden sie es erreicht haben, hoffte er. Sie hatten schon so viele Menschenleben verloren und es konnte allzuleicht noch weitere Verluste geben, bevor er gelandet war und das Camp eingerichtet hatte . . .

Er griff zu seinem kleinen Ultrakurzwellensender. Vielleicht war der französische Rettungsschlepper endlich in Reichweite. Er begann ihn zu rufen.

»*La Mouette*, können Sie mich hören? Bitte melden . . .«

Das Rettungsboot ragte nur wenig über der Wasseroberfläche empor, und die Leistung der kleinen Sendeanlage reichte für diese ungeheuren Weiten von Meer und Eis nicht aus, dennoch setzte er seine Rufe fort.

Sie waren auf Beschwerlichkeiten gefaßt gewesen und hatten versucht, sich seelisch auf weitere Gefahren und Mühsale einzustellen, aber keiner der Überlebenden im Rettungsfloß Nummer 16 hatte sie sich so schlimm vorgestellt, auch Samantha nicht.

Es war stockdunkel, nicht der geringste Lichtschimmer drang durch das isolierte Verdeck, nachdem der Eingang zum Schutz gegen Wind und Wellen verschlossen worden war.

Samantha erkannte sofort, daß die Dunkelheit die Stimmung verschlechtern, daß sie Verwirrung und Benommenheit zur Folge haben mußte. So veranlaßte sie, daß jeweils zwei der Passagiere die Erkennungsbirnchen an ihren Schwimmwesten einschalteten.

Dann ließ sie alle im Kreis ringsum an den Wänden Platz nehmen, mit den Beinen nach innen, so daß die Last gleichmäßig verteilt war, und jeder Platz genug hatte, sich auszustrecken.

Nun, da es Ken nicht mehr gab, hatte Samantha die Leitung übernommen. Sie war durch den Einschlupf in die brutale Kälte der Nacht hinausgekrochen, um die Schleppleine des Rettungsbootes zu übernehmen und festzumachen. Sie war dann halb erfroren zurückgekommen, zitternd vor lähmender Kälte, Hände und Gesicht gefühllos.

Dann begann sich der Konvoi in Bewegung zu setzen, und das schon bisher beängstigende Schwanken des leichten Floßes wurde zu einem Alptraum regelloser ruckartiger Bewegungen. Jedesmal, wenn das Floß zur Seite trieb oder ausscherte, wurde es vom Schleppseil mit einem gewaltigen Ruck zurückgeholt.

Die vom Wind gepeitschten Wellen erreichten infolge der Landnähe Höhen bis zu sieben Meter, und von ihnen auf den Kamm gehoben, stürzte das Floß dann schwer in die Täler dazwischen hinab. Die erste, die sich erbrach, war Mrs. Goldberg.

Das Verdeck war fast luftdicht, außer einigen winzigen Luftlöchern in der Dachmitte. Innerhalb weniger Minuten erbrach sich noch ein halbes Dutzend anderer Leute.

Dennoch sorgte sich Samantha am meisten wegen der Kälte. Sie konnte tödlich werden.

»Singen wir«, forderte Samantha ihre Schützlinge auf. »Los, wir singen den Yankee-doodle. Sie fangen an, Mr. Stuart. Sie und Ihr Nachbar geben den Takt mit Händeklatschen.« Sie spornte sie unablässig an und ließ sie nicht in jene Apathie fallen, die kein Schlaf, sondern etwas wie Trance ist, hervorgerufen durch die rasch sinkende Körpertemperatur. Sie kroch zwischen den Leuten herum, rüttelte sie wach und stopfte ihnen Malzbonbons aus der eisernen Ration in den Mund.

»Lutschen und singen«, befahl sie. Das Malz half Kälte und Übelkeit bekämpfen.

Als sie dann allesamt nicht mehr singen konnten, erzählte Samantha Geschichten – und jedesmal, wenn sie einen Tiernamen aussprach, mußten alle in die Hände klatschen und bellen wie ein Hund oder krähen wie ein Hahn oder schreien wie ein Esel.

Samanthas Stimme war rauh vom Singen und Reden. Benommen vor Erschöpfung und erstarrt vor Kälte, erkannte Samantha an sich selbst die ersten Symptome von Gleichgültigkeit und Lethargie, aber sie riß sich zusammen.

»Ich zünde jetzt den Brenner an und mache uns ein heißes Getränk«, verkündete sie munter. »Wie wär's mit einem Becher Fleischbrühe –« sie stockte plötzlich. Irgend etwas hatte sich verändert. Sie brauchte eine Weile, um festzustellen, was es war. Der Wind pfiff nicht mehr so laut, und das Floß schwamm nun gleichmäßiger – ohne dieses fürchterliche Anrucken durch das Schleppseil.

In panischer Angst kroch sie zum Eingang und nestelte mit vor Kälte steifen Fingern den Verschluß auf.

Draußen war es dämmrig, und ein kalter klarer Himmel zeigte sich in blassem, durchsichtigem Rosa und Violett. Obwohl der Wind zu einem sanften Säuseln abgeflaut war, ging die See immer noch hoch und wild.

Das Schleppkabel war am Schäkel abgerissen. Nummer 16 war das letzte in der langen Reihe der vom Rettungsboot Nummer drei geschleppten Gummiflöße gewesen – aber von dem Konvoi konnte Samantha nicht die geringste Spur entdecken.

Nirgends war ein Rettungsboot zu sehen, auch weit und breit nichts von der felsigen, eisbedeckten Küste des Kap Alarm. Sie waren während der Nacht in die ungeheuren, einsamen Weiten des Weddell-Meeres abgetrieben.

Sie spürte, wie sich ihre Bauchmuskeln verkrampften, und am liebsten hätte sie ihren verzweifelten Protest gegen diese weitere Grausamkeit des Schicksals laut hinausgeschrien, aber sie beherrschte sich und blieb in der klaren eisigen Luft stehen. Sie atmete vorsichtig, weil sie wußte, wie gefährlich Tiefsttemperaturen für die Lunge sein konnten. Suchend blickte sie um sich, bis ihre Augen vor Anstrengung tränten, in der bitteren Kälte, die sie schließlich wieder in das dunkle, stinkende Innere des Floßes zurücktrieb. Erschöpft sank sie zwischen den teilnahmslosen, stummen Menschen zu Boden und zog die Kapuze ihres Anoraks fester zu. Sie wußte, daß der Tod schon sehr nahe war, aber irgendwie machte es ihr nichts mehr aus. Sie schloß die Augen und öffnete sie dann wieder mit einer gewaltigen Anstrengung.

Ich werde nicht sterben, nahm sie sich fest vor und erhob sich mühsam auf die Knie.

Sie kroch zu dem in die Mitte des Raums gerückten Kasten, der die Notverpflegung und sonstige Ausrüstung enthielt.

Der Peilsender war in Polyurethan verpackt, und trotz ihrer kältestarren Finger und der dicken Handschuhe brachte sie ihn schließlich aus der Hülle heraus. Er hatte die Größe einer

Zigarrenkiste, mit seitlich aufgedruckter Bedienungsanleitung. Sie brauchte sie nicht erst zu lesen, sondern schaltete gleich ein. Jetzt würde der Sender achtundvierzig Stunden lang, bis die Batterie leer war, ein Ortungssignal auf der 121,5 MHz-Welle senden.

Es war immerhin möglich, daß der französische Schlepper es auffing. Dann widmete Samantha sich der fast unlösbaren Aufgabe, ein Trinkkännchen Wasser auf dem kleinen Trockenspirituskocher zu erwärmen, ohne sich die Finger zu verbrennen, denn sie mußte das Gerät auf dem Schoß halten und gegen die Bewegungen des Floßes ausbalancieren.

Von allen Menschen verlassen und mit stillstehenden Maschinen, aber mit noch hellerleuchteten Decks, trieb die *Golden Adventurer* mit festgezurrtem Steuerruder und niedergeklemmter Morsetaste rasch auf die schwarzen Felsen des Kap Alarm zu.

Die Wellen brandeten ungehemmt gegen das Kap, schäumten an seinen harten Abbrüchen hoch empor, ehe sie in einer Unterströmung zurückflossen. Diese hielt den Dampfer vom Ufer fern. Die Felswand fiel fast senkrecht bis in eine Tiefe von vierzig Faden ab. So konnte das Schiff auch nicht auf Grund laufen.

Der Wind fing sich an der Felswand, und in einer nahezu unheimlichen Stille trieb das Schiff immer näher und krängte fast übermäßig, als die Brecher es breitseits trafen. Einmal streifte es dabei mit seinen Aufbauten sogar den Felsen, aber dann wurde es wieder von der Unterströmung fortgezogen. So ging das eine Weile. Man hätte vom Land auf ihr Deck springen können, als sie langsam parallel zur Küste dahintrieb.

Die Felswand lief in ein schroffes, senkrecht abfallendes Vorgebirge aus. Drei hohe Pfeiler standen dort, so anmutig wie die Säulen am Tempel des Olympischen Zeus. Wieder streifte die *Golden Adventurer* einen dieser Pfeiler mit ihrem Heck. Das genügte gerade, um sie herumzudrücken und ihren Bug geradenwegs in die breite, seichte Bucht dahinter zu richten.

Hier war eine weichere Felsformation von Wind und Wetter abgetragen worden und bildete jetzt einen großen breiten Strand rötlich-schwarzer Steine von Menschenkopfgröße.

Nun, da die *Golden Adventurer* an den Klippen vorbeigekommen war, bot sie dem Wind mehr Angriffsfläche. Obwohl er allmählich erstarb, hatte er immer noch die Kraft, sie unaufhaltsam, mit dem Bug voraus, weiter in die Bucht hinein zu treiben. Dort stieg das Ufer sanft an, so daß die Wellen langsam abebbten.

Mit lautem metallischem Scharren der anstreifenden Platten lief die *Golden Adventurer* auf Grund und neigte sich zur Seite, aber der lose Schotter schmiegte sich rasch um ihren Bug, je höher der Wind und die Wellen sie auf den Strand hinauftrieben. Dann ließ der Wind weiter nach, der Wellengang wurde schwächer, und als die Flut sich zurückzog, sank das Schiff noch tiefer ein. Mittags saß sie endgültig mit ihrem Bug fest und lag in einem Winkel von 10 Grad schräg.

Hoch überragte sie den von Feuchtigkeit glitzernden Strand. Nur ihr Heck schwankte noch in der Dünung auf und ab, aber die rasch sinkende Lufttemperatur ließ das Eis ringsum bald zu einer festen Fläche erstarren. Ihre Aufbauten überzogen sich mit Reif und aus ihren Speigatts und Ankerklüsen hingen lange spitze Stalaktiten aus glänzendem, durchscheinendem Eis.

Der Notstromgenerator lief noch, und obwohl keine Menschenseele mehr an Bord war, brannten die Lampen hell, und leise Musik tönte durch die verlassenen Gesellschaftsräume.

Abgesehen von dem Leck in ihrer Seite, durch das immer noch Wasserwirbel eindrangen, gab es kein äußeres Anzeichen eines Schadens, und die wildzerklüfteten Felszacken von Kap Alarm hinter ihr schienen ihre anmutigen Formen nur noch zu betonen und damit zu unterstreichen, was für ein wertvoller Preis sie war.

Nach zwei Stunden totenähnlichen Schlafs fuhr Nick plötzlich mit der Vorahnung auf, daß etwas Entscheidendes im Gange sei.

Er erhob sich schlaftrunken, den Kopf noch von Müdigkeit benebelt, und begab sich schwankend unter die Dusche, um sich mit brühheißen Wasserstrahlen zu ermuntern.

Als er auf die Brücke kam, saß der Krebs immer noch vor seinen Apparaten. Offenbar hatte er überhaupt nicht geschlafen. Nick fühlte Gewissensbisse wegen seiner eigenen Schwachheit.

»Wir sind immer noch vor *La Mouette*«, sagte der Krebs und wandte sich wieder seinen Apparaten zu. »Ich rechne mit einem Vorsprung von fast hundert Meilen.«

Der Koch erschien mit einem großen Tablett auf der Brücke, und Nick lief bei dem Duft das Wasser im Mund zusammen. »Etwas Spezielles für Sie, Käpten, ich nenne es ›Eier auf Engelsflügeln‹.«

»Prima«, sagte Nick und wandte sich dann kauend wieder an den Krebs. »Neues von der *Adventurer*?«

»Sie sendet noch einen Peilton, aber ihre Position hat sich seit fast drei Stunden nicht mehr geändert.«

»Dann ist sie gestrandet«, murmelte Nick – gerade als Allen auf die Brücke gestürzt kam, noch im Begriff, in seine Bordjacke zu schlüpfen, da er von der Anwesenheit des Kapitäns erfahren hatte. »Sie scheint noch nicht zerschellt zu sein, wenn sie immer noch sendet. Ihre Ave Marias scheinen doch etwas bewirkt zu haben, David.« Nick ließ sein seltenes Lächeln sehen, und David klopfte auf die polierte Teakholzplatte des Kartentisches.

»Toi, toi, toi, man soll den Teufel nicht an die Wand malen.«

Nick fühlte Verzweiflung und Müdigkeit schwinden, nahm noch einen kräftigen Bissen und kaute daran, während er zu den Frontfenstern ging und hinausschaute.

Der Wellengang hatte sich beruhigt, doch die Sonne stand matt und buttergelb tief am Horizont und spendete keine Wärme. Nick warf einen Blick auf das Thermometer. Die Außentemperatur war auf minus dreißig Grad gefallen.

Hier, südlich des sechzigsten Breitengrades, war das Wetter durch unaufhörlich wechselnde atmosphärische Tiefs so unstabil, daß innerhalb von Minuten ein Sturm aufkommen und ebenso plötzlich wieder abflauen konnte. Doch überwog das schlechte Wetter.

Nick mißtraute der Ruhe und betete, daß sie anhalten möge. Er wollte trotz der damit verbundenen Gefahr wieder die Geschwindigkeit erhöhen und war dabei, den Befehl zu geben, als der Wachoffizier eine starke Kursänderung ausrief.

In einiger Entfernung von ihnen verrieten träge Strudel eine knapp unter der Wasseroberfläche liegende Eismasse, und als die *Warlock* den Kurs änderte, um ihr auszuweichen, tauchte schwarzes Eis auf, von Moränenstreifen durchzogen, häßlich und tödlich.

»Wir sollten Kap Alarm in einer Stunde erreichen, wenn die Sicht so bleibt«, kündigte Allen an.

»Wird sie nicht«, erwiderte Nick, »wir kommen sehr bald in Nebel.« Und er deutete auf die Wasseroberfläche, die zu dampfen begann, weil der Unterschied zwischen der Wasser- und Lufttemperatur immer größer wurde.

»Dann brauchen wir noch mindestens vier Stunden«, sprudelte David erregt heraus. »Mit Ihrer Erlaubnis, Käpten, gehe ich hinunter und überprüfe die Schleppausrüstung.«

Während sich der Nebel um sie herum immer mehr verdichtete und die Sichtweite auf einige hundert Meter reduzierte, ging Nick wie ein Löwe im Käfig auf der Brücke hin und her. Er unterbrach seine Wanderung, sooft der Krebs einen wichtigen Funkspruch auffing.

Am Vormittag berichtete Reilly, daß er mit seinem Konvoi ohne weitere Verluste die Shackleton-Bai erreicht habe und dabei sei, ein Lager aufzuschlagen. Er schloß mit der nochmaligen Bitte an *La Mouette*, auf ein 121,5 MHz-Signal zu achten und nach dem Rettungsfloß Ausschau zu halten, das während der Nacht verlorengegangen war. *La Mouette* antwortete nicht.

Nick dachte an die unglücklichen Menschen, die bei dieser Kälte irgendwo trieben und den Tag wohl nicht überleben würden, wenn die Temperatur nicht bald wieder anstieg. Dann konzentrierte er sich auf die zwischen Christy Marine und *La Mouette* gewechselten Funksprüche.

Die Standpunkte der Verhandlungspartner waren jetzt genau umgekehrt. Solange die *Golden Adventurer* noch auf offener See getrieben war und jeder Rettungsversuch nur bedeutet hätte, sie in Schlepp zu nehmen, hatte Jules Levoisin auf Lloyd's Open Form bestanden.

Bei dem mit Sicherheit zu erwartenden Erfolg wäre ihm auch die Bezahlung sicher gewesen. Der Betrag würde von einem Schiedsgericht bei Lloyd's in London nach dem internationalen Seerecht als Prozentsatz vom Wert des geretteten Schiffes festgesetzt werden.

Christy Marine hatte mit allen Mitteln versucht, Levoisin statt dessen einen Tagesheuer- und Prämienvertrag aufzuschwatzen, um die Kosten der Bergung zu begrenzen, war aber an gallischem Geschäftssinn und französischer Verbissenheit gescheitert – bis zu dem Augenblick, in dem es feststand, daß die *Golden Adventurer* auf Grund gelaufen war.

Jules Levoisin hatte daraufhin sofort in erkennbarer Bestürzung sein Angebot auf Lloyd's Open Form zurückgezogen. Denn der Erfolg war nunmehr höchst fraglich geworden. Die *Golden Adventurer* konnte schon ein totales Wrack sein, zerschellt an den Felsen von Kap Alarm, und in diesem Falle gäbe es keine Bezahlung.

Nun war Levoisin verzweifelt bemüht, eine Tagesheuer zu vereinbaren, einschließlich der Fahrt von Südamerika hierher und des Rücktransports der Überlebenden in die Zivilisation. Er offerierte seine Dienste um 5000 Pfund Tagessatz plus einer Prämie von 2½ % vom Gegenwert geborgener Güter.

Jedoch hatte Christy Marine, die vorher zu einem großzügigen Tagessatz abzuschließen bereit war, ebenso unverzüglich dieses Angebot zurückgezogen.

»Wir nehmen Lloyd's Open Form an, die Rückführung der Überlebenden inbegriffen«, erklärte sie.

»Die Bedingungen hier haben sich verändert«, funkte Levoisin zurück, und der Krebs bekam eine neue gute Standortbestimmung von ihm.

Die Brücke der *Warlock* wimmelte wieder einmal von allen Offizieren, die einen Vorwand hatten, oben zu sein.

David Allen kam mit einem Bündel Kleider zum Kapitän. »Ich habe Arbeitskleidung für Sie vom Chefingenieur ausgeliehen, Käpten. Sie haben ungefähr dieselbe Größe.«

»Besten Dank, David«, grinste Nick. »Bringen Sie die Sachen in meine Kajüte.« Langsam wurde ihm der junge Mann immer sympathischer.

»Käpten!« rief der Krebs plötzlich. »Ich höre ein neues Signal. Es ist ganz schwach – und auf 121,5 MHz.«

»Oh, verflucht!« rief Allen von der Türe der Kapitänskajüte aus. »Oh, verflucht!« wiederholte er mit niedergeschlagener Miene. »Das ist dieses blöde vermißte Rettungsfloß.«

»Relative Peilung!« stieß Nick ärgerlich hervor.

»Es liegt auf 280° relativ und 45° magnetisch«, antwortete der Krebs.

Das Rettungsfloß lag irgendwo draußen an Backbord, im Winkel von 80° zum direkten Kurs auf die *Golden Adventurer*.

Die Bestürzung auf der Brücke äußerte sich in einem Gewirr von Stimmen. Nick brachte sie mit einem einzigen Blick zum Verstummen.

Die Positionen der beiden Bergungsschlepper waren mit farbigen Nadeln auf der Karte markiert – eine weitere Nadel gab die Position der *Golden Adventurer* an. Sie waren ihr nun schon so nahe, bei so geringem Vorsprung vor *La Mouette*, daß einem der jüngeren Offiziere herausfuhr: »Wenn wir zu dem Floß fahren, servieren wir die *Adventurer* diesem verdammten Froschesser auf einem silbernen Tablett.«

Seine Worte ließen die Diskussion erneut aufflammen, wenn auch nur in gedämpftem Ton. Nick schaute nicht auf, sondern blieb über den Kartentisch gebeugt. Seine Hände umklammerten dessen Kanten so fest, daß sich die Knöcheln elfenbeinweiß verfärbten.

»Mein Gott, die werden wahrscheinlich sowieso nicht mehr zu retten sein. Wir würden alles für ein Dutzend erstarrter Leichen aufgeben.«

»Wir können sie ja später mitnehmen, wenn wir die *Golden Adventurer* schon im Schlepp haben.«

Nick richtete sich langsam auf, nahm den Stumpen aus dem Mund und sah zu Allen hinüber. Ohne eine Miene zu verziehen, sagte er ruhig:

»Erster, klären Sie bitte die anderen Offiziere über die Gesetze zur See auf.«

Allen kam dem Befehl nach. »Die Erhaltung menschlichen Lebens hat auf See Vorrang vor allen anderen Überlegungen.«

»Sehr gut, Mr. Allen«, bestätigte Nick. »Ändern Sie den Kurs um 80° nach Backbord und richten Sie ihn direkt nach den Notsignalen.«

Damit verzog er sich in seine Kajüte. Er konnte seinen Zorn nur solange beherrschen, bis er allein war; dann wirbelte er herum und schmetterte seine Faust gegen die Täfelung oberhalb des Schreibtisches.

David Allen beobachtete schweigend, wie die *Warlock* ihren Kurs änderte und in den Nebel hineinfuhr. Mit jeder Umdrehung der Schrauben entfernte sie sich weiter von ihrer großen Chance. Die triumphierenden Funksprüche der *Mouette* erschienen ihm wie ein Hohn, denn der Franzose dampfte eilig über die letzten Meilen Wasserfläche, die ihn von Kap Alarm trennten, und verhandelte hart mit den Eigentümern in London.

Der Nebel war so dicht, daß man glaubte, ihn wie Käse in Scheiben schneiden zu können. Von der Brücke aus war der breite Bug der *Warlock* nicht zu sehen. Nick tastete sich nach vorn wie ein Blinder in einem fremden Zimmer. Sie waren wieder in einer Gegend mit riesigen, flachen Eisbergen.

»Radiooffizier?« fragte Nick ungeduldig, ohne die Augen von den wirbelnden Nebelvorhängen vor ihnen abzuwenden.

»Noch immer kein Kontakt«, antwortete der Krebs, und Nick hielt sich nur mühsam aufrecht. Vom Nebel wie hypnotisiert, kämpfte er gegen einen Anflug von Schwindel.

»Schon seit einer Stunde kein Funkkontakt mehr«, murmelte David neben ihm.

»Entweder ist ihre Batterie leer, oder sie sind auf Eis gestoßen und gesunken –«, versuchte der dritte Offizier zu erklären.

»– oder ihr Funkgerät ist von einem Eisberg abgeschirmt«, beendete Nick den Gedanken, und für weitere zehn Minuten herrschte Schweigen auf der Brücke.

»Na schön.« Nick kam endlich zu einem Entschluß. »Wir werden uns damit abfinden müssen, daß das Floß verlorengegangen ist, und werden die Suche abbrechen.« Interesse und Begeisterung erwachten neu. »Navigationsoffizier, ermitteln Sie bitte neuen Kurs zur *Golden Adventurer*, und wir wollen auf halbe Kraft gehen.«

»Wir können diesen Froschesser immer noch schlagen.« Wieder machten sich Spekulationen und vage Hoffnung unter den Offizieren breit. »*La Mouette* könnte in Eis kommen und die Geschwindigkeit vermindern müssen –«

»Na schön, David«, sagte Nick ruhig. »Eins ist jetzt sicher, wir werden nicht vor Levoisin dort sein. Jetzt werden wir eben unseren Trumpf ausspielen –«. Da unterbrach ihn der Krebs mit vor Aufregung sich überschlagender Stimme: »Neuer Kontakt auf 121,5 MHz.«

Die Bestürzung auf der Brücke war fast greifbar. »Er war wohl nur durch den großen Eisberg im Norden abgeschirmt«, vermutete der Krebs. »Sie sind jetzt ganz nahe. Wir werden nicht mehr lange brauchen.«

»Gerade so lange, daß wir mit Sicherheit unsere Chance verpassen.«

Der Berg war so groß, daß er das Wetter in seiner Umgebung beeinflußte. Der Nebel öffnete sich wie ein Theatervorhang, und der Blick, den er freigab, war atemberaubend. Grüne und blaue Eiswände, durchzogen von dunkleren Moränenstreifen, ragten bis zum Himmel auf und verloren sich in hochziehenden Nebelschichten. An ihrem Fuß hatte die See majestätische Bögen und tiefe Höhlen ausgespült.

Die *Warlock* schob sich vorsichtig durch dichte stehende Nebelbänke weiter in plötzlich auftauchende nebellose Räume, wo die Luftspiegelungen und optischen Täuschungen der bewegten antarktischen Luft sie mit ihren Trugbildern verwirrten, eine Pinguinkolonie als eine Elefantenherde oder eine Gruppe winkender Menschen erscheinen ließen und vor ihnen Phantomberge aufbauten, die beim Näherkommen sofort wieder verschwanden.

Die Notsignale des Rettungsfloßes wurden schwächer und hörten schließlich ganz auf.

»Verdammt noch mal«, fluchte Allen bitter, und seine Wangen röteten sich vor Ärger. »Wo zum Teufel steckt denn dieses verdammte Floß? Warum zünden sie nicht eine Phosphorfackel oder eine Signalrakete?« Niemand antwortete ihm, denn abermals hüllte dichter weißer Nebel das Schiff ein und dämpfte jedes Geräusch.

»Soll ich sie vielleicht mit dem Nebelhorn aufscheuchen, Käpten?« fragte er, als die *Warlock* wieder in gleißendes Sonnenlicht tauchte. Nick murmelte etwas Zustimmendes, ohne den Feldstecher sinken zu lassen.

David griff nach dem rotgestrichenen Hebel, der tiefe heisere Klang hallte durch den Nebel und schien ihn zum Erzittern zu bringen.

Samantha hielt den Hartspirituskocher auf ihrem Schoß und benützte als Unterlage den abnehmbaren Fiberglasdeckel des Kastens. Sie erhitzte schon den zweiten Viertelliter Wasser in dem Aluminiumkännchen, das Schwanken des Floßes sorgsam ausbalancierend.

Die blaue Flamme des Kochers brachte Licht in die dunkle Plastikhöhle, aber sie strahlte zuwenig Wärme aus, um Leben zu erhalten. Die Menschen waren dem Tode nahe.

Gavin Stewart hielt den Kopf seiner Frau gegen seine Brust gedrückt, sein eigenes Silberhaupt über sie geneigt. Sie war nun schon beinahe seit zwei Stunden tot und erkaltet. Ihr wächsernes Gesicht hatte einen friedvollen Ausdruck.

Samantha beugte sich über den Kocher, legte einen Suppenwürfel ins Wasser und rührte um, während ihr die Augen von der bitteren Kälte tränten. Die Fleischbrühe war nur lauwarm, aber Samantha konnte nicht Zeit und Brennstoff verschwenden, um die Flüssigkeit noch weiter zu erhitzen.

Die Menschen schlürften ein wenig von der warmen Brühe und gaben das Gefäß widerstrebend weiter. Manche hatten allerdings weder die Kraft noch ein Interesse daran, etwas zu sich zu nehmen.

»Kommen Sie, Mrs. Goldberg«, flüsterte Samantha. »Sie müssen trinken –« Sie berührte das Gesicht der alten Frau und zuckte zurück. Es dauerte endlose Augenblicke, bis Samantha den Schock überwand und sich eingestand, daß Mrs. Goldberg tot war. Samantha zog der Toten behutsam die Anorakkapuze über das Gesicht. Keiner der anderen schien es bemerkt zu haben.

»Hier«, flüsterte Samantha dem daneben sitzenden Mann zu, drückte ihm das Kännchen in die Hände und schloß seine Finger darum, um sicher zu sein, daß er es hielt. »Trinken Sie es, bevor es kalt wird.«

Plötzlich erzitterte die Luft um sie herum von einem Ton, der sich wie das Brüllen eines verendenden Bullen anhörte, oder wie das Heulen von fliegenden Granaten.

»O Gott«, flüsterte Samantha. »Sie sind da. Es wird alles gut.«

Mühsam und steif wie eine alte Frau kroch sie zum Kasten. »Sie sind da, Leute, es wird alles gut«, murmelte sie und schaltete die Lampe an ihrer Schwimmweste ein. In dem blassen Lichtschein fand Samantha das Paket mit den Phosphorfakkeln.

»Los jetzt, alle. Wir wollen die Nummer 16 melden!« versuchte sie die anderen aufzurütteln, während sie sich mit dem Verschluß des Verdecks abmühte. Aber die Menschen blieben still und teilnahmslos, und während Samantha sich in den eisigen Nebel hinauszwängte, rannen ihr über die Wangen Tränen, die nicht von der Kälte kamen.

Verständnislos schaute sie zu den riesigen Kaskaden grünlich schimmernden Eises empor, die gefährlich nahe um sie herum vom Himmel zu stürzen schienen. Nach einer, wie sie meinte, endlosen Zeit, drang abermals das tiefe Heulen des Horns durch die Luft zu ihr. Es füllte die wirbelnden Nebelbänke mit Echos, die von Wand zu Wand sprangen und durch die Eishöhlen und Spalten liefen, von denen die Oberfläche des großen Berges zerfurcht war.

Sie hielt eine der Phosphorfackeln hoch, und es bedurfte der ganzen Kraft ihrer erstarrten Arme, um die Zündlasche zu ziehen. Die Fackel sprühte erst, beißenden weißen Qualm verbreitend, dann erstrahlte sie in grellrotem Licht. Wie ein kleines Ebenbild der Freiheitsstatue stand Samantha nun da, die eine Hand mit der Fackel erhoben, und spähte angestrengt, mit tränenden Augen in die dicken Schwaden ringsum.

Wieder hallte der tierische Brüllton durch die milchige, frostige Luft. Er war so nahe, daß Samantha erzitterte wie eine Ähre im Wind, dann prallte er gegen die Wände des Eisbergs, an deren Fuß das Floß dahintrieb.

Wellen, Wind und die Erosion wechselnder Temperaturen hatten mit ungeheuren Kräften an dem glitzernden Eisberg gearbeitet. Die dröhnenden Schallwellen des Nebelhorns der *Warlock* bewirkten, daß sich hundert Millionen Tonnen Eis in Bewegung setzten. Der große Eisberg kalbte, und was von ihm abbrach, war selbst wieder ein kleiner Berg, zweimal so groß wie die Londoner St. Pauls Kathedrale. Durch den Abbruch entstanden im Inneren des großen Berges neue Spannungen und Kräfte.

Die Luft war von herumwirbelnden Eisstücken erfüllt, von denen manche die Größe einer Lokomotive hatten und andere so klein und scharf und tödlich waren wie Stahlschwerter. In diesem Chaos niederstürzender Massen tanzte hilflos das kleine gelbe Plastikfloß.

»Da«, rief Nick, »backbord war's.« Die Phosphorfackel tauchte die Schwaden in feurig rotes Licht und warf groteske Muster auf die wabernden Nebelfetzen.

Nur knapp eine halbe Meile entfernt trieb das Rettungsfloß wie eine fette gelbe Kröte inmitten glasgrünen Eises. Die Spitze des Eisberges verlor sich hoch oben im Nebel, und die winzige menschliche Gestalt, die aufrecht auf dem Floß stand und die leuchtende Fackel hielt, war nur ein kaum erkennbarer Fleck in der riesigen Einöde von Nebel, Wasser und Eis.

»Fertigmachen zur Bergung der Überlebenden, David«, sagte Nick und ging zur Brücke zurück, um die Rettungsaktion zu verfolgen.

Plötzlich blieb er stehen und hob bestürzt den Kopf. »Großer Gott!«, flüsterte er, als er sah, wie die Eiswand ihr Aussehen veränderte, ein großer Teil von ihr sich vornüber neigte und schließlich in sich zusammenstürzte.

Alle auf der Brücke verstummten. Sie klammerten sich nur haltsuchend an und starrten mit ehrfürchtiger Scheu auf diese unglaubliche Zurschaustellung sorgloser Gewalt. Immer noch war das Wasser in wildem Aufruhr. Kantige Eisbrocken, manche von Hausgröße, tauchten im Wasser auf, drehten sich langsam, stießen gegeneinander und fanden schließlich ihr Gleichgewicht.

»Näher«, rief Nick, »gehen Sie so nahe, wie Sie können.«

Von dem gelben Rettungsfloß war nichts mehr zu sehen. Scharfe Eissplitter hatten seine dünne Haut aufgeschlitzt, und die fallenden Brocken hatten es mitsamt seiner bemitleidenswerten Fracht tief unter die Wasseroberfläche gestoßen.

»Noch näher«, drängte Nick. Wenn jemand durch ein Wunder diesen Eissturz überlebt hatte, dann blieben knappe vier Minuten, um ihn zu retten.

Nick stieß die Tür neben sich auf und trat in die eisige Luft der Nock hinaus. Er achtete nicht auf die Kälte, so wütend und enttäuscht war er. Für diese Rettungsaktion hatte er den höchsten Preis bezahlt, hatte seine große Chance aufgegeben, um die Leben einer Handvoll Fremder zu retten, und jetzt, im letzten Augenblick, waren sie ihm vor der Nase weggeschnappt worden. Sein Opfer war umsonst gewesen, und die schreckliche Nutzlosigkeit der ganzen Aktion machte ihn fast rasend.

Etwas Rotes zog seinen Blick an, da war es wieder im grünen

Wasser, wurde besser sichtbar. »Beide Maschinen halbe Kraft zurück«, schrie er. Und als die Zwillingsschrauben ihre Umdrehungsrichtung änderten und wieder faßten, kam die *Warlock* nach weniger als einer Schiffslänge zum Stillstand.

In einer kleinen Fläche offenen Wassers tauchte der rote Gegenstand wieder auf. Nick sah jemanden in einem roten Anorak, der von einer dick aufgeblasenen Schwimmweste getragen wurde. Der zurückgebeugte Kopf ließ ein Gesicht erkennen, so weiß und vor Näße glitzernd wie das tödliche Eis ringsum. Es war das Gesicht eines jungen Burschen, glatt und bartlos und fast unglaublich schön.

»Holt ihn heraus«, schrie Nick, und beim Klang seiner Stimme öffneten sich die Augen in dem schönen Gesicht.

David Allen kam bereits mit Rettungsring und Leine herbeigestürzt.

»Beeilen Sie sich, verdammt nochmal.« Der junge Mann lebte noch. Wenigstens ihn wollte er unter allen Umständen retten, als Genugtuung für alles, was er geopfert hatte. Er wollte es mehr als er jemals etwas gewollt hatte.

»Hier«, rief Allen, über die Reling gebeugt, und warf den Ring. Er warf ihn mit einer geübten Handbewegung über dreizehn Meter zu der Stelle, wo der Kopf mit der Kapuze in den Wellen auf und niederschwankte. Der Ring streifte den Jungen an der Schulter und fiel fast unmittelbar neben ihm ins Wasser.

»Pack ihn!« brüllte Nick. »Halt dich fest!«

Der Junge wandte den Kopf und hob zweimal die behandschuhte Hand aus dem Wasser, aber die Bewegung war tapsend und ziellos.

»Da, genau neben dir. Pack ihn doch endlich«, ermunterte ihn Allen.

Der Junge war nun schon seit fast zwei Minuten im Wasser und hatte die Kontrolle über Körper und Gliedmaßen verloren. Bei zwei erfolglosen Versuchen stieß er sogar mit der Hand an den Ring, konnte ihn aber nicht festhalten. Langsam trieb der Ring wieder von ihm fort.

Bevor sich Nick bewußt war, was er zu tun beabsichtigte, hatte er den Mantel abgestreift und die Schuhe fortgeschleudert. Er wußte, wenn er jetzt nur einen Augenblick lang überlegte, würde er sich nicht mehr entschließen können.

Er sprang mit den Füßen voraus in einem weiten Satz über die Reling hinaus, und als das Wasser über seinem Kopf zusammenschlug, durchzuckte ihn ungläubiger Schreck ob der irrsinnigen Kälte.

Sie preßte seinen Brustkorb wie mit einem Schraubstock zusammen, so daß ihm der Atem stockte. Klammern legten sich um seine Stirn, deren Druck ihn fast der Sehkraft beraubten, als er wieder an die Oberfläche kam.

Es waren nur dreizehn Meter, doch auf halbem Weg überfiel ihn panische Angst, daß er sie nicht werde bewältigen können. Er biß die Zähne zusammen und kämpfte gegen das eisige Wasser an, als wäre es sein Todfeind, aber seine Kraft ließ mit der schwindenden Körperwärme nach.

Sein Arm streifte den Jungen, bevor er erfaßt hatte, daß er ihn erreicht hatte, dann hielt er ihn krampfhaft fest und spähte zum Deck der *Warlock* empor.

Allen hatte den Rettungsring an der Leine eingeholt und warf ihn jetzt neuerlich aus. Die Kälte verlangsamte Nicks Bewegungen derart, daß er nicht ausweichen konnte und der Ring ihn an der Stirn traf, aber Nick fühlte den Schmerz nicht. Er hatte kein Gefühl mehr in seinem Gesicht, in den Beinen und in den Armen.

Jeder der allzu rasch verstreichenden Sekunden verringerte die verbleibende Lebenszeit, und während Nick sich mit der reglosen Gestalt abmühte, verlor er immer mehr die Gewalt über seine eigenen Gliedmaßen. Er versuchte, dem Jungen den Ring überzustreifen, aber es gelang ihm nicht ganz. Er bekam nur den Kopf und einen Arm durch, dann wußte er, daß er mehr nicht tun konnte.

»Ziehen!« schrie er in wachsender Panik.

Er schlang sich die Leine um den Arm, da seine Finger sie nicht länger halten konnten, und klammerte sich mit letzter

Kraft an, als man sie zum Schiff zog. Kantige Eisbrocken stießen und streiften sie, aber er hielt den Jungen mit seinem freien Arm fest.

»Zieht«, flüsterte er, »um Gottes willen zieht!« Und dann prallten sie gegen die Stahlwand der *Warlock* und wurden aus dem Wasser gehievt. Dabei scheuerte das Seil die nasse Haut von Nicks Unterarm.

Blut tränkte seinen Ärmel, das sofort vom Seewasser wieder abgewaschen wurde, aber er fühlte keinen Schmerz.

Mit dem anderen Arm hielt er den Jungen, damit der nicht aus dem Ring herausglitt. Nick spürte die Hände nicht, die nach ihm griffen, seine Beine waren gefühllos, und er brach vornüber zusammen. Allen fing ihn gerade noch auf, bevor er auf dem Deck aufschlug. Der Junge und Nick wurden in die dampfende Wärme von Angels Kombüse getragen.

»Sind Sie okay, Käpten?« fragte David immer wieder und Nick versuchte vergeblich zu antworten, sein Gesicht war steifgefroren und Krämpfe schüttelten seinen ganzen Körper.

»Zieht ihnen die Kleider aus«, sagte Angel, hob den Jungen wie eine Feder auf und legte ihn mit dem Gesicht nach oben auf den Kombüsentisch. Mit einem einzigen Zug seines Fleischermessers schnitt er den roten Anorak der Länge nach auf und zog ihn herunter.

Nick fand seine Stimme wieder. Sie klang rauh und abgehackt durch die Krämpfe seiner unterkühlten Muskeln.

»Was zum Teufel tun Sie noch hier, David?« krächzte er. »Stinken Sie endlich ab und bringen Sie diesen Kahn auf Kurs zur *Golden Adventurer.*«

»Sie kommen schon wieder in Ordnung.« Angel sah nicht einmal zu Nick hinüber, er arbeitete weiter mit dem Messer und schälte den Jungen Schicht um Schicht aus den Kleidern. »Ein zäher alter Bär wie Sie – aber bei dem hier, glaube ich, haben wir es mit einem ausgewachsenen Fall von Unterkühlung zu tun.«

Zwei Matrosen halfen Nick aus der nassen Kleidung, die bereits mit einer dünnen Eisschicht überzogen war. Nick zuckte vor Schmerz zusammen, als das Blut langsam wieder in seine halberfrorenen Arme und Beine zurückströmte.

»Okay«, sagte er, als er nackt mitten in der Kombüse stand und sich mit einem Frotteehandtuch abrieb. »Ich bin gleich wieder in Form, gehen Sie zu Ihrer Arbeit zurück.« Schwankend wie ein Betrunkener ging er zum Herd und genoß die abstrahlende Wärme, immer noch bebend und schlotternd.

»Dort kocht Kaffee. Schenken Sie sich einen ein, Käpten!«, sagte Angel und schaute von seiner Arbeit auf. »Nehmen Sie viel Zucker, das wird Sie schnell wieder warm machen«, empfahl er ihm und wandte seine Aufmerksamkeit wieder dem schlanken, jungen Körper auf dem Tisch zu.

Er arbeitete mit dem Geschick eines Mannes, der seine Sache gelernt hat.

Dann stockte er plötzlich und trat für einen Augenblick zurück. »Ist es die Möglichkeit? Kein Piepmatz!« seufzte er.

Nick wandte sich um und sah gerade noch, wie Angel eine dicke Wolldecke über den bleichen, nackten Körper auf dem Tisch breitete und kräftig zu massieren begann.

»Sie lassen uns Pfarrerstöchter besser allein, Käpten«, sagte Angel mit honigsüßem Lächeln und einem Aufblitzen seines Brillanten. Und Nick blieb nur die Erinnerung eines flüchtigen Blicks auf den atemberaubend schönen Körper einer jungen Frau, deren blasses Gesicht von durchnäßtem, rötlichgoldenem Haar umrahmt war.

Nick trug eine weite Strickjacke über seinem Overall und war in eine graue Wolldecke gehüllt. Seine Füße steckten in dicken norwegischen Fischersocken und schweren Gummistiefeln. Mit beiden Händen hielt er eine chinesische Porzellantasse brühheißen Kaffees umfaßt und genoß darübergebeugt den aufsteigenden Duft. Es war schon die dritte innerhalb einer Stunde – trotzdem schüttelte es ihn noch von Augenblick zu Augenblick vor Kälte.

David Allen hatte ihm den Segeltuchstuhl so gestellt, daß er den Krebs beobachten und gleichzeitig seine Befehle geben konnte. Die Umrisse der schwarzen Felsabbrüche von Kap Alarm waren auf der Backbordseite bereits zu erkennen.

Plötzlich klapperte der Morseapparat eine ganze Weile lang, und alle auf der Brücke lauschten mit angehaltenem Atem, aber erst mußte der Krebs es ihnen übersetzen.

»*La Mouette* ist bei der Prise angelangt.« Er schien einen perversen Gefallen daran zu finden, ihre Mienen zu beobachten.

»Ich möchte es Wort für Wort hören«, fuhr Nick ihn gereizt an, und der Krebs grinste boshaft, bevor er sich wieder über seinen Block beugte.

La Mouette an Christy Marine. Adventurer liegt hoch am Strand. Eis und rückläufige Flut hält sie fest. Eisschaden an der Beplattung scheint unter Wasser zu liegen. Stop. Schiffsrumpf voll Wasser. Stop. Lloyd's Open Form keinesfalls annehmbar. Betone Wichtigkeit unverzüglichen Beginns der Bergungsarbeiten. Wetter und sonstige Bedingungen verschlechtern sich. Stop. Mein letztes Angebot lautet: 4000 Pfund Tagessatz plus 2 ½ % der geborgenen Werte, gültig bis 1435 GMT. Ich bleibe auf Empfang.

Nick zündete sich einen seiner Stumpen an und beschloß, in Zukunft damit zu sparen. Er hatte an diesem Morgen die letzte Kiste geöffnet.

Jules Levoisin war dabei, seine Bedingungen zu diktieren und ein Ultimatum zu stellen. Nicks eigene Politik des Schweigens begann sich zu lohnen. Vermutlich fühlte sich Levoisin jetzt sicher, der einzige Bergungsschlepper im Umkreis von zweitausend Meilen zu sein.

Er hatte offenbar auch den Rumpf der *Golden Adventurer* gesehen. Wenn er mit einer erfolgreichen Bergungsaktion hätte rechnen können – ja, wenn nur eine halbe Chance dafür bestünde, wäre er auf Open Form eingegangen.

So konnten die Chancen nicht allzugut sein, denn er war ein alter, erfahrener Fuchs im Bergungswesen. Wahrscheinlich saß die *Golden Adventurer* am Strand und im Eis fest, und *La Mouette* hatte nur neuntausend Pferdestärken. Das Problem und verschiedene Lösungen gingen Nick durch den Kopf. Es würde schwierig werden, aber die *Warlock* brachte geklaßte zweiundzwanzigtausend Pferdestärken und ein Dutzend anderer Trümpfe ins Spiel. Nick warf einen Blick auf seine goldene Rolex Oyster und sah, daß Levoisin eine Zwei-Stunden-Frist gesetzt hatte.

»Funkoffizier«, sagte er ruhig. »Stellen Sie direkte Fernschreibverbindung zu Christy Marine in London her und geben Sie durch: *Persönlich an Duncan Alexander von Nicholas Berg, Kapitän der Warlock. Stop. Ich werde die Golden Adventurer in einer Stunde vierzig Minuten erreichen. Stop. Ich mache Ihnen ein fixes Angebot auf Bergung unter Lloyd's Open Form. Bindend bis 1300 GMT.*«

Der Krebs blinzelte heftig mit seinen entzündeten Augen.

»Wiederholen Sie«, fuhr Nick ihn an, und der Krebs kam dem Befehl mit einer hohen durchdringenden Stimme nach.

»Schicken Sie das ab«, sagte Nick und erhob sich. »Mr. Allen, ich erwarte Sie und den Chefingenieur gleich in meiner Kajüte.«

Es gab ein erregtes Stimmengewirr, noch ehe er die Türe hinter sich geschlossen hatte.

Allen folgte ihm drei Minuten später und Nick sah von seinen Notizen auf.

»Es ist verrückt, auf Open Form einzugehen, ohne die Lage gesehen zu haben.Aber es ist die Verrücktheit eines Mannes, dem keine andere Wahl bleibt. Setzen Sie sich, David. – Als ich den Entschluß faßte, von Kapstadt mit der vagen Aussicht auf dieses Geschäft loszufahren, war das bereits verrückt.«

Nick konnte sein eisernes Schweigen nicht mehr länger bewahren. Er mußte jetzt darüber sprechen. »Ich habe mein ganzes Vermögen auf eine Karte gesetzt, meine Gesellschaft, die *Warlock* und ihr Schwesterschiff. Alles hing von der Heuer ab, die ich von der Esso für das Schleppen bekommen sollte.«

»Ich verstehe«, murmelte David und errötete heftig, diesmal aus Verlegenheit über Nicks Geständnis.

»Jetzt riskiere ich überhaupt nichts. Wenn es mir nicht gelingt, die *Golden Adventurer* da herauszuholen, habe ich nichts eingebüßt, was nicht schon vorher verloren war.«

»Wir hätten einen günstigeren Tagessatz anbieten können als *La Mouette*«, brachte Allen hervor.

»Nein. Duncan Alexander ist mein Feind. Um einen Vertrag abzuschließen, gab es nur die eine Möglichkeit: ihn so verlokkend zu machen, daß er ihn einfach annehmen muß. Wenn er mein Angebot auf Open Form ablehnt, dann verklage ich ihn beim Ausschuß von Lloyd's und bei seinen eigenen Aktionären. Dann drehe ich ihm aus seinem eigenen Verhalten einen Strick und hänge ihn daran am Halse auf.« Nick brach ab, weil heftig an die Türe geklopft wurde.

»Herein!«

»Mein Gott«, sagte Vinny Baker. »Wie ich höre, sind Sie gerade übergeschnappt. Erst springen Sie über Bord, und nachdem man Sie wieder herausgefischt hat, gehen Sie für einen Kasten, der sich an Kap Alarm zu Tode bumst, auf Open Form ein.«

»Ich könnte es Ihnen erklären«, bot Nick ihm feierlich an. »Aber glauben Sie mir so viel: ich riskiere nichts, was ich nicht schon verloren hätte.«

»Das ist ein gutes Geschäft«, stimmte der Australier großmütig zu.

»Aber wenn wir uns die *Golden Adventurer* schnappen, sie dicht kriegen und auspumpen, und sie dann dreitausend Meilen schwimmend erhalten können, gibt es einen Haufen dicker Gelder.«

»Wissen Sie was?« grunzte Vinny Baker. »Obwohl Sie kein echter Landsmann von mir sind, beginnt mir Ihre Stimme sympathisch zu werden.«

»Alles, was ich jetzt von Ihnen brauche«, erklärte ihm Nick, »sind Pläne, wie man die Pumpen und die Ankerwinden der *Golden Adventurer* mit Energie versorgen kann. Sie muß vom Strand gewarpt werden und wir haben nicht viel Zeit zur Verfügung.«

Warpen war das Verfahren, den Anker eines Schiffes und seine eigenen Winden zu benützen, um den Schlepper beim Herunterziehen vom Strand zu unterstützen.

»Machen Sie sich darüber keine Sorgen. Dazu haben Sie ja mich.« In diesem Augenblick steckte der Krebs den Kopf zur Türe herein, dieses Mal ohne vorher anzuklopfen.

»Ich habe etwas Dringendes und Persönliches für Sie, Käpten.« Er schwenkte die Fernschreibkopie wie einen Royal Flush in Pik.

An Kapitän der Warlock von Christy Marine. Wir nehmen Ihr Angebot auf Lloyd's Open Form an. Stop. Hiermit sind Sie Hauptkontrahent zur Bergung des Wracks der Golden Adventurer. Ende.

Nick grinste mit jenem seltenen, unwiderstehlichen Aufblitzen seiner schneeweißen Zähne. »Und damit, meine Herren, sind wir offenbar noch im Geschäft. Aber der Teufel weiß, für wie lange noch.«

Die *Warlock* umrundete das Vorgebirge, wo die drei schwarzen Serpentinsäulen im schwach bewegten grünen Wasser standen, und fuhr langsam an den Felswänden entlang.

Plötzlich tat sich vor ihnen der Blick auf die weite, eisbedeckte Bucht auf. Die verlassene *Golden Adventurer* bot einen majestätischen Anblick, so groß und schön, daß nicht einmal das wilde, hochaufragende Gebirge dahinter ihn schmälern konnte.

»Sie ist ein Prachtstück«, flüsterte der Chefingenieur, und in seiner Stimme schwang die Sorge mit, die sie alle für ein großes Schiff in höchster Gefahr empfanden.

Nick fühlte sich mit ihr noch viel tiefer verbunden. Die *Golden Adventurer* war seinem Gehirn entsprungen, er hatte ihre Entstehung auf den Zeichenbrettern der Schiffsbauer verfolgt, hatte die Kiellegung und die Verkleidung ihrer Wanten mit Stahlplatten überwacht. Sie war *sein* Schiff, und nun, was er nie für möglich gehalten hätte, hing sein Schicksal von ihr ab.

Er schaute schließlich von ihr weg zur *Mouette* hinüber, die vor der Einfahrt zur Bucht außerhalb der Eisgrenze wartete. Im Gegensatz zu dem Dampfer war sie klein, gedrungen und mißgestaltet. Wie ein Schwergewichtler mit der ganzen Last auf seinen Schultern.

Durch sein Fernglas sah Nick die plötzliche Aktivität auf ihrer Brücke, als die *Warlock* auftauchte. Das Vorgebirge hatte wohl ihr Radar abgeschirmt, und da Nick strenge Funkstille bewahrt hatte, erfuhr Levoisin erst jetzt von der Anwesenheit seines Konkurrenten. Er mußte sich seiner Sache schon ganz sicher und ohne Mitbewerber geglaubt haben.

»Stellen Sie Sprechverbindung mit *La Mouette* her«, befahl Nick und nahm das Mikrophon in die Hand, als der Krebs ihm zunickte.

»Salut Jules, ça va? Du dickbäuchiger kleiner Pirat, haben sie dich noch nicht gefangen und aufgehängt?« fragte Nick freundlich, und auf der anderen Seite herrschte ein langes, überraschtes Schweigen, bevor die klangvolle gallische Stimme aus dem Lautsprecher über Nick ertönte.

»Admiral James Bond persönlich, wenn ich mich nicht irre«, konterte Levoisin, doch sein Lachen klang nicht überzeugend. »Soll das ein Kriegsschiff oder ein schwimmendes Bordell sein? Du warst schon immer ein gescheiter Knabe, Nicholas, aber was hat dich so lange aufgehalten? Ich hätte mehr von dir erwartet.«

Drei Dinge hast du mich gelehrt, mon brave: Erstens, nichts als selbstverständlich anzusehen, zweitens, die große Klappe zu halten, wenn man ein Rennen gewinnen will, und drittens, sofort ein Schleppkabel anzuhängen, sobald man bei einem Kahn ankommt. – Du hast deine eigenen Regeln gebrochen, Jules.«

»Ob Schleppkabel oder nicht, ich bin jedenfalls da.«

»Und ich, mein lieber Freund, bin ebenfalls da. Der Unterschied ist nur, daß ich den Kontrakt mit Christy Marine habe.«

»Tu rigoles, du scherzt!« Levoisin war entgeistert.

»Ich scherze nicht«, erklärte ihm Nick. »Meine James-Bond-Ausrüstung erlaubt mir Geheimgespräche. Aber nur zu – frag bei Christy Marine an – und während du das tust, räum deinen dreckigen alten Kübel aus dem Weg. Ich habe zu tun.« Nick warf dem Krebs das Mikrophon wieder zu. »Nehmen Sie alles auf Band auf, was er sendet«, befahl er, und dann zu David Allen gewandt: »Wir müssen etwas gegen das Eis tun, bevor es die *Golden Adventurer* zu fest umschließt. Stellen Sie ihren besten Mann ans Ruder.«

Wenn der einmal in Fahrt kommt, dann ist was los! dachte David, als er Nicks Anweisungen an den Maschinenraum mithörte.

»Ich brauche volle Kraft beider Motoren, Chef. Wir werden jetzt das Eis brechen. Anschließend brauche ich Sie in Taucherausrüstung mit Helm. Wir gehen an Bord der *Adventurer* und gucken uns ihren Maschinenraum an.« Er wandte sich wieder an Allen. »Erster, halten Sie sich bereit, das Schiff zu übernehmen. Sagen Sie Angel, ich will eine warme Mahlzeit für uns, bevor wir in die Kälte gehen. Und mit viel Zucker darin.«

»Ich werde den Steward beauftragen«, sagte David, »mit Angel ist im Moment nichts zu machen, er spielt Puppen mit dem Mädchen, das Sie aus dem Wasser gezogen haben. Mein Gott, am liebsten würde er sie feinmachen und in einem Kinderwagen spazierenfahren –«

»Sie sagen Angel, daß ich eine Mahlzeit will, und zwar eine gute«, knurrte Nick. »Und wie oft haben Sie die Bergungsgeräte überprüft, seit wir Kapstadt verlassen haben?«

»Viermal.«

»Dann tun Sie es jetzt ein fünftes Mal, lassen Sie alle Notstromdiesel probelaufen, auffüllen und dann zum Abtransport fertig machen. Bis morgen mittag will ich Strom auf der *Golden Adventurer* haben. Was zeigt das Barometer?«

»Es steht auf 1018« stellte Allen mit einem raschen Blick fest.

»Das ist zu hoch«, sagte Nick. »Und es ist zu verdammt ruhig. Beobachten Sie weiter. Wir werden einen plötzlichen Druckabfall erleben. Passen Sie wie ein Geier darauf auf.«

Der Krebs rief herüber: »Christy Marine hat soeben der *Mouette* bestätigt, daß wir Hauptkontrahent sind – aber Levoisin hat eine Tagesheuer vereinbart und wird so viele der Überlebenden, wie er unterbringen kann, von der Shackleton-Bai nach Kapstadt schaffen. Nun will er Sie noch einmal sprechen.«

Nick nahm das Handmikrophon auf. »Jules?«

»Ich glaube, du hast einen Fehler gemacht, Nicholas, es ist verrückt, in diesem Fall auf Open Form einzugehen. Das Schiff sitzt fest. Und das Wetter! Hast du den Bericht von der Insel Gough gesehen? Du hast dir einen elend schlechten Job eingewirtschaftet, Nicholas. Höre auf einen alten Mann.«

»Jules, ich habe zweiundzwanzigtausend Pferdestärken, die für mich arbeiten –«

»Ich glaube immer noch, daß das kein Schlepper, sondern ein Bordell ist. Schick mir doch ein paar Blondinen und eine Flasche Wein rüber –«

»Bis nachher, Jules.«

»Viel Glück, mon vieux.«

»Hey, Jules – du wünscht mir viel Glück und damit verschreist du es. Das hast du mir selber beigebracht.«

»Oui, ich weiß.«

»Dann also auch dir viel Glück, Jules.« Eine Weile sah Nick dem abfahrenden Schlepper nach. Er schaukelte in der sanften Dünung davon, klein, dickbäuchig und frech, genau wie sein Kapitän – dennoch lag etwas Niedergeschlagenes und Entmutigtes in seinem Abdampfen. Plötzlich tat ihm der kleine Franzose leid. Er war ihm ein guter Freund und Lehrmeister gewesen. Und Nick fühlte sein Triumpfgefühl in Bedauern umschlagen.

Es lag ihm fern, Jules Levoisin zu unterschätzen. Der Franzose würde sich revanchieren und ihm wahrscheinlich den nächsten Job vor der Nase wegschnappen. Außerdem hatte er wenigstens einen gewinnverheißenden Vertrag, die Überlebenden von der Shackleton-Bai heimzubringen. Das würde ihm die Kosten der langen Fahrt nach dem Süden einbringen und sogar noch etliches darüber.

Nicks eigenes Problem war nicht so leicht zu lösen. Jules hatte recht gehabt – es würde ein elend schlechter Job werden.

Der Rumpf des Dampfers war herumgeschwenkt, so daß er nicht mehr genau im rechten Winkel zum Ufer lag. Die *Warlock* würde ihn schräg herunterziehen müssen. Nick konnte das nun ganz deutlich erkennen.

Als er noch näher kam, konnte er sehen, wie sich der schwere Stahlrumpf, halb gefüllt mit Wasser, tief in den Strandkies eingegraben hatte. Es würde so festsitzen wie eine Karamelle auf einem Babylätzchen.

Dann sah er nach dem Eis. Es glich einem riesenhaften Polypen, der seine massigen, glänzenden Tentakel um das Heck der *Golden Adventurer* schlang. Es hatte jedoch noch nicht genügend Zeit gehabt, allzu fest zu werden, und der Bug der *Warlock* war eigens für einen solchen Fall verstärkt worden – aber Nick wußte genug, um die Härte des Eises nicht zu unterschätzen. »Weißes Eis ist weiches Eis«, hieß der alte Spruch, doch hier waren große Brocken und Buckel grünen Gletschereises eingestreut wie dicke Pflaumen in einen Pudding. Jeder von diesen Brocken konnte ein Loch in den Bug der *Warlock* bohren.

Nick schauderte bei dem Gedanken, Jules Levoisin einen Notruf senden zu müssen.

Er wies den Steuermann an: »Fünf Strich Backbord – jetzt mittschiffs«, und machte sich daran, mit der *Warlock* eine Fahrrinne in das Packeis zu brechen. Es war wesentlich, das Eis senkrecht anzugehen, ausschließlich mit dem Bug, um zu verhindern, daß die verletzlichen Flanken mit den rasiermesserscharfen Eiskanten in Berührung kamen.

»Achten Sie auf die Kommandos«, alarmierte Nick den Maschinenraum und steuerte die *Warlock* mit gut zehn Knoten auf das Eis in der Bucht zu. Dann, eine halbe Schiffslänge davor, gab er den Befehl: »Beide Maschinen halbe Kraft zurück!«

Ihr Bug stieg hoch und, langsamer werdend, glitt sie mit einem nervenzerreißenden Schrammen, das durch das ganze

Schiff widerhallte, auf das Eis hinauf. Es brach unter ihrem Gewicht krachend ein, riesige Platten bäumten sich auf und stürzten übereinander.

»Beide volle Kraft zurück.«

Die zwei großen Schrauben hatten ruckfrei ihre Drehrichtung geändert, und die Strömung, die sie erzeugten, schwemmte das gebrochene Eis fort, während die *Warlock* ins offene Wasser zurückfuhr. Nick ließ sie zur Ruhe kommen, dann startete er einen neuen Anlauf.

»Beide volle Kraft voraus!«

Die *Warlock* stieß wieder vor, bremste im letzten Augenblick, und abermals brachen dicke Eisplatten ein und scharrten an den Schiffswänden. Nick schwenkte das Heck erst nach Steuerbord, dann nach Backbord, und spülte so geschickt das gebrochene Eis fort. Dann tat er dasselbe ein drittes und ein viertes Mal.

David Allen kam atemlos auf die Brücke gestürzt: »Alle Geräte überprüft, Käpten!«

»Übernehmen Sie«, sagte Nick, »das Eis ist gebrochen, halten Sie die Fahrrinne frei. Ich gehe jetzt hinunter und rüste mich aus.«

Vinny Baker war vor ihm in den achtern gelegenen Raum für die Bergungsgeräte gekommen und hatte schon fast die Hälfte der reichlichen Speisen von dem Tablett verzehrt. Angel umkreiste ihn, aber als Nick die Stahlleiter herunterkam, hob er das Tuch von einem weiteren dampfenden Tablett.

»Das schmeckt gut«, sagte Nick, obwohl er kaum etwas hinunterbrachte. Seine Magennerven hatten sich zu sehr verkrampft. Doch warmes Essen war der beste Schutz vor der Kälte.

»Samantha möchte Sie sprechen, Käpten.«

»Wer zum Teufel ist Samantha?«

»Das Mädchen. Sie möchte Ihnen danken.«

»Gebrauchen Sie Ihren Verstand, Angel. Sehen Sie nicht, daß ich andere Sorgen habe?«

Mit Hilfe eines Matrosen zog Nick den Gummianzug über die

lange wollene Untergarnitur. Er hatte das Mädchen bereits vergessen, als ihm der Mann die Halsöffnung des Anzugs mit einer doppelten Ringdichtung verschloß.

Über die wasserdichten Taucherstiefel und Handschuhe kam dann noch ein weiterer kompletter Anzug aus Polyurethan. Schließlich half man ihm und Baker in die geschlossenen Vollvisierhelme mit eingebauten Mikrophonen und Atemventilen.

»Alles in Ordnung, Chef?« fragte Nick, und Bakers Stimme schnarrte viel zu laut in ihren Kopfhörern.

»Klar zum Auslaufen.«

Nick stellte die Lautstärke ein und ließ sich das Sauerstoffgerät über die Schultern hängen. Sie würden nicht tiefer als zehn Meter gehen, und so hatte Nick beschlossen, Sauerstoff zu verwenden statt der unhandlichen, schweren Preßluftzylinder.

»Gehen wir«, sagte er und watschelte auf die Leiter zu.

Das fünf Meter lange aufblasbare Dingi wurde mit vier Personen an Bord, zwei Tauchern und zwei ausgewählten Matrosen, die das Boot steuern sollten, nach außen geschwungen. Baker schob sie beiseite und griff selbst nach der Anlaßschnur des Außenbordmotors.

»Komm schon, gutes Stück«, forderte er ihn streng auf. Der große Johnson-Motor sprang aufs erste Mal an, und sie begannen sich durch die offene Fahrrinne im Eis durchzuwinden, wobei die Matrosen die scharfen Eisstücke beiseite schoben, von denen die Haut des Dingi verletzt worden wäre.

In Nicks Kopfhörer ertönte plötzlich die Stimme David Allens. »Käpten, hier spricht der Erste Offizier. Das Barometer steht auf 1021 – es scheint noch weiter zu steigen.«

Der Druck ging hoch, wie Nick es vorausgesagt hatte. Was hochgeht, muß wieder herunter – und je höher es geht, um so tiefer fällt es.

Jules Levoisin hatte ihn gewarnt, daß Sturm im Anzug war.

»Haben Sie die letzte Wettermeldung von der Insel Gough gelesen?«

»Dort steht es auf 1005 und fällt, und der Wind kommt mit fünfunddreißig Knoten aus Nordwest.«

»Reizend«, sagte Nick, »da steht uns allerhand Sturm bevor.« Und er schaute durch die Sichtscheibe seines Helms zur blassen, schönen Sonne hinauf.

»Käpten, näher können wir nicht heran«, sagte Baker und stellte den Motor ab. Das Dingi trieb langsam in eine offene Stelle im Packeis, fünfzig Meter von der *Golden Adventurer* entfernt.

Eine feste Eisschicht trennte sie vom Dampfer, und Nick musterte sie sorgfältig. Er hatte mit der *Warlock* nicht auf gut Glück näher herankommen wollen, bevor er nicht den Meeresboden hier gesehen hatte. Erst mußte er wissen, wie tief das Wasser war und ob es hier verborgene Felsen gab, die den Rumpf der *Warlock* aufreißen konnten, oder Untiefen, bei denen die Gefahr des Auflaufens bestand.

Auch wollte er wissen, wie steil der Meeresgrund abfiel und ob ein Grundanker guten Halt finden würde. Vor allem aber wollte er sich die Unterwasserschäden am Rumpf der *Golden Adventurer* ansehen.

»Fertig, Chef?« fragte er, und Baker grinste ihn durch die Sichtscheibe an.

»Hey, ich erinnere mich gerade – meine Mammi hat mir gesagt, ich soll achtgeben, daß ich keine nassen Füße bekomme. Ich geh' lieber heim.«

Nick konnte ihm das nachfühlen. Zwischen ihnen und dem Dampfer war eine dicke Eisschicht, unter der sie durchschwimmen mußten. Gott allein wußte, was für Strömungen da herrschten, und wie die Sicht war. Wenn ein Mann in Schwierigkeiten geriet, konnte er nicht sofort zur Oberfläche schwimmen, sondern mußte an eine offene Stelle im Eis zurückfinden. Nick fühlte, wie die Angst vor dem Eingesperrtsein seine Bauchmuskeln verkrampfte. Er überprüfte rasch und sorgfältig seine Ausrüstung und hakte am Schlauchboot die Notleine fest, an der er, wie einst Theseus im Labyrinth des Minotaurus, zum Dingi zurückfinden konnte.

»Also los«, sagte er und ließ sich rücklings ins Wasser fallen. Die Kälte drang sogleich durch die vielen Schichten Gummi,

Wolle und Polyurethan. Er wartete, bis der Chefingenieur in einer wirbelnden Wolke silberner Bläschen neben ihm eintauchte.

Leine gebend sank Nick in die dämmrig grüne Tiefe dem Meeresboden zu. Im trüben Licht sah er, daß dieser mit Kies und Geröll bedeckt war. Er schaute auf seinen Tiefenmesser – fast sechs Faden – und schwamm weiter, dem Strand zu.

Das Licht, das gedämpft durch die dicke Eisschicht drang, war in der eisigen Tiefe grün und gespenstisch, und Nick fühlte tief in seinem Innern eine sinnlose Angst.

Hier gab es eine Strömung unter dem Eis, die Ablagerungen aufwirbelte, so daß die Sicht noch schlechter wurde und man nur mit Mühe auf dem Grund vorankam.

Plötzlich türmte sich der Rumpf der *Golden Adventurer* vor ihnen auf, und die beiden Schrauben leuchteten mit ihren riesigen bronzenen Flügeln in der Düsternis.

Sie schwammen bis auf Armlänge an die stählerne Schiffswand heran und dann langsam an ihr entlang. Aber das Heck der *Golden Adventurer* war nicht ruhig, es pochte schwer gegen den steinigen Grund, als schlage ein großer Hammer dem Ozean den Takt.

Nick bemerkte, daß sich das Schiff immer tiefer eingrub. Jede verfließende Stunde machte seine Aufgabe jetzt schwieriger. Er paddelte heftiger mit den Schwimmflossen und übernahm die Führung von Baker. Aus Reillys Berichten wußte er genau, wo er den Schaden zu suchen hatte.

Es sah aus, als wäre eine ungeheure Axt waagrecht in den Rumpf geschlagen worden. Die Platten ringsum waren eingedrückt und der Anstrich abgescheuert, so daß der Stahl schimmerte, als hätte man ihn blank poliert.

An der breitesten Stelle klafften die Ränder des fünf Meter langen Lecks einen Meter, und es atmete wie ein lebender Mund – denn die Stärke der Unterströmung, die in das Leck hineindrang, baute im Innern des Rumpfes einen Druck auf, und wenn sie nachließ, schoß das eingedrungene Wasser wieder kräftig heraus.

»Ein sauberes Loch«, quäckte Bakers Stimme rauh, »aber zu groß, um es mit Zement zu stopfen.«

Er hatte natürlich recht, Nick war der gleichen Meinung. Flüssiger Zement würde diesen üblen Riß nicht abdichten, außerdem war bei dem zu erwartenden Sturm keine Zeit, Zement zu benutzen.

»Ich schwimme hinein.« Nick sprach seinen Entschluß laut aus, und der Chef neben ihm blieb für lange Augenblicke ungläubig stumm.

»Passen Sie hier auf«, wies Nick ihn an, »und wenn ich nicht in fünf Minuten zurück bin –«

»Ich komme mit«, sagte der Chef. »Ich muß einen Blick in den Maschinenraum werfen. Das kann ich ebensogut jetzt tun.«

Nick erhob keinen Einspruch. »Ich versuche es als erster. Machen Sie es dann wie ich.«

Nick legte sich eineinhalb Meter vor dem Leck auf die Lauer und paddelte eifrig, um sich gegen die Strömung zu halten.

Er beobachtete, wie das Wasser wirbelnd in die Öffnung hineinschoß und in einer Wolke silberner Bläschen wieder herausstrudelte. Dann, als das Leck wieder einzuatmen begann, schnellte er sich vorwärts. Er wurde auf den Spalt zu mitgerissen und hatte gerade noch Zeit, seinen behelmten Kopf einzuziehen und den empfindlichen Sauerstoffschlauch vor seiner Brust mit beiden Armen zu schützen.

Sein Bein schlug gegen scharfkantigen Stahl. Er fühlte keinen Schmerz, aber fast augenblicklich das Meerwasser in seinen Anzug eindringen. Die Eiseskälte schnitt ihm ins Fleisch wie ein Rasiermesser, doch er war hindurch und wurde in der totalen Finsternis des Rumpfinnern gegen ein Gewirr von Stahlrohren geworfen, an das er sich mit der einen Hand anklammerte, während er mit der andern nach der Unterwasserlampe an seinem Gürtel tastete.

»Alles in Ordnung?« dröhnte Bakers Stimme aus seinem Kopfhörer, und Bakers Lampe leuchtete im dunklen Wasser unheimlich auf.

»Rasch arbeiten«, wies Nick ihn an. »Ich habe einen Riß im Anzug.«

Vinny Baker schwamm erst zu den wasserdichten Schotts und prüfte die Verschlüsse. Trotz des Lichtmangels und seiner völligen Unkenntnis des Maschinenraums fand er mit sicherem Instinkt das Pumpensystem und kontrollierte die Ventilanlagen, bevor er sich bei den Hauptdieseln einfand.

Nick war vor ihm dort. Im Maschinenraum stand das Wasser bis fast zur Decke hinauf, und auf seiner Oberfläche trieb in einer dicken stinkenden Schicht von Schmieröl und Treibstoff allerlei umher.

Die Gläser ihrer Lampen waren mit Schmutz verklebt, aber Nick konnte gerade noch das Deck über ihnen und die dunkle Öffnung des Ventilationsschachtes ausmachen. Er wischte die Schmiere von der Sichtscheibe und sah, was er sehen wollte. Die Kälte zog sich an seinem Bein aufwärts. Er fragte unvermittelt. »Fertig, Chef?«

»Machen wir, daß wir hier rauskommen.«

Es gab noch eine lähmende Schrecksekunde, als Nick glaubte, sie hätten die Notleine zur Öffnung verloren. Sie hatte sich verhakt und um ein Rohr geschlungen. Nick machte sie frei und sank zu dem spärlichen Lichtschein hinunter, der durch das Leck drang.

Er wählte den Zeitpunkt besonders vorsichtig. Die Rückkehr war gefährlicher als das Eindringen, denn das harte Metall war vom Eis nach innen gedrückt worden, und seine Zacken glichen den Fangzähnen eines Haifischrachens. Unter Ausnützung des Wassersogs schoß er ohne anzustoßen hinaus, machte kehrt und wartete draußen paddelnd auf den Chefingenieur.

Der Australier kam mit dem nächsten Wasserschwall heraus, aber Nick sah, wie ihn die Strömung zur Seite trieb und hart gegen die gezackten Stahlkanten stieß. Sie rissen ihm den Atemschlauch auf. Sogleich sprudelte brausend Sauerstoff heraus, und der Chef verschwand in einer silbrigen Gaswolke. Der schwere Bleigürtel, der dazu gedient hatte, den Auftrieb der

Sauerstoffflaschen auszugleichen, zog ihn nun in die grüne Tiefe, und er schoß abwärts wie ein Pelikan zu einem Schwarm Sardinen.

Nick tauchte hinterher und erhaschte einen flüchtigen Blick auf Bakers Gesicht, das von Angst und Atemnot verzerrt war. Bakers Helm begann bereits mit eisigem Seewasser vollzulaufen.

»Den Gürtel abnehmen«, schrie Nick, aber Baker antwortete nicht, das Wasser hatte seine Sprechanlage durch Kurzschluß außer Betrieb gesetzt.

Nick erwischte den Chef schließlich und kämpfte aus Leibeskräften mit den Schwimmflossen gegen den Abtrieb, aber sie wurden immer noch weiter in die Tiefe gerissen. Nicks rechte Hand, mit der er nach dem Schnellverschluß an Bakers Gürtel tastete, war steif vor Kälte und durch die doppelten Handschuhe behindert, so fand er ihn nicht.

Sie stießen gegen den runden Boden des Rumpfes und wurden daruntergezogen, dorthin, wo der arbeitende Kiel Schlammwolken aufwirbelte. Eng umschlungen wie ein Walzer tanzendes Paar wurden sie herumgeworfen, und Nick sah den Kiel wie das Messer einer Guillotine hoch über sich. Aber er konnte Bakers Schnellverschluß nicht finden.

So öffnete er den eigenen, und der fünfunddreißig Pfund schwere Bleigürtel sank abwärts und mit ihm die Leine, die ihn zum wartenden Schlauchboot hätte zurückführen sollen.

Der plötzliche Gewichtsverlust bremste ihren Absturz, und mit aller Kraft seiner Beine vermochte sich Nick gerade noch aus dem Bereich des abwärts schwingenden großen Kiels zu halten.

Endlich fand er mit der rechten Hand den Auslösegriff am Gürtel des anderen, betätigte ihn, und noch einmal fielen fünfunddreißig Pfund Gewicht fort. Sie begannen entlang dem stählernen Rumpf aufwärts zu steigen, schneller und immer schneller, weil sich der Sauerstoff in Nicks Schlauch mit dem Druckabfall ausdehnte – zur Decke aus solidem Eis hinauf, mit einer solchen Geschwindigkeit, daß sie sich an ihm die Köpfe einschlagen konnten.

Nick leerte durch langes Ausatmen seine Lungen. Gleichzeitig öffnete er das Ventil seines Sauerstoffschlauches und ließ in dem Bestreben, den Aufstieg abzubremsen, das kostbare, lebenswichtige Gas verströmen. Dennoch wären sie mit betäubender Gewalt gegen das Eis geprallt, hätte sich Nick nicht zusammengekrümmt und den Aufprall mit Schulter und hoch gehobenem Arm abgefangen. Sie wurden nun vom Auftrieb ihrer Gummianzüge und dem restlichen Sauerstoff in Nicks Flasche gegen das Eis gedrückt.

Baker war dem Ertrinken nahe. Sein Helm hatte sich mit Eiswasser gefüllt, sein Gesicht war purpurrot und der Mund grauenhaft verzerrt.

Nick wußte, daß übereiltes Handeln ihnen beiden den Tod bringen konnte. Er mußte schnell, aber überlegt handeln. Er preßte Baker an sich und begann mit der rechten Hand den Atemschlauch seitlich an Bakers Helm abzuschrauben. Es ging langsam, zu langsam. Für diese heikle Arbeit war Fingerspitzengefühl nötig.

Er dachte: Das könnte mich meine rechte Hand kosten, und streifte den dicken Fausthandschuh mit einem einzigen zornigen Ruck ab. Jetzt hatte er es – für die wenigen Sekunden, bis die Kälte seine Finger lähmte. Die Verbindung löste sich. Inzwischen hatte er heftig und tief geatmet, bis sein Blut mit reinem Sauerstoff angereichert war, und er sich benommen und schwindlig fühlte.

Noch einen letzten süßen Atemzug – dann begann er seinen eigenen Atemschlauch abzuschrauben. Eisiges Wasser drang durch die Öffnung, aber er hielt den Kopf schief, so daß etwas Luft oben in seinem Helm verblieb und Nase und Augen freihielt. Mit einer Hand, die jedes Gefühl verloren hatte, befestigte er seinen Atemschlauch an Bakers Helm.

Bakers Körper fest an sich gepreßt, ließ er den letzten Sauerstoff aus seiner Flasche ausströmen. Der Druck reichte gerade, um das Wasser aus Bakers Helm zu verdrängen.

Der Chef würgte und keuchte, schluckte und schnappte nach Luft. Aber dann fühlte Nick, daß Bakers Brust sich zu heben und zu senken begann, und daß er wieder atmete. Womit er besser dran ist als ich, dachte Nick grimmig, und erst jetzt fiel ihm ein, daß auch die zweite Notleine mit dem Bleigürtel versunken war.

Er wußte nicht, in welcher Richtung der Strand lag, noch wie er zurück zum Dingi finden sollte. Er hatte vollkommen die Orientierung verloren. Und da er seinem Körper die dringende Notwendigkeit zu atmen versagt hatte, fühlte er die Furcht zu einer regelrechten Panik anwachsen.

Dann, kurz bevor die Panik vernünftiges Denken unmöglich machte, erinnerte er sich an den Kompaß an seinem Handgelenk. Schon arbeitete sein Gehirn infolge des Sauerstoffmangels träge, und er brauchte kostbare Sekunden, um die Richtung zu ermitteln.

Immer mehr Wasser drang in seinen Helm, stach wie mit eisigkalten Nadeln in Wangen und Stirn und ließ seine Zähne schmerzen. Unwillkürlich schnappte er nach Luft und verschluckte sich sofort.

Baker immer noch festhaltend, der durch die dicke Nabelschnur seines Atemschlauches mit ihm verbunden war, schwamm Nick nach seinem Kompaß los. Sofort begannen seine Lungen in dringendem Verlagen nach Luft mit unwillkürlichen, krampfartigen Zuckungen zu pumpen, aber er schwamm weiter.

Er hielt den Kopf ein wenig zurückgeneigt, und so sah er, wie die Eisdecke langsam über ihm vorbeiglitt. Manchmal, wenn die Strömung zu stark war, bewegte sie sich überhaupt nicht. Und er brauchte seine ganze Selbstbeherrschung, um verbissen weiterzupaddeln. Dann ließ die Kraft der Strömung wieder nach, und sie kamen vorwärts, aber erbärmlich langsam.

Dabei entdeckte er erstmals die erlesene Schönheit des Eisdaches – und plötzlich war ihm, als stehe er Hand in Hand mit Chantelle unter dem gewölbten Dach der Kathedrale von Chartres und schaue ehrfürchtig empor. Der Schmerz in seiner Brust ließ nach, der Drang zu atmen ebbte ab, aber er erkannte das nicht als Anzeichen der Todesnähe.

Er sah Chantelles Gesicht vor sich, ihre großen, dunklen Augen und ihren vollen Mund, der so viel Liebe und Wärme versprach.

Ich habe dich geliebt, dachte er, ich habe dich wirklich geliebt.

Dann wechselte das Bild, Er sah wieder die Geburt seines Sohnes vor sich, hörte dessen ersten Schrei, als er krebsrot, naß und haarlos von der behandschuhten Hand herabhing, und durchlebte noch einmal die unbändige Freude, die ihn dabei erfaßt hatte.

»Ein Ertrinkender –« Nick erkannte endlich, was ihm geschah. Da wußte er, daß er starb, aber er verspürte keine Angst mehr, auch keine Kälte. Wie im Traum in grüne Schleier hinein weiterschwimmend begriff er, daß sich seine eigenen Beine nicht mehr bewegten, er lag entspannt, ohne zu atmen und ohne etwas zu fühlen. Baker bewegte sich neben ihm und zog ihn mit sich.

Ein anderes Bild formte sich vor seinen Augen, eine elegante Jacht, die mit gesetztem Spinnaker leicht über das lichterfüllte Mittelmeer dahinflog, und sein Sohn stand an der Ruderpinne, das lichte Lockengewirr auf seinem schmalen, hübschen Kopf flatterte im Wind.

Dann verschwand auch dieses Bild in Schwärze. Er dachte einen Augenblick lang, er hätte das Bewußtsein verloren, doch plötzlich erkannte er, daß es der schwarze Gummiboden des Dingis war, nur wenige Zentimeter von seinen Augen entfernt, und daß die rauhen Hände, die ihn hochzogen, ihm nicht von seiner Phantasie vorgespiegelt wurden.

Gestützt auf dem aufgeblasenem Gummiwulst des Dingis und von zwei Bootsleuten gehalten, tat er die ersten Atemzüge, aber die eiskalte Luft war für seine nach Sauerstoff lechzenden Lungen zu viel, und er hustete und übergab sich.

Nick kam aus der Duschkabine, die voller Dampf war. Ein Handtuch um die Hüften geschlungen, ging er in seine Schlafkajüte.

Baker lümmelte im Lehnsessel am Fuße der Koje. Er trug einen frischen Overall, und sein Haar stand in kleinen feuchten Büscheln rund um die rasierte Stelle, wo Angels Katgutnaht die Wundränder zusammenhielt. Die Fassung seiner Brille war während der verzweifelten Minuten unter dem Heck der *Golden Adventurer* zerbrochen, und er hatte sie mit schwarzem Isolierband repariert.

In der linken Hand hielt er zwei Gläser und in der rechten eine große, flache braune Flasche. Aus ihr goß er zwei kräftige Schlucke in die Gläser, und das volle Aroma erinnerte an Zuckerrohrfelder.

Baker gab Nick das eine Glas und zeigte ihm das gelbe Flaschenetikett.

»Bundaberg Rum«, verkündete er, »der weckt Tote auf, Partner.«

Nick erkannte, daß beides, der Zutrunk und die Anrede, wohl die höchste Auszeichnung war, die der Chef jemals einem Mitmenschen zuteil werden ließ.

Er roch an der dunklen, honigbraunen Flüssigkeit, dann stürzte er sie in einem Zug hinunter, schüttelte sich, atmete scharf aus und bestätigte pflichtschuldigst, wie von ihm erwartet wurde: »Es ist der beste Rum der Welt.« Damit gab er das Glas zurück.

»Der Erste hat mich gebeten, Ihnen etwas auszurichten«, sagte Baker, während er noch einen Schuß für jeden eingoß. »Das Barometer war auf 1035 gestiegen und haut jetzt ab wie ein Dingo in sein Loch. Es steht schon auf 1020. Sturm ist im Anzug!«

»Wir haben fast zwei Stunden verloren, Vinny«, erklärte Nick, und Baker kniff bei dieser ungewohnten Anrede die Augen zusammen, dann grinste er und akzeptierte sie.

»Wie wollen Sie diesen Rumpf dicht kriegen?«

»Zehn Mann sind schon dabei, aus Segeltuch eine Leckmatte anzufertigen.«

»Sie haben keinen Druck, um sie ins Leck zu stopfen«, wandte Baker ein. »Die im Maschinenraum eingeschlossene Luft wird sie hinauspressen.«

»Ich ziehe ein Kabel durch den Entlüftungsschacht und dann durch den Riß hinaus. Daran hängen wir außerhalb des Rumpfes die Leckmatte und ziehen sie mit einer Winde an Ort und Stelle.«

Baker starrte ihn an. »Das könnte klappen«, meinte er zurückhaltend.

Nick griff nach seinem bereitgelegten Dienstanzug. »Sorgen wir für Energie auf dem Kahn, bevor der Sturm losbricht«, mahnte er milde, und Baker sprang auf.

»Hören Sie, Partner«, sagte er, »der ganze Quatsch von wegen kein Landsmann, nehmen Sie das nicht so ernst.«

»Tue ich nicht«, sagte Nick. »Ich bin nämlich in Blighty/Australien geboren und aufgewachsen, aber mein Vater war Amerikaner, so bin auch ich einer.«

»Du lieber Himmel«, rief Baker voller Abscheu und zog seine Hose mit den Ellbogen hoch. »Es gibt wirklich nichts Schlimmeres als einen verdammten Yankee.«

Nun, da Nick sicher war, daß der Boden der Bucht keine Unterwasserklippen aufwies, handhabte er die *Warlock* viel kühner, aber mit solchem Geschick, daß Allen ihn bewundernd ansah.

Wie ein Kampfhahn fuhr die *Warlock* auf die massive Eisdecke entlang dem Ufer los.

Nick hatte zwei aufgeblasene Plastikmatten an den Seiten der *Warlock* angebracht, die verhinderten, daß Stahl gegen Stahl stieß, wenn der Schlepper am gestrandeten Dampfer anlegte.

Baker und seine Arbeitspartie hatten auf dem Laufsteg des vorderen Ladekrans gewartet, der zwanzig Meter über der Brücke lag und den Blick auf das Deck der *Golden Adventurer* freigab.

Als Nick die *Warlock* nun an das Heck des Dampfers heranführte, warfen sie die stählerne Enterleiter über die Kluft zwischen den beiden Schiffen und stiegen unter Bakers Führung hinüber.

»Alle angekommen«, bestätigte der dritte Offizier und fügte

hinzu: »Das Barometer ist wieder gefallen, Käpten. Es steht jetzt auf 1005.«

»Sehr gut.« Nick steuerte die *Warlock* vorsichtig vom Heck des Dampfers fort und hielt sie in fünfzehn Meter Entfernung. Die Mitternachtssonne tauchte alles in ein bedrohliches trübes Gelb und sie selbst stand als satanisch dunkelroter Ball über den Klippen von Kap Alarm.

»Ein herrlicher Anblick.« Das Mädchen stand plötzlich neben Nick. Ihr Kopf reichte ihm knapp bis zur Schulter, und in dem rötlichen Schimmer leuchtete ihr dichtes aufgestecktes Haar wie frisch geprägte goldene Sovereigns. Ihre Stimme war leise und klang vor Befangenheit ein wenig belegt. Nick fühlte sich seltsam davon angerührt, aber als sie ihr Gesicht hob, sah er, wie jung sie noch war.

»Ich wollte Ihnen danken«, sagte sie schüchtern. »Ich hatte noch keine Gelegenheit dazu.«

Sie trug viel zu große, geliehene Männerkleidung und sah darin aus wie ein kleines Mädchen, das sich verkleiden möchte.

Ihr Gesichtsausdruck war ernst, doch ihre Augen und Mundwinkel zeigten noch Spuren des Schreckens, den sie erst kürzlich hatte überstehen müssen.

»Angel ließ mich nicht früher zu Ihnen.« Die Nervosität wich dem unbewußten Lächeln eines schönen Kindes, dem nie etwas abgeschlagen worden war. Nick erschrak über die Heftigkeit, mit der er sie jäh begehrte.

Seine Überraschung wurde zu Ärger, denn sie sah aus wie höchstens vierzehn oder fünfzehn, fast so jung wie sein eigener Sohn, und er schämte sich über die Verirrung seiner Gefühle. Seit den guten, köstlichen Jahren mit Chantelle hatte ihn keine Frau mehr so direkt und unmittelbar gereizt.

Plötzlich wurde ihm bewußt, daß er sie schon eine ganze Weile anstarrte, daß sie seinem Blick unverwandt standhielt, und daß etwas über ihre Augen zog wie Wolkenschatten über die sonnenüberflutete Oberfläche eines grünen Bergsees. Etwas geschah, das er sich nicht erlauben, das er aber auch nicht ändern konnte – und dann bemerkte er, daß die beiden jungen Deckoffiziere mit unverhohlener Neugier zu ihnen herüberschauten, und nun ließ er seinen Ärger an ihr aus.

»Junge Dame«, sagte er. »Sie haben ein großes Talent, zur falschen Zeit am falschen Ort zu sein.« Sein Ton war kälter und abweisender, als er es eigentlich beabsichtigt hatte.

Bevor er sich abwandte, bemerkte er noch, wie sie ihn erst ungläubig, dann betrübt ansah, und wie sich ihre grünen Augen verschleierten. Er stand steif da und starrte hinunter auf das Vorderdeck, wo Allens Arbeitsgruppe die vordere Gerätekammer öffnete. Nicks Ärger verflog sofort und machte Bedauern Platz.

Er erkannte klar, daß er das Mädchen gekränkt hatte, und wollte noch irgend etwas Nettes hinzufügen, um die Situation zu retten, aber ihm fiel nichts ein. Statt dessen hob er das Mikrophon an den Mund und fragte Baker über Handfunk: »Wie steht's, Chef?«

»Der Notstromgenerator ist ausgebrannt, es würde zwei Tage brauchen, bis wir ihn repariert haben. Wir werden also unser eigenes Wechselstromaggregat brauchen.«

»Wir sind bereit, es hinüberzuschaffen«, erklärte Nick und rief dann Allen auf dem Vorderdeck an.

»Fertig, David?«

»Startklar.«

Nick begann die *Warlock* wieder vorsichtig gegen das hochragende Heck des Dampfers zu steuern. Erst jetzt wandte er sich wieder in einem unklaren Verlangen nach Zustimmung dem Mädchen zu, aber sie war schon fort.

Die *Warlock* schmiegte sich abermals an das Heck der *Golden Adventurer,* von den großen schwarzen Fendern vor Stößen geschützt. Auf ihrem Vorderdeck setzte sich schrill jaulend die Winde in Bewegung, Seile quietschten in den Blöcken, als sich die vier Tonnen schwere Maschine aus der offenen Luke des Geräteraums hob. Man hatte sie auf einen Schlitten montiert, um sie besser befördern zu können.

Ein Dutzend Männer arbeitete daran, sie hochzuziehen. Einige gefährliche Augenblicke lang hing sie, am großen Derrick baumelnd, außerhalb des Bugs. Eine tückische kleine Welle ließ den Schlepper schwanken, und die am Kranhaken hängende Last wäre beinahe gegen die stählerne Wandung des Dampfers gestoßen, hätte Nick die *Warlock* nicht mit voller Kraft beider Schrauben von ihm fortgesteuert. Sobald das Meer sich wieder beruhigt hatte, fuhr er näher heran.

Allen winkte dem Kranführer. Die große schwebende Maschine setzte mit dem Geschick einer landenden Seemöwe auf dem Deck auf. Bakers Arbeitsgruppe stürzte sich sogleich darauf, löste sie vom Haken und zog sie auf ihrem Schlitten an Seilen zur Seite.

Als Baker mit seinen Leuten wieder verfügbar war, folgten weitere Lasten, diesmal eine hochtourige Zentrifugalpumpe, um die Leistung der auf der *Adventurer* vorhandenen Pumpen zu verstärken. Zehn Minuten später wurde noch eine zweite hinübergehievt.

»Alles gut angekommen«, funkte Baker mit einem Anflug von Triumph in der Stimme, aber in diesem Augenblick zog ein Schatten über das Schiff.

Es war nur eine einzige Wolke, in einer Höhe von etwa vierhundert Metern über ihnen, aber sie hatte einen Augenblick lang die niedrig stehende Sonne verdunkelt, bevor sie rasch und wie verstohlen hinter den Spitzen des Kap Alarm verschwand.

Es gibt noch so viel zu tun, dachte Nick, öffnete die Türe der Brücke und trat auf die offene Nock hinaus. Die Luft war ruhig und die Kälte weniger streng, obwohl ein Blick auf das Thermometer zeigte, daß immer noch dreißig Grad unter Null herrschten. In der Tiefe ging noch kein Wind, aber höher oben begann er sich zu regen.

Als Nick mit geröteten Wangen und vor Kälte keuchend auf die Brücke zurückkam, wies er Allen sogleich an: »Übernehmen Sie das Kommando, David. Ich gehe an Bord der *Golden Adventurer*.« Er brachte es nicht über sich, zu warten, bis Baker das Notstromaggregat in Betrieb gesetzt hatte.

Für alle technischen Arbeiten war Baker verantwortlich, so

wie Nick für alles Seemännische, aber es würde vermutlich einige Stunden dauern, bis es soweit war, und Nick konnte nicht so lange untätig zusehen.

Von der Höhe des vorderen Ladekrans schaute Nick hinaus auf die unheilverkündende Glätte des Meeres. Es war jetzt kurz nach Mitternacht und die Sonne war fast hinter den Bergen verschwunden.

Plötzlich blies Nick ein Lüftchen ins Gesicht, wie von einer vorbeihuschenden Fledermaus, und über die bisher metallisch glänzende Wasseroberfläche glitten unter dem Einfluß einer sanften Brise leichte Kräuselwellen.

Er zog die Kapuzenschnur seines Anoraks fester unter dem Kinn zusammen und trat auf die Enterleiter hinaus, wie ein Dachdecker aufrecht gehend und leicht balancierend, zwanzig Meter über dem Vorderdeck der langsam rollenden *Warlock*.

Von ihr sprang er hinüber auf das schrägliegende, eisglitzernde Deck der *Golden Adventurer* und winkte zum Abschied zur Brücke der *Warlock* weit unter ihm hinunter.

»Ich habe versucht, dich zu warnen, Kleine«, sagte Angel freundlich, als sie in die dampfende Kombüse zurückkehrte, denn mit einem einzigen Blick hatte er erkannt, daß Samantha den Kopf hängen ließ. »Er hat dich zur Sau gemacht, was?«

»Wovon redest du?« Sie hob das Kinn, und ihr Lächeln kam zu rasch und zu strahlend. »Was habe ich jetzt für eine Arbeit?«

»Du kannst diese Schüssel voll Eier aufschlagen«, wies Angel sie an und beugte sich wieder über die zehn Kilo blutigen Rindfleischs, die Ärmel an den muskulösen haarigen Armen bis zu den Ellbogen aufgerollt, ein Fleischermesser in der Faust, die einem Preisboxer Ehre gemacht hätte.

Sie arbeiteten schweigend fünf Minuten lang, erst dann begann Samantha wieder.

»Ich wollte ihm nur danken –« Und wieder gingen über ihre Augen graue Schleier.

»Er ist ein selbstsüchtiger herzloser Schurke – mit hochgestochenen Ideen.«

»Wie kannst du so etwas sagen!« Samanthas Augen sprühten jetzt Funken. »Er ist nicht selbstsüchtig – er ist ins Wasser gesprungen, um mich zu retten –«

Dann sah sie das Lächeln auf Angels Lippen und den spöttisch fragenden Ausdruck in seinen Augen, stockte verwirrt und konzentrierte sich darauf, Eier aufzuschlagen.

»Er ist alt genug, um dein Vater zu sein«, stichelte Angel weiter, und nun wurde sie richtig wütend. Brennende Röte unter der glatten glänzenden Haut ließ ihre Sommersprossen aufleuchten wie goldenen Staub.

»Was redest du da für einen beschissenen Quatsch, Angel?«

»Mein Gott, Kleine, wo hast du diese Ausdrucksweise her?«

»Ach, du machst mich wahnsinnig.« Sie schlug ein Ei mit solcher Wucht auf, daß es ihr die ganze Hose vollspritzte. »Oh, Scheiße!« sagte sie und starrte ihn herausfordernd an. Angel warf ihr ein Tuch zu, und sie wischte sich heftig ab. Dann arbeiteten sie weiter.

»Wie alt ist er?« fragte sie schließlich. »Hundertfünfzig?«

»So etwa achtunddreißig«, Angel überlegte sekundenlang, »oder neununddreißig.«

»Na, du Gescheitkotzer«, erwiderte sie sarkastisch, »das ideale Alter ist halb die Jahre des Mannes plus sieben.«

»Du bist nicht sechsundzwanzig, Kleine«, meinte Angel sanftmütig.

»Das werde ich in zwei Jahren«, belehrte sie ihn.

»Du bist sehr scharf auf ihn, was? Brennst vor Lust und Verlangen?«

»Das ist Blödsinn, Angel, und das weißt du. Ich stehe einfach tief in seiner Schuld – er hat mir das Leben gerettet – aber daß ich ihn wollte, ha!« Sie tat die Idee mit einem verächtlichen Schnaufen und einem Kopfschütteln ab.

»Da bin ich aber froh«, nickte Angel. »Er ist kein sehr angenehmer Zeitgenosse, das sieht man an seinen kleinen Frettchenaugen –«

»Er hat wunderschöne Augen –«, fuhr sie ihn an und stockte jäh, als sie ihn hinterhältig grinsen sah. Unsicher und matt sank sie auf die Bank neben ihn, ein aufgeschlagenes Ei noch in der Hand.

»Oh, Angel, du bist ein schrecklicher Mensch. Wie kannst du mich jetzt so aufziehen?«

Er sah, wie nahe sie den Tränen war, und wurde lebhaft und sachlich.

»Vor allem solltest du besser einiges über ihn wissen.« Und er begann ihr eine boshafte Biographie von Nicholas Berg zu geben, gewürzt mit lebhafter Phantasie und einem niederträchtigen Sinn für Humor. Samantha lauschte begierig, unter gelegentlichen erstaunten Zwischenfragen.

»Seine Frau ist mit einem anderen durchgegangen, da war sie wohl nicht recht bei Verstand?«

»Hör, Kleine, Abwechslung ist erholsam wie zwei Wochen an der See.«

Oder sie fragte: »Er ist Besitzer dieses Schiffs, wirklich Besitzer, nicht nur Käpten?«

»Ihm gehört es und dazu das Schwesterschiff und die ganze Gesellschaft. Früher haben sie ihn den Goldenen Prinzen genannt. Er ist ein großer Macher, Kleine, hast du das nicht bemerkt?«

»Nein –«

»Natürlich hast du. Du bist viel zu sehr Frau, es nicht zu merken. Es gibt kein stärkeres Aphrodisiakum als Erfolg und Macht, als das Klimpern von Gold, um die Hormone eines Mädchens auf Touren zu bringen.«

»Das ist unfair, Angel. Ich habe über ihn gar nichts gewußt, weder daß er reich, noch daß er berühmt ist. Ich mache mir verdammt wenig aus Geld –«

»Ho! Ho!« Angel schüttelte die Locken, und der Diamant in seinem Ohrläppchen blitzte. Aber er sah ihren Zorn wieder aufflammen. »Schon gut, Kleine, ich habe dich nur gehänselt. Was dich wirklich anzieht, ist die Art, wie andere Männer ihm gehorchen und ihn fürchten. Sein gebieterisches Auftreten, seine Fähigkeiten, und damit seine Erfolge.«

»Nein, ich –«

»Oh, sei doch ehrlich mit dir selber, meine Liebe. Es war nicht die Tatsache, daß er dir das Leben gerettet hat, es waren weder seine schönen Augen noch das mächtige Ding in seiner Hose –«

»Sei nicht so gemein, Angel!«

»Du bist gescheit und hübsch und wie eine mannbare kleine Gazelle, ganz scheu und erwartungsvoll. Und du hast gerade den Herdenbullen erspäht. Du kannst einfach nicht dagegen an, Kleine, du bist eben eine Frau.«

»Was soll ich denn tun, Angel?«

»Wir wollen einen Plan machen, meine Liebe, aber eines ist sicher. Du darfst nicht weiter hinter ihm herumschwänzeln, angezogen wie aus einem Ramschladen, und dabei voller Anbetung und Heldenverehrung. Er hat seine Arbeit und braucht nicht jedesmal über dich zu stolpern, wenn er sich umdreht. Mach es auf die harte Tour.«

Samantha dachte einen Augenblick lang nach. »Angel, ich möchte es nicht auf eine so harte Tour machen, daß ich nie soweit komme, daß er mich will – wenn du mich verstehst.«

Vinny Baker hatte die Arbeit gut organisiert und erledigte sie so rasch, wie Nick es in seiner Ungeduld erwarten konnte.

Das Notstromaggregat hatte er durch die Doppeltüre auf das B-Deck geschafft und dort an einem stählernen Schott mit Laschen befestigt.

»Sobald ich Strom habe, bohren wir Löcher in das Deck und schrauben es fest«, erklärte Nick.

»Haben Sie die Leitungen verlegt?«

»Mein Gott, Partner, warum kümmern Sie sich nicht um ihren eigenen Kram und lassen mich meine Arbeit tun?«

Auf dem Oberdeck war eine von Bakers Arbeitsgruppen bereits dabei, mit einem Schweißgerät einen Zugang zum Ventilationsschacht des Hauptmaschinenraums zu schaffen. Der Schneidbrenner zischte abscheulich, und rote Funken sprühten von der Stahlwand der hohen Schornsteinattrappe, die der *Golden Adventurer* das traditionelle Aussehen verleihen sollte. Soeben schnitt der Schweißer die letzten Zentimeter der Stahlplatte durch. Sie fiel hinunter in die tiefe dunkle Höhlung. Zurück blieb eine rohe quadratische Öffnung von zwei auf zwei Metern, ein direkter Zugang zu dem halb überfluteten Maschinenraum, siebzehn Meter tiefer.

Entgegen Bakers Rat übernahm Nick hier das Kommando, leitete das Herrichten der Winden und Stahlseile, die dazu dienen sollten, ein Kabel durch den überfluteten Maschinenraum und dann durch das längliche, gefährlich ausgezackte Leck in der Flanke des Schiffes zu bringen. Als er wieder auf seine Rolex Oyster sah, war fast eine Stunde vergangen. Die Sonne war hinter den Felsen verschwunden, und das wunderbare Feuerwerk eines Südlichts im grünlich leuchtenden Himmel machte die Nachtstunden unheimlich und rätselhaft.

»In Ordnung, Maat, mehr ist hier im Augenblick nicht zu tun. Bringen Sie Ihre Gruppe zum Bug.«

Als sie über das offene Vorderdeck hasteten, fiel der Wind über sie her, ein einzelner heulender Stoß, der sie taumeln und schwanken und nach Halt suchen ließ, dann war er vorbei. Nick begann mit den Arbeiten an den beiden großen Ankerwinden. Aber er hörte, wie der aufkommende Wellengang das Packeis bewegte, so daß es gefährlich krachte und wisperte.

Sie zogen die beiden Anker hoch, und zwei Mann arbeiteten an der Bordwand der *Adventurer* daran, ihre Kreuze mit schweren Ketten zu umschlingen. Die *Warlock* würde nun imstande sein, diese Anker aufzufahren und sie mit den Schaufeln voraus auf dem Meeresgrund entlang zu schleifen, so daß sie sich nicht eingraben konnten.

Wenn die Anker über die volle Länge ihrer eigenen Ketten ausgefahren waren, und die *Warlock* sie fallen gelassen hatte, würden die Schaufeln fassen und selbst bei einem Wind Stärke zwölf verhindern, daß die *Golden Adventurer* weiter auf den Strand hinauf geworfen wurde.

Sobald Baker dann Strom auf dem Schiff hatte, konnten die Ankerwinden benützt werden, um den Dampfer vom Strand zu warpen. Nick erhoffte sich von der ungeheuren Kraft dieser

Winden eine Unterstützung der Maschinen der *Warlock*.

Es war eine anstrengende und schwierige Arbeit, denn die stählernen Ketten und Schäkel hatten ein ungeheures Gewicht. Der Sicherheitsschäkel, der die Kettenschlinge um die Ankerstange hielt, wog allein hundertfünfzig Kilogramm und mußte von sechs Mann mit komplizierten Hebezeugen an Ort gebracht werden.

Als sie die Arbeit beendet hatten, erreichte der Wind bereits Stärke sechs und pfiff durch die Aufbauten. Die Männer froren und waren müde. Flüche wurden laut.

Nick führte sie zurück in den Schutz des Mittelteils. Seine Schuhe schienen wie aus Blei gemacht, und seine Lungen verlangten nach der Erquickung durch den Rauch eines Stumpens. Flüchtig dachte er daran, daß er jetzt schon seit fünfzig Stunden nicht zum Schlafen gekommen war – seit er dieses verwirrende Mädchen aus dem Wasser gefischt hatte. Rasch schob er diesen Gedanken beiseite, denn er lenkte ihn von seinem Vorhaben ab, und als er über die Schwelle des kalten, aber windgeschützten Hauptaufenthaltsraums des Dampfers trat, griff er nach der Zigarrentasche.

Mitten in der Bewegung hielt er inne und blinzelte überrascht, als plötzlich blendendes Licht überall auf dem Schiff aufleuchtete – draußen an Deck und in allen Räumen –, so daß es mit einem Schlag ein festliches Aussehen bekam. Aus den Lautsprechern über Nicks Kopf flutete sanfte Musik, da sich die Radioanlage wieder eingeschaltet hatte.

»Wir haben Strom!«

Nick stieß einen leisen Freudenschrei aus und eilte hinunter auf das B-Deck.

Vinny Baker stand neben dem surrenden Aggregat und grinste höchst befriedigt.

»Na, Partner?« fragte er. Nick klopfte ihm auf die Schulter.

»Prima, Vinny.« Er opferte ein paar Augenblicke und einen Stumpen, steckte eines der kostbaren schwarzen Röllchen zwischen Bakers Lippen und hielt sein Feuerzeug darunter. Zwanzig Sekunden lang rauchten sie gemeinsam in engem kameradschaftlichem Schweigen.

»Okay«, sagte Nick schließlich. »Und die Pumpen und Winden?«

»Die beiden tragbaren Hilfspumpen sind einschaltbereit, und jetzt werde ich nach den Hauptpumpen des Dampfers schauen.«

»Nun bleibt nur, die Leckmatte an ihre Stelle zu bringen.«

»Das ist Ihre Sache«, erklärte Baker rundweg. »Mich bekommen Sie nicht noch einmal in das Wasser. Ich habe das Baden aufgegeben.«

»Ja, sehen Sie nicht, daß ich ziemlich erledigt bin?« fragte Nick. »Aber jemand muß wieder hinunter, um das Kabel durchzuziehen.«

»Warum schicken Sie nicht Angel?« grinste Baker boshaft. »Entschuldigen Sie mich jetzt, Käpten – ich habe zu tun.« Er musterte den Stumpen. »Wenn wir diesen Brocken vom Strand gezogen haben, werden Sie sich hoffentlich anständigere Sargnägel leisten können.« Und damit verschwand er in den Tiefen des Dampfers und überließ Nick die Aufgabe, an die auch nur zu denken Nick bisher vermieden hatte. Jemand mußte in diesen Maschinenraum hinunter. Er hätte Freiwillige anfordern können, aber es war einer seiner Grundsätze, nie von einem andern Mann zu verlangen, wovor man sich selbst fürchtete.

»Ich kann es David überlassen, die Anker auszufahren, aber ich kann nicht jemand anderen die Leckmatte einbringen lassen«, entschloß er sich endlich. Er würde also noch einmal hinuntersteigen in Kälte, Dunkelheit und in die tödliche Gefahr des überfluteten Maschinenraums.

Die Grundanker, die David Allen ausgeworfen hatte, hielten die *Golden Adventurer* fest, selbst in dem stärker werdenden Wellengang, der aus dem offenen Meer in die Bucht hineindrängte, und vom ansteigenden Wind aufgepeitscht wurde.

Vinny Baker hatte die beiden großen Zentrifugalpumpen montiert und probelaufen lassen und auch die beiden vorderen Pumpenaggregate des Dampfers wieder in Gang gebracht, die durch wasserdichte Schotts vor der Überflutung geschützt gewesen waren. Er war nun soweit, dieses beträchtliche Arsenal an Pumpen einzuschalten und hatte berechnet, daß er, sobald Nick das gähnende Leck im Rumpf schließen konnte, diesen in weniger als vier Stunden trockenpumpen würde.

Nick war wieder in voller Taucherausrüstung, aber diesmal hatte er ein einfaches Draegergerät mit einer Preßluftflasche gewählt. Mit Sauerstoff wollte er in Zukunft nichts zu tun haben, entschied er mürrisch.

Bevor er hinunterstieg, sah er sich auf dem offenen Deck mit dem Taucherhelm unter dem Arm um. Der Wind mußte auf Stärke sieben angewachsen sein, denn er verblies den weißen Gischt der Wellenkämme, und tieftreibende graue Wolkenfetzen verhüllten die höher steigende Sonne und die Spitzen des Kap Alarm. Es war ein dunkler kalter Morgen mit der Aussicht auf einen noch stürmischeren Tag.

Ein Blick zur *Warlock* hinüber überzeugte Nick, daß David Allen sie in angemessener Entfernung hielt. Nicks eigene Arbeitsgruppe stand um das kürzlich herausgeschnittene häßliche schwarze Loch im Schornstein der *Adventurer* bereit. Er stülpte sich den Helm über den Kopf, und während seine Helfer ihn festschraubten, prüfte er die Sprechanlage.

»*Warlock*, hören Sie mich?«

Allen meldete sich sogleich und bestätigte, daß alles bereit sei, dann fuhr er fort: »Das Barometer ist gerade ins Bodenlose gefallen, Käpten, es steht auf 996 und sinkt noch weiter. Windstärke sechs bis sieben und ansteigend. Es sieht aus, als wären wir gerade im gefährlichsten Bereich des kommenden Unwetters.«

»Danke, David«, erwiderte Nick, »Sie erwärmen mir das Herz.«

Er ging zu dem bereitstehenden Segeltuchstuhl, und sie halfen ihm hinein. Dann nickte er.

Das Innere des Maschinenraums war nicht mehr so dunkel, denn Baker hatte hoch oben im Ventilationsschacht Scheinwerfer montiert, und als Nick mit baumelnden Beinen in seinem

Segeltuchstuhl tiefer sank, sah er das vom Maschinenöl schwarze Wasser heftig hin und her schlagen wie ein von Panik ergriffenes Ungeheuer, das aus seinem Stahlkäfig auszubrechen versucht. Der Wind peitschte die Wellen gegen die Flanken der *Adventurer*. Sie brandeten durch das Leck herein und erzeugten im Inneren Strömungen und Wirbel, die heftig gegen die stählernen Wandungen schlugen.

»Langsamer«, sagte Nick ins Mikrophon. »Stop!«

Sein Abwärtssinken kam drei Meter über der Steuerbordmaschine zum Stillstand. Die Wasserbewegung unter ihm konnte einen Mann mit solcher Kraft gegen die Maschine schleudern, daß er sich sämtliche Knochen im Leibe brach. Nick blieb oberhalb und studierte die Anbringungsmöglichkeit für die Rollen.

»Laßt die Hauptseilrolle herunter«, befahl er, und der schwere stählerne Rollenbock tauchte im Flutlicht baumelnd aus dem Schatten auf.

»Stop!« Nick begann ihn an die richtige Stelle zu dirigieren. »Halben Meter tiefer. Stop!«

Er saß nun bis zur Hüfte im öligen schäumenden Wasser und mühte sich, den Schäkelbolzen durch die Ösen zu bringen und die Rolle an der Tragkonstruktion des Rumpfes zu befestigen. Alle paar Minuten ließ eine stärkere Welle das Wasser bis über seinen Kopf sprudeln, so daß er sich nur hilflos anklammern konnte, bis es ihn wieder freigab und er genug sah, um seine Arbeit fortzusetzen.

Nach vierzig Minuten mußte er sich hinaufziehen lassen und eine kurze Rast einlegen. Er setzte sich ganz nahe zu dem laufenden Dieselmotor des Notstromaggregats, wärmte sich an ihm und trank Angels starken, süßen Kaffee aus der Thermosflasche. Sein Körper schmerzte wie der eines Boxers in der Pause zwischen zwei Runden. Alle Muskeln waren verkrampft und unterkühlt vom Kampf in der dreckigen sprudelnden Emulsion von Seewasser und Öl. Nach zwanzig Minuten stand er auf.

»Fangen wir wieder an«, sagte er und stülpte den Helm über.

Während der Pause hatte er Zeit gehabt zu überlegen, wie er mit den dort unten vorgefundenen Schwierigkeiten am besten fertigwerden konnte. Jetzt schien ihm die Arbeit leichter von der Hand zu gehen, obwohl er in der von einem infernalischen Brausen erfüllten Höhlung jedes Zeitgefühl verloren hatte. Endlich war es soweit, daß er versuchen konnte, die Leitschnur durch das Leck hinaus zu bringen. »Schicken Sie sie mir herunter«, sagte er ins Mikrophon.

Sie bestand aus feinst geflochtenem Dacron und war von enormer Elastizität und Festigkeit im Verhältnis zu ihrem geringen Durchmesser und Gewicht. Das eine Ende war hoch oben am Deck befestigt, und Nick fädelte sie vorsichtig durch die Rolle, so daß sie ungehindert durchlief.

Dann klemmte er die aufgespulte Schnur an seinen Gürtel, wo sie gegen Beschädigung geschützt war, wenn er durch das Leck hinausschwamm.

Er war der völligen Erschöpfung nahe und erwog, die Arbeit zu unterbrechen und noch einmal zu rasten, aber die verstärkte Bewegung des Wassers im Innern des Rumpfes warnte ihn vor einer weiteren Verzögerung.

Draußen mußte es schon Tag sein, stellte er fest, denn durch das Leck drang ein matter Lichtschein, abgeschwächt durch die trübe Suppe aus Öl und Wasser im Rumpf.

An einer der Längsversteifungen des Maschinenraumes angeklammert, den Kopf zwei Meter von der Öffnung entfernt, spürte er, wie das Wasser stieg und sank. Er atmete im langsamen, gleichmäßigen Rhythmus des erfahrenen Tauchers und versuchte, eine Gesetzmäßigkeit in der Bewegung des Wassers zu finden. Aber sie erschien ihm vollkommen regellos – ein zischendes, brodelndes Einsaugen, gefolgt von drei heftigen, derart wilden Ausstößen, daß sie einen schwimmenden Mann völlig herumgewirbelt und gegen die dolchartig ausgezackten Blechränder geschleudert hätten. Er mußte einen mittelgroßen Schwall abwarten, der stark genug sein würde, ihn sanft hinaus zu tragen, ohne die gefährliche Gewalt und Turbulenz der tückischen großen Wellen.

»Ich bin soweit, David«, sagte er in seinem Helm. »Ist das Arbeitsboot draußen bereit?«

»Das Boot steht vor dem Loch«, erwiderte David gepreßt.

»Also los«, sagte Nick. Jetzt kam der geeignete Schwall. Länger zu zögern hatte keinen Sinn.

Das Einströmen wurde langsamer und hörte schließlich ganz auf, als der Druck von außen nachließ und das Wasser im Rumpf seinen höchsten Stand erreicht hatte. Dann änderte es plötzlich die Richtung, und das eingeschlossene Wasser floß wieder hinaus.

Nick ließ seinen Halt los und wurde sofort mitgerissen. In dieser turbulenten Strömung zu schwimmen, war vollkommen unmöglich, er konnte nur die Arme an den Körper pressen, die Beine strecken, um leichter durch das Leck zu schlüpfen, und mit den Flossen steuern.

Immer schneller trieb er mit dem Kopf voran gegen den mörderischen Stahlrachen. Er konnte das Ablaufen der Draconschnur an seinem Bein spüren, die Spule an seinem Gürtel drehte sich so rasend schnell, als hätte am anderen Ende ein riesiger Fisch angebissen.

Etwas streifte seinen Kopf mit einem so betäubenden Stoß, daß er farbige Funken sprühen sah, dann auch seine Schultern und seinen linken Arm, und er glaubte, der scharfe Stahl hätte ihn gefährlich verletzt.

Er wurde herumgewirbelt, verlor vollkommen die Orientierung und wußte schließlich nicht, ob er sich noch innerhalb des Rumpfes der *Golden Adventurer* oder schon außerhalb befand. Die Schnur schlang sich ihm um Hals und Brust und um den so wichtigen Luftschlauch, und schnitt ihm die Sauerstoffzufuhr ab, wie einem Neugeborenen, den die eigene Nabelschnur stranguliert. Dann stieß er wieder gegen etwas, dieses Mal mit dem Hinterkopf, und nur die Polsterung seines Helms bewahrte ihn vor einem Schädelbruch. Er schlug mit den Armen um sich. Über ihm war die rauhe, unregelmäßige Eisschicht.

Abermals erfaßte ihn Panik und er schrie tonlos in seinen Helm. Plötzlich aber brach er durch in Licht und Luft, inmitten kleiner Eisschollen und größerer, härterer Platten ähnlich der, an die er angestoßen war.

Neben ihm ragte die stählerne Seitenwand des Schiffes empor, über die niedrige Wolkenfetzen jagten. Während er sich von der Draconschnur freizumachen bemühte, stellte er zweierlei fest: Erstens, daß er unverletzt war, und zweitens, daß das Arbeitsboot der *Warlock*, nur noch Meter von ihm entfernt, eilig durch das Packeis nähertuckerte.

Die Leckmatte sah aus wie ein riesiger Airdale Terrier, der sich im Bug des Arbeitsbootes zum Schlafen zusammengerollt hatte: eine zottige, struppige Ungestalt und vom gleichen pelzigen Braun.

Nick hatte seinen Helm abgelegt und den unbedeckten Kopf und Körper in einen Arktikmantel mit Kapuze gehüllt. Er schwankte im Heck des Arbeitsbootes, das in der starken Dünung stampfte und schlingerte. Eisschollen stießen gegen seinen Bug und schabten den Anstrich von der eisernen Bordwand. Aber der Rudergänger verstand seine Arbeit und steuerte das Boot ruhig und sicher nach Nicks Anweisungen durch das lose Packeis an die hochragende Wandung der *Golden Adventurer* heran.

Die dünne weiße Draconschnur war die einzige Verbindung mit den Männern auf den Deckshoch über ihnen. Nick ließ sie durch seine erstarrten Hände laufen, um den leisesten Widerstand oder Ruck zu spüren, der ein Hängenbleiben oder Abreißen bedeuten konnte.

Mit Handbewegungen leitete er das Boot so, daß die Schnur frei in das Loch im Rumpf lief, über die Rollen, die er mit unbeschreiblicher Mühe im Maschinenraum angebracht hatte, von dort in den großen Entlüftungsschacht, durch die Öffnung für den Schornstein heraus, und um die Trommel der Winde, an der ihr Einholen vom Chefingenieur überwacht wurde.

Windböen rasten über Nicks Kopf, und er mußte sich zusammenkrümmen, um das kleine Sprechgerät vor seiner Brust zu schützen. Bakers Stimme klang blechern und dünn im mächtigen Brausen des Windes.

»Die Schnur läuft glatt.«

»In Ordnung, wir schicken jetzt das Stahlseil nach«, teilte ihm Nick mit. Dieses zweite Seil war so dick wie der Zeigefinger eines Mannes und aus bestem skandinavischem Stahl. Nick überprüfte selber die Verbindungsstelle zwischen der Draconschnur und dem Stahlseil, denn sie war der schwächste Punkt.

Dann gab er der Mannschaft ein Zeichen, und sie ließen das Seil über die Bordwand gleiten. Die weiße Schnur verschwand im grünen Wasser, und nun lief das schwarze Stahlseil langsam von der sich drehenden Trommel.

»Lieber Gott, laß das nur gutgehen«, flüsterte Nick im Tosen von Wind und Meer. Da ruckte die Trommel, machte noch eine halbe Umdrehung und blieb dann stehen. Irgendwo dort unten hatte sich das Seil verfangen, und Nick signalisierte dem Rudergänger, das Boot näher an den Rumpf zu bringen, um den Einlaufwinkel des Seiles zum Rumpf zu ändern.

Er konnte den Zug der Winden am Seil fast körperlich spüren, und auch seine Nerven waren zum Zerreißen gespannt.

»Laß es weiterlaufen, laß es nur weiterlaufen«, betete Nick, und plötzlich sah er die Trommel sich wieder drehen. Das Seil lief ohne weiteren Ruck ab.

Ihm wurde fast schwindlig vor Erleichterung, als Bakers Stimme triumphierend im Sprechfunk verkündete:

»Stahlseil angekommen.«

»Wir hängen jetzt das Kabel an«, sagte Nick.

Noch einmal wiederholte sich der ganze mühselige, riskante und nervenaufreibende Vorgang, als das starke, zweizöllige Stahlkabel an dem dünneren, schwächeren Anholseil durchgezogen wurde – und es vergingen weitere vierzig entscheidende Minuten, während der Sturm und die Wellen immer stärker wurden, bis endlich Baker rief: »Hauptkabel ist da. Wir sind zum Einziehen der Matte bereit.«

»Vorsicht«, ermahnte ihn Nick. »Achten Sie auf Seilspannung und Zug.« Wenn die Leckmatte im Bug hakte und an der Bordwand hängenblieb, würde Baker das Boot unter Wasser ziehen und versenken.

Nick winkte seinen Leuten, und zu fünft krochen sie zum Bug. Er stellte sie rings um den zottigen, mannshohen Haufen der Leckmatte auf, dann wies er den Rudergänger an, den Rückwärtsgang einzulegen und das Boot von der Flanke der *Golden Adventurer* wegzusteuern.

Die lockere Wergmasse schwabbelte, als sich das Kabel spannte und sie sich mühten, den ganzen wirren Haufen über Bord zu werfen.

Er wog fast fünf Tonnen und wäre unmöglich zu bewegen gewesen, hätte nicht das Arbeitsboot dem Zug des Kabels entgegengewirkt. Langsam hievten sie die Matte nach vorne, und das Boot krängte gefährlich unter der Gewichtsverlagerung.

Die Matte glitt wieder einen halben Meter voran, dann ging sie an der Bordwand nicht weiter. Seewasser strömte ins Boot und reichte ihnen schon bis an die Knöchel, als sie mit größter Anstrengung versuchten, den widerspenstigen Haufen rauhen Materials zu heben.

Eine instinktive Vorahnung von Gefahr ließ Nick aufs Meer hinausschauen. Die *Warlock* lag ein paar hundert Meter weiter draußen in der Bucht, und hinter ihr sah er am Horizont eine riesige Welle sich aufbäumen. Sie war nur eine Vorläuferin der wirklich großen Wellen, die der Sturm vor sich hertrieb.

Sie würde das ungeschützte Arbeitsboot in fünfundzwanzig Sekunden treffen, und da es durch Matte und Kabel mit dem Bug nach unten festgehalten war, würde es vollschlagen.

»Vinny!« gellte Nicks Schrei durch das Mikrophon. »Anhieven! Ziehen, verdammt nochmal, ziehen!«

Fast augenblicklich begann das Kabel zu laufen, von der starken Winde auf dem Deck der *Golden Adventurer* aufgespult. Das Boot wurde scharf abwärts gerissen und Wasserkaskaden spritzten über die Bordwand.

Nick ergriff eines der eichenen Ruder, stieß es an dem Punkt unter die Matte, wo sie hakte, und benützte es mit seinem vollen Gewicht als Hebel.

»Helfen Sie mir«, rief er dem Mann an seiner Seite zu und

zog, bis ihm schwindlig wurde und seine Rückenmuskeln zu reißen drohten.

Die Welle raste schweigend, aber mit unwiderstehlicher Kraft heran, achtlos Massen von Eisbrocken beiseite schleudernd.

Plötzlich kam die Matte frei und der ganze schwere Werghaufen rutschte über Bord. Das Arbeitsboot machte, von seiner Last befreit, einen Satz, und Nick winkte dem Rudergänger verzweifelt mit beiden Armen, den Bug in Richtung der Welle zu bringen.

Die Welle hob das Boot mit einem magenumdrehenden Stoß hoch, der die Männer auf die halbüberfluteten Bodenbretter warf, dann waren sie über den Wellenkamm hinüber.

Hinter ihnen brandete die Welle gegen die Wandung der *Golden Adventurer* und bäumte sich in einem Schwall weißen, schäumenden Gischts auf.

Der Rudergänger manövrierte das Arbeitsboot bereits durch das Packeis zurück zur *Warlock*.

»Halt«, wies ihn Nick an. »Warten Sie.«

Schon während er schwankend zum Heck zurückging, streifte er ungeduldig Kapuze und Ölmantel ab.

Er rief dem Rudergänger zu: »Ich gehe jetzt hinunter, um zu schauen, wie es aussieht«, und sah den überraschten, fast bittenden Ausdruck auf dem Gesicht des Mannes, der jetzt am liebsten in die Sicherheit der *Warlock* zurückgekehrt wäre. Aber er setzte unbeirrt seinen Taucherhelm auf und schloß den Luftschlauch an.

Die Leckmatte schwamm auf die *Golden Adventurer* zu, getragen von der zwischen den zähen Fasern eingeschlossenen Luft.

Nick tauchte unter sie, sechs Meter von dem Strudel an der aufgerissenen Stahlwand entfernt.

Er brauchte nur Sekunden um festzustellen, daß das Kabel frei war, und dankte Baker im stillen dafür, daß er die Winde sofort angehalten hatte, als die Matte vom Arbeitsboot herabgeglitten war. Nun konnte er die letzten Anweisungen geben.

»Es sieht gut aus«, teilte er Baker mit. »Aber ziehen Sie sie langsam ein, mit fünfzehn Metern pro Minute auf der Winde.«

»Fünfzehn Meter, in Ordnung«, bestätigte dieser.

Langsam verschwand die schwabbelnde Masse unter der Wasseroberfläche und wurde in das Leck hineingezogen.

Der mörderische Strudel hörte sogleich auf, und das Wasser bewegte sich, wie Nick feststellte, nur ganz leicht an den Kanten der Matte. Aber die Wergfasern würden sich nun, da sie unter Wasser waren, vollsaugen und in wenigen Stunden das Leck vollkommen abdichten.

»Geschafft«, sagte Nick in sein Mikrophon. »Lassen Sie einen Zug von zwanzig Tonnen auf dem Kabel – und jetzt können Sie Ihre Pumpen einschalten und anfangen, das Miststück leerzupumpen.« Dieser abfällige Ausdruck für ein so schönes Schiff rutschte ihm nur aus Müdigkeit heraus, und er bereute ihn sofort, kaum daß er ihn ausgesprochen hatte.

Nick sehnte sich nach Schlaf, jeder Nerv, jeder Muskel, verlangte nach Entspannung. Im Badezimmerspiegel sah er seine Augen von Salzwasser, Wind und Kälte entzündet, und die Schatten der Erschöpfung, die sie umrandeten, waren so fahlbraun wie die Quetschungen, die seinen ganzen Körper bedeckten.

Seine Hände zitterten von den Anstrengungen und dem Bedürfnis nach Ruhe. Seine Beine trugen ihn kaum noch, als er sich zurück auf die Brücke der *Warlock* schleppte.

»Gratuliere, Käpten«, sagte Allen mit offensichtlicher Bewunderung.

»Wie steht das Barometer?« fragte Nick und versuchte seine Schwäche zu verbergen.

»Auf 994 und es fällt weiter, Käpten.«

Nick schaute zur *Golden Adventurer* hinüber. Unter dem trüben, tiefverhangenen Himmel lag sie da wie eine Mole, unberührt von der starken Dünung, die unaufhörlich gegen sie brandete, und saß, schwer vom Wasser in ihrem Rumpf, immer noch auf dem Meeresboden fest.

Bakers große Zentrifugalpumpen liefen auf vollen Touren

und zu beiden Seiten strömte das Wasser aus den Rohren.

»Chef«, fragte Nick bei Baker an. »Wie hoch ist Ihre Pumpenleistung?«

»Fast zwei Millionen Liter pro Stunde.«

»Verständigen Sie mich, sobald die *Adventurer* ihre Lage verändert«, sagte er. Dann warf er einen Blick auf den Zeiger des Windmessers über dem Steuerpult. Die Windstärke lag nun bei acht, aber er mußte seine schmerzenden, geschwollenen Augen zusammenkneifen, um die Anzeige abzulesen.

»David«, hörte er sich krächzen, »es wird vier Stunden dauern, bis sie leicht genug für einen Versuch ist, sie zu verholen. Aber schaffen Sie schon die Haupttrosse für das Schleppen hinüber, damit wir bereit sind, wenn es soweit ist.«

»Jawohl, Käpten.«

»Schießen Sie die Leitschnur mit einer Rakete hinüber«, sagte Nick und stand dann wie betäubt, während er versuchte, sich an die Befehle zu erinnern, die er noch geben mußte, aber sein Kopf war leer.

»Ist Ihnen nicht wohl, Käpten?« fragte David besorgt, und sogleich stieg in Nick Ärger hoch. Er hatte Mitleid schon immer verabscheut und fand seine Stimme wieder. Aber er hielt die scharfen Worte zurück, die sich ihm auf die Lippen drängten.

»Sie wissen was Sie zu tun haben, David. Ich brauche Ihnen weiter nichts zu sagen.« Wie ein Betrunkener schleppte er sich in seine Schlafkajüte.

Über den sechzigsten Breitengrad der südlichen Hemisphäre verläuft rings um den Erdball der einzige Seeweg, der von keiner Landmasse unterbrochen wird. Der breite Wassergürtel, der an Ozeanien und am Kap der Guten Hoffnung vorbeiführt, hat den üblen Ruf, das gefährlichste Wetter der Welt auszubrüten. Dort stößt die kalte, schwere antarktische Luft mit der wärmeren leichteren Luft der Subtropen zusammen. Sie werden von den Zentrifugalkräften, die unsere Erde bei der Drehung um ihre eigene Achse erzeugt, durcheinandergewirbelt, kleinere Teile davon beginnen sich um sich selbst zu drehen und gewinnen so immer mehr Kraft und Geschwindigkeit.

In dem Hochdrucksystem, das am Kap Alarm ein so verdächtig ruhiges Wetter gebracht hatte, war der Luftdruck bis auf 1035 Millibar gestiegen, während die so unmittelbar darauffolgende Depression nur einen Druck von 985 Millibar hatte. Dieses große Druckgefälle brachte wilde Stürme mit sich.

Das Tief selbst hatte etwa einen Umfang von zweieinhalbtausend Kilometern und reichte bis in die Troposphäre hinauf. Die gewaltigen Stürme, die es mit sich brachte, erreichten zweihundert und mehr Stundenkilometer. Sie brausten ungehindert über ein tobendes Meer. Nichts stand ihnen im Weg, außer den schroffen Felszacken von Kap Alarm.

Während Nick den todesähnlichen Schlaf äußerster Erschöpfung schlief und Baker seine Maschinen betreute, prallte der Sturm gegen die Felsbarriere.

Als niemand auf ihr Klopfen antwortete, blieb Samantha unschlüssig stehen und bemühte sich, das schwere Tablett bei dem wilden Stampfen der *Warlock,* die mit dem steigenden Wellengang am Eingang der Bucht kämpfte, waagrecht zu halten.

Sie zögerte nicht länger als drei Sekunden, denn sie war ein Mensch von raschen Entschlüssen. Sie versuchte die Türschnalle, und als diese nachgab, öffnete sie die Türe langsam und trat in den Tagesraum der Kapitänssuite.

»Er hat Essen bestellt«, rechtfertigte sie ihr Eindringen, schloß die Tür hinter sich und sah sich rasch in der leeren Kajüte um. Sie war im vornehmen Stil der White Star-Dampfer eingerichtet. Echte Rosenholzpaneele, Couch und Sessel lederüberzogen, und ein dicker wollener Noppenteppich im saftigen Grün tropischer Urwälder.

Samantha stellte das Tablett auf den Tisch, der unter dem steuerbordseitigen Bullauge stand, und rief leise. Es kam keine Antwort, und so trat sie durch die offene Türe in die Schlafkajüte.

Ein weißer Frotteemantel lag mitten im Raum, und einen

verwirrenden Augenblick lang glaubte sie, der Körper auf dem Bett wäre nackt, aber dann sah sie, daß er mit dünnen weißen Seidenshorts bekleidet war.

»Kapitän Berg«, rief sie wieder, aber leise genug, um ihn nicht zu wecken.

Gleichzeitig trat sie näher, bis sie neben seiner Koje stand.

Teilnahmsvoll betrachtete sie die blauen Flecken, die sich so deutlich von der glatten bleichen Haut abhoben, aber dann entsetzte sie sich darüber, daß er wie ein Toter dalag, die Beine über den Rand der Koje herabhängend und den Körper unnatürlich verkrümmt. Ein Arm war über die Schulter zurückgeworfen, und sein Kopf schwankte mit den Bewegungen des Schiffes hin und her.

Vorsichtig hob sie die Beine hinauf, und nun wälzte er sich leicht auf die Seite. Dabei wurden auch auf Rücken und Schulter schlimme Abschürfungen sichtbar.

Sie trat einen Schritt zurück und überließ sich der Freude, ihn anzusehen. Sein Körper war wohlgestaltet, keine Spur von Fett an Hüften und Bauch. Deutlich zeichneten sich die einzelnen Rippen unter der Haut ab, und die Muskeln seiner Arme und Beine waren glatt, aber gut ausgeprägt; ein Körper, der gepflegt war und gestählt durch harte Übung.

Er war nicht so blühend und wohlgeformt wie die Körper jener Burschen, die sie gekannt hatte, aber offenbar kräftiger als die der stärksten jungen Männer, die bisher um sie gewesen waren. Sie dachte an einen von ihnen, den sie zu lieben geglaubt hatte. Sie waren zusammen zwei Monate auf einer Expedition in Tahiti gewesen. Dort hatte sie sechzig Tage und Nächte hindurch mit ihm getanzt und Wein getrunken, mit ihm gearbeitet und geschlafen. In dieser Zeit hatten sie beschlossen zu heiraten, hatten gestritten und sich mit überraschend wenig Bedauern ihrerseits wieder getrennt.

Sie hatte nie einen Mann wie Nicholas Berg gekannt. Er erfüllte sie mit einer gewissen Scheu. Es lag nicht an dem ihn begleitenden Ruf, nicht an der gewaltigen Liste seiner Leistungen, von denen Angel ihr erzählt hatte, auch lag es nicht an seiner körperlichen Stärke allein, die er eben bewiesen hatte. Sie beugte sich über ihn und sah, daß selbst im Schlaf seine Kinnpartie hart und unnachgiebig war, und daß die kleinen Falten und Linien und Furchen, die das Leben um Augen und Mundwinkel dieses Gesichts gegraben hatte, den Eindruck von Kraft und Entschlossenheit nur erhöhten. Es war das Gesicht eines Mannes, der dem Leben seine eigenen Bedingungen vorschrieb.

Sie begehrte ihn, Angel hatte recht, o Gott, und wie sie ihn begehrte!

Eine Daunendecke lag am Fuß der Koje. Sie entfaltete und breitete sie über ihn. Dann strich sie ihm vorsichtig das dichte dunkle Haar aus der Stirn und mit einer mütterlich schützenden Bewegung über den Kopf zurück.

Obwohl er weitergeschlafen hatte, während sie ihn zudeckte, brachte ihn seltsamerweise diese leichte Berührung beinahe zum Erwachen. Er stöhnte, warf sich herum und flüsterte heiser: »Bist du es, Chantelle?«

Samantha fuhr zurück, der Name der anderen Frau ließ sie einen scharfen bitteren Stich von Eifersucht empfinden. Sie machte kehrt und verließ die Kajüte, aber im Tagesraum blieb sie noch einmal neben dem Tisch stehen.

Hier lagen ein paar kleine persönliche Habseligkeiten, achtlos auf die lederne Schreibunterlage geworfen – eine goldene Rolex Oyster mit Selbstaufzug, ein goldenes Dunhill-Feuerzeug mit einem eingesetzten hellen Diamanten und eine Brieftasche aus dem weichsten und feinsten Kalbsleder. Sie charakterisierten gut den Mann, dem sie gehörten. Mit dem Gefühl, einen Diebstahl zu begehen, griff sie nach der Brieftasche und öffnete sie.

Sie enthielt ein Dutzend Karten in Plastikhüllen, American Express, Diners, Bank American, Carte Blanche, Herz No 1, Pan Am VIP und sonstige. Aber ihnen gegenüber war eine Farbaufnahme, drei Personen: ein Mann, Nicholas mit gebräuntem Gesicht und windzerzaustem Haar, ein kleiner Junge in einem Blazer mit einem krausen Haarschopf und feierlichen Augen über einem lachenden Mund – und eine

Frau, vielleicht die schönste Frau, die Samantha je gesehen hatte. Sie schloß die Brieftasche wieder, legte sie vorsichtig zurück und verließ leise die Kajüte.

Allen rief die Kapitänskajüte schon seit drei Minuten vergeblich an.

Zwei Stunden lang hatte der Wind stetig von Nordwesten mit einer Geschwindigkeit von wenig mehr als dreißig Knoten geblasen, und obwohl immer noch hohe Wellen in die Bucht hineinliefen, war die *Warlock* leicht mit ihnen fertig geworden, auch jetzt noch, da sie durch das Hauptschleppseil mit der *Golden Adventurer* verbunden war.

David hatte eine Nylonleine mit einer Rakete auf das Heck des Dampfers hinübergeschossen, und Bakers Leute hatten sie eingeholt und damit zuerst das Anholtau und dann die Haupttrosse hinübergezogen.

Es hatte sie fast eine Stunde angestrengter Arbeit gekostet, aber nun war das Kabel an den Pollern auf den Hauptdecks der *Golden Adventurer* befestigt, sowohl an Steuerbord wie an Backbord.

Die Befestigung hatte Y-Form und ging hinter dem Heck in die weiße Nylontrosse über. Diese war dreimal so dick wie ein Männerschenkel und so elastisch, daß sie einen plötzlichen Ruck aushalten konnte, der ein starres Stahlkabel abgerissen hätte. Von der Verbindung weg lief sie tausend Meter zurück zum Schlepper.

David Allen hielt mit der *Warlock* die Trosse so gespannt, daß sie nicht zu sehr durchhing und vielleicht an dem unbekannten Meeresgrund Schaden nehmen konnte. Dazu genügte eine recht geringe Drehzahl der beiden Schrauben. Seine genaue Position ersah er aus dem elektrischen Anzeiger, der die Geschwindigkeit über Grund längs und quer mit einer Genauigkeit von weniger als einen halben Meter pro Minute angab.

Somit war alles aufs beste unter Kontrolle, und bei jedem Blick auf den Dampfer sah er, daß das Wasser immer noch aus den Rohren sprudelte.

Vor einer halben Stunde hatte er seine Unruhe kaum verbergen können, denn mit dem Instinkt eines erfahrenen Seemanns wußte er, was sie aus dieser gefährlichen Windecke erwartete. Er hatte Baker rufen lassen, um sich über den Fortschritt der Arbeit am Schiff zu erkundigen. Das war ein Fehlgriff gewesen.

»Hast du nichts Besseres zu tun, als mich aus dem Maschinenraum zu holen? Ich sag dir schon, wenn ich soweit bin, das kannst du mir glauben, Kleiner! Wenn dir langweilig ist, geh hinunter und vergnüg dich mit Angel, aber laß mich um Himmels willen in Frieden.«

Baker arbeitete mit zweien seiner Männer in der schmutzigen, eiskalten Stahlkammer tief drunten im Heck des Schiffes, wo sich die Notsteueranlage befand. Das Ruder stand in die äußerste Stellung nach Backbord geschwenkt. Wenn es ihm nicht gelang, Strom zu der Steueranlage zu bringen, blieb der Dampfer unlenkbar, besonders wenn er mit dem Heck voraus geschleppt wurde. Es war lebenswichtig, daß das große Schiff seiner Steuerung gehorchte, wenn die *Warlock* versuchte, es vom Strand zu ziehen. Baker wußte so gut wie der Erste Offizier, was auf sie zukam. Der Sturm war zu einem sanften Wind Stärke vier abgeflaut, so daß die Wellenkämme ihre Schaumkronen verloren. Dann drehte er langsam nach Norden – und ohne jede Vorwarnung fiel er wieder über sie her.

Er kam brüllend wie ein Raubtier angebraust und riß Fetzen weißen Gischts von der Wasseroberfläche, so daß es aussah, als werde rotglühender Stahl darin abgekühlt. Die *Warlock* legte sich wild zur Seite und bäumte sich, vom Schleppkabel festgehalten, dann so jäh auf, daß Wasser durch ihre Speigatten am Heck hereinströmte.

Allen wurde von den Ereignissen überrascht. Der Schlepper trieb gefährlich ab, bevor er die Drosselklappe der Backbordmaschine voll öffnen und die Steuerbordschraube auf Rückwärtsgang stellen konnte. Als sich die *Warlock* wieder aufrichtete, betätigte er die Alarmklingel zur Kapitänskajüte. Während er mit wachsendem Unglauben zusah, wie die Welt rings um ihn zunehmend verrückter wurde.

Nick hörte das Signal wie aus weiter Ferne, es drang kaum bis zu seinem von Müdigkeit gelähmten Bewußtsein vor. Er versuchte sich aufzuraffen, aber er war wie von einem ungeheuren Gewicht erdrückt, und sein Verstand arbeitete so langsam und träge, wie das Gehirn eines Reptils in der Winterstarre.

Das Signal kam beharrlich wieder, Nick gelang es jedoch nicht, die Augen zu öffnen. Dann nahm er allmählich das wilde angstvolle Schwanken des Schiffes wahr und erkannte, daß das Brausen in seinen Ohren von außen kam, von dem heftigen Toben des Sturmes in den Aufbauten.

Er konnte die Augen immer noch nicht öffnen, aber er griff nach dem Hörer.

»Käpten, auf die Achterbrücke kommen!« Es war etwas in Allens Stimme, das Nick sofort auf die Beine brachte.

Als er die hintere Navigationsbrücke betrat, wandte sich der Erste Offizier erleichtert um.

»Gott sei Dank, daß Sie hier sind, Käpten.«

Der Sturm versprühte jede Welle zu einem pfeifenden Nebel weißen Gischts, der vermischt mit Graupeln und Schnee waagrecht über die Bucht hin jagte.

Nick sah nach der Skala des Windstärkemessers und schüttelte ungläubig den Kopf. Der Zeiger stand am oberen Anschlag. Das war Unsinn, an einem Sturm von zweihundert Stundenkilometern konnte man nicht glauben, das Instrument mußte bei den ersten Windböen beschädigt worden sein. Er weigerte sich, die Anzeige zur Kenntnis zu nehmen, denn niemand konnte bei Windstärken oberhalb der Beaufortskala einen Ozeandampfer bergen.

Die *Warlock* tanzte auf ihrem Heck wie ein um Leckerbissen bettelnder Delphin, und bäumte sich unter dem Zug des Schleppkabels auf, daß Nick über den abschüssigen Boden der Brücke hinabglitt. Er prallte gegen das Steuerpult und suchte Halt an der Schlechtwetterstange.

»Wir werden die Trosse kappen und in die offene See flüchten müssen«, schrillte Allens Stimme durch das Toben des Sturms.

An Bord der *Golden Adventurer* war Baker mit sechzehn Mann, überlegte Nick rasch, und auf ihre beiden Anker konnte man sich bei diesem Unwetter nicht verlassen.

»Baker«, fragte er ins Handmikrophon, »wie steht's bei Ihnen?«

»Der Sturm macht ihr zu schaffen, aber der Steuerbordanker hält sie.« Und dann, als Nick mit der Antwort zögerte: »Sie werden uns bei diesem Wetter nicht abschleppen können«. Es war eine einfache Feststellung, die Annahme der gegebenen Situation, daß das Schicksal Bakers und seiner sechzehn Mann unweigerlich mit dem des zu Tode verurteilten Schiffes verknüpft war.

»Nein«, gab Nick zu, »wir werden sie nicht abschleppen können.«

»Kappen Sie die Trosse und halten Sie sich von der Küste fern«, riet Baker. »Wir werden versuchen, an Land zu kommen, wenn der Kahn zu Bruch geht.« Und dann fügte er mit Galgenhumor hinzu: »Vergessen Sie nicht, uns abzuholen, wenn sich das Wetter bessert – falls dann noch jemand da ist zum Abholen.«

Jäh stieg durch die dicken Schichten von Müdigkeit Wut in Nick hoch, Wut darüber, daß alle seine bisherigen Wagnisse und Mühen jetzt vergeblich gewesen sein sollten, daß er die *Golden Adventurer* und wahrscheinlich mit ihr siebzehn Mann verlieren sollte, von denen einer sein Freund geworden war.

»Sind Sie bereit, mit den Ankerwinden zu warpen?« fragte er. »Wir werden das Miststück jetzt herunterziehen.«

»Verdammich«, schrie Baker. »Der Rumpf ist immer noch zur Hälfte voll Wasser –«

»Wir werden sie schon in Schwung bringen, Partner«, sagte Nick ruhig.

»Das Steuerrad ist blockiert, Sie werden sie nicht beherrschen können, und auch noch die *Warlock* verlieren –«, aber Nick fiel ihm ins Wort.

»Hören Sie, Sie dämliches Queenslandschaf, machen Sie, daß Sie an die Winden kommen.«

»Maschinenraum, lösen Sie die Überlastsperre und geben Sie mir die Motorensteuerung herauf«, wies er den zweiten Ingenieur energisch an.

»Steuerung zur Brücke hinaufgeschaltet«, bestätigte dieser, und Nick griff nach den glänzenden rostfreien Hebeln mit dem Fingerspitzengefühl eines Konzertpianisten. Die *Warlock* reagierte sofort.

»Ankerwinden besetzt«, kam Bakers Bestätigung in beinahe gleichgültigem Ton zurück.

»Bleiben Sie bereit«, befahl Nick und spähte in das weiße Inferno hinaus. Ein Sichtkontakt war nicht möglich, die ganze Welt ringsum war ein weißer Wirbel.

Nicks Erschöpfung ließ ihn in einem Anflug von Schwindelgefühl taumeln. Rasch konzentrierte er sich auf den großen Kompaß und den Fahrtanzeiger.

»David«, sagte er, »übernehmen Sie das Steuer.« Er wollte jemanden von rascher Auffassungsgabe an dieser Stelle.

Die *Warlock* tauchte plötzlich tief ein, so heftig, daß Nicks aufgeschürfte Rippen brutal gegen die Kante des Steuerpults gestoßen wurden. »Zehn Grad Steuerbord«, wies er David an, um den Bug gegen den abscheulichen Sturm zu bringen.

»Chef«, sagte er mit einer Stimme, in der man noch den Schmerz des Anpralls hören konnte, ins Mikrophon, »Steuerbordwinde anholen, volle Kraft.«

Dann öffnete er allmählich die Drosselklappen bis zur Höchstleistung von zweiundzwanzigtausend Pferdestärken.

Am Heck festgehalten, vom Sturm herumgeworfen, in den Wellen wild schwankend und von ihren eigenen großen Schrauben angetrieben, begann die *Warlock* zu toben wie ein Berserker. Sie wand sich und stampfte wie verrückt.

Nick mußte die Kinnmuskeln anspannen, sonst hätten seine Zähne von den Vibrationen geklappert, und als er auf den Geschwindigkeitsanzeiger schaute, sah er, daß Allens Gesicht erstarrt und totenbleich war.

Die *Warlock* drehte sich im Sturm und beschrieb einen langsamen Kreis nach links.

»Zwanzig Grad Steuerbord«, rief Nick hastig, und trotz seiner verzerrten Gesichtszüge reagierte Allen sofort.

»Zwanzig Grad Steuerbord, Befehl ausgeführt, Käpten.«

Nick sah, daß die seitliche Abtrift zum Stillstand kam, und dann entdeckte er in einem wilden Freudentaumel, daß der Fahrtanzeiger nach grün ging. Die elektronische Digitalanzeige raste hinauf, sie bewegten sich mit fünfzig Meter in der Minute vorwärts. »Wir schaffen es«, schrie Nick laut und griff hastig nach dem Mikrophon. »Beide Winden volle Kraft.«

»Beide auf vollem Zug«, antwortete Baker sogleich.

Und Nick schaute wieder auf den Anzeiger, er ging zurück, von fünfzig auf vierzig, auf dreißig. Die *Warlock* wurde immer langsamer, und Nick begriff in einem Anflug von Verzweiflung, daß das Instrument nur die Dehnung der Nylontrosse angezeigt hatte.

Einige Sekunden blieb der Anzeiger auf Null. Die *Warlock* stand still. Dann ging er nach rot, sie wurden von der Trosse gegen die Küste zurückgezogen.

Weitere fünf Minuten hielt Nick die Steuerhebel mit den Fäusten umklammert und bis zum Anschlag niedergedrückt. Die Motoren heulten auf, und die Zeiger schlugen bis weit über den roten Strich aus, der nicht überschritten werden sollte.

Das Schiff erzitterte, rüttelte und dröhnte, seine Qual übertrug sich auf Nicks Fußsohlen und Handflächen.

»Um Gottes willen, Käpten«, stammelte Allen, der sich nicht länger beherrschen konnte. »Sie werden sie versenken!«

»Baker?« Nick ignorierte seinen Ersten Offizier. »Machen Sie Fortschritte?«

»Beide Winden stehen«, erklärte Baker, »das Schiff bewegt sich nicht.«

Nick schob die Stahlhebel zurück, die Zeiger sanken rasch auf ihren Scheiben, die *Warlock* reagierte dankbar und schüttelte das angesammelte Wasser ab.

»Sie müssen die Trosse kappen«, kam Bakers körperlose Stimme durch das Brausen des Sturmes. »Wir werden unser Glück versuchen, Partner.«

Allen griff nach dem rot gestrichenen Stahldeckel, hinter dem sich der Auslöseknopf für das elektrische Abtrennen des Schleppseils befand.

»Lassen Sie das!« fauchte Nick ihn an, und dann zu Baker: »Ich verkürze die Trosse. Bleiben Sie bereit, neuerlich zu warpen, wenn ich es sage.«

Allen starrte ihn an, die rechte Hand noch am offenen Deckel.

»Schließen Sie dieses verdammte Ding«, sagte Nick und griff nach dem grünen Hebel für den Motor der Schleppseiltrommel. Er schob ihn auf Rückwärtsgang und fühlte das Deck vibrieren, als unter ihm im Hauptkabelraum die große Trommel zu rotieren und die dicke eisverkrustete Trosse über das Heck der *Warlock* einzuholen begann.

Wie ein wilder Hengst an einem Halfter kämpfte die *Warlock* um jeden Zentimeter, den sie von der eigenen Winde zurückgezogen wurde, und die Offiziere sahen mit wachsendem Entsetzen aus dem tobenden Schneesturm den eisbedeckten Rumpf der *Golden Adventurer* auftauchen.

Sie war so nahe, daß die Trosse nicht mehr bis zum Wasser durchhing, sondern gerade vom Heck des Dampfers zu den Führungsrollen am Heck der *Warlock* lief.

»Nun können wir sehen, was wir tun«, erklärte ihnen Nick grimmig. Er erkannte jetzt, daß viel von der Kraft der *Warlock* unnütz dadurch vertan worden war, daß er nicht genau in Richtung des Kiels der *Adventurer* gezogen hatte. Im Schneesturm war die Orientierung verlorengegangen. Das würde jetzt nicht mehr passieren.

»Chef«, sagte er, »ziehen Sie, was Sie ziehen können!« Und wieder drückte er die Maschinenhebel bis zum Anschlag durch.

Die *Warlock* zerrte an der elastischen Trosse, aus der dabei alles Wasser herausgepreßt wurde und sogleich gefror.

»Sie bewegt sich nicht, Käpten«, schrie Allen neben ihm.

»Beide Winden stehen«, bestätigte Baker unmittelbar darauf.

»Noch zuviel Wasser in ihr«, sagte Allen, und Nick drehte sich nach ihm um, als wolle er ihn niederschlagen.

»Geben Sie mir das Steuer«, fuhr er ihn mit vor Ärger und Verzweiflung heiserer Stimme an.

Mit der vollen Kraft beider Motoren, die wie verendende Bullen brüllend das Meer zu weißem Schaum aufwirbelten, schwenkte Nick das Steuer bis zum Anschlag nach Backbord.

Wild tauchte die *Warlock* mit der Schulter in die Wellen und neigte sich, daß das Wasser über Deck sprühte. Sogleich schwenkte Nick das Ruder wieder voll nach Steuerbord, und im Kippen nach der andern Seite übte sie eine zusätzliche Tonne Zug auf die Trosse aus.

Trotz des tosenden Sturms hörten sie die *Golden Adventurer* stöhnen, ihr Stahlboden protestierte gegen das Gewicht des Wassers im Rumpf und gegen den unerträglichen Zug der Ankerwinden und der Schlepptrosse der *Warlock*.

Aus dem Ächzen wurde ein prasselndes Geräusch, als die *Adventurer* anfing, über den Schotter des Meeresgrunds zu gleiten.

»Verdammich, sie kommt!« schrie Baker, und Nick schwenkte das Ruder wieder nach Backbord. Die *Warlock* geriet in ein Tal zwischen zwei Wellen, und eine haushohe Woge begrub sie unter sich. Nick zweifelte schon, ob sie den Anprall der tobenden See überstehen würde. Sie erzitterte, aber dann hob sie wieder ihren Bug und schüttelte sich frei.

»Zieh, mein Liebling, zieh«, flehte Nick sie an.

Langsam und widerstrebend begann der Rumpf der *Golden Adventurer* über den hemmenden Untergrund zu rumpeln.

»Beide Winden holen ein«, frohlockte Baker, und der Geschwindigkeitsanzeiger der *Warlock* ging nach grün.

Alle sahen, wie das Heck der *Golden Adventurer* von der nächsten großen Welle hochgehoben wurde. Einige Augenblicke lang starrte Nick fasziniert auf das Wunder, daß dieses große prächtige Schiff wieder zum Leben erwachte.

»Wir haben's geschafft, verdammich, wir haben's geschafft«, brüllte Baker, aber es war zu früh für ein Eigenlob. Sobald die *Golden Adventurer* wieder frei schwamm, wirkte sich die Stellung ihres Ruders aus, und ihr hohes Heck schwenkte herum. Mit ihrer Steuerbordseite bot sie nun dem heftigen Sturm eine ungeheure Angriffsfläche, und der Sturm trieb sie rasch auf die Felsabbrüche und die Säulen zu, die zu beiden Seiten die Einfahrt in die Bucht bewachten.

Nicks erster Impuls war, den Dampfer gegen die Kraft des Sturms vom Land fernzuhalten, im Vertrauen darauf, daß seine großen Dieselmotoren und die beiden Anker stark genug sein würden, um ein neuerliches Stranden zu verhindern. Aber die Anker hielten bei diesem Sturm nicht im Kiesboden, und die *Warlock* wurde vom Schleppkabel nach hinten mitgezogen, geradewegs auf die schroffen Klippen zu.

»Chef, holen Sie die Anker an«, rief er ins Mikrophon.

Vor zwanzig Jahren, als Nick an einer einsamen Küste der Seychellen gebadet hatte, war er von einer der gefährlichen Strömungen, die um diese Inseln kreisen, in die offene See hinausgerissen worden. Erst hatte er versucht, dagegen anzukämpfen und wäre dabei fast ums Leben gekommen. Er war schon zu Tode erschöpft, als er durch Nachdenken auf eine bessere Lösung kam. Statt gegen die Strömung, schwamm er mit ihr in einem leichten Winkel zu ihr und nutzte die Kraft eher aus, als daß er sich ihr widersetzte.

An die Lehre dieses Tages erinnerte er sich noch gut, und während Baker die tropfenden Anker der *Golden Adventurer* aus den hochgehenden Wellen holte, schwenkte er die *Warlock* scharf zur Seite, so daß der Sturm sie, statt voll von vorne, schräg von hinten traf.

Jetzt arbeiteten die Schrauben der *Warlock* nicht mehr gegen den Wind, und Nick steuerte einen Kurs, der sie knapp an der äußersten Felsspitze vorbeiführen mußte. Nun wurde der Dampfer von seinem Steuerruder in Windrichtung gehalten – strebte aber, entgegen dem Zug der *Warlock*, weiter dem Land zu.

Nach zehn Minuten war Nick so gut wie überzeugt, daß sie es nicht schaffen würden. Sie waren jetzt nur noch zwei Meilen von dem Felsen entfernt, wie man auf dem Radarschirm sah, und sie würden die *Golden Adventurer* mindestens eine halbe Meile gegen den Wind schleppen müssen, um ein Stranden zu vermeiden. Das war einfach nicht möglich.

Hilflos stand Nick da und starrte in den Sturm hinaus. Jeden Augenblick erwartete er, die ersten schwarzen Felsen in dem Wirbel von Schneeflocken und gefrorenem Gischt auftauchen zu sehen. Noch nie in seinem Leben hatte er sich so müde und ohnmächtig gefühlt. Er ging zum Auslöseknopf und war schon bereit, die Trosse abzutrennen und die *Golden Adventurer* ihrem Schicksal zu überlassen.

»Schauen Sie!« rief Allen plötzlich, und Nick fuhr herum.

Einen Augenblick lang begriff er nicht, was er sah. Irgend was war am Heck des Dampfers jetzt anders.

»Das Steuerruder«, rief Allen wieder. Und Nick sah es sich langsam bewegen, als es auf dem nächsten Wellenkamm sichtbar wurde.

Fast unmittelbar darauf spürte er, daß die *Warlock* Abstand von der leeseits gelegenen Küste gewann, und steuerte sie schärfer nach Luv. Die *Golden Adventurer* folgte dem Schleppkabel gehorsamer, und immer noch bewegte sich ihr Steuer.

»Ich habe jetzt Strom auf der Notsteuermaschine«, gab Baker durch.

»Steuer mittschiffs«, befahl Nick.

»Ist mittschiffs«, bestätigte Baker, und nun ließ sich der Dampfer mit dem Heck voraus fast im rechten Winkel zum Wind aufs offene Meer hinausschleppen.

Inmitten des weißen Infernos tauchte plötzlich der düstere Umriß hoher steiler Felswände auf, gegen die mit ohrenbetäubendem Donnern die See brandete.

»Mein Gott, sind die nahe«, flüsterte David Allen. So nahe, daß der Rückstau des Sturmes, dessen ungeheure Gewalt sie darauf zugetrieben hatte, fühlbar wurde und ihm entgegenwirkte – gerade so viel, daß es ihnen gelang, die drohenden Säulen zu umschiffen. Vor ihnen lagen nun dreitausend Meilen in Sturm und hohem Wellengang, aber in offener See.

»Wir haben es geschafft. Diesmal haben wir es wirklich geschafft«, sagte Baker, und Nick schob die Gashebel zurück und nahm damit die unerträgliche Überbeanspruchung von den Motoren, bevor sie zu Bruch gingen.

»Mit den Ankern und allem übrigen«, erwiderte er. Es war Ehrensache, sogar die Anker zu bergen. »Chef«, fuhr er fort, »was halten Sie von der Idee, sie mit Tannerax vollzupumpen, statt faul herumzusitzen?« Das Rostschutzmittel würde die Maschinen und viele andere wichtige Geräte vor weiteren Seewasserschäden schützen und damit den Wert des geborgenen Schiffes gewaltig erhöhen.

»Sie machen wohl nie eine Pause, was?« antwortete Baker vorwurfsvoll.

»Glauben Sie nur das nicht«, sagte Nick. Müdigkeit und Triumphgefühl machten ihn übermütig und albern. »Ich gehe jetzt gleich hinunter und haue mich in meine Koje, um zwölf Stunden zu schlafen – und wer es wagt, mich zu wecken, den bringe ich um.«

Er legte David Allen die Hand auf die Schulter und verabschiedete sich mit den Worten: »Sie haben Ihre Sache gut gemacht – auch alle anderen. Übernehmen Sie jetzt das Kommando und kümmern Sie sich um alles weitere.«

Erst eine Woche später bekamen sie wieder Land zu Gesicht. Sie überstanden den Sturm auf offener See, acht Tage nicht nachlassender Spannung und übermenschlich harter Arbeit.

Ihr erstes Bestreben war, die Schlepptrosse zum Bug der *Golden Adventurer* zu schaffen. Bei diesem Seegang brauchten sie dazu vierundzwanzig Stunden und drei fehlgeschlagene Versuche, bis sie endlich den Bug gegen den Wind gebracht hatten. Nun lag sie viel ruhiger, und die *Warlock* brauchte nur die Funktion eines Schleppankers zu übernehmen.

Volle Kraft mußte die *Warlock* nur einsetzen, wenn ein großer Eisberg in gefährliche Nähe kam und es nötig war, den Dampfer von ihm fernzuhalten.

Trotzdem ließ die Spannung keinen Augenblick nach, und Nick verbrachte die meiste Zeit auf der Brücke, wach und voll Sorge, ob die Abdichtung des aufgerissenen Rumpfes wohl halten würde. Allmählich waren sie aus der großen Tiefdruckzone herausgekommen. Der Sturm hatte sich gedreht, blies nun von Westen, und flaute endlich ganz ab.

Nun konnte die *Warlock* ihre Schleppgeschwindigkeit erhöhen. Sogar in diesen gewaltigen Wogen dunklen Wassers, die der Sturm ihnen wie ein Vermächtnis hinterlassen hatte, schaffte sie vier Knoten.

Dann, an einem windigen Morgen, unter einer kalten, gelben Sonne, konnte die *Warlock* den großen Dampfer in die Shackleton-Bai schleppen.

Als die beiden Schiffe in die ruhige windgeschützte Bucht einliefen, kamen die Überlebenden aus ihrem Lager herunter und säumten den steilen, von schwarzen Kieselsteinen bedeckten Strand. Ihr Jubel und ihre Willkommensrufe wurden von dem leichten Wind bis zu den Offizieren auf der Brücke der *Warlock* getragen.

Kapitän Reillys Boot tuckerte auf die *Warlock* zu, und als er an Bord kam, sah man seinen Augen die Mühen der letzten Tage an, den Verlust des Schiffes und etlicher Menschenleben. Dennoch war sein Händedruck, mit dem er Nick begrüßte, fest: »Meinen Dank und herzlichen Glückwunsch, Mr. Berg.«

Er hatte Nick als Präsidenten von Christy Marine kennengelernt und war sich wie kein anderer der Größe der eben vollbrachten Leistung bewußt. Reillys Respekt war offensichtlich.

»Schön, Sie wiederzusehen«, erwiderte Nick. »Meine Funkanlage steht Ihnen natürlich zur Verfügung, wenn Sie sich mit Ihrer Zentrale in Verbindung setzen wollen.«

Sofort machte er sich wieder daran, die *Warlock* längsseits der *Golden Adventurer* anzulegen, um aus ihren Beständen Stahlplatten auf den Dampfer hinüberzuschaffen. Erst eine Stunde später kam Kapitän Reilly aus dem Funkraum zurück.

»Darf ich Ihnen einen Drink anbieten, Mr. Reilly?« Nick führte ihn in seine Kajüte und begann taktvoll die hundert Kleinigkeiten zu besprechen, die geklärt werden mußten. Es war eine heikle Situation, da Reilly nicht mehr Kapitän seines Schiffes war. Das Kommando war an Nick als den Bergungskapitän übergegangen.

»Die Unterkunftsmöglichkeiten auf der *Golden Adventurer* sind immer noch intakt und wahrscheinlich um einiges wärmer und bequemer als die derzeitigen Ihrer Passagiere –« Nick machte es Reilly leichter, ohne einen Augenblick lang vergessen zu lassen, daß nun *er* das Kommando innehatte, und Reilly ging dankbar darauf ein.

Innerhalb einer halben Stunde hatten sie alle notwendigen Maßnahmen getroffen, um die Überlebenden an Bord des Schiffes zu bringen. Levoisin hatte auf der *La Mouette* nur hundertzwanzig zusätzliche Personen mitnehmen können.

»Ich werde Ihre Zeit nun nicht länger in Anspruch nehmen.« Reilly leerte sein Glas und erhob sich. »Sie haben viel zu tun.«

Es vergingen vier weitere Tage und Nächte mit harter Arbeit. Nick ging an Bord der *Golden Adventurer*. Die große Höhlung des Maschinenraums war vom grellen, blauen Licht eines Schweißbrenners erhellt. Baker hatte Stahlplatten über dem Leck angebracht und verschweißte sie mit der Wandung. Vor ihnen lag noch die schwere Durchfahrt durch die »Roaring Forties«, die stürmische Westwindtrift am vierzigsten Breitengrad, und die Bergungsaktion galt erst als vollendet, wenn sie die *Golden Adventurer* sicher im Kapstädter Hafen verankert hatten.

»Wir bringen dieses Prachtstück in die Duncan-Docks, und Sie werden ein reicher Mann«, sagte Nick zu Baker, als sie Seite an Seite in dem schmutzigen Maschinenraum saßen und dampfenden, mit Bundaberg-Rum versetzten Kaffee tranken.

»Ich war auch früher schon reich. Es hält nie lange an, und ich bin immer erleichtert, wenn ich das Zeug ausgegeben habe. So brauchen Sie keine Sorge zu haben, daß Sie den verdammt besten Ingenieur zur See verlieren«, erwiderte Baker schlagfertig.

Nick lachte erfreut. Baker hatte seine Sorge erraten, daß er abmustern könnte.

Dann mußten sie noch genügend Treibstoff aus den Tanks der *Golden Adventurer* in die *Warlock* herüberpumpen, um für die lange Schleppaktion gerüstet zu sein. Bernard Wackie in Bermuda stand unterdessen in regem Fernschreibverkehr mit den Versicherern und mit Lloyd's und erhielt die ersten tastenden Angebote von Christy Marine. Duncan Alexander strebte eine freie Vereinbarung mit Nick an, um die Kosten für das Schiedsgericht zu umgehen.

»Sag ihm, das käme überhaupt nicht in Frage«, antwortete Nick. »Erinnere ihn daran, daß ich als Präsident von Christy Marine gegen die Selbstversicherung unserer Schiffe gewesen bin – und nun werde ich ihm das gehörig unter die Nase reiben.«

Die Tage und Nächte verschwammen übergangslos ineinander, und das in dieser Gegend durcheinandergeratene Zeitgefühl verstärkte diese Illusion.

So war Nick beinahe überrascht, als sich seine Offiziere um den Mahagonitisch in seiner Kajüte versammelten und berichteten, daß die Reparaturen und Vorbereitungsarbeiten, das Umfüllen des Treibstoffes, die Einschiffung der Passagiere und die hundert anderen Dinge erledigt und daß alle Vorkehrungen getroffen seien, die gewaltige Schlepplast über Tausende von Meilen durch die unberechenbare See bis zur Südspitze Afrikas zu bringen.

Nick ließ sie minutenlang das Gefühl getaner und aufs beste erledigter Arbeit genießen.

»Die Besatzung erhält vierundzwanzig Stunden Urlaub«, kündigte er in einer Anwandlung von Großzügigkeit an. »Die Schleppaktion beginnt um 08.00 Uhr Montag morgen. Ich rechne mit einer Geschwindigkeit von sechs Knoten – das bedeutet einundzwanzig Tage bis Kapstadt, meine Herren.«

Als sie im Begriff waren, die Kajüte zu verlassen, zögerte David Allen und brachte verlegen heraus: »Wir veranstalten heute abend in der Offiziersmesse eine kleine Feier und würden Sie gerne als Gast bei uns begrüßen, Käpten.«

Die Messe war der Klubraum der Offiziere von dem der Kapitän traditionsgemäß ausgeschlossen war. Er konnte die kleine getäfelte Kabine nur als geladener Gast betreten, aber es gab nicht den geringsten Zweifel an der aufrichtigen Herzlichkeit, mit der sie ihn begrüßten. Sogar der Krebs war da. Sie erhoben sich und klatschten, als er eintrat, und es war deutlich zu sehen, daß die meisten von ihnen schon ziemlich viel Gin genossen hatten. Allen hielt eine Rede, die er stockend von einem Zettel herunterlas, den er in seiner Hand zu verstecken versuchte, eine Rede voller Übertreibungen, Klischees und Superlativen, und er war erleichtert, als er es überstanden hatte.

Dann brachte Angel einen Kuchen, den er extra für diesen Anlaß gebacken hatte, ein kleines Kunstwerk in Form der *Golden Adventurer.*

Nick wurde gebeten, ebenfalls zu sprechen, und tat es in einem so lockeren und entspannten Stil, daß innerhalb weniger Minuten eine ausgelassene Stimmung aufkam – allein schon die Erwähnung des Prisengeldes, das ihnen nach der Auskunft der *Golden Adventurer* in Kapstadt zustehen würde, versetzte sie allesamt in Ekstase.

Das Mädchen saß eingekeilt in einer Ecke, fast erdrückt von der Gruppe junger Offiziere, die sich so dicht wie möglich um sie drängten.

Sie lachte fröhlich und unbeschwert, und ihr Stimme schwebte hell über den tieferen Tönen männlicher Ausgelassenheit, so daß es Nick schwerfiel, nicht andauernd zu ihr hinüberzuschauen.

Sie trug ein grünes, enganliegendes Kleid, und Nick fragte sich, wo es hergekommen war. Aber dann erinnerte er sich, daß die Passagierskajüten auf der *Golden Adventurer* unversehrt geblieben waren. Sie hatte sich dort offenbar ihre Sachen geholt – und wahrscheinlich hätte sie an Bord des Dampfers bleiben sollen. Nick war froh, daß sie es nicht getan hatte.

Nick beendete seine kleine Rede, nachdem er jeden seiner Offiziere namentlich erwähnt und ihm das Lob hatte zukommen lassen, das er verdiente. Allen drückte ihm noch ein zweites großes Glas Whisky in die eine und ein unförmiges Stück Kuchen in die andere Hand, dann verschwand er eilig und stürzte sich in das Gedränge um das Mädchen. Nick beobachtete nachsichtig den Wettstreit um ihre Aufmerksamkeit.

Neben ihr stand Baker in einem Konfektionsanzug aus glänzender Haifischhautimitation. Alle paar Minuten mußte er seine Hose hochziehen, und seine Brille funkelte erwartungsvoll, sooft er sich über das Mädchen beugte.

David Allen belagerte sie von der anderen Seite und lief jedesmal feuerrot an, wenn sie sich zu ihm wandte. Er bediente sie eifrig mit Kuchen und Getränken, und Nick spürte, wie seine Nachsicht allmählich in Ärger überging.

Ihn störte, daß sein vierter Offizier, der offenbar dazu ausersehen war, ihn zu unterhalten, stumm neben ihm saß, von dieser Verantwortung völlig erdrückt. Auch das närrische Verhalten seiner älteren Offiziere irritierte ihn. Sie benahmen sich bei ihrem Wettstreit um die Aufmerksamkeit des Mädchens wie ein Gruppe dressierter Seehunde.

Plötzlich schaute sie durch den Raum zu Nick hinüber, und ihre Blicke trafen einander. Das Lachen auf ihren Lippen erlosch, und in ihren Augen stand ein rätselhafter Ernst. Nick bedauerte einmal mehr seine frühere Schroffheit.

Obwohl ihr grünes Kleid hochgeschlossen war, sah er, daß ihre Brüste groß und spitz und durch keinerlei Unterwäsche eingeengt waren. Das junge, wohlgeformte Fleisch war so erregend, als ob sie nackt gewesen wäre.

Es machte ihn wütend, daß sie ihren Körper so zur Schau stellte. Mochten alle jungen Mädchen in den Straßen von New York oder London nicht weniger freizügig herumlaufen – es machte ihn wütend, daß sie dasselbe tat, und er suchte wieder ihre Augen. Etwas Anklagendes lag darin, eine Herausforderung vielleicht, die Widerspiegelung seines eigenen Ärgers? Er war sich nicht sicher. Sie neigte ihren Kopf leicht, war das nun eine Aufforderung – oder was war es sonst? Er hatte so viele Frauen gekannt und beherrscht. Und doch erregte diese eine bei ihm ein Gefühl der Unsicherheit. Vielleicht war es nur ihre Jugend, oder war es irgendeine besondere Eigenschaft, die sie besaß? Nick wußte nicht, was er davon halten sollte, und konnte seine Gefühle nicht deuten.

David Allen umschwärmte sie immer noch, und Nick ertappte sich dabei, daß er den schlanken, jungenhaften Rükken seines Ersten Offiziers anstarrte.

»Bitten Sie Mr. Allen für einen Augenblick zu mir.« Sichtlich erleichtert ging der Offizier ihn holen.

»Danke für die Gastfreundschaft, David«, sagte Nick, als er kam.

»Sie werden doch nicht schon gehen, Käpten?« Nick sah mit sadistischer Freude Allens offenkundige Enttäuschung.

In seiner Kajüte setzte er sich an den Schreibtisch und versuchte zu arbeiten. Zum erstenmal hatte er Gelegenheit, sich mit dem Papierkram zu befassen, der ihn erwartete.

Der gedämpfte Lärm der Feier, der von dem Deck unter ihm heraufdrang, lenkte ihn ab, und er überraschte sich dabei, wie er auf den Klang der Stimme des Mädchens horchte, statt die Briefe an seine Londoner Rechtsanwälte zu schreiben, die den Sachverständigen bei Lloyd's vorgelegt werden sollten. Sie sollten die Grundlagen für seine Forderungen gegen die Versicherer der *Golden Adventurer* bilden. Und doch konnte er sich nicht konzentrieren.

Er schob seinen Stuhl vom Schreibtisch zurück, begann auf dem dicken, schalldämpfenden Teppich hin und her zu gehen und blieb dann wieder stehen, um zu lauschen. Sie tanzten oder veranstalteten dort unten irgendein rauhes Spiel, das hauptsächlich darin bestand, unter Poltern und Stampfen schallend zu lachen.

Als Nick seine Wanderung wieder aufnahm, überkam ihn plötzlich das Gefühl, einsam zu sein. Er blieb unvermittelt stehen. Ja, er war einsam, völlig allein.

Er war von seinem Sitz im Wipfel des Baumes vertrieben worden, hatte sein Lebenswerk, seine Frau und seinen Sohn verloren – doch hatte er nur wenige Monate gebraucht, um wieder ganz nach oben zu kommen.

Mit dieser einen Fahrt hatte er den Ozean Schlepp- und Rettungsdienst aus einer gefährlich unsicheren Spekulation in etwas von wirklichem Wert verwandelt. Er war wieder jemand, mit dem man rechnen mußte, mit Zielen und der Möglichkeit, sie zu erreichen. Warum erschien ihm das alles plötzlich von so geringem Wert? Er spielte mit dem Gedanken, zu der Feier in die Offiziersmesse zurückzukehren, und schnitt ein Gesicht bei der Vorstellung, wie bestürzt nun seine Offiziere über das unzulässige Eindringen des Kapitäns wären.

Der Whisky schmeckte wie Zahnpasta, und der Stumpen, den er anzündete, war bitter. Er ging auf die Brücke hinauf.

Die Nachtbeleuchtung kam ihm nach der Helligkeit in seiner Kabine viel zu schwach vor. Erst als sich seine Augen an die Dunkelheit gewöhnt hatten, bemerkte er Graham, den dritten Offizier.

»Guten Abend, Mr. Graham.« Nick trat an den Kartentisch, überprüfte das Logbuch und suchte nach einem Gesprächsbeginn. »Sie wären wohl auch gerne auf der Party?« fragte er schließlich.

»Käpten.«

Das war keine glückliche Eröffnung für ein Gespräch, und Nick wünschte nun wieder, allein zu sein.

»Ich übernehme den Rest Ihrer Wache. Gehen Sie und amüsieren Sie sich.«

Der dritte Offizier schaute ihn verdutzt an.

»Sie haben genau drei Sekunden, bevor ich meine Meinung ändere.«

»Das ist famos anständig von Ihnen, Käpten«, rief Graham, als er davonflitzte.

Die Party in der Offiziersmesse war jetzt in einen offenen Wettstreit um Samanthas Aufmerksamkeit und Beifall übergegangen.

David Allen trug einen Lampenschirm auf dem Kopf, stand aus irgendwelchen unerfindlichen Gründen auf dem Bartisch und rezitierte King Henrys Rede vor Agincourt, die rechte Hand mit napoleonischer Geste in seine Jacke gesteckt. Doch als Graham den Raum betrat, wurde er sofort wieder der Erste

Offizier. Er nahm den Lampenschirm ab und fragte kühl: »Mr. Graham, gehe ich recht in der Annahme, daß Sie der wachhabende Offizier sind? Sie sollten in diesem Augenblick auf der Brücke sein –«

»Der Alte ist gekommen und hat mich von der Wache abgelöst«, erwiderte Graham.

»Großer Gott!« Allen setzte seinen Lampenschirm wieder auf und goß seinem dritten Offizier ein großes Glas Gin ein. »Dem alten Bastard muß es plötzlich ganz weich ums Herz geworden sein.«

Baker, der wie ein Gibbon-Affe an der Wand hing, ließ sich auf die Füße fallen, zog die Hose hoch und verkündete drohend:

»Wenn irgend jemand den alten Bastard einen Bastard nennt, schlag ich ihm persönlich die Zähne ein.«

Damit kehrte er zum Start des als Gesellschaftsspiel veranstalteten Hindernisrennens zurück, stärkte sich mit einem guten Schluck Rum, schob mit dem Daumen seine Brille zurecht und spuckte in die Hände.

»Achtung – fertig – los!« rief Samantha und drückte auf die Stoppuhr. Baker baumelte unsicher von der Decke und hangelte sich durch den Raum, ohne den Boden zu berühren, wobei er von der ganzen Gesellschaft durch laute Zurufe angespornt wurde.

»8,6 Sekunden!« Samantha drückte die Stoppuhr, als er an der Bar, dem Ziel, angekommen war. »Ein neuer Weltrekord.«

»Einen Drink für den neuen Weltmeister!«

Sie waren wie Schuljungen. Nach zehn Minuten gab Samantha die Stoppuhr an Tim Graham weiter, der als Zuletztgekommener noch nüchtern war.

»Ich bin gleich wieder zurück«, log sie und verschwand mit einem großen Stück von Angels Kuchen, bevor irgend jemand erfaßte, was vorging.

Nick war so auf die Karten konzentriert, daß er eine ganze Weile Samanthas Gegenwart nicht bemerkte. Bei der vollkommenen Vertiefung in seine Arbeit hatte sein Mund den gewohnten strengen Zug verloren. Sie bemerkte jetzt seine vollen, doch nicht fleischigen Lippen, die eine Sensibilität und Sinnlichkeit verrieten, die ihr vorher nie aufgefallen waren.

Sie wartete ruhig und erfreute sich an seinem Anblick, bis er plötzlich aufschaute und den verzückten Ausdruck auf ihrem Gesicht sah.

Sie versuchte ihre Verwirrung zu verbergen, aber sogar in ihren eigenen Ohren klang ihre Stimme atemlos.

»Verzeihen Sie die Störung. Ich wollte nur Timmy Graham ein Stück Kuchen bringen.«

»Ich habe ihn gerade nach unten zur Party geschickt.«

»Oh, ich habe ihn dort nicht gesehen. Ich dachte, er wäre hier.«

Sie machte keine Anstalten zu gehen.

»Kann ich vielleicht *Sie* für ein Stück Kuchen interessieren? Es bleibt sonst übrig.«

»Teilen wir es«, schlug er vor, und sie kam zum Kartentisch.

»Ich muß mich bei Ihnen entschuldigen«, sagte er. Er haßte es, sich rechtfertigen zu müssen, und sie spürte es.

»Ich hatte einen schlechten Augenblick erwischt«, erwiderte sie und brach ein Stück vom Kuchen ab. »Aber jetzt ist die Gelegenheit günstiger. Nochmals also vielen Dank. Ich weiß jetzt, daß meine Rettung Sie beinahe die *Golden Adventurer* gekostet hätte.«

Beide schauten durch die großen Panzerglasscheiben zur *Adventurer* hinüber.

»Sie ist schön, nicht wahr?« stellte Nick fest.

»Ja, sie ist schön«, pflichtete Samantha ihm bei, und plötzlich waren sie einander sehr nahe im rötlichen Schein der Nachtbeleuchtung.

Er begann zu erzählen, anfänglich steif und befangen, aber es gelang ihr, ihn aus seiner Reserve zu locken, und sie bemerkte mit stiller Freude, daß er immer lebhafter und gelöster wurde. Erst später kam sie auf ihre eigenen Ideen zu sprechen.

Nick war überrascht und ein wenig aus der Fassung gebracht über die Tiefe ihrer Gedanken und ihre Gewandtheit im Ausdruck, denn sie erschien ihm immer noch als sehr jung. Er hatte Leichtsinn und Kichern erwartet, die Oberflächlichkeit und den Egoismus eines unreifen Mädchens, aber sie war überhaupt nicht so, und plötzlich spielte der Altersunterschied keine Rolle mehr.

Sie sprachen über das Meer, dessen Geschöpfe sie beide waren, und ihre gegenseitige Zuneigung wurde immer stärker.

Von unten drangen schwach die unmelodiösen Versuche Bakers zu ihnen herauf, im Chor der Offiziere mitzuhalten:

»Mit Kollektivverträgen
wisch' ich mir den Popo,
die 12½ Prozente
genügen mir auch so!«

Irgendwann im Laufe des Abends kam ein sehr besorgter Tim Graham herauf und lallte:

»Doktor Silver ist abgängig, Käpten. Sie ist nicht in ihrer Kajüte, und wir haben überall –« In diesem Augenblick sah er sie im Sessel des Kapitäns sitzen und seine Sorge verwandelte sich in Bestürzung. »Oh, ich verstehe. Wir haben nicht gewußt – ich meine, wir haben nicht erwartet – entschuldigen Sie, Käpten. Gute Nacht, Käpten.« Und wieder verließ er fluchtartig die Brücke.

»Doktor?« fragte Nick.

»Ja, leider«, lächelte sie und erzählte dann von der Universität, ihrem Forschungsprojekt und anderen Arbeiten, die sie plante. Nick hörte schweigend zu.

Die Kluft, die zwischen ihnen bestanden hatte, wurde zusehends kleiner, und sie empfanden es als Störung, als die Vormitternachtswache endete und die Ablösung auf der Brücke erschien. Es zerstörte die subtile Stimmung, die zwischen ihnen entstanden war, und beraubte sie jedes Vorwandes, noch weiter beisammen zu bleiben.

»Gute Nacht, Kapitän Berg«, sagte sie.

»Gute Nacht, Miss Silver«, erwiderte er bedauernd.

Während des langen folgenden Tages, an dem sie mit dem Abschleppen der *Golden Adventurer* begannen, dachte Nick in den unpassendsten Augenblicken an das Mädchen. Als er am Abend entgegen seiner sonstigen Gewohnheit im Speiseraum aß statt in seiner Kajüte, war sie von einer kompakten Phalanx beflissener junger Männer belagert, und mit einem leisen Schock gestand er sich ein, daß er regelrecht eifersüchtig war. Zweimal während der Mahlzeit mußte er eine scharfe Bemerkung, die sich ihm auf die Lippen drängte, unterdrücken, denn sie hätte den unglücklichen Betroffenen in verständnislose Verwirrung gestürzt.

Nick aß kein Dessert und ließ sich den Kaffee in seine Kajüte bringen. Bakers Gesellschaft wäre ihm angenehm gewesen, aber der Australier hatte an Bord der *Golden Adventurer* an den Hauptmaschinen zu arbeiten. Trotz der Mühen und fieberhaften Arbeit des Tages hatte die Koje keine Anziehungskraft für Nick. Mit einem Blick auf die Uhr stellte er fest, daß es wenige Minuten nach acht war.

In einem plötzlichen Impuls ging er auf die Brücke, und Tim Graham sprang schuldbewußt auf. Er hatte im Kapitänssessel gesessen, eine Freiheit, die wenigstens eine scharfe Rüge gerechtfertigt hätte, aber Nick tat, als habe er nichts bemerkt. Er machte eine langsame Runde und überprüfte alle Einzelheiten.

»Mr. Graham«, sagte er schließlich, und der Offizier stand stramm wie ein Opfer vor dem Erschießungskommando, »ich übernehme Ihre Wache – Sie können zum Abendessen gehen.«

Der dritte Offizier war so starr vor Staunen, daß er einen doppelten Gin brauchte, bevor er in der Offiziersmesse von seinem Glück erzählen konnte.

Samantha hatte gerade eine Schachpartie mit David Allen beendet. Aber als er sie um Revanche bat, schüttelte sie den Kopf und verließ die Messe.

Erst als Nick den Duft ihres Parfums neben sich wahrnahm, wurde ihm bewußt, daß er nur in der Hoffnung auf ihr Erscheinen Graham beurlaubt hatte.

»Da vorne sind Wale«, sagte er mit seinem seltenen, unwiderstehlichen Lächeln, das sie so sehr an ihm liebte. »Ich hatte gehofft, Sie würden heraufkommen.«

»Wo? Wo sind sie?« fragte sie ehrlich aufgeregt. Und dann sahen sie die Fontäne, zwei Meilen vor ihnen, einen golden leuchtenden Gischtstrahl in der tiefstehenden Abendsonne.

»Balaenoptera masculus!« rief sie aus.

»Das ist wahrscheinlich richtig, Miss Silver, aber für mich bleibt es einfach ein Blauwal.« Nick lächelte immer noch und machte sie damit verlegen.

»Entschuldigen Sie, ich wollte Sie nicht mit meinem Wissen verblüffen.« Dann schaute sie wieder auf die kalte, wenig einladende Dünung hinaus.

»Nur einer«, sagte sie enttäuscht, und ihre Begeisterung schwand. »Es gibt nur noch so wenige davon – das kann der letzte gewesen sein, den wir zu sehen bekommen.«

»So wenige, daß sie einander in der Weite des Ozeans nicht zur Paarung finden können.« Nick lächelte auch nicht mehr, und wieder sprachen sie über das Meer, über ihre eigene Beziehung zu ihm, ihre Besorgnis über das, was der Mensch ihm angetan hatte und immer noch antat.

»Vor zwei Monaten schnappten die Australier ein japanisches Fischerboot in ihren Hoheitsgewässern. Es hatte in seinen Kühlschränken das Fleisch von 120.000 Riesenmuscheln, die Besatzung hatte sie mit Brecheisen von dem der Ostküste vorgelagerten Barriereriff losgebrochen. Da an einem Korallenriff nie mehr als 20.000 Muscheln sind, haben sie also bei einer einzigen Fahrt sechs Riffe abgeräumt – und die Strafe für den Kapitän betrug tausend Pfund.« Ihre Stimme bebte vor Zorn, als sie es erzählte.

»Japaner waren es auch, die die ›Lange Leine‹ weiterentwikkelt haben«, ergänzte Nick, »die endlose, mit speziell dafür konstruierten Angelhaken ausgerüstete Schleppleine. Sie wird quer durch die Wanderwege der großen, sich an der Wasseroberfläche ernährenden Hochseefische, wie Thun und Marlin, gelegt. Damit rotten sie den ganzen Schwarm bis zum letzten Fisch aus.«

Samantha wirkte älter, als sie Nick ihr Gesicht zuwandte. »Schauen Sie, was man mit den Walen gemacht hat.«

Gemeinsam spähten sie aus den Fenstern, in der Hoffnung, doch noch ein zweites dieser friedlichen, zum Aussterben verurteilten Riesentiere zu entdecken, bevor sie endgültig aus den Meeren verschwunden waren.

»Die Japaner und Russen wollten das Übereinkommen zum Schutze der Wale nicht unterzeichnen«, sagte Nick, »solange noch genügend übrig waren, daß sich ihr Fang wirtschaftlich lohnte. Dann unterschrieben sie es. Da gab es nur noch zwei- oder dreitausend Blauwale auf der ganzen Welt.«

»Nun werden sie den Finnwal bis zur Ausrottung jagen.«

Als sie so Seite an Seite in die bizarre, sonnenhelle Nacht hinausstarrten und vergebens nach diesen Funken Lebens in der Weite des Meeres suchten, hob Nick den Arm, um ihn Samantha, mit der uralten schützenden Gebärde des Mannes seiner Gefährtin gegenüber, um die Schultern zu legen. Sie fühlte seine Bewegung und sehnte sich danach, aber er fing sich im letzten Augenblick, bevor er sie tatsächlich berührte, und ließ den Arm wieder sinken. Und auch für den Rest des Abends hielt er den Abstand ein, den zu wahren er sich anscheinend auferlegt hatte.

Am nächsten Abend wartete sie nach dem Abendessen in ihrer Kabine hinter der einen Spalt offenen Türe so lange, bis sie Tim Graham die Kajütstreppe von der Brücke herunterpoltern hörte. Kaum war er in der Messe verschwunden, schlüpfte sie heraus und lief geräuschlos zur Brücke hinauf. Zur Begrüßung grinsten sie einander an wie Schulkinder nach einem gelungenen Streich.

Sie fuhren gerade dicht an einem der großen, tafelförmigen Eisberge vorbei, und Samantha wies auf den Schmutzstreifen, der sich um das weiße Eis herumzog wie bei einer Badewanne, die ein Kaminkehrer benutzt hat.

»Ölreste«, sagte sie, »und unlösliche Kohlenwasserstoffe.«

»Nein«, widersprach er, »das sind nur Moränen vom Gletscher.«

»Es ist Rohöl«, erwiderte sie. »Ich habe Proben untersucht. Das Ufer der Shackleton-Bai ist übersät mit Paraffin und Rohölrückständen. Wir haben ölverklebte Pinguine bei Kap Alarm gefunden, tote und verendende.«

»Ich kann kaum glauben –«, begann Nick, aber sie schnitt ihm das Wort ab.

»Das ist es ja gerade!« sagte sie. »Niemand will es glauben. Man geht einfach daran vorbei wie an einem auf dem Gehsteig liegenden Verkehrsopfer.«

»Sie haben recht«, gab Nick zu. »Nur wenige Leute stört das wirklich.«

»Ein paar tote Pinguine, ein paar kleine, schwarze Teerklümpchen, die am Strand an den Füßen kleben bleiben, alles scheinbar kein Grund zur Aufregung. Aber was wir *nicht* sehen können, sollte uns erschrecken, die Millionen Tonnen giftiger Kohlenwasserstoffe, die ins Meer fließen, und langsam und heimtückisch, aber sicher töten. Das sollte uns wirklich Angst machen, Nicholas!«

Sie hatte ihn zum ersten Mal beim Vornamen genannt, und ihnen beiden kam es überdeutlich zu Bewußtsein. Sie schwiegen wieder und beobachteten aufmerksam den langsam vorbeiziehenden Eisberg. Die Sonne hatte ihn in ein duftiges Rosa getaucht, aber die dunkle Linie giftigen Schmutzes war immer noch da.

»Die Welt ist auf die aus Fossilien entstandenen Brennstoffe angewiesen, und wir Seeleute müssen sie transportieren«, sagte er schließlich.

»Aber nicht mit solchen erschreckenden Risiken, nicht nur nach Profit schielend.«

»Es gibt skrupellose Reeder –«, gab er zu, und wieder unterbrach sie ihn ärgerlich:

»– die unter der Flagge der Bequemlichkeit fahren, ohne Kontrolle, mit mangelhaft gebauten Schiffen, mit nur einem einzigen Antriebsaggregat –«, sie sprudelte die Vorwürfe der Reihe nach heraus, und er unterbrach sie nicht.

»Dann hoben sie die Ladebeschränkung für Tanker auf, die

das Kap der Guten Hoffnung im südlichen Winter umschiffen, um ihnen zu ermöglichen, noch fünfzigtausend Tonnen zusätzlich zu transportieren. Die Agulhas Bank ist im Winter die gefährlichste See der Welt, und sie senden überbeladene Tanker dorthin.«

»Das war verbrecherisch«, bestätigte er.

»Sie waren doch damals Präsident von Christy Marine und hatten Einfluß bei dem Kontrollgremium.«

Sie erkannte, daß sie einen Fehler gemacht hatte. Sein Gesicht verzerrte sich plötzlich in heftigem Zorn.

Aber er wandte sich ab, machte einen langsamen Rundgang über die Brücke, überprüfte jedes Meßgerät und Instrument genau, blieb dann am anderen Ende stehen und zündete einen Stumpen an. Sie hätte gerne einen Schritt zur Aussöhnung getan, aber ihr Instinkt hielt sie davon ab.

Schließlich kehrte er zu ihr zurück, und bei der Glut des Stumpens, die seine Züge erhellte, konnte sie sehen, daß der Zorn verflogen war.

»Christy Marine erscheint mir jetzt wie ein anderes Leben«, sagte er leise, und sie konnte den tiefen Schmerz unverheilter Wunden heraushören. »Verzeihen Sie, ich ahnte nicht, daß Sie von meiner Vergangenheit wußten.«

»Jeder an Bord weiß es.«

»Natürlich.« Er nickte und nahm einen tiefen Zug aus seinem Stumpen, bevor er weitersprach. »Als ich Christy Marine leitete, bestand ich auf den strengsten Sicherheitsbedingungen für unsere Schiffe. Keiner meiner Tanker war mit nur *einem* Antriebsaggregat ausgerüstet, Bauart und technische Ausstattung eines jeden von ihnen entsprach dem Standard dieses Schiffes dort«, er wies auf die *Golden Adventurer*, »oder dem hier«, und er stampfte kurz auf das Deck.

»Sogar die *Golden Dawn*?« fragte sie leise, auf die Gefahr hin, ihn abermals zu reizen.

»Die *Golden Dawn*«, wiederholte er träumerisch. »Der Name klingt verdammt anmaßend, nicht wahr? Aber ich habe sie wirklich so gesehen, als ich sie plante. Der erste Tanker für eine

Million Tonnen mit allen Raffinessen und Sicherheitseinrichtungen, die man bis dorthin kannte und erprobt hatte. Nicht nur *ein* Aggregat, sondern *vier*, genau wie bei den alten White-Star-Dampfern – sie sollte wirklich die Morgenröte einer neuen Ära im Rohöltransport sein. Aber ich bin nicht länger Präsident von Christy Marine und habe keinen Einfluß mehr auf Konstruktion und Bau der *Golden Dawn*.« Seine Stimme klang hohl.

Alles war so verkehrt gelaufen. Sie wollte nicht mit ihm streiten oder ihn unglücklich machen. Ihr Instinkt sagte ihr, daß sie ihn jetzt besser allein lassen sollte.

»Gute Nacht, Miss Silver«, nickte er eher gleichgültig, als sie Müdigkeit vorschützte, um sich verabschieden zu können.

»Ich heiße Sam«, sagte sie in dem Wunsch, ihn irgendwie zu erfreuen –, »oder Samantha, wenn Sie das vorziehen.«

»Ich ziehe es vor«, sagte er, ohne zu lächeln. »Gute Nacht, Samantha.«

Sie war ärgerlich auf sich selbst und auch auf ihn, ärgerlich, daß das gute Einvernehmen zwischen ihnen gestört war. Sie zischte ihn an: »Sie sind wirklich zu altmodisch«, und verließ rasch die Brücke.

Am nächsten Abend wäre sie fast nicht zu ihm hinaufgegangen, weil sie sich dieser Abschiedsworte schämte. Sie hätte den Altersunterschied zwischen ihnen nicht so kratzbürstig herausstreichen dürfen.

Als Tim Graham die Stufen auf der anderen Seite des schmalen Schotts herunterpolterte, wußte sie, daß Nicholas ihn abgelöst hatte.

»Ich gehe nicht hinauf«, redete sie sich energisch ein, und las noch eine halbe Stunde lang in einem Western-Roman, den ihr Vinny Baker geliehen hatte. Aber es kostete sie große Mühe, ihre Gedanken zusammenzuhalten, die immer wieder abschweiften.

Nick verhehlte seine Erleichterung und Freude keineswegs, als sie neben ihm auftauchte, und sein Lächeln war für sie ein fürstlicher Empfang. Plötzlich war sie sehr froh über ihren Entschluß, doch zu kommen.

Sie fragte ihn, wie so ein Vertrag über Lloyd's Open Form funktionierte, und folgte seinen Erklärungen aufmerksam.

»Wenn man die mit der Bergung verbundenen Gefahren und Schwierigkeiten berücksichtigt«, folgerte sie, »könnten Sie eine riesige Prämie verlangen.«

»Ich werde zwanzig Prozent der geborgenen Werte fordern –«

»Wieviel ist das bei der *Golden Adventurer?*«

Er erklärte es ihr. Im stillen überprüfte sie seine Überschlagsrechnungen.

»Das macht ja drei Millionen Pfund«, wisperte sie ehrfürchtig.

»Ich werde drei Millionen fordern – aber ich werde sie nicht kriegen, höchstens eineinhalb oder zwei.«

»Das ist immer noch wahnsinnig viel. Niemand kann so viel Geld ausgeben.«

»Es ist bereits ausgegeben. Es wird gerade reichen, um meine Kredite abzudecken, meinen anderen Schlepper von Stapel zu lassen und den Ozean Schlepp- und Rettungsdienst für ein paar Monate über Wasser zu halten.«

»Sie haben zwei Millionen Pfund Schulden?« Sie starrte ihn fassungslos an.

»Geld ist nicht zum Ausgeben da«, erklärte er. »Die Menge an Nahrung oder Kleidern, die ein Mensch verbrauchen kann, ist begrenzt. Geld ist ein Spiel, das größte, erregendste Spiel der Welt.«

Sie hörte ihm aufmerksam zu, glücklich, weil er so lebhaft und eifrig von seinen Zukunftsplänen sprach.

»Wir haben dann vor, mit beiden Schleppern wieder hierher zurückzukommen und uns einen Eisberg zu schnappen.«

Sie lachte. »Oh, hören Sie auf!«

»Das ist kein Witz«, versicherte er und lächelte ebenfalls. »Wir werden Schleppkabel um einen großen Eisberg legen. Es kann vielleicht eine Woche dauern, bis wir ihn in Bewegung gesetzt haben, aber dann wird uns nichts mehr aufhalten. Wir werden ihn nordwärts in die Westwind-Trift ziehen und, wie früher die australischen Wollschiffe, Kurs an der Ostküste Australiens entlang nehmen.«

Er ging zum Kartentisch, suchte eine Gesamtkarte des Indischen Ozeans heraus und winkte Samantha herbei.

»Sie meinen das wirklich ernst?« Sie hörte zu lachen auf und starrte ihn an.

Er nickte, immer noch lächelnd, und fuhr den Kurs mit seinem Finger nach. »Wir lassen uns von der südlichen Passattrift in einem großen Halbkreis gegen Norden treiben, bis wir auf die Monsuntrift stoßen.« Sie standen dicht beieinander, und der Klang seiner Stimme erregte sie wie eine Berührung. »So durchqueren wir den ganzen Indischen Ozean bis zur Ostküste Afrikas, von wo uns die Monsuntrift bis zum Persischen Golf bringt.« Er richtete sich auf und lächelte wieder. »Hundert Milliarden Tonnen frischen Wassers, das direkt in die trockenste, reichste Ecke des Globus geliefert wird.«

»Aber – aber –«, sie schüttelte den Kopf, »es wird schmelzen.«

»Wir besprühen den Eisberg von einem Hubschrauber aus mit einer reflektierenden Polyurethanhaut, um die Wirkung der Sonnenstrahlen abzuschwächen, und verstauen ihn dann in einem eigens dafür gebauten Dock, wo er selbst seine Umgebung kühl hält. Sicherlich wird er schmelzen, aber erst nach einem Jahr oder nach zweien, und dann werden wir wieder auslaufen, um einen neuen einzufangen, wie man wilde Pferde einfängt.«

»Ja, aber was geschieht, wenn Sie im Persischen Golf ankommen?«

»Wir schneiden ihn mit Laserstrahlen in handhabbare Brokken und heben diese mit einem Kran in ein Schmelzbecken.«

Sie dachte darüber nach. »Es könnte klappen«, gab sie zu.

»Es *wird* klappen«, erklärte er. »Ich habe die Idee an die Saudis schon so gut wie verkauft. Sie planen bereits das Dock und die Becken. Wir beschaffen ihnen das Wasser um den hundertsten Teil der Kosten einer nuklearen Meerwasserentsalzungsanlage und ohne das Risiko radioaktiver Verseuchung.«

Sie war fasziniert von seiner Vision, und er mit ihr.

Obwohl sie beide diese gemeinsamen Stunden genossen, vermochte keiner von ihnen die schmale Kluft, die zwischen freundschaftlichem und vertrautem Umgang besteht, zu überspringen. Sie fühlte instinktiv seine Zurückhaltung, die Grundsätze, die er sich aus Erfahrung zu eigen gemacht hatte, und ahnte, daß ihn eine flüchtige körperliche Beziehung ohne tiefere Gefühle nicht reizen konnte. Sie wußte von dem Kampf, zu dem sein Leben seit einiger Zeit geworden war, und auch, daß er sich mit eigener Kraft herauszuarbeiten versuchte, jedoch nun vor neuerlichem Unheil auf der Hut war. Sie hatten Zeit, redete sie sich ein, viel Zeit – aber die *Warlock* hielt mit ihrem havarierten Schützling hinter sich stetigen Kurs Nordnordost, durch die »Roaring Forties«. Diese berüchtigten Stürme meinten es gut mit ihr, und sie hielt leicht die sechs Knoten, mit denen Nick gerechnet hatte. An Bord wußte jeder von der sich allnächtlich wiederholenden Vormitternachtswache.

»Verdammter Krabbenfänger«, murrte Tim Graham.

»Mr. Graham, zu Ihrem Glück will ich diese Bemerkung nicht gehört haben«, warnte ihn David Allen mit eisiger Miene, obwohl sie alle Nicholas Berg den unfairen Wettbewerb übelnahmen. Doch hielten sie sich von da an in einem respektvollen Abstand von dem Mädchen und wagten nicht, den Herdenbullen herauszufordern.

Samantha wollte es nicht wahrhaben, daß die Zeit, die ihr endlos erschienen war, langsam zu Ende ging. Sogar als das verschwommene Leuchtbild des afrikanischen Kontinents erstmals auf dem Radarschirm auftauchte und David Allen es ihr zeigte, redete sie sich ein, daß alles so weitergehen müsse wie bisher.

Während der langen Fahrt von der Shackleton-Bai her hatte Samantha ein feinmaschiges Netz vom Heck der *Warlock* ausgeworfen, und damit eine unglaubliche Vielzahl von Plankton, Krill und anderen mikroskopisch kleinen Meerestieren gefangen. Angel hatte ihr murrend eine kleine Ecke in seiner Spülküche überlassen, als Gegenleistung für ihre Dienste als ehrenamtliche Küchenhilfe.

Sie war auch an dem Morgen dort, als der Hubschrauber die *Warlock* überflog. Sie hörte das Rattern der Rotorblätter, als er auf dem Deck landete, und war versucht, hinaufzugehen und zuzuschauen, wie die ganze neugierige Freiwache, aber sie färbte gerade ein Präparat ein und irgendwie empfand sie das Ereignis nur als Störung auf ihrer kleinen Insel der Seligen. So arbeitete sie weiter und hörte, wie die Maschine mit Getöse wieder vom Deck abhob. Ein ungutes Gefühl keimte in ihr auf.

Angel kam vom Deck herunter, wischte sich die Hände an seiner Schürze ab und blieb in der Türe stehen.

»Du hast mir nicht gesagt, daß er abschwirrt, Kleine.«

»Wen meinst du?« Samantha sah erschrocken zu ihm auf.

»Deinen Freund, Kleine.« Angel beobachtete sie scharf. »Sag bloß nicht, daß er dich zum Abschied nicht einmal geküßt hat.«

Sie ließ das Präparat in die sauber geputzte Spüle fallen, und es zerbrach. Keuchend erreichte sie die Reling des Oberdecks und starrte der plumpen, gelben Maschine nach, die eilig in Richtung auf die fernen blauen Berge verschwand.

Nick Berg saß auf dem Schleudersitz zwischen den beiden Piloten des großen S 58 T Sikorsky und sah nach vorn auf die flache Silhouette des Tafelberges.

Aus der Höhe von dreihundert Metern waren bereits fünf große Tanker in Sicht, die schwerfällig das grüne Meer auf ihrer endlosen Odyssee durchpflügten. Sie wirkten in ihrem Element fehl am Platze, nicht dazu bestimmt, mit ihm in Harmonie zu leben.

Weit hinter ihnen war immer noch die *Warlock* sichtbar. Obwohl sie neben ihrer Last winzig klein erschien, betrachtete der Seemann in Nick sie mit Wohlgefallen. Sie sah gut aus, aber dieser Blick zurück erregte in ihm auch ein plötzliches Bedauern darüber, daß er sich so dickköpfig der besseren Einsicht verschlossen hatte. Ein lebendiges Bild grüner Augen und goldenen Haars stieg vor ihm auf.

Er hatte die *Warlock* verlassen, ohne sich zu einem Abschied von dem Mädchen aufzuraffen, und er wußte auch warum. Er wollte sich nicht der Gefahr aussetzen, sich zum Narren zu machen. Er verzog das Gesicht, als er sich an ihre treffenden Worte erinnerte: »Sie sind wirklich zu altmodisch!«

Ein Mann mittleren Alters, den es nach jungem Blut gelüstete, hatte etwas Widerwärtiges an sich – und zu den Männern mittleren Alters mußte er sich wohl zählen. In sechs Monaten wurde er vierzig und erwartete nicht, mehr als achtzig Jahre alt zu werden. So stand er also in der Mitte seines Lebens.

Er hatte jene unattraktiven Männer mit ihrem schütteren grauen Haar und den dicken Zigarren immer verabscheut. Sie saßen mit hübschen jungen Mädchen neben sich in teuren Restaurants, und die jungen Dinger taten, als hörten sie ihnen aufmerksam zu, während ihre Blicke zu einem jüngeren Mann hinter dem Rücken ihres Begleiters abschweiften.

Trotzdem war es feige gewesen. Sie hatten sich während dieser Wochen angefreundet, und sie war sich offenbar nicht über die Gefühle im klaren gewesen, die sie während der Nachtstunden auf der Brücke der *Warlock* in ihm erregt hatte.

Er hätte ihr zumindest den üblichen Händedruck und die höfliche Floskel, wie sehr er ihre Gesellschaft genossen habe, geschuldet. Aber er war sich nicht sicher gewesen, ob er sich darauf hätte beschränken können.

Mit Schaudern stellte er sich ihr Erschrecken vor, wenn er mit einer Art von Liebeserklärung herausgeplatzt wäre, oder mit irgendeinem Vorwand, ihre Beziehung zu verlängern, oder sie intimer zu gestalten.

»Laß es bleiben«, hatte er entschieden. Es spielte keine Rolle, daß er jetzt besser in Form war als mit fünfundzwanzig – für Doktor Samantha Silver war er ein alter Mann – und eine abstoßende Episode aus seiner eigenen Jugend fiel ihm ein.

Eine Freundin seiner Mutter hatte den damals neunzehnjährigen Nicholas an einem Regentag alleine in einem alten Strandhaus auf der Insel Martha's Vineyard angetroffen. Er erinnerte sich genau an seinen Abscheu vor ihrem schlaffen weißen Fleisch, vor den Falten und Schwangerschaftsstreifen auf Bauch und Brüsten und vor ihrem Alter. Sie war damals etwa vierzig, so alt wie er jetzt, und er hatte ihr den Dienst, den sie erwartete, aus einem Gefühl des Mitleids heraus erwiesen, aber nachher hatte er sich die Zähne geputzt, bis das Zahnfleisch blutete, und fast eine Stunde unter der Dusche verbracht.

Es ist einer der größten Irrtümer im Leben, zu glauben, daß die innere Reife eines Menschen mit seinem Alter Schritt halte. Er hatte sich auf der Höhe seiner körperlichen und geistigen Kräfte gefühlt, besonders jetzt nach der erfolgreichen Bergung der *Golden Adventurer.* Dann hatte Samantha ihn altmodisch genannt, und er wurde den Verdacht nicht los, daß eine langsam zur Besessenheit werdende sexuelle Phantasie mit der männlichen Menopause zusammenhängen und ein trauriges Symptom des Alterungsprozesses sein müsse, dessen er sich bis dahin noch nicht bewußt gewesen war. Der Gedanke entlockte ihm ein verzerrtes Lächeln.

Das Mädchen würde wahrscheinlich kaum bemerken, daß er das Schiff verlassen hatte. Höchstens würde sie über seine schlechten Manieren ein wenig verärgert sein, und dann in spätestens einer Woche seinen Namen vergessen haben. Für ihn selbst gab es mehr als genug Arbeit, um die folgenden Tage auszufüllen, so daß das Bild des schlanken jungen Körpers und der goldenen Mähne langsam zu dem Märchen verblassen würde, das es ja auch war.

Entschlossen setzte er sich wieder zurecht und blickte nach vorne. Vorwärtsblicken, das sollte man immer tun, in dieser Richtung gab es niemals Bedauern.

Sie knatterten ins Landesinnere und gingen zehn Minuten später auf dem Hubschrauberlandeplatz am Hafen nieder.

Als Nick heraussprang und sich unwillkürlich unter den noch rotierenden Blättern duckte, kamen etliche Reporter auf ihn zugestürzt, angeführt von einem großen rotgesichtigen Mann mit einer Glatze und Armen, die behaart waren wie die Pranken eines zahmen Bären.

»Larry Fry, Mr. Berg«, brummte er. »Erinnern Sie sich noch an mich?«

»Hallo, Mr. Fry.« Er war der örtliche Vertreter von Nicks Agenten Bernard Wackie.

»Ich dachte, Sie könnten der Presse ein paar Worte sagen.« Aber da bedrängten die Reporter bereits Nick mit hartnäckigen Fragen, und traten einander im Bemühen um Blitzlichtaufnahmen auf die Füße.

Nick fühlte Ärger in sich aufsteigen, und es bedurfte eines tiefen Atemzuges und einer gewaltigen Willensanstrengung, um den Zorn unter Kontrolle zu halten.

»Na schön, meine Damen und Herren.« Er winkte ihnen mit beiden Händen zu und ließ sie sein spezielles, jungenhaftes Lächeln sehen.

»Halten Sie sich an die Spielregeln, dann spiele ich auch mit«, versprach er und dachte einen Augenblick daran, wie es wäre, wenn sie nicht mit ihm sprechen wollten, wenn sie nicht einmal wüßten und sich auch nicht dafür interessierten, wer er war.

»Wo haben Sie mich untergebracht?« fragte er Larry Fry und wandte sich dann wieder den Reportern zu. »In zwei Stunden werde ich in meiner Suite im Mount-Nelson-Hotel sein. Sie sind eingeladen, und wir werden einen Whisky mitsammen trinken.«

Sie lachten und stellten halbherzig noch Fragen, aber sie hatten den Kompromiß akzeptiert – wenigstens hatten sie Fotos machen können.

Als sie den palmengesäumten Weg zu dem bezaubernden alten Hotel emporfuhren, lauschte Nick aufmerksam den Ausführungen Larry Frys, der ihm die Liste der getroffenen Verabredungen und weiterer dringlicher Angelegenheiten vorlas. Der Wandel im Verhalten des großen Mannes war drastisch. Als Nick damals gekommen war, um die *Warlock* zu übernehmen, hatte ihm Larry Fry nur zehn Minuten zugestanden und alles weitere durch einen Vertreter erledigen lassen.

Dann hatte das Schicksal Nick hart geschlagen, er war ein

Mann auf dem absteigenden Ast und besaß ungefähr so viel Anziehungskraft wie ein Aussätziger. Larry Fry hatte ihm nur ein Minimum jener Höflichkeit zuteil werden lassen, die er dem Kapitän eines kleinen Schiffes schuldete. Jetzt hingegen behandelte er ihn wie einen Staatsbesuch, holte ihn mit dem Auto ab und war von einer fast schon lästigen Beflissenheit.

»Wir haben eine Boeing 707 der South African Airways für den Rückflug der Passagiere der *Golden Adventurer* nach London gechartert, und von dort aus werden sie mit Linienmaschinen zu Ihrem jeweiligen Ziel gebracht.«

»Und wie steht es mit dem Ankerplatz für die *Golden Adventurer?*«

»Der Hafenmeister schickt einen Sachverständigen zur Untersuchung des Rumpfes, bevor er sie in den Hafen einfahren läßt.«

»Haben Sie entsprechende Vorkehrungen getroffen?« fragte Nick scharf. Die Bergung war erst vollständig, wenn das Schiff offiziell der mit der Reparatur beauftragten Firma übergeben werden konnte.

»Er wird gerade hinausgeflogen«, versicherte ihm Larry Fry. »Wir bekommen die Entscheidung noch vor heute abend.«

»Haben die Versicherer einen Unternehmer mit der Reparatur beauftragt?«

»Sie haben Offerten eingeholt.«

Der Hoteldirektor empfing persönlich Nick am Eingang. »Wir haben Ihnen dieselbe Suite gegeben.«

Nick wollte protestieren, aber sie geleiteten ihn bereits in den Wohnraum. Wäre dieser ohne Stil und Geschmack eingerichtet gewesen, hätten ihn die Erinnerungen nicht so schmerzlich bedrängt. Aber der Salon war mit antiken Möbeln, Ölgemälden und Blumen ausgestattet. Nicks Erinnerungen waren so frisch wie die Blumen, aber nicht so erfreulich.

Bei ihrem Eintreten läutete das Telefon und Larry Fry hob sofort ab, während Nick in der Mitte des Raumes wartete. Vor zwei Jahren war er das letztemal dort gestanden, aber es kam ihm vor, als wäre es vorgestern gewesen, so frisch war ihm der Tag im Gedächtnis geblieben.

»Der Hafenmeister hat die Erlaubnis zum Einfahren der *Golden Adventurer* in den Hafen erteilt.« Larry Fry grinste Nick an und hob triumphierend den Daumen.

Nick nahm es erleichtert zur Kenntnis und ging weiter ins Schlafzimmer.

Er erinnerte sich, daß man vom Himmelbett auf den Rasen hinaussah, und auch, wie Chantelle, ein zartes, hauchdünnes Nachthemd über den weißen Schultern, unter diesem Baldachin gesessen war.

Damals war er hierhergekommen, um über den Transport von südafrikanischer Kohle und von Eisenerz nach Japan zu verhandeln, und hatte darauf bestanden, daß sie ihn begleitete.

»Aber Afrika ist ein so primitives Land, Nicky, es gibt dort Tiere, die beißen.«

Dennoch war sie schließlich mit ihm gefahren. Er war mit vier Tagen seltenen Glücks belohnt worden, den letzten vier glücklichen Tagen überhaupt. Denn obwohl er dies nicht im entferntesten ahnte, teilte er sie bereits mit Duncan Alexander. Niemals in dreizehn Jahren war er ihres schönen, weichen, schneeweißen Körpers überdrüssig geworden. Er hatte sich an dem langsamen, köstlichen Reifen zur vollen Fraulichkeit erfreut, und es gab für ihn nie den geringsten Zweifel daran, daß sie voll und ganz ihm gehörte.

Chantelle war eine der ungewöhnlichen Frauen, die mit der Zeit immer schöner wurden. Es hatte ihm immer besonderes Vergnügen bereitet, sie beim Betreten eines Raumes zu beobachten und zu sehen, wie andere international anerkannte Schönheiten neben ihr verblaßten. Und plötzlich, ohne ersichtlichen Grund, drängte sich ihm die Vorstellung von Samantha Silver neben dem Gedanken an Chantelle auf. Die lebhafte Anmut des Mädchens würde neben Chantelles reifer Schönheit unbeholfen wirken, ihr Benehmen linkisch wie das eines Schulmädchens –

»Mr. Berg, London am Apparat«, rief Larry Fry vom Wohnzimmer herüber, und Nick griff erleichtert nach dem Hörer. Immer nur nach vorne schauen, ermahnte er sich.

»Hier Berg«, sagte er kurz angebunden in den Hörer und räusperte sich.

»Guten Morgen, Mr. Berg. Darf ich Sie mit Mr. Alexander verbinden?«

Nick schwieg fünf Sekunden lang. So lange brauchte er, um sich umzustellen, aber Duncan Alexander war die natürliche Fortsetzung seiner Gedanken. In der Stille hörte er Türen schlagen und lauter werdendes Stimmengewirr, da sich die Reporter nebenan um den Getränkeschrank versammelten.

»Mr. Berg, sind Sie noch am Apparat?«

»Ja«, sagte er und seine Stimme war ruhig und kühl. »Geben Sie ihn mir.«

»Nicholas, mein lieber Freund.« Duncans Stimme klang weich wie Satin und süßlich wie Honig, der hunderttausend-Pfund-Akzent von Eton und Kings' College. »Ein guter Mann wie Sie ist einfach nicht unterzukriegen.«

»Aber Sie haben es versucht, Duncan«, erwiderte Nick gelassen.

»Nicht so heftig, Nicholas. Das Leben ist zu kurz für Vorwürfe. Ein neues Spiel Karten liegt auf dem Tisch, wir stehen einander wieder gleich gegenüber.« Duncan lachte leise. »Nehmen Sie wenigstens meine herzlichen Glückwünsche.«

»Angenommen«, erwiderte Nick. »Und worüber wollen Sie mit mir sprechen?«

»Liegt die *Golden Adventurer* schon im Hafen?«

»Sie hat bereits die Erlaubnis zum Einfahren und wird innerhalb von vierundzwanzig Stunden vertäut sein – halten Sie Ihr Scheckbuch bereit.«

»Ich hoffe, wir können es vermeiden, vor das Schiedsgericht zu gehen. Handeln wir es innerhalb der Familie aus, Nicholas.«

»Welcher Familie?«

»Christy Marine – das sind Sie, Chantelle, der alte Arthur Christy und Peter.«

Das war die schäbigste Art zu kämpfen, und Nick zitterte plötzlich wie im Fieber.

»Ich gehöre nicht mehr zu dieser Familie.«

»In gewisser Weise werden Sie immer dazugehören. Sie haben genausoviel dazu beigetragen wie jeder andere, und Ihr Sohn –«

Nick schnitt ihm scharf das Wort ab, seine Stimme klang heiser vor Zorn.

»Sie und Chantelle haben mich zu einem Fremden gemacht. Nun behandeln Sie mich bitte auch als solchen!«

»Nicholas –«

»Der Ozean Schlepp- und Rettungsdienst als Hauptkontrahent für die Bergung der *Golden Adventurer* erwartet ein Angebot.«

»Nicholas –«

»Ich warte.«

»Also gut. Ich bin ermächtigt, Ihnen ein bindendes Angebot von siebenhunderttausend Pfund zu unterbreiten.«

Nicks Ton änderte sich nicht. »Wir sehen uns am siebenundzwanzigsten des nächsten Monats zur Verhandlung bei Lloyd's.«

»Nicholas, ich weiß, was für Gefühle Sie Christy Marine gegenüber haben. Sie wissen, daß die Gesellschaft Selbstversicherer ist –«

»Wir vergeuden nur Zeit.«

»Nicholas, es handelt sich nicht um irgendeinen dritten Beteiligten, um einen dieser großen Versicherungskonsortien, sondern um Christy Marine –«

»Duncan, Sie brechen mir das Herz. Wir sehen uns am siebenundzwanzigsten vor dem Schiedsgericht wieder.« Er ließ den Hörer auf die Gabel fallen, ging zum Spiegel, und während er sich rasch kämmte, erschrak er beinahe über den harten und unnachgiebigen Ausdruck in seinem Gesicht und über den wütenden Blick.

Doch als er ins Wohnzimmer trat, war er vollkommen entspannt und lächelte.

»Guten Abend, meine Damen und Herren. Ich stehe ganz zu Ihrer Verfügung.«

Die *Golden Adventurer* lag mächtig und wunderschön am Pier im Kapstädter Hafen und wartete darauf, zur Reparatur ins Trockendock geschleppt zu werden.

Die Globe Engineering Co. war mit ihrer Reparatur beauftragt worden und hatte nun die rechtliche Verantwortung für sie vom Ersten Offizier der *Warlock* übernommen, aber David Allen fühlte immer noch einen ungeheuren Besitzerstolz.

Von der Brücke der *Warlock* aus schaute er über das Haupthafenbecken zu den schneeweißen, in der hellen Sonnenhitze blitzenden Aufbauten der *Adventurer* hinüber, die so hoch aufragten wie die stählernen Werftkrane.

Der Krebs steckte seinen verrunzelten Kopf aus dem Funkraum.

»Ich habe einen Anruf für Sie auf der Landverbindung«, sagte er, und Allen nahm das Handmikrophon auf.

»David?«

»Ja, Käpten.«

Er richtete sich zu seiner vollen Größe auf, als er Nicks Stimme erkannte.

»Wann sind Sie bereit zum Auslaufen?«

Allen schluckte und warf einen Blick auf die Wanduhr. »Wir haben die Schleppaktion vor einer Stunde zehn Minuten beendet.«

»Das weiß ich. Also wann?«

Allen war versucht zu lügen, die Zeit zu kurz anzugeben und sie dann nach Bedarf zu strecken, aber sein Instinkt warnte ihn davor, Nicholas Berg etwas vorzumachen.

»Zwölf Stunden«, sagte er.

»Es ist ein Bohrturm zu schleppen, von Rio in die Nordsee.«

»Jawohl, Käpten«, erwiderte Allen rasch und dankte Gott, daß er noch keinem Mitglied seiner Besatzung erlaubt hatte, an Land zu gehen. Um ein Uhr mittag wollte er beginnen aufzutanken. Er konnte es schaffen. »Wann kommen Sie an Bord, Käpten?«

»Ich komme nicht«, sagte Nick. »Sie sind der neue Kapitän. Ich fliege mit der Fünfuhrmaschine nach London. Die *Warlock* ist jetzt Ihr Schiff, David.«

»Danke, Käpten«, stotterte David und fühlte, wie er feuerrot anlief.

»Bernard Wackie wird Ihnen alle Einzelheiten unterwegs durchgeben, und Ihren Vertrag werden Sie und ich später aushandeln. Aber ich will, daß Sie im Morgengrauen auslaufen und mit vertretbarer Eile Rio ansteuern.«

»Jawohl, Käpten.«

Nicks Stimme wurde plötzlich persönlicher und wärmer. »Sie sind ein verdammt guter Schleppermann. Sagen Sie sich das nur immer wieder selbst.«

»Vielen Dank, Mr. Berg.«

Samantha hatte den halben Nachmittag damit verbracht, beim Ausschiffen der restlichen Passagiere der *Golden Adventurer* zu helfen und sie in die wartenden Touristenbusse zu verfrachten, die sie zu den verschiedenen Hotels in der Stadt bringen sollten, wo sie auf den Charterflug nach London warten konnten.

Es war ein trauriger Anlaß gewesen, der Abschied von so vielen Freunden und die Erinnerung an alle, die nicht mit ihnen vom Kap Alarm zurückgekommen waren – Ken, der ihr Liebhaber hätte werden können, und die Gruppe im Rettungsfloß Nummer 16, die ihr besonders anvertraut gewesen war.

Als der letzte Bus abfuhr und seine Insassen ihr noch einmal zuwinkten: »Passen Sie auf sich auf«, und »Kommen Sie uns doch einmal besuchen«, fühlte sich Samantha einsam, verlassen und leer wie das Schiff. Sie stand lange Zeit da und starrte auf die von Sturm und Eis übel zugerichtete Bordwand – dann wandte sie sich um und machte sich niedergeschlagen auf den Weg, die Kaimauer entlang, ohne auf die gelegentlichen Pfiffe oder frechen Aufforderungen der Fischer oder Besatzungsmitglieder vertäuter Frachter zu achten.

Die *Warlock* schien sie wie eine Heimat willkommen zu

heißen. Schnittig und stattlich trug sie ihre neuen Narben mit großem Stolz und zerrte bereits ungeduldig an den Tauen. Und dann erinnerte sich Samantha, daß Nicholas Berg nicht länger an Bord war, und ihre üble Laune kehrte wieder.

»Hallo«, rief Tim Graham auf der Gangway, »schön, daß Sie zurückkommen, ich weiß nicht wohin mit Ihrem Gepäck.«

»Wie meinen Sie das?« fragte Samantha. »Werfen Sie mich hinaus?«

»Außer Sie wollen mit uns nach Rio kommen.« Er dachte einen Augenblick lang darüber nach, dann grinste er. »He, das ist kein schlechter Gedanke, wie steht's damit, Mädchen? Rio zur Karnevalszeit, Sie und ich –«

»Bilden Sie sich bloß nichts ein, Timothy«, warnte sie ihn. »Warum Rio?«

»Der Käpten –«

»Kapitän Berg?«

»Nein, David Allen, *er* ist der neue Skipper!« Und sie verlor das Interesse.

»Wann laufen Sie aus?«

»Um Mitternacht.«

»Dann gehe ich meine Sachen zusammenpacken.« Sie ließ ihn auf dem Zwischendeck stehen, und als sie an der Kombüse vorbeiging, stürzte sich Angel auf sie.

»Wo bist du gewesen?« Er war aufgeregt, und schüttelte seine Mähne. »Ich war schon ganz außer mir, Schätzchen.«

»Was ist los, Angel?«

»Es ist vielleicht schon zu spät.«

»Wieso?« Seine Hektik war ansteckend. »Erklär's mir.«

»Er ist noch in der Stadt.«

»Wer?« Aber sie wußte, daß es nur einen einzigen Menschen gab, über den sie so erregt sprachen.

»Sei nicht so begriffsstutzig, Kleine. Dein Schwarm.« Sie haßte es, wenn er von Nick in dieser Weise sprach, ließ es jedoch hingehen. »Aber er wird nicht mehr lange da sein. Sein Flugzeug startet um fünf Uhr nach Johannesburg, dort hat er Anschluß nach London.«

Sie starrte ihn an.

»Auf was wartest du noch?« drängte Angel. »Es ist jetzt fast vier Uhr, und du brauchst eine gute halbe Stunde bis zum Flugplatz.«

Sie regte sich nicht. »Aber, Angel«, sie rang verzweifelt die Hände, »was soll ich denn tun, wenn ich hinkomme?«

Angel schüttelte so erregt den Kopf, daß sein Diamant blitzte. »Du lieber Himmel, Kleine, jede Nacht im vergangenen Monat hast du versucht, ihn mit deiner lieblichen Silberstimme zu verführen – und wir haben es nicht einmal bis zu einem Start gebracht –«

»Ich weiß, Angel, ich weiß.«

»Jetzt, meine Süße, ist die Zeit gekommen, mit dem Geschwätz Schluß zu machen und ihn mit deinen weiblichen Reizen in Brand zu setzen.«

»Du meinst dort, in der Abfahrtshalle des Flugplatzes?« Sie schlug entzückt die Hände zusammen, dann warf sie sich verführerisch in Positur: »Ich bin Sam – hasch mich!«

»Mach schon, Püppchen, am Kai wartet seit einer Stunde ein Taxi mit laufender Uhr.«

Auf dem Kapstädter Flughafen gab es keinen Warteraum erster Klasse, so daß Nick wie in einer Schlangengrube saß, inmitten aufgeregter Mütter und ihrer quengelnden widerborstigen Sprößlinge, erschöpfter Touristen, die wie Kamele mit Souvenirs beladen waren, und rotbäckiger Geschäftsreisender. Doch blieb er in dieser Menge allein. Mit unbewußter Rücksichtnahme ließ man ihm einen kleinen ungestörten Bereich hinter der Aktenmappe, die er auf den Knien hielt.

Er dachte daran, wie dramatisch sich die Lage in den letzten vierzig Tagen geändert hatte, seit seine Chance gekommen war, er aber beinahe nicht die Kraft gefunden hatte, sie zu ergreifen. Energisch schüttelte er alle Erinnerungen an seine Ängste vor einem möglichen Mißerfolg ab. Er hatte seine Welle erreicht und ritt sie hoch und schnell. Es schien sogar, als wäre das Schicksal gewillt, ihm großzügig weiterzuhelfen:

Ein Ölturmschlepp von Rio nach Norwegen, und anschließend einer von der Nordsee durch den Suezkanal zu dem neuen südaustralischen Feld gab der *Warlock* Beschäftigung für die nächsten sechs Monate. Das war noch nicht alles. Der drohende Werftarbeiterstreik bei der Construction Navale Atlantique in St. Nazaire war abgeblasen, und der Liefertermin für den neuen Schlepper hatte um zwei Monate vorverlegt werden können. In der vergangenen Nacht hatte ihn außerdem Bernard Wackie angerufen und ihm mitgeteilt, daß nunmehr auch Kuwait und Quatar sein Eisbergprojekt studieren wollten.

Das einzige, was mir noch fehlt, ist ein Treffer im Fußballtoto, dachte er. Dabei hob er den Kopf, und plötzlich verschlug es ihm den Atem.

Sie stand bei den automatischen Türen zur Halle. Der Wind hatte ihr Haar zerzaust und aus dem Knoten Strähnen gezerrt, die ihr wie zarte Goldranken über die Wangen fielen – Wangen, die gerötet waren, als wäre sie schnell gelaufen, und ihre Brust flog so, daß sie die Hand darauf preßte, die Finger zwischen den Brüsten wie ein Stern gespreizt. Auf dem Sprung, wie ein Waldtier, das einen Leoparden wittert, ängstlich und bebend, aber noch ungewiß über die Fluchtrichtung, stand sie da. Ihre Erregung war so offensichtlich, daß er seine Aktenmappe beiseite stellte und sich erhob.

Sie sah ihn sofort, und ihr Gesicht leuchtete in einer so unaussprechlichen Freude auf, daß er seine Absicht, ihr entgegenzugehen, nicht wahrmachte. Sie begann jedoch gleich auf ihn zuzulaufen.

Dabei stieß sie mit einem würdigen schwitzenden Touristen zusammen, rannte ihn fast über den Haufen, so daß er einen Regen geschnitzter Eingeborenenfiguren und unbestimmbarer verpackter Dinge prasselnd wie reife Früchte ringsum auf den Boden verstreute.

Er knurrte ärgerlich, aber als er sie ansah, wechselte sein Ausdruck. »Verzeihung!« Rasch hob sie ein Paket auf, drückte es ihm in die Hand, lächelte ihn an, und schon lief sie weiter. Er starrte ihr wie betäubt nach.

Jetzt war sie jedoch zurückhaltender und lächelte ein wenig ungewiß, während sie sich vergeblich bemühte, die losen Haarsträhnen in den Knoten zurückzustopfen.

»Ich dachte schon, ich hätte Sie versäumt.« Sie blieb vor Nick stehen.

»Ist etwas passiert?« fragte er rasch.

»O nein«, versicherte sie ihm eilig, und plötzlich war sie wieder verlegen wie ein junges Ding. »Ich dachte nur, es war nur, weil ich dachte, ich hätte Sie versäumt.« Und ihr Blick glitt zur Seite. »Sie haben nicht auf Wiedersehen gesagt –«

»Ich glaubte, es wäre besser so.« Und nun flogen ihre Augen, grünes Feuer sprühend, zu seinem Gesicht zurück.

»Warum?« fragte sie, und er wußte keine Antwort.

»Ich wollte nicht –«

Über ihnen begann der Lautsprecher zu krächzen:

»Flug 235 der South African Airways nach Johannesburg ist startbereit. Passagiere bitte zum Flugsteig zwei kommen.«

Die Zeit wurde knapp. Sie sagte: »Nicholas, morgen werden Sie in London sein – im tiefsten Winter.«

»Das ist ein ernüchternder Gedanke«, gab er zu und lächelte zum ersten Mal. Sie fühlte ihre Knie weich werden.

»Morgen, oder spätestens übermorgen werde ich am Kap Saint Francis wellenreiten«, sagte sie. Sie hatten in diesen verzauberten Nächten oft davon gesprochen. Er hatte ihr erzählt, daß er einer der ersten gewesen war, die diesen Sport am Waikiki-Strand betrieben hatten, und es war ein Teil ihrer gemeinsamen Erfahrungen gewesen, ein Teil ihrer Liebe zum Meer. Sie waren damit einander näher gekommen.

»Ich hoffe, es wird Ihnen dort gefallen«, sagte er. Das Kap Saint Francis lag sechshundert Kilometer östlich von Kapstadt, eine der vielen Landzungen und Buchten an einer Küstenlinie, die sich in ununterbrochener Schönheit weit über tausend Kilometer erstreckte, und doch war es einzigartig. Die Jugend und die

Junggebliebenen der ganzen Welt trafen sich dort, um auf den Wellen zu reiten, denn nirgendwo sonst gab es schönere.

Die Menschenschlange am Ausgang wurde kürzer, und Nick bückte sich, um seinen Koffer zu nehmen. Aber sie legte ihm die Hand auf den Arm, und er zögerte.

Es war die erste gewollte Berührung, und ein Schauer lief ihm durch den ganzen Körper, gleich Wellenringen über eine ruhige See. Alle Gefühle und die Leidenschaft, die er mit so viel Mühe unterdrückt hatte, kamen nun mit hundertfach verstärkter Macht zurück. Er begehrte sie mit einem tiefen, sehnsüchtigen, fast schmerzlichen Verlangen.

»Kommen Sie mit, Nick«, flüsterte sie, und die Kehle wurde ihm so eng, daß er nicht antworten konnte. Die Bodenhostessen am Ausgang hielten bereits nervös nach ihrem fehlenden Passagier Ausschau.

Sie mußte ihn überzeugen und schüttelte seinen Arm.

»Nick, ich will Sie wirklich –«, begann sie und wollte fortfahren: »bei mir haben«, aber die Stimme spielte ihr gerade in diesem Augenblick einen Freud'schen Streich und versagte.

O Gott, dachte sie, das klingt, als wäre ich eine Hure, und nahm in Panik einen neuen Anlauf.

»Ich will Sie wirklich bei mir haben.« Das Blut stieg ihr ins Gesicht, färbte ihren pfirsichfarbenen Teint dunkelrot und ließ ihre Sommersprossen wie Goldstaub funkeln.

»Was von beiden meinen Sie?« fragte er amüsiert lächelnd.

»Wir haben keine Zeit zum Streiten.« Sie stampfte mit dem Fuß, um ihre Ungeduld zu unterstreichen, und in ihrer Verwirrung fügte sie ohne ersichtlichen Grund hinzu: »Sie verdammter Kerl!«

»Wer will denn streiten?« fragte er ruhig, und plötzlich, wie durch ein Wunder, lag sie in seinen Armen und schmiegte sich so eng wie möglich an ihn.

»Passagier Berg, bitte zum Ausgang kommen«, tönte es aus dem Lautsprecher.

»Sie rufen mich«, murmelte Nick. »Da können sie lange rufen«, flüsterte sie ihm ins Ohr.

Die Sonne war Samanthas Element. Sie trug das Licht wie einen eigens für sie gewobenen Umhang, und ihr Haar schimmerte darin wie Geschmeide. Sie badete Gesicht und Körper in Sonnenlicht, bis sie die Tönung von dunklem Honig und poliertem Bernstein annahmen. In den Strahlen der Sonne lag sie hingegossen wie eine schlafende Katze, bot ihnen ihr Gesicht und ihren nackten Körper, und fast vermeinte Nick, sie wohlig schnurren zu hören. Sie lief durch den Glast, leicht wie eine Möwe im Flug, auf dem harten feuchten Sand am Ufer entlang, und er lief neben ihr, unermüdlich, sie beide allein in einer Welt von Meer und Sonne und hohen hellen Himmeln.

Sie fanden ein tiefes, klares Felsenbecken an einer weit abgelegenen verborgenen Stelle. Die Lichtreflexe des Wassers tanzten auf ihrem Körper, wenn sie die beiden Bikini-Teile abstreifte, ihr volles Haar herunterließ und in das Becken stieg. Schon knietief im Wasser wandte sie sich nach ihm um. Das Haar hing ihr fast bis zur Hüfte, die dicken, üppigen Locken tanzten in der leichten Brise und verhüllten ihre Schultern, nicht aber ihre üppigen, von der Sonne unberührten Brüste, die rosig und so voll und groß aus dem dichten Haarvorhang ragten, daß er sich verwundert fragte, wie er sie je für ein Kind hatte halten können. Samantha lachte übermütig, als sie die Richtung seiner Blicke sah.

Nach dem Schwimmen fühlte sich ihr Körper trotz des kalten Wassers so warm an wie ofenfrisches Brot, warm und kalt zugleich. Als er dies sagte, schlang sie die Arme um seinen Nacken.

»Ich schmecke wie frisch gebackener Kuchen, verspeis mich!« lachte sie vergnügt, und die Wassertropfen an ihren Wimpern blitzten wie Diamantsplitter in der Sonne.

Sogar in Gegenwart anderer waren sie allein. Niemand außer ihnen existierte wirklich. Unter den Leuten, die aus allen Weltgegenden kamen, um auf den einzigartigen Wellen am Kap Saint Francis zu reiten, gab es viele, die Samantha von Florida und Kalifornien, von Australien und Hawaii her kannten, wohin ihre Studienreisen und ihre Beschäftigung mit dem Meer und seinem Leben sie geführt hatten.

»Hallo, Sam!« riefen sie, ließen ihre Bretter in den Sand fallen und kamen auf sie zu. Es waren hochgewachsene, muskulöse junge Männer, von der Sonne braun wie Kastanien. Dann faßte sie Nicks Hand ein wenig fester, antwortete zerstreut lächelnd auf das Geschwätz und riß bei der ersten Gelegenheit aus.

»Wer war das?«

»Es ist furchtbar, aber ich habe keine Ahnung – ich weiß nicht einmal, wo ich ihn getroffen habe, oder wann.« Sie konnte an nichts anderes denken als an Nick, und die anderen fühlten das binnen kurzem und ließen die beiden allein.

Nick war schon ein Jahr lang nicht mehr in der Sonne gewesen, und seine blasse Haut stand in scharfem Gegensatz zu dem dichten, dunklen Haar, das seine Brust und seinen Bauch bedeckte. Am Ende dieses ersten Sonnentages erstrahlte er in flammendem Rot.

»Das wird dir noch zu schaffen machen«, prophezeite sie ihm, aber am nächsten Morgen war sein ganzer Körper mahagonibraun. Sie zog die Decke zurück, bewunderte ihn und betastete ihn vorsichtig mit den Fingerspitzen.

»Zu meinem Glück habe ich eine Haut wie ein Büffel«, sagte er.

Mit jedem Tag wurde er brauner, bis er so sonnengegerbt und bronzefarben wie ein Indianer war. Seine vorstehenden Backenknochen verstärkten diesen Eindruck noch.

»Du mußt indianisches Blut haben«, sagte sie.

»Ich kenne meinen Stammbaum nur über zwei Generationen zurück«, erwiderte er lächelnd. »Ich hatte immer Angst vor weiteren Nachforschungen.«

Wenn sie rittlings auf ihren Brettern saßen und weit draußen jenseits des fünf Kilometer entfernten Riffs auf das Einlaufen der Welle warteten, streckte sie ihre Hand aus und strich ihm über die Schulter, als brauche sie die ständige körperliche Vergewisserung, daß er wirklich da sei – zwei eng verbundene Menschen, doch geistig getrennt von der zusammengewürfelten Reihe der dreißig oder vierzig Wellenreiter, die alle auf die große Welle warteten.

Von so weit draußen sah der Strand wie ein flacher dunkelgrüner Streifen über dem glasklaren Blau des Wassers aus. Dahinter in weiter Ferne hoben sich die Berge vom hellen Himmel ab, und über sie ragten silberne Wolkentürme empor, so groß und mächtig, daß sie die Welt unter sich zwergenhaft klein erscheinen ließen.

»Das ist wohl der schönste Fleck auf der ganzen Welt«, stellte sie fest und drehte ihr Brett so, daß ihr Knie seinen Oberschenkel berührte.

»Weil du hier bist«, sagte er.

Unter ihnen bewegte sich das grüne Wasser wie ein Lebewesen, stieg und fiel in einer mächtigen Dünung, die unaufhörlich auf das Land zurollte.

Von Zeit zu Zeit versuchte ein unerfahrener Wellenreiter in seiner Ungeduld eine ungeeignete Welle zu nehmen. Auf dem Brett kniend und mit beiden Händen rudernd, vermochte er sich nur unsicher zu erheben, wankte dann und fiel schließlich in das Wasser zurück. Bei seinem Auftauchen lächelte er einfältig und kletterte unter den Sticheleien und aufmunternden Zurufen seiner Kameraden wieder auf sein Brett.

Bei einer Geschwindigkeit von achtzig Stundenkilometern brauchten die Wellen fast fünf Minuten von dem Augenblick an, in dem sie zum erstenmal am Horizont sichtbar wurden, bis zu dem Punkt, an dem die Sportler warteten. Während dieser Zeit huldigte Samantha einem kleinen vorbereitenden Ritual. Als erstes zog sie ihr Bikinihöschen hinauf, das meist ein wenig heruntergerutscht war und zwei Grübchen und den Beginn der Spalte zwischen den Hinterbacken sehen ließ. Dann band sie ihr Oberteil fester und verstaute sorgfältig jede Brust einzeln in den Körbchen ihres Büstenhalters aus dünnem grünem Stoff, wobei sie Nick ständig anlächelte.

»Du sollst mir nicht zuschauen.«

»Ich weiß, das ist schlecht für mein Herz.«

Schließlich steckte sie mit Haarnadeln, die sie solange im Mund hielt, den armdicken Haarschopf fest, bis er zwischen ihren Schulterblättern herunterhing, und strich noch alle losen Strähnen hinter die Ohren zurück.

»Fertig?« rief er, und sie nickte und erwiderte: »Wir nehmen die dritte!«

Die dritte Welle in einer Gruppe war erfahrungsgemäß die größte. Sie ließen sich von der ersten hochheben und glitten wieder ins Tal dahinter hinab. Die Hälfte der anderen Wellenreiter war auf und davon, nur ihre Köpfe ragten noch über dem hohen entschwindenden Kamm empor, der das Ufer verdeckte.

Die zweite Welle kam an, größer, stärker und bereits mit überschlagendem Kamm, und die meisten anderen Sportler ließen sich von ihr davontragen. Zwei oder drei verloren auf der steilen Wasserwand das Gleichgewicht und stürzten von ihren Brettern.

»Los, jetzt!« schrie Samantha begeistert, als die dritte Welle heranrauschte, grün und hochragend, und mit ihr vier große stumpfnasige Tümmler, die sich von ihr mittragen ließen und mit ihren breiten, dreieckigen Schwänzen steuerten.

»Oh, schau!« rief Samantha. »Schau doch, Nick!«

Dann waren sie beide in Fahrt und lachten in der Sonne, tanzten die schwierigen Schritte, die das Brett gerade hielten und steuerten, von der Welle so hoch gehoben, daß sie den langen Strand fünf Kilometer vor sich und die Reihen der auf den beiden vorangegangenen Wellen Reitenden sehen konnten.

Einer der Tümmler wollte mit ihnen auf dem dahinrasenden Wellenkamm spielen, tauchte unter den Brettern hindurch und kam auf der andern Seite wieder zum Vorschein, so nah, daß sie sich bückte, um ihn mit der Hand zu berühren, und dabei fast das Gleichgewicht verlor, als der Tümmler sich davonmachte.

Jetzt begann zu ihrer Rechten die Welle das Riff zu spüren und sich zu überschlagen, ihr Kamm schob sich vor, behielt diese bezaubernde Form für lange Augenblicke, dann brach er langsam herab.

»Halt dich links«, rief Nick ihr mahnend zu, und sie trieben die Bretter herum, beugten die Knie, um bei der rasenden Fahrt die Balance nicht zu verlieren, und schossen mit raketenartig wachsender Geschwindigkeit über die grüne Wasseroberfläche dahin. Hinter ihnen kam die sich überschlagende Welle rasch näher, rascher als sie ihr ausweichen konnten.

Jetzt bildete das Wasser neben ihren linken Schultern eine schroffe senkrechte Wand, und Samantha sah, wie der Tümmler in Kopfhöhe neben ihr schwamm und seinen großen Schwanz kräftig bewegte. Plötzlich spürte sie Angst in sich aufsteigen, weil sie sich neben der Wucht und majestätischen Größe der Welle winzig fühlte.

»Nick!« kreischte sie, als sich die Welle über ihren Kopf hinweg wölbte und die Sonne verdunkelte. Nun flohen sie durch einen langen, vollkommen runden Tunnel tobenden Wassers, der hinter ihnen, dicht hinter ihnen donnernd in mörderischen weißen Schaumwirbeln zusammenbrach. Samantha war so voller Angst und Jubel, wie noch nie in ihrem Leben.

»Wir müssen schneller sein als die Welle«, schrie Nick. Seine Stimme kam wie aus weiter Ferne und ging im Tosen des Wassers fast unter, aber gehorsam kämpfte sie sich zum Vorderteil des Brettes vor, bis sich ihre bloßen Zehen über seinen Rand krampften.

Für lange Augenblicke hielten sie den gleichen Abstand, dann bekamen sie allmählich einen Vorsprung und schließlich schossen sie durch das offene Ende des Tunnels wieder ins Sonnenlicht hinaus. Samantha brach in wildes Gelächter aus, in dem noch der Triumph über die besiegte Angst mitschwang. Dann waren sie über das Riff hinaus, die Welle glättete sich wieder und ließ den weißen Schaum wie ein Spitzengewebe hinter sich.

»Jetzt nach rechts«, rief Samantha, um in dem für das Wellenreiten geeignetsten Teil der Welle zu bleiben, und sie schwenkten herum und wieder dem Land zu. Erstaunlicherweise folgte ihnen der Tümmler immer noch wie ein treuer Hund.

Dann endlich spürte die Welle den Strand, rauschte wütend auf und überschlug sich. Sie wurden hochgehoben, blieben hinter dem Wellenkamm zurück, stürzten neben ihren Brettern ins Wasser und lachten einander in Begeisterung und Angst über das Erlebte zu.

Samantha war ein Geschöpf des Meeres und zeigte einen großen Appetit für dessen Früchte. Mit ihren Fingern brach sie die Langustenbeine und saugte das weiße Fleisch mit behaglichem Geräusch heraus, während ihre Lippen von der Buttersauce glänzten und sie ihre Augen nicht von Nicks Gesicht abwandte.

»Sprich nicht mit vollem Mund.«

»Das ist nur, weil ich dir immer noch so viel zu erzählen habe«, erklärte sie ihm.

Samantha war Lachen – Lachen in fünfzig verschiedenen Schattierungen und Stärken, vom schläfrigen morgendlichen Murmeln, wenn sie erwachte und ihn neben sich fand, bis zum wilden Lachen im Stauwasser einer dahinrasenden Welle.

Samantha war Liebe. Mit dem unschuldigsten Gesicht der Welt und den arglosen grünen Kinderaugen verband sie ein Raffinement des Mundes und der Hände, das Nick immer von neuem verblüffte.

»Und dabei bin ich ohne ein Wort fortgelaufen, um mein Gewissen nicht mit deiner Schändung und Entehrung zu belasten.« Noch nachträglich schüttelte er den Kopf bei diesem Gedanken.

»Ich habe meine Doktorarbeit in Psychologie über dieses Thema geschrieben«, erzählte sie ihm fröhlich, während sie mit dem Zeigefinger Locken in seine Brusthaare drehte.

Ihre Freude an seinem Körper war grenzenlos, jeden Zentimeter davon mußte sie betasten und erforschen und sie gab ihrem Entzücken ohne eine Spur von Befangenheit laut Ausdruck. Sie nahm seine Hand in ihren Schoß, beugte sich eifrig über sie und zeichnete die Handlinien mit dem Fingernagel nach.

»Du wirst einmal eine hübsche übermütige Blondine finden,

ihr fünfzehn Kinder schenken und hundertfünfzig Jahre alt werden.«

Mit der Zungenspitze fuhr sie über die kleinen, scharfen Linien um seine Augen und an den Mundwinkeln.

»Ich wollte immer schon einen rauhen Mann ganz für mich allein!«

Und wenn er ihr sagte, wie schön sie sei, wie sehr er sie begehrte, wenn er sie streichelte und die Schätze, die sie ihm bot, bewunderte, dann strahlte sie, und streckte sich schnurrend wie ein großes goldenes Katzentier. Als er erfuhr, daß sie im Zeichen des Löwen geboren war, überraschte ihn das überhaupt nicht.

Samantha war sanfte, schläfrige Liebe im frühen, rasch schwindenden, perlgrauen Morgenlicht.

Sie war Liebe im Sonnenschein, ausgestreckt wie ein schöner Seestern in den blendenden Reflexen der Dünenhänge. Mit Sand bestreut wie mit Kristallzucker jubelte sie verzückt, und ihre ekstatischen Ausrufe stiegen hinauf zu den neugierigen Möwen, die über ihren Köpfen auf unbewegten weißen Flügeln dahinschwebten.

Sie war Liebe im grünen, kühlen Wasser, jenseits der ersten Brecher, wo seine Zehen gerade noch den sandigen Boden berührten, und sie sich um ihn schlang wie Seetang.

Sie war Liebe des Nachts, wenn ihr gelöstes Haar glänzend und duftend über ihn gebreitet war, ein im Lampenlicht golden glänzender Baldachin. Dann kniete sie rittlings über ihm in fast religiöser Scheu wie eine Tempeljungfrau, die sich zum Opfer darbringt.

Aber mehr als alles andere war Samantha kraftvolles, überschäumendes Leben – und ewige Jugend.

Durch sie empfand Nick wieder, was er durch den Zynismus und die Nüchternheit des Lebens schon lange verlernt zu haben glaubte. Er teilte ihre naive Freude an den kleinen Wundern der Natur, an dem Dahingleiten einer Möwe, der Gegenwart eines Tümmlers oder der Entdeckung der fächerförmigen durchsichtigen Schale eines Nautilusweibchens, das sie noch lebend, mit eingerollten Tentakeln an den Strand gespült fanden.

Und er teilte ihren Zorn, wenn sogar diese abgelegenen und einsamen Strände von Ölrückständen verpestet wurden, die ein Tanker im Agulhas-Strom ins Meer abgelassen hatte, wenn Tropfen von ausgelaufenem Rohöl an ihren Füßen klebten und die Felsen verunreinigten, und wenn sie am Strand Kadaver von Seevögeln mit ölverklebten Flügeln fanden.

Allein die Wärme zu verspüren, die Samantha ausstrahlte, und den Klang ihres Lachens in sich aufzunehmen, wirkte verjüngend. Neben ihr zu gehen, hieß sich jung und stark fühlen.

Stark genug für lange Tage in Meer und Sonne, stark genug, um die halbe Nacht nach der lauten und wilden Musik zu tanzen, und dann stark genug, sie aufzuheben, wenn sie schwankte, und sie hinunterzutragen in ihren Bungalow über dem Strand, während sie sich in seine Arme schmiegte wie ein schläfriges Kind.

»Oh, Nick, Nick, ich bin so glücklich, zum Weinen glücklich.«

Dann tauchte Larry Fry auf, in einer Wolke von Entrüstung und mit einem rot angelaufenen und vorwurfsvollen Gesicht wie ein betrogener Ehemann.

»Zwei Wochen«, schmetterte er, »zwei Wochen lang schon machen mich London und Bermuda und die Schiffswerft von St. Nazaire verrückt!« Er schwenkte einen Stoß Fernschreiben. »Niemand wußte, was mit Ihnen los ist. Sie waren einfach verschwunden.«

Er bestellte einen doppelten Gin-Tonic beim Barkeeper und ließ sich erschöpft auf den Stuhl neben Nick fallen. »Sie haben mich beinahe um meinen Job gebracht, Mr. Berg. Ich mußte einen Privatdetektiv mieten, der alle Hotelregister im Land durchstöbert hat.« Er nahm einen langen Beruhigungsschluck aus seinem Glas.

In diesem Augenblick erschien Samantha in der Bar. Sie trug ein weites, grünes Kleid in der Farbe ihrer Augen, und ein achtungsvolles Murmeln begleitete ihren Weg quer durch den Raum. Larry Fry vergaß seinen Ärger und starrte sie an.

»Menschenskind«, murmelte er. Und dann wandelte sich seine Bewunderung in Bestürzung, als sie direkt auf Nicholas zusteuerte, ihm die Hand auf die Schultern legte und ihn nachhaltig auf den Mund küßte.

Neidisches Seufzen war zu hören, und Larry Fry verschüttete vor Aufregung seinen Gin.

»Wir müssen heute noch abfahren«, bestimmte Samantha, »wir dürfen nicht eine Stunde länger bleiben, Nick, oder wir werden alles verderben.«

Nick verstand sie sehr gut. Wie er selbst, hatte sie den Drang in sich, immer vorwärtszuschreiten. Innerhalb einer Stunde hatte er eine zweimotorige Beechcraft Baron gechartert. Die Maschine holte sie auf dem schmalen gewalzten Streifen in der Nähe des Hotels ab und landete mit ihnen auf dem Jan-Smuts-Flughafen von Johannesburg, eine Stunde bevor die Kursmaschine nach Paris startete.

»Ich bin früher immer in der Touristenklasse geflogen«, sagte Samantha, als sie sich anerkennend in der Erste-Klasse-Kabine umsah. »Ist es wahr, daß man hier umsonst so viel essen und trinken kann, wie man will?«

»Ja.« Dann fügte Nick hastig hinzu: »Aber du mußt das nicht als persönliche Herausforderung ansehen.« Er hatte heillosen Respekt vor Samanthas Appetit bekommen.

In Paris blieben sie eine Nacht im Hotel George V und flogen am nächsten Vormittag nach Nantes, dessen Flughafen der nächste zur Schiffswerft in St. Nazaire war. Jules Levoisin erwartete sie dort.

»Nicholas!« rief er erfreut und reckte sich auf die Zehenspitzen, um Nick auf beide Wangen zu küssen, wobei er ihn in eine Wolke von Eau de Cologne und Pomade hüllte. »Du Pirat, du hast mir dieses Schiff unter der Nase weggeschnappt. Ich hasse dich. Wie konntest du mich so zum Narren halten?« fragte er und zwirbelte seinen Schnurrbart. Er trug einen teuren

Kaschmir-Anzug und eine Krawatte von Yves Saint-Laurent. An Land war er immer ein Dandy.

»Jules, ich lade dich dafür zu einem Lunch im La Rôtisserie ein«, versprach Nick.

»Ich verzeihe dir«, sagte Levoisin, und in diesem Augenblick sah er, daß Nick nicht alleine war.

Levoisin trat einen Schritt zurück, warf einen langen Blick auf Samantha und beugte sich dann über ihre Hand. Sein steifer schwarzer Schnurrbart kitzelte sie. Zu Nick sagte er:

»Sie ist zu schade für dich, mon petit, ich werde sie dir entführen.«

»Auf gleiche Weise wie die *Golden Adventurer*?« fragte Nick mit Unschuldsmiene.

Levoisins alter Citroën stand auf dem Parkplatz. Er war auf Hochglanz poliert und mit allerhand Kinkerlitzchen und baumelnden Maskottchen geziert. »Er ist wunderschön«, flüsterte Samantha, als sie losfuhren.

Da Levoisin seine Aufmerksamkeit nicht zugleich ihr und der Straße vor ihm widmen konnte, konzentrierte er sich ausschließlich auf sie, ohne die Höchstgeschwindigkeit, die der Wagen hergab, im geringsten zu vermindern. Nur gelegentlich wandte er sich um und schrie einem anderen Fahrer »Salaud!« nach, oder zeigte ihm in unmißverständlicher Weise die Faust mit hochgerecktem Zeigefinger.

»Das La Rôtisserie wird Ihnen gefallen«, sagte er zu Samantha. »Leider esse ich dort nur, wenn irgendein Reicher etwas von mir will.«

»Woher weißt du, daß ich etwas will?« fragte Nick vom Rücksitz her, die Hand auf dem Türgriff.

»Drei Telegramme, ein Anruf aus Bermuda, ein anderer aus Johannesburg.« Levoisin grinste breit und zwinkerte Samantha zu. »Glauben Sie, daß ein Nicholas Berg so etwas nur aus Sympathie für seinen alten Freund tut, der ihn alles gelehrt hat, was er weiß? Für einen Mann, der ihn wie seinen eigenen Sohn liebt und den er dafür schamlos beraubt hat?«

Er raste über die Loire-Brücke und in die engen Straßen von

Nantes hinein. Auf der Place Briand half er Samantha galant aus dem Wagen, und im Restaurant nickte er schließlich zögernd, als man sich auf Chablis Moutonne und Chambertin-Clos-de-Bèze einigte. Dann widmete er sich mit gleicher Freude den Speisen, dem Wein und Samantha.

»Man kann eine Frau, die zum Leben und Lieben geschaffen ist, an ihren Eßgewohnheiten erkennen«, stellte er fest.

Erst als der Kognak vor ihnen stand, und beide Männer ihre Stumpen angezündet hatten, sagte er plötzlich:

»Los, Nicholas, ich bin guter Laune, du darfst mich fragen.«

»Ich brauche einen Kapitän für meinen neuen Schlepper«, sagte Nick, und Levoisin verhüllte sein Gesicht mit einem dicken blauen Vorhang von Zigarrenrauch.

Sie kreuzten ihre Klingen wie zwei Fechtmeister während der ganzen Fahrt von Nantes nach St. Nazaire.

»Die Schiffe, die du baust, Nicholas, sind keine Schlepper. Sie sind phantastische Spielzeuge voller Tricks und Mätzchen – schwimmende Bordelle sozusagen.«

»Diese Tricks und Mätzchen haben es mir ermöglicht, einen Vertrag mit Christy Marine abzuschließen, während du noch nicht einmal bemerkt hattest, daß ich dir schon ganz nahe war.«

Jules blies Rauchkringel in die Luft und murmelte vor sich hin: »Zweiundzwanzigtausend Pferdestärken, c'est ridicule!«

»Ich habe alle bis zur letzten gebraucht, um die *Golden Adventurer* vom Kap Alarm herunterzuziehen.«

»Nicholas, erinnere mich nicht an diese schändliche Sache.« Er wandte sich an Samantha. »Ich bin hungrig, ma petite, und im nächsten Dorf gibt es eine exzellente Pâtisserie.« Er seufzte und hauchte einen Kuß auf seine Finger. »Sie würden von den Torten begeistert sein.«

»Führen Sie mich in Versuchung«, forderte sie ihn auf, und Levoisin hatte eine Gleichgesinnte gefunden.

Levoisin änderte nun seine Taktik und griff von einer neuen Seite an. »Du wirst nie volle Beschäftigung für zwei so große und kostspielige Schiffe finden.«

»Ich werde vier brauchen, nicht nur zwei«, widersprach ihm Nick. »Wir werden Eisberge abschleppen.« Levoisin hörte während der nächsten zehn Minuten so aufmerksam zu, daß er zu kauen vergaß.

»Nicholas«, er schüttelte bewundernd den Kopf, »das geht mir zu schnell. Ich bin ein alter Mann mit altmodischen Ansichten –«

»Sie sind nicht alt«, erklärte ihm Samantha energisch. »Sie sind gerade in den besten Jahren.« Theatralisch hob er seine Arme.

»Nun hetzt du ein hübsches Mädchen auf mich, das mein gebeugtes, graues Haupt mit Schmeicheleien überhäuft.« Er sah Nicholas an. »Ist dir kein Trick zu schmutzig?«

Am nächsten Morgen schneite es kleine, langsam dahinsegelnde Flocken aus einem grauen, wollenen Himmel. Sie kamen von dem kleinen Badeort La Baule, fünfundzwanzig Kilometer von St. Nazaire entfernt.

Dort hatte Levoisin eine kleine Wohnung in einem der riesigen Apartmentblocks. Das war für ihn praktisch, denn sein Schiff, *La Mouette*, gehörte einer bretonischen Gesellschaft, und St. Nazaire war ihr Heimathafen.

Levoisin fuhr durch die schmalen Gassen des Areals bei den Docks, gerade unterhalb der Brücke, die über die weitläufigen Schiffsbauanlagen der Construction Navale Atlantique führt, eine der drei größten Werften Europas.

Die Hellingen für die größeren Schiffe, die Frachtdampfer und Marinebauten, lagen direkt an der weiten, ruhigen Mündung der Loire; aber die Stapelblöcke für die kleineren Boote erstreckten sich bis in den inneren Hafen.

Levoisin parkte den Citroën an den Gittertüren nahe dem inneren Hafen, dann gingen sie zu den Büros hoch über dem Hafenbecken, wo Charles Gras sie erwartete.

»Nick, wie schön, dich wieder einmal zu sehen.« Gras war einer der fähigsten Ingenieure der Atlantique, ein großer Mann mit gebeugtem Rücken, bleichem Gesicht und glattem schwarzem Haar, das bis zu seinen Augenbrauen fiel, aber er hatte die scharfen, verschlagenen Züge eines Parisers und lebendige helle Augen, die sein grämliches, ernstes Auftreten Lügen straften.

Nick und er kannten einander schon viele Jahre lang und duzten sich daher.

Charles Gras wechselte zu einem Englisch mit starkem französischem Akzent über, als er Samantha vorgestellt wurde, sprach mit Nick jedoch weiter französisch.

»So wie ich dich kenne, wirst du gleich deinen Schlepper ansehen wollen, n'est-ce pas?«

Die *Sea Witch,* die Seehexe, ragte hoch auf ihrer Helling auf, und obwohl sie das genaue Ebenbild der *Warlock* war, sah sie mit dem freiliegenden Rumpf fast doppelt so groß aus. Ihr Oberbau war zwar noch unvollendet und trug erst den stumpfen roten Grundanstrich, aber die zweckmäßige Schönheit ihrer Linien war nicht zu übersehen.

Levoisin paffte an seiner Zigarre, murmelte etwas über »Bordell« und über »Admiral Berg und sein Kriegsschiff«, konnte aber das Leuchten seiner Augen nicht verbergen, als er über die unfertige Kommandobrücke stolzierte oder aufmerksam den Erklärungen von Charles Gras über die elektronische Ausrüstung lauschte.

Nick merkte, daß die beiden Experten allein bleiben wollten, um sich gegenseitig zu überzeugen.

»Komm!« flüsterte er Samantha zu, nahm ihren Arm und führte sie vorsichtig um die Gerüste und die herumliegenden Werkzeuge herum durch Gruppen von Arbeitern zum Oberdeck der *Sea Witch.*

Von dort aus bot sich ihnen durch den Wald von Kränen ein weiter Blick auf die Dächer der Lagerhäuser und Büros, und zu den Hellingen am Fluß, wo die wirklich großen Rümpfe auf Kiel gelegt wurden.

»Wir haben über die *Golden Dawn* gesprochen«, sagte Nick, »da ist sie.«

»Mein Gott«, seufzte sie, »ist *die* riesig!«

»Größere Schiffe gibt es nicht«, bestätigte er.

Das Stahlgerüst des Rumpfes war fast einen Kilometer lang und so hoch wie ein fünfstöckiges Haus, der Navigationsturm überragte ihn noch um dreißig Meter.

Samantha schüttelte den Kopf. »Es ist nicht zu fassen. Das schaut ja aus wie – wie eine ganze Stadt! Es ist erschreckend, sich das Ding auf hoher See vorzustellen.«

»Das ist nur der Hauptrumpf, die Zusatztanks werden in Japan gebaut.« Mit ernstem Gesicht starrte er zu dem Schiff hinüber. »Ich muß verrrückt gewesen sein«, flüsterte er, »als ich von einem solchen Riesending träumte.« Aber in seiner Stimme schwang ein Hauch von Stolz mit.

»Das ist nicht einfach nur ein Schiff«, erklärte er. »Kein Hafen der Welt könnte es bei seiner Größe aufnehmen. Es gibt dafür nirgends genügend Tiefe.«

»Ja?« Sie liebte es, ihn seine Visionen darlegen zu hören und seine Überzeugungskraft zu spüren.

»Was du siehst, ist Tragkonstruktion, Versorgungseinrichtungen und Hauptmaschinenraum. Daran werden die vier Zusatztanks angedockt. Jeder von ihnen kann eine Viertelmillion Tonnen Rohöl aufnehmen und ist für sich allein schon ein riesiges Schiff.«

Er war immer noch bei der Erklärung des Entwurfs, als sie schon beim Essen saßen. Gras und Levoisin hörten ebenso interessiert zu wie Samantha.

»Ein starrer Rumpf von diesen Dimensionen würde bei hohem Seegang in Stücke brechen«, sagte er, griff nach dem Gewürzständer und demonstrierte: »Aber die vier einzelnen Tanks sind so konstruiert, daß sie sich unabhängig voneinander bewegen können. Das gibt ihnen die Möglichkeit, starken Wellenbewegungen zu folgen und deren Wucht abzufangen. Dies ist eines der wichtigsten Prinzipien im Schiffsbau: Der Rumpf muß mit dem Wasser schwimmen und sich nicht wie ein Fremdkörper verhalten.«

Ihm gegenüber nickte Gras zustimmend.

»Die Tanks hängen links und rechts am Hauptrumpf und

werden von ihm mitgezogen wie Schildfische vom Körper eines Hais, ohne ihr eigenes Antriebssystem zu gebrauchen; vielmehr lassen sie sich von den vier Schrauben des Hauptrumpfes über den Ozean befördern.« Er schob den Ständer rings um den Tisch, und alle sahen ihm fasziniert zu. »Dann, wenn sie den Kontinentalschelf achtzig bis hundertfünfzig Kilometer vor der Entladestelle an der Küste erreichen, ankert der Hauptrumpf, gibt einen oder zwei oder auch alle Zusatztanks frei, und sie legen diese letzte Strecke mit eigener Kraft zurück. In ruhigem Wasser und bei günstigen Wetterbedingungen werden sie durch ihre eigenen Antriebssysteme sicher geleitet. Dann kehrt der leere Tank an seinen Platz am Hauptrumpf zurück und dockt wieder an.«

Während die beiden Franzosen zusahen, wie er das Salzfaß aus dem Ständer nahm und demonstrierend damit zu Samanthas Teller und wieder zurückfuhr, wandte sie keinen Blick von Nicks Gesicht. Er war so lebhaft bei der Sache wie ein edles Pferd bei scharfem Training, und sie war stolz auf ihn, stolz auf die Kraft seiner Ausstrahlung, die andere Menschen zuhören ließ, wenn er sprach, stolz auf seinen Erfindergeist und auf den Mut, den es brauchte, um ein so gigantisches Projekt zu planen und zu bauen.

Jetzt erklärte Nick weiter: »Die Menschheit ist auf fossile Öle angewiesen. Ohne sie gäbe es unvorstellbare Rückschritte, an die auch nur zu denken erschreckend ist. Wenn wir also Rohöl nun einmal nötig haben, es aus der Erde pumpen und transportieren müssen, sollten wir das unter allen erdenklichen Sicherheitsvorkehrungen tun, um uns vor unerwünschten Nebenwirkungen zu schützen –«

»Nick«, unterbrach ihn plötzlich Gras, »wann hast du die Pläne der *Golden Dawn* das letztemal gesehen?«

Nick stutzte, ein wenig aus dem Konzept gebracht. Er runzelte die Stirn. »Ich habe Christy Marine vor über einem Jahr verlassen.«

Charles Gras drehte den Stengel seines Weinglases zwischen den Fingern und schob die Unterlippe vor. »Das Schiff, das du gerade beschrieben hast, unterscheidet sich sehr von dem, das wir bauen.«

»In welcher Weise, Charles?« Nicks Unruhe war sofort spürbar.

»Das Konzept ist dasselbe geblieben. Das Hauptschiff und die vier Tanks, aber –«, Charles zuckte die Schultern, »es wäre einfacher, es dir zu zeigen.«

Wenn man unterhalb des Rumpfes der *Golden Dawn* stand, meinte man, das Schiff reiche wie ein gewaltiges stählernes Gebirge bis hinauf in den niederen, mit Schneewolken verhangenen grauen Himmel. Die Männer, die auf ihren Gerüsten in schwindelnden Höhen arbeiteten, waren so klein wie Insekten, und während Samantha zu ihnen hinaufstarrte, wehte ein kleiner feuchtgrauer Wolkenfetzen von der See her über das Schiff und verhüllte für Augenblicke den obersten Teil der Kommandobrücke.

»Da, sie reicht bis in die Wolken«, sagte Nick, »und sie sieht aus, wie das Schiff, das ich geplant habe –«

»Komm weiter, Nick«, forderte Gras ihn auf.

Die kleine Gruppe schlängelte sich durch das Chaos auf dem Werftgelände.

Es war ein langer Weg, fast zwanzig Minuten brauchten sie, um bis zum Heck des Tankers zu gelangen. Plötzlich blieb Nick so unvermittelt stehen, daß Samantha an ihn prallte und auf dem vereisten Beton fast gestürzt wäre. Aber er erwischte sie am Arm und hielt sie, während er auf das gewölbte Heck starrte.

Es hatte die Form eines großen, vorspringenden Daches, hoch aufragend wie das Dach einer gotischen Kathedrale, so daß Nick den Kopf weit zurückbeugen mußte, als er hinaufschaute. Dabei wurde sein Griff um Samanthas Arm so fest, daß sie protestierte. Er schien es nicht zu hören.

»Ja«, nickte Gras, »das ist einer der Unterschiede zu dem von dir entworfenen Schiff.«

Die Schiffschraube war aus schimmernder Eisenbronze gegossen, sechsflügelig, jedes Blatt mit der Schönheit und

Symmetrie eines Schmetterlingsflügels geformt, aber so riesig, daß es den Vergleich lächerlich machte. Die Schraube war so groß, daß nicht einmal der riesige Rumpf der *Golden Dawn* sie klein erscheinen ließ. Jedes einzelne Schraubenblatt war länger und breiter als die volle Flügelspanne eines Jumbo-Jets, eine ungeheure Skulptur aus funkelndem Metall.

»Eine!« flüsterte Nick. *»Nur eine!«*

»Ja«, bestätigte Gras. »Nicht vier, sondern nur eine Schraube. Außerdem, Nick, hat sie eine fixe Steigung.«

Alle schwiegen, als sie im Förderkorb des Bauaufzugs außen am Rumpf entlang bis zur Höhe des Hauptdecks nach oben fuhren. Und obwohl der Wind unbarmherzig durch das Gitter des Korbes pfiff, blieben sie nicht nur vor Kälte stumm.

Der Maschinenraum war eine widerhallende, von Flutlichtlampen hell erleuchtete Höhlung. Sie überquerten ihn hoch oben auf einem der stählernen Laufstege, fünfzehn Meter über der Hauptmaschinenanlage.

Nick starrte fast fünf Minuten lang hinunter. Er stellte keine Fragen, gab kein Urteil ab, endlich jedoch wandte er sich zu Gras um und nickte kurz.

»Ist gut, ich habe genug gesehen«, sagte er und der Ingenieur führte sie zum Lift in den Heckaufbauten. Wieder fuhren sie hinauf. Hoch oben im Navigationsturm war es wie in einem modernen Geschäftsblock – blitzende Chromleisten und Holzpaneele im Aufzug, und Teppiche auf den Gängen, über die Gras sie in die Reedersuite führte.

Levoisin schaute sich lange um und schüttelte verwundert den Kopf. »Na, hier läßt sich's leben«, schnaufte er. »Nicholas, ich bestehe unbedingt darauf, daß die Kapitänskajüte der *Sea Witch* auch so eingerichtet wird.«

Nick ging zu den Fenstern, durch die man über das Hauptdeck des Tankers bis zu dem fast einen Kilometer entfernten unförmigen Bug sah. Niemand sagte etwas. Charles Gras öffnete die reich ausgestattete Bar und goß Kognak in die Kristallschwenker. Er brachte Nick ein Glas, und dieser wandte sich vom Fenster ab.

»Danke, Charles. Ich brauche jetzt wirklich etwas gegen mein flaues Gefühl im Magen.« Nick schlürfte den Kognak, während er sich langsam im Raum umschaute.

Die Reedersuite nahm fast die halbe Breite der Navigationsbrücke ein und war groß genug für einen diplomatischen Empfang. Duncan Alexander hatte einen guten Innenarchitekten verpflichtet, und ohne den Blick aus dem Fenster konnte man meinen, in einem eleganten Apartment der Fifth Avenue in New York zu sein. Langsam überquerte Nick den dicken, grünen Teppich, in den die Bildmarke des Unternehmens, die ineinander verschlungenen Buchstaben C und M für Christy Marine eingewoben waren. Vor dem Degas auf seinem Ehrenplatz über dem Marmorkamin blieb Nick stehen.

Er erinnerte sich an Chantelles überschäumende Freude beim Kauf dieses Gemäldes. Es war eines von Degas' Ballettbildern mit dem typischen weichen, fast durchscheinenden Licht auf den Beinen der Tänzerinnen, und beim Gedanken an das nie nachlassende Entzücken, mit dem Chantelle es Jahre hindurch betrachtet hatte, wunderte er sich über ihre Erlaubnis, das Bild auf einem der Schiffe der Gesellschaft aufzuhängen. Es war fast eine Viertelmillion Pfund wert.

Erst als er es aus der Nähe betrachtete, entdeckte er, daß es nur eine gelungene Kopie des Originals war. Er schüttelte unwillig den Kopf.

»Die Eigentümer wurden gewarnt, daß die Seeluft dem Original schaden könnte.« Charles Gras zuckte die Achseln und spreizte mißbilligend die Hände. »Es wird nicht viele Leute geben, die den Unterschied erkennen.«

Das war typisch für Duncan Alexander, dachte Nick aufgebracht, diese Ansicht, daß man alle Menschen jederzeit täuschen könne. Denn jedermann wußte ja, daß das Werk Chantelle gehörte. Sie selbst wäre nie auf eine solche Idee verfallen, sie verabscheute Unechtes. Er deutete mit dem Glas auf die Fälschung.

»Das ist ein Schwindel«, sagte er ruhig, seinen Ärger beherrschend, »aber er ist harmlos.« Er wandte sich von dem Bild ab und fuhr mit einer weitausladenden Geste, die das ganze Schiff umfaßte, fort: »Aber all das andere hier, dieser ungeheure Betrug –« Er machte eine Pause, um die beißende Schärfe in seiner Stimme unter Kontrolle zu bringen, und setzte in ruhigerem Ton hinzu: »Das ist ein verwerfliches, mörderisches Hasardspiel. Er hat das ganze Konzept verfälscht. *Eine* Schraube anstelle von vier – sie kann einen Rumpf von dieser Größe in einer gefährlichen Situation nicht sicher manövrieren, sie kann nicht genügend Schubkraft entwickeln, um Zusammenstöße zu vermeiden, um bei Stürmen ein Auflaufen an der Küste zu verhindern, um einen schweren Seegang zu überstehen.« Nick hielt inne, dann sagte er leiser, aber noch eindringlicher: »Dieses Schiff kann nach allen Gesetzen des Anstandes und der Natur nicht mit einem einzigen Antriebsaggregat betrieben werden. Mein Plan sah acht voneinander unabhängige vor, die Standardausführung der früheren Überseedampfer. Beim Fehlen von Ersatzeinrichtungen, von Ausweichmöglichkeiten, können ein paar Liter Seewasser das Riesending außer Gefecht setzen.«

Nick stockte plötzlich, als ihm ein neuer Gedanke kam. »Charles«, rief er in noch schärferem Ton. »Die Zusatztanks – er wird doch nicht auch deren Pläne geändert haben? Sag mir, alter Freund, haben sie noch ihre eigenen Antriebe?«

Gras ging mit der Flasche Courvoisier auf Nick zu, und als dieser ablehnen wollte, sagte er besorgt: »Komm, Nicholas, du wirst es brauchen, wenn du hörst, was ich dir jetzt sagen muß.«

Und beim Einschenken sagte er: »Doch, er hat auch die Pläne für die Zusatztanks geändert.« Er holte tief Luft, um es in einem Atemzug herauszubringen. »Sie haben keine eigene Fortbewegungseinrichtung mehr. Sie sind nur noch antriebslose Kähne, die von den Schleppern geholt und wieder gebracht werden müssen.«

Nick starrte ihn an. Seine Lippen wurden zu einem schmalen, weißen Strich. »Nein. Das kann ich nicht glauben. Nicht einmal Duncan –«

»Duncan Alexander hat durch die Umkonstruktion der *Gol-*

den Dawn und dadurch, daß er sie nur mit einem einzigen Antriebsaggregat ausgestattet hat, einundzwanzig Millionen Pfund gespart.« Er zuckte abermals die Achseln. »Das ist eine Menge Geld.«

Ein zaghafter Strahl winterlichen Sonnenlichts fand seinen Weg durch die tiefhängenden grauen Wolken und ließ das Sportfeld an der Themse in einem englischen Grün erstrahlen.

Samantha und Nicholas standen in der dünnen Linie erbärmlich frierender Eltern und beobachteten die Schar kämpfender Jungen in ihren farbigen Dressen, hellblau-schwarz die von Eton, und schwarz-weiß die von St. Paul's. Aber alle waren so schmutzig, daß man sie kaum voneinander unterscheiden konnte.

»Was tun sie jetzt?« fragte Samantha.

»So entscheiden sie, welche Mannschaft den Ball bekommt«, erklärte Nick.

Aus dem wirren Durcheinander flog plötzlich der glatte, eiförmige Ball in einer steilen Kurve nach oben und wurde von einem Jungen in den Farben von Eton geschnappt. Schon preschte er los.

»Das ist Peter, nicht wahr?« schrie Samantha.

»Los, Peter, renn!« brüllte Nick und das Kind rannte, den Ball fest an die Brust gepreßt, und versuchte die weiße Linie zu erreichen, bevor ein größerer, kräftig gebauter Bursche, der von der Seite kam, ihn abfangen konnte. Das Ziel der beiden Läufer war eine Stelle direkt vor Nick und Samantha.

Samantha hüpfte aufgeregt von einem Fuß auf den anderen und schrie begeistert mit, obwohl sie überhaupt keine Ahnung hatte, worum es ging.

Nick konnte am verzerrten Gesicht seines Sohnes erkennen, daß sich der Junge vollkommen verausgabte.

Von Kindheit an hatte Peter Berg für jede Aufgabe, die sich ihm stellte, alle seine Fähigkeiten voll eingesetzt. Wie seinem Großvater, dem alten Arthur Christy, und seinem eigenen Vater war ihm Erfolg im Leben beschieden. Nick wußte das instinktiv, als er ihn beim Laufen beobachtete. Der Junge hatte des Vaters Intelligenz und gutes Aussehen geerbt, wie auch sein Charisma.

Nick fühlte Stolz seine Brust schwellen.

Mit äußerster Anspannung und Willenskraft hatte Peter es fertiggebracht, einen Schritt vor seinem größeren und langbeinigeren Gegner an der Mal-Linie zu sein. Nun beugte er sich vor, den Ball in den ausgestreckten Händen, um mit ihm den Boden zu berühren und damit einen Punkt zu erzielen.

Nur Zentimeter trennten ihn noch vom Erfolg, aber er achtete zu wenig auf seine Balance, und als sich der Junge von St. Paul's mit aller Wucht gegen ihn warf, wurde er zur Seite und aus dem Spielfeld gestoßen. Der Ball glitt ihm aus den Händen und rollte fort. Peter landete mit dem Gesicht nach unten auf dem durchnäßten Boden.

»Das ist ein Punkt!« Samantha hüpfte immer noch vor Aufregung.

»Nein«, sagte Nick. »Das ist keiner.«

Peter kam langsam wieder auf die Beine. Er schaute nicht auf seine Verletzungen und wies die hilfsbereite Hand des anderen zurück. Den Schmerz verbeißend, humpelte Peter zurück aufs Spielfeld. Er schaute auch seinen Vater nicht an, und die Tränen, die seine Augen schwimmen ließen und über seine dichten dunklen Wimpern herabzutropfen drohten, kamen nicht vom Schmerz, sondern von der Demütigung.

Nach Spielschluß ging er voll Blut und Dreck zu Nick und schüttelte ihm feierlich die Hand.

»Ich bin froh, daß du gekommen bist, Dad«, sagte er. »Ich wünschte, du hättest uns gewinnen sehen.«

Nick wollte antworten: »Das ist doch nicht wichtig, Peter, es war ja nur ein Spiel.« Aber er tat es nicht. Für seinen Sohn war es sehr wichtig, und so nickte er nur zustimmend und stellte ihm Samantha vor.

Peter reichte ihr ernst die Hand und überraschte sie damit, daß er sie »Madam« nannte. Aber als sie sagte, »Hallo, Peter, du hättest verdient, sie zu schlagen. Es war ein großes Spiel«, da ging über sein Gesicht jenes plötzliche unwiderstehliche Lächeln, das sie sehr an Nick erinnerte, und ihr schmolz das Herz. Während der Junge zum Duschen und Umziehen davonlief, nahm sie Nicks Arm.

»Er ist ein wirklich hübscher Junge.«

»Ich habe ihn leider schon Monate nicht mehr gesehen. Es ist alles vom Gericht festgelegt, sogar die Besuchsrechte. Heute hat Chantelle eine Ausnahme gemacht, aber ich muß ihn um fünf Uhr wieder bei ihr abliefern. Nicht fünf nach fünf, sondern Punkt fünf Uhr.«

Sie gingen dann zusammen in eine Teestube, und das Gespräch zwischen Nick und Peter kam vor Befangenheit nur schwer in Gang.

»Deine Mutter hat mir eine Kopie deines Zeugnisses geschickt, Peter, und ich kann dir gar nicht sagen, wie sehr ich mich darüber gefreut habe.«

»Ich hatte ein besseres erhofft. Es sind immer noch drei Jungen vor mir.«

Samantha taten die beiden leid. Peter war zwölf Jahre alt. Sie wünschte, er könnte einfach die Arme um Nicks Hals schlingen und sagen: »Dad, ich hab dich lieb!« Denn diese Liebe war offensichtlich.

Einer plötzlichen Eingebung folgend, begann sie von der Bergung der *Golden Adventurer* durch die *Warlock* zu erzählen, mit besonderer Betonung der Tollkühnheit des Kapitäns, nicht zuletzt bei der Rettung Samantha Silvers aus den eisigen Fluten der Antarktis.

Peters Augen wurden beim Zuhören immer größer und hingen an ihrem Gesicht, außer wenn er Nicholas fragte: »Ist das wahr, Dad?« Und als sie mit ihrer Schilderung zu Ende war, schwieg er eine lange Weile und verkündete dann: »Wenn ich groß bin, werde ich Kapitän eines Bergungsschleppers.«

Später zeigte er Samantha, wie man Erdbeermarmelade richtig auf die Kuchen streicht, und gemeinsam kauten sie vergnügt und wurden rasch Freunde. Nick beteiligte sich nun leichter an ihrem Geplauder, und mit einem Lächeln und einem verstohlenen Händedruck unter dem Tisch bezeigte er Samantha seine Dankbarkeit.

Schließlich mußte Nick Schluß machen. »Hör, Peter, wenn wir dich um fünf zu Hause in Lynwood abliefern wollen –« Der Junge wurde sofort ernst.

»Dad, kannst du nicht Mutter anrufen? Vielleicht läßt sie mich das Wochenende bei dir in London bleiben.«

»Das habe ich schon versucht.« Nick schüttelte den Kopf. »Es hat nichts genützt.«

Da stand Peter auf und verbarg seine Gefühle hinter einem Ausdruck stoischer Resignation.

Es dunkelte schon stark, als Nick in das Steintor von Lynwood einbog. Er warf einen Blick auf die Leuchtziffern seiner Rolex. »Wir schaffen es gerade noch.«

Die Straße kletterte in einer Reihe breiter Kurven durch sorgfältig gepflegte Baumbestände den Hügel hinan. In dem dreistöckigen georgianischen Landhaus waren alle Fenster strahlend hell erleuchtet.

Nick hatte immer ein eigenartig hohles Gefühl in der Magengegend, wenn er herkam. Jedes Zimmer, jeder Meter Boden barg Erinnerungen, die sich ihm nun aufdrängten, als er den Wagen unter dem Vorbau mit den weißen Säulen anhielt.

»Ich habe das Spitfire-Modell fertig, das du mir zu Weihnachten geschenkt hast, Dad«, sagte Peter. »Willst du nicht hereinkommen und es dir ansehen?«

»Ich glaube nicht –«, begann Nick, aber bevor er zu Ende sprechen konnte, platzte Peter heraus:

»Du kannst schon, Onkel Duncan ist sicher nicht da. Er kommt Freitag abend immer erst spät aus London zurück, und sein Rolls ist noch nicht in der Garage.« Und dann in einem Ton, der Nick einen Stich ins Herz gab: »Bitte, Dad! Ich seh dich ja vor Ostern nicht wieder.«

»Geh nur«, sagte Samantha, »ich warte hier.« Aber Peter bat sie:

»Du kommst doch auch mit, Sam, bitte.«

»Gut, Peter, gehen wir.«

Nick fühlte sich von einer Flut von Ereignissen mitgerissen, über die er keine Kontrolle mehr hatte, was nie nach seinem Geschmack gewesen war.

In der Eingangshalle schaute sich Samantha rasch um und Ehrfurcht befiel sie. Die Halle war so großmächtig. Es gab kein anderes Wort, um dieses Haus zu beschreiben. Die breite Marmortreppe mit ihrer Marmorbalustrade ging durch die volle Höhe der drei Stockwerke, und zu beiden Seiten der Halle führten Glastüren in langgestreckte Empfangsräume. Peter ergriff Samanthas Hand und rannte mit ihr die Treppe hinauf. Nick folgte ihnen in gemäßigtem Tempo zu Peters Zimmer.

Die Spitfire hatte einen Ehrenplatz auf dem Bord über Peters Bett. Sie bewunderten das Modell mit angemessenen Ausdrükken. Peter reagierte auf ihr Lob wie eine Blume auf die Sonne.

Als sie schließlich traurig und bedrückt wegen des unvermeidlichen Abschieds die Treppe hinuntergingen, überraschte sie in der Mitte der Halle eine Stimme.

»Peter, mein Lieber.« Eine Frau stand in der Türe und war noch schöner als das Foto, das Samantha gesehen hatte.

Pflichtschuldig ging Peter zu ihr. »Guten Abend, Mutter.«

Sie beugte sich über ihn, umschloß sein Gesicht mit den Händen und küßte ihn zärtlich. Dann richtete sie sich auf und hielt ihn so bei der Hand, daß er neben ihr zu stehen kam, eine zarte Andeutung der Grenzen.

»Nicholas.« Sie neigte den Kopf zur Seite. »Du siehst wunderbar aus.«

Chantelle war nur wenige Zentimeter größer als ihr Sohn, aber sie schien den Raum mit ihrer strahlenden Gegenwart zu füllen.

Ihr dunkles Haar war weich und glänzend. Die makellose Haut und die großen dunklen Schlehenaugen hatte sie von der schönen, vornehmen Perserin geerbt, die der alte Arthur Christy geheiratet hatte. Das lange grüne Seidenkleid unterstrich ihre zierliche Gestalt und an ihrer gepflegten Hand trug sie einen einzigen Ring mit einem eichelgroßen Smaragd.

Jetzt wandte sie den Kopf auf ihrem schlanken anmutigen

Hals und schaute Samantha mit Augen an, die in ihrem leicht orientalischen Schnitt an die Augen der Nofretete erinnerten.

Nur für Sekunden musterten die beiden Frauen einander und Samanthas Gesicht wurde hart, als sie in diese dunklen Gazellenaugen blickte, die das Geheimnis und die Ränke des Orients widerzuspiegeln schienen.

»Darf ich dir Miss Silver vorstellen«, begann Nick, aber Peter riß sich von der Hand seiner Mutter los.

»Ich habe Sam gebeten, mein Modell anzuschauen. Sie ist Doktor für Meeresbiologie und Professor an der Universität von Miami –«

»Noch nicht, Peter«, korrigierte ihn Samantha, »das werde ich wohl erst später.«

»Guten Abend, Miss Silver. Anscheinend haben Sie eine Eroberung gemacht.« Chantelle ließ diese Feststellung zweideutig in der Luft hängen und wandte sich an Nick. »Nicholas, ich bin so froh, Gelegenheit zu haben, mit dir zu sprechen.« Sie sah wieder Samantha an. »Sie entschuldigen uns doch für ein paar Minuten, Miss Silver. Es ist eine eher dringende Sache. Peter wird sich freuen, Sie so lange zu unterhalten.«

Die Anweisungen wurden so liebenswürdig erteilt, daß Peter Samanthas Hand ergriff und sie in sein Zimmer führte.

Es war eine alte Gewohnheit in Lynwood, daß alle ernsthaften Gespräche in der Bibliothek geführt wurden. Chantelle ging voraus, öffnete sogleich den Schrank zwischen den Buchreihen, der die Getränke enthielt, und begann, dem Ritual entsprechend, einen Drink für Nick zu mixen.

»Was für ein entzückendes Mädchen, Nicholas.«

Er antwortete nicht. Auf dem prunkvollen Louis-Quatorze-Tisch stand ein silbergerahmtes Foto: Chantelle an der Seite Duncan Alexanders. Nick vermied es hinzuschauen und stellte sich mit dem Rücken zum Kaminfeuer, wie er es an tausend vergangenen Abenden getan hatte.

Chantelle brachte ihm das Glas, stand vor ihm, sah zu ihm auf – und der Duft ihres Parfums weckte alte Erinnerungen. Er hatte es zum ersten Mal an einem Frühlingsmorgen in Paris für sie gekauft. Mühsam zwang er sich, nicht daran zu denken.

»Worüber willst du mit mir sprechen, über Peter?«

»Nein, Peter entwickelt sich so gut, wie man es nur hoffen kann. Er mag Duncan immer noch nicht – aber –« Sie zuckte die Achseln und trat einen Schritt zurück. Er hatte fast vergessen, wie schlank ihre Taille war, er hätte sie immer noch mit beiden Händen umspannen können.

»Ich kann es schwer erklären, Nicholas, aber es ist wegen Christy Marine. Ich brauche dringend Rat von jemandem, dem ich vertrauen kann.«

»Und du vertraust mir?« fragte er.

»Ist es nicht seltsam? Ich würde dir immer noch mein Leben anvertrauen.« Sie kam wieder näher, stand verwirrend dicht vor ihm, umgab ihn mit ihrem Duft und ihrer berauschenden Schönheit. Er nippte an seinem Whisky, um sich abzulenken.

»Obwohl ich kein Recht habe, dich um etwas zu bitten, Nicholas, weiß ich doch, daß du es mir nicht abschlagen wirst.«

Er fühlte, wie sich das Netz um ihn zusammenzog.

»Wie kann ich dir helfen?« Ihre Hand auf seinem Arm verwirrte ihn. Sie fühlte es, und verstärkte den Druck ihrer Finger für einen Augenblick, dann gab sie seinen Arm wieder frei und schaute auf die kleine Uhr an ihrem Handgelenk.

»Duncan wird bald nach Hause kommen – und was ich dir zu sagen hätte, ist lang und kompliziert. Können wir uns Anfang nächster Woche in London treffen?«

»Chantelle –«, begann er.

»Nicky, bitte! Du triffst dich doch mit Duncan am Dienstag morgen, um die Schiedsgerichtssache für die *Golden Adventurer* zu besprechen.«

»Ja.«

»Ruf mich bitte am Eaton Square an, wenn ihr fertig seid. Ich werde am Telefon warten.«

»Chantelle –«

»Nicky, ich habe niemanden, an den ich mich wenden kann.«

Er war nie fähig gewesen, ihr etwas abzuschlagen – was

teilweise schuld daran war, daß ich sie verlor, dachte er unwillig.

Kein Motorengeräusch war zu hören, nur das Vorbeirauschen der Luft an der Karosserie des Mercedes.

»In einer Stunde werden wir zu Hause sein«, flüsterte Samantha mit belegter Stimme. »Ich möchte näher bei dir sein.«

Dann schwiegen sie wieder, bis der Wochenendverkehr durch Hammersmith sie zum Langsamfahren zwang.

»Peter ist ein großartiger Kerl. Wenn ich erst zehn Jahre alt wäre, würde ich aufhören mit Puppen zu spielen.«

»Ich vermute eher, er würde sie gegen seine Spitfire eintauschen.«

»Wie lange fahren wir noch?«

»Eine halbe Stunde.«

»Nicholas, ich fühle, mir droht etwas«, ihre Stimme bekam plötzlich eine beunruhigende Schärfe. »Ich habe schreckliche Vorahnungen – es war viel zu schön, viel zu lang.«

James Teacher, der Senior von Salmon, Peters and Teacher, dem Anwaltbüro, das Nick für seine Gesellschaft engagiert hatte, genoß als führender Experte im Seerecht einen gewaltigen Ruf in London – ebenso als zäher Verhandler. Er war kahl und so klein, daß seine Füße den Boden seines Bentley nicht erreichten, wenn er auf dem Rücksitz saß.

Er hatte mit Nick in allen Einzelheiten besprochen, wo die vorbereitende Besprechung mit Christy Marine abgehalten werden sollte, und sie waren zu dem Entschluß gelangt, in die Höhle des Löwen zu gehen. Aber James Teacher hatte darauf bestanden, in seinem schokoladefarbenen Bentley vorzufahren und nicht in einem Taxi.

Das Christy-Haus war eines jener konservativen rauchgeschwärzten Steingebäude in der Leadenhall Street, dem Zentrum der britischen Schiffahrt. Der Pförtner kam heraus, um Nick die Türe zu halten.

»Schön, Sie wieder einmal zu sehen, Mr. Berg.«

»Hallo, Alfred. Passen Sie immer gut auf den Laden auf?«

»Gewiß, Mr. Berg.«

Das Taxi mit James Teachers beiden Hilfskräften und ihren dicken Aktenmappen hielt hinter dem Bentley. Wie ein Trupp räuberischer Wikinger vor den Toren einer mittelalterlichen Stadt formierten sie sich auf dem Gehsteig zu einem Stoßtrupp, drückten ihre steifen Hüte fester in die Stirn und marschierten entschlossen los.

In der Eingangshalle übergab der Pförtner sie der Führung eines älteren Angestellten, der in seiner Loge gewartet hatte.

Sie fuhren in gemächlichem Tempo mit einem Fahrstuhl hinauf, der noch altmodische Schiebegittertüren hatte. Nicholas war nie bereit gewesen, ihn gegen einen der raschen modernen Kästen auszutauschen.

Im obersten Stock stiegen sie aus.

»Bitte folgen Sie mir, meine Herren.«

Durch einen Vorraum gelangten sie in das Besprechungszimmer. Es war groß, holzgetäfelt und nur mit einem einzigen Bild geschmückt, dem Porträt des alten Arthur Christy – einem Mann mit kämpferischem Kinn und scharfen schwarzen Augen unter buschigen Brauen. Ein Holzfeuer brannte im offenen Kamin, und auf einem Seitentisch standen in Kristallflaschen Sherry und Madeira, den sowohl James Teacher wie Nick entschieden ablehnten.

Sie warteten genau vier Minuten, bis die Türe aufgestoßen wurde, und Duncan Alexander hereinkam.

Sein Blick traf sich sogleich mit dem Nicks wie die Hörner zweier großer Büffelbullen – und im Raum wurde es sehr still.

Nicks Anwälte schienen zusammenzuschrumpfen, und die Männer hinter Duncan warteten draußen im Vorzimmer, aber alle beobachteten die beiden Männer scharf, deren Zusammentreffen für Wochen das Stadtgespräch bilden würde.

Duncan war ein ausnehmend gut aussehender Mann, sehr groß, fast fünf Zentimeter größer als Nick, und schlank wie ein Tänzer. Sehr dichtes, metallisch blondes Haar umrahmte sein schmales Gesicht. Obwohl er es modisch lang über die Ohren trug, war es so sorgfältig gelegt, daß jede Welle wie gemeißelt aussah.

Seine glatte Haut war dunkler getönt als das Haar, durch

Höhensonne oder durch Schilauf bei Chantelles Jagdhütte in Gstaad, und als er nun lächelte, zeigte er blendendweiße, vollkommene Zähne in einem breiten freundlichen Mund – aber die Augen lächelten nicht.

»Nicholas«, sagte er, kam aber nicht näher, um ihm die Hand zu reichen.

»Duncan«, gab Nick ruhig zurück, ohne das Lächeln zu erwidern, und Duncan strich die Rockaufschläge glatt. Sein Anzug war tadellos geschnitten, aus feinster weicher Wolle, aber ein wenig geckenhaft. Jetzt faßte er mit den Fingerspitzen nach den Knöpfen, eine zerstreute Geste, das einzige Anzeichen von Unbehagen.

Nick musterte ihn ruhig und versuchte ihn leidenschaftslos einzuschätzen. Zum ersten Mal begann er zu begreifen, wie es geschehen sein mochte. Der Mann hatte etwas Erregendes an sich, etwas verrucht Gefährliches, die Faszination eines Leoparden – oder eines ähnlich kraftvollen Raubtieres.

»Bevor wir beginnen« – Nick fühlte seinen Ärger unter der noch ruhigen Oberfläche wachsen, bald würde er hindurchbrechen, wenn er ihm kein Ventil ließ – »möchte ich fünf Minuten mit Ihnen unter vier Augen sprechen.«

»Gerne.« Duncan nickte, und es gab ein hastiges Gedränge, als seine Schranzen den Weg in das Direktionszimmer freimachten. »Kommen Sie herein.«

Duncan trat zur Seite und ließ Nick vorausgehen. Das Büro war zu Nicks Überraschung vollkommen neu ausgestattet worden, mit weißen Teppichen und mit Möbeln in Chrom und Plexiglas, die Wände mit abstrakten und kubistischen Bildern in grellen Farben geschmückt. Es war nicht schöner geworden, entschied Nick.

»Ich war vergangene Woche in St. Nazaire.« Nick wandte sich mitten auf dem schneeweißen Fußboden nach Duncan Alexander um, als dieser die Türe geschlossen hatte.

»Ja, ich weiß.«

»Ich habe mir die *Golden Dawn* angesehen.«

Duncan ließ sein goldenes Zigarettenetui aufschnappen und

bot es Nick an. Als dieser kopfschüttelnd ablehnte, wählte er selbst eine der eigens für ihn von Benson und Hedges gefertigten Röllchen.

»Charles Gras hat seine Befugnisse überschritten«, stellte Duncan fest. »Besuchern ist die Besichtigung der *Golden Dawn* nicht gestattet.«

»Es wundert mich nicht, daß Sie sich über die Todesfalle schämen, die Sie bauen.«

»Sie überraschen mich, Nicholas.« Duncan lächelte wieder. »Sie ist doch *Ihr* Entwurf.«

»Das ist nicht wahr, und das wissen Sie auch, Duncan, Sie haben meine Idee genommen und verhunzt. Sie können diese« – Nick suchte nach einem Wort – »Mißgeburt nicht aufs Meer schicken. Nicht mit einem einzigen Antriebsaggregat, einer einzigen Schraube. Das Risiko ist zu ungeheuerlich.«

»Ich erkläre Ihnen das, weil es mir Spaß macht, Sie auf die Fehler in Ihrem ursprünglichen Entwurf hinzuweisen. Der Gedanke war gut, aber Sie haben das Ganze durch diese lächerlichen Kinkerlitzchen verdorben. Fünf getrennte Schrauben, ein ganzer Wald von Motoren. So etwas war einfach nicht lebensfähig, Nicholas.«

»Es war gut, und die Kalkulation stimmte.«

»Der ganze Tankermarkt hat sich geändert, seit Sie bei Christy Marine ausschieden. Ich mußte neu kalkulieren.«

»Sie hätten das ganze Konzept fallenlassen sollen, als sich die finanzielle Situation änderte.«

»O nein, Nicholas, ich formte es um, auf meine Art. Auch jetzt, in diesen harten Zeiten, will ich, daß sich das Kapital in einem Jahr umwälzt, und bei einer Lebensdauer des Schiffes von fünf Jahren stecken hundert Millionen Pfund Gewinn in der Sache.«

»Ich wollte ein Schiff bauen, das dreißig Jahre lang seinen Dienst tut«, erklärte Nick. »Etwas, worauf wir stolz sein konnten –«

»Stolz ist eine teure Angelegenheit. Wir bauen nicht mehr für ewige Zeiten, wir betreiben das Geschäft des Verkaufs von

Tankerkapazität.« Duncans Ton war belehrend, den Unterschied ihrer Herkunft betonend. »Ich peile eine Lebensdauer von fünf Jahren und hundert Millionen Gewinn an, und dann werden wir das Schiff an die Griechen oder an die Japaner verkaufen. Das ganze ist ein einmaliges Geschäft.«

»Schiffe sind lebende Wesen, und der Ozean ist das Schlachtfeld aller Elemente.«

»Kommen Sie, Nicholas, Sie glauben doch nicht ernsthaft an diesen romantischen Unsinn. Draußen warten sehr kostspielige Herren auf uns.«

»Sie setzen Menschenleben aufs Spiel, das Leben der Männer, die mit dem Schiff fahren.«

»Seeleute werden gut bezahlt –«

»Sie setzen alles Leben im Ozean einem ungeheuerlichen Risiko aus. Wo immer die *Golden Dawn* fährt, wird sie –«

»Um Himmels willen, Nicholas, hundert Millionen Pfund sind doch ein gewisses Risiko wert.«

»Na schön«, erwiderte Nick. »Vergessen wir den Umweltschutz und die Gefährdung von Menschenleben und sprechen wir nur von dem, was Ihnen wichtig ist – dem Geld.«

Duncan seufzte, schüttelte den Kopf und lächelte, als stünde er einem störrischen Kind gegenüber.

»Das habe ich mir schon alles genau überlegt – in allen Einzelheiten.«

»Sie werden von Lloyd's keine 1A-Bewertung erhalten. Sie werden keine Versicherer für dieses Schiff finden – außer Sie übernehmen die Versicherung selbst, wie Sie es bei der *Golden Adventurer* getan haben, und ob das klug ist, werden Sie noch sehen, wenn ich meine Forderungen für die Bergung vorgelegt habe.«

Duncan Alexanders Lächeln verzerrte sich zu einer Grimasse, und in seine sonnengebräunten Wangen stieg das Blut. »Ich brauche keine Bewertung durch Lloyd's, obwohl ich sicher eine bekommen könnte, wenn ich wollte. Ich habe mich mit Versicherern auf dem Kontinent und im Orient geeinigt.«

»Auch gegen Schadenersatzansprüche? Wenn einer Ihrer

Tanks ausläuft, wird man Ihnen Forderungen über eine Viertelmilliarde Pfund präsentieren. Niemand wird Sie dagegen versichern.«

»Die *Golden Dawn* ist in Venezuela registriert und hat kein Schwesterschiff, das von den Behörden beschlagnahmt werden könnte. An wen sollten Ersatzansprüche gestellt werden? An eine nicht mehr existierende südamerikanische Gesellschaft? Nein, Nicholas, Christy Marine wird nichts dergleichen bezahlen.«

»Das kann ich nicht glauben, nicht einmal von Ihnen.« Nick starrte ihn an. »Sie sprechen kaltblütig über die Möglichkeit – nein, die Wahrscheinlichkeit –, daß eine Million Tonnen Rohöl in den Ozean auslaufen könnte.«

»Ihre moralische Entrüstung ist rührend. Wirklich rührend. Darf ich Sie aber daran erinnern, daß wir ein Familienunternehmen sind – und daß Sie weder zur Familie noch zur Leitung gehören.«

»Ich habe Sie jedesmal bekämpft, wenn Sie eine Kurve schneiden wollten«, erinnerte ihn Nick, »und ich habe versucht Ihnen beizubringen, daß das Billige auf lange Sicht immer teuer ist.«

»*Sie* wollten mir etwas beibringen?« Zum ersten Mal verhöhnte ihn Duncan offen. »Was können *Sie* mir schon über Schiffe oder Geld beibringen«, und hämisch fügte er hinzu »oder über Frauen.«

Nick war nahe daran, auf ihn loszufahren, beherrschte sich aber.

»Ich werde mich Ihnen entgegenstellen«, sagte er ruhig, »von jetzt an bis zur Seekonferenz, und darüber hinaus.«

»Seekonferenzen brauchen nie weniger als fünf Jahre, um ein Vorgehen gegen eines ihrer Mitglieder zu beschließen. Zu dieser Zeit wird die *Golden Dawn* einer japanischen, in Hongkong registrierten Gesellschaft gehören – und Christy Marine wird hundert Millionen auf der Bank haben.«

»Ich werde dafür sorgen, daß Ihnen alle Ölhäfen verschlossen werden –«

»Durch wen? Durch ölhungrige Regierungen, samt den Lobbies der großen Ölfirmen?« Duncan lächelte amüsiert, er hatte wieder eine weltmännische Maske aufgesetzt. »Sie haben sich offenbar wieder von Ihren Niederlagen erholt. Wir sind schon ein dutzendmal aneinandergerannt, Nicholas – und ich stehe immer noch auf den Füßen.

Danach bestand keine Hoffnung mehr, daß die Besprechung in dem getäfelten Raum zu einem Ausgleich führen würde. Die Luft knisterte und qualmte von der Gegnerschaft der zwei führenden Männer, so daß sie die einzigen Darsteller auf der Bühne zu sein schienen.

Sie saßen einander gegenüber, getrennt durch die glänzende Oberfläche des Rosenholztisches, und ließen selten ihre Blicke voneinander. Sie beugten sich in ihren Stühlen vor, und wenn sie einander anlächelten, war es wie die stumme Drohung zweier Wolfshunde, die einander mit gesträubten Nackenhaaren umkreisen.

Nicholas brauchte seine ganze Selbstbeherrschung, um seinen Ärger soweit zu unterdrücken, daß er fähig war, klar zu denken. Erst nach einer halben Stunde gewann er die Überzeugung, daß andere Gründe als persönliche Rivalität und Feindschaft den Mann vor ihm leiteten. Sein Gegenangebot war viel zu niedrig, als daß eine Hoffnung auf Annahme bestanden hätte, so niedrig, daß zu erkennen war, Duncan Alexander strebe einen Ausgleich gar nicht an. Er wollte vors Schiedsgericht gehen – und doch gab es nichts, was er dadurch gewinnen konnte. Es mußte jedermann am Tisch klar sein, daß Nicks Forderungen von zwei Millionen Pfund gerechtfertigt war.

Duncan bot eineinviertel an. Das war geradezu lächerlich. Er redete nur um den Brei herum, ohne einen ernsthaften Versuch, zu einer Regelung zu kommen. Er schien das gar nicht zu wollen. Nach Nicks Ansicht konnte er durch diese Weigerung nichts gewinnen, er ging damit vielmehr ein großes Risiko ein. Auch hatte Duncan genügend Format, um zu wissen, daß man niemals und unter keinen Umständen zu Gericht ging, solange es eine andere Möglichkeit gab.

Warum zeigte sich Duncan so störrisch, was hatte er durch seine Obstruktion zu gewinnen? Nick unterdrückte die Versuchung, aufzustehen und angewidert das Zimmer zu verlassen. Statt dessen griff er nach seinem Zigarrenetui und zündete sich einen neuen Stumpen an, starrte in Duncans stahlharte graue Augen, um seine Absichten zu ergründen, und versuchte sich in ihn hineinzudenken.

Was hatte Duncan zu gewinnen, wenn es jetzt zu keiner Einigung kam? Plötzlich wußte er es. Chatelles rätselhafter Hilferuf fiel ihm wieder ein und brachte ihm die Lösung. Duncan wollte Zeit gewinnen. So einfach war das.

»Gut.« Endlich befriedigt lehnte sich Nicholas in seinem tiefen Ledersessel zurück und sagte mit ausdruckslosen Augen: »Wir sind immer noch meilenweit auseinander. Da gibt es eben nur eine weitere Verhandlung, und zwar bei Lloyd's. Sie ist für den siebenundzwanzigsten angesetzt. Sind wir uns wenigstens über dieses Datum einig?«

»Natürlich.« Duncan lehnte sich ebenfalls zurück, und Nicholas sah das Abschweifen seiner Augen, das leichte nervöse Zucken in Duncans angespannten Kiefermuskeln und die Unruhe seiner langen Pianistenfinger auf der ledergebundenen Schreibunterlage. Hätte Nick die Lüge nicht erwartet, wären ihm diese verräterischen Zeichen vielleicht entgangen.

In dem alten Fahrstuhl war James Teacher eitel Wonne und rieb sich die kleinen fetten Hände. »Wir werden es denen schon zeigen!« Nicholas musterte ihn verdrossen. Ob er siegte, unterlag oder sich verglich, der Anwalt würde auf jeden Fall sein Honorar erhalten, und Duncan Alexanders Weigerung, die Sache zu regeln, hatte dieses Honorar vervierfacht.

»Vor morgen mittag wird Christy Marine einen Antrag auf Verschiebung der Verhandlung gestellt haben«, prophezeite Nick und ernüchterte damit James Teacher ein wenig. »Sie werden alle Kräfte anspannen müssen, um sie vors Schiedsgericht zu bringen.«

»Ja, Sie mögen recht haben«, nickte James Teacher. »Ich stand vor einem Rätsel.«

»Ich bezahle Sie nicht, damit Sie vor Rätseln stehen«, erwiderte Nick leise, aber nachdrücklich. »Ich bezahle Sie, damit Sie meinen Gegner übertrumpfen. Ich will Christy Marine am siebenundzwanzigsten vor dem Schiedsgericht sehen, sorgen Sie dafür, Mr. Teacher.« Der Ausdruck im rundlichen Gesicht des Anwalts verriet nun Unruhe und tiefe Besorgnis.

Das Empfangszimmer am Eaton Square war crème und blaßgold ausgemalt, meisterhaft als Rahmen für das einzige erlesene Kunstwerk gestaltet, das es enthielt – jene Ballettänzerinnen von Degas, von denen eine Kopie in den Prunkräumen der *Golden Dawn* hing. Das Bild war der Mittelpunkt des Raumes, geschickt durch einen verborgenen Scheinwerfer angeleuchtet, und es strahlte wie ein kostbares Juwel.

Der einzige andere lebhafte Farbfleck war Chantelles Kleid. Sie hatte die Eigenschaft der Orientalinnen, lebhafte Farben tragen zu können, ohne übertrieben zu wirken. Ihr Modellkleid war flammend rot, ohne jedoch ihrer Schönheit Abbruch zu tun. Als sie sich von dem riesigen, mit weißem Fell überzogenen Sofa erhob und Nicholas entgegenging, durchzuckte ihn eine Erregung, als hätte er ein starkes Aphrodisiakum genossen.

»Mein lieber Nicky, ich habe gewußt, daß ich mich auf dich verlassen kann.« Sie ergriff seine Hand und schaute zu ihm auf. Ihn immer noch an der Hand haltend, führte sie ihn zum Sofa und setzte sich neben ihn. Als sie die Beine hochzog, leuchteten ihre Waden und Knöchel wie poliertes Elfenbein, bevor sie den Rock darüberbreitete. Dann hob sie die Teekanne aus Wedgwood-Steingut.

»Orange Pekoe«, lächelte sie, »und weder Zitrone noch Zucker.«

Ihm blieb nur, zurückzulächeln. »Du vergißt nie etwas.« Er nahm die Tasse entgegen.

»Ich habe dir schon gesagt, daß du gut aussiehst«, sagte sie langsam, ihn unbefangen musternd.

»Worüber wolltest du mit mir sprechen?« fragte er ruhig und sah den flüchtigen Schatten einer Kränkung in ihren dunklen Augen.

»Nicholas, du kannst so abweisend, so –«, sie zögerte und suchte nach einem Wort, »so gleichgültig sein.«

»Die drei gefährlichsten und erregendsten Phrasen unserer Sprache«, dämpfte er ihren Überschwang, »sind: ›Du bist immer‹, oder ›du bist nie‹, und ›wenn nur‹. Chantelle, ich bin hergekommen, um dir bei einer Schwierigkeit zu helfen. Besprechen wir das – und nur das.«

Sie sprang rasch auf, und er kannte sie gut genug, um ihren Zorn an den raschen tänzelnden Schritten zu erkennen, mit denen sie zum Kamin ging. Dort sah sie zu dem Degas hinauf, ihre kleinen Fäuste geballt.

»Schläfst du mit diesem Kind?« fragte sie, und jetzt schwang unverhüllt Zorn in ihrer Stimme mit.

Nicholas stand vom Sofa auf. »Leb wohl, Chantelle.«

Sie wandte sich um, flog auf ihn zu und griff nach seinem Arm.

»O Nicholas, das war unverzeihlich. Ich weiß nicht, was in mich gefahren ist. Bitte, geh noch nicht.«

Noch steif vor Ärger ließ er sich wieder auf das Sofa ziehen, und fast eine Minute lang schwiegen beide, bis Chantelle die Fassung wiedergewonnen hatte.

»Nicholas«, begann sie. »Du und Daddy, ihr habt Christy Marine geschaffen, du sogar mehr als er. Die große Zeit waren die letzten zehn Jahre mit dir als Präsident, alle die großartigen Errungenschaften dieser Jahre –«

Er winkte ungeduldig ab, aber sie fuhr leise fort:

»Zu viel von deinem Leben ist mit Christy Marine verbunden, du bist immer noch zutiefst damit befaßt, Nicholas –«

»Ich bin nur noch mit zwei Dingen befaßt«, widersprach er scharf, »mit dem Ozean-Schlepp- und Rettungsdienst und mit Nicholas Berg.«

»Wir wissen beide, daß das nicht wahr ist«, flüsterte sie. »Du bist von einem besonderen Schlag.« Sie seufzte. »Ich habe lange gebraucht, um das zu erkennen. Ich meinte, alle Männer wären wie du. Ich glaubte, Kraft und vornehmes Denken wären Allgemeingut –« Sie zuckte die Achseln.

Er antwortete nicht sogleich, sondern dachte an alles, was diese Worte verrieten.

»Wenn du das glaubst«, sagte er schließlich, »dann erzähl mir, was dich beunruhigt.«

»Nicholas, bei Christy Marine ist irgend etwas schrecklich falsch.«

»Sag mir, was.«

Sie wandte das Gesicht für einen Augenblick ab und sah ihn dann wieder an. Ihre Augen schienen dunkler und trauriger geworden zu sein. »Es ist so schwer, nicht ungerecht zu sein, Nicholas, ich habe für meine Anteile an Christy Marine Duncan als meinen Vertreter bestellt, einschließlich meiner Stimmrechte.«

Nicholas durchfuhr ein jäher Schrecken, er starrte sie entgeistert an. Sie nickte.

»Ich weiß, es war verrückt. Die Verrücktheit berauschender Tage vor einem Jahr. Ich war bereit, ihm alles zu geben, worum er mich bat.«

Er hatte das ungute Gefühl, daß sie ihm noch nicht alles gesagt hatte, und wartete, während sie aufstand und zum Fenster ging, schuldbewußt hinaussah und sich ihm dann wieder zuwandte. Dann fragte sie:

»Darf ich dir einen Drink mixen?«

Er schaute auf seine Rolex. »Mittag ist schon vorbei, was ist mit Duncan?«

»Zur Zeit kommt er nie vor acht oder neun nach Hause.« Sie ging zum Tischchen mit der Silberplatte und goß mit dem Rücken zu ihm Whisky in ein Glas. Ihre Stimme war so leise, daß er die Worte kaum verstand: »Vor einem Jahr bin ich auch als Verwalterin des Trusts zurückgetreten.«

Er antwortete nicht. Das war es, worauf er gewartet, was er befürchtet hatte. Eine Million stimmberichtigter Anteile, vertreten von drei Verwaltern, einem Bankmann, einem Rechtsanwalt und einem Mitglied der Familie Christy.

Chantelle kehrte zum Sofa zurück und brachte ihm den Drink.

»Hast du gehört, was ich gesagt habe?« fragte sie, und er nickte und nahm einen Schluck, bevor er antwortete.

»Und die anderen Verwalter? Immer noch Pickstone von Lloyd's, und Rollo?«

Sie schüttelte den Kopf und biß sich wieder auf die Lippen.

»Nein, nicht mehr Lloyd's, sondern Cyril Forbes von der London and European.«

»Aber das ist doch Duncans eigene Bank«, protestierte Nick.

»Sie ist immerhin eine anerkannte Bank.«

»Und Rollo?«

»Rollo hatte vor sechs Monaten einen Herzanfall. Er ist zurückgetreten, und Duncan hat einen andern jüngeren Mann hereingebracht. Ich kenne ihn nicht.«

»Mein Gott, und alle drei sind Leute von Duncan Alexander!«

»Ich weiß«, flüsterte sie. »Es war verrückt.«

»Die älteste Verrücktheit der Welt.« Zum ersten Mal bedauerte er sie und begriff, daß sie Gewalten erlegen war, über die sie keine Macht gehabt hatte.

»Ich habe solche Angst, Nicholas, die Folgen meiner Handlungsweise nun zu erkennen.«

»Na schön, erzähl mir auch noch alles übrige.«

»Da ist sonst nichts.«

»Wenn du mich anlügst, kann ich dir nicht helfen«, drängte er freundlich.

»Ich habe versucht, die Umstrukturierung der Gesellschaft zu durchschauen, es ist alles so kompliziert, Nicholas. Die London and European ist die neue Holdinggesellschaft, und – und –« Die Stimme versagte ihr. »Es geht alles im Kreis herum, und ich kann meine Nase nicht zu tief hineinstecken und zu viele Fragen stellen.«

»Warum nicht?« fragte er.

»Du kennst Duncan nicht.«

»Ich fange an, ihn kennenzulernen«, erwiderte er grimmig.

»Aber, Chantelle, du hast doch jedes Recht, auf deine Fragen Antworten zu erhalten.«

»Laß mich dir einen neuen Drink mixen.« Sie sprang leichtfüßig auf.

»Na schön«, sagte er. »Was sonst noch?«

Plötzlich begann sie zu weinen. Sie schluchzte nicht, die Tränen quollen nur aus ihren großen dunklen Augen, tropften von den dichten gebogenen Wimpern und rollten langsam über ihre Wangen. Dennoch erlosch ihr Lächeln nicht. »Die Verrücktheit ist vorbei, Nicholas.«

Er nahm das Leinentaschentuch aus seiner Innentasche und reichte es ihr.

»Danke.«

Sie tupfte die Tränen von den Wangen und fragte: »Was soll ich tun, Nicholas?«

»Du könntest Buchprüfer bestellen –«, begann er, aber sie schüttelte den Kopf und ließ ihn nicht ausreden.

»Du kennst Duncan nicht«, wiederholte sie. »Er ist zu allem fähig. Ich habe Angst, Nick, schreckliche Angst. Und das nicht nur für mich, sondern auch für Peter.«

Nick setzte sich bei diesen Worten auf.

»Peter? Willst du damit sagen, daß du vor etwas Greifbarem Angst hast?«

»Ich weiß es nicht, Nicholas. Ich bin so verwirrt und verlassen. Du bist der einzige Mensch in der Welt, dem ich vertrauen kann.«

Er stand auf, begann im Zimmer hin und her zu gehen und schwenkte das Glas in seiner Hand, daß die Eisstückchen klirrend an die Wandung stießen.

»Nun gut«, sagte er schließlich, »ich will tun, was ich kann. Als erstes müssen wir herausfinden, wieviel von deinen Sorgen berechtigt ist.«

Er leerte sein Glas, und sie sprang rasch und besorgt auf.

»Du gehst doch noch nicht?«

»Wir haben nichts mehr zu besprechen. Ich rufe dich an, sobald ich etwas erfahre.«

»Ich begleite dich hinunter.«

In der Halle schickte sie das westindische Mädchen mit einer Handbewegung fort und nahm Nicks Mantel selbst vom Haken.

»Soll ich den Wagen holen lassen? Du wirst jetzt um fünf Uhr kein Taxi bekommen.«

»Ich gehe zu Fuß«, sagte er.

»Nicholas, ich kann dir gar nicht sagen, wie dankbar ich dir bin. Ich hatte vergessen, wie sicher und ruhig man sich in deiner Gegenwart fühlt.« Jetzt stand sie dicht vor ihm, das Gesicht zu ihm gehoben, und ihre Lippen waren weich und voll, ihre Augen noch feucht und strahlend.

Sie legte eine ihrer schmalen Hände auf seinen Mantelaufschlag, strich ihn unnötigerweise mit einer typisch weiblichen, besitzergreifenden Bewegung glatt und befeuchtete ihre Lippen.

»Wir sind alle Narren, Nicholas, jeder einzelne von uns. Wir machen uns das Leben selbst kompliziert – obgleich es doch so einfach wäre, glücklich zu sein.«

»Es kommt wohl hauptsächlich darauf an, das Glück zu erkennen, wenn man darüber stolpert.«

»Es tut mir leid, Nicholas. Das ist das erste Mal, daß ich mich bei dir entschuldige. Heute ist überhaupt ein Tag vieler erstmaliger Dinge. Aber alles, womit ich dich je gekränkt habe, tut mir jetzt aufrichtig leid. Ich wünschte mir von ganzem Herzen, daß man einen Strich darunterziehen und neu beginnen könnte.«

»Leider geht das nicht.« Mit einer gewaltigen Willensanstrengung entzog sich Nicholas der Verzauberung und trat in die Kälte hinaus. Aber ihre Wirkung auf ihn ließ sich nicht abschütteln, und sein Blut geriet nicht nur vom raschen Gehen in Wallung.

Nein, da gab es keinen Zweifel, er war nicht ein Mann, der seine Gefühle nach Belieben an- und abschalten konnte.

Er hatte Chantelle mit allen Fasern seines Herzens geliebt und hatte fast sein halbes Leben Christy Marine gewidmet. Ihm schien, daß sich das niemals ändern würde, nicht für ihn, für Nicholas Berg, den Gefangenen seines Gewissens.

Unversehens fand er sich vor dem Naturkundemuseum in der Cranwell Road und ging rasch auf den Haupteingang zu – aber es war ein Viertel vor sechs Uhr, und das Museum war schon geschlossen. Samantha wäre sowieso nicht in den Ausstellungsräumen gewesen, sondern in den labyrinthischen Kellergewölben. In wenigen Tagen hatte sie sich mit einem halben Dutzend Angestellten des Museums angefreundet. Jäh durchzuckte ihn Ärger, ja Eifersucht, daß sie mit anderen Menschen zusammen war, sich in ihrer Gesellschaft wohl fühlte und sich amüsierte – ihn vielleicht schon ganz vergessen hatte.

Erst jetzt wurde ihm klar, daß man offenbar zwei Menschen gleichzeitig lieben konnte, auf vollkommen verschiedene Art, aber zu genau derselben Zeit.

Beunruhigt über den Widerstreit seiner Gefühle, seiner Verpflichtungen, machte er vor dem versperrten Eisengitter des Museums kehrt.

Nicks Apartment lag im fünften Stock eines der renovierten und frisch gestrichenen Gebäude in Queen's Gate.

Es sah aus, als hätte eine Horde von Zigeunern darin gehaust. Die Bilder waren nicht aufgehängt, die Bücher nicht auf die Regale verteilt. Die Wohnung erfüllte nur den Zweck, ein Platz zum Essen und Schlafen zu sein, und enthielt gerade das Allernotwendigste. In den letzten zwei Jahren hatte er hier kaum mehr als sechzig Nächte verbracht, nur wenige davon hintereinander. Die Wohnung war unpersönlich und enthielt keine Erinnerungen, keine Nestwärme.

Er goß sich einen Whisky ein und ging damit ins Schlafzimmer. Hier war es anders, denn überall gab es Anzeichen von Samanthas Gegenwart. Obwohl sie an diesem Morgen vor dem Fortgehen das Bett gemacht hatte, lagen immer noch auf dem Fußboden Schuhe herum, auf dem Nachtkästchen ihr einfacher Schmuck, zusammen mit einem angefangenen Buch, das sie mit den begonnenen Seiten nach unten hingelegt hatte. Die

Schranktüre stand offen, und seine Anzüge waren in einer Ecke zusammengeschoben, um für ihre Hosen und Kleider Platz zu machen. Zwei sehr aufreizende, durchsichtige Slips hingen zum Trocknen über der Badewanne. Die Fliesen waren mit Puder bestäubt, und der Duft ihres Parfüms war allgegenwärtig.

Er entbehrte Samanthas Nähe mit geradezu körperlichem Schmerz. Als er dann endlich die Eingangstüre hörte, sie wie ein Wirbelwind hereinkam und rief: »Nicholas, ich bin es!« – als hätte es jemand anderes sein können – stürzte er auf sie zu und schloß sie heftig in die Arme.

Sie sanken aufs Bett und umschlangen einander mit fast irrem Verlangen.

Danach fragte sie: »Wie ist es dir ergangen?«

»Ich habe einen elenden Tag gehabt und mich verzweifelt nach dir gesehnt. Die Besprechung mit Duncan –«

»Seid ihr übereingekommen?«

»Nein. Dafür gab es nicht die geringste Chance.«

»Ich habe Hunger«, sagte sie. »Deine Liebe macht mich immer so hungrig.« Also zog er seine Hose an und ging hinunter zu einem italienischen Restaurant an der Ecke, um Pizza zu holen.

Sie aßen sie im Bett mit einem Glas weißen Chianti, und als sie fertig waren, seufzte sie und sagte:

»Nicholas, ich muß nach Hause.«

»Das kannst du nicht«, protestierte er sofort. »Nicht vor der Verhandlung.«

»Warum nicht?«

»Das wäre ein denkbar schlechtes Vorzeichen, du bringst mir Glück.«

»Gewissermaßen ein Talisman?« Sie zog eine Grimasse. »Ist das alles, wozu ich gut bin?«

»Du bist für viele Dinge gut. Soll ich dir eins davon zeigen?«

»O ja, bitte.«

Eine Stunde später ging Nick wieder Pizza kaufen.

»Du mußt bis zum siebenundzwanzigsten bleiben«, sagte er

mit vollem Mund. »Du kannst ja anrufen und denen sagen, daß deine Tante gestorben ist, oder daß du heiratest.«

»Selbst wenn das stimmte, bliebe meine Arbeit sehr wichtig. Du weißt doch, daß ich sie niemals aufgeben werde.«

»Ja, das weiß ich, aber es handelt sich nur um wenige Tage.«

»Nun gut, ich werde Tom Parker morgen anrufen.«

»Ruf ihn jetzt an. Es ist Mittag in Florida.«

Sie sprach zwanzig Minuten lang und beschwatzte Parker schließlich mit ihrem Charme.

»Du wirst mich noch einmal in große Schwierigkeiten bringen, Nicholas Berg«, warf sie ihm mit gespielter Geziertheit vor, als sie den Hörer auflegte.

»Das ist einmal ein erfreulicher Gedanke«, stimmte Nick zu.

Am nächsten Morgen klingelte das Telefon um zwei Minuten nach neun. Sie waren zusammen im Bad, und fluchend ging Nick, nackt und von Seifenwasser triefend, zum Apparat.

»Mr. Berg.« James Teachers Stimme klang scharf und geschäftlich. »Sie haben recht gehabt. Christy Marine hat gestern am frühen Nachmittag um eine Vertagung angesucht.«

»Für wie lange?« schnappte Nick.

»Für neunzig Tage.«

»So ein Schweinehund«, knurrte Nick. »Aus welchem Grund?«

»Sie wollen Zeit, um ihren Kompromißvorschlag vorzubereiten.«

»Unterbinden Sie das«, wies Nick ihn an.

»Ich habe um elf Uhr eine Besprechung mit dem Sekretär und werde eine sofortige Vorverhandlung beantragen, um den bisherigen Termin zu bestätigen.«

»Bringen Sie ihn irgendwie vor die Schiedsrichter«, sagte Nick.

Samantha empfing ihn mit angezogenen Beinen in der Badewanne. Ihr Haar war auf dem Kopf aufgesteckt, aber feuchte Strähnen hingen ihr in den Nacken und über die Wangen. Sie sah rosig und frisch aus wie ein kleines Mädchen.

»Paß auf, wo du hintrittst«, warnte sie ihn, und er entspannte sich wieder.

Später verließ sie ihn lachend und schwatzend und schlug alle Türen hinter sich laut zu. Nick ging zum Telefon.

»Ich möchte mit Sir Richard persönlich sprechen, hier Nicholas Berg.« Sir Richard war ein alter und guter Freund von ihm bei Lloyd's.

Dann rief er Charles Gras an.

Es gab keine neuen Verzögerungen oder Ereignisse bei der Fertigstellung der *Sea Witch*.

»Es tut mir leid, daß du Ärger mit Alexander gehabt hast.«

»Das macht nichts, Nick. Viel Glück für die Verhandlung. Ich werde es ja in Lloyd's List lesen!« Nick fühlte sich erleichtert. Charles Gras hatte seine Karriere riskiert, als er ihm die *Golden Dawn* zeigte. Es hätte ernste Folgen für ihn haben können.

Dann sprach Nick fast eine halbe Stunde lang mit Bernard Wackie auf den Bermudas. Die *Warlock* hatte sich zwei Stunden vorher über Telex gemeldet. Sie machte bei ihrem Ölturmschlepp gute Fortschritte und würde ihn termingerecht beenden. Sobald sie aufgetankt hätte, würde sie zu ihrem nächsten Schlepp Anker lichten.

»David Allen ist ein tüchtiger junger Mann«, sagte Wackie. »Aber haben Sie Levoisin für die *Sea Witch* verpflichten können?«

»Jules spielt die Primadonna, wird aber annehmen.«

»Das ergibt dann ein gutes Gespann. Wann ist es mit der *Sea Witch* soweit?«

»Ende März.«

»Je eher, desto besser. Ich habe so viele Aufträge, daß beide Schlepper voll beschäftigt sind, bis das Eisbergprojekt aktuell wird.«

»Ich esse heute mit den Scheichs.«

»Ich weiß. Da braut sich was Großes zusammen, aber es sind gerissene Burschen, mit dem undurchschaubaren Lächeln der Sphinx. Wann sehen wir uns wieder?«

»Sobald ich die Schiedsgerichtssache mit Duncan Alexander

erledigt habe, fliege ich hinüber – Ende des Monats, hoffe ich.«

»Wir haben vieles zu besprechen, Nick.«

Nachher zögerte Nick noch eine Weile, bevor er Monte Carlo anrief – was ihn mindestens fünfundzwanzigtausend Pfund kosten würde. Das Beste ist immer das Billigste, sagte er sich, nahm den Hörer ab und gab einer Sekretärin in Monte Carlo seinen Namen.

Während er auf die Verbindung wartete, dachte er an Samantha, an ein unbeschwertes, einfaches Glück, ein Leben ohne lästige Verpflichtungen. Dann kam das Gespräch, und der Teilnehmer meldete sich mit seiner dünnen, hohen, fast weiblichen Stimme.

»Mr. Berg? Hier Claud Lazarus.« Keinerlei Begrüßung, kein Ausdruck der Freude über die Erneuerung der Beziehung. Nick sah ihn vor sich, wie er an seinem Schreibtisch hoch über dem Hafen saß, einem menschlichen Fötus in Alkohol ähnlich – mit einem riesigen, kahlen Kopf, wächsernen schwammigen Gesichtszügen und einer winzigen Nase, die seine dicke Brille kaum zu tragen vermochte.

»Mr. Lazarus, sind Sie in der Lage, für mich eine Tiefenstudie zu übernehmen?« Der beschönigende Ausdruck bedeutete nicht mehr und nicht weniger als Finanz- und Industriespionage. Claud Lazarus hatte Verbindungen über Grenzen und Kontinente hinweg, sie umspannten den Globus wie die vorsichtig tastenden Fangarme eines Kraken.

»Natürlich«, piepste er.

»Ich brauche die finanzielle Struktur, die Überwachungs- und Führungsorganisation, Standort und Verflechtung aller zu Christy Marine und zur London European gehörenden Unternehmungen, mit besonderer Berücksichtigung jeder Strukturveränderung in den letzten vierzehn Monaten. Ferner brauche ich jeweils das Land der Registrierung und die Versicherungsträger für alle Schiffe mit den übernommenen Anteilen.«

»Bitte fahren Sie fort.«

»Besonders interessiert bin ich an dem Schiff *Golden Dawn*, das zur Zeit auf der Werft der Construction Navale Atlantique in St. Nazaire gebaut wird. Ich will wissen, ob für dieses Schiff ein Vertrag mit einer Ölfirma besteht, und wenn ja, für welche Routen und zu welchen Bedingungen.«

»Ja«, quäkte Lazarus gedämpft.

»Zeit ist von ausschlaggebender Bedeutung – und wie immer auch Diskretion.«

»Das hätten Sie nicht erwähnen müssen, Mr. Berg.«

»Mein Kontaktmann, sobald Sie über Informationen verfügen, ist Bernard Wackie in Bermuda.«

»Ich werde Sie über den Fortgang auf dem laufenden halten.«

»Danke, Mr. Lazarus.«

Es war gut, nicht vorgeben zu müssen, der Busenfreund von jemandem zu sein, der über wichtige Daten verfügte, und den man trotzdem nicht ausstehen konnte, dachte Nick, und außerdem war es gut zu wissen, daß man den besten Mann für diese Aufgaben hatte . . .

Die Lime Street ist eine schmale Nebenstraße der Leadenhall Street, mit hohen Gebäuden zu beiden Seiten. Wenige Meter von der Kreuzung entfernt, befindet sich auf der linken Seite der überdachte Eingang von Lloyd's.

Nick stieg aus James Teachers Bentley und hängte sich bei Samantha ein. Er zögerte einen Augenblick, und ein Gefühl von Ehrfurcht überkam ihn.

Als Seemann fühlte er sich mit der Geschichte dieser bedeutenden Institution sehr verbunden. Das Gebäude selbst war nicht besonders alt oder ehrwürdig. Nichts erinnerte mehr an das ursprüngliche Kaffeehaus, außer einigen traditionellen Bräuchen: Daß die Ausrufer die Namen der Agenten verkündeten, als handle es sich um den Opferritus einer exotischen Religion, daß jeder Versicherer seine Geschäfte in einer eigenen Box führte, daß die Diener der Institution Kellnerkleidung mit Messingknöpfen und roten Aufschlägen am Kragen trugen und auch Waiter genannt wurden.

Hauptsächlich war es die Tradition der Anteilnahme, die hier waltete – der Anteilnahme für Schiffe und für die Männer, die auf ihnen fuhren und auf See Wind und Wetter trotzten. Vielleicht fand er später Zeit, Samantha durch die Nelsonräume zu geleiten und ihr die Ausstellung der Erinnerungsstücke an die größten Seeleute Englands zu zeigen. Natürlich würde er sie dann auch als seinen Gast zum Mittagessen in den großen Speisesaal führen, zu dem Extra-Tisch für die zu Besuch in London weilenden Seekapitäne.

»Komm«, sagte er zu Samantha und geleitete sie die kurze Treppe hinauf in die Vorhalle, wo sie ein Waiter bereits erwartete.

»Die Verhandlung findet heute im Sitzungssaal statt, Mr. Berg.«

Die früheren Stellungnahmen der beiden Parteien waren in kleineren Büros angehört worden, die an der oberen Galerie lagen, hoch über dem riesigen Börsenraum mit seiner Reihe von Boxen für die Versicherer. Doch in Anbetracht der außergewöhnlichen Größe des Streitobjekts hatte der Ausschuß von Lloyd's eine einzigartige Entscheidung getroffen – die beiden Schiedsrichter sollten ihr Untersuchungsergebnis und ihren Urteilsspruch in einer der Wichtigkeit des Falles würdigeren Umgebung verkünden.

Sie saßen bereits an dem langen Tisch unter den wuchtigen glitzernden Pyramiden der drei Lüster. Beide waren Seekapitäne, die auf Grund ihrer Kenntnisse und Erfahrungen ausgewählt worden waren. Sie sprachen ruhig miteinander, ohne im geringsten die Reihen der gespannten Gesichter auf den Sitzen ihnen gegenüber zu beachten – bis der Minutenzeiger der altertümlichen Uhr auf dem Kamin die Zwölf erreichte. Dann blickte der Vorsitzende zum Waiter hinüber, der dienstbeflissen die Flügeltüren schloß.

»Dieses Schiedsgericht wurde durch den Ausschuß von Lloyd's bestellt und ermächtigt, Aussagen in der Streitsache zwischen der Christy Marine Steamship Co. Ltd. und dem Ozean Schlepp- und Rettungsdienst entgegenzunehmen und hat folgende Tatsachen als außer Streit festgestellt:

Erstens besteht ein Vertrag über eine Rettungsaktion unter Lloyd's Open Form – kein Erfolg, keine Bezahlung – für den Passagierdampfer *Golden Adventurer* – ein Schiff von zweiundzwanzigtausend Tonnen, das in Southampton registriert ist – zwischen den beiden Parteien.

Zweitens hat der Kapitän der *Golden Adventurer* während seiner Fahrt nach Süd-West in der Nacht des 16. Dezember bei oder nahe bei 72° 16' Süd und 32° 12' West –«

Der Vorsitzende ließ in seine Zusammenfassung der Tatsachen keine Dramatik einfließen und brachte es fertig, die Notlage der *Golden Adventurer* und die verzweifelten Bemühungen ihrer Retter langweilig klingen zu lassen. Auch sein Kollege schien in einen Dämmerzustand zu versinken. Seine Augen schlossen sich langsam, sein Kopf glitt sachte zur Seite, und seine Lippen zitterten leicht bei jedem Atemzug – so leicht, daß es gerade zu Schnarchtönen noch nicht reichte.

Der Vorsitzende benötigte fast eine Stunde, während der er von Zeit zu Zeit die Logbücher und einige lose, teils handschriftliche, teils getippte Blätter konsultierte, bevor er überzeugt war, alle Fakten aufgezählt zu haben. Dann lehnte er sich in seinen Sessel zurück und hakte die Daumen in die Armlöcher seiner Weste. Sein Gesicht nahm einen entschlossenen Ausdruck an, und während er den überfüllten Raum musterte, wurde sein Kollege munter, öffnete die Augen, zog ein gewaltiges weißes Taschentuch hervor und schneuzte sich zweimal so kräftig, daß es klang wie die Trompeten von Jericho.

Zum erstenmal sahen Duncan und Nick einander über die Köpfe ihrer Anwälte und Gesellschafter hinweg direkt an. Ihre Gesichter blieben unbewegt, kein Lächeln, kein finsterer Blick, aber ihre unversöhnliche Gegnerschaft kam klar zum Ausdruck. Sie lösten ihre Blicke erst wieder voneinander, als der Vorsitzende erneut zu sprechen begann.

»Unter Berücksichtigung der genannten Umstände ist dieses Gericht zur festen Überzeugung gelangt, daß die Bergung des Schiffes gut ausgeführt wurde, und daß daher die Bergungsfirma eine Vergütung in angemessenem Verhältnis zu den

Diensten beanspruchen kann, die sie dem Eigner und den Versicherern geleistet hat.«

Nick fühlte, wie Samanthas Hand nach der seinen tastete.

»Dieses Gericht hat, um den Wert der Dienste der Bergungsfirma abzuschätzen, in Betracht gezogen erstens die Situation und die Bedingungen, die an Ort und Stelle herrschten. Wir haben Beweise dafür, daß ein Großteil der Arbeiten unter extremen Wetterbedingungen ausgeführt werden mußte, das heißt: bei Temperaturen von dreißig Grad unter Null, Windstärken von über zwölf auf der Beaufort-Skala und bei extremer Vereisung.

Wir haben auch dem Umstand Rechnung getragen, daß die *Golden Adventurer* keinen Kapitän mehr hatte, daß sie von Passagieren, Besatzung und Kapitän verlassen worden war und an einer fernen und gefährlichen Küste auf Grund lag.

Wir haben weiters berücksichtigt, daß die Rettungsmannschaft eine Seereise von mehreren Tausend Meilen zurücklegen mußte, ohne eine Garantie für Entlohnung zu haben, sondern nur um in der Lage zu sein, bei Bedarf Hilfe zu leisten.«

Nick warf einen Blick zu Duncan Alexander hinüber, der gelassen dasaß, als wäre er in seiner Loge bei einem Pferderennen in Ascot.

Auch Duncan wandte den Kopf und schaute Nick wieder direkt an. Diesmal sah Nick einen bösen Glanz in Duncans Augen aufflackern, wie wenn eine scharfe Brise in ein offenes Feuer fährt.

»Weiters haben wir bedacht, daß die Überlebenden vom Ort des Unglücks zum nächstgelegenen Hafen transportiert wurden – nach Kapstadt in der Republik Südafrika.«

Der Vorsitzende strich in seiner Zusammenfassung die Verdienste des Ozean Schlepp- und Rettungsdienstes deutlich heraus. Das war ein gefährliches Zeichen. Oft leitete ein Richter seine ungünstige Entscheidung damit ein, daß er starke Argumente zugunsten des Verlierers vorbrachte und sie dann wieder zerpflückte.

Nick riß sich zusammen, weniger als eineinhalb Millionen

Pfund würden nicht ausreichen, um sein Unternehmen am Leben zu erhalten. Das war das Allerwenigste, was er brauchte, um die *Warlock* in Betrieb zu halten und die *Sea Witch* vom Stapel laufen zu lassen. Er fühlte, wie sich seine Magenmuskeln verkrampften, als er an seine Verpflichtungen dachte – denn sogar mit *dieser* Summe würde er den Scheichs ausgeliefert und gezwungen sein, auf alle Bedingungen einzugehen.

Zwei Millionen Pfund würden ihm eine wenn auch geringe Chance geben – aber es bliebe immer noch ein schwerer Kampf gegen den Druck von allen Seiten. Trotzdem hätte er zu dieser Summe abgeschlossen, wenn Duncan Alexander sie ihm angeboten hätte. Vielleicht war Duncan doch der schlauere gewesen und würde Nick jetzt mit einem Schlag vernichtet sehen.

»Dieses Gericht hat die Protokolle der Globe Engineering Co., der mit der Reparatur und Wiederherstellung der *Golden Adventurer* beauftragten Firma, zusammen mit denen zweier unabhängiger Schiffsbausachverständiger studiert, die getrennt von den Eignern und der Rettungsfirma verpflichtet worden sind. Auch liegt der Prüfungsbericht eines erfahrenen Inspektors von Lloyd's vor. Aus allen diesen Protokollen geht deutlich hervor, daß bemerkenswert wenig Schaden an dem Schiff entstanden ist. Es gab keinerlei Verluste an der Ausrüstung, die Bergungsfirma hat sogar die Hauptanker und Ketten geborgen –«

Komisch, wie das ein Gericht beeindrucken kann, dachte Nick mit einem Anflug von Stolz.

»Sofortige Rostschutzmaßnahmen haben den Schaden an den Hauptmaschinen und Ankerwinden sehr gering gehalten –«

Und so ging es weiter. Warum kam er nicht endlich zum Wesentlichen? Ich kann nicht länger warten, dachte Nick.

»Dieses Gericht hat die Meinung von Experten eingeholt und ist zu der Überzeugung gelangt, daß der Wert der geborgenen *Golden Adventurer*, so wie sie den Kontrahenten in Kapstadt übergeben wurde, gut und gern mit sechsundzwanzig Millionen Dollar oder fünfzehn Millionen dreihunderttausend Pfund

Sterling angenommen werden kann. Und in Anbetracht der angeführten Tatsachen sind wir weiters der Überzeugung, daß die Bergungsfirma eine Vergütung von zwanzig Prozent vom Restwert des geborgenen Schiffes beanspruchen kann –«

Etliche Sekunden lang zweifelte Nick, ob er richtig gehört hatte, und dann fühlte er seine Wangen vor Erregung brennen.

Das waren drei – *drei* Millionen Pfund! Er hatte es geschafft und war frei wie ein Albatros, der mit weit gespannten Schwingen über die Meere segelt.

Er wandte den Kopf, sah zu Duncan hinüber und mußte lächeln. Nick hatte sich niemals zuvor so stark und lebendig gefühlt.

Auf der anderen Seite des Saales schüttelte Duncan Alexander ablehnend den Kopf und wandte sich an seinen Anwalt. Er schaute jedoch nicht zu Nicholas hinüber und seine Haut sah wächsern aus, als liege eine feine Schicht Schweiß darauf.

»Jedenfalls, noch ein paar Tage, und du hättest vielleicht angefangen, mich für eine lästige kleine Puppe zu halten, oder einer von uns hätte einen Herzanfall bekommen.« Samantha lächelte ihm zu, ein klägliches, schiefes, kleines Lächeln, nicht ihr sonstiges strahlendes, aufleuchtendes Lachen. »Ich höre lieber auf, solange es noch Zeit ist.«

Sie saßen eng nebeneinander auf einer Polsterbank im Warteraum der Pan Am in Heathrow. Nick erschrak über das Ausmaß seiner eigenen Niedergeschlagenheit. »Samantha«, sagte er, »bleib doch hier bei mir.«

»Nick«, flüsterte sie heiser, »ich muß gehen, mein Lieber. Es ist nicht für sehr lange, aber ich muß gehen.«

»Warum?« fragte er.

»Weil es mein Leben bedeutet.«

»Mach mich zu deinem Leben.«

Sie strich ihm über die Wange, während sie sein Angebot erwog.

»Ich habe eine bessere Idee, gib die *Warlock* und die *Sea Witch* auf, vergiß deine Eisberge und komm mit mir.«

»Du weißt, daß ich das nicht kann.«

»Ja«, gab Samantha zu, »das kannst du wirklich nicht, und ich würde es auch nicht wollen. Aber, Nick, mein Lieber, ebensowenig kann *ich* mein Leben aufgeben.«

»Gut, dann heirate mich«, sagte er.

»Warum, Nick?«

»Damit ich meinen Glücksbringer nicht verliere, und damit du verdammt verpflichtet bist zu tun, was ich dir sage.«

Sie lachte entzückt und schmiegte sich an seine Brust. »So funktioniert das heute nicht mehr, mein edler viktorianischer Gentleman. Es gibt nur einen guten Grund zu heiraten, Nick, und der ist, Kinder zu haben. Willst du mir ein Kind schenken?«

»Was für eine wunderbare Idee.«

»Damit ich Wärmeflaschen bereiten und Windeln waschen kann, während du ans andere Ende der Welt fährst – und einmal im Monat essen wir gemeinsam zu Mittag.« Sie schüttelte den Kopf. »Vielleicht werden wir eines Tages ein Kind haben – aber nicht jetzt, es gibt noch viel zuviel zu tun, wir haben noch zuviel von unserem Leben vor uns.«

»Verdammt.« Er schüttelte den Kopf. »Ich lasse dich nicht gern allein herumlaufen. Demnächst wirst du mit einem fünfundzwanzigjährigen Burschen losziehen, der von Muskeln strotzt –«

»Du hast mir Geschmack an gereiftem Wein beigebracht«, zerstreute sie lachend seine Befürchtungen. »Komm so schnell du kannst, Nick.«

Die Stewardeß eilte durch den Raum auf sie zu, ein hübsches lächelndes Mädchen in der schmucken blauen Pan Am-Uniform.

»Dr. Silver? Es wird gerade zu Flug 432 aufgerufen.«

Nick protestierte heftig, als James Teacher den Vorschlag machte. »Ich will nicht mit ihm sprechen, Mr. Teacher. Das einzige, was ich von Duncan Alexander will, ist ein Scheck über drei Millionen Pfund, vorzugsweise von einer guten Bank –

und den will ich vor dem zehnten des nächsten Monats.«

Der Anwalt versuchte Nick zu beschwatzen. »Denken Sie an das Vergnügen, sein Gesicht zu sehen – überwinden Sie sich, Mr. Berg.«

»Ich verzichte auf dieses Vergnügen, ich kann Ihnen aus dem Stegreif tausend Gesichter nennen, die ich lieber sehen würde.« Aber schließlich stimmte er doch zu, nur verlangte er, daß das Treffen diesmal an einem Ort *seiner* Wahl stattfinden sollte, um deutlich klarzustellen, wer nun den Ton angab.

James Teacher hatte sein Büro in einem der malerischen, mit Efeu überwachsenen Steingebäude im Gerichtsviertel von London, inmitten einer kleinen gepflegten Rasenfläche, durch die gepflasterte Wege von einem Haus zum anderen führten. Der ganze Komplex strahlte Geschichte und Tradition aus und entbehrte jedes modernen Komforts. Seine Nüchternheit war dazu angetan, den Klienten Vertrauen einzuflößen.

Die Räume befanden sich im dritten Stock. Es gab keinen Aufzug. Duncan Alexander kam, leicht außer Atem und unter seiner Sonnenbräune gerötet, oben an. Ein Angestellter betrachtete ihn mißbilligend von seiner Loge aus.

»Wer?« fragte er und hielt die Hand ans Ohr. Der Mann war so alt, grau und pittoresk wie das Gebäude selbst. Duncan Alexander wurde noch röter. Er war es nicht gewohnt, seinen Nahmen wiederholen zu müssen.

»Werden Sie erwartet, Mr. Arbuthnot?« fragte der Mann frostig und konsultierte beflissen sein Notizbuch, bevor er Duncan Alexander endlich in den spartanischen Wartesaal führte.

Nicholas ließ ihn dort genau acht Minuten lang warten, zweimal so lange wie er selbst bei Christy Marine gewartet hatte. Er stand vor dem kleinen elektrischen Heizkörper und erwiderte Duncans strahlendes Lächeln nicht, als dieser eintrat.

James Teacher saß an einem Schreibtisch unter dem Fenster, außerhalb der Kampflinie, wie ein Schiedsrichter in Wimbledon, und Duncan schenkte ihm kaum einen Blick.

»Meine Gratulation, Nicholas.« Duncan schüttelte den eindrucksvollen Kopf und sein Lächeln verblaßte zu einem reumütigen Grinsen.

»Danke, Duncan. Trotzdem muß ich Sie darauf aufmerksam machen, daß ich Ihnen aus Zeitgründen nur zehn Minuten widmen kann.« Nick warf einen Blick auf seine Uhr. »Glücklicherweise gibt es nur eines, das wir beide zu besprechen haben. Der zehnte nächsten Monats.«

Duncan hob abwehrend die Hand. »Nicht doch, Nicholas – Sie werden die Bergungsprämie termingerecht erhalten.«

»Ausgezeichnet«, erwiderte Nick, immer noch ohne zu lächeln.

»Ich wollte Sie an etwas erinnern, was der alte Arthur Christy einst gesagt hat –«

»Ach natürlich, unser beider Schwiegervater«, sagte Nick spöttisch.

»Er sagte, mit Berg und Alexander habe ich eines der besten Teams in der Welt der Schiffahrt zusammengespannt. Aber wir sind einfach nie miteinander zurechtgekommen. Mein Gott, Nicholas, können Sie sich vorstellen, was geworden wäre, wenn wir statt gegeneinander miteinander gearbeitet hätten? Sie sind der beste Hochseemann in der Branche und ich –«

»Ich bin gerührt, Duncan, tief gerührt über die neue erfreuliche Wertschätzung, die ich plötzlich von Ihnen erfahre.«

»Sie haben mich mit der Nase daraufgestoßen, Nicholas, genau wie Sie es vorausgesagt haben. Und ich gehöre zu den Menschen, die aus ihren Fehlern lernen. Ich bin durchaus imstande, Rückschläge in Triumphe zu verwandeln. Drei Millionen Pfund und Ihr Unternehmen würden Sie in Christy Marine wieder einkaufen. Wir wären dann gleichberechtigte Partner.«

Nick verriet mit nichts seine Überraschung, aber sein Geist arbeitete, um schneller zu sein als die Schläue dieses Mannes.

»Zusammen wären wir unschlagbar. Wir würden Christy Marine zu einem Giganten machen, der die Meere kontrolliert, wir würden uns an der Ölförderung vom Meeresboden beteiligen.« Der Mann strahlte eine ungeheure Überzeugungskraft aus, er war fast – aber eben nur fast – unwiderstehlich. Nick studierte ihn aufmerksam und lernte ihn mit jeder Sekunde besser kennen.

»Mein Gott, Nicholas, Sie sind der Mann, der ein Wagnis wie die *Golden Dawn* eingehen oder einen großen Dampfer aus einem Schneesturm retten kann, und ich bin der Mann, der eine Milliarde Dollar mit der linken Hand herbeizuschaffen vermag. Es würde für uns beide keine unüberwindbaren Grenzen geben.« Er machte eine Pause, musterte Nick ebenso prüfend wie dieser ihn und versuchte die Wirkung seiner Worte festzustellen. Nicholas zündete den Stumpen an, den er in der Hand hielt, aber seine Augen blieben hinter dem feinen blauen Rauchschleier wachsam.

»Ich verstehe, was Sie denken«, fuhr Duncan in vertraulichem Ton fort. »Ich weiß, daß Sie in Schwierigkeiten sind, ich weiß auch, daß Sie diese drei Millionen dringend brauchen, um Ihr Unternehmen am Leben zu erhalten.«

Nick nahm den Stumpen aus seinemMund und sah nach der Asche, bevor er sich Duncan zuwandte.

»Sagen Sie mir eins, Duncan«, fragte er sanft, »kommt bei dieser großen geplanten Teilhaberschaft unsere Frau auch in den gemeinsamen Topf?«

Duncans Gesichtszüge verhärteten sich.

»Nicholas«, begann er, aber dieser brachte ihn mit einer einzigen Handbewegung zum Schweigen.

»Sie haben gesagt, daß ich diese drei Millionen dringend brauche, und Sie haben recht. Eineinhalb davon brauche ich für den Ozean Schlepp- und Rettungsdienst, und den Rest dafür, Sie daran zu hindern, die Mißgeburt, die Sie gebaut haben, in Betrieb zu nehmen. Und auch wenn ich das Geld *nicht* bekomme, wird es mir immer noch dazu dienen, Sie zu stoppen. Ich werde Sie um zehn nach neun am Morgen des elften pfänden lassen. Ich habe Ihnen gesagt, daß ich Sie und die *Golden Dawn* bekämpfen werde. Dabei bleibe ich.«

»Wie kleinlich«, sagte Duncan. »Ich hätte nie erwartet, daß Sie solchen Hirngespinsten nachjagen.«

»Es gibt viele Dinge, die Sie von mir nicht wissen, Duncan. Aber, bei Gott, Sie werden sie noch kennenlernen – auf die harte Tour.«

Chantelle hatte das San Lorenzo gewählt, als Nick es ablehnte, nochmals zum Eaton Square zu kommen. Er hatte begriffen, daß es gefährlich war, mit ihr allein zu sein, aber das Restaurant war als Treffpunkt auch keine gute Wahl.

Es barg zu viele Erinnerungen an goldene Tage. Sonntag mittag dort zu essen, war ein Familienritual gewesen, sooft sie in London waren – Chantelle, Peter und Nick, alle drei vergnügt am Ecktisch sitzend. Auch diesmal war es wieder der Ecktisch.

»Nimmst du Osso buco?« fragte Chantelle.

Nick hatte immer Osso buco genommen, und Peter immer Lasagne, das war ein Teil des Rituals gewesen.

»Ich nehme Scholle.« Nick wandte sich dem Kellner zu, der sich geschäftig um sie bemühte. »Und wir trinken den Hauswein.« Früher hatten sie immer Sancerre gewählt. Nick entwertete absichtlich die Situation, als er offenen Wein bestellte.

Chantelle nippte daran. »Er ist gut«, sagte sie und stellte das Glas fort. »Ich habe gestern mit Peter gesprochen, er hat Grippe, aber heute wird er aufstehen. Er läßt dich grüßen.«

»Danke«, erwiderte Nick, und fuhr fort: »Ich möchte Peter für einen Teil der Osterferien nach Bermudas mitnehmen.«

»Ich werde ihn vermissen – er ist so eine Freude für mich.«

Nick wartete, bis das Hauptgericht serviert wurde, bevor er geradeheraus fragte: »Worüber wolltest du mit mir sprechen?«

Chantelle beugte sich vor, und ihr Parfum war zart, raffiniert und verlockend.

»Hast du etwas herausgefunden, Nicholas?«

Das ist nicht der Grund, warum sie mit mir essen wollte, dachte er und sagte: »Ich habe noch nichts erfahren.« Sein Blick bohrte sich in den ihren, hart und suchend. »Das war es nicht, was du von mir wolltest«, stellte er brüsk fest.

Sie lächelte und schlug die Augen nieder. »Nein«, gab sie zu, »das war es nicht.«

Sie trug eine leichte Seidenbluse mit einem tiefen Ausschnitt, der viel von ihrem schönen Busen sehen ließ. Nick ertappte sich dabei, daß er ihn anstarrte.

Plötzlich hob sie den Kopf, fing seinen Blick auf, und ihre Augen strahlten atemberaubende Erotik aus.

»Was war es dann?« Ihm entging, wie heiser seine Stimme klang, ihr jedoch nicht. Sie griff über den Tisch und legte ihre Hand auf die seine.

»Duncan will, daß du wieder zu Christy Marine zurückkommst«, sagte sie, »und ich auch.«

»Duncan hat dich zu mir geschickt?« Und als sie nickte, fragte er: »Warum will er mich zurückholen? Ihr beide habt doch weiß Gott größte Mühe gehabt, mich loszuwerden.« Er entzog ihr sanft seine Hand und ließ sie in den Schoß sinken.

»Ich weiß nicht, warum Duncan es will. Er sagt, er braucht dein fachmännisches Geschick.«

»Hat er dich beauftragt, mir das zu sagen?«

»Natürlich nicht.« Sie spielte mit ihrem Glas. Ihre Finger waren lang und vollendet geformt, die lackierten Nägel schön wie Schmetterlingsflügel. »Das war allein meine Idee.«

»Warum glaubst du, daß er mich zurückhaben will?«

»Soweit ich es beurteilen kann, gibt es zwei Möglichkeiten. Die erste ist, daß Christy Marine dir drei Millionen Pfund schuldet, und er sich einen Plan zurechtgelegt hat, wie er diese Zahlung umgehen kann.«

»Ja«, stimmte Nick zu, »und die andere?«

»In der Stadt laufen seltsame und aufregende Gerüchte über dich und deine Schlepper um. Es heißt, du wärst dabei, ein Riesengeschäft mit Saudi-Arabien abzuschließen. Vielleicht will Duncan dabei mitmischen.«

Nick kniff die Augen halb zu. Das Eisbergprojekt war eine Angelegenheit zwischen den Scheichs und ihm. Dann erinnerte er sich daran, daß auch andere davon wußten. Bernard Wackie in Bermuda, Samantha Silver, James Teacher – irgend etwas mußte durchgesickert sein.

»Und du? Was sind deine Gründe?«

»Ich habe zwei, Nick«, antwortete sie. »Ich möchte Duncan die Kontrolle wieder aus der Hand nehmen. Ich wußte nicht, was ich tat, ich war verrückt, als ich Duncan zu meinem Bevollmächtigten machte. Ich will das jetzt ändern, und du sollst das für mich erledigen.«

Nick lächelte, ein bitteres frostiges Lächeln. »Du engagierst dir einen Revolverhelden, wie sie es in den Westernserien tun. Duncan und ich allein in einer verlassenen Straße, mit klirrenden Sporen.« Das Lächeln wurde milder, aber dabei dachte er scharf nach, ohne sie aus den Augen zu lassen – log sie? Das war fast unmöglich festzustellen, sie war so unergründlich.

»Du sagtest, du hättest zwei Gründe.« Sie antwortete nicht sofort, aber er erriet ihre Erregung an dem schnellen Heben und Senken ihrer schönen Brüste unter der Seide. Dann sprach sie so leise, daß er ihre Worte kaum verstand.

»Ich will dich zurück. Das ist der andere Grund, Nicholas.«

Er starrte sie an, während sie fortfuhr: »Das war auch ein Teil dieser Verrücktheit. Ich wußte nicht, was ich tat. Ich werde alles wiedergutmachen, Nicholas, das schwöre ich dir. Aber Peter und ich, wir brauchen dich, brauchen dich dringend.«

Er fühlte, wie sein ganzer Lebensplan wieder ins Wanken geriet, als würden die einzelnen Teile davon in einem Würfelbecher durcheinandergeschüttelt.

»Es gibt keinen Weg zurück, Chantelle, nur einen vorwärts.«

»Ich bekomme immer, was ich will, Nicholas, das weißt du«, warnte sie ihn.

»Diesmal nicht, Chantelle.« Er schüttelte den Kopf, aber er wußte, ihre Worte würden weiter in ihm bohren.

Duncan Alexander ließ sich auf den luxuriösen Kalbsledersitz seines Rolls fallen und sprach in den Telefonapparat, der ihn direkt mit seinem Büro in der Leadenhall Street verband.

»Haben Sie Kurt Streicher erreichen können?« fragte er.

»Tut mir leid, Mr. Alexander. Er ist in Afrika auf Safari. Man weiß nicht, wann er wieder zurück in Genf sein wird.«

»Danke, Myrtle.« Duncans Lächeln fehlte jeglicher Humor. Streicher erwies sich plötzlich als einer der eifrigsten Sportler der Welt – letzte Woche war er beim Skifahren und konnte deshalb nicht erreicht werden, diese Woche war er in Afrika auf Elefantenjagd, nächste Woche würde er vielleicht Polarbären in der Arktis jagen. Und dann war es natürlich zu spät.

Streicher war nicht der einzige. Seit Bekanntwerden der Bergungsprämie für die *Golden Adventurer* waren die meisten finanziellen Kontakte schwer erreichbar und wie zugeknöpft.

»Ich komme heute nicht mehr ins Büro«, sagte Duncan zu seiner Sekretärin. »Bitte lassen Sie meine Unterschriftsmappe zum Eaton Square schicken.«

Duncan hängte ein und schaute aus dem Fenster. Der Rolls kam auf dem Weg nach St. John's Wood am Regent's Park vorbei. Dreimal in den letzten sechs Monaten hatte Duncan diesen Weg zurückgelegt, und plötzlich fühlte er wieder den heiß brennenden Schmerz unterhalb der Rippen. Er richtete sich in seinem Sitz auf, aber der Schmerz ließ nicht nach, und seufzend öffnete er die Bar aus Rosenholz, schüttete einen Löffel Pulver in ein Glas, füllte es mit Sodawasser auf und trank es auf einen Zug aus. Die Erleichterung kam fast sofort.

Er brauchte keinen Arzt, um zu wissen, daß es ein Zwölffingerdarmgeschwür war, wahrscheinlich waren es sogar mehrere. Sorgsam kämmte er seine bronzefarbenen Locken und musterte sich im Spiegel.

Seinem Gesicht sah man die Anspannung nicht an, dessen war er sicher. Die Fassade war intakt und ohne Risse. Er hatte immer die Kraft und den Mut gehabt, zu seinen Entscheidungen zu stehen. Doch diesmal hatte er einen harten Brocken zu verdauen, den härtesten seines Lebens.

Er schloß die Augen, und vor ihm tauchte das Bild der *Golden Dawn* auf, die wie ein stählernes Gebirge auf ihren Hellingen stand. Das gab ihm neue Kraft.

Jeder sah in ihm nur den Bankmann, ohne Salz im Blut und ohne Stahl im Leib.

Als er Berg aus Christy Marine verdrängt hatte, war man in

der City vorsichtig und zurückhaltend geworden und hatte gewartet, wie er sich bewähren würde.

Diese Schweinehunde, dachte er, jedoch ohne Groll. Sie hatten nur getan, was auch er getan hätte, entsprechend den harten Regeln, die er kannte und respektierte, und nach denselben Regeln würden sie ihm großzügig entgegenkommen, wenn er sich als Mann von Eisen bewiesen hätte. Das war seine Probezeit.

Das Stranden der *Golden Adventurer* war eine Katastrophe gewesen. Ihr Wert war ein Teil der Sicherheiten, auf die er Kredite aufgenommen hatte. Den Erlös ihrer Luxuskreuzfahrten hatte er sorgfältig eingeplant, er sollte ihn sicher durch die gefährliche Zeit vor der Fertigstellung der *Golden Dawn* bringen. Nun hatte sich das alles grundlegend geändert. Der Geldstrom war versiegt, und er mußte irgendwie drei Millionen in bar auftreiben – und das vor dem zehnten des nächsten Monats, heute war schon der sechste.

Wenn es ihm nur gelungen wäre, Berg einzuwickeln. Er fühlte erneut ätzenden Haß gegen diesen Mann. Das vorgetäuschte Angebot der Partnerschaft hätte ihn gerade lange genug hingehalten, aber Nick hatte es verachtungsvoll abgelehnt. Duncan war gezwungen gewesen, in würdeloser Eile herumzuhasten, um das Geld zusammenzubekommen. Es war seltsam, wie die Leute das sofort durchschauten. Er hatte diesselbe Gabe, Verletzlichkeit oder Schwäche bei anderen zu entdecken, und wußte deshalb, wie es dazu kam.

Jetzt, da so viel auf dem Spiel stand, handelte es sich um lächerliche drei Millionen Pfund für zwei Monate. Die Geringfügigkeit der Summe war geradezu eine Beleidigung, und er spürte wieder die Anspannung seiner Bauchmuskeln und das scharfe Brennen der Verdauungssäfte. Mit Mühe gelang es ihm, sich zu entspannen. Ein Blick aus dem Fenster zeigte ihm, daß der Rolls in eine Sackgasse mit gelben Ziegelbauten einbog, die wie Hühnersteigen nebeneinander lagen, und vor einem von ihnen anhielt.

Duncan nickte seinem Chauffeur zu, der ihm die Tür öffnete und ihm seine Schweinsledertasche reichte.

»Danke, Edward. Es wird nicht lange dauern.«

Duncan nahm die Tasche und ging mit dem selbstsicheren Schritt eines Athleten auf das Haus zu. Sogar an diesem trüben Märznachmittag leuchtete sein Kopf wie eine Fackel.

Der Mann, der ihm die Tür öffnete, schien nur halb so groß wie Duncan zu sein, trotz des großen schwarzen Homburgs, den er über seine Ohren gestülpt hatte.

»Mr. Alexander, shalom, shalom.« Sein Bart war so dicht und schwarz, daß er den gestärkten weißen Kragen und die weiße Krawatte bedeckte, die ihn als strenggläubigen chassidischen Juden kennzeichneten. »Obwohl Sie zu mir als letzten kommen, gereichen Sie meinem Haus immer zur Ehre«, sagte er mit einem Augenzwinkern.

»Das kommt daher, daß Sie ein Herz aus Stein und Blut, wie Eiswasser haben«, dagte Duncan, und der Mann lachte entzückt, als wäre dies ein hohes Kompliment.

»Kommen Sie«, sagte er und ergriff Duncans Arm. »Treten Sie ein, lassen Sie uns zusammen Tee trinken und miteinander plaudern.« Er führte Duncan den schmalen Korridor entlang in ein kleines überfülltes Büro. An der einen Wand stand ein altmodischer Schreibtisch und an der anderen ein Roßhaarsofa, auf dem sich Hauptbücher und Karteikästen türmten.

Der Mann schob die Bücher beiseite, um Platz für Duncan zu schaffen. »Setzen Sie sich«, forderte er ihn auf und blieb stehen, als eine muntere Frau seiner Größe das Teetablett brachte.

»Ich habe von der Entscheidung des Gerichts in der Sache *Golden Adventurer* durch Lloyd's List erfahren«, sagte der Jude, als sie allein waren. »Nicholas Berg ist ein erstaunlicher Mann.«

Duncan beherrschte seinen Zorn mit einiger Mühe. Er wäre am liebsten aufgestanden, um diesen unordentlichen kleinen Raum zu verlassen, aber er wußte, daß er sich das nicht leisten konnte. Schweigend saßen sie eine endlos erscheinende Zeit nebeneinander.

»Wieviel?« Der Mann brach endlich das Schweigen, und Duncan konnte es nicht über sich bringen, den Betrag zu nennen.

»Es ist nicht allzuviel, und nur für eine kurze Zeit – nur sechzig Tage.«

»Wieviel?«

»Sechs Millionen Dollar«, sagte Duncan.

»Sechs Millionen sind kein unmöglich großer Betrag, wenn man ihn hat – aber es ist ein Vermögen, wenn man ihn nicht hat.« Der Mann zupfte an seinem dichten schwarzen Bart. »Und sechzig Tage können eine Ewigkeit sein.«

»Ich habe eine Charter für die *Golden Dawn*«, sagte Duncan leise. »Einen Zehnjahresvertrag.« Er öffnete die goldenen Schlösser seiner schmalen, eleganten Schweinsledertasche und zog einen Stoß Xerokopien heraus. »Wie Sie sehen, ist er bereits von beiden Parteien unterfertigt.«

»Zehn Jahre?« fragte der Mann mit einem Blick auf die Papiere in Duncans Hand.

»Zehn Jahre, mit zehn Cents je hundert Tonnenmeile und einem garantierten jährlichen Minimum von 75.000 Meilen.«

Die Hand am Bart des Mannes kam zum Stillstand. »Die *Golden Dawn* kann eine Million Tonnen auf einmal befördern – das ergibt ein Minimum von 75 Millionen Dollar im Jahr.« Mit einiger Anstrengung verbarg er seine Ehrfurcht, und seine Hand nahm die Bewegung am Bart wieder auf. »Wer ist der Auftraggeber?«

»Orient Amex«, sagte Duncan und reichte ihm die Blätter.

»Sie sind ein mutiger Mann, Mr. Alexander. Das habe ich niemals bezweifelt.« Er las eine Minute lang schweigend, wobei er seinen Kopf langsam schüttelte, so daß die Locken auf seinen Wangen tanzten. Dann blickte er zu Duncan auf. »Ich meine, Christy Marine könnte einen würdigen Nachfolger für Nicholas Berg gefunden haben – vielleicht sind Ihnen seine Schuhe sogar ein wenig zu klein und werden bald Ihre Zehen drücken, Mr. Alexander.« Er wetzte auf seinem Stuhl und dachte angestrengt nach. »Wie steht es mit den Umweltschützern, Mr. Alexander? Die neue amerikanische Regierung, dieser Carter, ist sehr bedacht auf Umweltprobleme.«

»Hirngespinste«, sagte Duncan. »Sie haben schon viel zuviel

Geld investiert. Die Orient Amex hat fast eine Milliarde in den neuen Kadmium-Krackanlagen in Galveston stecken, und zwei weitere Ölgiganten sind daran beteiligt. Lassen Sie sie nur reden, wir werden trotzdem das neue kadmiumreiche Öl transportieren.«

Duncan sprach mit der Kraft ehrlicher Überzeugung. »Die Menschheit hat sich schon an ein wenig Öl auf den Stränden gewöhnt, an ein bißchen Rauch in der Luft, an weniger Fische im Meer oder Vögel in der Luft, und sie wird sich auch in Hinkunft anpassen.«

Der Mann nickte und hörte begierig zu. »Ja«, sagte er. »Sie sind ein mutiger Mann. Die Welt braucht Männer wie Sie. Aber es bringt auch Gefahren mit sich.«

»Auch ein Bad zu nehmen ist gefährlich. Man könnte ausrutschen und sich den Schädel einschlagen, ohne daß wir eine Milliarde Dollar in das Baden investiert hätten.«

»Kadmium in einer Konzentration von hundert Teilen auf eine Million ist giftiger als Zyankali oder Arsenik. Das kadmiumreiche Rohöl des El Barras-Feldes enthält eine Konzentration von zweitausend Teilen auf eine Million.«

»Das ist es ja gerade, was es so wertvoll macht«, antwortete Duncan. »Das Rohöl künstlich mit Kadmium anzureichern, würde den ganzen Krackprozeß unrentabel machen. Wir haben ein scheinbar hoffnungslos verunreinigtes Ölfeld zu einem der nützlichsten Vorkommen gemacht.«

»Ich hoffe, Sie haben den Widerstand gegen den Transport nicht unterschätzt.«

Duncan fiel ihm ins Wort. »Das wird nicht an die Öffentlichkeit gelangen. Das Füllen und Entleeren der Tanks wird mit äußerster Diskretion erfolgen, und die Welt wird den Unterschied nicht erkennen. Nur ein weiterer Riesentanker wird die Ozeane durchqueren.«

Duncan nahm seine Papiere zurück und fuhr leise fort: »Ich brauche sechs Millionen Dollar für sechzig Tage – und das bis morgen mittag.«

»Sie sind mutig«, wiederholte der Mann ebenso leise. »Aber

Sie sind finanziell schon ziemlich stark belastet. Meine Brüder und ich haben bereits sehr viel in ihren Mut investiert. Um offen zu sein, Mr. Alexander, Christy Marine hat keine Sicherheiten mehr zu bieten. Sogar die *Golden Dawn* ist bis zur letzten Niete verpfändet. Auch der Auftrag der Orient Amex ändert nichts daran.«

Duncan ergriff einen anderen Stapel Papiere. »Mein persönliches Vermögen«, erklärte er. Der Mann warf einen kurzen Blick auf die gedruckten Listen.

»Wertpapiere, Mr. Alexander. Die wahren Werte liegen um fünfzig Prozent niedriger, als Sie angeben und das macht nicht sechs Millionen aus.« Er reichte Duncan den Hefter zurück. »Wir brauchen mehr als das.«

»Was kann ich noch geben?«

»Optionen auf Anteile an Christy Marine. Wenn wir das Risiko teilen sollen, müssen wir auch den Gewinn teilen.«

»Wollen Sie auch meine Seele?« fragte Duncan unwirsch.

»Wir werden auch davon eine Scheibe nehmen«, stimmte der Mann liebenswürdig zu.

Zwei Stunden später sank Duncan erschöpft in die Lederpolster seines Rolls. Er hatte es geschafft, aber alles, Christy Marine, sein persönliches Vermögen, die letzten Reserven, waren nun verpfändet.

»Eaton Square?« fragte der Fahrer.

»Nein«, sagte Duncan. Er wußte, was er jetzt brauchte, um den Druck loszuwerden, um die Anspannung zu überwinden, die seinen Körper schlapp machte, und er brauchte es sofort, ohne Getue, wie eine Medizin.

»Zum Senator Club in der Frith Street«, wies er den Fahrer an.

Duncan lag mit dem Gesicht nach unten auf dem Massagetisch in der kleinen grün verhängten Zelle. Das Mädchen bearbeitete seinen Rücken mit kräftigen geschulten Händen, fand die Spannungsknötchen in den glatten Muskeln und strich sie aus.

»Wünschen Sie eine Ganzmassage?« fragte sie.

»Ja«, erwiderte er und drehte sich auf den Rücken. Sie zog das Tuch von seinen Hüften. Sie war ein hübsches blondes Mädchen in einer kurzen grünen Tunika mit einem goldenen Lorbeerblatt, dem Klubabzeichen, auf der Brusttasche, und erwies sich als energisch und sachlich.

»Wünschen Sie irgendwelche Extras?« Ihr Ton war völlig neutral, während sie ganz automatisch begann, ihre Tunika aufzuknöpfen.

»Nein«, sagte Duncan, »keine Extras«, schloß die Augen und überließ sich den erfahrenen Fingern.

Er dachte an Chantelle und fühlte sich schuldig, aber in diesen Tagen hatte er selten die nötige Energie für eine glühende, fordernde Leidenschaft. Er hatte einfach nicht genügend Kraft für sie, er war ausgepumpt und erschöpft, und ihn verlangte nur nach rascher und einfacher Entspannung. In zwei Monaten würde das anders sein, da würde er die Kraft haben, die Welt mit bloßen Händen zu packen und wie ein Spielzeug zu schütteln.

»Zum Teufel mit ihnen allen.« Und er gab sich völlig dem erlösenden Ausbruch und dem ihm folgenden, aber ebenso flüchtigen Frieden hin.

Nicholas saß zurückgelehnt in dem schäbigen alten braunen Ledersessel und betrachtete die billige Kopie einer Jagdszene auf der verschossenen Tapete.

James Teacher legte den Telefonhörer zurück und erhob sich. Er wurde dadurch nicht viel größer.

»So, ich glaube, wir haben jetzt alle Eingänge zu dem Bau verstopft«, verkündete er gut gelaunt und begann der Reihe nach an den Fingern aufzuzählen: »Der Präsident des Obersten Gerichtshofes in Südafrika wird morgen mittag ein Pfändungssiegel am Rumpf der *Golden Adventurer* anbringen lassen. Unser französischer Korrespondent hat das gleiche bei der *Golden Dawn* veranlaßt –« Er fuhr in diesem Ton weitere drei Minuten lang fort, und beim Zuhören mußte Nicholas wiederstrebend anerkennen, daß der Anwalt sein ungeheures Honorar wenigstens zum größten Teil wirklich verdiente.

»Soweit sind wir also, Mr. Berg. Wenn Ihre Vermutung richtig ist –«

»Es ist keine Vermutung, Mr. Teacher, sondern eine Gewißheit. Duncan Alexander sitzt in der Klemme. Christy Marine wird nicht zahlen können.«

»Ich kann das nicht begreifen. Drei Millionen Pfund sind doch ein Pappenstiel«, sagte James Teacher. »Wenigstens für Christy Marine, eine der gesündesten Schiffahrtsgesellschaften.«

»Das war vor einem Jahr«, räumte Nicholas ein. »Aber seit damals hatte Alexander freie Hand, er konnte ohne Kontrolle durch einen Aufsichtsrat über die Anteile der Gesellschaft verfügen.« Er sog an seinem Stumpen. »Ich werde diese Zahlungsunfähigkeit ausnützen, um eine vollständige Überprüfung der Geschäftsgebarung der Gesellschaft zu erzwingen. Ich werde Alexander unter das Mikroskop legen, und wir werden uns alle seine Pickel und Warzen genau ansehen.« Teacher grinste und hob beim ersten Läuten den Telefonhörer ab. »Teacher«, sagte er, lachte dann laut auf und nickte. »Ja«, und noch einmal: »Ja!« Er legte auf und wandte sich mit einem Gesicht, das vor Heiterkeit rosig und rund wie die untergehende Sonne strahlte, an Nicholas.

»Ich habe eine Enttäuschung für Sie, Mr. Berg.« Er lachte schallend. »Vor einer Stunde hat Christy Marine eine Überweisung zugunsten des Ozean Schlepp- und Rettungsdienstes auf den Bermudas getätigt. Sechs Millionen und etliche Dollar in der amtlichen Währung der Vereinigten Staaten von Amerika.«

Nicholas starrte ihn an und wurde sich über seine Gefühle nicht klar – war er erleichtert, das Geld zu haben, oder enttäuscht, Duncan Alexander nicht in Stücke reißen zu können?

»Es lohnt sich nie, einen Mann wie Duncan Alexander zu unterschätzen«, sagte James Teacher.

»Nein, es lohnt sich nicht«, stimmte Nicholas ruhig zu. Er hatte es schon mehrmals getan, und jedesmal war es ihm teuer zu stehen gekommen.

»Kann Ihre Sekretärin vielleicht bei der British Airways feststellen, wann das nächste Flugzeug nach den Bermudas startet?«

»Sie wollen so rasch fort? Ist es Ihnen recht, wenn ich meine Honorarnote direkt an Bernard Wackie nach Bermuda schicke?« fragte Teacher taktvoll.

Bernard Wackie erwartete in Jeans und einem Sporthemd Nicholas persönlich hinter den Zollschranken. Er war von der Sonne braungebrannt und groß, hager und lebhaft.

»Schön, dich wiederzusehen, Nicholas.« Sein Händedruck war kräftig. Er hatte die Sechzig noch nicht erreicht, aber die Vierzig wohl überschritten. Man konnte sein Alter unmöglich abschätzen. »Wir fahren direkt ins Büro, es gibt viel zu besprechen. Ich möchte keine Zeit vergeuden.« Er führte Nicholas rasch durch die glühende Sonnenhitze in die kühle klimatisierte Luft seines Rolls-Royce.

»Es ist schwer, in einer Gesellschaft der Gewinner zu sein, die sich der Verherrlichung des Verlierers widmet«, hatte Wakkie einst erklärt und sein Büro von London in dieses steuerfreie Paradies verlegt.

Für manchen andern wäre das ein Selbstmord gewesen, aber Bernard Wackie hatte das oberste Stockwerk im Gebäude der Bank of Bermuda gemietet und bot von hier aus einem so ausgezeichneten Service mit starken persönlichen Einsatz, dazu eine so umfassende Kenntnis jeglicher Probleme von Schiffseignern und ihren Kapitänen, daß ihm nicht nur seine alten Klienten gefolgt waren, sondern noch viele neue dazugekommen waren.

»Keine Steuern, Nicholas«, grinste er. »Und schau dir diese Aussicht an.« Die malerischen Häuser der Stadt Hamilton erstrahlten in hellen Farben, jenseits der Bucht ragten die Zedern im Sonnenlicht hoch empor und vor dem rosaroten Klubhaus kreuzten Jachten mit bunten Segeln über das tiefgrüne Wasser. »Das ist besser als im winterlichen London.«

»Die Temperatur ist die gleiche«, sagte Nicholas mit einem Blick auf die Klimaanlage.

»Ich bin eben ein heißblütiger Mann«, erklärte Wackie, und als seine schlanke junge Sekretärin auf das Klingelzeichen erschien und die Akten des Ozean Schlepp- und Rettungsdienstes mit der Feierlichkeit einer Hohepriesterin hereinbrachte, schwieg er ehrfürchtig und konzentrierte seine ganze Aufmerksamkeit auf ihren wippenden Busen.

Sie legte die Akten auf den Schreibtisch, lächelte Nicholas betörend an und verschwand wieder mit einem vollendeten Schwung ihrer wohlgeformten Hüften unter dem engen Rock.

»Sie kann auch Schreibmaschine schreiben«, versicherte Wakkie seufzend.

Die Überweisung von Christy Marine war gerade rechtzeitig eingegangen. Die nächte Teilzahlung für die *Sea Witch* war schon achtundvierzig Stunden überfällig.

»Verdammt nochmal«, sagte Wackie. »Man würde nicht glauben, wie schnell man sechs Millionen Dollar loswerden kann.«

»Man muß nicht einmal viel dazu tun«, stimmte Nicholas zu. »Es gibt sich ganz von selbst aus.« Dann fragte er stirnrunzelnd: »Und was ist *das*?«

»Sie haben schon wieder die Indexklausel geltend gemacht, diesmal mit dreieinhalb Prozent!« Die Werft hatte für die *Sea Witch* im Vertrag eine Klausel vorgesehen, wonach die Baukosten vom Stahlpreis und vom allgemeinen Lohnniveau abhängig waren. Den drohenden Werftarbeiterstreik hatte man dadurch vermieden, daß man den Forderungen der Gewerkschaft nachgegeben hatte, und jetzt bekam Nicholas die unangenehmen Auswirkungen zu spüren.

Sie arbeiteten den ganzen Nachmittag, zahlten, zahlten und zahlten. Mit dem Auftanken und den anderen laufenden Kosten der *Warlock*, den Zinsen und Annuitäten für die Bankschulden der Ozean Schlepp- und Rettungsgesellschaft, den Anwaltshonoraren und Agentenprovisionen schmolzen die sechs Millionen zusehends dahin. Eine der wenigen Zahlungen, die Nicholas gerne leistete, war die zwölfeinhalbprozentige Bergungsprämie für die Besatzung der *Warlock*. David Allens Anteil betrug fast dreißigtausend Dollar, der von Vinny

Baker noch einmal fünfundzwanzigtausend – Nicholas schickte ihm mit dem Scheck die Notiz: »Trinken Sie auf meine Rechnung einen Bundaberg!«

»Als nächstes eine gute Nachricht«, Wackie griff nach einer anderen Mappe. »Ich glaube, das mit der Esso ist geregelt. Sie sind böse auf dich, sie haben gedroht, deine Schlepper nie wieder zu beanspruchen, aber sie werden dich nicht verklagen.« Nicholas hatte einen Vertrag gebrochen, als er den Schlepp für die Esso fahren ließ und nach Süden zur *Golden Adventurer* gestartet war; er hatte einen Prozeß erwartet und war nun erleichtert, daß es nicht dazu kam.

»In Ordnung. Was noch?«

So ging es sechs Stunden ununterbrochen weiter.

»Möchtest du etwas essen?« fragte Wackie. Nicholas schüttelte den Kopf und bemerkte erst jetzt, daß es draußen mittlerweile dunkel geworden war. »Einen Drink? Du wirst ihn brauchen, für das was jetzt kommt.«

»Einen Scotch«, bat Nicholas. Die Sekretärin brachte das Tablett und schenkte unter respektvollem Schweigen ein.

»Ist das alles, Mr. Wackie?« fragte sie.

»Für den Augenblick ja, Herzchen.« Er schaute ihr nach und hob dann das Glas gegen Nicholas.

»Auf den Goldenen Prinzen!« Und als Nicholas die Stirn runzelte, fuhr er schnell fort: »Nein, Nicholas, ich nehme dich nicht hoch. Es ist ehrlich gemeint. Du hast es wieder einmal geschafft. Die Scheichs sind soweit, dir ein Angebot zu machen. Sie möchten dich auszahlen, den ganzen Laden übernehmen, einschließlich Verpflichtungen und allem. Natürlich wollen sie, daß du ihn für sie schmeißt – zwei Jahre lang, bis du einen ihrer Männer eingearbeitet hast. Ein höllisch hohes Gehalt«, er redete lebhaft weiter, und Nicholas starrte ihn an.

»Wieviel?«

»Zweihunderttausend Dollar plus zweieinhalb Prozent vom Gewinn.«

»Nicht das Gehalt«, erklärte ihm Nicholas. »Wieviel haben sie für die Gesellschaft geboten?«

»Sie sind Araber, das erste Angebot ist nur ein Auf-den-Busch-klopfen.«

»Wieviel?« fragte Nicholas ungeduldig.

»Es wurde eine diskrete Andeutung auf mehr als fünf Millionen gemacht.«

»Wie hoch werden sie deiner Ansicht nach gehen?«

»Sieben, siebeneinhalb – vielleicht acht.«

Gleich einem fernen erleuchteten Fenster in einer Winternacht tauchte vor Nicholas trotz seiner Müdigkeit die Vision eines neuen Lebens auf, wie Samantha es ihm gezeigt hatte. Ein Leben ohne Hetze, unkompliziert, ein Leben voll Freude und Sinn.

»Schenk mir noch einen ein!« sagte er.

Samantha trug ihr Haar zu zwei Zöpfen geflochten auf dem Rücken, und die abgeschnittenen Jeans ließen ihre langen braunen Beine frei. Die Füße steckten in Sandalen, und die Sonnenbrille war hochgeschoben.

»Ich dachte schon, du würdest nie kommen«, maulte sie, als Nicholas auf dem Miami International durch die Sperre trat. Er ließ seine Reisetasche fallen und fing Samantha auf, als sie sich ihm an die Brust warf. Sie schmiegte sich an ihn, und er atmete den reinen sonnendurchtränkten Duft ihres Haares ein.

Sie bebte vor unterdrücktem Verlangen, und erst an einem leichten Zucken ihrer Schultern erkannte er, daß sie weinte.

»He, was ist mit dir?« Er hob ihr Kinn hoch und sah, daß ihre Augen in Tränen schwammen. Sie schluchzte einmal laut auf. »Was hast du denn, Kleines?«

»Ich bin nur so glücklich«, erklärte Samantha, und Nicholas beneidete sie zutiefst um die Fähigkeit, so intensiv zu empfinden. Er küßte sie, und sie schmeckte salzig nach Tränen. Erstaunt fühlte er, wie es ihm die Kehle zuschnürte.

Als sie aus dem Gebäude in die helle Sonne Floridas hinaustraten, hatte sie beide Arme um seine Hüfte geschlungen, so daß er kaum gehen konnte, und führte ihn zu ihrem Wagen.

»Großer Gott!« rief Nicholas aus und fuhr zurück. Es war ein

Chevrolet Caravan, aber sein Farbanstrich war nicht mehr original. »Was ist denn damit passiert?«

»Ist er nicht ein Meisterwerk?« lachte sie. Er war mit leuchtenden Regenbogenfarben, phantastischen Landschaften und Meeresbildern bemalt.

»Hast *du* das gemacht?« fragte Nicholas, nahm seine Sonnenbrille aus der Brusttasche und besah sich die Seemöwen und Palmen.

Eines der Bilder zeigte das durchscheinende Grün einer sich überschlagenden Welle, und darin zwei menschliche Gestalten auf Surfbrettern. Nicholas beugte sich vor und erkannte in der männlichen Gestalt sich selbst, er sah aus wie eine Kreuzung aus Clark Gable und Supermann – nur noch ein wenig blendender.

»Aus der Erinnerung«, sagte sie stolz.

Trotz der schreienden Farben und des romantischen Stils erkannte er, daß sie Talent hatte.

»Ich finde es toll«, erklärte er. »Aber du erwartest doch nicht, daß ich darin mitfahre – stell dir vor, mich sieht einer meiner Gläubiger!«

Bevor sie den Motor anließ, schaute sie ihn mit ihren großen, grün schimmernden Augen ernsthaft an.

»Wie lange diesmal, Nicholas?« fragte sie.

»Zehn Tage«, erwiderte er. »Tut mir leid, aber ich muß am 25. wieder in London sein. Es steigt eine große Sache. Ich erzähle dir gleich davon.«

»Nein. Ich will es nicht hören, nicht jetzt.«

Sie steuerte den Wagen mit sorglosem natürlichem Geschick über den Highway 95. Als sie vor einem Supermarkt hielt, sah er sie fragend an.

»Fressalien«, erklärte sie und setzte mit einem lasziven Augenrollen hinzu: »Ich vermute, daß ich später furchtbar hungrig sein werde.«

Sie kaufte Steaks, einen Sack voll Zutaten und eine Kruke kalifornischen Riesling, wollte Nick aber nicht bezahlen lassen. »Hier bist du mein Gast.«

Dann erlegte sie die Maut und fuhr über den Rickenbackerdamm nach Virginia Key.

Dann erklärte sie:

»Das hier ist die Meeresabteilung der Universität Miami – und dort am Dammende ist mein Laboratorium – siehst du's?«

Ohne das Tempo zu verringern, raste sie an den zahlreichen Gebäuden vorbei und über die lange Brücke nach Kay Biscayne. Nach fünf Kilometern schwenkte sie scharf in einen schmalen holprigen Weg ein, der sich durch den üppigen tropischen Wald von Götzenfeigen und Fächerpalmen wand und bei einer schindelgedeckten Hütte über dem Strand endete.

»Ich lebe direkt neben meinem Arbeitsgebiet«, erklärte Samantha, als sie vollbepackt mit Lebensmitteln zur vergitterten Veranda hinaufstieg.

»Gehört das dir?« frage Nicholas. Zu beiden Seiten waren nur die Dächer luxuriöser, von den Palmen halb verdeckter Bungalows zu sehen.

»Pa hat es in dem Jahr, in dem ich geboren wurde, gekauft und mir hinterlassen«, erklärte Samantha stolz. »Mein Grund reicht von hier bis dorthin.«

Wenige hundert Meter, aber Nicholas erkannte, wie wertvoll sie waren. Alle wollten gerne am Wasser leben und bauten immer enger nebeneinander.

»Es muß eine Million wert sein.«

»Es hat keinen Preis«, sagte sie energisch. »Das sage ich auch diesen schrecklichen verschwitzten kleinen Männern mit ihren dicken Zigarren. Pa hat es mir hinterlassen, und ich verkaufe es nicht.«

Sie hatte inzwischen die Tür aufgeschlossen und stieß sie mit ihrer spärlich bekleideten Hinterseite auf. »Bleib doch nicht da stehen, Nicholas«, flehte sie ihn an. »Wir haben nur zehn Tage.«

Er folgte ihr in die Küche. Sie warf ihre Last in das Spülbekken und wirbelte auf ihn zu.

»Willkommen in meinem Haus, Nicholas«, sagte sie, schlang die Arme um seine Hüften, zog ihm das Hemd aus dem Gürtel und strich mit den Händen über seinen nackten Rücken. »Du wirst nie wissen, wie sehr. Komm, laß dir alles zeigen – das ist das Wohnzimmer.«

Es war spartanisch eingerichtet, mit indianischen Teppichen und Tonwaren, und Samanthas abgeschnittene Jeans landeten mit Nicholas Hemd mitten auf dem Fußboden.

»Und das – die Überraschung der Überraschungen – ist das Schlafzimmer.«

Es öffnete sich zum Strand hin. Die Seebrise blähte die Vorhänge und das Geräusch der sanften Brandung klang wie der Atem eines schlafenden Riesen, ein tiefes regelmäßiges Rauschen und Seufzen, das die ganze Atmosphäre erfüllte.

Das Bett war zu breit für den Raum, ganz aus Altmessing, mit einer dicken weichen Matratze und einer Flickendecke.

»Ich glaube, ich hätte es nicht noch einen Tag ohne dich ausgehalten«, sagte sie.

Plötzlich war Nicks Leben wieder einfach und unbeschwert. Er fühlte sich so jung und sorgenlos. Die banalen Plackereien, das Versteckenspiel, die Lügen und Betrügereien hatten in diesem kleinen Universum, der winzigen Holzhütte am Meeresstrand mit dem riesigen Messingbett, keinen Platz.

Samanthas Labor war ein quadratischer Raum, auf Stützen über dem Wasser gebaut, und das leise Summen der elektrischen Pumpen ging unter im Plätschern der kleinen Wellen unterhalb.

»Das ist mein Reich«, erklärte sie Nick. »Und dies hier sind meine Untertanen.«

In langen Reihen standen da an die hundert Behälter, ähnlich kleinen gläsernen Aquarien für Goldfische, und über jedem hing eine komplizierte Anordnung von Spulen, Flaschen und elektrischen Leitungen.

Nicholas schlenderte zum nächstgelegenen Behälter und schaute hinein.

Er enthielt eine einzige, große, weitgeöffnete Salzwassermuschel. Dünne Kupferdrähte führten zu jeder der beiden Schalen.

Samantha trat neben ihn und betätigte einen Schalter. Sogleich begann sich die zylindrische Rolle über dem Behälter zu drehen und ein Stift zeichnete eine gleichmäßige Kurve auf das Papier, ein Tal und zwei Hügel, der zweite ein wenig höher als der erste und dann wieder das Tal.

»Ich habe sie an einen Stromkreis angeschlossen und schicke ihr einen elektrischen Strom durch das Herz – es ist nur einen Millimeter groß – aber jeder Herzschlag verändert den Widerstand, und der Stift zeichnet das auf.« Sie betrachtete einen Augenblick lang die Kurve. »Es ist eine sehr gesunde, lebensfreudige ›Spisula solidissima‹.«

»Was ist so interessant an ihrem Herzen?« fragte Nick.

»Das ist die einfachste und billigste Methode zur Feststellung von Verunreinigungen, die wir bisher entdeckt haben – oder besser, die *ich* entdeckt habe«, stellte sie ohne falsche Bescheidenheit fest.

Sie nahm ihn bei der Hand und führte ihn durch die lange Reihe der Behälter. »Sie sind unheimlich empfindlich für jede Unreinheit in ihrer Umgebung, und der Herzschlag reagiert fast augenblicklich auf jede Fremdsubstanz oder Chemikalie, organisch oder nicht, auch in so winzigen Spuren, daß es einen gut ausgebildeten Spezialisten mit einem Spektroskop braucht, um sie zu entdecken.«

Nicholas fühlte, wie sich seine mäßige Aufmerksamkeit in echtes Interesse verwandelte, als Samantha begann, ihm Proben der üblichen Verunreinigungen auf dem einzigen Arbeitstisch in dem kleinen beengten Labor zu zeigen.

»Hier«, sie hob ein Reagenzglas hoch, »aromatische Kohlenwasserstoffe, die giftigeren Bestandteile des Rohöls – und hier«, sie zeigte das nächste Reagenzglas, »Quecksilber in einer Konzentration von hundert Teilen auf eine Million. Hast du die Aufnahmen von den japanischen Kindern in Kiojo gesehen, denen sich das Fleisch von den Knochen löst? Das war Quecksilber. Liebliches Zeug.«

Sie griff nach einem anderen Glas. »PCB, ein Nebenprodukt der Elektroindustrie, der Hudson River ist voll davon.«

Sie zeigte auf weitere Gläser. »Arsen, das bevorzugte Gift der ehrwürdigen Agatha Christie, und dann hier der wirklich ärgste Vater aller Gifte – Kadmium, als Sulfid leicht absorbierbar. Bei hundert Teilen auf eine Million ist es genauso tödlich wie eine Neutronenbombe.«

Er sah zu, wie sie das Tablett mit den Reagenzgläsern zu den Behältern trug und die Elektrokardiographen einschaltete. Jeder begann den normalen Herzschlag der Muschel aufzuzeichnen.

»Jetzt«, sagte sie, »schau dir das an.«

Unter Laborbedingungen begann sie die schwachen Lösungen einzutropfen, in jeden Behälter eine andere.

»Diese Lösungen sind so schwach, daß die Tiere nicht das geringste davon merken, sie werden weiterhin fressen und sich vermehren, erst auf lange Sicht lassen sich Anzeichen systematischer Vergiftung feststellen.«

Samantha war jetzt ein anderer Mensch, ein kühler, rasch überlegender Fachmann.

»Da«, sagte sie mit grimmiger Befriedigung, als der Stift auf einer der Anzeigenrollen eine leichte doppelte Zuckung bis zum Endausschlag aufzeichnete und dann eine kaum erkennbare, flache zweite Zuckung. »Die charakteristische Reaktion auf aromatische Kohlenwasserstoffe.«

Sie ging zum nächsten Behälter.

»Siehst du das Schwanken der Kurve im Tal und die teilweise Beschleunigung des Herzschlags? Das ist Kadmium bei zehn Teilen auf eine Million, bei hundert Teilen tötet es alles Leben im Meer, bei fünfhundert auch den Menschen allmählich, bei siebenhundert Teilen in der Luft oder in flüssiger Lösung würde es ihn allerdings sehr schnell töten.«

Nicholas' Interesse wurde zur Faszination, als er Samantha half, die Experimente aufzuzeichnen und Strömung und Konzentration in den Behältern zu kontrollieren.

Er fühlte den Kitzel von Grausen und Ekel, während er

den Todeskampf der Muschel beobachtete. »Es ist makaber.«

»Ja.« Sie trat von den Behältern zurück. »Das ist der Tod immer. Aber diese Organismen haben ein so rudimentäres Nervensystem, daß sie den Schmerz nicht so fühlen wie wir.« Sie schauderte leicht.

»Jetzt habe ich aber Hunger«, verkündete sie dann und sah zu den Fiberglasscheiben im Dach auf. »Kein Wunder! Es ist schon dunkel!«

Während sie das Labor aufräumten und saubermachten und noch einmal die Pumpen und Elektrosysteme überprüften, erklärte Samantha: »Wir haben jetzt in fünf Stunden über hundertfünfzig Proben verseuchten Wassers getestet und genaue Hinweise über fast fünfzig gefährliche Stoffe erhalten – für vermutlich nicht mehr als fünfzig Cents je Probe.«

Sie knipste die Lichter aus. »Das gleiche mit einem Gas-Spektroskop zu erreichen, würde fast zehntausend Dollar und zwei Wochen harter Arbeit kosten.«

»Du bist eine gescheite Frau – ich bin beeindruckt, wirklich beeindruckt«, sagte Nicholas.

Bei ihrem psychedelischen Chevrolet angekommen, sah sie im Licht der Straßenlampen schuldbewußt zu ihm auf.

»Macht es dir was aus, wenn ich dich vorzeige, Nicholas?«

»Wie meinst du das?« fragte er argwöhnisch.

»Die Kollegen essen heute abend Krabben. Dann übernachten sie auf dem Boot und fahren morgen früh auf Fischfang – aber wir müssen nicht hingehen. Wir können ebensogut noch einmal Steak essen und eine Flasche Wein dazu trinken.« Aber er sah, daß sie wirklich gern hingehen wollte.

Das Boot war siebzehn Meter lang, ein alter Fischerkahn, mit einem unansehnlichen Ruderverschlag im Bug, der wie ein Schilderhaus aussah. Sogar mit seinem neuen Anstrich wirkte es altmodisch.

Es lag am Ende des Universitätsdammes vertäut, und schon als sie näher kamen, hörten sie die Stimmen und das Gelächter unter dem Deck.

»Tricky Dicky«, las Nicholas den Namen am hohen häßlichen Heck.

»Aber wir lieben sie«, sagte Samantha und führte Nick über die schmale Laufplanke. »Sie gehört der Universität und ist nur eines unserer vier Forschungsschiffe. Die anderen sind alle toll modern, sechzig Meter lang, aber die *Dicky* ist unser Boot für kurze Exkursionen in den Golf oder die Küste entlang, und außerdem ist sie das Clubhaus der Fakultät.«

Die Hauptkajüte war mönchisch einfach eingerichtet, nackte Planken, harte Bänke und ein einziger langer Tisch, aber drinnen drängten sich wie in einer schicken Diskothek eine Menge junger sonnenverbrannter Menschen beiderlei Geschlechts in verschossenen Jeans und T-Shirts.

Der starke Duft schmorender Golfkrabben und geschmolzener Butter erfüllte die Luft, und auf dem Tisch standen große Krüge mit kalifornischem Wein.

»He!« schrie Samantha durch das Stimmengewirr hitziger Dispute und schlagfertiger Antworten. »Das ist Nicholas.«

Es wurde einigermaßen still, als ihn die ganze Gesellschaft mit der unter Neugier verborgenen Feindseligkeit des Stammes gegen den Eindringling musterte, diesen Störenfried in ihrer geschlossenen, sorgfältig gehüteten Gruppe. Nicholas hielt der Prüfung gelassen stand. Es gab unter den Anwesenden kein unintelligentes Gesicht, in allen stand jene spezielle Selbstsicherheit, die dem Bewußtsein eigenen Wertes entspringt.

Am Kopfende des Tisches saß ein hochgewachsener eindrucksvoller Mann, der älteste in der Kabine, vielleicht in Nicks Alter oder ein wenig darüber, denn in seinem Bart zeigten sich bereits Silberfäden.

«Hi, Nick«, strahlte er. »Ich will nicht behaupten, daß wir von dir noch nichts gehört hätten. Sam hat uns bis zum Erbrechen von dir erzählt –«

»Hör auf damit, Tom Parker«, unterbrach ihn Samantha scharf, und alle lachten.

»Hi, Nick, ich bin Sally-Anne.« Ein hübsches Mädchen mit chinablauen Augen hinter einer Nickelbrille drückte ihm ein

Wasserglas voll Wein in die Hand. »Wir haben zuwenig Gläser, du wirst deines wohl mit Sam teilen müssen.«

Sie rutschte auf der Bank ein Stückchen weiter und machte ihnen ein wenig Platz, und Samantha setzte sich auf Nicholas' Schoß. Der Wein war ein herber, starker Roter, aber Samantha schlürfte ihren Anteil mit einem Genuß, als wäre es ein 53er Château Lafitte. Sie beugte sich zu Nicholas' Ohr und flüsterte:

»Tom ist Professor der biologischen Fakultät, er ist ein Schatz. Nach dir – ist er mir der liebste Mann auf Erden.«

Eine Frau kam aus der Kombüse und brachte eine große, hoch mit rosa Krabben beladene Platte und eine Schüssel voll zerlassener Butter herein. Sie erntete einen Beifallssturm, und dann stürzten sich alle mit unverhohlenem Appetit darüber.

Die Frau war groß und schlank, mit dunklen Zöpfen und einem energischen interessanten Gesicht. Sie trug eine enge Hose, war aber älter als die anderen Frauen. Sie blieb neben Tom Parker stehen und legte einen Arm um seine Schultern.

»Das ist Antoinette, seine Frau.« Antoinette lächelte zu ihnen herüber, musterte Nicholas mit dunklen sanften Augen und nickte dann.

Das Essen hemmte die Unterhaltung keineswegs. Im lebhaften Fluß der Diskussion, die rasch von Neckereien zu tiefem Ernst und wieder zurückschwang, kamen gutfundierte Ansichten zum Ausdruck, während gleichzeitig fettige Finger die Krabben zerteilten.

Von jedem, der sprach, flüsterte Samantha ihm Namen und Fachgebiet ins Ohr. »Hank Peterson, er macht eine Doktorarbeit über den blauen Thunfisch – seine Laichgewohnheiten und Wanderrouten. Hank will morgen auf Fischfang ausfahren.«

»Das ist Michelle Rand, sie ist von der UCLA als Gast hier, spezialisiert auf Tümmler und Wale.«

Plötzlich sprachen alle über einen Schuft von Tankerkapitän, der in der vergangenen Woche mitten in der Florida-Straße seine Tanks gereinigt und einen fünfzig Kilometer langen Ölteppich im Golfstrom hinterlassen hatte.

»Wir haben ihn ausfindig gemacht«, brummte Tom Parker

wie ein gereizter Bär. Nick wußte, daß das durch ein Verfahren möglich war, bei dem man eine Probe aus dem Ölfleck entnahm, sie mittels eines Gasspektroskops untersuchte und dann mit den Restspuren aus den Tanks des Verdächtigen verglich, die einem die Küstenwache gerne beschaffte. Eine Identifikation dieser Art genügte, um den Übeltäter vor einem internationalen Gericht anzuklagen. »Aber die Schwierigkeit liegt darin, den Hurensohn vor den Richter zu bringen«, fuhr Tom Parker fort. »Er befand sich fünfzig Meilen außerhalb unserer Hoheitsgewässer, als ihn die Küstenwache erwischte, und außerdem war er in Liberia registriert.«

»Wir haben versucht, derartige Fälle in den letzten Vorschlägen zur Sprache zu bringen, die ich der Seekonferenz machte.«

Nick erklärte ihnen die Schwierigkeiten, auf internationaler Ebene Recht zu sprechen, sowie jemanden für einen groben Verstoß zur Rechenschaft zu ziehen. Er zählte ihnen auf, was bisher getan worden war, was in Vorbereitung stand und schließlich, was seiner Meinung nach noch geschehen mußte, um das Meer zu schützen.

Samantha stellte wieder einmal stolzgeschwellt fest, daß alle zuhörten, wenn Nicholas Berg sprach. Im Augenblick jedoch, als er schwieg, überfielen sie ihn von allen Seiten mit scharfen Fragen. Er antwortete ihnen in derselben Weise, gerüstet mit der vollständigen Kenntnis seines Themas, und Samantha bemerkte, wie sich die Haltung der Gruppe Nick gegenüber änderte, wie sich die Reihen öffneten, um ihn aufzunehmen, weil er das richtige Losungswort gefunden hatte und sie ihn als einen der ihren anerkannten, als einen aus der Elite.

Am Kopf des Tisches saß Tom Parker, hörte zu, nickte oder runzelte die Stirn, wenn er anderer Meinung war. Er hatte einen Arm um Antoinettes schlanke Taille geschlungen, und sie spielte gedankenverloren mit einer Locke seines dicken drahtigen Haares.

Tom Parker hatte sechzig Kilometer vor der Küste, wo der Golfstrom blau, warm und schnell nach Norden floß, Fische entdeckt. Vor einer Kulisse von Gewitterwolken, die den Horizont verdeckten, stürzten sich Vögel mit angelegten Flügeln nieder und tauchten in das dunkelblaue Wasser hinab, das hoch aufspritzte. Sekunden später kamen sie wieder an die Oberfläche, reckten die Hälse, um die Beute in ihren Kropf hinunterzuwürgen, bevor sie sich erneut in die Luft erhoben.

»Sardellen«, brummte Tom Parker, als sie sahen, wie die aufgeregten Beutefische das Wasser unterhalb des Vogelschwarms zum Schäumen brachten. »Könnten Bonitos unter ihnen sein.«

»Nein«, sagte Nick. »Das sind nach der Art, wie sie die Sardellen zusammenhalten, Thunfische.«

»Gilt's fünf Dollar?« fragte Tom, und warf das Steuer herum.

»Angenommen«, grinste Nick zurück, und in diesem Augenblick sahen beide einen Fisch hochspringen, einen glänzenden, schimmernden Torpedo, lang wie ein Mannsarm. In einem Bogen tauchte er mit lautem Klatschen, das sie alle trotz des Maschinenlärms hörten, wieder ins Wasser.

»Ein Schwarm Thunfische – jeder bis zu zwanzig Pfund«, stellte Nick ruhig fest.

»Fünf Dollar«, brummte Tom ärgerlich. »Verdammt, du kommst mich schön teuer, Mann.« Dann rief er durch das offene Fenster des Ruderhauses auf das Deck hinaus: »In Ordnung, Leute, es sind Thunfische.«

Aufgeregt schwatzend stürzten sie sich in einem wilden Durcheinander auf die Leinen und Bootshaken. Das war Petersens große Stunde, er war der Thunfischexperte und wußte so viel über ihre Gewohnheiten wie kaum ein anderer. Aber als er daranging, sie zu fangen, stellte Nick trocken fest, daß er alles besser konnte als gerade das.

Auch Tom Parker war kein Fischer. Er fuhr auf den Schwarm zu und steuerte die *Tricky Dicky* mitten hindurch, so daß die Vögel und Fische erschreckt auseinanderstoben – aber rein durch Zufall hatte jemand im Heck einen am Haken und brachte nach vielem Zerren und Ziehen und Ermunterungsrufen seiner Kollegen ein unglückliches Thunfischbaby über die

Reling. Es sprang und glitt über das Deck, gejagt von einer durcheinanderschreienden Horde von Wissenschaftlern, die stolpernd und schlitternd schließlich den Fisch an der Reling in die Enge trieben. Die ersten drei Versuche, die Plastikmarke anzubringen, schlugen fehl.

»Macht ihr das öfter?« fragte Nicholas milde.

»Das erste Mal mit diesen Leuten«, gab Tom Parker offenherzig zu. »Du würdest es nicht für möglich halten.«

Endlich beförderten sie triumphierend den Fisch ins Meer zurück. Die Widerhaken der Plastikmarke steckten gefährlich nahe an seinen lebenswichtigen Organen, und wenn ihn das nicht umbrachte, so genügte wahrscheinlich die rauhe Behandlung. Er trieb bauchoben dahin, taub für Samanthas angstvolle Rufe:

»Schwimm, Fisch, tauch unter und schwimm!«

»Wie wär's, wenn wir es auf meine Art versuchen würden?« fragte Nick, und Tom überließ ihm widerspruchslos das Kommando.

Nicholas suchte die vier kräftigsten und geschicktesten jungen Männer aus und brachte ihnen in einem Schnellkurs bei, wie man mit den schweren Leinen und den japanischen Federködern umging, wie man sie auswarf und mit einer raschen Handbewegung, die die Leine zwischen die Füße brachte, wieder einzog. Dann teilte er jedem einen Platz an der Steuerbordreling zu, zusammen mit einem Helfer, der einen Bootshaken bereithielt. Hank Petersen mußte sich aufs Dach des Ruderhauses setzen, um die gefangenen Fische zu zählen und die Nummern der Plaketten zu notieren.

Innerhalb einer Stunde fanden sie einen anderen Schwarm, und Nicholas umkreiste ihn, bis er das Steuer der *Tricky Dicky* hart steuerbord festzurren konnte, so daß sie von selbst einen gleichmäßigen Kreis um den Schwarm beschrieb. Dann eilte er auf das Deck hinaus.

Die eng eingeschlossenen Fische peitschten mit ihren Schwänzen die Wasseroberfläche, und sie schäumte wie ein Brei von geschmolzenem glänzendem Silber.

Wenige Minuten später hatte Nicholas seine vier Fischer dazu gebracht, in stetigem Rhythmus die Leinen in das sprudelnde Wasser zu werfen. Fast augenblicklich schnappte ein Thunfisch den Köder, die Fischer schwangen die Arme über den Kopf und holten ihre Beute rasch und mit geringer Anstrengung heraus. Nun lehrte Nick sie, den stromlinienförmigen Fischleib unter der linken Achsel festzuhalten, den Haken aus dem Kiefer zu nehmen, ohne den empfindlichen Gaumen zu verletzen, und die Marke mit den Widerhaken in den Rückenmuskel zu drücken. Als der Fisch wieder ins Wasser zurückgeworfen wurde, zeigte er keinerlei Nachwirkungen, sondern fing fast augenblicklich wieder an zu fressen.

Jede Plastikmarke trug eine Nummer und in fünf Sprachen die Bitte, sie mit allen Angaben über Auffindungsort und Zeit an die Universität Miami zurückzuschicken. So kamen wertvolle Angaben über die Schwarmbewegung und ihre jährliche Erdumkreisung zusammen. Von den Laichgründen irgendwo in der Karibik nahm der Schwarm seinen Weg im Golfstrom nach Norden und östlich über den Atlantik, dann nach Süden und um das Kap der Guten Hoffnung. Von dort wieder nach Osten und südlich an Australien vorbei, in einem großen Bogen durch den Pazifik, zwischen japanischen und kalifornischen Thunfischfängern spießrutenlaufend, dann durch die eiskalten Wasser am Kap Horn und schließlich an der Ostküste Südamerikas wieder zurück zu den Laichgründen in der Karibik.

Als die *Dicky* bei Sonnenuntergang heimwärts lief, saßen sie auf dem Dach des Ruderhauses, tranken Bier und schwatzten. Nicholas musterte sie unauffällig und entdeckte an ihnen eine Menge der Qualitäten, die er an seinen Mitmenschen schätzte.

Samantha kuschelte sich herrlich müde an seine Schulter, und die Sonne sank allmählich in blutrot flammender Pracht ins Meer.

Tom Parkers Büro hatte Bücherregale bis zur Decke, die sich unter den Hunderten in Flaschen aufbewahrten Proben und den Reihen wissenschaftlicher Veröffentlichungen bogen.

Er saß bequem zurückgelehnt in seinem Drehstuhl, die Füße mitten auf dem überladenen Schreibtisch gekreuzt.

»Ich habe mich über dich erkundigt, Nicholas. Verdammte Unverschämtheit, nicht wahr? Ich entschuldige mich.«

»War es wenigstens interessant?« fragte Nicholas nachsichtig.

»Es war nicht schwer, Nicholas, du hast ein eindrucksvolles Kielwasser hinterlassen.«

»Ich war sehr beschäftigt«, gab Nicholas zu.

»Bier?« Parker ging zum Kühlschrank in der Ecke, auf den ein Schild geklebt war: »Zoologische Proben. NICHT ÖFFNEN!«

»Es ist noch zu früh für mich.«

»Das ist es nie«, sagte Parker und riß eine Dose auf. »Ja, du warst sehr beschäftigt. Eigentlich seltsam, daß um manche Menschen herum so viel passiert.«

Nicholas antwortete nicht, und Parker fuhr fort: »Wir brauchen einen Mann, der Gedanken und Pläne in die Tat umsetzen kann. Ich weiß, was du geleistet hast. Ich habe dich sprechen hören. Ich habe gesehen, wie du dich bei allem anstellst, und diese Dinge zählen. Und vor allem weiß ich, daß du dir Gedanken machst.«

»Das klingt, als wolltest du mir einen Job anbieten, Tom.«

»Ich will nicht lange herumreden, Nick, ja, ich biete dir einen Job an.« Er wischte Einwände mit seiner riesigen Pranke fort. »Teufel nochmal, ich weiß, du bist ein vielbeschäftigter Mann, aber ich bin eben in die Idee verknallt, dich zu einem außerordentlichen Professor zu machen. Wir würden ein bißchen von deiner Zeit beanspruchen, wenn es darauf ankommt, in Washington Krach zu schlagen, wenn wir einen Mann brauchen, der die praktische Seite des Meeres kennt und die Leute, die es befahren und mißhandeln. Wir brauchen einen Mann, der ein harter Geschäftsmann ist, der die wirtschaftliche Seite des Seehandels kennt, der aber auch den menschlichen Bedarf an Erdöl gegen die Gefahr der Meeresverseuchung abzuwägen vermag.« Parker nahm einen kräftigen Schluck Bier und spähte heimlich nach einer Reaktion Nicks. Als er keine feststellen konnte, fuhr er noch beschwörender fort: »Vielleicht haben wir den engen Horizont von Spezialisten. Man hält uns für weiß Gott wie sentimental, für überspannte Unheilspropheten, für langhaarige intellektuelle Hippies. Wenn aber du, Nick, in ein Kongreßkomitee kämst, würden sie aus ihrem verkalkten Dämmerzustand aufwachen und ihre Hörbehelfe einschalten.« Nick schwieg noch immer, und Parker begann langsam zu verzweifeln. »Was können wir dir als Gegenleistung bieten? Ich weiß, du bist nicht knapp bei Kasse, und es wären nur lausige zwölftausend im Jahr, aber außerordentlicher Professor ist ein netter Titel. Wir müssen damit anfangen, dann können wir langsam auf eine volle Professur zusteuern – einen Lehrstuhl für angewandte Ozeanologie, oder so ein ähnliches Gebiet. Ich weiß nicht, was wir dir noch bieten könnten, Nick, ausgenommen vielleicht das gute warme Gefühl im Bauch, daß du eine schwierige Arbeit tust, die getan werden muß.« Er hielt wieder inne und schüttelte traurig den mächtigen struppigen Kopf.

»Du bist nicht interessiert?«

Nick stand auf. »Wann fange ich an?« fragte er und als sich Parkers Gesicht zu einem breiten strahlenden Grinsen verzog, streckte Nick die Hand aus: »Ich glaube, ich nehme doch ein Bier.«

Das Wasser war kühl genug, um belebend zu wirken. Nick und Samantha schwammen so weit hinaus, daß sich die Küste fast im dichten Dunst verlor. Dann kehrten sie um und schwammen Seite an Seite zurück. Der Strand war verlassen.

Es war die richtige Zeit, ihr zu erzählen, und er tat es mit allen Einzelheiten, angefangen von dem Angebot der Scheichs, den Ozean Schlepp- und Rettungsdienst zu kaufen.

»Wirst du verkaufen?« fragte sie ruhig. »Das wirst du doch nicht wollen?«

»Für bare sieben Millionen Dollar? Weißt du, wieviel Geld das ist?«

»Das übersteigt meine Begriffe«, sagte sie. »Aber was würdest du dann tun? Ich kann mir nicht vorstellen, daß du für den Rest deines Lebens Golf oder Bowling spielst.«

»Das Angebot setzt voraus, daß ich die Gesellschaft zwei Jahre lang leite, und außerdem wurde mir eine Teilzeitbeschäftigung angeboten, die jede Minute in Anspruch nehmen wird, die ich erübrigen kann.«

»Was für eine Beschäftigung?«

»Als außerordentlicher Professor der Universität Miami.«

»Du ziehst mich auf«, beschuldigte sie ihn.

»Das ist nur der Anfang«, erwiderte er. »In zwei Jahren könnte es ein Lehrstuhl für angewandte Ozeanologie werden. Tom will, daß ich mich der praktischen Seite der Umweltschutzforschung annehmen. Ich soll dafür sorgen, daß Gesetzgeber auf den Seekonferenzen etwas für den Umweltschutz tun, ich wäre gewissermaßen eine Feuerwehr –«

»O Nick, Nick!«

»Ach du liebe Zeit!« tadelte er. »Du weinst ja schon wieder.«

»Ich kann nichts dafür.« Sie schlang naß, kalt und voller Sand ihre Arme in überschäumender Freude um ihn. »Weißt du, was das bedeutet, Nick? Du ahnst es nicht!«

»Sag's mir«, bat er. »Was bedeutet das?«

»Das bedeutet, daß wir in Zukunft nicht nur miteinander essen und schlafen – nein, alles gemeinsam tun können: arbeiten und spielen und vor allem zusammenleben, wie Mann und Frau es sollten.« Sie war wie überwältigt und erschreckt von der Größe dieser Vision.

»Die Aussicht erschreckt mich durchaus nicht«, murmelte er leise und hob ihr Kinn.

Später, als sie unter der Dusche Salz und Sand abgewaschen hatten, lagen sie zusammen auf der Flickendecke in der Dunkelheit, mit dem Rauschen der Brandung als Hintergrundmusik zu den Träumen und Plänen, die sie spannen.

»Ich muß am Donnerstag in London sein!«

»Zerstöre jetzt nicht alles«, murmelte sie schläfrig.

»Und am 7. April lassen wir die *Sea Witch* von Stapel.«

»Ich höre nicht zu«, flüsterte sie.

»Willst du sie von Stapel lassen – ich meine, willst du die Schampusflasche an ihrem Bug zerschmettern und sie taufen?«

»Nick, ich kann nicht mein Leben damit verbringen, den Atlantik zu überqueren, nicht einmal für dich. Ich habe meine Arbeit.«

»Peter wird dort sein, kann dich das nicht verlocken?«

»Du weißt genau, daß ich kommen werde. Ich würde es für nichts auf der Welt versäumen wollen.« Sie rückte ihm auf der Decke näher und ihre Lippen fanden sein Ohr. »Ich fühle mich geehrt.«

»Ihr seid eben alle beide *sea witches*, Seehexen«, erklärte ihr Nick.

»Und du bist mein *warlock*, mein Magier.«

»Seehexe und Magier«, lachte er, »gemeinsam wirken sie Wunder.«

»Schau, ich weiß, es ist sehr unbescheiden von mir, aber da wir alle beide wach sind und es erst zwei Uhr morgens ist, wäre ich sehr, sehr dankbar, wenn du gleich jetzt eines deiner kleinen Wunder vollbringen würdest.«

»Mit größtem Vergnügen«, erklärte er.

Als Nicholas aus dem amerikanischen Konsulat trat und auf seine Uhr blickte, sah er, daß er zu früh dran war, und schlenderte trotz des feinen Regens langsam über die Place de la Concorde.

Lazarus war schon vor Nick beim Treffpunkt und stand beim Obelisken, dick gegen die Kälte vermummt, ganz in blau gekleidet, mit einem langen Schal um den Hals und einem dunkelblauen Hut so weit nach vorn gezogen, daß er die glatte Wölbung der bleichen Stirn verbarg.

»Suchen wir uns ein warmes Lokal«, schlug Nick vor.

»Nein«, sagte Lazarus und sah durch die dicken Brillengläser zu ihm auf. »Gehen wir lieber ein Stück.«

Er führte ihn das Seine-Ufer entlang in Richtung des Petit Palais.

Zu dieser unwirtlichen Nachmittagsstunde waren sie die einzigen Spaziergänger und wanderten schweigend drei oder vierhundert Meter weiter, bis sich Lazarus sicher fühlte. Aber als er endlich zu sprechen begann, blickte er immer wieder über die Schulter zurück, und als zwei algerische Studenten in Parkas sie überholten, wartete er, bis sie weit voraus waren, bevor er weitersprach.

»Sie wissen, daß Sie nichts Schriftliches bekommen?« piepste er.

»Ich habe ein Bandgerät in der Tasche«, versicherte Nick.

»Gut, dazu sind Sie berechtigt.«

Lazarus machte eine Pause; es war fast, als würde ein Tonband in einen Computer eingelegt. Denn als er wieder zu sprechen begann, hatte seine Stimme einen ganz anderen Klang, einen fast elektronischen Tonfall, als wäre er wirklich ein Automat.

Zuerst kam eine Aufzählung der Besitzwechsel in den Anteilen der dreiunddreißig Gesellschaften, die zusammen das Imperium von Christy Marine bildeten, jede einzelne Transaktion in den vorangegangenen achtzehn Monaten.

Er mußte Zugang gehabt haben, stellte Nicholas fest, um so genau berichten zu können. Er wußte Daten, die Nummern der Anteile, den Veräußerer und den Empfänger. Sogar die Übertragung des Schlepp- und Rettungsdienstes an Nicholas und der Transfer seiner Christy-Anteile als Gegenleistung wurden peinlich genau berichtet und das bestätigte die Exaktheit der anderen Informationen. Nick würde sie später genau studieren müssen.

An der Ecke der Champs-Elysées und der Rue de la Boëtie machte Lazarus halt. Seine formlose Stupsnase war von der Kälte ungesund gerötet, sein Atem ging mit jedem Schritt rauher und angestrengter. Wahrscheinlich war der kleine Mann asthmatisch, dachte Nicholas, und fast wie zur Bestätigung nahm Lazarus ein Pillenschächtelchen aus der Tasche und steckte eine kleine rosa Tablette in den Mund, bevor er auf ein Kino zusteuerte und zwei Karten kaufte.

Es lief ein schlecht synchronisierter, stark abgespielter Pornofilm, aber das Kino war fast leer, so daß sie im rückwärtigen

Teil des Saales, wo sie ungestört waren, zwei Plätze fanden.

Lazarus starrte unbeteiligt auf die Leinwand, als er mit dem zweiten Teil seines Berichts begann, einer detaillierten Aufgliederung der Bargeldbewegungen innerhalb der Gruppe, und Nicholas staunte abermals über die Spürnase dieses Mannes.

Lazarus entwarf in wenigen Worten ein Bild davon, wie das Zusammenziehen ungeheurer Summen von einem meisterhaften Taktiker gesteuert und in geregelte Bahnen geleitet wurde. Dann war der Fluß der Mittel plötzlich nicht mehr so gleichmäßig und ungestört gewesen. Es gab Wirbel und Stockungen und Widersprüche, die für Nicholas mißtönend klangen wie von einer gesprungen Glocke. Als Lazarus seinen Bericht mit dem Status von vor vier Tagen beendet hatte, wurde Nicholas klar, daß sein Verdacht berechtigt gewesen war. Duncan hatte die Christy-Gruppe nahe an den Rand des Abgrunds gebracht.

In dem schäbigen Samtsessel zusammengesunken, beide Hände in den Taschen seines Trenchcoats vergraben, beobachtete Nicholas die unglaublichen Szenen auf der Leinwand, ohne sie wirklich zu sehen, während Lazarus neben ihm einen Inhalator aus der Tasche holte, und geräuschvoll einen feinen Nebel in seine Kehle sprühte. Anscheinend erleichterte ihn das fast augenblicklich.

»Transport- und Schiffsversicherungen für die im Besitz der Christy-Marine-Gruppe befindlichen Schiffe –«, fuhr er dann fort und zählte Namen, Zahlen und Daten auf; Nicholas wurde bald der Trend klar. Duncan war dazu übergegangen, alle seine Schiffe bei seiner eigenen Gesellschaft, der European Insurance and Banking, zu versichern.

Das letzte Schiff in der Aufzählung war die *Golden Dawn*. »Christy Marine hat sich nicht einmal für sie an Lloyd's gewendet.« Das wußte Nicholas schon. »Aber von den Festlandsachverständigen wurde sie als erstklassig eingeschätzt«, was viel leichter zu erhalten und weniger bedeutend war, als das gewichtige 1 A bei Lloyd's.

Lazarus sprach weiter, senkte jedoch seine Stimme ein

wenig, als ein neuer Zuschauer hereinkam und zwei Reihen vor ihnen Platz nahm.

»Auch die Versicherung für die *Golden Dawn* ist ohne Lloyd's abgeschlossen.« Das Hauptrisiko lag bei der London and European Insurance. Wieder hatte Duncan bei sich selbst versichert, stellte Nicholas wütend fest. Lazarus zählte weitere Gesellschaften auf, die auf Grund einer Rückversicherung einen Teil des Risikos trugen. Aber alles war zu undurchsichtig, zu vage.

Einige der Namen von Rückversicherern waren ihm vertraut. Sie waren schon auf der Liste der Empfänger von Christy-Marine-Anteilen erschienen.

Das Ganze war so raffiniert verworren, so sorgfältig verknüpft und verschlungen, daß nur jemand, der wie Nicholas Christy Marine genau kannte, Verdacht schöpfen konnte.

Ein Team von Buchprüfern würde Jahre brauchen, um dieses Schwindelgewebe zu entwirren. Anfänglich hatte Nicholas gedacht, Duncan Alexander wäre am leichtesten zu stoppen, wenn sich der Verdacht bei den Hauptgläubigern herumsprach, vor allem bei jenen, die den Bau der *Golden Dawn* finanzierten. Aber es gab keine harten Fakten, es waren alles nur Annahmen und Unterstellungen. Bis Fakten ans Licht gebracht werden konnten und zum Himmel stanken, würde die *Golden Dawn* mit einer Million Tonnen Rohöl auf hoher See sein. Duncan würde genügend Zeit gewonnen haben, seinen Gewinn einzustreichen und das Schiff einem vollkommen unkontrollierbaren Griechen oder Chinesen zu verkaufen, wie er geprahlt hatte. Nein, so ging das nicht, man mußte Duncan zwingen, die Konstruktion des Ultratankers abzuändern, um das Risiko auf ein vertretbares Maß zu reduzieren, man mußte ihn zwingen, den ursprünglich von Nicholas festgesetzten Standard für dieses Schiff zu akzeptieren.

Lazarus hatte den Versicherungsteil seines Berichtes abgeschlossen und stand plötzlich auf. Erleichtert folgte ihm Nicholas den Gang entlang in die Kälte des Pariser Abends und in die Dünste hinaus, die über der geschäftigen Stadt hingen.

Lazarus führte ihn ostwärts durch das VIII. Arrondissement, während er die Einzelheiten der Frachtverträge für alle im Besitz der Christy-Marine-Gruppe befindlichen Schiffe einschließlich der Vertragspartner, Prämien und Laufzeiten aufzählte. Nicholas verließ sich auf das Bandgerät in seiner Tasche und hörte nur oberflächlich zu. Vielmehr grübelte er über all das nach, was er bisher von diesem außergewöhnlichen kleinen Mann erfahren hatte – und dabei hätte er es beinahe überhört.

»Am 10. Januar hat Christy Marine einen Verschiffungsvertrag mit der Orient Amex abgeschlossen. Die Laufzeit beträgt zehn Jahre. Er gilt für die *Golden Dawn*. Der Tarif ist 10 Cents für hundert Tonnenmeilen mit einer jährlichen Mindestgarantie von fünfundsiebzigtausend Seemeilen.«

Als Nicholas das Stichwort *Golden Dawn* hörte, wurde er aufmerksam. Mit dem Preis von 10 Cents für hundert Tonnenmeilen stimmte etwas nicht, er war zu hoch, viel zu hoch, bei diesem gedrückten Markt geradezu unsinnig hoch. Außerdem, was war es, das sich bei dem Namen Orient Amex in seinem Gedächtnis meldete?

Er blieb unvermittelt stehen und legte dem kleinen Mann die Hand auf die Schulter.

»Ich brauche einen Drink.«

Die Luft in dem kleinen Restaurant, in das er ihn schließlich zog, war vom Dampf der Kaffeemaschine und dem Rauch von Caporal und Disque Bleu geschwängert. Sie setzten sich an einen winzigen Tisch am Fenster.

Steif bestellte Lazarus ein Mineralwasser und nippte daran mit tugendhafter Miene, während Nicholas Soda in seinen Whisky goß.

»Orient Amex«, fragte Nicholas, sobald sich der Kellner entfernt hatte, »was wissen Sie über die?«

»Die Orient Amex ist eine in den Vereinigten Staaten registrierte Ölgesellschaft. Sie führt gegenwärtig Versuchsbohrungen in beträchtlichem Umfang auf dem Festland, in Westaustralien und Äthiopien durch, ferner auf den vorgelagerten Schelfen in den Hoheitsgewässern von Norwegen und Chile.

Sie hat in Galveston, Texas, eine Raffinerie errichtet, die nach dem neuen nuklearen katalytischen Krackverfahren arbeitet. Die Anlage soll im Juni dieses Jahres in Betrieb gehen und die volle Produktion in fünf Jahren erreichen.«

Das alles war Nicholas zum größten Teil bekannt.

»Die Gesellschaft besitzt Ölquellen in Texas sowie in Landnähe vor der Küste von Santa Barbara, ferner im südlichen Nigeria und verfügt über nachgewiesene Ölreserven im El-Barras-Gebiet von Kuwait, die in der neuen Krackanlage in Galveston verarbeitet werden sollen.«

»Großer Gott«, Nicholas starrte ihn an. »Das El-Barras-Öl – das ist doch mit Kadmium verunreinigt, es wurde für ungeeignet erklärt –«

»Das El-Barras-Öl hat von Natur aus einen hohen Gehalt an Kadmium, dem erforderlichen Katalysator für den neuen Prozeß.«

»Wie hoch sind die Anteile an Kadmium?« fragte Nicholas.

»Der westliche Teil des El-Barras-Feldes hat etwa zweitausend Teile auf eine Million, der nördliche und östliche Teil bis zu zweiundvierzigtausend Teile auf eine Million.« Lazarus gab die Auskunft mit pedantischer Genauigkeit. »Das amerikanische und nigerianische Rohöl wird mit dem El-Barras-Öl während des neuartigen Krackprozesses vermengt. Geplant ist, daß der Gewinn an niedermolekularen volatilen Kohlenstoffen durch dieses Verfahren von vierzig Prozent auf fünfundachtzig ansteigen soll, was ihn fünf zu achtmal rentabler machen und die bekannten Ölreserven der Welt um zehn oder fünfzehn Jahre strecken würde.«

Beim Zuhören stieg in Nick die lebhafte Erinnerung an die Kurven in Samanthas Laboratorium auf, die der Stift vom Todeskampf einer mit Kadmium vergifteten Muschel aufgezeichnet hatte. Lazarus fuhr leidenschaftslos fort: »Das Kadmiumsulfid wird dabei zu reinem ungiftigem Metall reduziert und ergibt ein wertvolles Nebenprodukt, das die Raffinierungskosten verringert.«

Nicholas schüttelte ungläubig den Kopf und sagte laut:

»Duncan ist im Begriff, etwas zu tun, was noch kein Schiffseigner bisher gewagt hat – in diesem verletzlichen, schlecht gebauten Monstrum das kadmiumreiche Rohöl aus dem El-Barras-Feld über zwei Ozeane zu transportieren!«

Von dem Balkonfenster seiner Suite im Ritz konnte Nicholas die Säule auf der Place Vendôme sehen. Während er die Säule musterte und auf seine Verbindung wartete, rechnete er rasch nach und stellte fest, daß es an der Ostküste Nordamerikas erst drei Uhr morgens war. Wenigstens würde er sie zu Hause antreffen. Dann lächelte er über sich selbst. Wenn sie nicht zu Hause war, würde er den Grund wissen wollen.

Das Telefon klingelte. Er hob, ohne vom Fenster forzugehen, den Hörer ab. Er hörte zunächst nur ein konfuses Murmeln, so daß er fragte: »Wer spricht?«

»Hier Sam Silver – wie spät ist es? Großer Gott, drei Uhr! Was wollen Sie?«

»Sag dem anderen Burschen, er soll seine Hose anziehen und heimgehen.«

»Nicholas!« Dem freudigen Aufschrei folgte unmittelbar ein Krach und ein Klirren. »Oh, verflixter Mist, ich hab den Tisch umgeschmissen. Nicholas, bist du noch da? Sag was, um Himmels willen!«

»Ich liebe dich.«

»Sag das bitte noch einmal. Wo bist du?«

»In Paris. Und ich liebe dich.«

»Oh«, ihr Ton verriet Enttäuschung. »Du klingst so nahe. Ich habe geglaubt –«

»Wach auf, ich muß dich was fragen. Samantha, was würde geschehen, wenn jemand eine Million Tonnen arabisches Rohöl mit einem Kadmiumsulfidgehalt von vierzigtausend Teilen auf eine Million in den Golfstrom kippt, sagen wir etwa dreißig Seemeilen vor Key West?«

»Das ist eine sonderbare Frage, Nicholas.«

»Was würde geschehen?« beharrte er.

»Das Rohöl fungiert in einem solchen Fall als Transportmedium, es würde sich mit einer Dicke von etwa sechs Millimeter über die Wasseroberfläche ausbreiten und schließlich einen Ölteppich von einigen Tausend Kilometer Länge und sieben- bis achthundert Kilometer Breite bilden, der weitertreibt.«

»Was wären die Folgen?«

»Es würde fast alles Leben im Meer um die Bahamas und die Ostküste der Staaten austilgen, nein, richtiger – es würde alle Meereslebewesen einschließlich der Laichgründe der Thunfische und Süßwasseraale vernichten –« Sie war jetzt vollkommen wach, und Entsetzen veränderte ihre Stimme. »Du jagst mir einen Schrecken ein, Nicholas, was ist das für ein widerlicher Gedanke, noch dazu um drei Uhr morgens.«

»Menschliches Leben?« fragte er.

»Ja, es würde schwere Verluste geben«, sagte sie. »Als Sulfid wird es sofort aufgenommen und wirkt in dieser Konzentration schon durch bloße Berührung auf Fischer, Urlauber und alle, die über einen verseuchten Strand gehen, vergiftend.« Das Ungeheuerliche der Sache kam ihr immer mehr zu Bewußtsein. »Ein Großteil der Bevölkerung in den Städten der Ostküste – Nicholas, es würde Hunderte und Tausende Menschen treffen, und wenn es im Golfstrom über Amerika hinausgetragen wird, über die Neufundlandbänke, Island, die Nordsee, würde es die Dorschgründe verseuchen und alles töten, Menschen, Tiere, Fische und Vögel. Dann fließt der Golfstrom an den Britischen Inseln und Skandinavien vorbei – aber warum fragst du mich das?«

»Christy Marine hat sich in einem Zehnjahresvertrag verpflichtet, mit der *Golden Dawn* jeweils eine Ladung von einer Million Tonnen kadmiumhaltigen Rohöls vom El-Barras-Feld im Persischen Golf zur Raffinerie der Orient Amex in Galveston zu transportieren. Das Öl hat einen Kadmiumsulfidgehalt zwischen zweitausend und vierzigtausend Teilen auf eine Million.«

Jetzt begann Samanthas Stimme vor Grauen zu schwanken. »Eine Million Tonnen! Das ist Massenmord, Nicholas, eine tödlichere Ladung hat es in der ganzen Seefahrtsgeschichte nicht gegeben.«

»In wenigen Wochen wird die *Golden Dawn* in St. Nazaire von Stapel laufen – und wenn das geschieht, wird der Samen einer Katastrophe über die Ozeane ausgestreut.«

»Das kannst du nicht zulassen, Nicholas«, sagte Samantha. »Du mußt sie einfach stoppen.«

»Es wird nicht leicht sein, aber ich werde hier energisch daran arbeiten, und ihr müßt auch von euch aus etwas tun«, erwiderte er. »Samantha, nimm dir Tom Parker vor. Wenn nötig, hol ihn aus dem Bett. Er muß Washington mit der Nachricht überfallen und auch alle Medien – Fernsehen, Radio und Presse. Erzwingt eine Konfrontation mit Orient Amex.«

Samantha griff den Gedanken auf. »Wir werden die Umweltschützer als Streikposten vor der Orient-Amex-Raffinerie in Galveston aufstellen, die das kadmiumhaltige Rohöl verarbeiten soll. Wir werden alle Umweltschutzbehörden im Land mobilisieren«, versprach sie.

»Gut«, sagte er. »Tu alles, aber vergiß ja nicht, zum Stapellauf der *Sea Witch* hierherzukommen.«

Nicholas saß den Rest des Tages neben dem Telefon, ließ sich das Essen heraufbringen und arbeitet systematisch die lange Liste von Namen durch, die das Bandgerät aufgezeichnet hatte.

Sie begann mit jenen, die anscheinen Christy Marine Kredite gewährt hatten, um den Bau der *Golden Dawn* zu finanzieren, dann folgten jene, die Versicherungen für das Schiff und gegen Verschmutzungsschäden abgeschlossen hatten.

Nicholas wagte nicht, in seiner Darstellung der Sachlage allzu genau zu sein. Er wollte Duncan Alexander nicht die Gelegenheit geben, durch eine Verleumdungsklage gegen ihn eine Verschleierung zu erreichen. Er sagte gerade genug, um zu zeigen, daß er den genauen Umfang ihrer Beziehungen zu Christy Marine kannte, und um ihnen nahezulegen, das gesamte Projekt zu überprüfen, besonders in Hinblick auf die Versicherung der *Golden Dawn* und den Vertrag mit der Orient Amex. In den Pausen zwischen den Anrufen fragte sich Nicholas, warum er das alles tat.

Es ist für einen Mann sehr leicht, zu glauben, er sei von den edelsten Motiven inspiriert. Das Meer hatte Nicholas ein wunderbares Leben geschenkt und ihm Reichtum, Ansehen und Erfolg gebracht. Jetzt war es an der Zeit, einen Teil dieser Schuld zurückzuzahlen, etwas von diesem Reichtum zu verwenden, um die Ozeane zu schützen und zu bewahren, so wie ein kluger Farmer seinen Boden pflegt.

Auch Stolz spielte mit. Die *Golden Dawn* war seine Schöpfung gewesen, der Höhepunkt seines Lebenswerks. Aber wenn die ganze großartige Idee mit einer Katastrophe endete, würde sich die Welt daran erinnern, daß der Plan von ihm stammte.

Außer Stolz war da auch noch der Haß. Duncan Alexander hatte ihm sein Kind und seine Frau genommen. Duncan Alexander hatte ihn seines Lebensinhalts beraubt.

Nicholas goß sich noch eine Tasse Kaffee ein und zündete einen Stumpen an. Allein in seiner eleganten Suite vor sich hin brütend, stellte er sich die Frage:

»Wenn es ein anderer Mann und ein anderes Schiff wäre, die das El-Barras-Öl transportieren wollten – würde ich dann ebenso ingrimmig kämpfen?«

Die Frage mußte nicht umständlich beantwortet werden. Duncan Alexander war der Feind, um den es ging.

Nicholas nahm den Hörer ab und tätigte einen Anruf, den er bis jetzt hinausgeschoben hatte.

»Kann ich Mrs. Alexander sprechen?«

»Tut mir leid, Mrs. Alexander ist in Cap Ferrat. Soll ich Ihnen die Nummer geben?«

»Danke, die habe ich.« Er wählte nochmals.

»Hier ist das Haus von Mrs. Alexander. Ihr Sohn Peter am Apparat.«

Nicholas fühlte sein Herz rascher schlagen, seine Wangen sich röten und seine Augen brennen.

»Hallo, mein Junge.«

»Vater«, unverhohlene Freude, »Dad, wie geht's dir? Ich habe deine Karten bekommen, Dad, eine von den Bermudas und eine aus Florida. Ich habe gerade geschrieben, um dir zu erzählen –«, und es folgte eine Schilderung der Triumphe und Katastrophen, die einen Schüler bewegen.

»Das ist toll, Peter. Ich bin wirklich stolz auf dich.«

Nicholas schwebte beim Zuhören das Gesicht seines Sohnes vor Augen, und sein Herz verkrampfte sich – aus Schuldgefühl, daß er so wenig tun, sich ihm so wenig widmen konnte und daß er sich nur gelegentlich eingestand, wie sehr er seinen Sohn vermißte.

»Das ist großartig, Peter –« Der Junge versuchte ihm alles gleichzeitig zu erzählen, sprudelte die Neuigkeiten heraus, die sich so lange aufgestaut hatten, sprang von einer zur anderen, wenn ihm etwas gerade einfiel. Dann kam natürlich die unvermeidliche Frage:

»Wann darf ich zu dir kommen,Dad?«

»Ich werde das mit deiner Mutter vereinbaren müssen, Peter. Aber es wird bald sein. Das verspreche ich dir.« Nur fort von diesem Thema, dachte Nicholas verzweifelt.

»Peter, wo ist deine Mutter?«

»Sie ist drunten im Bootshaus.«

»Kannst du den Anruf durchstellen? Ich muß mit ihr sprechen, Peter.«

»Natürlich.« Die Enttäuschung war in der Stimme des Kindes fast vollkommen unterdrückt. »He, Dad, du hat es versprochen. Es wird bald sein? Ganz bestimmt?«

»Ich habe es versprochen.«

»Cheerio, Dad.«

Er hörte ein Klicken und Summen in der Leitung und dann plötzlich ihre Stimme:

»Hier Chantelle Alexander.«

»Hier Nicholas.«

»Oh, mein Lieber. Schön, deine Stimme zu hören. Wie geht es dir?«

»Bist du allein?«

»Nein, es sind ein paar Freunde zum Essen da. Der *Contessa* mit seinem neuen Freund ist hier, einem Matador!«

Der ›Contessa‹ war ein zügelloser reicher Homosexueller, der bei Chantelle aus und ein ging.

»Pierre und Mimi sind heute von Cannes herübergekommen.« Pierre war der Sohn des größten Fabrikanten von Zivil- und Militärflugzeugen in Europa. »Und Robert –«

Nicholas unterbrach kurz angebunden die Aufzählung der Gästeliste.

»Ist Duncan da?«

»Nein, er ist noch in London – er kreuzt hier erst nächste Woche auf.«

»Ich habe Neuigkeiten. Kannst du nach Paris kommen?«

»Das ist unmöglich, Nicky. Ich muß morgen in Monte Carlo sein, ich helfe Grace bei Ihrer Wohltätigkeitsveranstaltung –«

»Es ist wichtig, Chantelle.«

»Da ist noch Peter. Ich möchte ihn nicht allein lassen, Kannst du nicht herkommen? Es gibt einen Direktflug um neun Uhr früh. Dann schicke ich die Hausgäste fort, und wir können uns in Ruhe unterhalten.«

Er überlegte kurz, dann: »Gut. Bestellst du mir ein Zimmer im ›Negresco‹?«

»Sei nicht komisch, Nicky. Wir haben dreizehn tadellose Schlafzimmer hier – wir sind beide zivilisierte Menschen, und Peter würde sich freuen, dich zu sehen, das weißt du.«

Die Côte d'Azur erstrahlte in einem launischen Ausbruch von Frühlingswetter, als Nicholas auf dem Flughafen von Nizza landete. Peter erwartete ihn an der Absperrung, hüpfte aufgeregt und wedelte mit beiden Händen über dem Kopf wie ein Marinesignalgast. Aber als Nicholas zum Ausgang kam, hatte er seine Fassung wiedererlangt und reichte ihm feierlich die Hand.

»Es ist famos, daß du hier bist, Dad.«

»Ich könnte schwören, du bist zehn Zentimeter gewachsen«, sagte Nicholas und beugte sich impulsiv herab, um das Kind zu umarmen. Auch Peter schlang seine Arme um ihn, aber nur einen Augenblick lang, dann löste er sich als erster. Beide waren verlegen nach diesem Gefühlsausbruch.

»Wo ist der Wagen?«

Aber auf dem Weg durch die Vorhalle des Flughafens legte Nicholas mit voller Absicht die Hand auf die Schulter des Kindes, und als sich Peter an diese ungewöhnliche Geste der Zuneigung gewöhnt hatte, drückte er sich näher an seinen Vater und schien vor Stolz zu wachsen.

Es war typisch für Nicholas, daß er sich fragte, wieso es ihm nun leichter fiel, sich natürlich gegen die zu verhalten, die er liebte. Die Antwort war naheliegend, Samantha Silver hatte ihn gelehrt, sich gehenzulassen.

»Mutter ist nach Monte Carlo zur Fürstin gefahren und wird nicht vor dem Abendessen zurück sein.«

»Ja, sie sagte es mir. Wir haben den Tag für uns.« Nicholas lächelte, als der Chauffeur den Wagen durch das elektrisch gesteuerte Tor zwischen den weißen Säulen der Einfahrt lenkte. »Was machen wir?«

Sie schwammen und spielten Tennis und fuhren mit Peters Jacht die Küste entlang, bis nach Menton und zurück. Sie lachten viel und schwatzten noch mehr, und während sich Nicholas zum Abendessen umkleidete, überkam ihn ein melancholisches Gefühl wie nach zuviel Glück – einem Glück, das bald vorbei sein würde. Vergeblich versuchte er die Traurigkeit zu überwinden, aber sie blieb, als er zur Terrasse hinunterging.

Peter war vor ihm da, früh wie ein Kind am Morgen des Christtages, das Haar noch naß und angeklebt von der Dusche und das Gesicht von Sonne und Seligkeit gerötet.

»Darf ich dir einen Drink einschenken, Dad?« fragte er eifrig und eilte schon auf das silberne Getränketablett zu.

»Laß noch etwas in der Flasche«, warnte ihn Nicholas mit einem gesunden Respekt für die elefantösen Portionen, die das Kind in falsch angebrachter Großzügigkeit eingoß.

Er probierte den Drink vorsichtig, hustete und gab mehr Sodawasser dazu. »Das ist gut«, sagte er. Peter sah ihn stolz an und in diesem Augenblick kam Chantelle die breite Treppe hinunter.

Nicholas konnte seinen Blick nicht von ihr wenden. Sie trug

hauchdünne, elfenbeinfarbene Seide, die bei jeder Bewegung ihren Körper umfloß, und als sie ihm entgegenging, um ihn zu begrüßen, drang der letzte rötliche Schimmer des sinkenden Tages durch die Glastüren und zeichnete durch den dünnen Stoff für einen Augenblick die Umrisse ihrer vollendeten Beine ab.

»Nicky«, sagte sie. »Es tut mir leid, daß ich dich allein lassen mußte.«

»Peter und ich haben uns einen schönen Tag gemacht«, erwiderte er.

Er hatte vergessen, wie entspannt und reizend sie sein konnte. Das prachtvolle, mit Schätzen angefüllte Haus, das hoch über dem in Dunkelheit versinkenden Mittelmeer in einem Pinienwäldchen stand, und die zauberhaften Lichter entlang der Küste waren für Chantelle wie eine natürliche Kulisse. Sie füllte den riesigen Raum mit der ihr eigenen Ausstrahlung und Heiterkeit, und sie und Peter brachten eine übermütige Stimmung auf, die sie alle drei über die ältesten Witze lachen ließ.

Sie gingen in das kleine intime Speisezimmer und setzten sich zu Tisch, wie sie es früher so oft getan hatten, und es schien fast, als wären sie in jene glücklichen, fast vergessenen Jahre zurückversetzt.

Peter kämpfte ein tapferes Rückzugsgefecht, um den Abschied zu verzögern, gab es aber schließlich auf, als Nicholas sagte: »Ich komme noch zu dir hinauf und bringe dich ins Bett.«

Er wartete, während sich Peter die Zähne mit so eindrucksvollem Eifer putzte, daß es bis Mitternacht gedauert hätte, wenn Nicholas nicht milde protestiert hätte. Als der Junge schließlich unter der Decke lag und Nicholas sich über ihn beugte, schlang der Sohn in stiller Verzweiflung beide Arme um den Nacken des Vaters.

»Ich bin so glücklich«, flüsterte Peter an Nicholas' Wange – und dann: »Wär's nicht eine Wucht, wenn wir immer so beisammen sein könnten?« fragte er. »Wenn du nicht wieder fortgehen müßtest, Dad?«

Als er zurückkam, goß Chantelle Kognak in dünne Kristallschwenker.

»Schläft er endlich?« fragte sie und gab sich selbst sofort die Antwort. »Er ist todmüde, obwohl er es niemals zugeben würde.«

Sie reichte Nick den Kognak und ging durch die Tür auf die Terrasse hinaus. Er folgte ihr, und Seite an Seite standen sie an der Steinbalustrade. Die Luft war klar, aber frisch.

»Es ist wundervoll«, sagte sie. Der Mond legte einen breiten Silberstreifen auf die Wasseroberfläche.

»Sprechen wir jetzt über Duncan«, fing er an, und sie schauderte leicht, verschränkte die Arme vor der Brust und bedeckte ihre nackten Schultern mit den Händen. »Mit welchen Rechten hast du ihm die Verwaltung deiner Anteile übertragen?«

»Als Vertreter, als meinem persönlichen Vertreter.«

»Mit freiem Ermessen?«

Sie nickte, und er fragte weiter: »Unter welchen Umständen kannst du die Verwaltung zurückverlangen?«

»Bei Auflösung der Ehe«, sagte sie und schüttelte dann den Kopf. »Aber ich glaube zu wissen, daß kein Gerichtshof der Welt diese Vereinbarung anerkennen würde, wenn ich sie ändern wollte. Sie ist zu viktorianisch. Ich könnte wohl jederzeit beantragen, daß meine Vereinbarung mit Duncan annulliert wird.«

»Ja, ich glaube, du hast recht«, stimmte Nicholas zu. »Aber es würde ein Jahr oder mehr in Anspruch nehmen, außer du könntest beweißen, daß er das Treuhandverhältnis vorsätzlich mißbraucht hat.«

»Könnte ich das, Nicky?« Sie wandte sich nun ihm zu und hob den Kopf. »Hat er es mißbraucht?«

»Ich weiß es noch nicht«, sagte Nicholas vorsichtig.

»Ich war wohl eine fürchterliche Närrin?« Er antworte nicht, und sie fuhr erregt fort: »Ich weiß, ich kann es dir nicht begreiflich machen, aber glaube mir, Nicholas – bitte glaube mir, wenn ich dir sage, daß ich noch nie in meinem Leben etwas so bereut habe.«

»Es ist geschehen, Chantelle, und vorbei. Zurückschauen bringt nichts.«

»Ich glaube nicht, daß noch ein anderer Mann das tun würde, was du jetzt tust – Täuschung und Verrat mit Beistand und Trost vergelten. Das wollte ich dir nur sagen.«

Sie stand jetzt sehr nahe bei ihm, und in der kühlen Nachtluft konnte er über die wenigen Zentimeter, die sie trennten, hinweg die Wärme ihres Körpers spüren.

»Es wird kalt«, sagte er brüsk, nahm ihren Ellenbogen und zog sie zurück ins Licht, aus dieser gefährlichen intimen Atmosphäre heraus. »Wir haben noch vieles zu besprechen.«

Er begann auf dem dicken tannengrünen Teppich auf und ab zu gehen. Dabei berichtete er ihr in sorgfältig gewählten Sätzen alles, was er von Lazarus erfahren hatte.

Es war nicht nötig, ihr die rechtliche Seite darzulegen, sie war Arthur Christys Tochter.

»Weißt du das alles sicher?« flüsterte sie, und ihr Gesicht hatte die strahlend rosige Farbe verloren.

Er schüttelte den Kopf. »Ich habe diesen Tyrannosaurus aus einem Kieferknochen rekonstruiert«, gab er offen zu. »Die Wirklichkeit kann ein wenig anders aussehen, aber eines weiß ich bestimmt, daß es ein großes und gefährliches Biest ist.«

»Duncan könnte Christy Marine vollkommen zugrunde richten«, flüsterte sie wieder, »vollkommen!« Sie sah sich langsam im Zimmer mit allen seinen Schätzen um, den Sinnbildern ihres Lebens. »Er hat alles, was mir und Peter gehört, aufs Spiel gesetzt.«

Nicholas blieb vor ihr stehen und beobachtete sie, während sie die Ungeheuerlichkeit des Ganzen allmählich begriff. Er sah, wie ihr Zorn in Verwirrung umschlug, zu Angst und schließlich zu Entsetzen wurde.

»Er kann doch nicht *alles* verlieren, Nicholas? Was meinst du?« Sie wollte eine Zusicherung, aber er vermochte sie ihr nicht zu geben, nur Mitleid. Und das war ein Gefühl, wahrscheinlich das einzige Gefühl, das sie bisher nie in ihm erregt hatte, nicht ein einziges Mal in all den Jahren, seit er sie kannte.

»Bitte hilf mir doch, Nicholas«, flehte sie ihn an. »O Gott, was soll ich tun?«

»Du mußt verhindern, daß Duncan die *Golden Dawn* von Stapel läßt – bevor nicht der Rumpf und der Antrieb geändert und das Schiff überprüft und versichert wurde – und bevor du nicht wieder die volle Kontrolle über Christy Marine zurückerhalten hast.« Seine Stimme war leise und voller Mitgefühl.

»Das genügt für heute, Chantelle. Morgen wollen wir besprechen, wie du es verhindern kannst. Hast du ein Valium für dich?«

Sie schüttelte den Kopf. »Ich nehme nie Medikamente, um vor den Tatsachen zu fliehen. Wie lange kannst du bleiben?«

»Ich habe einen Platz im Elf-Uhr-Flugzeug reserviert. Ich muß abends wieder in London sein – morgen früh bleibt uns noch genügend Zeit zum Reden.«

Die Gästezimmer lagen im zweiten Stock an dem Balkon, der mit Blick aufs Meer und auf den Privathafen über die ganze Front des Hauses lief.

Im Wohnraum befand sich hinter dem Spiegel eine gutausgestattete Bar. Englische, französische und deutsche Tageszeitungen lagen auf dem Fernsehtisch: France-Soir, The Times, Frankfurter Allgemeine Zeitung und sogar eine Luftpostausgabe der New York Times.

Nicholas schlug die Times auf und schaute rasch nach den Börsenkursen. Christy Marine stand auf 5 Pfund 32, um 15 Pence höher als am Vortag. Der Markt hatte nicht Lunte gerochen – noch nicht.

Er zog seinen seidenen Rollkragenpullover aus, und obwohl er erst vor drei Stunden gebadet hatte, fühlte er sich nach der Anspannung schmutzig und unbehaglich.

Er duschte und drehte dabei den Hahn weit auf, um mit den scharfen Wasserstrahlen seine Müdigkeit und das Gefühl von Unsauberkeit wegzuschwemmen. In einem Wäscheschrank mit Glastüren hing ein halbes Dutzend dicker weißer Frotteebademäntel. Er wählte einen aus, schlang ihn um den nackten Körper und ging ins Schlafzimmer. In seiner Aktenmappe war ein Entwurf für den Kaufvertrag zwischen dem Ozean Schlepp- und Rettungsdienst und den Scheichs. James Teacher und seine jungen guten Hilfskräfte hatte ihn durchgearbeitet und einen dicken Stoß Notizen beigefügt.

Nick nahm die Papiere heraus und ging damit in den Wohnraum. Dort schenkte er sich einen kleinen Whisky ein, machte es sich in einem mächtigen Ledersessel bequem und begann zu arbeiten.

Als erstes roch er ihr Parfüm und fühlte sein Blut bei dem Duft rascher fließen. Langsam hob er den Kopf. Sie war vollkommen geräuschlos auf nackten Füßen hereingekommen, ohne jeden Schmuck, das Haar gelöst und auf die Schultern herabgebürstet.

So erschien sie jünger, verwundbarer in ihrem an Ärmeln und Kragen mit feiner weicher Spitze besetzten Schlafrock. Sie kam langsam auf ihn zu, diesmal unsicher, mit großen, weit aufgerissenen, gequälten Augen, und als er sich aus seinem Sessel erhob, stockte sie und fuhr sich mit der Hand an die Kehle.

»Nicholas«, flüsterte sie. »Ich habe solche Angst und bin so allein.« Sie trat einen Schritt näher und sah, wie seine Augen schmal wurden und seine Lippen sich aufeinanderpreßten. Sofort blieb sie wieder stehen.

»Bitte«, flehte sie weich, »schick mich nicht fort, Nicky.«

Da wußte er, daß es so hatte kommen müssen. Er hatte die Gewißheit darüber den ganzen Abend vor sich verborgen, aber jetzt war es soweit, und er konnte nichts dagegen tun. Es war, als schmölze seine Entschlußkraft dahin wie Wachs unter der Flamme ihrer Schönheit.

Sie erkannte diesen Augenblick genau, kam leise auf ihn zu und drückte ihr Gesicht an seine nackte Brust.

Er wollte immer noch widerstehen und rührte sich nicht. Oh, sie kannte ihn, wußte, daß er so triebhaft sexuell und physisch reagierte wie sie selbst, daß er der einzige Mann war, der ihr Verlangen befriedigen konnte. Sie wußte genau, was sie sagen und tun mußte, wie sie sich bewegen und ihn berühren mußte. Und als sie jetzt ihr Spiel begann, fühlte sie, wie das allmähliche Brechen seines Widerstandes sie erregte, sie so sehr erregte, daß es fast schmerzte, fast zur Qual wurde. Es forderte ihre ganze Selbstbeherrschung, nicht zu verräterisch schnell vorzugehen, weiterhin das bedrückte und verschüchterte Kind zu spielen, seine Großmut, seine Ritterlichkeit auszunutzen, die ihm nicht erlaubte, sie in ihrer offensichtlichen Verzweiflung von sich zu stoßen.

»Oh, Nicky, bitte – nur einen Augenblick. Nur einmal, halte mich. Bitte, ich kann so nicht weiter. Nur einen Augenblick, bitte.«

Sie fühlte, wie er die Hände hob, fühlte die Finger auf ihren Schultern, und das furchtbare schmerzvolle Verlangen wurde unerträglich, sie konnte sich nicht mehr zurückhalten – es brach aus ihr hervor, ein leises kleines Wimmern, aber es schüttelte ihren ganzen Körper, und sogleich fühlte sie seine Reaktion. Ihre zeitliche Abstimmung war fehlerlos gewesen, ihr angeborenes weibliches Geschick hatte sie geleitet. Seine Finger, die leicht auf ihren Schultern gelegen hatte, wurden hart und verkrallten sich in ihr Fleisch.

Sie schrie noch einmal auf, diesmal in unbändiger Freude, weil sie jetzt die Hunde, die sie so kurz an der Leine gehalten hatte, freigeben, sie laufen und jagen lassen konnte.

Sie wußte genau, wie sie ihn über die Grenzen der Vernunft treiben, wie einen flüchtigen Hirschen hetzen konnte, bis seine Finger ungestüm an ihrem Spitzenkragen zerrten, um zu ihren straffen Brüsten zu gelangen. Sie schrie ein drittes Mal auf, riß mit einem einzigen Ruck den Gürtel von seinen Hüften. Nun bot sich sein ganzer schlanker harter Körper ihren Händen dar, und diese Hände wurden ebenso ungestüm fordernd wie die seinen.

Später mochte die Zeit für alle Spiele und alle Nuancen der Liebe kommen, aber im Augenblick war ihr Verlangen zu stark und vertrug keinen Aufschub mehr. Es mußte sogleich befriedigt werden, bevor sie daran starb.

Nicholas tauchte allmählich aus tiefem Schlaf auf und war sich eines bedrückenden Reuegefühls bewußt.

Er rollte sich rasch auf die Seite und richtete sich auf dem Ellenbogen auf. Ihr Parfüm war noch an seiner Haut, vermischt mit dem Geruch seines eigenen Schweißes, aber das Bett neben ihm war leer, wenn auch noch warm und nach ihrem Körper duftend.

Der lange Lichtstreifen, den die Morgensonne durch einen schmalen Spalt in den Vorhängen warf, glich einem Schwert, einem goldenen Schwert. Es erinnerte ihn sogleich an Samantha. Er sah sie wieder vor sich, wie sie dem Sonnenschein gleich einen Mantel trug, barfüßig im Sand – und ihm schien, dieses Strahlenschwert werde ihm langsam zwischen die Rippen getrieben.

Er schwang die Beine aus dem breiten Bett und tappte leise hinüber in das grüngoldene Badezimmer. Hinter seiner Stirn bohrte ein dumpfer Schmerz von Unruhe und Gewissensbissen, und während er heißes Wasser aus dem Delphinmaul in die Wanne laufen ließ, betrachtete er sein Spiegelbild, das der aufsteigende Dampf allmählich verschleierte. Unter den Augen standen dunkle Schatten, die Wangen waren eingefallen und über den vorspringenden Backenknochen spannte sich die Haut.

»Du Schwein«, flüsterte er dem verschwimmenden Gesicht im Spiegel zu, »du elendes Schwein.«

Sie erwarteten ihn im Sonnenschein auf der Terrasse unter einem Sonnenschirm beim Frühstück. Peter hatte sich die Stimmung des Abends bewahrt und lief lachend auf Nicholas zu.

»Hallo Dad.« Er ergriff Nicks Hand, führte ihn zum Tisch.

Chantelle trug ein langes Hauskleid. Ihr Haar hing immer noch locker auf die Schultern herab und bewegte sich in der leichten Brise wie gesponnene Seide. Alles war geplant, Chantelle tat nichts zufällig, die intime, elegante Aufmachung und der lose Fall des Haares erzeugten eine häusliche Atmosphäre – und Nicholas fand sich alsbald in erbitterter Opposition dagegen.

Peter spürte den Stimmungsumschwung seines Vaters mit einem Einfühlungsvermögen, das über seine Jahre hinausging, und seine Bestürzung darüber war fast greifbar. Kränkung und Vorwurf lagen in seinen Augen, als er Nicholas ansah. Das Geplauder erstarb ihm auf den Lippen, er beugte gedankenverloren den Kopf über seinen Teller und aß schweigend.

Nicholas wies mit Absicht das festliche Aufgebot an Köstlichkeiten zurück, nahm nur eine Tasse Kaffee und zündete sich einen Stumpen an, ohne Chantelle um Erlaubnis zu fragen, weil er wußte, daß sie ihm das übelnehmen würde. Schweigend wartete er, bis Peter gegessen hatte, dann sagte er:

»Ich möchte mit deiner Mutter sprechen, Peter.«

Der Junge stand gehorsam auf.

»Sehe ich dich noch einmal, bevor du gehst?«

»Ja.« Nicholas fühlte, wie sein Herz sich wieder verkrampfte. »Natürlich.«

»Können wir wieder segeln gehen?«

»Tut mir leid, mein Junge. So viel Zeit haben wir nicht. Nicht heute.«

»In Ordnung.« Peter ging zum Ende der Terrasse, sehr aufrecht und würdevoll, dann begann er plötzlich zu laufen, nahm zwei Stufen auf einmal und flüchtete in den Pinienwald hinter dem Bootshaus, als würde er gejagt.

»Er braucht dich, Nicholas«, sagte Chantelle gefühlvoll.

»Daran hättest du vor zwei Jahren denken sollen.«

Sie goß Kaffee in seine Tasse. »Wir sind beide dumm gewesen – oder noch schlimmer als das, wir waren gemein. Ich habe meinen Duncan gehabt und du dieses amerikanische Kind.«

»Mach mich jetzt nicht ärgerlich«, warnte er sie leise. »Für heute hast du schon genug getan.«

»Es ist ganz einfach so, Nicholas, ich liebe dich. Ich habe dich immer geliebt – schon als albernes Schulmädchen.« Das war sie nie gewesen, aber Nicholas ließ es hingehen. »Seit ich dich das erste Mal sah – «

»Chantelle, alles, worüber wir jetzt noch sprechen müssen, ist die *Golden Dawn* und Christy Marine.«

»Nein, Nicholas. Wir sind füreinander geschaffen. Mein Vater hat das sofort erkannt, wir beide wußten es ebenfalls – es war eine Verrücktheit, eine dumme Laune, die mich daran zweifeln ließ.«

»Hör auf, Chantelle.«

»Duncan war ein dummer Fehler. Aber das ist unwichtig –«

»Nein, es ist nicht unwichtig. Es hat alles geändert. Wir können nie mehr sein wie früher, außerdem –«

»Außerdem was? Nicky, was wolltest du sagen?«

»Außerdem baue ich mir jetzt ein anderes Leben auf, mit einem anderen, grundverschiedenen Menschen.«

»O Gott, Nicky, das ist doch nicht dein Ernst?« Sie lachte und schlug amüsiert die Hände zusammen. »Mein Lieber, dieses amerikanische Kind ist jung genug, um deine Tochter zu sein. Das ist der Komplex der vierziger Jahre, der Lolitakomplex.« Dann sah sie seinen Ärger und beeilte sich, die Situation zu retten, offenbar war sie zu weit gegangen.

»Tut mir leid, Nicky. Ich hätte das nicht sagen dürfen.« Nach einer Pause fuhr sie fort. »Sie ist ein süßes kleines Ding, sicherlich reizend – Peter mochte sie.« Sie ließ das Thema fallen, als handle es sich nur um eine unschuldige Verirrung Nicks, eine kleine vorübergehende Torheit von geringer Bedeutung.

»Ich habe Verständnis dafür, Nicholas, wirklich. Doch wenn es vorbei ist, was bald der Fall sein wird, werden Peter und ich und Christy Marine auf dich warten. Das ist deine Welt, und du wirst sie nie wirklich hinter dir lassen.«

»Da irrst du dich, Chantelle.«

»Nein.« Sie schüttelte den Kopf. »Ich irre mich selten, und in diesem Fall kann ich mich gar nicht irren. Die letze Nacht hat es bewiesen.«

Chantelle hob den Kopf und schaute dem großen silbernen Vogel nach. Er stieg steil nach oben und glänzte in der Sonne.

Neben Chantelle, nur um Zentimeter kleiner als sie, stand Peter und schaute ebenfalls der Maschine nach. »Er ist nur so kurz geblieben«, sagte er.

»Wir werden ihn bald wieder bei uns haben«, versprach Chantelle und fragte dann: »Wo warst du, Peter? Wir haben alles abgesucht, als es für Dad Zeit war, zu gehen?«

»Ich war im Wald«, sagte er ausweichend. Er hatte ihre Rufe gehört, sich aber an einem geheimen Platz, der Schmugglerhöhle in den gelben Felsenklippen versteckt. Er wäre eher gestorben, als Nicholas Berg zu zeigen, daß er weinte.

»Wäre es nicht herrlich, wenn es wieder wie früher sein könnte?« fragte Chantelle leise, und der Junge neben ihr wurde unruhig, konnte aber den Blick nicht von dem Flugzeug abwenden.

»Nur wir drei? Ohne Onkel Duncan?« frage er skeptisch und wandte sich ihr zu. »Aber das ist doch unmöglich.«

»Nicht wenn du mir hilfst, Liebling.« Sie nahm sein Gesicht zwischen die Hände, »Wirst du mir helfen?« fragte sie, und er nickte einmal, eine kurze bestimmte Geste der Zustimmung. Sie beugte sich vor und küßte ihn auf die Stirn.

»Das habe ich erwartet«, flüsterte sie.

»Mr. Alexander ist nicht erreichbar. Kann ich ihm etwas ausrichten?«

»Hier ist Mrs. Alexander. Sagen Sie meinem Mann, daß es dringend ist.«

»Oh, verzeihen Sie vielmals, Mrs. Alexander.« Die Stimme der Sekretärin veränderte sich sofort, die kühle Zurückhaltung wich eifriger Zuvorkommenheit. »Ich habe Ihre Stimme nicht erkannt, die Verbindung ist so schlecht. Ich schalte zu Mr. Alexander durch.«

Chantelle wartete und starrte ungeduldig aus dem Fenster des Arbeitszimmers. Das Wetter hatte am Vormittag umgeschlagen, eine kalte Wolkenfront war über die Berge herübergezogen, und jetzt klatschte eisiger Regen gegen die Scheiben.

»Chantelle, meine Liebe«, erklang endlich die volle wohlklingende Stimme Duncans, die sie einst so bezaubert hatte, »ist das *mein* Anruf oder deiner?«

»Der meine, Duncan – ich muß dich dringend sprechen.«

»Gut«, stimmte er zu. »Ich wollte ebenfalls mit dir reden. Hier ist inzwischen einiges weitergegangen. Du mußt am nächsten Donnerstag nach St. Nazaire kommen, statt daß ich dich in Cap Ferrat treffe.«

»Duncan –«

Aber er fuhr trotz ihres Protestes fort: »Ich habe bei der *Golden Dawn* fast vier Wochen eingespart.«

»Duncan, hör mir zu.«

»Wir können sie am Donnerstag von Stapel lassen. Es wird wegen der Kürze der Zeit nur eine Behelfszeremonie werden, leider.« Er war maßlos stolz auf seinen Erfolg, und das ärgerte sie. »Ich habe veranlaßt, daß die Zusatztanks von der japanischen Werft direkt in den Persischen Golf gebracht werden. Die Japaner lassen sie, mit Ballast, von vier Schleppern befördern. Der Hauptrumpf wird mit den Arbeitern an Bord von Stapel gelassen und während der Umfahrung des Kaps der Guten Hoffnung fertiggestellt. Dann können wir gleich Tanks und Ladung in El Barras übernehmen und sparen dadurch fast siebeneinhalb Millionen –«

»Duncan!« Chantelle versuchte es noch einmal. »Was ich zu sagen habe, kann nicht bis Donnerstag warten, ich will dich gleich sehen.«

»Es sind ja nur fünf Tage«, lachte er lässig und selbstsicher.

»Fünf Tage sind zu lang.«

»Sag es mir jetzt«, verlangte er. »Was ist es?«

»Also gut«, erwiderte sie bedächtig, und berechnende persische Grausamkeit lag in ihrer Stimme. »Ich sage es dir. Ich will die Scheidung, Duncan, und ich will die Kontrolle über meine Anteile an Christy Marine zurück!«

Langes knisterndes Schweigen folgte, und sie wartete, wie eine Katze auf die erste Bewegung der angstgelähmten Maus lauert.

»Das kommt ziemlich plötzlich.« Seine Stimme klang nun ganz anders, kalt und tonlos, jedes Gefühl war daraus gewichen. »Du hast keine Gründe dafür.«

»Wie ist das mit den Gründen, Duncan?« fragte sie, und nun

war eine verächtliche Schärfe in ihrer Stimme. »Wenn du morgen mittag nicht hier bist, werden meine Buchprüfer in der Leadenhall Street auftauchen, und das wird eine dringende Ladung vor Gericht nach sich ziehen –«

Mehr brauchte sie nicht zu sagen, seine Stimme verriet panische Angst. »Du hast recht. Wir müssen miteinander reden.« Dann fuhr er ruhiger und vorsichtiger fort. »Ich kann eine Falcon chartern und noch vor Mittag in Nizza sein. Genügt das?«

»Ich schicke dir den Wagen«, sagte sie, unterbrach die Verbindung mit einem Finger und hob ihn nach einer Sekunde.

»Ich möchte ein Überseegespräch anmelden«, sagte sie, als sich die Zentrale meldete, in ihrem dahinplätschernden Französisch. »Ich weiß die Nummer nicht, aber ich möchte mit Frau Doktor Samantha Silver von der Universität von Miami persönlich sprechen.«

Die Bank of the East liegt in der Curzon Street, und Nicholas war schon seit zehn Uhr morgens mit seinen Anwälten dort. Nun lernte er aus erster Hand das uralte gemächliche Ritual des arabischen Verhandelns kennen.

Es ging um den Verkauf des Ozean Schlepp- und Rettungsdienstes, zuzüglich zweier Jahre der eigenen Zukunft – und sogar bei einem Preis von sieben Millionen Dollar begann Nick zu zweifeln, ob er es wirklich wollte – auch waren nicht einmal diese sieben Millionen sicher. Der einzige ruhende Pol war der Herrscher selbst, der auf einem niedrigen Ruhebett saß, in einem eleganten Maßanzug aus der Savile Row, aber das volle dunkle Gesicht theatralisch umrahmt mit einem von einer Goldkordel gehaltenen feinen Baumwolltuch.

Um ihn herum bewegte sich eine schattenhafte, ständig wechselnde Szenerie öliger flüsternder Gestalten. Sooft Nicholas glaubte, über einen Punkt sei endlich Einigung erzielt worden, erschien ein neuer rosaroter oder schreiend gelber Rolls mit drei oder vier weiteren dunkelgesichtigen Arabern vor dem

Portal. Sie eilten durch den Raum auf den Herrscher zu, küßten ihn auf Stirn und Handrücken, und das Gewisper begann von neuem.

James Teacher zeigte keinerlei Ungeduld, er lächelte und nickte und machte das Ritual mit wie ein geborener Araber.

»Wir kommen gut voran, Mr. Berg«, versicherte er Nicholas ruhig. »Nur noch ein paar Tage.«

Nicholas hatte Kopfweh von dem starken Kaffee und dem türkischen Tabak und konnte sich nur mit Mühe konzentrieren. Er machte sich Sorgen um Samantha. Seit vier Tagen versuchte er jetzt schon, sie zu erreichen. Er entschuldigte sich beim Herrscher und ging zur Rezeption in der Eingangshalle der Bank. Das Mädchen dort sagte ihm: »Leider meldet sich niemand auf diesen Nummern.«

»Jemand *muß* da sein«, erklärte ihr Nicholas. Eine Nummer war vom Apparat in Samanthas Hütte am Key Biscayne, die andere von ihrem Laboratorium.

Die Empfangsdame schüttelte den Kopf. »Ich habe es jede Stunde versucht.«

»Können Sie ein Telegramm für mich aufgeben?«

»Natürlich.« Sie reichte ihm ein Formblatt, und er füllte es aus.

»Bitte ruf mich sofort und dringend an«, dann stockte er und suchte nach einem Ausdruck seiner Besorgnis, fand aber keinen.

»Ich liebe dich«, schrieb er, »von ganzem Herzen.«

Seit Nicks mitternächtlichem Telefonanruf und der Nachricht von der Verschiffung kadmiumreichen Rohöls hatte sich Samantha Silver in einen wilden Wirbel von Terminen und Besprechungen gestürzt.

Nach einer Reihe von Konferenzen mit den maßgebenden Führern der Naturschützer und ähnlicher Organisationen mit dem Zweck, die neue Bedrohung des Ozeans bekanntzumachen und ihr entgegenzuarbeiten, flogen Tom Parker und sie nach Washington und trafen dort mit dem stellvertretenden

Direktor der Umweltschutzbehörtde und mit zwei jungen Senatoren zusammen, die an der Spitze der Lobby für den Umweltschutz standen – doch alle Versuche scheiterten an den großen Rohölinteressen. Ein dreißigjähriger demokratischer Senator stellt fest: »Es ist schwer, gegen etwas anzukämpfen, das die Reserven an Rohöl um fünfzig Prozent steigern wird.«

»Dagegen haben wir ja nichs«, war Samantha aufgebraust, erbittert, müde und enttäuscht. »Wir versuchen nur die unverantwortliche Art und Weise, wie das kadmiumreiche Rohöl transportiert werden soll, zu verhindern.« Aber als sie ein Bild der Folgen entwarf, wenn der Nordatlantik von einer Million Tonnen hochgiftigen Rohöls verseucht würde, begegnete sie nur dem ungläubigen und herablassenden Lächeln, das der Gesunde für einen leicht Schwachsinnigen hat.

»O Gott, warum bringt man gesunden Menschenverstand so schwer an den Mann?« klagte Samantha.

Sie und Tom waren weitergefahren, um sich mit den zuständigen Umweltschützern im Norden und im Westen zu treffen, die ihnen Ratschläge gaben und Unterstützung versprachen. Die kalifornische Ortsgruppe empfahl als letztes Mittel persönlichen Protest an Ort und Stelle, so etwa, wie einige ihrer Mitglieder mit kleinen Booten verhindert hätten, daß russische Walfänger im Golf von Kalifornien während der Wurfzeit jagten.

In Galveston trafen sie sich mit jungen Texanern, die vor der Raffinerie der Orient Amex Streikposten aufstellen wollten, sobald der Supertanker in den Golf von Mexiko einlief.

Aber alle Versuche, eine Konfrontation direkt mit der Orient Amex zu erreichen, blieben erfolglos.

Die große Ölgesellschaft ignorierte ganz einfach die Aufforderung, die Beschuldigungen im Rundfunk oder im Fernsehen zu diskutieren.

Sie brachten in Texas eine Fernsehshow zustande, aber ohne eine Debatte, die Interesse erregt hätte. Der Produzent beschnitt Samanthas Sprechzeit auf fünfundvierzig Sekunden und versuchte dann, sich mit ihr zum Essen zu verabreden.

Energiekrise, Tanker und Ölverschmutzung der Meere waren unerfreuliche Themen. Niemand hatte je etwas von einer Kadmiumverseuchung gehört, das Kap der Guten Hoffnung lag auf der anderen Hälfte des Globus, und eine Million Tonnen war eine Zahl, unter der man sich nichts vorstellen konnte.

Ausgepumpt und enttäuscht, aber noch nicht mutlos, waren sie wieder am Flughafen von Miami gelandet.

Samantha hatte nur wenige Stunden Zeit, um sich auszuruhen, bevor sie sich wieder ankleiden und zum Flughafen zurückrasen mußte. Der erwartete Australier hatte den Zoll schon passiert und stand verloren und trübselig in der Ankunftshalle.

»Hallo, ich bin Sam Silver.« Sie überwand ihre Müdigkeit und brachte ein strahlendes Lächeln zustande.

Er hieß Dr. Dennis O'Connor und war ein anerkannter Fachmann auf seinem Gebiet, der faszinierenden und wichtigen Erforschung der Riffpopulation in den östlichen Gewässern Australiens, und er hatte die lange Reise unternommen, um mit Samantha zu sprechen und ihre Experimente zu sehen.

»Ich hätte Sie nicht für so jung gehalten«, sagte er in natürlicher Reaktion darauf, daß sie ihre Briefe mit ›Doktor Silver‹ unterschrieben hatte. Samantha war müde und ärgerlich genug, um das nicht so einfach hinzunehmen.

»Und außerdem bin ich eine Frau. Das haben Sie wohl auch nicht erwartet«, fügte sie hinzu. »Das ist geradezu himmelschreiend, was? Aber ich wette, daß einige Ihrer besten Freunde junge Mädchen sind.«

Er grinste anerkennend, und als sie sich die Hand gaben, sagte er: »Sie werden es mir nicht glauben, aber ich mag Sie genau so, wie Sie sind.«

Er war groß und hager, sonnenverbrannt und an den Schläfen etwas angegraut, und innerhalb weniger Minuten waren sie Freunde. Der Respekt, mit dem er ihre Forschungsarbeit besichtigte, trug dazu bei.

Der Australier hatte in einem belüfteten Behälter fünftausend lebende Exemplare der Entoconcha digitalis, der gemeinen australischen Seeschnecke, mitgebracht, damit Samantha sie in ihre Experimentenreihe aufnehmen könne. Er hatte diese Tiere wegen ihrer Häufigkeit und wegen ihrer Bedeutung für die Ökologie der australischen Küstengewässer gewählt, und bald waren sie beide so vertieft in die Versuche mit diesen neuen Lebewesen, daß Samantha, als ihre Assistentin den Kopf zur Tür hereinstreckte und rief: »He, Sam, ein Anruf für dich«, nur erwiderte: »Frag, was sie wollen. Wenn sie Glück haben, rufe ich zurück.«

»Es ist ein Überseegespräch, für dich persönlich!« Samanthas Puls begann zu rasen, sofort war der Schwarm der spiralkegeligen Seeschnecken vergessen.

»Nicholas!« rief sie glücklich und rannte zu der kleinen Zelle am Ende des Labors.

»Spricht dort Doktor Silver?«

»Am Apparat.«

»Übernehmen Sie bitte«, sagte das Telefonfräulein und schaltete durch.

»Nicholas!« jubelte Samantha. »Lieber Nicholas, bist du's?«

»Nein.« Die Stimme war sehr klar und gelassen, und sie klang bestürzend vertraut, doch empfand Samantha sie ohne jeden Grund als bedrohlich.

»Hier spricht Chantelle Alexander, Peters Mutter. Wir haben uns kürzlich kennengelernt.«

»Ja«, sagte Samantha tonlos.

»Ich habe gedacht, es wäre besser, wenn ich es Ihnen persönlich sage, bevor Sie es durch andere erfahren – Nicholas und ich haben beschlossen, wieder zu heiraten.«

Samantha sank auf dem Stuhl zusammen.

»Das glaube ich Ihnen nicht«, flüsterte sie.

»Es tut mir leid«, erklärte Chantelle freundlich. »Aber da ist Peter, wie Sie wissen, und wir haben entdeckt, daß wir nie aufgehört hatten, einander zu lieben.«

»Nicholas würde nicht . . .« Die Stimme versagte Samantha, und sie konnte nicht weitersprechen.

»Sie müssen verstehen und ihm verzeihen, meine Liebe«, erklärte Chantelle. »Nach unserer Scheidung war Nicky verletzt und einsam. Ich bin sicher, er wollte Sie nicht ausnutzen.«

»Aber – aber wir hatten uns für das Leben doch einen Plan gemacht.« Samantha schüttelte heftig den Kopf, eine dicke Locke ihres goldenen Haares löste sich und fiel ihr über das Gesicht. Sie strich sie mit gespreizten Fingern zurück. »Ich werde es nicht glauben, bis er es mir selbst gesagt hat.«

Chantelles Stimme klang freundlich und mitfühlend. »Ich wollte es Ihnen nicht so schwer machen, mein Kind, aber was kann ich jetzt anderes tun, als Ihnen sagen, daß Nicholas die letzte Nacht in meinem Haus verbracht hat, in meinem Bett und in meinen Armen, wo er auch tatsächlich hingehört.«

Samantha Silver war es, als falle die Jugend von ihr ab. Sie fühlte sich sehr alt, abgeklärt und traurig. Sie hob die Hand und strich sich über die Wangen, fast überrascht, daß ihre Haut nicht trocken und welk war, wie die Haut einer alten Frau.

»Ich habe schon die Scheidung von meinem jetzigen Mann eingereicht, und Nicholas wird seine alte Stellung als Präsident von Christy Marine wieder einnehmen.«

Samantha legte langsam den Hörer auf, saß da und starrte die nackte Wand der Telefonzelle an. Sie weinte nicht, ihr war, als könne sie nie mehr in ihrem Leben weinen oder lachen.

Chantelle Alexander betrachtete ihren Mann prüfend und versuchte, ihre Gefühle auszuschalten und ihn sachlich zu beurteilen.

Er war ein gutaussehender Mann, groß und schlank, mit sorgfältig gepflegtem kupferfarbenem Haar. Auch seine Handgelenke in den frischen weißen Manschetten waren mit diesen feinen glänzenden Härchen bedeckt. Sie kannte auch den goldenen Schimmer auf seiner Brust. Haarlose Männer hatten Chantelle nie gereizt.

»Darf ich rauchen?« fragte er und sie neigte zustimmend den Kopf. Auch seine tiefe volltönende Stimme hatte sie von

Anfang an bezaubert. Doch unter dem gesucht kultivierten Äußeren verbarg sich eine erregende Verrücktheit, die sich in dem raubtierhaften Lächeln und in dem scharfen stählernen Glanz seiner grauen Augen verriet.

Er zündete die eigens für ihn angefertigte Zigarette mit dem goldenen Feuerzeug an – ihrem Geschenk in der Nacht, in der sie sich zum ersten Mal geliebt hatten. Sogar jetzt noch erregte sie diese Erinnerung, und für einen Augenblick keimte Verlangen in ihr auf. Sie setzte sich unruhig auf ihrem Stuhl zurecht. Es hatte Gründe gegeben, gute Gründe, für ihre damalige Entgleisung, und auch wenn es jetzt vorbei war – sie würde es niemals bereuen.

Es war eine Lebensphase gewesen, auf die sie nicht hätte verzichten können, eine große überwältigende unvernünftige Leidenschaft, das letzte unbekümmerte Aufblühen, das dem gesetzteren Alter vorausgeht. Andere Frauen mußten sich meist mit mühsamen und unerquicklichen Versuchen und Heimlichkeiten in fremden Hotelzimmern begnügen, aber nicht Chantelle. Ihr Vater hatte ihr schon vor langer Zeit beigebracht, daß es für eine Chantelle Christy eigene Gesetze gab, die Gesetze, die sie selbst machte.

Es war wunderbar gewesen, doch jetzt war es vorbei. Während der letzten Monate hatte sie die beiden Männer miteinander verglichen.

Sie hatte gesehen, wie Nicholas sich aus abgrundtiefen Schwierigkeiten herausgearbeitet hatte. Ganz auf sich gestellt, nur zufolge jener inneren, nicht faßbaren Stärke und Entschlossenheit hatte er sich wieder den Weg nach oben erkämpft. Zähigkeit und Kraft hatten ihr immer schon imponiert, aber mit den Jahren war ihr Nicholas zu vertraut geworden. Das hatte ihre Beziehung schal gemacht. Aber nun, nach dem Zwischenspiel mit Duncan, sah sie ihn mit neuen Augen, er hatte für sie die Anziehungskraft eines neuen Geliebten, der noch dazu seine Vorzüge und Qualitäten in langer enger Vertrautheit immer wieder bewiesen hatte.

Aber nie in ihrem Leben würde sie das Intermezzo bereuen.

Es war eine Zeit der Verjüngung gewesen. Genausowenig würde sie nie an Nicholas' Beziehung zu diesem hübschen amerikanischen Kind Anstoß nehmen. Später, dachte sie, würde dies ihrem Sexualleben eine neue Würze geben. Duncan hatte ihr vieles beigebracht, ausgefallene und erregende kleine Tricks, die dadurch noch pikanter wurden, daß sie verrucht und pervers waren. Unglücklicherweise verließ sich Duncan fast ausschließlich auf diese Tricks. Vielleicht hatte gerade damit ihre Entfremdung begonnen.

Nein, Duncan Alexander war nicht fähig gewesen, ihrer unverbrauchten, elementaren Sexualität und Leidenschaftlichkeit zu genügen. Duncan hatte seinen Zweck erfüllt, doch jetzt war es vorbei. Er hatte Christy Marine in Gefahr gebracht, an diese Möglichkeit hatte sie nie gedacht; Christy Marine war eine Tatsache in ihrem Leben, so gewaltig und unwandelbar wie der Himmel, aber nun wankten die Fundamente dieses Himmels.

Sie bemerkte Duncans Unbehagen. Er rutschte in seinem Sessel hin und her, kreuzte die Beine und streckte sie wieder, drehte die Zigarette zwischen den Fingern und sah den aufsteigenden blauen Rauchringen nach, um dem ruhigen, ausdruckslosen Blick ihrer dunklen unergründlichen Augen auszuweichen.

»Danke, daß du gleich gekommen bist«, sagte sie.

»Es schien sehr dringend zu sein.« Er lächelte das erste Mal, strahlend und weltmännisch – aber in seinen kühlen grauen Augen stand Furcht.

Auch sah sie, daß er schmäler geworden war. Die langen schmalen Finger waren knochig und ruhelos. Um seinen Mund hatten sich neue harte Linien eingegraben, und zwischen seinen Brauen stand eine steile Falte.

»Was du gestern gesagt hast –«

Sie unterbrach ihn mit einer Handbewegung. »Das kann warten. Ich wollte dir nur den Ernst der Lage zu Bewußtsein bringen. Vor allem will ich wissen, was du mit meinen Anteilen und denen des Trusts gemacht hast.«

Seine Hände lagen jetzt still. »Was soll das heißen?«

»Ich will Buchprüfer, von mir bestellte Buchprüfer schikken –«

Er zuckte die Achseln. »Das braucht alles seine Zeit, Chantelle, und ich müßte erst sehen, ob ich auf eine Kontrolle vorbereitet bin.« Er gab sich sehr zurückhaltend, ja beiläufig, und die Furcht war verschwunden.

Sie fühlte Erleichterung, vielleicht waren die fürchterlichen Dinge, die Nicholas ihr erzählt hatte, gar nicht wahr, vielleicht war die Gefahr nur eingebildet.

Christy Marine war so stark, so unerschütterlich.

»Jedenfalls nicht im Augenblick. Du müßtest erst nachweisen, daß dies im Interesse der Gesellschaft und des Trusts gelegen ist.«

»Ich muß nichts nachweisen, niemandem«, sagte sie kategorisch.

»Diesmal schon, du hast mir die Verwaltung –«

»Kein Gericht würde diesen Vertrag anerkennen.«

»Vielleicht nicht, Chantelle, aber willst du das alles durch die Gerichte schleppen – gerade jetzt?«

»Ich fürchte mich nicht, Duncan.« Sie stand rasch und leichfüßig auf. Ihre schönen Beine verbargen sich in einer weiten schwarzen Seidenhose, und mit ihren flachen Schuhen wirkte sie noch kleiner. Ein schmaler goldener Gürtel unterstrich ihre ausnehmend schlanke Taille. Sie blieb vor Duncan stehen und streckte den Finger anklagend gegen ihn aus. »Eher solltest *du* dich fürchten.«

»Und was wirfst du mir im einzelnen vor?«

Sie erklärte es ihm, zählte rasch die Bürgschaften des Trusts auf, den Transfer von Anteilen und die Ausgabe neuer Anteile, die Bürgschaften der Tochtergesellschaften in der Christy-Marine-Gruppe, und wies auch auf die bekannte Unterbringung der Versicherung für die *Golden Dawn* im eigenen Hause hin, die Nicholas festgestellt hatte.

»Wenn meine Buchprüfer fertig sind, Duncan, mein Lieber, werden die Gerichte nicht nur die Leitung der Christy Marine an mich zurückgeben, sondern sie werden dich wahrscheinlich auch zu fünf Jahren Zuchthaus verurteilen.«

Er lächelte tatsächlich! Sie fühlte die Wut in sich hochsteigen, Farbe rötete ihre glatten Wangen.

»Leugnest du –«, fuhr sie auf, aber er hob abwehrend die Hand und schüttelte den Kopf.

»Ich leugne gar nichts, meine Liebe. Im Gegenteil, ich gebe alles zu – und mehr, noch viel mehr.« Er warf die Zigarette fort, sie fiel in die blauen Wellen des Springbrunnens.

»Schon seit Wochen muß ich feststellen, daß jemand sehr eingehend in meinen und in den Angelegenheiten der Gesellschaft herumschnüffelt.« Er stieß eine lange blaue Rauchfahne aus und hob eine Augenbraue, eine zynische, spöttische Geste, die ihre Wut steigerte, doch plötzlich keimten in ihr Angst und Unsicherheit auf. »Ich brauchte auch nicht lange, um festzustellen, daß die Spur zu einem kleinen Mann in Monte Carlo führte, der seinen Lebensunterhalt mit Finanz- und Industriespionage bestreitet. Lazarus ist gut, ausgezeichnet, der beste. Ich habe mich schon selbst einmal an ihn gewendet, und ich war es auch, der ihn mit Nicholas Berg bekannt gemacht hat.« Er lachte leise und schüttelte nachsichtig den Kopf. »So verrückte Sachen unterlaufen einem manchmal. Die Verbindung war naheliegend. Berg und Lazarus. Ich habe meine eigenen Erkundigungen eingezogen, über das, was sie erfahren haben, und ich schätze, daß nicht einmal Lazarus mehr als fünfundzwanzig Prozent herausgefunden hat.« Er beugte sich vor, und plötzlich schwang in seiner Stimme ein neuer, härterer Ton mit. »Du siehst, meine liebe Chantelle, ich bin auf diesem Gebiet wahrscheinlich selbst einer der besten. Sie konnten gar nicht alles ermittelt haben.«

»Du leugnest also nicht –« Sie hörte den unsicheren Ton in ihrer Stimme und haßte sich selbst dafür.

»Sei ruhig, du dummes kleines Frauchen, ich werde dir gleich erklären, wie tief du selbst drinsteckst – warum du keine Buchprüfer schicken wirst und warum du mich nicht hinauswerfen, sondern genau das tun wirst, was ich dir sage.«

Er hielt inne und sah ihr in die Augen, eine unvermittelte Prüfung ihrer Stärke, der sie nicht gewachsen war. Sie senkte den Blick, und er nickte befriedigt.

»Sehr gut. Nun hör zu. Ich habe alles – alles, was zu Christy Marine gehört – in die *Golden Dawn* gesteckt.«

Chantelle fühlte den Boden unter ihren Füßen schwanken, und das Blut stieg ihr in den Kopf. Sie sank schwer auf einen Stuhl.

»Was sagst du da?« flüsterte sie. Und er erklärte ihr, mit allen Einzelheiten, von Anfang an, wie es dazu gekommen war, beginnend mit der Kiellegung der *Golden Dawn* in einer Zeit, in der die Nachfrage nach großen Tankertonnagen enorm war. »Meine Kalkulationen basierten auf den Grundlagen von vor zwei Jahren und auf den Baukosten zu dieser Zeit.«

Die Energiekrise und der jähe Rückgang des Bedarfs an Tankern war mit einem jähen Ansteigen der Inflationsraten zusammengefallen und hatte die Baukosten der *Golden Dawn* auf fast mehr als das Doppelte erhöht. Er hatte das dadurch kompensiert, daß er die Konstruktion des riesigen Tankers abänderte. Er hatte die vier Antriebseinheiten auf eine reduziert, das Stahlgerüst des Rumpfes um zwanzig Prozent leichter gemacht, die ausgeklügelten Sicherheitseinrichtungen und Alarmsysteme, die Nicholas Berg entworfen hatte, kurzerhand weggelassen. Er war damit zu weit gegangen und hatte die Einstufung als 1 A bei Lloyd's eingebüßt, die Anerkennung durch die Inspektoren dieser hochgeachteten Körperschaft. Ohne den Rückhalt bei diesem gigantischen Versicherungsmarkt war er gezwungen gewesen, anderswo Sicherheiten zu suchen, um seine Geldgeber zufriedenzustellen. Die Prämien waren mörderisch. Er hatte Anteile der Christy Marine verpfänden müssen, Anteile des Trusts. Dann hatten ihn die steigenden Produktionskosten wieder überrollt, er brauchte mehr und mehr Geld. Er hatte es genommen, wo er es bekommen konnte.

Dann war die Versicherungssumme für die stark gestiegenen Kosten des Ultratankers nicht mehr ausreichend.

»Wenn einen das Glück verläßt –« Duncan zuckte beredt die Achseln und fuhr fort: »Ich mußte weitere Christiy-Anteile verpfänden, schließlich alle. Alles steht auf dem Spiel, Chantelle, jedes einzelne Stück Papier, sogar die Anteile, die wir von deinem Nicholas zurückbekommen haben – und auch das war noch nicht genug. Ich mußte Versicherungen mit Scheingesellschaften abschließen, Versicherungen, die wertlos sind. Dann«, und Duncan lächelte wieder, entspannt und gelassen, fast als genieße er die Situation, »dann kam dieser schreckliche Reinfall, als die *Golden Adventurer* in Eis lief und ich drei Millionen Pfund für die Bergungsprämie auftreiben mußte. Das war das letzte, ich habe alles einsetzen müssen, den ganzen Christy-Marine-Trust.«

»Ich lasse dich hochgehen«, flüsterte sie. »Ich mach dich fertig –«

»Du hast es wohl noch nicht begriffen, was?« Er schüttelte bekümmert den Kopf. »Du kannst mich nicht fertigmachen, ohne Christy Marine und dich selbst in den Bankrott zu treiben. Du steckst drinnen, Chantelle, viel, viel tiefer als ich. Alles, jeder Penny, dieses Haus, der Smaragd an deinem Finger, die Zukunft deines Bengels – all das steckt in der *Golden Dawn*.«

»Nein.« Sie schloß ganz fest die Augen, alle Farbe war aus ihren Wangen gewichen.

»Doch, leider stimmt es«, widersprach er. »Wenn du jetzt deine Schnüffler herpfeifst, deine Bullen losläßt – sie würden Arbeit in Hülle und Fülle finden«, er lachte wieder, »Eimer voller Mist, genug um uns alle darin zu suhlen. Und meine Finanziers würden der Reihe nach kommen und ihr Geld zurückfordern, die *Golden Dawn* würde niemals auslaufen – sie ist nicht voll versichert, wie ich dir schon erklärt habe. Alles hängt an einem Faden, Chantelle. Wenn sich der Stapellauf der *Golden Dawn* jetzt verzögert, nur um einen Monat, oder auch nur um eine Woche, dann bricht alles zusammen.«

»Mir wird übel«, flüsterte sie heiser.

»Nein, dir wird nicht übel.« Er stand auf und ging rasch auf sie zu. Kalt schlug er ihr mit der flachen Hand hart ins Gesicht, erst links und dann rechts, so daß ihr Kopf hin und her geworfen wurde.

»Nimm dich zusammen«, fauchte er sie an, packte sie an den Schultern und schüttelte sie, während er weitersprach. »Hör zu. Ich habe dir gesagt, was schlimmstenfalls geschehen kann. Jetzt werde ich dir die positiven Möglichkeiten erklären. Wenn wir jetzt zusammenhalten, lande ich für dich einen der größten finanziellen Coups des Jahrhunderts. Alles, was dafür notwendig ist, wäre eine erfolgreiche Reise der *Golden Dawn*, und wir sind aus dem Wasser – eine einzige Reise, ein paar kurze Wochen, dann habe ich dein Vermögen verdoppelt.« Sie starrte ihn an, zutiefst angewidert und verunsichert. »Ich habe einen Chartervertrag mit der Orient Amex unterschrieben, eine einzige Reise wird uns sanieren, und an dem Tag, an dem die *Golden Dawn* in Galveston anlegt und ihre Zusatztanks zur Reede schickt, werde ich ein Dutzend Käufer für sie haben.« Er trat zurück und strich seine Rockaufschläge glatt.

»Ich hasse dich«, sagte sie leise. »Ich hasse dich aus tiefstem Herzen.«

»Das spielt keine Rolle.« Er tat es mit einer Handbewegung ab. »Wenn das vorbei ist, kann ich es mir leisten auszusteigen, und du kannst es dir leisten, mich zu verlassen. Aber keinen Augenblick früher.«

»Wieviel wirst du herausholen, wenn es gelingt?« fragte sie. Sie hatte sich wieder in der Gewalt, und ihre Stimme klang fester.

»Eine enorme Summe, ungeheuer viel Geld – aber meine wirkliche Belohnung wird aus Ansehen und Anerkennung bestehen. Danach werde ich ein Mann sein, der seine eigenen Bedingungen vorschreiben kann.«

»Einmal nur möchtest du wohl den Vergleich mit Nicholas Berg aushalten, ist es nicht so?« Sie sah, daß sie ihn ins Mark getroffen hatte, und bohrte weiter, versuchte ihn zu verletzen, zu vernichten. »Aber wir wissen beide, daß es nicht wahr ist. Die *Golden Dawn* war Nicholas' Werk, und er hätte es nicht nötig gehabt, sich zu Betrug und Schwindel herabzuwürdigen –«

»Hol dich der Teufel!« Er bebte plötzlich vor Zorn, und sie schrie ihn an:

»Du bist ein Angeber und Lügner. Trotz deines großspurigen Auftretens bist du innerlich nur ein billiger kleiner Krämer, ein schäbiger Lump –«

»Ich habe Nicholas Berg noch jedesmal geschlagen, sooft ich ihm begegnet bin.«

»Nein, das hast du nicht, Duncan. Das habe *ich* für dich besorgt.«

»Ich habe dich genommen.«

»Für eine Weile«, höhnte sie. »Nur für eine kurze Tändelei, lieber Duncan. Aber als er mich wollte, gewann er mich gleich wieder zurück.«

»Was willst du damit sagen?« fragte er.

»Vorgestern nacht war Nicholas hier und hat mich in einer Weise geliebt, wie du es nie fertiggebracht hast. Ich werde zu ihm zurückgehen und aller Welt erzählen warum.«

»Du Schlampe!«

»Er ist stark, Duncan. Stark, wo du schwach bist.«

»Und du bist eine Hure.« Schon zum Gehen gewandt, fügte er hinzu: »Ich will, daß du am Donnerstag in St. Nazaire bist und die Geldgeber anlächelst.«

»Selbst wenn dir das mit der *Golden Dawn* gelingt, wird Nicholas innerhalb von sechs Monaten deine Stelle einnehmen.«

»Aber bis dahin wirst du das tun, was ich dir sage.« Duncan nahm sich sichtlich zusammen und begann sich zu entfernen.

»Du wirst der Verlierer sein, Duncan Alexander«, rief sie ihm nach, und ihre Stimme klang schrill vor Enttäuschung und Schmach. »Das werde ich fertigbringen – ich schwöre es dir.«

Er unterdrückte die Regung zu laufen und überquerte, sich krampfhaft aufrecht haltend, die Terrasse. Über die steinerne Treppe verschwand er aus ihrem Blickfeld. Nun hätte er laufen können, aber er fühlte, daß seine Beine zitterten.

»Dieser Schweinehund«, sagte er laut. »Dieser Schweinehund Berg.«

»Tom? Tom Parker?«

»Am Apparat. Mit wem spreche ich, bitte?« Seine Stimme klang klar und deutlich, obwohl der Atlantische Ozean zwischen ihnen lag.

»Hier Nicholas, Nicholas Berg.«

»Nick, wie geht's?« Toms dröhnender Stimme hörte man die Freude an. »Gott, wie bin ich froh, daß du anrufst. Ich habe gute Neuigkeiten. Die allerbesten.«

Nicholas atmete erleichtert auf. »Von Samantha?«

»Nein, verdammt noch mal«, lachte Tom. »Wegen des Jobs, deiner Anstellung. Sie ist gestern vom Verwaltungsausschuß der Universität beschlossen worden. Nick, ist das nicht fabelhaft?«

»Das ist phantastisch, Tom.«

»Du bist Mitarbeiter der biologischen Fakultät, aber das ist erst der Anfang, Nick. Ende nächsten Jahres werden wir einen Lehrstuhl für dich haben.«

»Freut mich wirklich.«

»Du klingst nicht danach«, dröhnte Tom. »Was fehlt dir, alter Junge?«

»Tom, wo zum Teufel steckt Samantha?«

Die Stille dauerte ein wenig zu lange, dann spielte Tom den Ahnungslosen. »Sie ist auf einer Exkursion – die Küste entlang, hat sie das nicht gesagt?«

»Die Küste entlang?« Nicholas Stimme überschlug sich fast vor Ärger und Enttäuschung. »Verdammt noch mal, Tom. Ich habe sie hier in Frankreich erwartet. Sie hat versprochen, zum Stapellauf meines neuen Schiffes hier zu sein. Ich versuche schon seit einer Woche, sie zu erreichen.«

»Sie ist am Sonntag aufgebrochen«, sagte Tom.

»Was hat sie damit im Sinn?«

»Das ist eine Frage, die sie dir auch einmal stellen könnte.«

»Wie meinst du das, Tom?«

»Nun bevor sie ging, ist sie hier aufgekreuzt und hat sich bei Antoinette – du weißt, das ist meine Frau – richtig ausgeweint.«

Jetzt war die Reihe an Nicholas, zu verstummen. Ihn begann

zu frösteln, ein Schauer der Ungewißheit überlief ihn. »Kann ich mit Antoinette sprechen?«

»Sie ist nicht hier, Nick. Sie ist zu einem Treffen nach Orlando gefahren. Sie kommt erst zum Wochenende zurück.«

Wieder Stille.

»Alle diese schweren Seufzer kosten dich ein Vermögen, Nick. Der Anruf geht ja auf deine Rechnung.«

»Ich weiß nicht, was in Samantha gefahren ist.« Aber er wußte es. Nicholas wußte es – und die Schuld lastete schwer auf ihm.

»Hör, Nick. Schwing dich auf und komm her, alter Junge. Das heißt, wenn dir noch etwas an ihr liegt.«

»Mir liegt an ihr«, erwiderte Nicholas rasch. »Aber zum Teufel, in zwei Tagen läuft mein Schlepper von Stapel. Ich muß Abnahmeproben machen und auch nach London fahren.«

Toms Stimme klang sehr entschieden, als er sagte: »Keiner kann aus seiner Haut heraus.«

»Tom, ich werde so rasch wie irgend möglich drüben aufkreuzen.«

»Ich glaube es dir.«

»Wenn du sie siehst, sag ihr das von mir, ja?«

»Das werde ich.«

»Danke, Tom.«

»Die Universitätsleitung wird dich sehen wollen, Nicholas. Komm, sobald du kannst.«

»Das ist versprochen.«

Nicholas legte den Hörer auf und starrte durch die Fenster des Firmenbüros hinaus.

Der Blick über den inneren Hafen war vollkommen von dem riesigen Rumpf des Schleppers verdeckt, der hochragend auf seinen Gleitschienen stand.

Es war ein prächtiges, wunderschönes Schiff, aber Nicholas nahm es im Augenblick gar nicht wahr. Ein Gefühl drohenden Verlustes überwältigte ihn, die eisige Vorahnung einer bevorstehenden Katastrophe.

Es war nicht möglich, daß Samantha von dieser einzigen schwachen Nacht, von dem Treuebruch, der Nicholas immer noch belastete, erfahren hatte – es mußte etwas anderes zwischen sie beide getreten sein.

Der Lautsprecher über seinem Kopf krächzte, dann kam die Durchsage: »Monsieur Berg. Könnten Sie auf die Brücke kommen?«

Es war eine willkommene Ablenkung, und Nicholas eilte hinaus in die Frühlingssonne. Oben auf der Brückennock konnte er Jules Levoisin sehen. Seine behäbige Gestalt hob sich gegen den Himmel ab. Wie ein kleiner streitsüchtiger Kampfhahn stand er vor dem Schwachstromingenieur, und seine ›Sacré bleu‹ und ›Merde‹ und ›Imbécile‹ übertönten den allgemeinen Werftlärm.

Nicholas begann zu laufen. Das war schon das dritte Mal an diesem Tag, daß der kleine Franzose hysterisch wurde, und dabei war es noch nicht einmal Mittag. Je näher die Zeit für den Stapellauf herankam, um so öfter gingen Levoisin die Nerven durch. Er führte sich wie eine Primaballerina auf, die darauf wartete, daß sich der Vorhang öffnet. Wenn Nicholas die Brücke nicht innerhalb der nächsten Minuten erreichte, würde er entweder einen neuen Kapitän oder einen neuen Elektroingenieur brauchen.

Zehn Minuten später hatte Nicholas jedem mit einer Zigarre den Mund gestopft. Die Atmosphäre war noch immer gespannt, aber nicht mehr explosiv, und Nick nahm den Ingenieur freundlich beim Ellbogen, legte den anderen Arm um die Schulter des Kapitäns und führte die beiden in das Ruderhaus.

Der Ausbau der Brücke war abgeschlossen, und Jules Levoisin hatte die Spezialinstrumente mit einem Beauftragten der Lieferfirma abzunehmen, eine Verhandlung, die bei jedem Stück so dramatisch verlief wie die Vertragsverhandlungen von Versailles.

»Ich habe die Abänderung des MK IV Transponder selbst genehmigt«, erklärte Nicholas geduldig. »Wir hatten mit dem gleichen Gerät Schwierigkeiten auf der *Warlock*. Ich hätte es dir sagen sollen, Jules.«

»Das hättest du«, bestätigte der kleine Kapitän gereizt.

»Aber du warst ja selbst so scharfsichtig, die Veränderung gegenüber der Ausschreibung zu bemerken«, besänftigte ihn Nicholas, und Levoisin warf sich in die Brust und schob die Zigarre in den anderen Mundwinkel.

»Ich mag zwar ein alter Knabe sein, aber ich kenne die neuen Tricks alle.« Er nahm die Zigarre aus dem Mund und blies selbstgefällig einen vollendeten Rauchring in die Luft.

Als Nick schließlich die beiden wieder zu einem liebenswürdigen Meinungsaustausch gebracht hatte, wurde er vom Büro aus durch Lautsprecher zum Telefon gerufen.

»Wer ist dran?« fragte er, als er eintrat.

Samantha, dachte Nick und griff nach dem Hörer.

»Nicky.« Er fuhr bei dem Klang der Stimme schuldbewußt zusammen.

»Chantelle, wo bist du?«

»In La Baule.« Also war sie in dem eleganten Kurort an der Atlantikküste. »Ich bin im Castille abgestiegen. Mein Gott, es ist ein schrecklicher Laden. Ich habe vergessen, wie schrecklich! Aber das Restaurant ist noch recht gut. Iß doch mit mir zu Mittag. Ich muß mit dir reden.«

»Ich kann hier nicht fort.« Er wollte nicht noch einmal in die Falle gehen und verachtete sich selbst wegen der Verlockung, die er gegen seinen Willen verspürte. Ärgerlich über die Macht, die sie immer noch über ihn hatte, fügte er brüsk hinzu: »Wenn es so wichtig ist, komm doch her.«

»Es ist wichtig. Ich muß dich sehen. Nur für eine Stunde.«

Der Rolls-Royce hielt gegenüber dem Werfttor. Nicholas überquerte die Straße und stieg bei der Tür ein, die der Chauffeur für ihn aufhielt.

Chantelle hob ihm das Gesicht entgegen, umrahmt von dem dunklen seidenglänzenden Haar, die Lippen in der Farbe reifer Früchte, feucht und halb geöffnet. Er ignorierte die Einladung und küßte sie nur flüchtig auf die Wange, bevor er sich in die andere Ecke setzte.

Sie zog einen kleinen Schmollmund und sah ihn amüsiert an. »Wie keusch wir doch sind, Nicky.«

Er drückte auf den Knopf am Amaturenbrett, und die schalldichte Trennscheibe zwischen ihnen und dem Chauffeur glitt lautlos hoch.

»Hast du die Buchprüfer geschickt?« fragte er.

»Du siehst müde aus, mein Lieber, und abgespannt.«

»Hast du mit Duncan gesprochen?« Er ließ sich nicht ablenken. »Die Arbeit auf der *Golden Dawn* geht immer noch weiter. Die Bogenlampen brennen die ganze Nacht hindurch, und in der Werft geht das Gerücht um, daß sie morgen mittag von Stapel läuft, fast einen Monat früher als geplant. Was ist geschehen, Chantelle?«

»In Mindin gibt es ein kleines Bistro, gleich hinter der Brücke rechts –«

»Verdammt, Chantelle, ich habe keine Zeit, um herumzutrödeln.«

Aber der Rolls glitt bereits rasch durch die schmalen Straßen des Hafenviertels zwischen hohen Lagerhäusern hindurch.

»Es dauert nur fünf Minuten, und der bretonische Hummer ist die Spezialität des Lokals – was für einen Unterschied gegenüber dem amerikanischen! Sie servieren ihn in Sahnesauce, er ist hervorragend«, plauderte sie weiter, während der Rolls-Royce den Kai entlang fuhr.

»Peter hat mich gebeten, dir einen Gruß zu bestellen. Er ist in die Jugendmannschaft aufgenommen worden. Ich bin so stolz auf ihn.«

Nicholas vergrub resigniert die Hände in den Jackentaschen, und dann schwiegen sie, bis der Chauffeur den Rolls an der Mautstelle anhielt, um zu bezahlen, bevor er die Rampe zur St. Nazaire-Brücke hinaufglitt. Der Fluß war hier fast fünf Kilometer breit, und vom höchsten Punkt der Brücke aus hatte man einen weiten Überblick über die Werften der Stadt.

Ein halbes Dutzend Schiffe war entlang dem breiten schmutzigen Strom in Bau, ein gewaltiger Wald stählerner Gerüste, hoher Portalkräne und halbfertiger Schiffsrümpfe, aber alle sahen neben dem Riesenrumpf der *Golden Dawn* winzig aus.

»Sie arbeiten immer noch auf ihr«, sagte er. Einer der Kräne bewegte sich langsam am Rumpf entlang wie ein arthritischer Saurier, und an fünfzig Stellen sprühten die blauen Lichtbogen der Elektroschweißer, während überall menschliche Wesen herumkletterten, die im Vergleich zu der gigantischen Größe des Schiffes wie Ameisen aussahen.

»Sie arbeiten immer noch«, wiederholte er den Satz wie eine Anklage.

»Nicholas, nichts im Leben ist einfach –«

»Sagst du das für Duncan?«

»– außer für Leute wie Nicholas Berg.«

»Du hast nicht mit Duncan gesprochen!« warf er ihr bitter vor.

»Für dich ist es leicht, stark zu sein. Diese Stärke war eines der Dinge, die mich am meisten angezogen haben.«

Nicholas hätte fast laut aufgelacht. Es war wie ein Witz, von Stärke zu reden nach den vielen Beweisen von Schwäche, gerade dieser Frau gegenüber.

»Hast du Duncan zur Rede gestellt?« wiederholte er, aber sie winkte mit einem Lächeln ab.

»Warte doch, bis wir ein Glas Wein –«

»Jetzt«, unterbrach er sie. »Jetzt will ich es wissen. Chantelle, ich habe keine Zeit für Dummheiten.«

»Ja, ich habe mit ihm gesprochen«, bejahte sie. »Ich habe ihn nach Cap Ferrat gerufen und ihm all das vorgeworfen, was du vermutet hast.«

»Hat er es abgestritten? Falls er leugnet, habe ich jetzt weitere Beweise –«

»Nein, Nicholas. Er hat nichts geleugnet. Er sagte mir, daß ich nur die Hälfte weiß.« Ihre Stimme wurde scharf, und plötzlich sprudelte sie alles in einem Schwall gequälter Worte heraus. »Er hat mit meinem Vermögen hasardiert, Nicholas. Er hat die Anteile der Familie und auch die Anteile des Christy-Marine-Trusts aufs Spiel gesetzt – und hat noch hämisch gegrinst, als er es mir gestand, er hat sich seines Verrats noch gerühmt.«

»Jetzt haben wir ihn!« Nicholas hatte sich in seinem Sitz

aufgerichtet. Seine Stimme klang grimmig, aber zufrieden, und er nickte. »Das genügt. Wir werden die *Golden Dawn* stoppen, wie –«

Er hielt plötzlich inne und starrte sie an. Chantelle schüttelte langsam den Kopf. Ihre Augen wurden groß und glänzend, füllten sich langsam mit Tränen, und eine von ihnen löste sich und hing an den dichten dunklen Wimpern wie ein morgendlicher Tautropfen.

Der Rolls kam jetzt vor dem kleinen Bistro zum Stehen. Der Chauffeur hielt die Tür auf, und Chantelle stieg aus. Nicholas blieb keine andere Wahl, als ihr zu folgen.

Der Besitzer kam, dienerte um Chantelle herum, führte sie zu einem Tisch am Fenster und blieb stehen, um das Menü zu besprechen.

»Oh, nehmen wir den Muscadet, Nicholas.« Sie hatte immer schon die erstaunliche Fähigkeit besessen, sich rasch wieder zu fassen. Die Tränen waren versiegt, und sie sah reizend, heiter und wunderschön aus, als sie ihn anlachte. Die Sonnenstrahlen, die durch die Fensterscheiben fielen, tanzten auf dem goldenen Wein und spielten mit den dunklen Wellen ihres Haares.

»Auf uns, Nicholas, mein Lieber. Wir sind die Letzten der wahrhaft Großen.« Das war ein Trinkspruch von früher gewesen.

»Chantelle, wann und wie wirst du Duncan stoppen?«

»Das werde ich nicht, mein Lieber.«

Er starrte sie an. »Was hast du gesagt?« fragte er.

»Ich werde alles tun, was in meiner Macht steht, um ihm zu helfen, die *Golden Dawn* von Stapel zu lassen und auf die Reise zu schicken.«

»Du hast mich nicht verstanden, Chantelle. Du redest davon, zu riskieren, daß eine Million Tonnen des allertödlichsten Giftes –«

»Sei nicht albern, Nicky. Heb dir diese hochtrabenden Reden für die Zeitungen auf. Meinetwegen kann Duncan eine Million Tonnen Kadmium in die Wasserversorgung von London pumpen, wenn er nur den Trust und mich aus dem Dreck zieht.«

»Noch ist es Zeit, Änderungen an der *Golden Dawn* durchzuführen.«

»Nein, es ist keine Zeit mehr. Du verstehst nicht, mein Lieber. Duncan hat uns so tief hineingeritten, daß uns sogar der Verlust von einigen Tagen umbringen würde. Wir haben kein Geld für Änderungen, keine Zeit für irgend etwas anderes, als die *Golden Dawn* so schnell wie möglich auf Fahrt zu schicken.«

»Es gibt immer Wege und Mittel.«

»Ja, und der Weg ist, die Tanks der *Golden Dawn* mit Rohöl zu füllen.«

»Er hat dich eingeschüchtert mit –«

»Ja«, gab sie zu. »Ich habe mich noch nie in meinem Leben so gefürchtet, Nicky. Ich könnte alles verlieren – ich habe solche Angst, nichts würde mir bleiben.« Sie schauderte bei dem Gedanken. »Ich würde mich umbringen, wenn das geschieht.«

»Ich werde Duncan trotzdem stoppen.«

»Nein, Nicky. Bitte laß das, mir zuliebe – Peter zuliebe, es geht doch auch um sein Erbe. Laß die *Golden Dawn* eine Fahrt machen, nur eine einzige – und ich bin gerettet.«

»Man bringt damit den Ozean in Gefahr und Gott allein weiß, wie viele Menschenleben. Ich werde diesen Wahnsinn verhindern.«

»Nein, Nicholas. Ohne mich kannst du nichts unternehmen.«

»Das glaubst *du*.«

»Mein Lieber, ich verspreche dir, nach der ersten Fahrt werden wir die *Golden Dawn* verkaufen. Wir sind dann gerettet, und ich kann mich von Duncan trennen. Dann gibt es nur noch dich und mich, Nicky. Es geht nur um Wochen.«

Er brauchte seine ganze Selbstbeherrschung, um seinen Zorn nicht zu zeigen. Er preßte die Fäuste gegen das weiße gestärkte Tischtuch, aber seine Stimme klang kühl und ruhig.

»Nur noch eine Frage, Chantelle. Wann hast du Samantha angerufen?«

Sie sah ihn einen Augenblick lang verständnislos an, als

versuche sie sich zu erinnern. »Samantha, ach ja, deine kleine Freundin. Warum sollte ich sie anrufen?« Und dann veränderte sich der Ausdruck in ihrer Stimme. »Oh, Nicky, du glaubst doch nicht wirklich, daß ich das tun würde? Du glaubst doch nicht, daß ich irgend jemandem davon erzählt hätte, von dieser wundervollen –«

Die Erinnerung überwältigte sie, wieder schwammen ihre großen Augen in Tränen. Sie beugte sich zu ihm hinüber und streichelte die feinen schwarzen Haare auf Nicks breitem Handrücken.

»Nein«, bestätigte Nicholas ruhig. »Du würdest höchstens eine Million Menschen auf einmal ermorden und würdest nicht mehr als einen einzigen Ozean vergiften.« Er schob seinen Stuhl zurück.

»Setz dich, Nicky. Iß deinen Hummer.«

»Mir ist der Appetit vergangen.« Er zog zwei Hundert-Franc-Scheine aus seiner Brieftasche und warf sie neben seinen Teller.

»Du bist gemein, Nicholas«, zischte sie ärgerlich.

»Ich schicke dir den Wagen zurück«, sagte er und trat hinaus in das Sonnenlicht. Zu seiner Überraschung stellte er fest, daß er zitterte und die Zähne schmerzhaft aufeinandergepreßt hielt.

Der Morgen war kalt, tiefhängende graue Wolken kündigten Regen an. Nicholas stellte zum Schutz gegen den Wind, dem er am höchsten Punkt der Bogenbrücke von St. Nazaire ausgesetzt war, den Mantelkragen hoch.

Tausende andere trotzten ebenfalls dem Wind und drängten sich in drei Reihen hinteinander an das Geländer. Der Verkehr stockte, ein halbes Dutzend Polizisten versuchte mit kläglich schrillenden Pfeifen ihn wieder in Gang zu bringen. Schwach drangen auch die Töne einer Musikkapelle herauf, lauter oder leiser, je nachdem sie der Wind weitertrug, und Nicholas konnte mit bloßem Auge bunte Girlanden hellfarbiger Fähnchen erkennen, die an den hohen klobigen Heckaufbauten der *Golden Dawn* flatterten.

Nicholas schaute auf seine Armbanduhr, sie zeigte auf

wenige Minuten vor Mittag. Durch das Fernglas konnte er die einzelnen Personen auf der Tribüne unter dem Bug des Tankers erkennen. Die Kapelle verstummte und senkte die Instrumente.

»Zeit für die Ansprachen«, murmelte Nicholas, und nun entdeckte er Duncan Alexander. Ein Sonnenstrahl war auf Duncans Haar gefallen und ließ es kupfrig golden aufleuchten, als er zu dem riesigen Bug der *Golden Dawn* hinaufsah.

Die schlanke, winzige weibliche Gestalt an seiner Seite verschwand beinahe. Chantelle trug ein Kleid in jener speziellen Tönung von Malachitgrün, die sie so sehr liebte. Um sie herum war alles in fieberhafter Tätigkeit, ein halbes Dutzend Herren assistierte bei der Zeremonie, die sie schon so oft als Tochter des alten Christy miterlebt hatte.

Nicholas blinzelte und glaubte einen Augenblick lang, seine Augen hätten ihn getäuscht, denn die Erde schien sich zu bewegen.

Dann sah er, daß sich der gigantische Rumpf der *Golden Dawn* in Bewegung gesetzt hatte. Die Kapelle stimmte die Marseillaise an.

Es war ein unglaublicher, ja geradezu atemberaubender Anblick, unwillkürlich lief Nicholas ein Schauer über den Rükken, und seine Nackenhaare sträubten sich. Er war Seemann und erlebte die Geburt des gewaltigsten Schiffes, das je gebaut worden war.

Es sah grotesk, ja beinahe ungeheuerlich aus, aber es war ein Teil seines Lebens. Auch wenn andere seinen großartigen Entwurf verdorben und entstellt hatten – der ursprüngliche Plan blieb sein Werk, und er bemerkte, daß seine Hände, die das Fernglas hielten, zitterten.

Die massiven hölzernen Stützböcke, die der gewaltigen abwärtsgleitenden Stahlmasse Halt gegeben hatten, wurden einer nach dem anderen beiseite gestoßen. Stahltaue rissen und rollten sich ein wie die Haare der Medusa, dann tauchte das Heck der *Golden Dawn* ins Wasser.

Die Menschenmenge am Brückengeländer brüllte begeistert.

Neben Nick hielt eine Mutter ihr Kind hoch, damit es zusehen konnte, und beide jubelten laut.

Während sich der Bug der *Golden Dawn* noch auf den Gleitschienen befand, stieß das Heck bereits eine halbe Meile weit in den Strom hinaus vor und berührte infolge der Neigung fast den sandigen Grund.

Dann erreichte der Bug das Ende der Schienen und sank in das Wasser ein, das in wirbelnden Strudeln hochwallte.

Dann wurde die *Golden Dawn* von Hunderten von Kabeln gebremst, damit sie nicht quer über den Strom weitertrieb.

Sie kämpfte gegen dieses Hemmnis, als wäre sie, einmal im Wasser, begierig darauf, weiterzuschwimmen. Sie schwankte majestätisch, beruhigte sich aber allmählich. Die Loire von einem Ufer zum anderen ausfüllend, ragte sie so hoch empor wie die Pfeiler der Brücke.

Die vier wartenden Hafenschlepper kamen rasch näher, um ihr zu helfen, sich zu drehen und ihre gewaltige Länge in Richtung zur offenen See zu bringen.

Die Schlepper stießen vor und zurück und brachten die *Golden Dawn* langsam dazu, sich zu drehen. Ihre Schwenkung wühlte meilenweit das Wasser in der Flußmündung auf. Dann plötzlich begann das Wasser unter ihrer Gilling, ihrem auskragenden Heck, gewaltig zu schäumen, und Nicholas sah das bronzene Aufleuchten der einzigen Schraube, die langsam in dem braunen Wasser zu rotieren begann. Schneller und schneller drehte sie sich, und unwillkürlich erfaßte Nicholas Begeisterung, als er sah, wie sich das riesige Schiff in Bewegung setzte, wie sich das Wasser vor seinem Bug zu kräuseln begann. Allmählich überwand es die beträchtliche Trägheit seines Gewichts, gewann Fahrt und war schließlich manövrierfähig.

Die Hafenschlepper bleiben respektvoll zurück. Der mächtige Bug nahm Richtung zur offenen See und strebte ihr entschlossen zu.

Silbrige Dampfstrahlen schossen von den Sirenen der Schlepper empor, und gleich darauf war auch das dumpfe Heulen ihres Saluts zu hören.

Die Menschenmenge löste sich auf, Nicholas stand schließlich allein auf der hohen Brücke. Er schaute auf seine Uhr und murmelte das jahrhundertealte Kapitänskommando vor sich hin, mit dem jede Reise begonnen wurde. »Volle Kraft um 17.00 Uhr.« Dann wandte er sich um und ging über die Brücke zu seinem gemieteten Renault.

Um sechs Uhr, als Nicholas zur *Sea Witch* zurückkehrte, war das Werftbüro leer. Er ließ sich auf einen Stuhl fallen und zündete sich einen Stumpen an, während er in seinem Adressenbüchlein blätterte. Dann wählte er eine Nummer.

»Guten Tag. Hier Sunday Times. Was kann ich für Sie tun?«

»Ist Mr. Herbstein erreichbar?« fragte Nicholas.

»Einen Augenblick bitte!«

Während er wartete, suchte Nicholas nach einer anderen geeigneten Adresse in seinem Büchlein, falls der Journalist gerade im Himalaya herumkletterte oder ein Guerillalager in Zentralafrika besuchen sollte – aber gleich darauf wurde er mit ihm verbunden.

»Hallo, Denis«, sagte er. »Hier ist Nicholas Berg, wie geht's dir? Ich habe eine Bombenstory für dich.«

Nicholas versuchte, die entwürdigende Behandlung mit Gelassenheit zu ertragen, aber die dicke Schicht Theaterschminke verklebte ihm die Poren, und er rutschte unruhig auf dem Schminkstuhl hin und her.

»Bitte halten Sie still«, fuhr ihn die Kosmetikerin ungeduldig an; noch eine ganze Reihe Unglücklicher wartete auf einer Bank im Hintergrund des schmalen Raumes auf ihre Behandlung, unter ihnen Duncan Alexander. Dieser begrüßte Nick, als er seinen Blick im Spiegel auffing, mit dem spöttischen Heben einer Augenbraue.

Neben Nicholas lümmelte der Präsentator von »Heute und Morgen« lässig in einem Sessel; er war groß und elegant mit seinem gefärbten und dauergewellten Haar und einer Nelke im Knopfloch.

»Sie sprechen als erster, Mr. Berg. Wenn Sie es interessant machen, gebe ich Ihnen vier Minuten, vierzig Sekunden, andernfalls breche ich nach zwei Minuten ab.«

Denis Herbsteins Artikel war sehr professionell abgefaßt gewesen. Er hatte darin Interviews mit Vertretern von Lloyd's aus London, mit Ölgesellschaften, mit Ökologen aus Amerika und England, ja sogar mit der Küstenwache der Vereinigten Staaten verarbeitet.

»Versuchen Sie, sich kurz und präzise zu fassen«, riet der Präsentator. »Nicht um den Brei herumreden.« Er wollte eine Sensation, nicht zu viele Tatsachen und Zahlen, sondern eine gute blutrünstige Schauergeschichte – oder einen befriedigenden Schlagabtausch.

Der Artikel hatte so viel Aufsehen erregt, daß sich die Sendereihe »Heute und Morgen« dafür interessierte. Man hatte die beiden Parteien eingeladen, sich ihrem Ankläger zu stellen, und beide, Christy Marine wie Orient Amex, hatten ihre besten Leute geschickt. Für Christy Marine sprach mit all seinem Charme Duncan Alexander, und Orient Amex hatte einen ihrer Direktoren entsandt, der wie Gary Cooper aussah.

Die Kosmetikerin bestäubte Nicholas' Gesicht mit Puder.

»Meine erste Frage an Sie wird sein, was das für ein Zeug ist – das Kadmium.«

Der Interviewer überprüfte seine Notizen.

Nicholas winkte, er konnte nicht sprechen, weil er gerade die letzte Demütigung über sich ergehen lassen mußte. Das Mädchen malte ihm die Lippen an.

Das Fernsehstudio war so groß wie ein Flugzeughangar, über den Betonboden liefen dicke schwarze Kabel, und das Dach verlor sich in dämmrigen Höhen, aber man hatte durch einen kleinen Bühnenaufbau die Illusion der Intimität geschaffen, während ringsum die großen fahrbaren Kameras lauerten, wie Krabben um den Kadaver eines toten Fisches.

In den eierförmigen Sesseln konnte man weder bequem noch aufrecht sitzen, und im gnadenlosen, grellweißen Licht der Bogenlampen begann die dicke Schminkschicht auf Nicholas' Haut zu schmoren. Es war ihm ein geringer Trost, daß Duncan an der anderen Tischseite aussah wie ein japanischer Kabukitänzer, mit einem viel zu hellen Make-up für sein rötlichblondes Haar.

Ein Hilfsregisseur befestigte das kleine Mikrophon an Nicholas' Rockaufschlag und flüsterte: »Zeig's ihnen, Kumpel.«

In der Dunkelheit hinter den Scheinwerfern zählte jemand feierlich: »Vier, drei, zwei, eins – Aufnahme!«, und die rote Lampe an der mittleren Kamera leuchtete auf.

»Ich begrüße Sie bei der Sendung ›Heute und Morgen‹.« Die Stimme des Präsentators klang plötzlich warm und persönlich. »Letzte Woche wurde in der französischen Werft von St. Nazaire das größte Schiff der Welt von Stapel gelassen –« In einem Dutzend Sätzen umriß er den Tatbestand, während auf einer Leinwand über den Kameras die Wochenschau-Aufnahmen vom Stapellauf der *Golden Dawn* abgespielt wurden. Nicholas erinnerte sich an den Hubschrauber, der über der Werft gekreist war, und der Blick aus der Luft auf das gewaltige Schiff fesselte ihn so sehr, daß er überrascht zusammenfuhr, als die Kamera plötzlich zu ihm herumschwenkte. Der Interviewer stellte ihn vor, indem er kurz seinen Werdegang schilderte, und fuhr dann fort:

»Mr. Berg vertritt einige sehr bestimmte Ansichten über das Schiff.«

»In seiner gegenwärtigen Ausstattung und Bauart ist es nicht einmal sicher genug, um normales Erdöl zu befördern«, sagte Nicholas. »Es wird jedoch zum Transport von Rohöl eingesetzt, das in hoher Konzentration mit Kadmiumsulfid, einem der tödlichsten Gifte, verunreinigt ist.«

»Was Ihre erste Behauptung betrifft, Mr. Berg, teilt noch jemand Ihre Zweifel an der Sicherheit des Schiffes?«

»Der Tanker erhielt nicht die 1 A-Beurteilung der Inspektoren von Lloyd's in London«, erwiderte Nicholas.

»Können Sie uns jetzt etwas über die Ladung, die er befördern soll, mitteilen – das mit Kadmium angereicherte Rohöl?«

Nicholas wußte, daß er vielleicht fünfzehn Sekunden Zeit hatte, um eine Schilderung dessen zu geben, was es bedeutete, wenn der Atlantische Ozean zu einem toten verseuchten Gewässer wurde; die Zeit war zu kurz. Duncan Alexander unterbrach ihn zweimal und widerlegte geschickt die folgerichtig aufgebauten Darstellungen Nicholas', und noch bevor er geendet hatte, schnitt ihm bereits der Präsentator das Wort ab.

»Vielen Dank, Mr. Berg. Nun bitte Mr. Kemp. Sie sind Direktor der Ölgesellschaft –«

»Meine Gesellschaft, die Orient Amex, hat im letzten Jahr eine Summe von zwei Millionen US-Dollar zur Verfügung gestellt, um die wissenschaftliche Forschung auf dem Gebiet der Umweltschutzprobleme der Welt zu unterstützen. Ich kann jedermann versichern, daß wir von der Orient Amex uns durchaus der Problematik der modernen Technologie bewußt sind –«

»Der Gewinn Ihrer Gesellschaft im vergangenen Jahr belief sich nach der Steuereinschätzung auf vierhundertfünfundzwanzig Million Dollar«, unterbrach ihn Nicholas scharf. »Das bedeutet null Komma siebenundvierzig Prozent davon für die Umweltforschung – und das auch noch steuerlich absetzbar. Meinen Glückwunsch, Mr. Kemp.«

Der Ölmann sah ihn peinlich berührt an und fuhr fort:

»Jetzt arbeiten wir von der Orient Amex«, er strich den Namen der Gesellschaft wiederum geschickt heraus, »für eine bessere Lebensqualität aller Menschen. Aber wir haben erkannt, daß es unmöglich ist, die Zeit um hundert Jahre zurückzudrehen. Wir können uns nicht gestatten, uns von dem romantischen Wunschdenken einiger dilettantischer Umweltschützer, Sonntagswissenschaftler und Schwarzseher beeinflussen zu lassen und unsere Forschungen, wie etwa über den revolutionierenden Kadmium-Krackprozeß, zu unterbrechen, der die Ölreserven der Welt um zwanzig oder mehr Jahre strecken kann.«

Wieder unterbrach der Präsentator und lenkte die Aufmerksamkeit auf Duncan Alexander.

»Mr. Alexander, Ihr sogenannter Ultratanker wird das mit Kadmium angereicherte Rohöl befördern. Was haben Sie auf Mr. Bergs Vorwürfe zu erwidern?«

Duncan lächelte, ein tiefgründiges, geheimnisvolles Lächeln. »Als Mr. Berg meinen Posten an der Spitze von Christy Marine bekleidete, war die *Golden Dawn* die beste Idee der Welt. Seit er gefeuert wurde, ist es plötzlich die schlechteste.«

Sie lachten, sogar einer der Kameramänner wieherte ungehemmt, und Nicholas fühlte schon, wie ihm vor Ärger die heiße Röte ins Gesicht stieg.

»Ist die *Golden Dawn* bei Lloyd's mit 1 A bewertet?« fragte der Präsentator.

»Christy Marine hat sich wegen der Registrierung nicht an Lloyd's gewendet.«

Trotz seines Ärgers mußte sich Nicholas eingestehen, daß Duncan gut und sehr schlagfertig war.

»Wie sicher ist Ihr Schiff, Mr. Alexander?«

Jetzt wandte sich Duncan um und sah Nicholas direkt an.

»Ich glaube, es ist so sicher, wie es die führenden Schiffsbauer und Marineingenieure der Welt machen konnten.« Er hielt inne, und in seine Augen trat ein boshafter Glanz. »So sicher, daß ich mich entschlossen habe, diese lächerliche Auseinandersetzung durch einen persönlichen Vertrauensbeweis zu beenden.«

»In welcher Form wollen Sie diesen Vertrauensbeweis erbringen, Mr. Alexander?« fragte der Präsentator und beugte sich interessiert vor.

»Auf der Jungfernfahrt der *Golden Dawn*, wenn sie vollbeladen mit Rohöl von den El-Barras-Feldern aus dem Persischen Golf zurückkommt, werden meine Familie und ich die letzten sechstausend Meilen ihrer Reise an Bord mitfahren – von Kapstadt bis nach Galveston im Golf von Mexiko.«

»Vielen Dank.« Der Präsentator erkannte den guten Abschluß, der sich ihm bot. »Ich danke Ihnen, Mr. Alexander. Sie haben mich überzeugt – und ich bin sicher, daß sie auch viele unserer Zuschauer überzeugt haben.«

In dem Augenblick, in dem die rote Betriebskontrollampe erloschen, sprang Nicholas auf und fuhr Duncan Alexander an. »Sie werden Peter nicht auf Ihren Todeskahn mitnehmen.«

»Das ist eine Entscheidung seiner Mutter«, sagte Duncan ungerührt. »Als Tochter von Arthur Christy hat sie sich entschlossen, die Gesellschaft voll zu unterstützen.« Er betonte dabei das Wort »voll«.

»Ich lasse das Leben meines Sohnes weder von Ihnen noch von ihr für verrückte Reklamemätzchen aufs Spiel setzen.«

»Versuchen Sie nur, es zu verhindern«, nickte Duncan lächelnd, »aber Sie werden damit genausowenig Erfolg haben wie mit Ihren Bemühungen, die *Golden Dawn* zu stoppen.« Er wandte ihm einfach den Rücken und sagte zu dem Ölmann: »Ich finde, es ist recht gut gelaufen.«

Innerhalb von zweiundsiebzig Stunden hatte James Teacher bei einem Zivilrichter Nicholas' dringenden Antrag auf eine einstweilige Verfügung eingebracht, die Chantelle Alexander untersagen sollte, ihren Sohn aus erster Ehe, Peter Nicholas Berg, zwölf Jahre alt, auf die geplante Reise von Kapstadt in der Republik Südafrika nach Galveston im Staate Texas an Bord des mit Rohöl beladenen Tankermutterschiffs *Golden Dawn* mitzunehmen und/oder dem Kinde zu erlauben, irgendeine andere Fahrt an Bord des genannten Schiffes mitzumachen.

Der Richter las die beiderseitigen schriftlichen Anträge durch, hörte sich aufmerksam die kurzen Erläuterungen James Teachers und die Erwiderung des Gegenanwaltes an, bevor er sich schließlich direkt an Chantelle wandte.

»Mrs. Alexander.« Seine Strenge geriet angesichts ihrer verwirrenden Schönheit ein wenig ins Wanken. »Lieben Sie Ihren Sohn?«

»Mehr als alles andere in meinem Leben.«

»Und Sie sind froh, daß Sie ihn auf diese Reise mitnehmen können?«

»Ich bin die Tochter eines Seemanns. Wenn es eine Gefahr gäbe, würde ich das erkennen. Ich freue mich auf diese Fahrt und bin froh, daß mein Sohn mich begleiten kann.«

Der Richter nickte. »Wenn ich richtig verstanden habe, Mr. Teacher, hat die Mutter die Aufsichtspflicht?«

»Allerdings, Euer Gnaden. Aber der Vater ist der Vormund des Kindes.«

»Ich bin mir dessen bewußt, danke«, entgegnete der Richter scharf. »Wir sind hier ausschließlich mit der Sicherheit und dem Wohlergehen des Kindes befaßt. Wie angegeben, wird die geplante Reise während der Ferien stattfinden, so daß es in der Schule nichts versäumt. Anderseits hat der Antragsteller nicht überzeugend nachgewiesen, daß begründete Zweifel an der Sicherheit des Schiffes bestehen, auf dem die Reise gemacht werden soll. Es scheint ein modernes, wohldurchdachtes Schiff zu sein. Dem Antrag nachzukommen, hieße meiner Ansicht nach, der Mutter des Kindes unbillige Beschränkungen auferlegen.« Er wandte sich direkt an Nicholas und James Teacher: »Ich kann deshalb zu meinem Bedauern wegen unzureichender Gründe Ihrem Antrag nicht stattgeben.«

Auf dem Rücksitz seines Bentley murmelte James Teacher entschuldigend: »Er hatte natürlich recht, Mr. Berg. Ich hätte an seiner Stelle genauso entschieden.«

Nicholas hörte nicht zu. »Was würde geschehen, wenn ich Peter abholen und ihn nach den Bermudas oder in die Staaten brächte?«

»Ihn entführen!« Die Stimme James Teachers schnellte eine Oktave hinauf, und er packte Nicholas' Arm in aufrichtigem Schrecken. »Ich flehe Sie an, vergessen Sie diesen Gedanken. Die Polizei würde Sie jagen – du lieber Gott!« Er rutschte unruhig auf seinem Sitz hin und her. »Wenn Sie das tun, können Sie das Kind verlieren. Tun Sie das nicht. Bitte tun Sie's nicht!«

Er legte seine Hand beschwörend auf Nicholas' Arm. »Sie würden der Gegenseite in die Hände spielen.« Dann wandte er die Aufmerksamkeit erleichtert der Aktentasche auf seinen Knien zu, die abzurutschen drohte.

»Können wir das letzte Konzept des Kaufvertrags noch einmal durchsehen?« fragte er. »Wir haben nicht viel Zeit, wie Sie wissen.« Dann begann er mit der Präambel des Vertrags, der alle Aktiva und Passiva des Ozean Schlepp- und Rettungsdienstes auf die Direktoren der Bank of the East übertragen sollte, als den Beauftragten einer ungenannten Partei.

Nicholas drückte sich in die gegenüberliegende Ecke und starrte gedankenvoll aus dem Fenster, während sich der Bentley durch den Verkehrsstrom quälte.

»Ich möchte, daß Sie sie vertrösten«, sagte Nicholas plötzlich. Teacher brach mitten im Satz ab.

»Wie bitte?«

»Ich möchte, daß Sie einen Weg finden, die Scheichs hinzuhalten.«

»Großer Gott, Mann!« James Teacher war völlig aus der Fassung gebracht. »Ich habe fast einen Monat gebraucht – vier harte Wochen –, sie so weit zu bringen, daß sie unterzeichnen.«

»Ich brauche noch die Kontrolle über meine Schlepper, ich muß Handlungsfreiheit haben –«

»Mr. Berg, wir sprechen von sieben Millionen Dollar.«

»Wir sprechen von meinem Sohn«, sagte Nicholas ruhig. »Können Sie sie hinhalten?«

»Ja, natürlich kann ich das, wenn es wirklich Ihr Wunsch ist.« Verdrossen schloß Teacher die Klappe seiner Aktentasche. »Wie lange?«

»Sechs Wochen – lang genug für die *Golden Dawn*, ihre Jungfernfahrt zu beenden – so oder so.«

»Ist Ihnen klar, daß das ganze Geschäft damit platzen kann und daß wir keinen anderen Käufer haben?«

»Ja.«

Sie schwiegen, bis der Bentley vor dem Bankgebäude in der Curzon Street anhielt. Dort stiegen sie aus.

»Sind Sie wirklich dazu entschlossen?« fragte Teacher leise.

»Tun Sie's nur«, erhielt er zur Antwort.

Bermuda machte seine beruhigende Wirkung auf Nicholas in dem Augenblick geltend, als er aus dem Flugzeug in die behagliche Wärme und den frischen hellen Sonnenschein hinaustrat.

Bernard Wackies großartiger schokoladebrauner Sekretär war da, um Nick abzuholen.

»Mr. Wackie erwartet Sie in der Bank.«

»Bist du verrückt geworden, Nicholas?« begrüßte ihn Wakkie. »Jimmy Teacher hat mir erzählt, daß du die Araber aus dem Fenster geschmissen hast.«

»Beruhige dich, Bernard«, Nicholas schüttelte den Kopf und klopfte Wackie tröstend auf die Schulter. »deine Provision hätte doch nur lausige null Komma sieben Millionen ausgemacht.«

»Du hast es also wirklich getan?« klagte Wackie und versuchte seine Hand aus Nicholas' Griff zu befreien. »Du läßt sie also hängen!«

»Die Scheichs haben uns mehr als einen Monat lang hängenlassen, Bernie! Ich habe ihnen nur die gleiche Medizin verpaßt, und weißt du was? Das gefiel ihnen. Der Herrscher hat sich zum ersten Mal aufgesetzt und wirkliches Interesse gezeigt. Jetzt sprachen wir die gleiche Sprache. Sie werden auch in sechs Wochen noch da sein.«

»Aber warum? Ich verstehe das nicht. Erklär mir doch, warum du das getan hast?«

»Gehen wir in den Kartenraum, dann flüstere ich es dir.«

Dort stand Nicholas volle fünf Minuten über die Plexiglaskarte der Weltmeere gebeugt und studierte sie, erst dann fragte er: »Ist das die letzte Position der *Sea Witch*, macht sie gute Fahrt?«

»Sie hat sich vor zwei Stunden gemeldet«, nickte Wackie, und dann mit beruflichem Interesse: »Wie ist die Abnahme verlaufen?«

Aber Nicholas' Aufmerksamkeit hatte sich bereits der anderen Erdhälfte zugewandt.

»Die *Warlock* ist immer noch in Mauritius?« Seine Stimme klang scharf wie ein Peitschenhieb.

»Ich mußte ihr mit dem Flugzeug einen Läufer für den Hauptgenerator schicken. Es war wirklich Pech, daß sie ausgerechnet in diesem gottverlassenen Winkel der Erde einen Defekt haben mußte.«

»Wann wird sie in See stechen können?«

»Allen hat es mir für morgen mittag versprochen.«

»Die *Golden Dawn*?« fragte Nicholas und zündete sich einen Stumpen an, während er Wackies Antwort lauschte.

»Die Zusatztanks kamen vor drei Wochen bei dem neuen Lager der Orient Amex in El Barras an.« Wackie griff nach dem Zeigestab und deutete auf eine Bucht tief im Persischen Golf. »Sie wurden mit Rohöl vollbeladen und in Küstennähe verankert, um auf die Ankunft der *Golden Dawn* zu warten. Diese ist am letzten Donnerstag dort eingetroffen, hat laut meinem Agenten in El Barras die Tanks innerhalb von drei Stunden angekoppelt und sich wieder auf den Rückweg gemacht.« Wackie fuhr mit der Spitze des Stabes südwärts, die Ostküste des afrikanischen Kontinents entlang. »Von da an habe ich keinen Bericht über sie mehr erhalten, aber wenn sie wirklich zweiundzwanzig Knoten macht, wird sie jetzt irgendwo vor der Küste von Mozambique, oder Maputo, wie sie es jetzt nennen, sein und kann das Kap innerhalb der nächsten Tage erreichen. Von dort erhalte ich wieder Nachricht, denn sie wird in Kapstadt Post aufnehmen.«

»Und Passagiere«, sagte Nicholas zornig; er wußte, daß Peter und Chantelle schon in Kapstadt waren, er hatte in der vergangenen Nacht mit dem Jungen telefoniert. Peter war von der Aussicht auf eine Fahrt mit dem Ultratanker hell begeistert gewesen.

Bernard Wackie griff nun nach einem Stapel Fernschreiben, hob sie auf und blätterte sie rasch mit dem Daumen durch.

»Richtig, ich habe den Bereitschaftsvertrag für die *Sea Witch* bestätigt.« Nicholas machte eine zustimmende Geste. Der Vertrag verpflichtete Jules Levoisin und den neuen Schlepper, in der Nähe dreier Bohrtürme zu bleiben, die vor der Küste von Florida, in dem gekrümmten seichten Meeresarm zwischen den Florida Keys und den Mangrovensümpfen der Everglades, auf Ölsuche waren. »Es ist lächerlich, einen zweiundzwanzigtausend PS starken, hochseetauglichen Schlepper als Bereitschaft bei Öltürmen einzusetzen.« Wackie senkte den Stapel und machte seiner Verärgerung Luft. »Levoisin wird noch verrückt bei diesem Kindermädchen-Spielen. Du wirst bald eine Meuterei haben – und außerdem verlierst du Geld. Die Tagesmiete deckt nicht einmal die laufenden Kosten.«

»Sie wird genau dort ankern, wo ich sie haben will«, sagte Nicholas und kam nochmals auf die winzige Insel im Indischen Ozean zurück. »Und die *Warlock*?«

»Richig, die *Warlock*.« Bernie zog ein anderes Blatt heraus. »Ich habe für sie einen Hochseeschlepp angeboten.«

»Zieh das zurück«, sagte Nick. »Sobald Allen den Generator repariert hat, will ich, daß er mit voller Kraft in Richtung Kapstadt ausläuft.«

Wackie starrte ihn an. »Du lieber Himmel, Nicholas, wozu das?«

»Er kann zwar die *Golden Dawn* nicht einholen, bevor sie das Kap umrundet hat, aber ich möchte, daß er ihr folgt.«

»Nicholas, du bist verrückt!«

»Wenn die *Golden Dawn* Schwierigkeiten hat, wird er nur einen oder zwei Tage hinter ihr sein. Sag Allen, daß er sie bis in die Reede von Galveston zu beschatten hat.«

»Nicholas, diese ganze Sache entbehrt jeder vernünftigen Basis.«

»Mit ihrer höheren Geschwindigkeit müßte sie die *Golden Dawn* eingeholt haben, bevor sie –«

»Hör mir zu, Nicholas, laß uns das einmal genau überdenken. Wie groß sind die Chancen, daß die *Golden Dawn* auf ihrer Jungfernfahrt einen Schaden oder eine Panne erleidet – eins zu hundert? Oder noch niedriger?«

»Das dürfte ungefähr stimmen«, gab Nicholas zu. »Eins zu hundert.«

»Was kostet es, einen hochseetüchtigen Bergungsschlepper um lausige fünfzehnhundert Dollar pro Tag auf Bereitschaft zu halten und dann noch den anderen mit voller Kraft rund um die halbe Erde zu schicken?« Bernard zog theatralisch seine Augenbrauen hoch. »Das wird dich eine Viertelmillion Dollar kosten.«

»Jetzt verstehst du, warum ich die Scheichs hängenlassen muß«, lächelte Nicholas ruhig. »Ich kann ihr Geld nicht auf eine Chance von eins zu hundert setzen – aber jetzt ist es nicht *ihr* Geld, sondern meines. Die *Sea Witch* und die *Warlock* sind nicht *ihre* Schlepper, sondern die meinen. Und Peter ist nicht *ihr* Sohn, er ist mein Sohn.«

»Du meinst es also wirklich ernst?« fragte Bernard ungläubig.

»Ja«, erwiderte Nicholas, »und laß dir von Allen die voraussichtliche Ankunftszeit in Kapstadt geben.«

Samantha Silver schlang sich ein Handtuch wie einen Turban um den Kopf. Ihr Haar war immer noch von der gerade veranstalteten Haarwäsche naß. Ein zweites Handtuch hatte sie unter ihren Achseln wie einen kurzen Sarong um den Leib geschlungen.

Nach einer so langen Exkursion mußte man sich zwei oder dreimal abseifen und schrubben, um das Salz und den Geruch der Mangroven aus den Poren und den Schmutz der Everglades unter den Nägeln herauszubekommen.

Sie goß den Teig in die Pfanne mit dem heißen Öl und rief: »Wieviel Pfannkuchen kannst du essen?«

Er kam aus dem Badezimmer, ein nasses Handtuch um die Hüften geschlungen, stellte sich in die Tür und grinste. »Wie viele hast du gemacht?« fragte er. Sie hatte sich noch immer nicht an den australischen Akzent gewöhnt.

Sie hatte gut mit ihm gearbeitet und viel dabei gelernt. Zu Intimitäten war es schrittweise, aber unvermeidlich gekommen. In ihrem Schmerz hatte sie Trost bei ihm gesucht, auch in bewußtem Trotz gegen Nicholas. Aber wenn sie nicht hinsah, waren ihr seine Gesichtszüge gar nicht richtig gegenwärtig. Es kostete sie eine Anstrengung, sich an seinen Namen zu erinnern – Dennis natürlich, Doktor Dennis O'Connor.

Dennis beobachtete sie von der Türschwelle aus, mit dem leicht verwirrenden Ausdruck, dem hilflosen Blick eines Menschen, der sieht, wie ein anderer ertrinkt, und nicht die Macht hat, ihm noch rechtzeitig zu helfen.

Samantha wandte sich schnell ab. »In zwei Minuten bin ich soweit«, sagte sie, und er ging ins Schlafzimmer zurück, um sich anzuziehen.

Sie gab den Pfannkuchen auf einen Teller und goß eine frische Menge Teig ein.

Neben ihr klingelte das Telefon. Sie leckte ihre Finger ab und griff mit der freien Hand nach dem Hörer. »Hier Sam Silver«, sagte sie.

»Gott sei Dank. Ich war schon fast verzweifelt. Was war los mit dir, Liebling?«

Ihre Knie wurden weich, und sie mußte sich rasch auf einen der Hocker setzen.

»Samantha, hörst du mich?«

Sie öffnete den Mund, aber sie brachte keinen Ton heraus.

»Samantha.«

»Wie geht es deiner Frau, Nicholas?« fragte sie leise – und er verstummte. Sie preßte den Hörer mit beiden Händen ans Ohr. Die Stille dauerte nur ein paar Herzschläge, aber das war lange genug. Sie hatte versucht, sich einzureden, daß alles nicht wahr, daß alles nur der Bosheit einer lügnerischen Frau entsprungen sei. Jetzt wußte sie mit einemmal, daß ihr Instinkt sie nicht betrogen hatte.

»Würde es etwas nützen, wenn ich dir sage, daß ich dich liebe?« fragte er leise, und sie konnte nicht antworten. Trotz ihres Kummers fühlte sie sich ungeheuer erleichtert. Er hatte nicht gelogen. Das war ihr in diesem Augenblick das allerwichtigste. Er hatte sie nicht angelogen. Tief im Innern fühlte sie einen bohrenden Zwiespalt. Ihre Schultern bebten krampfhaft.

»Ich komme dich holen«, flüsterte er in diese Stille hinein.

»Ich werde nicht hier sein«, flüsterte sie, fühlte aber, wie es sie im Hals unbeherrschbar zu würgen begann, und warf hastig den Hörer auf die Gabel.

Sie blieb zitternd stehen. Tränen liefen ihr über die Wangen und tropften von ihrem Kinn.

Dennis betrat hinter ihr die Küche. Er war noch dabei, das Hemd in die Hose zu stopfen, und seine Haare glänzten feucht.

»Wer war das?« fragte er aufgeräumt und hielt bestürzt inne. »Was ist mir dir, mein Schatz?« Er ging auf sie zu. »Komm, komm.«

»Rühr mich bitte nicht an«, flüsterte sie rauh, und er blieb unsicher stehen. »Wir haben keine Milch mehr«, sagte sie, ohne sich umzudrehen. »Würdest du mit dem Wagen zum Supermarkt fahren?«

Als Dennis zurückkam, war sie angezogen, hatte ihr Gesicht gekühlt und wie eine Zigeunerin ein Tuch um ihren Kopf geschlungen. Sie kauten schweigend an den kalten, wenig verlockenden Pfannkuchen, bis sie anfing: »Dennis, wir haben miteinander zu reden –«

»Nein«, er lächelte sie an. »Es ist schon in Ordnung, Sam. Das war doch Nicholas, nicht wahr?«

Sie bedauerte jetzt, daß sie es ihm erzählt hatte, aber damals war es unbedingt notwendig gewesen, mit jemandem darüber zu sprechen.

»Sam, ich möchte, daß du weißt, daß es für mich nicht nur ein kurzes Abenteuer war.«

»Das weiß ich.« Sie griff impulsiv nach seiner Hand und drückte sie. »Und danke für dein Verständnis – aber ist es dir recht, wenn wir jetzt nicht mehr darüber sprechen?«

Peter Berg hatte so lange an seinem Sicherheitsgurt herumgefingert, bis er sein Gesicht gegen die Plexiglasscheibe im Rumpf des großen Sikorsky-Hubschraubers pressen konnte.

Draußen war tiefschwarze Nacht.

Auf der anderen Seite der Kabine stand der Flugzeugingenieur an der geöffneten Luke, und der Wind zerrte an seinem orangenen Overall. Er drehte sich um und grinste zu dem Jungen hinüber, dann machte er eine kreisende Bewegung mit dem Arm und zeigte mit seinem Daumen abwärts. Es war unmöglich, sich bei dem Rauschen des Windes und dem Rattern von Motor und Flügeln anders zu verständigen.

Der Hubschrauber schwenkte leicht zur Seite, und Peter schnaufte aufgeregt, als das Schiff in Sicht kam.

Es war vom Bug bis zum Heck strahlend hell erleuchtet und so gewaltig, daß es aussah wie eine ganze Stadt, die kein Ende zu nehmen schien und weit bis zum Horizont und hoch in den Himmel hinaufragte.

Der Hubschrauber sank, von dem Ingenieur in der offenen Luke geleitet und den Vorwärtsbewegungen des Ultratankers folgend langsam tiefer.

Der Pilot machte einen Bogen und steuerte die weiße runde Marke auf dem Landeplatz gegen den scharfen Nordwestwind an. Aus zwanzig Meter Höhe konnte Peter sehen, daß die Decks der Zusatztanks infolge des Gewichts der Ladung fast in gleicher Höhe mit dem Meeresspiegel lagen.

Immer wieder wurden sie von Brechern überflutet, die schäumend wie verschüttete Milch am Schiff entlangliefen, bevor sie wieder über die Flanken herabströmten.

Duncan Alexander, der neben Peter auf dem Rücksitz saß, beobachtete die Bewegungen des Rumpfes. Er sah, wie dieser sich wand und krümmte, aber so schwach und kaum wahrnehmbar, daß er noch einmal genauer hinschauen mußte. Der Tanker maß vom Bug bis zum Heck über einen Kilometer und bestand im wesentlichen aus einem zweckentsprechenden elastischen Stahlgerüst, das die vier Stahltanks zusammenhielt und von einer mächtigen Schraube am Heck vorwärtsgetrieben wurde. Jeder einzelne dieser Zusatztanks bewegte sich unabhängig von den anderen, so daß die Tragkonstruktion zum Ausgleich des Wellengangs ständig arbeitete. Während ein Tank von einem Wellenkamm hochgehoben wurde, sank ein anderer durch sein gewaltiges Gewicht in ein Wellental; die Stahlkonstruktion ächzte unter der Beanspruchung durch diese Schubkräfte.

Ein Schiffsrumpf ist nie vollkommen starr, und Elastizität war auch in den Originalplänen des Ultratankers vorgesehen gewesen. Aber Duncan Alexander hatte fast zweitausend Tonnen Stahl eingespart, als er die Versteifung des zentralen Tragwerks, das die Tanks zusammenhielt, verringerte, und er hatte auch auf eine doppelte Wandung bei den Tanks verzichtet.

Gegen diese so weitgehende Schwächung der *Golden Dawn* protestierten schließlich seine eigenen Konstrukteure. Daraufhin hatte Duncan japanische Ingenieure angestellt, um die Pläne zu überarbeiten. Diese hatten sich mit der erreichten Sicherheit für zufrieden erklärt, aber auch darauf hingewiesen, daß noch nie eine Million Tonnen Rohöl auf einmal befördert worden sei.

Der Hubschrauber sank die letzten fünf Meter herab und setzte weich auf dem mit einer dicken grünen Plastikschicht überzogenen Landeplatz auf. Die Plastikschicht sollte jegliche Funkenbildung verhindern. Schon ein Sandkorn zwischen einer Ledersohle und dem nackten Stahl konnte zu einer Explosion des Luft- und Öl-Gas-Gemisches führen.

Die Schiffsbesatzung kam, unter die laufenden Rotoren gebückt, heran. Das Gepäck wurde aus einem Netz unterhalb des Rumpfes gehoben und fortgetragen. Starke Arme halfen Peter auf das Deck herunter. Er blinzelte im grellen Licht der Scheinwerfer und verzog die Nase wegen des typischen Tankergestanks nach Öldunst.

Es war der beißende Geruch der Dämpfe, die den Tanks entströmten. Ein Gas-Luft-Gemisch ist nur bei einem ganz bestimmten eng begrenzten Mischungsverhältnis explosibel: zuviel oder zuwenig Gas in der Luft macht es unentzündbar.

Chantelle Alexander war die nächste, der man aus der Kabine des Hubschraubers heraushalf. Mit ihr kam sogleich ein Hauch von Eleganz in die grell beleuchtete Szenerie von nüchternem Stahl und häßlichen Zweckbauten. Chantelle trug ein dunkelgrünes Kostüm und auf dem Kopf ein helles Tuch von Jean Patou. Zwei Schiffsoffiziere nahmen sie eifrig in ihre Mitte und führten sie rasch zu den riesigen Heckaufbauten, um sie aus dem rauhen heulenden Wind und dem Lärm des Hubschraubermotors zu bringen.

Duncan Alexander folgte ihr auf das Deck und schüttelte dem Ersten Offizier die Hand.

»Käpten Randle läßt sich Ihnen empfehlen. Er kann die Brücke leider nicht verlassen, solange sich das Schiff so nahe an der Küste befindet.«

»Ich verstehe!« Duncan dankte mit einem liebenswürdigen Lächeln. Noch bevor der Hubschrauber wieder abhob und sich in Richtung der fernen Lichter von Kapstadt am Fuß des dunklen Gebirgsstocks entfernte, schwang der hohe breite Bug des Tankers nach Westen. Randle war jetzt wohl sehr erleichtert, daß er endlich den Befehl geben konnte, in den Atlantik hinauszusteuern, wo er genügend Tiefe unter seinem schwerfälligen Schiff wußte.

Duncan lächelte wieder und wollte Peter Berg bei der Hand nehmen.

Komm, mein Junge.«

»Es geht schon.«

Geschickt übersah Peter die Hand und das Lächeln, unterdrückte seine Begeisterung und ging wie ein Mann voraus, statt wie ein Junge zu hüpfen und zu springen. Duncan empfand, wie schon so oft, eine kurze Aufwallung von Verdruß, nicht mehr – nur Unwillen über diese neuerliche Brüskierung durch Bergs Sprößling. Sie gingen hintereinander, der Junge voraus, den stählernen Laufsteg entlang. Es war Duncan nie gelungen, dem Jungen näherzukommen, obwohl er sich anfangs sehr darum bemüht hatte. Doch sein Verdruß wich der Befriedigung darüber, wie geschickt er den Jungen dazu benutzt hatte, Berg einen Schlag zu versetzen und seinem Widerstand die Kraft zu nehmen.

Berg würde sich zu sehr um seinen Balg sorgen, um noch Zeit für etwas anderes zu haben. Duncan folgte Chantelle und dem Kind in die von Plastik und Chrom blitzenden Korridore der Achteraufbauten.

Sie glichen einem modernen Wohnhaus. Auch der Lift, der sie rasch und geräuschlos fünf Stock höher zur Kommandobrücke brachte, ließ nicht das Gefühl aufkommen, man sei an Bord eines Schiffes. Die sanfte, wiegende Bewegung des Rumpfes war fast nicht zu spüren.

Den Kapitän hatte Duncan Alexander selbst ausgewählt. Das

Kommando über das Flaggschiff von Christy Marine hätte Basil Reilly, dem ältesten Kapitän der Flotte, übertragen werden sollen.

Doch Reilly war Bergs Mann, und Duncan hatte den Schaden an der *Golden Adventurer* zum Anlaß genommen, den alten Seemann vorzeitig in Pension zu schicken.

Randle war verhähltnismäßig jung für diesen verantwortlichen Posten, nicht viel über dreißig Jahre alt, aber seine Ausbildung und seine Empfehlungen waren hervorragend. Er hatte die Tankerschule in Frankreich mit Auszeichnung absolviert.

Seit Duncan ihm das Kommando übertragen hatte, war er ein zuverlässiger Verbündeter gewesen, der entschlossen Entwurf und Bau seines Schiffes verteidigte, als die Reporter, von Nicholas Berg aufgehetzt, ihn darüber befragten. Er war loyal, was doppelt wog und für Duncan Randles Jugend und Unerfahrenheit ausglich.

Randle beeilte sich, seine prominenten Besucher zu begrüßen, als diese aus dem Lift auf die geräumige, blitzende, hochmoderne Brücke traten. Er war ein kleiner stämmiger Mann mit Stiernacken und einer kräftigen Kinnpartie, die große Entschlossenheit und Halsstarrigkeit verriet. Seine Begrüßung hatte genau das richtige Verhältnis von Wärme und Unterwürfigkeit, und Duncan bemerkte beifällig, daß Randle sogar dem Jungen vorsichtigen Respekt entgegenbrachte. Randle war klug genug zu wissen, daß das Kind eines Tages an der Spitze von Christy Marine stehen würde. Aber auf Peter Bergs Lebhaftigkeit war er doch nicht ganz gefaßt gewesen.

»Kann ich Ihren Maschinenraum sehen, Käpten?«

»Du meinst: jetzt gleich?«

»Ja.« Für Peter war die Frage überflüssig. »Wenn Sie nichts dagegen haben, Käpten«, setzte er rasch hinzu. Heute mußte man etwas unternehmen, denn das Morgen lag für Peter in nebelhafter Zukunft. Gleich jetzt, das wäre gerade richtig.

»Nun ja.« Der Käpten erkannte, daß das Ersuchen bitterernst gemeint war und daß man diesen kleinen Burschen nicht so leicht abspeisen konnte. »Wir fahren während der Nacht mit

Automatik. Es ist jetzt niemand unten – und es wäre nicht fair, den Ingenieur aufzuwecken. Es war ein harter Tag.«

»Da mögen Sie recht haben.« Bitter enttäuscht, aber so überzeugenden Argumenten zugänglich, nickte Peter.

»Der Chefingenieur wird sich jedoch sehr freuen, dich morgen gleich nach dem Frühstück als Gast zu begrüßen.«

Der Chefingenieur war ein Schotte, der selbst drei Söhne in Glasgow hatte, von denen der jüngste fast genau im selben Alter wie Peter war. Der Schotte zeigte sich mehr als erfreut. Innerhalb von vierundzwanzig Stunden war Peter der Liebling der ganzen Besatzung. Er trug einen Overall der Gesellschaft, den der ostindische Steward ihm angemessen und über dessen Rücken er quer den Namen ›Peter Berg‹ gestickt hatte – dazu einen hellgelben Plastikhelm, ebenso elegant schief aufgesetzt wie der Chefingenieur, und in seiner Gesäßtasche steckte ein Bausch Putzwolle, um seine schmierigen Hände daran abzuwischen, wenn er einem Heizer geholfen hatte, die Ölfilter zu reinigen – die schmutzigste Arbeit an Bord und der größte Spaß.

Jeden Morgen begleitete Peter den Ersten Offizier auf seinem Kontrollgang. Sie begannen im Bug und überprüften auf dem Weg durch das ganze Schiff alle Tankkessel, jedes Ventil und jede der schweren hydraulischen Andockklammern, die beiderseits die Tanks mit dem Hauptgerüst des Rumpfes verbanden. Besonders wichtig war die Kontrolle der Meßgeräte an jeder Einheit, von denen die genaue Zusammensetzung der Gasmischung in den Lufträumen unter den Decks der Rohöltanks angezeigt wurden.

Die *Golden Dawn* arbeitete nach dem Schutzgassystem, um den eingeschlossenen Öldunst gefahrlos zu machen. Die Auspuffgase des Schiffsmotors wurden aufgefangen, durch Filter und Rieseltürme geleitet, um die korrodierenden Schwefelanteile abzuscheiden, und dann wurden sie als fast reines Kohlenmonoxyd und Dioxyd in den Luftraum der Tanks gepreßt. Die aus den flüchtigen Teilen des Rohöls bestehenden Dämpfe mischten sich mit den Auspuffgasen zu einem nicht explosiblen, sauerstoffarmen Gas.

Zur Feststellung, ob durch eine undichte Stelle in einem der Hunderten von Ventilen und Verbindungen Luft in die Tanks eingedrungen war, gab es eine Reihe wohldurchdachter Kontrollmaßnahmen, angefangen mit einer kontinuierlichen elektronischen Überwachung jedes Tanks bis zu dieser persönlichen täglichen Inspektion, an der Peter nun teilnahm.

Peter verließ die Arbeitsgruppe des Ersten Offiziers für gewöhnlich, sobald sie in das Achterschiff zurückkehrte, dann verbrachte er einige Zeit bei dem Zwei-Mann-Team im zentralen Pumpenraum.

Von hier aus wurden die Tanks mit Monitoren überwacht und kontrolliert, der Druck in ihnen erhöht oder vermindert, die Zufuhr nicht explosibler Gase gesteuert und das Rohöl durch gigantische Zentrifugalpumpen von Tank zu Tank gefördert, um den Trimm des Schiffes während einer teilweisen Entladung zu ändern oder wenn einer oder mehrere der Tanks abgekoppelt und landwärts zum Löschen gebracht wurden.

Im Pumpenraum gab es etwas, das Peter jedesmal faszinierte, einen Schrank mit Reihen verschraubter Flaschen, jede mit einer Probe der verschiedenen Tankfüllungen. Da in allen vier Tanks der *Golden Dawn* Rohöl von demselben Ölfeld befördert wurde, trug jede der Flaschen dieselbe Aufschrift.

EL-BARRAS-ÖL
BUNKER C
KADMIUMREICH

Bisher hatte er immer geglaubt, Rohöl sei dickflüssig und dunkel wie Teer, aber es war dünn, und wenn er die Flasche schüttelte, blieb es am Glas haften. Hob er die Flasche dann gegen das Licht, sah das Öl dunkelrot aus, wie geronnenes Blut.

»Einige der Rohöle sind schwarz, andere gelb, und die aus Nigeria sind grün«, erklärte ihm der Pumpenmann. »Das ist das erste rote, das ich je gesehen habe.«

»Das kommt wohl vom Kadmium«, meinte Peter.

»Vermutlich«, bestätigte der Mann ernsthaft. Schon bald

hatten alle an Bord gelernt, mit Peter nicht herablassend zu sprechen.

Schon nach kurzer Zeit kannte sich Peter genau in den labyrinthischen, meist verlassenen Korridoren aus. Es war typisch für diese riesigen Tanker, daß man stundenlang wandern konnte, ohne einem Menschen zu begegnen. Wegen ihrer gewaltigen Rümpfe und kleinen Besatzungen gab es nur eine einzige Stelle, an der man stets jemanden antraf, nämlich die Kommandobrücke auf dem obersten Deck des Achterschiffs.

Auf ihr hielt sich Peter mit Vorliebe auf.

»Guten Morgen, Schlepper«, begrüßte ihn der wachhabende Offizier jedesmal. Diesen Spitznamen hatte Peter sich eingehandelt, als er am Morgen beim Frühstück verlauten ließ:

»Tanker sind großartig, aber ich werde Schlepperkapitän wie mein Vater.«

Die einzig unerfreuliche Zeit am Tag war für Peter, wenn seine Mutter von ihm verlangte, er solle sich von Fett und Öl säubern, seinen besten Anzug anziehen und während der Cocktailstunden in dem eleganten Salon der Eigentümersuite als unbezahlter Steward fungieren.

Nur bei dieser Gelegenheit sprach Chantelle Alexander mit den Offizieren des Schiffes, und es ging peinlich steif dabei zu. Am meisten litt Peter selbst darunter – aber den Rest des Tages entzog er sich erfolgreich den beschränkenden Weisungen seiner Mutter und der erbittert gehaßten, aber schweigend ertragenen Gegenwart des Stiefvaters.

Trotzdem fühlte Peter instinktiv die neue und beunruhigende Spannung zwischen seiner Mutter und Duncan Alexander. In der Nacht hörte er die beiden mit erhobenen Stimmen reden und versuchte, die Worte zu verstehen. Als einmal seine Mutter verzweifelt aufschrie, stieg er aus seiner Koje, lief barfuß zur Kabinentür seiner Eltern und klopfte. Duncan Alexander öffnete.

»Geh wieder ins Bett.«

»Ich will meine Muter sehen«, hatte Peter ruhig verlangt.

»Du hast wohl eine gehörige Tracht Prügel nötig«, fuhr ihn Duncan an. »Tu, was ich dir gesagt habe.«

»Ich will meine Mutter sehen«, beharrte Peter, und Chantelle war im Nachthemd herausgekommen und hatte ihn umarmt.

»Es ist alles in Ordnung, Liebling. Es ist wirklich alles in Ordnung.« Aber sie hatte geweint. Danach hatte er des Nachts nie wieder laute Stimmen gehört.

Doch außer der einen Stunde am Nachmittag, in der es den Offizieren und der Mannschaft verboten war, das Schwimmbecken zu benutzen, so daß sie schwimmen und sich sonnen konnte, brachte Chantelle die ganze Zeit in der Eigentümersuite zu und kam nur zur Cocktailstunde am Abend heraus, um für die Offiziere die Frau des Reeders zu spielen.

Duncan Alexander dagegen gebärdete sich wie ein Tier im Käfig. Er wanderte auf dem Freideck hin und her und verfaßte lange Nachrichten, die regelmäßig im Kode der Gesellschaft über Funk an Christy Marine in der Leadenhall Street abgesandt wurden.

Oft schien es, als versuche er den gewaltigen Rumpf allein durch seine Willenskraft immer schneller nach Norden zu treiben.

In der nordwestlichen Ecke der Karibik umschließt die Inselkette der Großen Antillen, das breit hingelagerte Kuba und Haiti, zusammen mit der weit vorspringenden Halbinsel Yukatan im Westen und der Küste von Mittel und Südamerika, eine Zone seichten warmen Wassers und gesättigter tropischer Luft, die sehr rasch von der heißen hochstehenden Sonne aufgeheizt werden kann. Doch wird sie im allgemeinen durch den wohltätigen Einfluß der aus Nordosten kommenden Passatwinde sanft gekühlt und in Ruhe gehalten.

Aber ohne ersichtlichen Grund und ohne vorherige Warnung flaut der Wind manchmal ab, oft nur für ein oder zwei Stunden, gelegentlich aber auch – wirklich nur sehr selten – für Tage oder Wochen.

Weit davon entfernt, im Südosten dieser Unheil ausbrütenden Gewässer, bahnte sich die *Golden Dawn* wuchtig ihren Weg durch die drückende Luft und die schwüle Unbewegtheit des Kalmengürtels, nordwärts über den Äquator, und wechselte alle paar Stunden den Kurs, der sie in einem großen Kreisbogen um die gefährlichen Untiefen der Kleinen Antillen herumführen sollte.

Die heimtückischen Kanäle und Wasserstraßen zwischen diesen Inseln waren für ein Schiff von der Größe der *Golden Dawn* mit ihrem Tiefgang und ihrer begrenzten Manövrierfähigkeit unpassierbar. Sie mußte weit hinauf bis zum Wendekreis des Krebses steuern und konnte erst südlich der Bermudas nach Westen abdrehen, um die breitere und sicherere Durchfahrt durch die Florida-Straße an den Bahamas vorbei zu benutzen. Auf diesem Kurs würde sie nur wenige hundert Kilometer seichter, schmaler Seestraßen passieren müssen, bevor sie in die offenen Gewässer des Golfs von Mexiko gelangte.

Sobald sie aus der Windstille des Äquatorraumes heraus weiter nach Norden lief, hätte sie den Bereich kühlerer Passatwinde erreichen sollen, doch diese ließen auf sich warten. Immer noch hielt die Windstille an, und eine drückende Schwüle lastete auf dem Schiff. Das beeinflußte oder verlangsamte zwar die Fahrt nicht, aber der Kapitän stellte Duncan Alexander gegenüber fest: »Offenbar noch ein weiterer glühendheißer Tag.«

Doch die Windstille war nicht auf diesen Bereich begrenzt. Sie erstreckte sich in einem breiten Gürtel westwärts über Tausende von Inseln und über die seichten Becken, die sie umschlossen.

Sie lastete schwer auf dem spiegelglatten Wasser, und die Sonne brannte auf das Festland ringsum nieder. Mit jeder Stunde erhitzte sich die Luft mehr und saugte das verdunstende Wasser auf; eine dicke Blase gesättigter Luft schwoll zusehends an und stieg aufwärts, die erste Luftbewegung seit vielen Tagen. Anfänglich nur kleine, nur hundertfünfzig Kilometer im Durchmesser, begann sie sich beim Aufwärtssteigen unter dem Einfluß der Erdrotation in kreisende Bewegung zu setzen, so daß die Satellitenkameras, viele Kilometer oberhalb, eine dunstige Spirale ähnlich der Verzierung auf einer Hochzeitstorte registrierten.

Nach einigen Umwegen landeten die Bilder schließlich auf dem Schreibtisch des Leiters der Hurrikan-Wasserzentrale im meteorologischen Institut von Miami.

»Sieht aus, als würde das einer«, sagte er zu seinem Assistenten. »Die Air Force soll doch einmal nachsehen.«

In fünfzehntausend Meter Höhe sah der Pilot der US-Air-Force-Maschine B 52 die aufsteigende Säule des Sturmes aus dreihundert Kilometer Entfernung. Sie war in nur sechs Stunden gewaltig gewachsen.

Als die warme gesättigte Luft immer höher stieg, kondensierte die eisige Kälte der oberen Troposphäre den Wasserdunst zu dicken silbrigen Quellwolken. Sie wogten aufwärts und wendeten und drehten sich um die eigene Achse.

Die Spitze des gewaltigen Wolkenturms erreichte schließlich eine Höhe von zehn Kilometer, wo die Temperatur von dreißig Grad unter Null die Regentropfen zu Eiskristallen erstarren ließ, die von der in dieser Höhe um die Erde kreisenden Strahlströmung mitgerissen wurden.

Die B 52 spürte die ersten Turbulenzen zweihundertfünfzig Kilometer vom Sturmzentrum entfernt. Es war, als fasse ein unsichtbarer Raubvogel den Flugzeugrumpf und schüttle ihn derart, daß die Tragflächen zu brechen drohten. Und dann wurde das Flugzeug mit einem Ruck über tausend Meter nach oben gerissen.

»Sehr ernste Turbulenzen«, berichtete der Pilot. »Wir messen vertikale Windgeschwindigkeiten von fünfhundert Stundenkilometer.«

Der Meteorologe in Miami griff zum Telefon und rief den Programmierer im oberen Stock an. »Laß dir von Charlie einen Kodenamen geben.«

Eine Minute später rief dieser zurück. »Charlie sagt, wir sollen das Miststück ›Lorna‹ nennen.«

Tausend Kilometer südwestlich von Miami geriet der Hurrikan in Bewegung, erst langsam, aber mit jeder Stunde gewann er mehr an Kraft.

Die ganze Masse begann sich immer schneller nach Osten zu bewegen, gerade entgegengesetzt den üblichen milden Passatwinden. Brausend und wirbelnd und alles auf ihrem Weg vernichtend, stürzte sich die Unholdin namens »Lorna« auf die Karibik.

Nicholas Berg wandte den Kopf und schaute auf die eindrucksvolle Silhouette von Miami Beach hinunter.

Von Bermuda kommend, flog die Maschine der Eastern Airlines eine Schleife, verlor über dem Strand der Biscayne-Bai an Höhe und setzte zur Landung an.

Nicholas empfand Unbehagen und ein bohrendes Gefühl von Schuld und Unsicherheit. Der eine Grund dafür lag darin, daß er seinen Platz gerade zu einer Zeit verlassen hatte, in der er möglicherweise dringend gebraucht wurde.

Die beiden Schiffe des Ozean Schlepp- und Rettungsdienstes befanden sich irgendwo draußen im Atlantik. Die *Warlock* war mit Vollgas bemüht, die *Golden Dawn* einzuholen, während sich Jules Levoisin mit der *Sea Witch* der Ostküste von Amerika näherte, um zu tanken, bevor er zu seinem Auftrag als Bereitschaftsschlepper bei den Bohrtürmen im Golf von Mexiko auslief. Jeden Augenblick konnte der Kapitän einer der beiden Schiffe dringend um Instruktionen ersuchen.

Ferner war da die *Golden Dawn*. Sie hatte vor fast drei Wochen das Kap der Guten Hoffnung umrundet. Seither war es nicht einmal Bernard Wackie gelungen, ihre Position festzustellen. Sie war nicht von anderen Schiffen gemeldet worden, und jeder Verkehr mit Christy Marine mußte über Satellit gelaufen sein, denn auf normaler Frequenz hatte sie striktes Stillschweigen bewahrt. Doch näherte sie sich gerade jetzt vermutlich rasch der gefährlichsten Strecke ihrer Reise, wenn sie nach Westen abdrehte, auf den Kontinentalschelf von Nordamerika zuhielt und an den Inseln vorbei in den Golf von

Mexiko steuerte. Peter Berg befand sich an Bord dieser Mißgeburt, und Nicholas fühlte sich als Vater schuldbewußt. Sein Platz wäre in der Zentrale gewesen, im Kontrollraum bei Bernard Wackie, im obersten Stock der Bank von Bermuda in Hamilton, wo man eine veränderte Situation abschätzen und sogleich Befehle zur Koordinierung der beiden Schiffe hätte geben können.

Aber dann war da noch Samantha. Sein Gefühl warnte ihn, daß jeder Tag, jede Stunde, um die er später zu ihr fuhr, die Chance verminderte, sie zurückzugewinnen.

Hier fühlte er sich noch schuldiger, weil er Samantha betrogen hatte. Vergeblich versuchte er sich einzureden, daß ihn mit Samantha Silver kein Ehegelübde verbinde, daß diese Nacht der Schwäche mit Chantelle eine Abreaktion gewesen sei und eine endgültige Befreiung von Chantelle bedeute.

Für Samantha war es ein Treuebruch gewesen, und er wußte, daß er damit vieles zerstört hatte.

Er fragte sich, wieviel ihm noch geblieben war, um darauf neu aufzubauen. Er wußte nur, daß er sie brauchte, sie mehr als alles andere in seinem Leben brauchte.

Sie hatte erklärt, daß sie nicht da sein werde, wenn er kam. Er konnte nur hoffen, daß sie gelogen hatte, denn bei der Vorstellung, daß es ihr damit ernst gewesen war, wurde ihm beinahe übel.

Er hatte nur einen kleinen Handkoffer als Fluggepäck bei sich und kam deshalb rasch durch den Zoll. Ein Blick auf die Uhr zeigte ihm, daß es sechs vorbei war; Samantha sollte also zu Hause sein.

Er ging zum Hertz-Schalter am Ausgang der Halle.

»Welches ist der kleinste Wagen, den Sie haben?« fragte er.

»Ein Jaguar«, teile ihm die hübsche Blondine in der gelben Uniform mit. In Amerika ist »klein« ein relativer Begriff. Glücklicherweise bot sie ihm nicht einen Sherman-Panzer an.

Der buntbemalte Chevrolet Caravan stand unter dem angebauten Schutzdach eines Feigenbaums, und er parkte den Jaguar so, daß seine Schnauze die hintere Stoßstange des

Chevrolet fast berührte. Jetzt gab es für Samantha keine Fluchtmöglichkeit, außer sie durchbrach die Rückwand. Wie er sie kannte, war auch das bei ihr möglich, stellte er trübe fest.

Er klopfte einmal kurz an die Küchentür und trat ein. Eine Kaffekanne stand neben dem Herd, und er fühlte sie im Vorbeigehen an. Sie war noch warm.

Er ging ins Wohnzimmer und rief: »Samantha!«

Die Schlafzimmertür war nur angelehnt. Er stieß sie auf. Dort lagen auf der Flickendecke, achtlos hingeworfen, ein Baumwollkleid und hauchdünne Winzigkeiten von Unterwäsche.

Der Bungalow war verlassen. Nick lief die Treppe hinunter und auf den Strand zu. Die Flut hatte den Sand geglättet, und Samanthas Fußstapfen waren die einzigen. Ihr Badetuch lag oberhalb der Flutlinie, aber er mußte seine Augen gegen den rötlichen Glanz der untergehenden Sonne beschatten, erst dann entdeckte er ihren Kopf – fünfhundert Meter weit draußen.

Er setzte sich neben das Badetuch in den trockenen Sand, zündete sich einen Stumpen an und wartete, während die Sonne in einer wilden feurigen Lichtflut unterging. Es war schon fast völlig dunkel, als Samantha im hüfttiefen Wasser der sanften Brandung aufstand, auf den Strand heraufkam und dabei ihr langes Haar über einer Schulter auswand.

Nick schlug das Herz bis zum Hals. Er warf den Stumpen fort und erhob sich. Sie stutzte, blieb stehen, jung, schlank, geschmeidig und bezaubernd, und starrte die große dunkle Gestalt unsicher an.

»Was willst du?« fragte sie tonlos.

»Dich«, sagte er.

»Wozu? Willst du dir einen Harem zulegen?« Ihre Stimme klang hart.

Er ging auf sie zu. Steif ließ sie sich umarmen. Ihre Lippen blieben hart und geschlossen und erwiderten seinen Kuß nicht.

»Samantha, es gibt Dinge, die ich nie werde erklären können, ich verstehe sie selbst nicht, aber eines weiß ich ganz genau, daß ich dich liebe, daß ohne dich mein Leben schal und verdammt armselig wäre . . .«

Ihre verkrampften Muskeln entspannten sich nicht.

»Samantha, ich wollte, ich wäre vollkommen – ich bin es nicht. Einzig dessen bin ich sicher, daß ich ohne dich nicht leben kann.«

»Ich könnte es nicht noch einmal ertragen. Ich würde es nicht überleben«, sagte sie gepreßt.

»Ich brauche dich. Das weiß ich ganz sicher«, beharrte er.

»Das möchte ich dir auch geraten haben, du häßlicher Zwerg.« Dann schlang sie ihre Arme um ihn. »O Gott, Nicholas, wie habe ich dich gehaßt, und wie habe ich mich nach dir gesehnt – und wie lange mußte ich warten, bis du gekommen bist.« Ihre Lippen waren weich und schmeckten salzig.

Er hob sie auf und trug sie durch den weichen Sand zum Bungalow.

»Nicholas, ich warte schon lange auf deinen Anruf.« Bernard Wackies Stimme klang scharf und alarmierend, er war offensichtlich erregt. »Wann kannst du wieder hier sein?«

»Was ist geschehen?«

»Es ist soweit. Das muß man dir lassen, Alter, du hast den richtigen Riecher gehabt. Du hast es vorausgesehen.«

»Mach schon, Bernie?« rief Nicholas.

»Dieser Anruf geht über drei öffentliche Fernsprechämter«, erklärte Wackie. »Da ist allerhand Konkurrenz um die Wege. Die Käsefritzen pflegen ihre Nase in alles zu stecken.« Wahrscheinlich die *Wittezee* oder einer der anderen großen holländischen Schlepper, überlegte Nicholas rasch. »Sie könnten in zwei Tagen ein Schleppkabel irgendwo anhängen. Und die Yankees sind auch nicht ohne, McCormick hat einen im Hudson stationiert.

»Das genügt«, unterbrach Nicholas Wackies genußvolle Andeutungen der Standorte möglicher Mitbewerber. »Morgen früh um sieben Uhr geht ein Direktflug – wenn ich den nicht erreiche, fliege ich mittags mit den British Airways von Nassau aus. Laß mich abholen«, wies er ihn an.

Samantha saß nackt auf dem Bett, die an die Brust gezogenen

Beine mit beiden Armen umschlungen. Unter ihrer üppigen Haarflut hatte ihr Gesicht den verzweifelten Ausdruck eines verlassenen Kindes, und ihre grünen Augen waren voll Gram.

»Du gehst schon wieder fort«, klagte sie leise. »Und dabei bist du gerade erst gekommen. O Nicholas, dich zu lieben ist die schwerste Aufgabe, die ich je gehabt habe.«

Er schloß sie rasch in die Arme, und sie klammerte sich an ihn und barg ihr Gesicht in seinem struppigen Brusthaar.

»Es muß leider sein – ich glaube, es geht um die *Golden Dawn*«, sagte er, und sie hörte ihm ruhig zu, während er ihr alles erklärte. Als er fertig war, begann sie Fragen zu stellen, und sie sprachen noch bis nach Mitternacht, eng umschlungen, in dem alten Messingbett.

Am Morgen war es draußen noch dunkel, aber sie bestand darauf, ihm ein Frühstück zu machen. Als er dann im Wagen saß, gab sie ihm durch das geöffnete Seitenfenster einen letzten Kuß. »Du hast noch eine Stunde Zeit, du schaffst es leicht.«

Er ließ den Motor an, und ihre Hand lag immer noch auf der Wagentüre.

»Nicholas, eines Tages werden wir beisammenbleiben – ich meine: für immer, wie wir es geplant haben – nicht wahr?«

»Das verspreche ich dir.«

»Komm bald zurück«, sagte sie, und er hetzte den Jaguar über die sandige Zufahrt davon, ohne sich noch einmal umzusehen.

Acht Menschen drängten sich in Tom Parkers Büro. Nur drei Stühle waren vorhanden, man lehnte an den langen Regalen mit den biologischen, in Formaldehyd konservierten Proben und den wissenschaftlichen Veröffentlichungen.

Samantha saß in Jeans auf der Ecke von Parkers Schreibtisch und schlenkerte mit ihren langen Beinen, während sie die Fragen beantwortete, die auf sie einstürzten.

»Woher willst du wissen, daß die *Golden Dawn* die Florida-Straße durchfahren wird?«

»Das ist eine durchaus begründete Vermutung. Sie ist zu

groß und zu schwerfällig, um sich durch die Riffe zu schlängeln«, antwortete Samantha sogleich. »Nicholas ist sich dessen ganz sicher.«

»Das leuchtet mir ein«, brummte Tom. »Aber die Florida-Straße ist gute hunderfünfzig Kilometer breit.«

»Wir bekommen die Positionsangabe, sobald die *Golden Dawn* in die Meerenge einläuft – wir haben die gesamte US-Küstenwache auf unserer Seite.«

Sie diskutierten und argumentierten noch zehn Minuten, bis Tom mit der flachen Hand auf den Schreibtisch schlug, und sie sich widerwillig zum Schweigen bequemten.

»Na gut«, sagte er. »Wenn ich richtig verstanden habe, will die örtliche Umweltschutzgruppe den Tanker mit dem kadmiumreichen Rohöl abfangen, bevor er in amerikanische Hoheitsgewässer einfährt, und will versuchen, ihn aufzuhalten oder zur Umkehr zu zwingen?«

»Genau das«, stimmte Samantha zu und sah sich nach Unterstützung um. Alle nickten und murmelten zustimmend.

»Was wollt ihr erreichen? Glaubt ihr wirklich, daß es euch gelingen wird, die Lieferung von giftigem Rohöl an die Raffinerie in Galveston zu verhindern? Wir müssen erst das Ziel klarstellen«, drängte Parker.

»Um üblen Burschen zum Triumph zu verhelfen, braucht nur der Anständige stillzuhalten. Wir wollen etwas dagegen tun.«

»Hirngespinste, Sam«, knurrte Tom. »Du spuckst große Töne und bringst dich in Mißkredit, noch bevor du angefangen hast.«

»Na schön«, grinste Samantha. »Wir werden die Gefahr und unseren Widerstand dagegen publizieren.«

»Gut«, nickte Tom. »Und was ist euer nächsten Ziel?«

Darüber wurde weitere zehn Minuten diskutiert, dann ergriff Parker wieder das Wort.

»Ausgezeichnet, aber nun, wie kommt ihr in die Florida-Straße, um euch vor dem Tanker aufzubauen? Legt ihr eure Schwimmflossen an und paddelt dorthin?«

Jetzt schaute auch Samantha eher verlegen drein. Sie sah sich nach Unterstützung um, aber die anderen starrten auf ihre Fingernägel.

»Also«, begann Samantha zögernd, »wir haben gedacht –«

»Sprich weiter«, forderte Parker sie auf. »Ihr habt natürlich nicht vor, Universitätseigentum zu benützen, oder? Es gibt in diesem Land ein Gesetz gegen den Diebstahl von Schiffen anderer Leute – das wäre Piraterie.«

»Eigentlich –« Samantha zuckte hilflos die Achseln.

»Und von mir als Senior und hochgeachtetem Mitglied der Fakultät wirst du wohl nicht erwarten, daß ich mich auf eine kriminelle Handlung einlasse.«

Alle schwiegen.

»Anderseits, wenn eine Gruppe graduierter Forscher einen Antrag stellt, auf dem üblichen legalen Wege, wäre ich durchaus nicht abgeneigt, eine größere wissenschaftliche Expedition über die Florida-Straße zu den Bahamas hinüber zu genehmigen.«

»Tom, du bist ein Schatz«, sagte Samantha.

»Was zum Teufel ist das für eine Art, mit deinem Professor zu reden«, schalt Parker und verbarg seine Freude hinter einem ärgerlichen Gesicht.

»Sie sind mit einer Maschine der British Airways gestern nachmittag von Heathrow angekommen. Drei Leute, hier sind die Namen.« Bernard Wackie schob einen Zettel über den Schreibtisch, und Nicholas blickte kurz darauf.

»Charles Gras – den kenne ich, er ist der Chefingenieur der Construction Navale Atlantique«, erklärte er. »Aber sind das nicht vertrauliche Daten?«

Wackie grinste. »Ich habe meine Ohren überall«, doch dann wurde er sofort wieder vollkommen ernst. »Also, diese drei Ingenieure hatten alle kleine Koffer und dazu einen Lattenverschlag, der dreihundertfünfzig Kilogramm wog und die Aufschrift ›Maschinenteile‹ trug!«

»Weiter«, drängte ihn Nicholas.

»Ein S 61 N Sikorsky hat sie schon am Flughafen erwartet.

Der Hubschrauber war direkt aus London von Christy Marine in der Leadenhall Street gechartert worden. Die drei Ingenieure mit ihrem Verschlag sind so rasch an Bord des Hubschraubers geflitzt, daß es fast wie ein Zaubertrick aussah, und schon hob die Maschine ab und flog Richtung Süden.«

»Hat der Sikorsky einen Flugplan durchgegeben?«

»Natürlich. Schiffsreparatur, Kurs 196° magnetisch, Ankunftszeit folgt. Dieser Typ hat Zusatztanks, sie reichen für tausend Kilometer. Aber das ist nur für den Hinflug. Der Hubschrauber ist bis jetzt nicht auf die Bermudas zurückgekehrt.«

»Er könnte an Bord tanken – oder, wenn sie kein Flugzeugbenzin haben, könnte er bis zum Zielhafen an Bord bleiben«, sagte Nicholas. »Was hast du noch herausgefunden?«

»Du möchtest noch mehr?« Bernard sah ihn entgeistert an. »Bist du eigentlich mit nichts zufriedenzustellen?«

»Kannst du vom Kontrollturm der Bermudas eine Auskunft bekommen, wann der Hubschrauber seinen Flugbericht abgeschlossen hat?«

»Na hör, Nicholas, das müßtest du doch wissen. Es ist ein Verstoß, die Luftfahrtfrequenzen abzuhören, geschweige denn direkt anzufragen.«

Nicholas sprang auf und ging rasch zu der Plexiglaskarte.

»Was schließt du aus dem allen, Nicholas?« fragte Wackie, neben ihn tretend.

»Es bedeutet, daß ein Schiff von Christy Marine auf hoher See bei der Zentrale darum angesucht hat, man möge auf dem schnellsten Weg Ersatzteile und Spezialisten senden, ohne Rücksicht auf die Kosten. Hast du ausgerechnet, was eine Luftfracht für eine Dritteltonne kostet?«

Nicholas richtete sich auf und griff nach seinem krokodilledernen Zigarrenetui.

»Es bedeutet, daß das Schiff eine Panne hat oder in unmittelbarer Gefahr ist, eine Panne zu haben, irgendwo südwestlich der Bermudas, innerhalb einer Entfernung von siebenhundertfünfzig Kilometern – vermutlich aber viel näher.«

»Richtig«, stimmte Wackie zu. Nicholas zündete einen Stumpen an, und beide schwiegen einen Augenblick lang.

»Darauf hast du gewartet«, räumte Bernard liebenswürdig ein. »Es ist die *Golden Dawn*, nicht wahr?«

»Hat Christy Marine sonst noch ein Schiff in diesem Gebiet laufen?«

»Soviel ich weiß, nein.«

»Dann war das eine verdammt blöde Frage.«

»Reg dich nicht unnötig auf!«

»Tut mir leid.« Nicholas legte ihm die Hand auf den Arm. »Mein Sohn ist auf diesem Saukahn.« Er nahm einen tiefen Zug aus dem Stumpen und bließ den Rauch dann langsam aus. Seine Stimme klang ruhig und geschäftsmäßig, als er fortfuhr:

»Wie ist das Wetter?«

»Wind aus 060° mit 15 Knoten. Wolken drei Achtel Stratokumulus in fünfzehnhundert Meter Höhe. Vorhersage: auf lange Sicht keine Änderung. Eine Hurrikanwarnung wurde ausgegeben, wie du weißt. Nach seiner gegenwärtigen Position und Richtung zu schließen, wird er sich auf offener See austoben, sechzehnhundert Kilometer südlich der Bahamas.«

»Gut«, Nicholas nickte wieder. »Bitte frag die *Warlock* und die *Sea Witch* nach ihren Positionen, Kurs, Geschwindigkeit und Treibstoffvorrat.«

Bernard hatte die beiden fernschriftlichen Antworten innerhalb von zwanzig Minuten.

»Die *Warlock* hat gute Fahrt gemacht«, murmelte Nicholas, als die Position des Schleppers auf der Karte markiert wurde.

»Sie hat vor drei Tagen den Äquator überquert«, stellte Wackie fest.

»Und morgen abend erreicht die *Sea Witch* Charleston«, ergänzte Nicholas. »Ist einer von unserer Konkurrenz näher dran?«

Wackie schüttelte den Kopf. »McCormick hat einen Schlepper in New York und die *Wittezee* ist schon auf halbem Weg nach Rotterdam.«

»Gibt es auf der Insel einen zweiten Hubschrauber, der mich an Bord der *Warlock* bringen kann?«

»Nein.« Bernard schüttelte den Kopf.

»Läßt es sich einrichten, daß die *Warlock* hier in Hamilton auftankt? Ich meine kurzfristig.«

»Wir schaffen es innerhalb einer Stunde nach ihrer Ankunft.«

Nicholas überlegte und entschied dann: »Bitte gib ein Fernschreiben durch an David Allen auf der *Warlock*: An Kapitän der *Warlock* von Berg, unverzüglich und dringend volle Kraft voraus, neuer Kurs Hamilton Harbour/Bermudas, rückdrahtet voraussichtliche Ankunftszeit, Ende.«

»Du willst beide Schiffe einsetzen?« fragte Bernard.

»Ja«, erklärte Nicholas. »Ich setze alles ein, was ich habe!«

Die *Golden Dawn* trieb mit der schweren Last von einer Million Tonnen Rohöl langsam dahin. Ein mäßiger Wellengang brach sich an ihrer Steuerbordseite und spritzte gelegentlich hoch. Die *Golden Dawn* war nun schon seit drei Tagen ohne Antrieb.

Das Hauptlager ihrer Schraubenwelle war heißgelaufen, achtundvierzig Stunden nachdem sie den Äquator überquert hatten, und der Chefingenieur verlangte einen Maschinenstopp, um es nachzusehen und zu reparieren. Duncan verbot das, entgegen den Warnungen seines Kapitäns und des Chefingenieurs, und gestattete nur widerwillig, daß die Geschwindigkeit gedrosselt wurde.

Vier Stunden benötigte der Chef, um den Defekt – eine undichte Stopfbuchse an der Schmierölpumpe für das Hauptlager – festzustellen, aber trotz der verminderten Geschwindigkeit des Schiffes war beträchtlicher Schaden am Lager entstanden. Die Vibrationen waren bereits im ganzen gewaltigen Rumpf der *Golden Dawn* zu spüren.

»Ich muß die Pumpe auseinandernehmen, sonst geht das Lager völlig zu Bruch«, erklärte der Chef schließlich Duncan Alexander. »Falls das eintritt, müssen wir nicht nur für Stunden abschalten, sondern für ganze zwei Tage, denn so lange dauert es, um auf hoher See Hauptlagerschalen zu montieren.« Der Chef war blaß vor Angst und seine Lippen zitterten, denn er kannte den Ruf Duncan Alexanders, aber die Sorge um das Schiff war zu groß.

Duncan Alexander zog andere Saiten auf. »Was war der Hauptgrund für den Pumpenschaden? Warum wurde er nicht früher bemerkt? Das sieht nach Fahrlässigkeit aus!«

Tief gekränkt platzte der Chef heraus: »Wenn es auf diesem Schiff eine Ersatzpumpe gäbe, könnte man auf sie umschalten und die andere in der Zwischenzeit reparieren.«

Duncan Alexander lief rot an und ließ das Thema fallen. Er hatte persönlich angeordnet, daß die meisten vorgesehenen Reservesysteme gestrichen wurden, um die Kosten zu verringern.

»Wie lange brauchen Sie?« Er blieb in der Mitte des Raumes stehen und schaute den Ingenieur durchdringend an.

»Vier Stunden«, antwortete der Schotte sofort.

»Ich gebe Ihnen genau vier Stunden«, sagte Duncan wütend. »Wenn Sie bis dahin nicht fertig sind, werden Sie es Ihr Leben lang bereuen. Das schwöre ich Ihnen.«

Während der Ingenieur die Maschine stoppte, die Ölpumpe auseinandernahm, reparierte und wieder zusammensetzte, sprach Duncan mit dem Kapitän auf der Brücke.

»Wir haben Zeit verloren, viel zuviel Zeit«, sagte er. »Ich möchte das wieder aufholen.«

»Das würde bedeuten, daß wir mit Höchstgeschwindigkeit fahren«, warnte Randle vorsichtig.

»Kapitän Randle, der Wert unserer Ladung beläuft sich auf 85 Dollar je Tonne. Wir haben eine Million Tonnen an Bord. Ich *muß* die Zeit aufholen«, schob Duncan alle Bedenken beiseite. »Zum Teufel mit den Kosten, wir haben einen Termin einzuhalten.«

»Ja, Mr. Alexander«, nickte Randle. »Wir werden die Zeit aufholen.«

Dreieinhalb Stunden später kam der Chefingenieur auf die Brücke. »Alles in Ordnung?« fuhr ihn Duncan an, als er aus dem Lift trat.

»Die Pumpe ist repariert, aber –«

»Was noch, Mann?«

»Ich habe so ein Gefühl, daß wir zu schnell laufen. Ich habe ein ganz scheußliches Gefühl bei diesem Hauptlager. Es wäre nicht sehr klug, mit mehr als halber Kraft zu fahren, jedenfalls nicht, bevor es ausgebaut und kontrolliert worden ist.«

»Ich werde das Schiff mit fünfundzwanzig Knoten laufen lassen«, erklärte Randle verlegen.

»Das würde ich nicht riskieren.« Der Chef schüttelte bekümmert den Kopf.

»Ihr Platz ist im Maschinenraum«, verabschiedete Duncan ihn brüsk und bedeutete Randle, die Weiterfahrt anzuordnen.

Als Duncan hinunterging, erwartete ihn dort Chantelle. Sie erhob sich von der langen Couch, die unter den Frontfenstern des Salons stand.

»Haben wir die Fahrt wieder aufgenommen?«

»Ja«, sagte er. »Es geht alles in Ordnung.«

Um neun Uhr abends Ortszeit wurde die Maschinenkontrolle auf Automatik geschaltet. Das Personal ging zum Abendessen und dann zu Bett, alle, außer dem Chefingenieur. Er blieb noch zwei Stunden länger wach, schüttelte den Kopf und murmelte vor sich hin. Alle paar Minuten legte er seine Hand auf das schwere Gußgehäuse des Lagers, um Temperatur und Vibration zu prüfen.

Um elf Uhr erhob er sich steif aus der Hocke neben der gleichmäßig rotierenden Schraubenwelle, ging in den Kontrollraum und überprüfte noch einmal alle Automatiksysteme, Schaltungen und Anzeigen, dann fuhr er mit dem Lift nach oben.

Fünfunddreißig Minuten später brannte einer der winzigen Transistoren in der Schalttafel mit einem Knall wie von einem Sektkorken und mit einer kleinen grauen Rauchwolke durch. Niemand war im Kontrollraum, der es hätte bemerken können. Es war kein Ersatzsystem vorhanden, das sich automatisch eingeschaltet hätte, so daß keine Alarmglocke ansprach und es auch zu keinen automatischen Notabschaltungen kam, als die Temperatur des Hauptlagers wieder anstieg.

Die klobige Schraubenwelle drehte sich weiter, während das überhitzte Hauptlager zu fressen begann. Auch die silbrig polierte Welle bekam allmählich Rillen, und diese wieder vergrößerten die Reibung. Der ganze Lagerblock wurde dunkelkirschrot vor Hitze; die Rostschutzfarbe, mit der er außen gestrichen war, warf bereits Blasen und wurde schwarz. Aber noch immer trieb die ungeheure Kraft der Maschine die Welle herum.

Was noch an Öl zwischen die beiden glühenden Oberflächen der Welle und der Lagerschalen gepreßt wurde, erreichte seine Entzündungstemperatur und flammte auf. Der Wellentunnel füllte sich bald mit dicken Schwaden stinkenden, mit Chemikalien verpesteten Rauchs, und erst jetzt trat der Feuermelder in Aktion, alarmierte die Kommandobrücke, die Kapitänskajüte, den Ersten Offizier und den Chefingenieur.

Die große Maschine stampfte jedoch immer noch auf vollen Touren. Die Welle drehte sich weiter in dem zerstörten Lager und krümmte und verformte sich unter der unerträglichen Beanspruchung.

Der Chefingenieur war der erste, der die Steuertafel im Maschinenkontrollraum erreichte, und er begann, ohne einen Befehl von der Brücke abzuwarten, mit der Notabschaltung aller Systeme.

Erst eine volle Stunde später hatte eine Arbeitsgruppe unter der Leitung des Ersten Offiziers den Brand im Wellentunnel unter Kontrolle gebracht.

Die Hauptlagerschalen waren ausgelaufen und die Welle selbst hatte arg gelitten. Der Chef wußte, daß man eine Verformung nicht mit bloßem Auge sehen konnte. Aber auch eine Verformung von weniger als dem Zehntel eines Millimeters war bedenklich.

Während er arbeitete, schimpfte der Chef leise vor sich hin, verfluchte die Hersteller der Schmierölpumpe, den Mann, der sie eingebaut und überprüft hatte, die schadhafte Stopfbüchse und das Fehlen einer Ersatzpumpe, aber am meisten verfluchte er den Eigensinn und die Halsstarrigkeit des Präsidenten von Christy Marine, durch dessen unvernünftige Weisungen das einwandfrei konstruierte Lager zu einem schwarzen rauchenden Trümmerhaufen geworden war.

Am frühen Vormittag hatte der Chef endlich die Reserveschalen aus dem Ersatzlager geholt und sie ausgepackt. Aber als er sie montieren wollten stellte er fest, daß sie nicht paßten. Die Halbschalen waren veraltete, nicht metrische Typen und um ein achtel Zoll zu klein für die Welle der *Golden Dawn*. Die winzige Maßabweichung machte sie vollkommen unbrauchbar.

Erst jetzt brach die eiserne Selbstbeherrschung Duncan Alexanders zusammen; er tobte zwanzig Minuten lang auf der Brücke, ohne im geringsten einen Ausweg aus dieser verfahrenen Situation zu suchen; er beschimpfte nur den Ingenieur und Randle in zügelloser und ungerechter Weise. Sein Wutausbruch wirkte lähmend auf die Offiziere der *Golden Dawn*, sie standen blaß und verlegen herum.

Peter hatte die Spannung gefühlt und sich unbemerkt auf die Brücke geschlichen. Wie gebannt lauschte er den Wutausbrüchen seines Stiefvaters. Er hatte noch nie zuvor gesehen, daß sich jemand so gehenließ, und einen Augenblick lang hoffte er, Duncans Augäpfel würden platzen wie überreife Trauben. Erwartungsvoll hielt er den Atem an und fühlte sich betrogen, als nichts dergleichen geschah.

»Nun, Käpten, was schlagen Sie vor?« fragte Duncan noch keuchend, schließlich Randle, und in das darauffolgende Schweigen sagte Peter mit seiner hellen Stimme:

»Du könntest dir neue Schalen von den Bermudas schicken lassen – sie sind nur fünfhundert Kilometer entfernt. Das haben wir heute morgen festgestellt.«

»Wie kommst du hier herein?« Duncan fuhr herum. »Geh zu deiner Mutter zurück.«

Peter verdrückte sich, nun selbst erschrocken über seinen Vorwitz, und dann erst meinte der Chef:

»Die Ersatzteile könnten von London nach den Bermudas geflogen werden –«

»Stellen Sie Fernschreibverbindung mit Christy Marine her«, zischte Duncan Alexander.

Es war gut, wieder ein Deck unter sich zu haben. Nicholas fühlte, wie seine Lebensgeister neu erwachten.

Er schaute noch einmal zur fernen Silhouette der Bermudainseln zurück, dann wandte er sich den ausgebreiteten Karten auf dem Navigationstisch zu.

Die *Warlock* lief noch immer mit vorsichtiger Fahrt. Denn der Kanal war zwar breit und mit Bojen von den scharfen und gefährlichen Korallenriffen zu beiden Seiten abgegrenzt, aber es bedurfte doch David Allens ganzer Aufmerksamkeit, um die *Warlock* ins offene Meer hinauszusteuern. Als sie endlich die Hundert-Faden-Grenze passiert hatten, übergab er das Kommando an den Deckoffizier.

»Volle Kraft voraus um 0900«, wies er ihn an, dann eilte er zu Nicholas hinüber.

»Ich habe Sie bisher noch nicht an Bord begrüßen können, Mr. Berg.«

»Danke, David. Es tut gut, wieder hier zu sein.« Nicholas sah lächelnd auf. »Würden Sie bitte Kurs 240° magnetisch veranlassen und auf 80 Prozent Geschwindigkeit gehen?«

Allen gab den Befehl sofort an den Steuermann weiter und brachte verlegen die Frage vor:

»Mr. Berg, meine Offiziere machen mich langsam verrückt, sie quälen mich schon seit Kapstadt – ist das nun eine Dienstfahrt – oder kreuzen wir hier nur zum Vergnügen?«

Nicholas lachte schallend. Das Jagdfieber hatte ihn ergriffen, die gute heiße Witterung in der Nase versprach eine fette Prise. Jetzt, mit der *Warlock* unter sich, war auch seine Sorge um Peters Sicherheit schon wesentlich geringer. Was immer geschah, er würde sofort zur Stelle sein.

»Wir sind auf der Jagd, David«, erklärte er ihm. »Allerdings –«, er zögerte und sagte: »holen Sie Vinny Baker in meine

Kabine und sagen Sie Angel, er soll eine große Kanne Kaffee und einen Haufen Sandwiches heraufschicken – ich habe noch nicht gefrühstückt – und während wir essen, weihe ich Sie beide dann ein.«

Baker nahm den angebotenen Stumpen und fragte grinsend: »Der Kapitän hat mir erzählt, daß wir auf der Jagd sind, stimmt das?«

»Die Sache läuft so –« Nicholas erklärte ihnen alles genau, und während er sprach, dachte er nachsichtig: Ich werde offenbar alt und milde – ich rede zuviel.

»Das sieht mir nach Generatorersatzteil aus«, meinte Baker, nachdem er eine Weile nachgedacht hatte, was in dem Holzverschlag gewesen sein könnte, der zur *Golden Dawn* geflogen worden war. »Ich kann mir nicht vorstellen, daß der Kahn kein vollständiges Ersatzteillager mitführt.«

David Allen beschäftigte die seetechnische Seite der Sache. »Welche Reichweite hatte der Hubschrauber? Und ist er schon zu seinem Stützpunkt zurückgekehrt? Mit ihrem Tiefgang muß die *Golden Dawn* die Florida-Straße durchfahren. Das beste wäre, wenn wir auf das Matanilla-Riff an der Einfahrt Kurs nehmen.«

Nach einem kurzen Klopfen an der Tür der Gastkabine steckte der Krebs seinen grauen verrunzelten Schildkrötenkopf herein. Er sah Nicholas an, grüßte aber nicht. »Käpten, Miami hat eine neue Hurrikanwarnung durchgegeben. Lorna schwenkt nach Norden um, die Richtung ist jetzt Nord-Nord-West und die Geschwindigkeit zwanzig Knoten.« Er schloß die Tür, und sie starrten einander einen Augenblick lang stumm an.

Schließlich nahm Nicholas das Wort.

»Nie kommt es durch einen einzigen Schnitzer zur Katastrophe«, sagte er. »Es braucht dazu immer eine Reihe von Fehlern. Und dann genügt ein bißchen Pech –« Nach einer kleinen Pause setzte er leise hinzu: »Der Hurrikan Lorna könnte dieses bißchen Pech sein.«

Er stand auf und ging einmal in dem schmalen Raum auf und

ab. Er fühlte sich hier beengt und wünschte sich die Geräumigkeit der Kapitänskajüte, die jetzt David Allen bewohnte. Plötzlich erkannte er, daß Baker wie Allen eine Katastrophe erhofften. Sie waren wie zwei alte Seewölfe mit der Witterung einer Beute in den Nüstern. Kalte Wut auf sie stieg in Nicholas auf, sie wünschten seinem Sohn Unglück.

»Noch etwas müssen Sie wissen«, sagte er. »Mein Sohn ist auf der *Golden Dawn*.«

Der gewaltige, kreisende Hurrikan Lorna war nun schon nahezu voll ausgebildet. Sein Scheitelpunkt ragte bis hoch über die Gefrierzone hinauf, so daß er eine prächtige fünfhundert Kilometer lange Mähne aus weißen Eispartikeln trug, die in der Strahlströmung der oberen Troposphäre vor ihm herjagte.

Er gebärdete sich immer verrückter, tobte wie ein geblendetes Ungeheuer über die eingeschlossenen Wasser der Karibik und riß Bäume und Häuser, ja sogar die Erde der winzigen Inseln, die auf seiner Bahn lagen, mit sich in die Höhe.

Aber da gibt es Kräfte, die beherrschen, was unbeherrschbar zu sein scheint, die das angeblich Zufällige steuern. Denn ein Wirbelsturm folgt grundsätzlich dem durch das Kreiselgesetz bedingten Beharrungsvermögen, solange keine anderen äußeren Kräfte auf ihn einwirken.

Diesem Naturgesetz gehorchend, bewegte sich das ganze System stetig, mit gleichbleibender Geschwindigkeit und Höhe, über der Erdoberfläche ostwärts, bis es mit seiner Nordseite an die lange Kette der Großen Antillen stieß.

Sofort wurde es durch ein anderes Kreiselgesetz beeinflußt. Wenn eine ablenkende Kraft auf den Rand eines rotierenden Kreisels einwirkt, bewegt sich der Kreisel nicht von ihr fort, sondern direkt auf sie zu.

Der Hurrikan Lorna fühlte das Land, und wie ein gereizter Stier auf die Capa des Toreros reagiert, wendete er und raste darauf zu, überquerte in einer Orgie von Zerstörung und Schrecken die gebirgige östliche Landzunge von Haiti und brach in den schmalen Kanal der Windward-Passage ein.

Und noch immer bewegte er sich kreiselnd weiter. Kaum fünfhundert Kilometer vor ihr, jenseits der ›Hurrikan-Flats‹ mit ihren Untiefen und Sandbänken, die ihren Namen den Tausenden, seit Menschengedenken derselben Route folgenden Wirbelstürmen verdanken, lagen die tieferen Gewässer der Florida-Straße und der Kontinentalsockel Nordamerikas.

Duncan Alexander stand unter der Kopie der Ballettänzerinnen von Edgar Degas im Salon der Reedersuite. Er wippte leicht auf den Fußballen und hatte die Hände gelassen hinter dem Rücken verschränkt, aber seine Stirne war sorgenvoll gerunzelt, und unter seinen Augen verrieten pflaumenblaue Schatten den Mangel an Schlaf.

Auf der langen Couch und den nachgemachten Louis-Quatorze-Stühlen um den Kamin saßen die leitenden Offiziere der *Golden Dawn* – der Kapitän, der Erste Offizier und der Chefingenieur. Auf der anderen Seite des Salons hatte Charles Gras, der Ingenieur der Atlantique, in einem lederbezogenen Lehnsessel Platz genommen. Es schien, als wolle er sich bewußt von dem Reeder und den Offizieren des havarierten Ultratankers fernhalten.

Gras sprach Englisch mit einem starken Akzent und streute gelegentlich französische Brocken dazwischen, die Duncan rasch übersetzte.

»Meine Männer werden heute mittag mit dem Zusammenbau des Hauptlagers fertig. Ich habe die Welle soweit wie möglich überprüft und getestet. Ein Materialschaden war dabei nicht festzustellen, das heißt aber nicht, daß keiner vorhanden ist. Die Reparaturen können bestenfalls als provisorisch bezeichnet werden.« Er wandte sich mit Absicht direkt an Kapitän Randle. »Ich muß Ihnen dringend raten, für eine richtige Reparatur den nächsten Hafen anzulaufen, und zwar mit der niedrigsten Geschwindigkeit, bei der Sie das Schiff noch steuern können.«

Randle schaute zu Duncan hinüber. Der Franzose bemerkte diesen Blick und seine Stimme wurde schärfer. »Wenn es zu einer Verwindung der Hauptwelle gekommen ist, würde eine höhere Geschwindigkeit zu einem irreparablen Schaden und vollständiger Betriebsunfähigkeit führen.«

Duncan mischte sich beschwichtigend ein. »Wir haben volle Ladung und zwanzig Faden Tiefgang. Es gibt an der Ostküste von Amerika keinen sicheren Hafen, auch abgesehen von der Frage, ob wir überhaupt die Erlaubnis erhalten, amerikanische Hoheitsgewässer mit einem Maschinenschaden anzulaufen. Die Amerikaner werden uns wahrscheinlich nicht willkommen heißen. Der nächste sichere Hafen ist die Reede von Galveston, an der Küste von Texas im Golf von Mexiko – und auch dann erst, nachdem die Schlepper unsere Zusatztanks außerhalb der Hundert-Faden-Grenze übernommen haben.«

Der Erste Offizier war ein junger Mann, wahrscheinlich nicht älter als dreißig Jahre, aber er hatte sich bei den aufgetretenen Defekten bestens bewährt.

»Verzeihen Sie, Mr. Alexander«, sagte er, und alle Köpfe wandten sich ihm zu, »Miami hat eine geänderte Hurrikanwarnung durchgegeben, sie betrifft die Florida-Straße und Südflorida.«

»Sogar mit nur fünfzehn Knoten würden wir noch vierundzwanzig Stunden vorher durch die Florida-Straße hindurch und im Golf sein«, erklärte Duncan und sah Randle Bestätigung heischend an.

»Bei der gegenwärtigen Sturmgeschwindigkeit – ja«, schwächte Randle diese Behauptung vorsichtig ab. »Die Bedingungen können sich jedoch ändern –«

Der Erste Offizier blieb hartnäckig.

»Verzeihen Sie, wenn ich widerspreche, Mr. Alexander, unser nächster sicherer Ankerplatz liegt an der Leeseite der Bermudas –«

»Haben Sie eine Ahnung von dem Wert unserer Ladung?« Duncans Stimme klang heiser. »Offenbar nicht. Ich will es Ihnen sagen. Es sind annähernd fünfzig Millionen Pfund. Die Zinsen für diese Summe liegen bei dreitausend Pfund pro Tag.« Seine Stimme wurde um eine Nuance lauter. »Auch gibt es auf den Bermudas keine Möglichkeit, größere Reparaturen durchzuführen –«

Die Tür zu den Privaträumen öffnete sich leise und Chantelle Alexander trat in den Salon. Sie trug keinen Schmuck, nur eine glatte perlfarbene Seidenbluse und einen einfachen dunklen Wollrock, aber ihre Schönheit ließ alle verstummen. Sie war sich dessen vollkommen bewußt, als sie durch den Raum ging und sich neben Duncan stellte.

»Es ist notwendig, daß dieses Schiff mit seiner Ladung direkt nach Galveston fährt«, sagte sie ruhig.

»Chantelle –«, begann Duncan, doch sie unterbrach ihn mit einer energischen Handbewegung.

»Über Ziel und einzuschlagenden Kurs gibt es überhaupt keine Diskussion.«

Charles Gras schaute Kapitän Randle an und wartete darauf, daß sich dieser auf die Befehlsgewalt berief, die ihm gesetzlich zustand. Aber als der junge Kapitän schwieg, lächelte der Franzose zynisch und gab es mit einem müden Achselzucken auf, sich hier weiter einzumischen. »Dann muß ich bitten, zu veranlassen, daß meine Mitarbeiter und ich nach Abschluß der provisorischen Reparaturen das Schiff sogleich verlassen können.«

Duncan nickte.

»Wenn wir die Fahrt wie angekündigt wieder aufnehmen können, werden wir, unter Berücksichtigung der Tatsache, daß der Hubschrauber nur noch wenig Treibstoff hat, morgen früh in Reichweite der Küste von Florida sein.«

Chantelle hatte die Offiziere der *Golden Dawn* während dieses Wortwechsels nicht aus den Augen gelassen und fuhr jetzt mit derselben ruhigen Stimme fort:

»Ich bin durchaus bereit, das Abschiedsgesuch jedes Offiziers dieses Schiffes entgegenzunehmen, der sich diesem Flug anschließen will.«

Duncan öffnete den Mund, um gegen die Aneignung seiner Autorität zu protestieren, aber sie wandte sich ihm zu, und etwas in ihrem Gesichtsausdruck und an der Haltung ihres Kopfes erinnerte ihn an den alten Arthur Christy.

Chantelle sah, daß er klein beigab, und richtete ihren ruhigen Blick wieder auf die Offiziere der *Golden Dawn*.

Einer nach dem anderen senkte die Augen; Randle war der erste der sich erhob.

»Wenn Sie mich jetzt bitte entschuldigen, Mrs. Alexander, ich muß mich um die Vorbereitungen zur Wiederaufnahme der Fahrt kümmern.«

Charles Gras zögerte noch und sah Chantelle mit jenem bewundernden Lächeln an, das nur ein Franzose fertigbringt.

»Magnifique!« murmelte er und brachte seine Huldigung mit einer eleganten Handbewegung zum Ausdruck, bevor er den Salon verließ.

Als Chantelle und Duncan allein waren, wandte sie sich ihm zu, und ein verächtlicher Ausdruck lag auf ihrem Gesicht.

»Immer wenn du fühlst, daß du nicht genügend Kraft für etwas hast, laß es mich wissen.«

»Chantelle –«

»Du hast uns da hineingeritten. Jetzt hol uns da auch wieder heraus, und wenn es dich umbringt.« Sie hatte die Lippen zu einer dünnen Linie zusammengepreßt, und ihre Augen funkelten rachsüchtig. »Wogegen ich nicht das geringste hätte«, fügte sie leise hinzu.

Der Pilot der Beechcraft Baron drosselte die Motoren, um allmählich auf das außergewöhnlich aussehende Schiff niederzugehen, das rasch aus dem morgendlichen Dunst auftauchte. Mit einem Neigungswinkel von zwanzig Grad sank die Maschine abwärts, geriet kurz in die Turbulenz einer kleinen Wolkenbank und stieß schließlich wieder in den hellen Sonnenschein hinaus.

»Was hältst du von dem Ding?« fragte er den Kopiloten.

»Es ist ein Riesenbaby«, antwortete der Kopilot und versuchte, sein Fernglas ruhig zu halten. »Den Namen kann ich nicht lesen.«

Das ungeheuer breit gebaute Schiff schob eine riesige gischtige Bugwelle vor sich her und seine grünen Decks schienen sich fast in der Ferne zu verlieren, bevor sie die jäh aufsteigenden Heckaufbauten erreichten.

»Ich rufe sie auf Kanal 16 an.« Der Kopilot senkte sein Fernglas und hob das Mikrophon an die Lippen.

»Südlich fahrender Tanker, hier spricht die Küstenwache November Charlie eins fünf neun über Ihnen. Hören Sie mich?«

»Küstenwache eins fünf neun, hier spricht die *Golden Dawn*. Wir verstehen Sie nur halb. Wir gehen auf Kanal 22.«

Dreihundert Kilometer entfernt stieß der Krebs die Muschelschale voller stinkender Zigarrenstummel vom Tisch, als er hastig sein Gerät auf Kanal 22 stellte, die der Funker der *Golden Dawn* vereinbart hatte, gleichzeitig schaltete er die Bandaufnahme und die Funkpeilung ein.

»Guten Morgen, *Golden Dawn*«, kam im näselnden Jargon der Südstaaten die Stimme des Beobachters der Küstenwache zurück. »Ich wäre Ihnen für die Angabe Ihres Heimathafens und Ihrer Ladung sehr verbunden.«

»Dieses Schiff ist in Venezuela registriert.« Der Krebs nahm rasch die Feineinstellung vor, kritzelte die Peilung auf seinen Block, riß das Blatt ab und eilte auf die Kommandobrücke.

»Die *Golden Dawn* sendet auf allgemeiner Welle«, schnarrte er boshaft grinsend.

»Rufen Sie den Käpten«, sagte der wachhabende Offizier hastig und fügte nach kurem Besinnen hinzu: »Und bitten Sie Mr. Berg auf die Brücke.«

Das Gespräch zwischen der Küstenwache und dem Ultratanker war noch im Gang, als Nicholas in den Funkraum gestürzt kam. »Danke für Ihr Entgegenkommen.« Der Mann der Küstenwache entwickelte seine ganze südstaatliche Liebenswürdigkeit, da er wußte, daß sich die *Golden Dawn* noch außerhalb der Hoheitsgewässer der Vereinigten Staaten befand. »Wären Sie bitte auch so freundlich, uns Ihren Zielhafen anzugeben?«

»Wir sind auf dem Kurs nach Galveston, um dort die gesamte Ladung zu löschen.«

»Noch einmal besten Dank. Und haben Sie von der Hurrikanwarnung Kenntnis?«

»Kenntnis bestätigt.«

David Allen erschien mit unbewegtem, aber hochrotem Gesicht in der Türe.

»Sie muß wieder Fahrt aufgenommen haben«, sagte er. »Sie ist schon in der Florida-Straße.«

»Ich wäre Ihnen sehr dankbar, wenn Sie sogleich mit der Fahrt hinaufgehen und einen Kurs veranlassen würden, der die *Warlock* so rasch wie möglich in ihre Nähe bringt«, fuhr ihn Nicholas an, und David Allen blinzelte nur und verschwand dann auf die Brücke.

Über den Lautsprecher hörte man, daß die Küstenwache höflich, aber hartnäckig blieb.

»Haben Sie außerdem davon Kenntnis, daß der Hurrikan den schiffbaren Hauptkanal voraussichtlich morgen um 12.00 Uhr Ortszeit überqueren wird?«

»Kenntnis bestätigt.« Die Antworten der *Golden Dawn* waren sehr kurz geworden.

»Dürfte ich Sie weiters bitten, in Hinblick auf Ihre empfindliche Ladung und die besonderen Wetterbedingungen, mir die voraussichtliche Ankunftszeit vor dem Leuchtfeuer der Dry Tortugas Bank mitzuteilen, ferner wann Sie schätzen, daß sie den Kanal verlassen und einen nördlichen Kurs steuern werden, aus der vorhergesagten Bahn des Hurrikans heraus?«

»Bleiben Sie dran.« Während der Funker den wachhabenden Offizier befragte, kamen nur Störungen über den Lautsprecher, dann meldete sich die *Golden Dawn* wieder: »Unsere Ankunftszeit vor dem Leuchtfeuer der Dry Tortugas Bank Bake ist 0130 morgen.«

Es gab eine lange Pause, während der die Küstenwache ihr Hauptquartier im Landesinneren auf einer Geheim-Frequenz konsultierte, dann meldete sie sich erneut:

»Ich soll Sie höflich, aber offiziell darauf aufmerksam machen, daß angesichts der schweren Stürme, die dem Hurrikan vorangehen, Ihnen Ihre gegenwärtige Ankunftszeit vor der

Dry Tortugas Bank nur einen sehr geringen Sicherheitszeitraum läßt.«

»Wir danken Ihnen, Küstenwache eins fünf neun. Ihre Durchsage wird in das Logbuch eingetragen. Hier spricht die *Golden Dawn*, Ende.«

Charles Gras schob seinen Koffer in die geöffnete Luke des Hubschraubers, zögerte dann, drehte sich nochmals um und hastete auf den Chefingenieur zu.

Er packte ihn am Arm, beugte sich vor und schrie ihm ins Ohr:

»Vergessen Sie nicht, mein Freund, passen Sie auf die Welle auf wie auf ein Baby, und wenn Sie mehr Fahrt machen müssen, dann tun Sie das sehr vorsichtig.« Der Ingenieur nickte.

»Viel Glück«, rief der Franzose noch. »Bonne chance!« Er klopfte dem Chef auf die Schulter. »Ich hoffe, Sie brauchen es nicht!«

Er eilte zurück, kletterte in den Rumpf des Sikorsky und schaute noch einmal aus einem der Bullaugen heraus. Dann hob die große, schwerfällige Maschine langsam ab, verharrte einen Augenblick und knatterte in einer Kurve tief über dem Wasser davon.

In hohen Gummistiefeln und die Ärmel bis zum Ellbogen aufgerollt, keuchte Samantha Silver mit zwei großen Plastikeimern voller Muscheln die Hintertreppe zu ihrem Labor hinauf.

»Sam!« schrie Sally-Ann über die ganze Länge des Laufsteges zu ihr hinüber. »Wir fahren ohne dich los!«

»Was gibt's denn?« Sam stellte erleichtert ihre Last ab, während das Wasser überschwappte und die Treppe hinunterlief.

»Johnny hat angerufen – die Kontrollfritzen vom Umweltschutz haben vor einer Stunde die *Golden Dawn* angefunkt. Sie war in der Florida-Straße etwa auf der Höhe des Matanilla-

Riffs, als man sie entdeckte, und sie wird vor Biskayne Key sein, bevor wir sie erreichen können, wenn wir nicht gleich auslaufen.«

»Ich komme schon.« Samantha packte ihre Eimer und setzte sich in Trab. »Ich treffe mich mit euch beim Boot.«

Sie schüttete die Muscheln in einen Behälter, schaltete den Sauerstoff an, und sobald er in Blasen aufzusteigen begann, machte sie sich eiligst auf den Weg.

Der wachhabende Offizier der *Golden Dawn* warf im Vorbeigehen einen flüchtigen Blick auf den Radarschirm, doch dann blieb er stehen, sah genauer hin und peilte den kleinen grünen Lichtpunkt an, der ein Objekt sechzehn Kilometer vor ihnen anzeigte.

Der Wachhabende ging rasch zur Vorderfront der Brücke und suchte langsam die grüne windgepeitschte Wasseroberfläche ab.

»Ein Fischerboot«, sagte er zu dem Rudergänger. »Aber sie machen Fahrt.« Er hatte eine schwache Bugwelle festgestellt. »Sie sind genau in der Hauptfahrrinne – aber sie müssen uns bereits gesehen haben, sie schwenken um und werden steuerbordseitig an uns vorüberkommen – oh, vielen Dank.« Er nahm die Tasse Schokolade, die ihm ein Steward brachte.

Einer der jüngeren Offiziere des Tankers kam aus dem Funkraum im Hintergrund der Brücke.

»Noch immer kein Tor«, sagte er, »und es bleibt nicht mehr viel Zeit.« Es folgte eine erregte Diskussion über ein Weltcup-Fußballspiel, das gerade im Flutlicht des Wembley-Stadions auf der anderen Seite des Atlantik ausgetragen wurde.

Dann kam aus dem Funkraum der Jubelruf: »Tor für England!«

Der wachhabende Offizier lachte glücklich. »Das ist die Entscheidung.« Er wandte sich wieder seinen Pflichten zu und erschrak, als er auf den Radarschirm blickte.

»Was zum Teufel haben die da vor«, rief er gereizt und schaute durch sein Fernglas.

Das Fischerboot hatte weitergeschwenkt und kam nun direkt auf sie zu.

»Verfluchte Bande, wir werden sie rammen.« Er griff nach dem Nebelhorn und gab drei lange Signale, die schauerlich über das Wasser der Meerenge schallten. Alle anwesenden Offiziere kamen nach vorn zu den Frontscheiben der Brücke.

»Die müssen schlafen da draußen.« Der wachhabende Offizier überlegte rasch, ob er den Kapitän auf die Brücke rufen solle. Er schreckte vor der Verantwortung zurück, das Schiff in diesen begrenzten Gewässern zu manövrieren. Sogar bei ihrer jetzigen niederen Geschwindigkeit würde die *Golden Dawn* erst nach einer halben Stunde und nach sieben nautischen Meilen zum Stillstand kommen; und ein Richtungswechsel bedeutete einen viele Meilen großen Bogen. Er wollte gerade die Ruftaste drücken, als Randle aus seiner Kabine heraufgestürzt kam.

»Was ist los?« fragte er. »Warum haben Sie das Nebelhorn betätigt?«

»Ein kleines Schiff ist vor uns auf Kollisionskurs, Käpten«, sagte der Offizier, offensichtlich erleichtert über Randles Erscheinen. Dieser griff abermals nach dem Nebelhorn und ließ es lange aufheulen.

»An Deck sind Leute«, berichtete einer der Offiziere, ohne das Fernglas von den Augen zu nehmen. »Es sieht aus, als hätten sie auf dem Dach des Ruderhauses eine Filmkamera aufgebaut.«

Randle überprüfte beunruhigt die Entfernung; das kleine Fischerboot war schon viel zu nahe, als daß die *Golden Dawn* noch hätte stoppen können.

»Gott sei Dank«, sagte jemand. »Sie drehen ab.«

»Sie haben eine Art Spruchband aufgestellt. Kann es jemand entziffern?«

Samantha hatte nicht erwartet, daß der Tanker so groß war. Von vorne gesehen, schien der Bug den Horizont vollkommen auszufüllen. So direkt vor dieser näherkommenden Stahllawine fühlte sie sich äußerst unbehaglich.

»Glaubst du, daß sie uns gesehen haben?« fragte Sally-Anne neben ihr besorgt, und bei diesem Echo auf ihre eigenen Empfindungen riß sich Samantha zusammen.

»Natürlich haben sie das«, erklärte sie laut, damit es alle in dem kleinen Ruderhaus hören konnten. »Deshalb haben sie ja auch das Signal gegeben. Wir werden im letzten Augenblick abdrehen.«

»Sie verlangsamen nicht«, sagte heiser Hank Petersen, der am Steuer stand, und Samantha hätte gerne Tom Parker an Bord gehabt. Doch dieser befand sich wieder in Washington, und sie waren auf der *Tricky Dicky* mit einer zusammengewürfelten Mannschaft und ohne seine schriftliche Genehmigung losgefahren. »Was hast du vor, Sam?« Alle sahen sie an.

»Ich weiß, daß ein Schiff von dieser Größe nicht anhalten kann, aber wir werden sie wenigstens zwingen, ihre Fahrt zu verlangsamen – haben die Fernsehburschen schon etwas gefilmt?« fragte sie, um die Entscheidung hinauszuzögern. »Geh doch hinauf, Sally-Anne, und sieh nach.« Dann wandte sie sich an die anderen: »Macht das Spruchband fertig, damit man es gut sehen kann.«

»Hör, Sam.« Das intelligente sonnenverbrannte Gesicht Hank Petersens verriet Besorgnis. Er war Thunfischspezialist, und nicht gewohnt, ein Schiff zu steuern, außer in ruhigen, ungefährlichen Gewässern. »Dieser Brocken kann uns unterbuttern, ohne daß er den Zusammenstoß auch nur bemerkt. Ich möchte jetzt abdrehen.« Seine Stimme ging im Dröhnen des Nebelhorns unter.

»Keine Angst, wir machen ihnen im letzten Augenblick den Weg frei«, entschied Samantha. »Dreh um neunzig Grad nach Backbord, Hank. Wir wollen ihnen das Spruchband zeigen. Ich helfe auf Deck mit.«

Der Wind zerrte an dem dünnen weißen Baumwollstreifen, als sie versuchten, ihn oben auf dem Deck aufzurollen, und das kleine Schiff schwankte heftig, während der Fernsehmann vom Dach des Ruderhauses wirre Anweisungen hinunterrief.

Samantha wünschte sehnsüchtig, daß jemand an Bord wäre, der das Kommando übernehmen könnte, jemand wie Nicholas Berg – und unterdessen schlang sich auch noch das Spruchband um ihren Kopf.

Die *Dicky* drehte sich jetzt rasch. Samantha warf einen hastigen Blick auf den näherkommenden Tanker und fühlte, wie ihr der Schreck in die Glieder fuhr. Sie erkannte jetzt, daß er schon viel zu nahe war.

Endlich gelang es ihnen, das Spruchband an der Heckreling festzuzurren – aber der leichte Stoff hatte sich zusammengedreht, so daß nur noch ein Wort zu lesen war: »Giftmischer« stand da in plumpen Buchstaben, gefolgt von einem grinsenden Totenschädel und gekreuzten Knochen darunter.

Samantha mühte sich mit dem flatternden Spruchband ab, über ihrem Kopf schrie aufgeregt der Produzent; zwei andere versuchten ihr zu helfen.

Alle liefen ziellos durcheinander. Die *Dicky* drehte sich gegen den Wind, ihr Bug stieg hoch. Neben Samantha verlor jemand das Gleichgewicht und rammte sie schmerzhaft, und in diesem Augenblick hörte sie die Änderung des Motorengeräusches.

Die Maschine der *Dicky* hatte wütend aufgeheult, als Petersen Vollgas gegeben hatte,um das kleine Schiff aus der bedrohlichen Nähe des Stahlgebirges zu bringen.

Das dröhnende Spucken des Auspuffrohres, das senkrecht neben dem Ruderhaus hochragte, hatte jede Unterhaltung erschwert – aber jetzt erstarb es, und plötzlich war nur noch das Rauschen des Windes zu hören.

Samantha begriff es als erste und rannte quer über das schlingernde Deck zum Ruderhaus.

Hank Petersen kniete neben dem Schott und mühte sich vergeblich mit dem nach unten in den Maschinenraum führenden Gestänge zur Drosselklappe ab.

»Warum hast du gestoppt?« schrie Samantha.

»Das Gestänge hier«, sagte er, »es ist ausgehakt.«

Kaum noch eine Meile entfernt, näherte sich die *Golden Dawn* – still, drohend und unaufhaltsam.

Zehn Sekunden lang stand Randle erstarrt, beide Hände um die Schlechtwetterstange geklammert, am Fenstersims der Brücke.

Er wußte, daß er das Schiff weder rechtzeitig stoppen noch abdrehen konnte, um eine Kollision mit dem Fischerboot zu verhindern.

Hol sie der Teufel, dachte er wütend, sie verstoßen gegen jede Regel.

Er war sich über den Grund dieses verrückten, unverantwortlichen Manövers durchaus im klaren. Er hatte die Diskussionen verfolgt, bevor die *Golden Dawn* ausgelaufen war, die Proteste gelesen und die bornierten Umweltschützer auf dem Bildschirm gesehen.

Er kochte vor Zorn. Diese Leute machten ihn immer wütend. Wenn sie ihren Willen durchsetzten, würde es keine Tankertransporte mehr geben, und jetzt bedrohten sie ihn noch direkt, brachten ihn in eine Situation, die seiner Karriere schaden konnte. Es war schon eine schwere Aufgabe, das Schiff durch die Meeresenge zu bringen, bevor der Hurrikan kam. Jede Minute war kostbar – und jetzt auch das noch.

Er hätte sie am liebsten überrannt. Sie forderten ihn geradezu heraus, es zu tun – und, bei Gott, sie hätten es verdient.

Doch als Seemann war ihm Menschenleben auf See heilig. Es wäre gegen alle seine natürlichen Triebe gegangen, nicht den Versuch zu machen, eine Kollision zu verhindern.

»Es sind Frauen an Bord – sieh einer an! Da sind Frauen!«

Das genügte. Ohne auf eine Bestätigung zu warten, rief Randle dem Steuermann neben sich zu.

»Steuer voll Backbord!«

Und mit zwei großen Schritten eilte er zum Maschinentelegrafen. Es klingelte schrill, als er den verchromten Hebel auf ›Volle Kraft zurück‹ stellte.

Der große Motor, sieben Decks unter der Brücke, brüllte unter der plötzlichen Belastung auf, und die Hauptwelle änderte ruckartig ihre Drehrichtung.

Fast fünf Minuten lang lief das Schiff weiter geradeaus, ohne im geringsten auf den starken Steuerausschlag zu reagieren. Die Trägheit einer Million Tonnen Rohöls und der gewaltige Tiefgang des Rumpfes hielten es auf Kurs, und obwohl seine einzige Schraube das grüne Wasser zum Schäumen brachte, verringerte es nicht im geringsten seine Geschwindigkeit.

»Dreh dich!« flüsterte Randle seinem Schiff zu und starrte auf das Fischerboot, das immer noch stark schlingernd direkt auf ihrem Kurs lag. Ungewollt stellte er dabei fest, daß die winzigen Gestalten entlang der abgewandten Reling wie rasend winkten, und daß sich das Spruchband mit seiner blutroten Inschrift an einem Ende gelöst hatte und gleich einer tibetanischen Gebetsfahne über ihren Köpfen flatterte.

»Dreh dich!« flehte er noch einmal und bemerkte die erste Reaktion des Rumpfes. Der Winkel zwischen der Bugrichtung und dem Fischerboot änderte sich, erst langsam, aber allmählich rascher, und ein kurzer Blick auf das Kontrollpult zeigte eine geringe Veränderung in der Geschwindigkeit des Tankers.

Das Fischerboot vor ihnen war unter dem hohen stumpfen Bug der *Golden Dawn* kaum noch zu sehen.

Das Kommando ›Volle Kraft zurück‹ bestand nun schon fast sieben Minuten lang, und plötzlich fiel ihm auf, daß etwas auf der *Golden Dawn* anders war.

Ein hartes Rütteln und Stampfen ließ das Deck vibrieren. Er erkannte, wie heftig diese Vibration sein mußte, denn der ganze gewaltige Rumpf der *Golden Dawn* wurde davon erschüttert – aber Randle konnte sich nicht zu dem Griff nach dem Maschinentelegrafen entschließen, nicht solange er dieses hilflose Schiff vor sich wußte.

Dann plötzlich, wie durch ein Wunder, hörte die Vibration des Decks unter seinen Füßen auf. Gleichzeitig leuchtete eine Reihe roter Alarmlämpchen auf dem Kontrollpult auf und das schrille Heulen der Notalarmsirene betäubte alle.

Erst jetzt stieß Randle den Maschinentelegrafen auf ›Stop‹, stand da und starrte auf das winzige Fischerboot, das allmählich seinen Blicken entschwand, da die Kommandobrücke weit hinter dem Bug lag.

Einer der Offiziere griff hinüber und schaltete die Alarmsirene ab.

Der Chefingenieur der *Golden Dawn* ging im Kontrollraum langsam am Steuerpult entlang, ohne seine Augen von den Instrumenten abzuwenden, die alle mechanischen und elektrischen Funktionen des Schiffes überwachten.

Als er die Alarmtafel erreichte, blieb er stehen und runzelte ärgerlich die Stirn. Der Ausfall eines einzigen Transistors hatte einen so verheerenden Schaden an seiner geliebten Maschinerie zur Folge gehabt. Er beugte sich vor und drückte den Testknopf, der alle Alarmsysteme überprüfte, doch fiel ihm dabei ein, daß es zu spät war. Er betreute ein Schiff mit Gott weiß welchen verborgenen Schäden an Motor und Hauptwelle, das nur durch Herabsetzung der Belastung in Betrieb gehalten werden konnte – aber von Süden her näherte sich ein Hurrikan, und der Chefingenieur konnte nur Vermutungen darüber anstellen, welchen Anforderungen seine Maschinen in den nächsten Tagen ausgesetzt sein würden.

Seine diensthabenden Maschinisten beobachteten ihn verstohlen.

»Dickson!« sagte der Chef plötzlich. »Setzen Sie Ihren Helm auf. Wir gehen noch einmal in den Wellentunnel hinunter.«

Der Mann seufzte, wechselte einen resignierten Blick mit seinen Kameraden und stülpte den Helm über den Kopf. Vor einer Stunde erst war er mit dem Chef im Tunnel gewesen. Es war ein unerfreulicher, geräuschvoller, schmutziger Gang.

Unter dem kühlen prüfenden Blick seines Chefs schloß der Maschinist die wasserdichten Türen, die in den Wellentunnel führten, hinter sich, und drückte die Riegel fest nieder. Dann gingen die beiden Männer den hellerleuchteten Tunnel entlang.

Die rotierende Welle erzeugte in ihrer Lagerung ein Pfeifen, das die Stahlwände des Tunnels verstärkten wie der Resonanzboden den Klang einer Geige.

Der Chef blieb fast zehn Minuten lang neben dem Hauptlager stehen und prüfte es mit der Hand auf Temperatur und Vibration. Mit verdrossenem Gesicht und schlimmen Ahnungen schüttelte er den Kopf, bevor er im Tunnel weiterging.

Als er die Hauptstopfbüchse erreichte, kauerte er sich plötzlich nieder und schaute sie genauer an.

Ein feines Rinnsal Seewasser drang durch die Dichtung und tropfte in den Kielraum hinunter. Der Chef strich mit dem Finger darüber. Irgend etwas hatte sich verändert, die Welle lief nicht mehr rund, und so war auch die Stopfbüchse nicht mehr dicht – ein solches kleines Zeichen, ein klein wenig Seewasser, konnte die erste Warnung vor einem größeren Schaden sein.

Der Chef kniff ein Auge zu, hielt den Kopf schief und versuchte abermals festzustellen, ob die leichte Unschärfe in der Wellenkontur Wirklichkeit war, ober ob nur seine überreizte Phantasie ihm das vorgaukelte.

Plötzlich, ganz überraschend, blieb die Welle stehen. Er hockte sich auf die Fersen nieder, und fast unmittelbar darauf begann sich die Welle wieder zu drehen, aber in umgekehrter Richtung.

Das Pfeifen wuchs rasch zu einem schrillen Kreischen an. Das war Irrsinn, selbstmörderischer Irrsinn.

Der Chef packte den Maschinisten an den Schultern und brüllte ihm ins Ohr: »Laufen Sie zurück in die Zentrale und finden Sie heraus, was zum Teufel die auf der Brücke denn tun.«

Der Mann eilte hastig den Tunnel entlang, er würde zehn Minuten brauchen, um bis zu den wasserdichten Türen zu gelangen, sie zu öffnen und den Kontrollraum zu erreichen – und ebenso lange Zeit wieder zurück.

Der Chef erwog, ob er ihm folgen sollte, aber aus irgendwelchen Gründen konnte er sich nicht entschließen, die Welle jetzt zu verlassen. Er neigte noch einmal den Kopf, und diesmal konnte er genau sehen, daß die Welle unrund lief. Es war keine Einbildung gewesen, ihre Kontur oszillierte. Er hielt sich die Ohren zu, um das peinigende Kreischen zu dämpfen, aber da hörte er einen neuen Ton, das markerschütternde Reiben von Metall auf Metall, und er sah die Unschärfe der Wellenkontur zu einem Flattern anwachsen, das den Metallboden unter seinen Füßen erzittern ließ.

»Mein Gott! Sie machen noch alles kaputt!« schrie er und sprang auf. Das Deck erbebte und schwankte unter seinen Füßen. Er wollte durch den Tunnel zurücklaufen, aber die Bewegung war so heftig, daß er sich an der Wand festhalten mußte, um nicht das Gleichgewicht zu verlieren.

Entgeistert sah er, wie sich die gewaltige silberne Welle krümmte, sich aufbäumte und das Hauptlager von seiner Befestigung losriß.

»Abschalten!« schrie er. »Um Gottes willen abschalten!« Aber seine Stimme ging in dem gellenden Dröhnen und selbstzerstörerischen Toben berstenden Metalls unter.

Das Hauptlager flog auseinander und die Welle schmetterte gegen die Wandung. Bruchstücke, die Stahlplatten wie Papier durchschlugen.

Die Welle selbst begann sich wie eine Schlange zu winden. Der Chef fuhr geduckt an die Wand zurück, und hielt sich vor dem unerträglichen Lärm die Ohren zu. Aber die peitschende Welle erfaßte ihn wie ein mitleidloses Untier und zerquetschte ihn zu Brei.

Wie ein verdorrter Zweig brach sie schließlich an dem Punkt, wo sie durch das Glühen geschwächt worden war. Das schwere Gewicht der rotierenden Schraube zog den abgerissenen Stumpf aus der Stopfbüchse heraus, als wäre er ein lockerer Zahn.

Das Wasser strömte durch die Öffnung herein, überflutete den Tunnel bis zu den wasserdichten Schotts. Die gewaltige Bronzeschraube – zusammen mit dem Wellenstumpf hatte sie ein Gewicht von hundertfünfzig Tonnen – sank vierhundert

Faden abwärts und bohrte sich tief in den weichen Schlamm des Meeresgrundes.

Ohne das unerträgliche Pochen ihrer beschädigten Welle war es auf der *Golden Dawn* plötzlich totenstill. Sie glitt langsam weiter und verlor allmählich an Geschwindigkeit.

Samantha fühlte einen schrecklichen Augenblick lang drükkende Schuld. Sie erkannte klar, daß sie es gewesen war, die alle in diese tödliche Gefahr gebracht hatte.

Der Tanker kam ohne erkennbare Geschwindigkeitsverminderung näher, er hatte vielleicht ein wenig zur Seite geschwenkt, denn sein Bug zeigte nicht mehr direkt auf sie, aber die Geschwindigkeit war gleichgeblieben.

»Schwimmwesten!« dachte sie, und schrie Sally-Anne am Deck draußen zu: »Die Schwimmwesten sind in der Kiste hinter dem Ruderhaus!«

Alle Gesichter wandten sich ihr in plötzlichem Schrecken zu. Bis zu diesem Augenblick war alles ein glorreicher Streich gewesen, das alte unterhaltsame Spiel, die Geldprotzen herauszufordern und gegen das Establishment zu protestieren, aber plötzlich war es jetzt tödlich ernst geworden.

»Beeilt euch!« brüllte Samantha.

Du mußt jetzt überlegen! ermahnte sie sich und schüttelte den Kopf, als könne sie dadurch leichter einen Gedanken fassen.

Das Gestänge der Drosselklappe der *Dicky* war schon einmal gebrochen, als sie vor einem Jahr an der Westküste waren, und Samantha hatte Tom Parker die Lampe gehalten, als er am Motor im dunklen Maschinenraum arbeitete. Sie erinnerte sich, daß er von Hand Gas gegeben hatte, wenn sie auch nicht mehr genau wußte wie – irgendwo an der Seite des Motorblocks, unter dem großen Luftfilter.

Kehrtmachend hastete sie die steile Leiter in den Maschinenraum hinunter. Der Diesel lief, brummelte leise in der Leerlaufdrehzahl vor sich hin, entwickelte jedoch nicht genug Kraft, um das kleine Schiff vorwärts zu treiben.

Auf dem verölten Boden glitt sie aus, stürzte und schrie vor Schmerz auf, als sie mit der Hand an das glühende Auspuffrohr geriet.

Verzweifelt tastete sie auf der hinteren Seite des Motorblocks unter dem Luftfilter, schob und zerrte an allem, was ihr unter die Finger kam. Als sie auf eine kleine Spiralfeder stieß, kniete sie nieder.

Sie versuchte, nicht daran zu denken, daß der riesige Tanker drohend heranrauschte, daß sie in diesem kleinen, nach Dieselöl, Auspuffgasen und altem Leckwasser stinkendem Raum eingeschlossen war, und daß sie keine Schwimmweste hatte. Sie tastete sich an der Spiralfeder entlang bis zu der Stelle, wo die Feder in einem flachen senkrechten Hebel eingehakt war.

Energisch drückte Samantha den Hebel gegen die Spannung der Feder – und fast im gleichen Augenblick heulte der Motor auf, so daß sie vor Schrecken zurückfuhr und den Hebel losließ. Da erstarb das Geräusch zu einem sanften Brummen, und sie verlor kostbare Sekunden, bis sie den Hebel wiedergefunden hatte und ihn nochmals kräftig bis zum Anschlag durchdrückte. Der Motor brüllte erneut auf, und sie fühlte, wie sich das Schiff unter ihr in Bewegung setzte. Sie begann, unzusammenhängende Stoßgebete zu stammeln, aber die hielt die Drosselklappe offen.

Die Angstschreie vom Deck über ihr hörte sie nicht und wußte auch nicht, wie nahe die *Golden Dawn* war. Dann gab es einen gewaltigen Stoß, Holz krachte und splitterte, das Schiff begann zu schwanken und zu taumeln.

Hart schlug Samanthas Stirn gegen den heißen Zylinderkopf, so daß blendend weiße Funken vor ihren Augen tanzten; sie fiel rücklings zu Boden und blieb bewußtlos liegen.

Dieser Zustand währte nicht länger als Sekunden. Ein Schwall eiskalten Wassers auf ihr Gesicht ermunterte sie gleich darauf wieder. Sie erhob sich auf die Knie.

Im Schein der nackten Glühbirne an der Decke über sich sah sie die Wasserstrahlen durch die geborstene Beplankung eindringen.

Ihr Hemd und ihre Hose trieften vor Nässe, ihre Augen waren vom Salzwasser entzündet, und ihr Kopf schmerzte, als wäre die Schädeldecke gebrochen.

Undeutlich wurde ihr bewußt, daß der Diesel wieder leer lief, Wasser im Maschinenraum herumschwabbelte und das Boot von irgendwelchen hochgehenden Wellen umhergeschleudert wurde.

Dann erkannte sie, daß es nur die Bugwelle des gewaltigen Rumpfes war, die sie so gnadenlos umherstieß, daß sie aber noch schwammen.

Samantha kroch über das schwankende Deck, um die Lenzpumpe einzuschalten. Wo sie war, hatte Tom Parker jedem von ihnen erklärt.

Hank Petersen stürzte aus dem Ruderhaus und fuchtelte wild mit den Armen, um in die Schwimmweste zu schlüpfen. Er wußte nicht, sollte er über Bord springen und aus der Linie des Tankers schwimmen, oder an Bord bleiben und die Kollision abwarten, die in Sekunden erfolgen mußte.

Die anderen neben ihm waren ebenso unentschlossen wie er. Nur der Kameramann auf dem Dach des Ruderhauses achtete als wahrer Fanatiker nicht auf die Gefahr und filmte. Seine entzückten Ausrufe und das Surren der Kamera vermischten sich mit dem näherkommenden Rauschen der Bugwelle der *Golden Dawn*.

Plötzlich knatterte das Auspuffrohr über Petersens Kopf los und erstarb dann wieder zu einem leisen Brummen. Er sah verständnislos hinauf, da brüllte es abermals auf, und er bemerkte, daß sich das Deck unter seinen Füßen in Bewegung setzte. Vom Heck her hörte er das von der Schraube aufgewühlte Wasser sprudeln, die *Dicky* erwachte aus ihrer Lethargie und hob den Bug.

Noch einen Augenblick lang blieb Petersen wie angenagelt stehen, dann stürzte er ins Ruderhaus zurück und steuerte mit einem Blick durch das Seitenfenster scharf zur Seite.

Der Bug der *Golden Dawn* füllte jetzt das ganze Gesichtsfeld aus, aber das kleine Boot schoß jetzt hastig nach rechts, während der Bug des Tankers majestätisch nach links schwenkte.

Sekunden später hätten sie genügend Abstand gehabt, so aber gerieten sie in die Bugwelle, und Petersen wurde quer durch das Ruderhaus geschleudert. Er fühlte, wie etwas in seinem Brustkasten brach, hörte das trockene Knacken der Rippen, als er aufprallte, dann wurde er in die andere Richtung geworfen und kollerte über das Deck.

Es gab noch einen zweiten furchtbaren Stoß, als die *Dicky* gegen die Flanke des Tankers gedrückt wurde, doch dann kam sie frei und schwankte und schlingerte nur noch im Kielwasser des gewaltigen Schiffes wie ein Kork in einem Mühlgraben.

Jetzt erst konnte Petersen sich zusammenraffen und aufstehen, drückte die Hand auf die verletzten Rippen und starrte durch das Fensr.

Eine halbe Meile entfernt trieb der Tanker schwerfällig im Wind. Petersen stolperte hinaus und sah sich um. Das Deck war immer noch überflutet, aber das Wasser floß schon durch die Speigatten ab. Die Reling war zerschmettert, und das meiste davon hing über Bord, Planken waren gesplittert und gebrochen.

Hinter ihm kam Samantha aus dem Maschinenraum geklettert. Ihre Stirn zierte eine purpurne Beule, ihre Kleidung triefte und ihre Hände waren schwarz von Schmieröl. Und als sie die Hand hob, um eine blonde Locke aus ihrem Gesicht zu streichen, sah er, daß sich über den Handrücken eine lange hellrote Brandblase zog.

»Ist mit dir alles in Ordnung, Sam?«

»Unten dringt Wasser ein«, sagte sie. »Ich weiß nicht, wie lange die Pumpe es noch bewältigt.«

»Hast du den Motor auf Touren gebracht?« fragte er.

Samantha nickte. »Ich habe die Drosselklappe aufgehalten«, und setzte dann temperamentvoll hinzu: »aber der Teufel soll mich holen, wenn ich das noch einmal tue.«

»Zeig mir, wie es geht«, sagte Petersen, »und du kannst das Steuer übernehmen.«

Samantha schaute dem entschwindenden Heck der *Golden Dawn* nach.

»Mein Gott!« Sie Schüttelte verwundert den Kopf. »Mein Gott, haben wir aber Glück gehabt!«

»Schäfchenwolken, Zirrushaar,
Wollen, daß ich langsam fahr'!«

Nicholas Berg sagte den alten Seemannsspruch vor sich hin, während er auf der offenen Nock der Brücke seine Augen mit der Hand beschattete und den Himmel musterte.

Wolken zogen wie feines Filigran in großer Höhe rasch über das Blau des Himmels. Nicholas konnte an der Raschheit, mit der sich ihre zarten Schleier verbreiteten, die Stärke der Höhenwinde erkennen.

Sie waren nun schon seit sechs Stunden im Golfstrom. Mitten darin, fast direkt vor dem Bug der *Warlock*, kämpfte sich die *Golden Dawn* südwärts, genau gegen die Strömung, was sie jeden Tag achtzig Meilen Fahrleistung kostete, und fuhr direkt auf einen der übelsten und gefährlichsten Stürme zu, die jemals die Natur zusammengebraut hatte.

Nicholas dachte über die Mentalität eines Mannes nach, der sich zu so etwas entschlossen hatte. Abermals schaute Nick zu den Vorboten des Sturmes empor, zu den feinen Wolkenfahnen.

Er war schon einmal, vor zwanzig Jahren, als Jungoffizier auf einem der kleinen Tanker von Christy Marine durch einen Hurrikan gefahren und schauderte jetzt noch, wenn er sich daran erinnerte.

Duncan Alexander war tollkühn, daß er dieses Risiko einging. Er setzte wie in einem Würfelspiel alles auf einen Wurf. Nicholas konnte die Gründe verstehen, die ihn dazu bestimmten, weil er selbst von ihnen getrieben wurde – aber er haßte Duncan dafür, daß er außer dem Leben von Nicks Sohn einen ganzen Ozean und Millionen von Menschen, deren Existenz vom Meer abhing, tödlichen Gefahren aussetzte.

Nicholas wollte jetzt nur eines, und zwar die *Golden Dawn* einholen und seinen Sohn an Bord der *Warlock* nehmen. Er würde das tun, auch wenn es nach Seeräuberei aussah. In der Kapitänskajüte gab es einen verschlossenen und versiegelten Schrank mit zwei Reihen automatischer Gewehre und sechs Waltherpistolen PK 38. Die *Warlock* war für jede nur mögliche Notsituation auf irgendeinem Ozean der Welt ausgerüstet, und das konnte auch Piraterie oder Meuterei auf einem in Schlepp genommenen Schiff sein. Nicholas war jetzt durchaus gewillt, mit einem bewaffneten Trupp an Bord der *Golden Dawn* zu erscheinen und diese Maßnahme nachher vor jedem Gerichtshof der Welt zu verteidigen.

Die *Warlock* jagte durch die Kabbelwellen des Golfsstroms dahin und versprühte Gischt wie Schwärme aufgescheuchter weißer Tauben, trotzdem ging es Nicholas zu langsam. Ungeduldig stieg er zur Kommandobrücke hinauf.

David Allen begrüßte ihn. Ein leichter Schatten von Sorge lag auf Davids glattem jungenhaftem Gesicht.

»Der Wind dreht sich westwärts«, sagte er.

»Wir kommen allmählich in das Einflußgebiet von Lorna. Der Wind dreht sich, wenn wir uns dem Zentrum nähern.«

Nicholas ging in den Funkraum und der Krebs sah auf. Nicholas brauchte nicht zu fragen, der Krebs schüttelte den Kopf. Seit dem langen Gespräch mit der Küstenwache am frühen Morgen hatte die *Golden Dawn* geschwiegen.

Nicholas trat an den Radarschirm und beobachtete eine Weile lang die runde Scheibe. Auf dem sonst vielbefahrenen Seeweg war kein Schiff zu entdecken. Was gibt es für eine unvorstellbare Katastrophe, dachte er, wenn eine Million Tonnen giftiges Rohöl an eine bereits vom Hurrikan verwüstete Küste getrieben wird! Er ging zur Vorderseite der Brücke und starrte auf den sich am Horizont verengenden Meeresarm hinaus.

Die Tür zum Funkraum war offen geblieben und auf der Brücke war es so still, daß sie es alle deutlich hörten. Sie konnten sogar den Sprecher zwischen den Sätzen Luft holen hören, und die leichten Störungen im Ultrakurzwellenbereich überdeckten nicht die Dringlichkeit der Stimme:

»Mayday! Mayday! Mayday! Hier spricht das Öltanker-Mutterschiff Golden Dawn. Unsere Position ist 79° 59′ W, 25° 43′ N.«

Bevor Nicholas den Kartentisch erreicht hatte, wußte er, daß sie ihnen noch gute hundert Meilen voraus war.

»Wir haben durch Bruch der Hauptwelle die Schraube verloren und treiben steuerlos.«

Nicholas konnte sich keine gefährlichere Lage und Position für ein Schiff von dieser Größe vorstellen – und Peter war an Bord!

»Hier spricht die Golden Dawn und ruft die Küstenwache der Vereinigten Staaten oder jedes Schiff, das in der Lage ist, Hilfe zu gewähren.«

Nicholas war mit drei Schritten im Funkraum, der Krebs reichte ihm das Mikrophon und nickte.

»Golden Dawn, hier spricht der Bergungsschlepper Warlock. Ich werde innerhalb von vier Stunden in der Lage sein, Beistand zu leisten –«

Zur Hölle mit allen Regeln der Funkstelle, Peter war an Bord.

»– sagen Sie Alexander, ich biete Lloyd's Open Form und wünsche unverzügliche Einwilligung.«

Er legte das Mikrophon fort und stürmte auf die Brücke, seine Stimme klang heiser und rauh, als er David Allen am Arm packte:

»Steuern Sie auf kürzesten Kurs und lassen Sie Baker auf volle Fahrt gehen«, wies er Allen finster an und eilte zurück in den Funkraum.

»Fernschreiben an Levoisin auf der *Sea Witch.* Ich will wissen, wann er bei höchster Geschwindigkeit die *Golden Dawn* erreichen kann.« Und er fragte sich ernsthaft, ob seine zwei Schlepper ausreichen würden, die havarierte und antriebslose *Golden Dawn* im Hurrican zu halten.

Levoisin antwortete fast augenblicklich. Bestenfalls konnte er die *Golden Dawn* am Mittag des nächsten Tages erreichen, und das war die vorhergesagte Zeit, in welcher der Hurrikan Lorna die Meerenge passieren sollte. Nicholas dachte einen Augenblick nach und wandte sich an David Allen.

»David, ich kenne keinen Präzedenzfall – aber da mein Sohn an Bord der *Golden Dawn* ist, *muß* ich das Kommando über dieses Schiff übernehmen – natürlich nur vorübergehend.«

»Es wird mir eine Ehre sein, wieder als Erster Offizier zu fungieren, Käpten«, erwiderte Allen ruhig, und Nicholas sah, daß er es auch wirklich so meinte.

»Wenn die Bergung gelingt, gehört die Kapitänsprämie natürlich Ihnen«, versprach Nicholas und dankte Allen, indem er ihm die Hand auf die Schulter legte. »Sorgen Sie bitte dafür, daß alles bereit ist, eine Leine an Bord des Tankers zu bringen.«

Allen machte Anstalten, die Brücke zu verlassen, aber Nicholas hielt ihn noch zurück. »Gerade wenn wir dort ankommen, werden wir einen Sturm haben, wie Sie ihn bisher nur in Ihrem schlimmsten Alpträumen erlebt haben – vergessen Sie das nicht.«

»Fernschreiben«, kreischte der Krebs. »Die *Golden Dawn* antwortet auf Ihr Angebot.«

Nicholas las die ersten ausgedruckten Zeilen des Funkspruches.

»Biete einen Tagesheuervertrag für das Schleppen dieses Schiffes von seiner gegenwärtigen Position zur Reede von Galveston.«

»So ein Schweinehund«, zischte Nicholas. »Schön!« stieß er hervor. »Wir werden genauso hart spielen! Geben Sie mir den Leiter der U. S.-Küstenwache im Hauptquartier von Fort Lauderdale – verbinden Sie mich mit ihm auf der Notfrequenz der Küstenwache, ich werde ungeschminkt mit ihm reden.«

Ein boshaftes Grinsen ging über das Gesicht des Krebses, als er die Verbindung herstellte.

»Oberst Ramsden« sagte Nicholas. »Hier spricht der Kapitän der *Warlock*. Ich bin das einzige Bergungsschiff, das die *Golden Dawn* vor dem Durchzug von Lorna erreichen kann, und ich bin wahrscheinlich der einzige Schlepper an der Ostküste von Amerika mit zweiundzwanzigtausend Pferdestärken. Wenn der Kapitän der *Golden Dawn* nicht in den nächsten sechzig Minuten in Lloyd's Open Form einwilligt, sehe ich mich gezwungen, zur Sicherheit meines Schiffes und meiner Mannschaft den nächsten Ankerplatz anzulaufen – und in Ihre Hoheitsgewässer wird eine Million Tonnen hochgiftiges Rohöl ausfließen, und das während eines Hurrikans.«

Der Kapitän der Küstenwache hatte den ruhigen Ton eines Mannes, für den die mit seiner Stellung verbundene Autorität etwas Selbstverständliches ist.

»Bleiben Sie in Verbindung, *Warlock*, ich werde mit der *Golden Dawn* auf Kanal 16 sprechen.«

Nicholas bedeutete dem Krebs, sich einzuschalten, und so hörten sie, wie Ramsden direkt mit Duncan Alexander sprach.

»Sobald Ihr Schiff ohne Antrieb, oder ohne von einem Schlepper gezogen zu werden, in die Hoheitsgewässer der Vereinigten Staaten einläuft, bin ich durch das Gesetz verpflichtet, Ihr Schiff zu beschlagnahmen und mir geeignet erscheinende Schritte zu unternehmen, um eine Verseuchung unserer Gewässer zu verhindern. Ich muß Sie davor warnen, daß diese Schritte auch eine Vernichtung Ihrer Ladung einschließen könnten.«

Zehn Minuten später nahm der Krebs ein persönliches Fernschreiben von Duncan Alexander an Nicholas Berg auf, in welchem Duncan auf Lloyd's Open Form einging und Nick ersuchte, so rasch wie möglich die *Golden Dawn* in Schlepp zu nehmen.

Er endete mit dem Satz: »Ich befürchte, daß wir innerhalb von zwei Stunden über die Hundertfadengrenze treiben und die Hoheitsgewässer der Vereinigten Staaten erreichen werden.«

Während Nicholas das Fernschreiben auf der leeseitigen Nock der Brücke las, ließ ein plötzlicher Windstoß das Papier in seiner Hand flattern. Er schaute rasch auf. Der Wind blies nun heftig aus Osten, die Wellen des Golfstroms bekamen bereits Schaumkronen.

Mehr konnte Nicholas im Augenblick nicht tun. Die *Warlock* lief auf Höchstgeschwindigkeit, und die ganze Besatzung war mit den Vorbereitungen für das Anbordbringen eines Schleppkabels beschäftigt.

Die Dämmerung kam schnell, aber im letzten Licht konnte Nicholas noch einen dunklen riesenhaften Schatten erkennen, der über den südlichen Horizont wie ein gieriges Ungeheuer heraufkroch. Er starrte die Erscheinung fasziniert an, bis die gnädige Nacht Lornas furchtbaren Anblick vor seinen Augen verbarg.

Die Nacht war vollkommen finster, weder Sterne noch sonst ein Licht waren zu sehen, und die *Warlock* schlingerte und krängte in den hochgehenden Wellen.

»Das Barometer steigt stark«, rief Allen plötzlich. »Es ist um drei Millibar gesprungen – auf 1005.«

»Der Hochdruckgürtel», stellte Nicholas fest. Das war bezeichnend für den Rand eines Hurrikans. »Wir kommen jetzt unter seinen Einfluß.«

Noch während er das sagte, erhellte sich die Dunkelheit, der Himmel flammte auf wie eine Esse voll heißer Kohlen, und das

Wasser glühte in düsterfeurigem Schein, als wäre die Türe eines Ofens weit aufgerissen worden.

Alle auf der Brücke der *Warlock* schwiegen und sahen zum Himmel auf.

Niedere Wolken rasten über ihn hinweg, Wolken, die in einem erschreckenden, unheilverkündenden Rot brannten und leuchteten. Allmählich verblaßte das Licht wieder und wurde zu einer fahlen mattgrünen Färbung. Nicholas brach als erster das Schweigen.

»Das Leuchtfeuer des Teufels«, sagte er und wollte es vernünftig erklären, um die abergläubische Stimmung zu brechen, die sie alle ergriffen hatte. Aber irgendwie fand er nicht die richtigen Worte, um das Phänomen abzuschwächen, das nach alter Seemannsüberlieferung ein zum Untergang verdammtes Schiff ins Verderben führt.

Als das unheimliche Leuchten erloschen war, erschien ihnen die Nacht noch dunkler und unheilschwangerer als zuvor.

»David«, sagte Nicholas rasch, um seine Offiziere abzulenken, »haben wir schon Radarverbindung?« Der neue Erste Offizier nahm sich mit sichtlicher Anstrengung zusammen und ging zum Radarschirm.

»Das Bild ist sehr undeutlich«, sagte er.

Die Küstenlinie von Florida und der nächsten Bahama-Inseln war als Festpunkt erkennbar. Er erinnerte Nicholas daran, auf wie begrenztem Raum er mit seinen beiden Schleppern und ihrer gewaltigen Prise manövrieren mußte.

Dann entdeckte sein geschultes Auge mitten in diesem Durcheinander von elektrischen Entladungen und wilden Wassermassen einen deutlicheren Umriß, den das Radar eben erst anzuzeigen begann. Nicholas beobachtete diesen Umriß sorgfältig während eines halben Dutzends von Ausschlägen des Schwenkarmes und fand, daß er konstant blieb und jedesmal klarer wurde.

»Radarverbindung«, stellte er fest. »Melden Sie der *Golden Dawn,* daß wir sie auf dem Schirm haben und nur noch fünfundsechzig Seemeilen entfernt sind. Erklären Sie denen, daß wir sie noch vor Mitternacht in Schlepp nehmen werden.« Und dann fügte er leise den alten Seemannsspruch hinzu: »So Gott es will, und das Wetter.«

Die Lampen auf der Brücke der *Warlock* waren abgedunkelt worden, um die Sicht der vier Offiziere zu verbessern, die in die Richtung starrten, wo der Tanker liegen mußte.

In den zwei Stunden seit der ersten Radarverbindung war das Barometer noch ein wenig weiter gestiegen, und nun, nachdem sie den Hochdruckgürtel passiert hatten, fiel es rasch.

Von 1005 war es auf 990 abgesackt, und sackte weiter ab. Von Osten her kam mit heftigen Böen stürmisches Wetter. Wolkenbruchartiger Regen verwischte jede Sicht über ein paar hundert Meter hinaus. Selbst die beiden Suchscheinwerfer, zwanzig Meter über dem Hauptdeck der *Warlock*, vermochten die dichten Regenschleier nicht zu durchdringen.

Nicholas pirschte sich wie ein Blinder näher und gab seine Befehle an den Steuermann in einem kühlen, unpersönlichen Ton, den jedoch die Blässe seines Gesichtes und die angestrengt blickenden Augen Lügen straften.

Plötzlich fegte wieder eine Bö über die *Warlock*. Mit irrem Heulen fiel die Bö über den Schlepper her, und in diesem Augenblick entdeckte Nicholas die *Golden Dawn*.

Alle Deck- und Positionslichter brannten, und am Mastkorb drehten sich die beiden roten Blinklampen, die ein Schiff als steuerlos treibend kennzeichnen. Die nachlaufenden, vom Sturm aufgepeitschten Wellen tosten über die Tankdecks und hüllten sie in weißen Gischt.

»Beide Maschinen halbe Kraft«, befahl Nicholas, und zum Steuermann gewandt: »Halten Sie nach der Steuerbordseite.«

Sie näherten sich rasch und blieben jetzt in Sichtkontakt. Auch als sich die Regenschleier wieder verdichteten, konnten sie die geisterhaften Umrisse und das Aufleuchten der Blinklampen wahrnehmen.

David Allen sah ihn erwartungsvoll an, und Nicholas fragte, »Wassertiefe?«, ohne seine Augen vom Tanker abzuwenden.

»Einhundertsechzehn Faden und rasch abnehmend.« Sie wurden bereits aus der Hauptfahrrinne heraus und über die seichten Bänke vor der Küste von Florida getrieben.

»Wir schleppen sie zunächst am Heck«, sagte Nicholas, und David erkannte sofort die Richtigkeit dieser Maßnahme. Niemand wäre imstande gewesen, ein Schleppkabel am Bug zu befestigen, über den ständig hohe Wellen hereinbrachen.

»Ich werde nach achtern –«, begann David, aber Nicholas unterbrach ihn.

»Nein, David. Ich brauche Sie hier – denn ich gehe an Bord der *Golden Dawn*.«

»Käpten!« Allen wollte sagen, daß es gefährlich sei, das Überwerfen des Schleppseils zu verzögern – so nahe an der Küste.

»Das ist unsere letzte Chance, Passagiere herüberzuholen, bevor der Hurrikan mit voller Wucht einsetzt«, sagte Nicholas, und Allen sah, daß jeder Einwand vergeblich war. Nicholas Berg wollte seinen Sohn holen.

Von der Höhe der Kommandobrücke der *Golden Dawn* aus konnte man auf das Hauptdeck des Schleppers hinunterschauen, als dieser herankam.

Peter Berg stand neben seiner Mutter. Er trug eine Schwimmweste und hatte eine Kordsamtmütze über die Ohren gezogen.

»Sorg dich nicht«, beruhigte er Chantelle. »Dad ist da. Jetzt wird alles gut«, und er ergriff schützend ihre Hand.

Die *Warlock* schlingerte und krängte im Wüten des Sturms, als sie die Leeseite des Tankers erreichte. Im Vergleich zu ihr rollte die *Golden Dawn*, mit dem Gewicht einer Million Tonnen Rohöl belastet, nur schwerfällig. Die *Warlock* schob sich immer näher heran.

Duncan stürzte aus dem Funkraum im Hintergrund der Brücke, sein Gesicht glühte rot vor Zorn.

»Berg kommt an Bord«, stieß er hervor. »Er vergeudet kostbare Zeit. Ich habe ihm gesagt, daß wir in tiefere Gewässer müssen –«

Peter fiel ihm ins Wort und deutete auf die *Warlock* hinunter. »Schau!« rief er.

Bis jetzt hatten die Nacht und der Sturm die kleinen geschäftigen Gestalten im vorderen hohen Turm des Schleppers verdeckt. Sie brachten die Enterbrücke in eine waagrechte Stellung.

»Da ist Dad!« rief Peter. »Ganz vorne, das ist er.«

Wenn sich die *Warlock* am stärksten neigte, berührte ihre Enterbrücke beinahe die Reling des Zwischendecks, zehn Meter über dem überspülten Tankdeck – und der vorderste Mann auf dem Aufbau des Schleppers lief über sie entlang, balancierte einen Augenblick lang hoch über dem tobenden Wasser, sprang dann über einen Abstand von eineinhalb Metern, bekam das Geländer zu fassen und zog sich über die Reling der *Golden Dawn*.

Der Schlepper drehte augenblicklich ab und hielt sich gegen Sturm und Wellengang fünfzig Meter von der Steuerbordseite des Tankers entfernt.

Das ganze Manöver war mit so fachmännischem Geschick durchgeführt worden, daß es fast einfach aussah.

»Dad hat eine Leine herübergebracht«, sagte Peter stolz, und als Chantelle hinunterschaute, sah sie, daß ein dünnes Nylonseil von zwei Matrosen am Zwischendeck eingeholt wurde. Vom Kontrollturm des Schleppers folgte eine Hosenboje aus Segeltuch.

Die Aufzugstüren öffneten sich quietschend, und Nicholas Berg erschien auf der Brücke des Tankers. Von seinem Ölmantel rann das Wasser und tropfte auf das Deck zu seinen Füßen.

»Dad!« Peter rannte auf ihn zu, Nicholas fing ihn auf und umarmte ihn, bevor er weiterging. Einen Arm immer noch um die Schultern seines Sohnes gelegt, trat er vor Chantelle und Duncan Alexander.

»Ich hoffe, ihr beide seid nun zufrieden«, sagte er ruhig. »Aber ich meinerseits veranschlage die Chancen für die Rettung dieses Schiffes nicht sehr hoch, also nehme ich jeden von Bord, der nicht zur Bedienung des Tankers gebraucht wird.«

»Sie haben zweiundzwanzigtausend Pferdestärken und können –«, stieß Duncan hervor.

»Ein Hurrikan kommt auf uns zu«, unterbrach ihn Nicholas kalt. Er wandte sich an Randle. »Wieviel Mann wollen Sie an Bord behalten?«

Randle überlegte. »Ich selbst, ein Steuermann, fünf Matrosen für das Schlepptau und zum Betrieb des Schiffes.« Er hielt inne und fuhr dann fort. »Und die Pumpenraumbesatzung, um die Fracht zu überwachen.«

»Das Steuer übernehmen Sie selbst, den Pumpenraum überwache ich, sonst brauche ich nur drei Matrosen. Suchen Sie Freiwillige«, entschied Nicholas. »Schicken Sie alle anderen fort.«

»Mr. Berg«, begann Randle zu protestieren.

»Muß ich Sie daran erinnern, Käpten, daß ich Bergungskapitän bin, ich stehe damit über Ihnen.« Nicholas wartete die Antwort nicht ab. »Chantelle, bring Peter aufs Zwischendeck hinunter. Du wirst als erste hinübergehievt.«

»Hören Sie, Berg«, Duncan konnte sich nicht länger beherrschen, »ich bestehe darauf, daß Sie das Schleppseil herüberholen, dieses Schiff ist in Gefahr.«

»Gehen Sie mit den andern hinunter«, erwiderte Nicholas, kurz angebunden. »Ich entscheide über die Verfahrensweise.«

»Tu was er sagt, Liebling.« Chantelle lächelte ihren Gatten rachsüchtig an. »Du hast verloren. Nicholas ist jetzt der Gewinner.«

»Halt den Mund, verdammt nochmal«, fuhr Duncan sie an.

»Geh auf das Zwischendeck hinunter.« Nicholas Stimme klang eisig.

»Ich bleibe an Bord dieses Schiffes«, sagte Duncan unvermittelt. »Ich bin dafür verantwortlich. Ich habe gesagt, daß ich mich ihm anvertrauen werde, und bei Gott, das will ich auch tun. Ich bleibe hier, um mich zu überzeugen, daß Sie Ihre Arbeit tun, Berg.«

Nicholas nahm sich zusammen, musterte Duncan einen Augenblick lang und lächelte dann trübe.

»Niemand hat Sie je einen Feigling genannt«, nickte er widerstrebend. »Alles andere – aber nicht einen Feigling. Bleiben Sie, wenn Sie wollen, wir können vielleicht noch eine zusätzliche Hand brauchen.« Dann wandte er sich an Peter: »Komm, mein Junge.«

Auf dem Zwischendeck hob Nicholas den Jungen hoch, drückte ihn noch einmal an sich und setzte ihn dann in die Hosenboje. Zurücktretend gab er mit dem rechten Arm ein Kreiszeichen. Sofort zog die Winde auf der *Warlock* Peter über den Abstand zwischen den beiden Schiffen.

Da sie beide stampften und schlingerten, spannte sich mitunter die Leine, dann wieder hing sie so weit durch, daß der weiße Segeltuchsitz fast das Wasser streifte. Und im nächsten Augenblick surrte sie wieder vor Spannung und drohte zu reißen. Schließlich aber war die Boje beim Schlepper angelangt, und starke Arme hoben den Jungen heraus. Er winkte zu Nicholas zurück, dann wurde er schnell fortgeführt und der leere Sitz kam zurück.

Erst jetzt spürte Nicholas, daß sich Chantelle an seinen Arm klammerte. Ihr Gesicht triefte vor Nässe, und sie sah in der weiten Ölhaut und der Schwimmweste sehr klein und hilfsbedürftig aus, aber schön wie immer.

»Nicholas, ich habe dich immer gebraucht«, schluchzte sie. »Aber nie so sehr wie jetzt.«

Ihre Lebensbasis wurde soeben vom Sturm vernichtet, und sie hatte Angst. »Du und dieses Schiff, das ist alles, was mir geblieben ist.«

»Nein, nur das Schiff«, erklärte er brüsk und konnte seinen Gleichmut ihrem Zauber gegenüber selbst kaum fassen. Aber dann wurde ihm zu seiner Erleichterung klar, daß er sich endlich, hier mitten im Sturm, innerlich von ihr befreit hatte.

Sie fühlte es, und nun wurde die Angst in ihren Augen zu Panik. »Oh, Nicholas, was soll aus mir ohne dich und Christy Marine werden?«

»Ich weiß es nicht«, erwiderte er ruhig, fing die Boje auf, die von der *Warlock* zurückkam, und hob Chantelle in den Sitz. »Und um dir die Wahrheit zu sagen, Chantelle, es ist mir auch ziemlich gleichgültig.«

Er trat zurück und schwenkte wieder seinen rechten Arm. Der Sitz glitt über das Wasser hinaus und schaukelte im Sturm. Chantelle rief Nicholas noch etwas zu, aber er hatte sich schon abgewandt und ging eilig zu den drei wartenden Freiwilligen.

Rasch überprüfte er ihre Ausrüstung, die dicken Lederhandschuhe, die Bolzenschneider und Brechstangen zum Heben des schweren Kabels.

»Ihr seid in Ordnung«, sagte er. »Wir werden das Bojenseil verwenden, um einen Kabelvorläufer herüberzuschaffen – sobald der letzte Mann das Schiff verlassen hat.«

Da den Männern die Arbeit ungewohnt war und die Wetterbedingungen sich rapid verschlechterten, verging fast noch eine Stunde, bevor sie die Haupttrossen von der *Warlock* herübergehievt und an den Pollern des Hecks der *Golden Dawn* festgemacht hatten. Die Zeit war so rasch vergangen, daß Nicholas erschrak, als er auf seine Uhr sah. Bei diesem Sturm waren sie sehr schnell gegen die Küste getrieben worden. Er eilte auf die Brücke des Tankers.

Randle stand mit finsterem Gesicht am Steuer, und Duncan fuhr Nicholas vorwurfsvoll an:

»Das war auch verdammt höchste Zeit.« Ein Blick nach dem Digitalanzeiger des Tiefenmessers auf dem Steuerpult des Tankers gab ihm recht. Es waren nur noch achtunddreißig Faden Wasser unter dem Kiel, und der wuchtige Rumpf der *Golden Dawn* hatte einer Tiefgang von zwanzig Faden. Nicholas trat neben Randle und ergriff das Handmikrophon.

»David«, fragte er ruhig. »Sind Sie soweit, uns abzuschleppen?«

»Alles bereit, Käpten«, kam Allens Stimme aus dem Lautsprecher.

»Ich lasse voll backbord steuern, um Sie zu unterstützen,

wenn Sie gegen den Wind schwenken«, sagte Nicholas und gab Randle einen Wink. »Voll backbord.«

»Vierzig Grad backbord«, bestätigte Randle.

Sie fühlten den leichten Ruck, als die Trosse sich spannte und vorsichtig begann die *Warlock* zu drehen und es dann, mit dem Heck voraus, in tiefere Gewässer der Meerenge zu schleppen, wo es größere Chancen hatte, den Hurrikan zu überstehen.

Es war mittlerweile klar, daß die *Golden Dawn* genau auf der Bahn des Hurrikans lag, und dieser fiel nun mit voller Wucht über sie her. Anderswo ging gerade die Sonne auf, aber hier dämmerte es nicht, weil es keinen Horizont und keinen Himmel gab. Hier herrschten nur Chaos und Sturm und Wasser.

Vor einer Stunde hatten der Sturm den Windmesser und die Wettermeldeanlage auf dem Dach der Kommandobrücke abgerissen, so daß Nicholas weder die Stärke des Sturms noch seine Richtung bestimmen konnte.

Der gesamte Aufbau stöhnte, ächzte und wimmerte unter der Gewalt des Hurrikans. Es gab keinen Sichtkontakt mit der *Warlock*. Die elektrischen Entladungen beschränkten die Reichweite des Radars auf wenige Kilometer, und auch da war es noch unzuverlässig. Die Funkverständigung mit dem Schlepper ging in den atmosphärischen Störungen fast unter. Nur einzelne unzusammenhängende Worte David Allens kamen verständlich durch.

Nicholas war machtlos, gefangen in dem ächzenden, zitternden Aufbau der Kommandobrücke, von den entfesselten Gewalten des Himmels jeglichen Kontakts mit der Umwelt beraubt. Es gab nichts, was man tun konnte.

Randle hatte das Ruder des Ultratankers mittschiffs festgezurrt und klammerte sich mit Duncan und den drei Matrosen haltsuchend an den Kartentisch.

Nicholas stand vor dem Kontrollpult und studierte die Leuchtanzeigen, die der Überwachung der Zusatztanks und der navigatorischen und mechanischen Funktionen des Schiffes dienten.

Keiner der Öltanks hatte Öl verloren, und in allen hielt sich die Zusammensetzung des Schutzgases konstant, es war noch nirgends Luft eingetreten, sie waren also alle noch dicht. Nicholas hatte auch deshalb den Tanker mit dem Heck voraus in Schlepp genommen, damit der hohe Kommandoturm die Gewalt des Sturmes und der Wellen breche und die empfindlichen Tanks ein wenig schütze.

Aber von den Tankdecks selbst konnte man bei diesem Sturm nichts sehen. Nicholas schaute auf den Radarschirm. Auf diesem tanzten flimmernde gespenstische Bilder, und Nicholas war nicht einmal sicher, ob die *Warlock* sich konstant abzeichnete. Sie schien sich entfernt zu haben, als wäre das Schleppkabel gerissen. Er fühlte jedoch an der Art, wie die *Golden Dawn* gegen Sturm und Wellen kämpfte, daß es noch in Ordnung war.

Eine Möglichkeit, die Position festzustellen, gab es nicht mehr. Die Satellitenpeilung wie auch der Marineortungsfunk vom amerikanischen Festland waren durch die Luftelektrizität gestört.

Nur das elektronische Log, das Nicholas die Geschwindigkeit des Schiffes angab, und das Echolot für die Messung der Wassertiefe unter dem Kiel funktionierten.

Zwei Stunden lang hatte die *Warlock* das Schiff mit einer Geschwindigkeit von dreieinhalb Knoten in die Hauptfahrrinne zurückschleppen können, und langsam war das Wasser tiefer geworden, bis sie hundertfünfzig Faden unter sich hatten.

Dann wurde der Sturm, der sich in den hohen Aufbauten der *Golden Dawn* wie in einem großen Segel verfing, immer stärker, gewann schließlich die Oberhand und trieb beide, Schlepper und Tanker, gegen die Hundertfadengrenze zurück, auf das amerikanische Festland zu.

Wo ist nur die *Sea Witch*? fragte sich Nicholas und starrte hilflos auf die Instrumente. Sie näherten sich mit etwas mehr als zwei Knoten der Küste, wo der Meeresboden steil abfiel. Die *Sea Witch* wäre jetzt der Trumpf, der das Spiel retten konnte, falls sie imstande war, sie in diesem mörderischen Seegang zu erreichen.

Nicholas tastete sich nach dem Funkraum und ergriff das Mikrophon.

»*Sea Witch. Sea Witch.* Hier ist die *Warlock*, ich rufe die *Sea Witch.*«

Er lauschte und versuchte das Knattern und Rauschen auszuschalten. Er glaubte, eine schwache menschliche Stimme zu hören, rief abermals und lauschte.

Da kam die Stimme wieder durch, aber er konnte kein einziges Wort verstehen.

Über seinem Kopf ertönte plötzlich das Schrillen berstenden Metalls. Nicholas ließ das Mikrophon fallen und stolperte auf die Brücke zurück. Auch dort dröhnte ein ohrenbetäubendes Krachen und Hämmern, und alle starrten zur metallenen Decke empor. Sie bog sich durch und erzitterte, und dann rutschte scharrend und schleifend ein wirrer Knäuel aus Metall und Drähten über die Vorderfront der Brücke herab, flatterte, und schlug wild im Sturm hin und her.

Nicholas brauchte einen Augenblick, um festzustellen, was es war.

»Die Radarantenne!« schrie er. Er erkannte die verlängerte Antennenbasis, die noch an dem dicken Kabelstrang hing. Dann riß der Sturm die Antenne mit sich, und das ganze Gerüst flatterte fort wie eine riesige Fledermaus.

Mit zwei großen Schritten eilte Nick zum Radarschirm. Ein Blick genügte. Der Schirm war schwarz und tot. Sie hatten ihre Augen verloren, und unglaublicherweise wuchs das Tosen des Sturms noch weiter an.

Dann rief Duncan plötzlich Nicholas etwas zu und zeigte auf die Instrumente des Kapitänpultes. Nicholas schaute hin und sah, daß sich die Geschwindigkeit über Grund drastisch verändert hatte. Es waren jetzt fast acht Knoten, bei einer Tiefe von zweiundneunzig Faden.

Nicholas fühlte eisige Hoffnungslosigkeit sein Herz zusammenpressen. Das Schiff schwebte nun in tödlicher Gefahr.

Offenbar war durch die gleiche Bö, die den Radarmast weggerissen hatte, noch ärgeres Unheil angerichtet worden.

Er wußte, worin dieses bestand, und bei dem Gedanken daran wurde ihm übel, aber er mußte sich davon überzeugen. Er begann, sich an der Schlechtwetterstange zum Lift zu ziehen.

Einer der Matrosen schien plötzlich seine Absicht zu erraten. Er tastete sich an der Wand entlang zu ihm hin.

»Braver Mann!« Nicholas packte den Schwankenden am Arm, und gemeinsam stolperten sie in den Lift, als die *Golden Dawn* gerade wieder wuchtig nach der anderen Seite rollte.

Auf der Fahrt nach unten wurden sie von einer Seite der kleinen Liftkabine zur anderen geworfen, und sogar hier, im Innern des Schiffes, mußten sie brüllen, um einander zu verstehen.

Nicholas schrie dem Mann ins Ohr: »Wir müssen das Schleppkabel überprüfen!«

Vom Lift aus gingen sie vorsichtig den Hauptgang entlang, und als sie die doppelten Sturmtüren erreicht hatten, versuchte Nicholas die innere zu öffnen, aber der Winddruck hielt sie geschlossen.

In dem Augenblick, in dem sie die Tür mit vereinten Kräften einen Spalt weit aufgestoßen hatten, fuhr der Sturm herein, riß die acht Zentimeter dicke Mahogonitüre mühelos aus ihren Angeln – und Nicholas und der Matrose standen ungeschützt im offenen Türrahmen.

Der Sturm stürzte sich auf sie, trieb sie auf das Deck und überschüttete sie mit einem Schwall eisigen Wassers, das sie jeder Sicht beraubte.

Nicholas rollte über die Planken und krachte mit solcher Wucht gegen die Heckreling, daß es ihm den Atem raubte. Der Sturm hielt ihn dort fest, und seine Augen tränten und schmerzten vom Salzwasser.

Neben sich hörte er den Matrosen schreien. Nicholas zog sich mühsam auf die Knie und klammerte sich verzweifelt an die Reling, um nicht vom Sturm fortgerissen zu werden.

Zwei Meter von ihm entfernt – er konnte es gerade noch erkennen – war die Reling fortgerissen worden, ein langes Stück von ihr baumelte außerbord des Schiffs, und daran klammerte sich der Mann. Er mußte vom Sturm mit solcher Wucht gegen die Reling geschleudert worden sein, daß sie brach, und jetzt hielt er sich mit der einen Hand an der Stange fest, während sein anderer Arm von der zerschmetterten Schulter kraftlos herabhing und wie zu einem grausigen Gruß hin und her schwang. Als der Mann aufschaute, sah Nicholas, daß die Reste seiner eingeschlagenen Vorderzähne hellrot waren.

Auf dem Bauch liegend, versuchte Nicholas den Mann zu erreichen, aber gerade da kam eine neue Sturmbö und riß die beschädigte Reling mitsamt dem Mann fort. Sie verschwanden augenblicklich im Chaos des Sturmes, und Nicholas fühlte sich nun selbst gegen den Abgrund gedrückt. Er hielt sich mit aller Kraft an dem verbliebenen Teil der Reling fest und fühlte, wie sie wankte und nachzugeben begann.

Immer noch auf den Knien, zog er sich von der verhängnisvollen Bruchstelle fort auf das Heck zu. Der Sturm traf ihn jäh von vorne und nahm ihm Sicht und Atem, blind tastete er sich weiter, bis sein ausgestreckter Arm das kalte Gußeisen des rechten Pollers berührte. Wie ein Liebender schlang er beide Arme um ihn, keuchend und würgend wegen des Salzwassers, das der Wind ihm durch Nase und Mund in die Kehle drückte.

Noch immer blind, tastete er nach dem geflochtenen Stahlseil, dem Schleppkabel der *Warlock*. Er fand es – und fühlte die Hoffnung wieder steigen.

Das Kabel war noch befestigt. Er kroch vorwärts, indem er sich am Schleppkabel weiterzog, und erkannte bald, daß seine Erleichterung verfrüht gewesen war. Das Kabel war nicht mehr gespannt, und als Nicholas den Rand des Decks erreicht hatte, stellte er fest, daß es dort senkrecht hinunterbaumelte.

Er wußte jetzt, daß seine Befürchtungen sich bewahrheitet hatten. Der Sturm war zu stark gewesen und hatte das Stahlkabel wie einen Baumwollfaden zerrissen. Die *Golden Dawn* war wieder sich selbst überlassen und trieb in dem wilden, tosenden Sturm steuerlos auf das Festland zu.

Nicholas fühlte sich todmüde. Flach auf dem Deck liegend, schloß er die Augen und hielt sich erschöpft an dem beschädigten Seil fest.

Langsam, mühevoll wie ein gelähmtes Insekt, schleppte er sich zur Türöffnung und kroch durch den Hauptgang des Hecks zurück.

Nach dem Toben des Sturmes erschien ihm die Liftkabine still und ruhig wie das Innere einer Kathedrale.

Im Wandspiegel sah er, daß seine Augen von Salzwasser und Wind rot entzündet, seine Wangen und Lippen wie von grobem Schmirgelpapier zerkratzt waren. Die Lifttüre öffnete sich, und er wankte hinaus auf die Kommandobrücke. Die Männer am Kartentisch schienen sich nicht bewegt zu haben, aber ihre Köpfe wandten sich ihm zu.

»Ich habe einen Mann verloren«, sagte er und seine Stimme klang heiser und rauh vor Müdigkeit. »Er ist über Bord gegangen. Der Sturm hat ihn erfaßt.«

Noch immer bewegte oder äußerte sich keiner, und Nicholas hustete, seine Lungen schmerzten von der salzigen Luft, die er eingeatmet hatte.

»Das Schleppkabel ist gerissen. Wir sind uns selbst überlassen – und die *Warlock* wird es unmöglich wieder anbringen können. Nicht bei diesem Sturm.«

Nicholas kämpfte gegen die Stimmung, die sie alle ergriffen hatte. Er tastete sich zum Signalkasten über dem Kartentisch und holte eine Pappschachtel mit Notsignalfackeln hervor. Er erbrach die Siegel, schüttete die Fackeln auf den Tisch und schob ein halbes Dutzend davon in die Innentaschen seines Ölmantels.

»Hören Sie zu«, er mußte schreien, obwohl die anderen nur wenige Schritte von ihm entfernt standen. »Wir werden in zwei Stunden stranden. Dieses Schiff wird in dem Augenblick auseinanderbrechen, in dem es auf Grund läuft.«

Er schwieg und musterte ihre Gesichter. Duncan war der

einzige, der nicht zu verstehen schien. Er hatte eine Handvoll Fackeln vom Tisch genommen und schaute Nicholas fragend an.

»Folgendes habe ich vor: Sobald wir die Zwanzigfadengrenze erreicht und Grundberührung haben, gehen Sie von Bord. Wir werden versuchen, ein Floß zu Wasser zu bringen. Sie haben eine Chance, an Land getrieben zu werden.«

Er machte wieder eine Pause und konnte sehen, daß Randle und die beiden Matrosen wußten, wie gering diese Chance war.

»Ich gebe Ihnen zwanzig Minuten, sich zu entfernen. Aber dann werden die Öltanks aufzubrechen beginnen –« Er wollte es nicht melodramatisch sagen und suchte nach Worten, um es weniger theatralisch klingen zu lassen, aber ihm fiel nichts ein. »Sobald der erste Tank aufbricht, werde ich das austretende Rohöl mit einer Signalfackel in Brand setzen.«

»Verdammt!« fluchte Randle, und der Sturm riß ihm das Wort von den Lippen. Dann schrie er: »Eine Million Tonnen Rohöl! Das ergibt einen Feuersturm.«

»Besser als ein Ölteppich von einer Million Tonnen im Golfstrom«, erklärte Nicholas gequält.

»Keiner von uns wird eine Chance haben. Eine Million Tonnen. Es wird hochgehen wie eine Atombombe.« Randle war bleich und bebte.

»Lassen Sie sich was Besseres einfallen«, sagte Nicholas und ging vom Tisch weg auf den Funkraum zu. Sie sahen ihm nach. Duncan schaute auf die Signalfackeln in seiner Hand und steckte sie in die Tasche.

Im Funkraum rief Nicholas ruhig ins Mikrophon. »Kommen *Sea Witch – Sea Witch*, hier ist die *Golden Dawn*.« Als Antwort ertönten nur heulende Störgeräusche.

»*Warlock*. Kommen, *Warlock*. Hier ist die *Golden Dawn*.«

Irgend etwas wurde vom Sturm losgerissen, sie hörten, wie es brach, die ganzen Aufbauten bebten und zitterten. Das Schiff begann auseinanderzubrechen, es war nicht gebaut, um einem Sturm wie diesem standzuhalten.

Durch die offene Tür konnte Nicholas die Instrumente überschauen. Sie hatten noch einundsiebzig Faden Wasser unter sich und der Sturm trieb sie weiter auf die Küste zu.

»Kommen *Sea Witch*«, rief Nicholas verzweifelt. »Hier ist die *Golden Dawn*. Hören Sie mich?«

Randle taumelte zu den Frontfenstern vor, klammerte sich an die Stange und beugte sich über die Instrumente, die den Zustand der Ladung anzeigten, um festzustellen, ob die Tanks einen Schaden erlitten hatten.

Als er sich langsam wieder aufrichtete, kam eine neue Sturmbö.

Nicholas fühlte den Stoß, es war wie ein Erdrutsch, und mit einem gewaltigen ohrenbetäubenden Krach brachen die Frontscheiben der Brücke über dem Steuerpult nach innen.

Eine glitzernde Wolke von Glassplittern umhüllte die Gestalt Randles, der unmittelbar davor stand. Mit Entsetzen sah Nicholas, wie eine messerscharfe fliegende Scheibe Randle den Kopf halb von der Schulter trennte, dann schlug der Körper auf das Deck auf.

Karten und Bücher wurden aus ihren Regalen gerissen und flatterten wie gefangene Vögel umher, als sich der Wind in dem von Glas und Stahl umschlossenen Raum verfing und darin herumwirbelte.

Nicholas eilte zu Randle, schützend einen Arm vor das Gesicht haltend, aber er konnte nichts mehr für Randle tun und rief den anderen zu: »Bleiben Sie von den Fenstern weg.«

Er versammelte die drei an der Rückwand der Brücke, wo der Computer und das Peilungsgerät standen.

Das Wasser ergoß sich durch das gebrochene Fenster und strömte über die Brücke.

Randles Leiche rutschte beim Rollen des Schiffes mit dem eingedrungengen Wasser hin und her, bis Nicholas die zweifelhafte Sicherheit der Rückwand verließ, die Leiche unter den Armen packte, in den Funkraum zerrte und in die Koje des Funkers hob. Rasch färbte das Blut die sorgfältig gebügelten

Bettücher. Nicholas breitete eine Decke über Randle und taumelte zurück auf die Brücke.

Der Sturm steigerte sich noch immer, und Nicholas fühlte sich von seiner Gewalt und Ausdauer wie betäubt.

Dann flog irgendein losgerissener Teil, vielleicht eine Aluminiumplatte, mit der Wucht eines Geschosses durch das Dach der Brücke.

Offenbar begannen sich die Aufbauten des Schiffes langsam aufzulösen. Wie ein gigantischer Geier würde der Wind bald alles bis auf das Skelett des Rumpfes fortgerissen haben. Nicholas wußte, daß er die Überlebenden näher zur Wasseroberfläche bringen sollte, damit sie schneller ins Meer springen konnten, wenn sie dazu gezwungen waren. Aber sein Gehirn war durch den Tumult wie betäubt, und er blieb ratlos stehen. Es kostete ihn seine ganze verbleibende Willenskraft, sich gegen die Gewalt des Sturmes und das angstvolle Schwanken des Schiffes aufrecht zu halten.

Benommen begriff er, daß die Wassertiefe unter dem Schiff nur noch siebenundfünfzig Faden betrug, und daß das Barometer neunhundertfünfundfünfzig Millibar zeigte. Nicholas hatte noch nie eine so niedrige Anzeige gesehen, sie mußten fast im Zentrum des Wirbelsturmes sein.

Mühsam hob er den Arm und sah nach der Uhr. Es war zehn Uhr vormittags, sie befanden sich bereits zweieinhalb Stunden im Hurrikan. Dann fiel plötzlich strahlendes Licht durch das aufgerissene Dach, und Nicholas hob die Hände, um seine Augen zu schützen. Er konnte nicht verstehen, was da vor sich ging. Er dachte, er habe sein Gehör verloren, weil plötzlich das schreckliche Toben des Sturms nachließ und erstarb.

Dann begriff er. »Das Auge«, krächzte er heiser. »Wir sind im Auge des Hurrikans«, und seine Stimme klang ihm selbst fremd.

Obwohl die *Golden Dawn* immer noch schwerfällig in einem Winkel von fast vierzig Grad von einer Seite zur anderen rollte, war sie frei vom unerträglichen Druck des Windes, und heller Sonnenschein ergoß sich über sie.

Die Wolken reichten bis zur Wasseroberfläche und begrenzten den Horizont wie eine Wand. Nur über ihnen war offener Himmel, der in einem unnatürlichen Purpurrot erstrahlte.

Das Meer beruhigte sich vollständig, wie immer im Auge, und die *Golden Dawn* schwankte weniger bedenklich.

Nicholas drehte steif den Kopf, betrachtete die feste Wand aus kreisenden Wolken und fragte sich, wie lange es wohl dauern würde, bis das Auge über sie hinweggeglitten war.

Nicht sehr lange, das wußte er, vielleicht eine halbe Stunde – eine Stunde höchstens – und dann würde der Sturm mit neuer Kraft über sie herfallen, genauso plötzlich wie er aufgehört hatte. Aber wenn sie das Auge durchfahren hatten und in die andere Wolkenwand eintauchten, würde er von der entgegengesetzten Seite auf sie zukommen.

Nicholas riß seinen Blick von der dahinrasenden himmelhohen Wolkenwand los und schaute hinunter auf das Tankdeck. Er sah sofort, daß die *Golden Dawn* bereits tödliche Schäden erlitten hatte. Der vordere Steuerbord-Tank war halb aus seinen hydraulischen Klampen gerissen worden und hing nur noch mit seinem Bug in einem Winkel von zwanzig Grad gegenüber den anderen Tanks am Mutterschiff. Sein Deck war verkrümmt wie ein gigantisches Gichtbein, und er rollte und schwankte in einem anderen Rhythmus als der Rumpf.

Das Rückgrat der *Golden Dawn* war gebrochen, dort wo Duncan den Rumpf geschwächt hatte, um Stahl zu sparen. Nur der Auftrieb des Rohöls in den vier Tanks hielt das Schiff noch schwimmend. Nicholas konnte kaum glauben, daß nicht ein einziger der vier Tanks beschädigt war, und schaute auf die elektronischen Überwachungsinstrumente. Die Gaszusammensetzung aller Tanks war noch normal. Sie hatten bisher unglaubliches Glück gehabt. Aber sobald sie auf die andere Seite des Hurrikans gerieten, knickte unweigerlich das geschädigte Rückgrat vollständig ab, und wenn das geschah, rissen auch die dünnen Häute der Tanks.

»Duncan«, rief er über die überflutete und beschädigte Brücke.

»Ich lasse Sie und die anderen mit einem Rettungsfloß fort. Jetzt besteht die einzige Chance, ein Floß zu Wasser zu lassen. Ich bleibe an Bord, um die Ladung in Brand zu setzen, sobald uns der Sturm wieder erreicht.«

»Der Sturm ist vorüber«, kreischte Duncan plötzlich wie ein Verrückter. »Das Schiff ist gerettet. Sie wollen mein Schiff zerstören – Sie versuchen absichtlich, mich zu ruinieren.« Er stürzte sich auf Nicholas und holte unbeholfen zu einem Schwinger aus. Nicholas duckte sich und nahm Duncan um die Brust.

»Hören Sie mir zu«, schrie er. »Das hier ist nur das Auge –«

»Sie haben alles getan, um mich zu stoppen. Sie haben geschworen, mich zu stoppen –«

»Helfen Sie mir«, rief Nicholas den beiden Matrosen zu. Sie packten Duncan an den Armen und hielten ihn fest. Er wehrte sich wie ein Verrückter und brüllte Nicholas an: »Sie tun alles nur, um mich zu ruinieren –«

»Bringen Sie ihn zum Floßdeck hinunter«, befahl Nicholas den beiden Matrosen. Er wußte, daß man mit Duncan jetzt nicht vernünftig reden konnte.

»Warten Sie!« hielt er die Matrosen auf, als sie gerade die Brücke verlassen wollten.

Nicholas fühlte, wie die schreckliche Last der Müdigkeit und Hoffnungslosigkeit von seinen Schultern fiel, wie neue Kraft seinen Körper durchströmte, sein Mut und seine Entschlossenheit wiederkehrten – denn nur eine Meile entfernt, tauchte aus der fürchterlichen grauen Wolkenwand plötzlich die *Sea Witch* auf, im hellen Sonnenschein eilig das Wasser mit ihrem Bug zerteilend.

»Jules«, flüsterte Nicholas.

Levoisin steuerte sie, wie nur ein Schleppermann ein Schiff steuern kann.

Nicholas fühlte, wie seine Kehle sich zuschnürte, und plötzlich blendeten ihn heiße Tränen der Erleichterung – denn eine Meile backbord von der *Sea Witch*, kaum eine Taulänge hinter ihr, brach die *Warlock* aus der Sturmbank hervor und brauste so schnell daher wie ihr Schwesterschiff.

»David«, sagte Nicholas laut. »Sie auch, David.«

Er erkannte, daß alle beide während dieser wildbewegten Stunden im Sturm wohl mit ihm in Radarkontakt geblieben waren, immer in seiner Nähe, um eine günstige Gelegenheit abzuwarten.

Jules Levoisins Stimme übertönte das Summen und Geknatter der Störungen im Lautsprecher:

»*Golden Dawn*, hier spricht die *Sea Witch*. Kommen, *Golden Dawn*.«

Nicholas griff hastig nach dem Mikrophon.

»Jules, wir werden die Tanks von ihr lösen und lassen den Rumpf fahren. Verstehst du?«

»Ja, ich soll die Tanks in Schlepp nehmen«, antwortete Levoisin sofort.

Nicholas' Verstand arbeitete wieder klar und folgerichtig, er sah genau, wie es gemacht werden mußte. »Die *Warlock* wird als erstes die Backbord-Tanks im Tandem wegziehen.«

Im Tandem, das heißt, daß die beiden Tanks, aufgefädelt wie Perlen auf einer Kette, hintereinander gezogen werden sollten, denn so waren sie zum Schleppen gebaut worden.

»Dann nimmst du die auf der Steuerbordseite –«

»Sie müssen den Rumpf retten.« Duncan kämpfte noch immer gegen den Griff der beiden Matrosen an, die ihn hielten. »Verdammt nochmal, Berg. Ich lasse mich nicht von Ihnen ruinieren.«

Nicholas gab seine letzten Anordnungen, und plötzlich schien er übernatürliche Kräfte zu besitzen. Er packte Duncan an den Schultern und schüttelte ihn wie ein unartiges Kind.

»Sie verdammter Idiot«, schrie er ihm ins Gesicht. »Begreifen Sie denn nicht, daß der Sturm in ein paar Minuten wieder losbricht?«

Er riß Duncan aus dem Griff der Matrosen und zog ihn zu den Fenstern hin, von wo aus man das Tankdeck überblicken konnte.

»Sehen Sie denn nicht, daß dieses Unding, das Sie gebaut haben, erledigt ist, vollständig erledigt?«

Er drehte Duncan zu sich herum, ihre Augen waren nur einige Zentimeter voneinander entfernt.

»Es ist aus damit, Duncan. Wir haben Glück, wenn wir mit dem Leben davonkommen. Mit noch viel mehr Glück retten wir vielleicht auch die Ladung.«

»Ich lasse sie nicht abdocken –« Duncan befreite sich aus Nicholas' Griff, und ein irrer fanatischer Glanz kam in seine Augen.

Nicholas fuhr herum und zielte, sich auf die Zehenspitzen stellend, nach Duncans Kinn, genau unter dem Ohr neben den rotgoldenen Koteletten. Aber Duncan drehte den Kopf und der Schlag streifte seine Schläge. Gerade in diesem Augenblick, als Nicholas aus dem Gleichgewicht war, begann die *Golden Dawn* nach der anderen Seite zu schwanken.

Nick taumelte gegen das Kontrollpult zurück und Duncan stieß nach ihm.

»Ich bringe Sie um, Berg«, brüllte Duncan und Nicholas fand gerade noch Zeit, sich auf die Seite zu drehen und das Bein anzuwinkeln, um seinen Unterleib zu schützen. Duncans Tritt traf ihn am Oberschenkel. Jäh schoß ihm der Schmerz bis in den Leib und lähmte ihm das Bein bis zur Hüfte. Mit Hilfe des Kontrollpults und seines gesunden Beines raffte er sich auf und landete einen rechten Haken auf Duncans Rippen, so daß diesem die Luft pfeifend aus den Lungen entwich. Nicholas verlagerte das Gewicht und schmetterte Duncan die linke Faust ins Gesicht. Auf seinem schmerzenden Fuß humpelnd, schlug er noch zweimal zu, zwei kurze harte Schläge, die seinen Gegner rückwärts gegen die Wand taumeln ließen. Ein Strom hellen Blutes floß ihm aus Nase und Mund.

Als Duncans Beine nachgaben, faßte ihn Nicholas mit der linken Hand an der Kehle und hielt ihn aufrecht, bereit, noch einmal zuzuschlagen, aber es war kein Kampfgeist mehr in Duncan.

Da ließ Nick ihn los und ging zum Signalschrank. Er nahm

drei der kleinen Handfunkgeräte heraus und gab jedem der beiden Matrosen eines davon.

»Wissen Sie, wie die Zusatztanks für den Tandemschlepp freigegeben werden?«

»Wir haben es geübt«, antwortete einer der beiden.

Für diese Arbeit war ein Dutzend Männer vorgesehen, und sie waren nur zu dritt. Duncan war nicht mehr zu brauchen, und Nicholas ließ ihn im Pumpenkontrollraum am untersten Deck der *Golden Dawn*, nachdem er die Pumpen für das Schutzgas abgeklemmt, die Gasventile plombiert und die hydraulischen Klampen der Tanks zum Lösen vorbereitet hatte.

Sie arbeiteten teilweise bis zum Hals in eiskalten grünen Wogen, die sich über das Vorderdeck des Ultratankers ergossen. Sie holten das Schleppkabel der *Warlock* an Bord, machten es fest und öffneten dann die hydraulischen Klampen, die den ersten Tank hielten. Nachdem Allen ihn weggezogen hatte, kletterten sie den vom Wind verwundenen Hauptsteg nach hinten, behindert durch die schweren Seestiefel und Ölmäntel und durch die aufgewühlte See, die das Tankdeck immer noch alle paar Minuten überschwemmte.

Beim hinteren Tank mußte der ganze mühselige und kraftraubende Vorgang wiederholt werden, noch erschwert durch die Ketten, mit denen die beiden Tanks miteinander verbunden waren.

Als die *Warlock* schließlich mit der vollen Kraft ihrer beiden Schrauben von der schwankenden *Golden Dawn* fortsteuerte, hatte sie die beiden Backbord-Tanks im Schlepp, die kaum über die Wasseroberfläche emporragten.

Nicholas hielt sich an der Reling des Steges fest und schaute ihnen mit wohlgefälligem fachkundigem Blick nach. Es war ein unglaublicher Anblick: Zwei große schwarze Wale, die nur ihre glänzenden Rücken zeigten, angeführt von dem prächtigen kleinen Schiff. Nicholas war nicht zuversichtlich, nicht einmal befriedigt, denn da war noch der Hurrikan, den sie durchqueren mußten – aber man konnte jetzt wenigstens hoffen.

»*Sea Witch*«, sagte er in sein Handfunkgerät. »Sind Sie zum Schleppen bereit?«

Levoisin feuerte die Seilrakete persönlich ab. Sie flog in hohem Bogen über das Tankdeck, und die dünne Nylonschnur fiel drei Meter von Nicholas entfernt auf den Steg.

Sie arbeiteten gewissermaßen mit gezügelter Hast, und Jules Levoisin brachte seinen Schlepper so nahe heran, daß Nicholas einen Goldzahn blitzen sah, als Levoisin ihm ermunternd zulächelte.

Die graue Wolkenwand war jetzt höchstens noch zehn Meilen entfernt und die Sonne über ihnen wurde bereits wieder von dem spiralig gewundenen Wirbelsturm verdeckt.

Auf den Klampen des losgerissenen vorderen Steuerbord-Tanks war kein hydraulischer Druck. Irgendwo in dem beschädigten Rumpf mußte die Hydraulikleitung gerissen sein. Nicholas und einer der Matrosen mußten behelfsmäßig und mühsam mit einer Handpumpe arbeiten.

Doch die Klampen öffneten sich nicht, der Rumpf hatte sich verformt, und die Klampen fluchteten nicht mehr.

»Jules, zieh«, befahl Nicholas verzweifelt, »zieh mit aller Kraft.«

Die Sturmfront war noch fünf Meilen entfernt.

Das Wasser wallte hinter dem Heck der *Sea Witch* weißschäumend auf, als Levoisin die volle Maschinenleistung einsetzte. Das Schleppkabel spannte sich straff, eine halbe Minute lang geschah nichts, bewegte sich nichts.

Dann gaben die Klampen mit einem weithallenden metallischen Klicken den ersten Tank frei. Er glitt aus seiner Verankerung und von der *Golden Dawn* fort – im gleichen Augenblick begann der Rumpf, den bisher nur die Tanks und ihr Auftrieb zusammengehalten hatten, einzuknicken.

Der Steg, auf dem Nicholas stand, fing an sich zu winden und schrägzustellen, so daß er nach einem Halt greifen mußte. Er stand erstarrt und sah gebannt vor Entsetzen, wie die *Golden Dawn* endgültig auseinanderzubrechen begann.

Taumelnd und stolpernd hastete Nicholas den Steg entlang und hob das Funkgerät an den Mund.

»Abtrennen!« rief er den Matrosen zu. »Die Tandemverbindung abtrennen!«

Da die beiden Steuerbord-Tanks durch schwere Ketten verbunden waren, und außerdem der vordere Tank mit der *Sea Witch* durch das Schleppseil, hingen die *Sea Witch* und die tödlich verwundete *Golden Dawn* unerbittlich aneinander, wenn es nicht gelang, die beiden Tanks zu trennen und so die *Sea Witch* mit dem vorderen Tank freizumachen.

Die Notabtrennung war in der Steuertafel auf halbem Weg über den Tankdecks, und in diesem Augenblick war der nächste Matrose zweihundert Meter davon entfernt.

Nicholas konnte den Mann hastig über den Steg nach hinten stolpern sehen. Er hatte die Gefahr klar erkannt, aber seine Eile war verhängnisvoll, denn als er vom Steg auf das Deck sprang, klafften zwei Deckplatten auseinander wie die Kiefern eines stählernen Ungeheuers, und der Matrose fiel bis zur Hüfte hinein. Während er sich lahm herauszuwinden versuchte, schoben sich bei der nächsten Bewegung des Schiffes die Platten übereinander wie eine Schere.

Der Mann schrie kurz auf, dann fuhr eine Welle über das Deck und begrub den zerquetschten Körper unter kaltem, grünem Wasser. Als es wieder über die Flanken des Schiffes abfloß, war von dem Mann nichts mehr zu sehen.

Nicholas erreichte denselben Punkt auf dem Deck, besah sich das Öffnen und Schließen der Stahlplatten und ließ die nächste Welle vorüber, bevor er über die tödliche Falle sprang.

Er erreichte die Steuertafel, riß die Türe auf, zwängte sich in den engen Stahlschrank, hob den roten Schutzdeckel und schlug mit dem Handballen auf den Trennknopf.

Die vier schweren Ketten des Tandem-Schlepps lagen zwischen den Elektroden des Trennmechanismus. Ein gewaltiger Stromstoß aus dem Schiffsgenerator schnitt in einem Aufblitzen blauer elektrischer Flammen die dicke Stahlkabelverbindung so sauber ab wie ein scharfes Messer ein Stück Käse – und eine halbe Meile entfernt fühlte sich die *Sea Witch* befreit und stampfte fort, den vorderen Steuerbord-Tank im Schlepp.

Nicholas blieb an dem offenen Stahlschrank stehen, hielt sich an einer Stange fest und starrte auf den letzten zurückgebliebenen Tank hinunter, der immer noch untrennbar in dem verwundenen, sich zusammenkrümmenden Rumpf der *Golden Dawn* steckte.

Plötzlich verpestete ein scharfer chemischer Gestank die Luft, der Gestank des aus dem geborstenen Tank fließenden Rohöls.

»Nicholas! Nicholas!« klang es aus dem Funkgerät, das ihm über die Schulter hing, und er hob es an die Lippen, ohne seine Augen von dem schrecklichen Todeskampf der *Golden Dawn* abzuwenden.

»Fahr zu, Jules!«

»Nicholas, ich drehe um, um dich aufzunehmen.«

»Du kannst mit diesem Schlepp nicht wenden.«

»Ich stelle den Bug gegen die Zwischendeckreling an Steuerbord, direkt unter der vorderen Brückennock. Mach dich fertig, an Bord zu springen.«

»Jules, du bist nicht bei Trost!«

»Das bin ich schon seit fünfzig Jahren nicht«, gab Levoisin zu. »Sei bereit.«

»Jules, wirf wenigstens das Schleppkabel ab«, flehte Nicholas. Es würde fast unmöglich sein, die *Sea Witch* mit diesem ungeheuren tödlichen Gewicht hinter sich zu manövrieren. »Wirf das Schleppkabel ab. Wir können es später wieder aufnehmen.«

»Lehre deinen Großvater nicht, Eier aufschlagen«, zitierte Jules leicht abgewandelt den alten Spruch.

»Höre zu, Jules. Tank Nr. 4 ist geplatzt. Mach die *Sea Witch* feuerdicht. Hast du verstanden? Volle Feuerabdichtung. Wenn ich an Bord bin, werden wir eine Rakete hineinschießen und die Ladung verbrennen.«

»Ich höre dich, Nicholas, aber ich wünschte, ich hätte es nicht gehört.«

Nicholas verließ die Steuertafel, sprang über die klaffende Öffnung im Deck und kletterte die Stahlleiter zum mittleren Steg hinauf.

Ein kurzer Blick über die Schulter zeigte ihm die glatte graue Wand wütender sturmgepeitschter Wolken schon so bedrohlich nahe, daß er einen Augenblick zögerte, bevor er sich zwang, weiter über den Steg zum Heck des Tankers zu hasten. Der einzige übriggebliebene Matrose war ihm hundert Meter voraus.

Eine Viertelmeile entfernt in den aufgewühlten Wogen wendete Jules Levoisin die *Sea Witch*. Zu einem anderen Zeitpunkt wäre Nicholas von dem vollendeten Können beeindruckt gewesen, mit dem der kleine Franzose sein Schiff mit der schweren Last im Schlepp handhabte, aber jetzt hatte Nick Zeit und Energie nur noch für eine einzige Sache.

Die Luft war mit den schweren Dämpfen des ausfließenden Rohöls geschwängert und sie brannten Nicholas in den pumpenden Lungen. Er hustete und rang im Laufen nach Luft.

Der unter Druck stehende Tank unterhalb des Stegs war nun schon an hundert verschiedenen Stellen geplatzt und das dunkelrote Öl sickerte daraus hervor.

Nicholas erreichte die Heckaufbauten, taumelte durch die Sturmtüren auf das unterste Deck und eilte in den Pumpenkontrollraum.

Duncan wandte sich um.

»Wir verlassen jetzt das Schiff«, sagte Nicholas. »Die *Sea Witch* nimmt uns auf.«

»Ich habe Sie vom ersten Tag an gehaßt.« Duncan war sehr ruhig, sehr beherrscht, seine Stimme klang tief und verhalten. »Haben Sie das gewußt?«

»Dafür ist jetzt keine Zeit.« Nicholas packte ihn am Arm, und Duncan folgte ihm gefügig in den Mittelgang.

»Darum geht es doch nur in diesem Spiel, Nicholas. Macht, Reichtum und Frauen – das ist das Spiel, das wir gespielt haben.«

Nicholas hörte kaum zu. Sie standen nun an der Steuerbordreling des Zwischendecks unter der Brücke, an dem Punkt, der mit Levoisin vereinbart worden war. Die *Sea Witch* kam gerade näher, war nur noch fünfhundert Meter entfernt. Sie mußte in weniger als einer Minute zur Stelle sein.

Unter ihnen vergoß die *Golden Dawn* ihr Blut in dicken stinkenden Strömen. Die Wellen, die gegen ihre Flanken schlugen, mischten sich mit dem Öl zu einer dicken, ekligen Emulsion, verteilten sich über die Wasseroberfläche, verseuchten mit dem tödlichen Gift den Golfstrom.

»Ich habe gewonnen«, fuhr Duncan fort. »Ich habe jedesmal gewonnen.« Er griff in die Tasche, aber Nicholas hörte ihm kaum zu und achtete nicht auf ihn.

Duncan zog eine der Signalfackeln aus der Tasche.

»Und ich gewinne auch dieses Mal, Nicholas«, sagte er. »Das Spiel, den Satz und das Match.« Und mit einem scharfen Ruck zog er die Lasche heraus, trat zurück und hob die Fackel hoch.

Sie zischte kurz, dann flammte sie in einem strahlend grellroten Licht auf. Nicholas sprang und versuchte, Duncan die brennende Fackel aus der erhobenen Hand zu reißen. Aber Duncan war zu schnell, wirbelte herum und schleuderte die Fackel in hohem Bogen hinaus über das geborstene Tankdeck.

Sie fiel auf den Stahl, sprang hoch, und rollte dann über die schrägen ölbedeckten Platten abwärts.

Nicholas stand wie gelähmt an der Reling und starrte hinunter. Er erwartete eine heftige Explosion, aber nichts geschah, die Fackel rollte harmlos über das Deck und brannte mit einer kleinen, rot flackernden Flamme.

»Es brennt nicht«, schrie Duncan. »Warum brennt es nicht?«

Natürlich hatte das Öl in der frischen Luft einen sehr niederen Flammpunkt; erst wenn es warm wurde, vergasten die flüchtigen Bestandteile.

Die Fackel sprühte und zischte in dem schwarzen Rohölsumpf. Erst jetzt fing das Öl Feuer. Es brannte mit einer roten, trägen Flamme, die rasch, aber nicht explosiv, über das ganze Deck lief, und sogleich stiegen dicke Schwaden dunklen Rauchs auf.

Unterhalb von Nicholas schob die *Sea Witch* ihren Bug näher, bis sie die Flanken des Tankers berührte. Der Matrose neben Nicholas sprang und landete glatt auf dem Bug des Schleppers.

»Nicholas«, donnerte Levoisin durch das Sprachrohr. »Spring, Nicholas!«

Nicholas eilte zur Reling und setzte zum Sprung an.

Duncan fiel ihn von hinten an, schlang ihm einen Arm um den Hals und zog ihn zurück, von der Reling weg.

»Nein«, rief er, »Sie bleiben, mein Freund.«

Levoisins Stimme dröhnte in Nicholas Ohr:

»Nicholas, ich kann das Schiff hier nicht lange halten. Spring schnell, spring!«

Duncan hatte Nicholas aus dem Gleichgewicht gebracht und zerrte ihn nach hinten, von der Flanke des Schiffs weg, und plötzlich wußte Nicholas, was er tun mußte.

Er warf sich nach hinten, und beide krachten gegen die Aufbauten – aber Duncan hatte den Anprall ihrer beiden Körper auszuhalten.

Sein um Nicks Hals geschlungener Arm lockerte sich ein wenig und nun drosch Nick seinen Ellbogen in Duncans Seite, unterhalb der Rippen, dann warf er seinen Oberkörper aus der Hüfte heraus und griff zwischen seinen gespreizten Beinen nach Duncans Knöcheln. Sich wieder aufrichtend, riß er Duncan die Füße weg, und dieser stürzte hart mit seinem vollen Gewicht auf das Deck.

Er schnappte noch nach Luft, als Nicholas wieder aufsprang und, vom Qualm halb erstickt, zum Schiffsrand hastete.

Unter ihm wuchs der Abstand zur *Sea Witch* rasch, aber er schwang sich auf die Reling, balancierte einen Augenblick lang – und sprang. Er landete so hart auf dem Deck, daß seine Zähne aufeinanderschlugen. Sein schmerzendes Bein gab unter ihm nach, er überschlug sich, und erhob sich dann auf Händen und Knien.

Er sah zur *Golden Dawn* empor. Sie war jetzt vollkommen von einer wirbelnden Wolke schwarzen Rauchs eingehüllt.

Als die *Sea Witch* in schärfster Fahrt fortstrebte, kam die erste Sturmbö, und sekundenlang zerteilte sie den Rauch über dem hohen Zwischendeck des Tankers.

Duncan Alexander stand an der Reling über der tobenden Feuersbrunst. Er hatte die Arme ausgebreitet und brannte. Dann schien er langsam zu schrumpfen und kippte nach vorne über die Reling. Der schwarze Rauch schlug über ihm zusammen wie ein Leichentuch.

Die *Golden Dawn* und ihre Ladung verschwanden in einem Flammenmeer. Als die Entzündungstemperatur der schweren Kohlenwasserstoffe erreicht war, geriet die ganze Viertelmillion Rohöl in Brand und weißglühende Gase schossen mit solcher Gewalt in die Höhe, daß sie die obere Atmosphäre erreichten.

Die Luft brannte, auf der Wasseroberfläche tanzten die Flammen, und sogar die Rauchwolken entzündeten sich in der irrsinnigen Hitze.

»Kannst du uns nicht weiter fortbringen?« Nicholas überschrie das Toben des Hurrikans. Sein Mund war nur wenige Zentimeter von Jules Levoisins Ohr entfernt.

Sie standen nebeneinander und hielten sich an den Deckengriffen fest.

»Wenn ich voll Gas gebe, reiße ich das Schleppkabel ab«, brüllte Levision zurück.

Die *Sea Witch* stand abwechselnd auf ihrer Nase und auf ihrem Hinterteil. Nach vorne konnte man von der Brücke aus nichts sehen, außer grünen Wasserfluten und Sprühnebelbänken.

Wieder fiel der Hurrikan mit aller Wucht über sie her, und ein Blick auf den Radarschirm zeigte das flackernde Bild der gelähmten und blutenden *Golden Dawn*, nur eine halbe Meile hinter ihnen.

Plötzlich verhüllte undurchdringlicher schwarzer Rauch die Fensterscheiben, und die Brücke der *Sea Witch* wurde nur noch von den Glimmlampen der Notbeleuchtung und den Instrumentenlampen des Steuerpults erhellt.

Jules Levoisin wandte sich zu Nicholas um, sein rundliches Gesicht war grün überschattet.

»Eine Rauchbank«, schrie Nicholas. Auf der Brücke roch man die Kohlenwasserstoffe nicht, denn die *Sea Witch* war auf Feuerlöschmanöver vorbereitet, sie hatte alle ihre Schotts und Ventilatoren hermetisch geschlossen, ihre Klimaanlage reinigte die Luft und reicherte sie mit Sauerstoff an. »Der Wind treibt sie von der *Golden Dawn* herüber.«

Eine wilde Sturmbö legte die *Sea Witch* auf die Seite. Aber sie war so gebaut, daß sie sich in jeder See behaupten konnte, und sobald der Winddruck nachließ, schwang sie zurück.

»Wo ist die *Warlock?*« rief Levoisin beunruhigt. Er hatte Angst vor einer Kollision.

»Zehn Meilen östlich von uns.« Nicholas erkannte das Bild des anderen Schleppers auf dem Radarschirm. »Sie ist vor dem Sturm weggekommen –«

Plötzlich wich der wogende Rauchvorhang, der die *Sea Witch* umgab, einem grellweißen Licht, das alle auf der Brücke blendete.

»Feuersturm!« schrie Nicholas und tastete vollkommen geblendet nach der Fernsteuerung für die vier Wasserkanonen der *Sea Witch*, zwanzig Meter hoch über ihnen auf dem Kontrollturm. Minuten zuvor hatte er sie alle in ihre tiefste Stellung gebracht, so daß sie nun, als er den Auslösehebel drückte, den eigenen Schiffskörper mit Kaskaden von Meerwasser überspülte.

Die *Sea Witch* steckte wie in einem Backofen brennender Luft, trotz der Wasserströme, mit denen sie sich selbst übergoß, brannte der Anstrich augenblicklich ab, und die Hitze auf dem nackten verfärbten Metall der oberen Aufbauten war so groß, daß sie den isolierten Rumpf und die doppelte Verglasung mit fünf Zentimeter dicken Panzerglasscheiben auf der Brücke durchdrang. Die Hitze versengte Nicholas' Augenwimpern, und seine Lippen bekamen Blasen, als er den Kopf hob.

Die Scheiben der Brückenfenster begannen zu schmelzen – und dann gab es auf einmal keinen Sauerstoff mehr. Der

Feuersturm hatte alles, was davon zwischen der Wasseroberfläche und zehntausend Meter Höhe vorhanden war, innerhalb von nur zwanzig Sekunden verzehrt. Er hinterließ ein Vakuum, eine schwache Stelle in der dünnen Lufthülle der Erde, erzeugte ein neues Niederdrucksystem, das kleiner war, aber viel kraftvoller nach Wiederauffüllung verlangte, als selbst das Auge des Hurrikans Lorna.

Er blies dem großen Wirbelsturm buchstäblich das Lebenslicht aus, indem er im Zentrum des alten Systems Gegenwinde und einen Flammensog erzeugte, die es sprengten.

Neue Winde gingen von jedem Punkt im Vakuum des Feuersturms aus und begannen wie tanzende Derwische herumzuwirbeln. Zwanzig Meilen vor der Küste von Florida beendete der Hurrikan Lorna seine rücksichtslose, blindwütige Attacke und fiel allmählich in sich selbst zusammen.

Eines Morgens im April übergab der Schlepper *Sea Witch* in der Galveston-Bai den Öltank Nr. 3 der *Golden Dawn* vier kleineren Hafenschleppern, die ihn durch die Meerenge zur Entladungsstelle der Orient Amex bei Houston bringen sollten.

Das Schwesterschiff *Warlock*, unter dem Kommando von Kapitän David Allen, hatte seine beiden Tanks Nr. 1 und Nr. 2 denselben Hafenschleppern achtundvierzig Stunden zuvor übergeben.

Gemeinsam hatten die beiden Schiffe eine erfolgreiche Bergung unter Lloyd's Open Form von einer Dreiviertelmillion Tonnen Rohöl zu 85.50 Dollar pro Tonne durchgeführt. Zum Wert des Öls kam noch jener der Tanks selbst – insgesamt nicht weniger als fünfundsechzig Millionen Dollar, errechnete Nicholas, und ihm gehörten die beiden Schiffe und der volle Anteil an der Bergungsprämie. Er hatte noch nicht an die Scheichs verkauft, obwohl jeden Tag während des Abschleppmanövers von der Florida-Straße nach Texas dringende Telegramme von James Teacher aus London eingetroffen waren. Die Scheichs waren jetzt erpicht darauf, zu unterschreiben, aber Nicholas wollte sie noch ein wenig warten lassen.

Er stand auf der offenen Nock der Brücke der *Sea Witch* und sah zu, wie sich die vier kleinen Hafenschlepper geschäftig um ihre unförmige Last bemühten.

Vorsichtig hob er den Stumpen zum Mund, da an seinen Lippen immer noch von der Hitze des Feuerballs Blasen waren – und sann darüber nach, wieviel er doch erreicht hatte, abgesehen von spektakulärem Reichtum.

Von einer Million Tonnen kadmiumreichen Rohöls war nur ein Viertel ausgeflossen, und dieses hatte er in einem Feuersturm vernichtet. Zwar hatte es Verluste gegeben, da Toxine in die oberen Luftschichten gelangt waren und sich über Florida ausgebreitet und niedergeschlagen hatten. Auf vergifteten Weiden verendeten Tausende von Haustieren. Aber die amerikanischen Behörden hatten rasch Nothilfemaßnahmen ergriffen. Kein einziges Menschenleben war zu beklagen gewesen.

Nun waren die geborgenen Öltanks an die Orient Amex übergeben. Das neue Krackverfahren würde der ganzen Menschheit nützen, und Nicholas konnte nicht verhindern, daß man das kadmiumreiche Rohöl von El Barras über den Ozean verschiffte. Aber würden sie es in der gleichen unverantwortlichen Art tun, wie Duncan Alexander es versucht hatte?

Berg wußte jetzt mit absoluter Sicherheit, daß er dazu berufen war, sein Leben von nun an der Bemühung zu widmen, derartiges für alle Zukunft zu verhindern.

Mit der gleichen Sicherheit wußte er, wer ihm bei seinem Lebenswerk helfen würde – und während er auf dem feuerversengten Deck seines stattlichen kleinen Schiffes stand, schwebte ihm lebhaft das Bild einer blonden jungen Frau vor, die für immer in Sonnenschein und Frohsinn ihm zur Seite sein würde.

»Samantha.«

Er sprach ihren Namen nur einmal laut aus, und plötzlich war er höchst erpicht darauf, sein neues Leben zu beginnen.